D1750933

WILLIAM MARTIN
DEZEMBER 41

THRILLER

Aus dem amerikanischen Englisch
von Thomas Gunkel und Tobias Rothenbücher

HOFFMANN UND CAMPE

Die Originalausgabe erschien 2022 unter dem Titel December '41
im Verlag Forge, einem Imprint von Macmillan Publishing Group,
LLC, New York.

1. Auflage 2024
Copyright © 2022 by William Martin
Map by Jon Lansberg
Für die deutschsprachige Ausgabe:
Copyright © 2024 Hoffmann und Campe Verlag, Hamburg
www.hoffmann-und-campe.de
Umschlaggestaltung: Vivian Bencs © Hoffmann und Campe
nach einem Originalentwurf von Tom Doherty Associates
Umschlagabbildung: © Getty Images/Cavan Images;
Shutterstock/ Ravindra37
Satz: Dörlemann Satz, Lemförde
Gesetzt aus der Minion
Druck und Bindung: GGP Media GmbH, Pößneck
Printed in Germany
ISBN 978-3-455-01761-8

Die automatisierte Analyse des Werkes, um daraus Informationen
insbesondere über Muster, Trends und Korrelationen gemäß § 44b UrhG
(»Text und Data Mining«) zu gewinnen, ist untersagt.

**HOFFMANN
UND CAMPE**

Ein Unternehmen der
GANSKE VERLAGSGRUPPE

Für Chris

Im Boot und beim Wandern,
in überfüllten Räumen und in Quarantäne,
nach einem halben Jahrhundert
der Mittelpunkt, auf den Verlass ist.

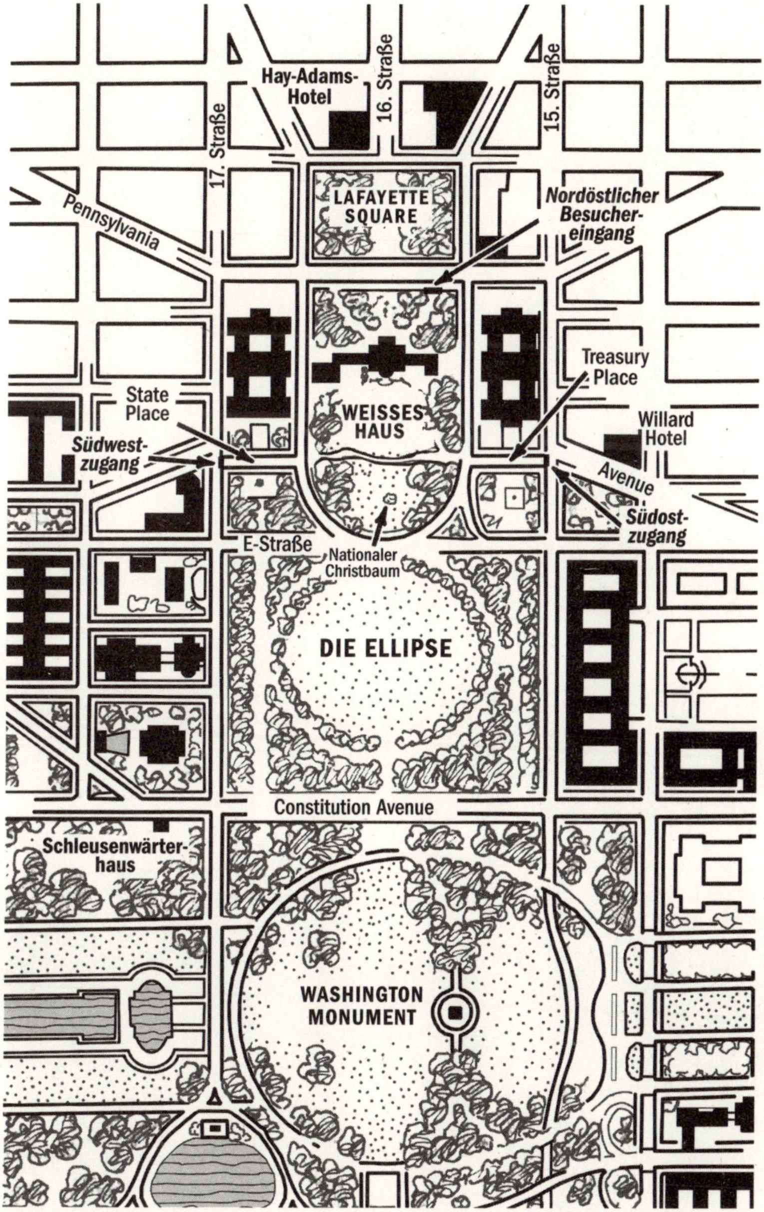
Hay-Adams-Hotel
16. Straße
15. Straße
17. Straße
LAFAYETTE SQUARE
Nordöstlicher Besucher-eingang
Pennsylvania
Treasury Place
State Place
WEISSES HAUS
Willard Hotel
Südwest-zugang
Avenue
Südost-zugang
E-Straße
Nationaler Christbaum
DIE ELLIPSE
Constitution Avenue
Schleusenwärter-haus
WASHINGTON MONUMENT

ERSTER TEIL
LOS ANGELES

MONTAG,
8. DEZEMBER 1941

ES WAR DAS GRÖSSTE Radiopublikum aller Zeiten.

Man lauschte an der kalten Küste von Maine. An der Wall Street wurde der Aktienhandel eingestellt, damit alle Radio hören konnten. An den Fließbändern der Automobilindustrie in Detroit machten die Arbeiter eine lange Mittagspause, um die Sendung mitzubekommen. Sogar in den Schlachthöfen von Chicago wurde die Arbeit unterbrochen. Und jetzt, wo es wieder regnete und kein Staub mehr durch die Luft wirbelte, hörten auch die Farmer in Kansas, Nebraska und Iowa zu, die genug Mais und Weizen anbauten, um die ganze Welt ernähren zu können.

Überall dort, wo die Muskelkraft Amerikas die Staaten, Städte oder Familien miteinander verband, lauschte man dem warmen Bariton, dem vornehmen Tonfall, der aus dem Radio drang ...

... denn an jenem Morgen war Amerika in der kalten Realität des Krieges erwacht, eines Krieges, der in allen Zeitzonen herrschte, die ganze Welt umspannte und wieder einmal der Vater aller Dinge war.

In Hawaii brannten die Kriegsschiffe der U. S. Navy unter riesigen düsteren Wolken aus schwarzem Ölrauch. Im Pazifik griffen japanische Truppen an. In Winterstürmen aus Blut und Schnee schlachteten sich Russen und Deutsche vor Moskau ab. Durch ganz Europa hallten die Tritte von Stiefeln, vereinzelt regte sich Widerstand, und den Frachtschiffen auf dem wogenden grauen Atlantik stellten U-Boote nach. Doch die Amerikaner hörten Radio, denn Franklin Roosevelt wollte eine Erklärung abgeben.

In Washington beschrieb der Radiosprecher von CBS den vollen Kongresssaal, die angespannte Atmosphäre, und sagte plötzlich, lauter: »Ladys und Gentlemen, der Präsident hat den Saal betreten und begibt sich zum Podium.«

Und aus den volltönenden Radioschränken und plärrenden tragbaren Geräten in allen Winkeln des Landes drang ein dröhnender Lärm, eine Mischung aus Jubel und Wutgebrüll, der harsche, raue, grimmige Aufschrei von Amerikanern, die sich von ihrem Schock befreiten und Kraft zogen aus dem Präsidenten, der sich aus seinem Rollstuhl erhoben hatte und mit übermenschlicher Willenskraft aufrecht vor ihnen stand.

Als der Lärm verstummte, sagte der Vorsitzende des Repräsentantenhauses: »Sehr geehrte Senatoren und Abgeordnete, ich habe die Ehre, Ihnen den Präsidenten der Vereinigten Staaten anzukündigen.«

Wieder dröhnender Jubel, und plötzlich war Franklin Roosevelts Stimme zu hören, entschlossen, selbstsicher und unerbittlich: »Herr Vizepräsident, Herr Vorsitzender, sehr geehrte Mitglieder des Senats und des Repräsentantenhauses: Gestern, am 7. Dezember 1941 – einem Tag der Schande –, wurden die Vereinigten Staaten von Amerika unangekündigt und vorsätzlich von See- und Luftstreitkräften des japanischen Kaiserreichs angegriffen …«

Im Westen hatten die Radiosender in der Nacht das Programm beendet, damit die japanischen Bomber sich nicht an ihnen orientieren konnten.

Doch jetzt flog Roosevelts Stimme über Wüsten und Gebirge hinweg in den warmen grünen Traum Südkaliforniens, hinein in die Boulevards, die sich wie ein Raster über Salatfelder und Orangenhaine legten, auf die langen, schnurgeraden Durchgangsstraßen, die dort endeten, wo sich strauchbedeckte Hügel erhoben und das riesige Areal von Los Angeles begrenzten und unterteilten, hinein in die Büros, Cafés und Autos, in denen die Menschen lauschten – ohne zu ahnen, dass, während Roosevelt zu ihnen sprach, ein Nazi-Attentäter in einem nahe gelegenen Canyon auf Zielscheiben schoss, weil er eine schier ungeheuerliche Tat vollbringen wollte. Und sie ahnten auch nicht, wie viele von ihnen er in seine dunklen Machenschaften hineinziehen würde.

EINER VON IHNEN, ein junger Mann namens Kevin Cusack, lauschte der Rede in der Drehbuchabteilung von Warner Brothers. Er und seine Freunde hätten eigentlich arbeiten sollen. Sie hatten die Aufgabe, Theaterstücke und Romane zu lesen, die aus New York geschickt wurden, sie zusammenzufassen und zu beurteilen. Auf dem Tisch lag ein Stapel Bücher und Manuskripte. Doch bestimmt hörte sich auch Jack L. Warner die Rede an, warum sollten sie dann darauf verzichten?

Kevins nächster Text war ein Theaterstück, das *Everybody Comes to Rick's* hieß. Er setzte keine große Hoffnung darauf. Er brauchte bloß den Einzeiler des Dramaturgen zu lesen: »Eine im Krieg angesiedelte Dreiecksgeschichte in Casablanca.« Er konnte Dreiecksgeschichten nicht ausstehen. Aber wenn man für einen Dollar zwölf pro Stunde auf der untersten Stufe der Drehbuchabteilung beschäftigt war, nahm man alles, was einem vorgesetzt wurde.

Und zusammen mit seinem irischen Nachnamen und den kräftigen irischen Augenbrauen war der Job eine gute Tarnung. Seinen Freunden beim Amerikadeutschen Bund gefiel es, dass er tagsüber in einem »Nest von Hollywoodjuden« arbeitete und jeden Abend ins Deutsche Haus, den Treffpunkt des Bunds, kam, um deutsches Bier zu trinken und den neuesten Klatsch zum Besten zu geben. Hätten sie gewusst, dass er in Wirklichkeit ein Spion war, der Informationen an das Los Angeles Jewish Community Committee weitergab, das sie wiederum dem FBI übermittelte, hätten ihn diese jovialen Deutschen wohl auf der Stelle umgebracht.

Doch im Studio fühlte er sich sicher. Und als Roosevelt sagte: »Egal wie lange es dauern wird, diese vorsätzliche Invasion abzuwehren, das amerikanische Volk wird in seiner Rechtschaffenheit einen vollständigen Sieg erringen«, da jubelte Kevin gemeinsam mit den Kongressabgeordneten und Senatoren in Washington.

Das taten auch alle anderen am Konferenztisch. Jerry Sloane, ein leicht erregbarer Mensch, wischte sich eine Träne weg. Sally Drake, die einzige Kollegin im Raum, die Frau mit dem Vassar-College-Akzent und der Katharine-Hepburn-Hose, steckte die Finger in den Mund und ließ einen lauten Pfiff ertönen. Ziemlich gut für eine Studierte.

Kevin mochte Sally. Genau wie Jerry stand er auf sie. Doch Jerry hatte offensichtlich die besseren Chancen. Vielleicht mochte Kevin deshalb keine Dreiecksgeschichten.

DRÜBEN AN DER WEST OLIVE verströmte das Big Time Breakfast of Burbank die typisch amerikanischen Aromen von Speck und Kaffee. Im Kleinen ging das Leben am Tag nach Pearl Harbor weiter wie immer. Die Leute waren hungrig. Die Leute waren durstig. Sie träumten von besseren Zeiten. Doch als die Stimme des Präsidenten im Radio ertönte, verstummten die Gespräche, und das Tellerleerkratzen an den Tischen und an der Theke wurde eingestellt. Plötzlich hörten alle Komparsen und Studioarbeiter zu, bis auf eine junge Frau im gelben Kleid, die am Ende der Theke saß, ihren Kaffee trank und ins Leere starrte.

Vivian Hopewell hatte kein Geld fürs Frühstück, zumindest nicht für eins im Restaurant. Ihr Geld reichte kaum für eine Schüssel Cornflakes zu Hause, falls man das Zimmer in einer schäbigen Pension in Glendale so nennen wollte.

In ihrer Handtasche befanden sich drei Nickels, zwei Dimes und ein Umschlag mit einem glänzenden Porträtfoto. So ein Foto hatte sie stets dabei. Man musste vorbereitet sein. Jetzt im Krieg würde sie vielleicht eine Pause einlegen. Zu Hause hatten die Leute immer gesagt, sie sehe aus wie die junge Marlene Dietrich. Vielleicht würde ihre teutonische Statur die Aufmerksamkeit eines Besetzungschefs wecken, der eine Nazi-Schurkin benötigte.

Doch in der braunen Papiertüte zu ihren Füßen steckten ein weißes Paar flache Schuhe mit Gummisohlen und eine graue Uniform, als Beweis, dass sie auch kellnern konnte, wie sie es in Annapolis, Maryland, getan hatte, als sie noch Kathy Schortmann hieß.

Der Inhaber hatte sich gegen sie entschieden und eine andere Frau eingestellt. »Sie ist nicht ganz so hübsch wie Sie, und deshalb rennt sie auch nicht gleich nach drüben, wenn sie eine Statistenrolle in einer billigen Serie kriegt.«

»Drüben«, das war Tor vier, eine Öffnung in der Mauer, die das Warner-Brothers-Tonfilmstudio umgab, das für Vivian schöner war als der Tadsch Mahal ... und genauso weit entfernt. Und es stimmte ja: Sollte sie je eine Rolle erhalten – braves Mädchen, böses Mädchen oder bloß als Statistin –, würde sie alles stehen und liegen lassen.

Sie trank ihren Kaffee aus und trat hinaus in die Sonne. Die schien zumindest immer. So ließ sich die Enttäuschung leichter ertragen. Vivian blickte noch mal zu Tor vier hinüber und ging dann den Busfahrplan nach Glendale durch. Vielleicht würde sie per Anhalter fahren und einen Nickel sparen. Oder zu Fuß gehen. Es waren nur zehn Kilometer, und sie hatte ja die flachen Schuhe dabei.

AUCH FBI-AGENT FRANK CARTER lauschte der Rede, bis er einen Schuss hörte. Er forderte den Fahrer auf, das Radio leiser zu stellen. Er saß im Fond des Dienstwagens, einer Ford-Limousine, mit drei weiteren Leuten, alle in dunklen Anzügen, wie es die Kleiderordnung des Edgar J. Hoover vorsah.

Sie waren auf dem Sunset stadtauswärts gefahren und am Riviera Country Club rechts abgebogen, eine noble Adresse in einer aufstrebenden Gegend der Stadt. Doch in L. A. konnte selbst die beste Straße an einem unbebauten Hügel enden oder in einen gottverlassenen Canyon führen. Oben fuhren sie auf die Sullivan Ridge Fire Road, gefolgt von einem Gefangenenwagen des Los Angeles Police Department. Sie wollten eine Razzia durchführen.

Links fiel das Land hinter graugrünen Kreosotbüschen und Lorbeersträuchern hundert Meter tief zu einem Bach ab, der Rustic Creek hieß. Dann stieg es wieder an, erhob sich in den Sonnenschein, zu dem Hügelkamm, der sich westwärts bis zum Meer zog.

Carter befahl dem Fahrer zu halten.

»Warum hier?«, fragte Agent Mike McDonald, der mit einer Karte auf den Knien ebenfalls hinten saß. »Auf der Karte ist die ganze Nazi-Anlage am Grund des Canyons verzeichnet.«

»Da sind auch ein Zaun und zwei Treppen zu sehen. Stell den Motor ab.« Carter stieg aus, musterte den Gefangenenwagen und gab ein Zeichen. *Ausschalten.* Dann stand er kurz da und lauschte.

Keine Schüsse mehr. Keine Warnrufe. Nur das Brummen eines Generators irgendwo unter ihnen – und Roosevelts Stimme, wie ein Flüstern im Aufwind treibend.

Also hörten sich die Nazis da unten die Rede ebenfalls an.

Carter betrachtete den Maschendrahtzaun. Die eine Seite verlief bis in den Canyon hinunter, die andere führte auf frischen Betonsockeln die Straße entlang und riegelte ein riesiges Grundstück ab, das sie 1933 dem Cowboy und Komiker Will Rogers abgekauft hatten.

»Sie haben alles eingezäunt«, sagte McDonald. »Zwanzig Hektar. Das ist ein langer Zaun. Und die Straße. Sie haben sie asphaltiert. Wer, zum Teufel, asphaltiert einen Schotterweg auf einem Hügelkamm?«

Carter gab keine Antwort. Das war auch nicht nötig. Es hatte keine Antwort verdient. In New York hatte er gelernt: Schreib nicht, wenn du sprechen kannst, sprich nicht, wenn du nicken kannst, nick nicht, wenn du zwinkern kannst. Beim FBI hatte ihm das geholfen, und er war bis zum stellvertretenden Chef des Außenbüros in L. A. aufgestiegen, das sich über Nacht in den hektischsten Ort der Stadt verwandelt hatte.

Noch bevor in Hawaii die letzten Bomben fielen, hatte der Fernschreiber die Namen japanischer und deutscher Staatsangehöriger ausgespuckt, zusammen mit amerikanischen Bürgern, die illoyale

»Neigungen« zeigten. Einige waren gefährlich, andere nur Opfer ihrer Abstammung. Doch im Morgengrauen waren fünfundzwanzig FBI-Agenten, unterstützt vom LAPD, in der Stadt ausgeschwärmt und hatten zweihundertfünfzig Japaner verhaftet. Jetzt widmeten sie sich den Deutschen, und in diesem Canyon befanden sich viele Deutsche.

Das Grundstück wurde »Murphy Ranch« genannt, doch die tatsächlichen Besitzer hießen Stephens, und waren Bergbaumillionäre und Nazi-Sympathisanten, wovon es in L. A. jede Menge gab. Man fand sie beim Amerikadeutschen Bund, aber auch in Gruppen wie der Silbernen Legion, den America Firsters oder dem Ku Klux Klan.

Sie alle hatten sich in den letzten acht Jahren auf den »Tag der Entscheidung« vorbereitet, an dem sie sich erheben, alle Juden beseitigen und Hitler mit Glanz und Gloria in Hollywood empfangen würden. Eine echte fünfte Kolonne, direkt in der Stadt, wo der amerikanische Traum auf der Leinwand zum Leben erweckt worden war … und viele Menschen ihn lebten.

Das glaubte Carter jedenfalls, dank einer Truppe von Amateurspionen, die als Los Angeles Jewish Community Committee oder LAJCC bekannt war. Während das FBI Kommunisten jagte, hatten diese Juden und ihre Freunde ein paar mutige Spitzel in die Nazi-Gruppen eingeschleust. Carter war darüber heilfroh.

Er nahm den Hut ab und wischte sich den Schweiß von der Stirn. Den meisten Leuten gefiel der immerwährende Frühling Südkaliforniens. Doch Carter war ein Ostküstenmensch. Für ihn waren siebzehn Grad im Dezember einfach nur … sonderbar. Er hoffte inständig, zurück nach New York oder Washington beordert zu werden, wenn er seine Arbeit nur ordnungsgemäß erledigte, und je früher das geschah, umso besser.

Auf der anderen Zaunseite führte eine lange Betontreppe an einem großen Stahltank vorbei und verschwand weiter unten zwischen den Bäumen.

Alles deutsche Wertarbeit bei diesen Nazis, dachte er. Sie hatten sogar ein großes Architekturbüro aus L. A. engagiert, das eine Vierzig-Zimmer-Villa entwerfen sollte, vermutlich als Hitlers Unterschlupf in Kalifornien. Von dem Haus war noch nichts zu sehen, doch die Besitzer hatten bereits Millionen investiert: für die Straßen, das Maschinenhaus, die Terrassengärten zum Anbau von Nahrungsmitteln, den Fuhrpark, ja sogar für einen Stall.

»Was für ein riesiger Tank«, sagte McDonald.

»Der ist für Wasser gedacht«, sagte Carter. »Das Benzin für die Generatoren ist weiter unten.«

Zwei Wachposten in glänzenden silbergrauen Hemden, blauen Reithosen und blauen Feldmützen – Mitglieder der Silbernen Legion – kamen schnaufend und keuchend die Treppe herauf, näherten sich, die Gewehre im Anschlag.

Bevor sie zu Atem kamen, befahl ihnen Carter, das Tor zu öffnen.

»Tut mir leid, Sir. Privatbesitz«, sagte einer der beiden.

Carter zeigte seine Dienstmarke. »FBI. Legen Sie die Gewehre weg und öffnen Sie das verdammte Tor.« Als sie zögerten, gab er Doane ein Zeichen, und der zückte seine Maschinenpistole.

Kurz darauf sprang das Schloss auf, und das Tor öffnete sich.

Carter befahl den Polizisten, die Leute von der Silbernen Legion zu verhaften. »Behalt die Treppe im Auge und schieß auf alles, was sich bewegt, aber es wird nicht geraucht«, sagte er zu Doane. Dann ging er zum Wagen zurück.

McDonald eilte ihm nach und sagte: »Wenn Doanie nicht rauchen kann, kriegt er den Flattermann. Und schießwütig ist er sowieso.«

»Heute sind wir alle schießwütig. Und das ist auch gut so.« Carter drehte sich zu dem Gefangenenwagen um und ließ den Finger in der Luft kreisen. *Sirene einschalten.*

UNTEN IM CANYON HATTE der deutsche Spion Martin Browning den Motorenlärm gehört. Als das Geräusch verstummte, sagte er den anderen, die Schießübung sei vorbei. Dann löste er seine Mauser C96 von ihrem Anschlagschaft.

Fritz Kessler hatte trotzdem ein letztes Mal abgedrückt, um zu zeigen, wer der Chef ihrer kleinen Zelle war, doch zumindest der spindeldürre Tom Stengle gehorchte.

Martin hatte sich ihnen an diesem Morgen nur widerwillig angeschlossen, doch Kessler hatte darauf beharrt, weil es auffällig sei, vom gewohnten Tagesablauf abzuweichen. Und montags machten sie nun einmal an der Murphy Ranch Schießübungen. Martin wusste, dass es an diesem Montag anders sein würde. Aber Spione, die vor aller Augen agierten, durften ihr Verhalten nicht ändern. Außerdem waren über das Kurzwellenfunkgerät im Maschinenhaus vielleicht Nachrichten aus Berlin eingetroffen. Das hier war wohl die letzte Gelegenheit, um den tödlichen Schuss zu üben. Und so war er auch heute gekommen.

Martin arbeitete am liebsten allein. Doch er brauchte einen Schießstand, und er brauchte Geld, denn das ermöglichte ihm, in verschiedene Identitäten zu schlüpfen, unterschiedliche Namen anzunehmen und mehrere Adressen zu benutzen.

Seine Familie glaubte, dass er noch in Deutschland sei und studiere. Aber Martin Browning – 1911 in Koblenz am Rhein als Martin Bruning geboren, seit dem elften Lebensjahr aufgewachsen in Flatbush, Brooklyn, ausgebildet in Heidelberg, rekrutiert vom Amt VI, dem Auslandsnachrichtendienst des Reichssicherheitshauptamts – hatte sich zwei Jahre vorher wieder in die Vereinigten Staaten eingeschlichen, an Bord eines deutschen Schiffes, das in Long Beach anlegte, einem beliebten Einreisehafen der Nazis, da das FBI in Kalifornien nicht so auf Deutsche achtete wie in New York und bestimmte Kreise des LAPD ihnen ausgesprochen freundlich gesinnt waren.

Browning hatte sich mit Hermann Schwinn, dem Leiter des Bunds in L. A., in Verbindung gesetzt, der jedes deutsche Schiff empfing, sich mit den Gestapo-Agenten besprach, die jedes Mal an Bord waren, und mit Befehlen, Propagandamaterial und amerikanischem Geld für Operationen an der Westküste zum Deutschen Haus zurückkehrte. Als Schwinn Martin aufforderte, sich dem Bund anzuschließen, gelangte Martin zu dem Schluss, dass es am besten sei, bei ihm gut angeschrieben zu sein, denn dann würde weiter Nazi-Geld fließen, das er noch dringender brauchte als alle Gunst der Welt.

Die Sirenen kamen jetzt näher, den Forstweg entlang zum Grundstückstor. Browning ließ seine Mauser in das hölzerne Holster gleiten, das zugleich als Anschlagschaft diente, und steckte es in eine Ledertasche. Dann sagte er den anderen, es sei Zeit aufzubrechen.

»Wir sollten zu den Ställen laufen«, sagte Stengle. »Uns Pferde nehmen und nach Norden reiten ... den Mandeville Canyon rauf zum Mulholland ...«

»Die FBI-Leute sind schon zu nah«, sagte Martin. »An denen kommst du nicht mehr vorbei.«

Stengles Stimme zitterte. »Ich ... Ich will nicht erwischt werden.«

Browning blickte Kessler an. »Hast du einen Plan?«

»Wir haben draußen an der Straße geparkt, um jederzeit abhauen zu können.« Kessler tippte sich an die Schläfe als Zeichen, dass er an alles gedacht hatte. »Also gehen wir die Treppe hoch, während das FBI hier unten die Silberhemden verhaftet. Oben steigen wir in unseren Wagen und verschwinden.«

Etwa ein Dutzend Mitglieder der Silbernen Legion patrouillierte stets auf dem Grundstück, sie exerzierten, übten Straßenkampfstrategien und taten so, als wären sie echte Soldaten. Martin verschwendete an sie keine großen Gedanken, auch wenn Übung der erste Schritt zum Erfolg war. Das hatten Hitler und seine Braunhemden bewiesen.

Kessler wischte sich den Schweiß von der Stirn und suchte nach einer Zigarette.

Martin wusste, dass der stämmige deutsche Wichtigtuer, der als Kellner und Rausschmeißer in der Gaststube, dem Restaurant im

Deutschen Haus, arbeitete, sich bemühte, gelassen zu bleiben. Er hielt ihn für einen Idioten der schlimmsten Sorte. Kessler hatte 1918 an der Westfront eine Zeit lang im Schützengraben gelegen, und seither glaubte er, mit allen Wassern gewaschen zu sein.

Stengle war jünger, ruhiger, ein gebürtiger Amerikaner. Als Handwerker war er auf der Suche nach einer festen Anstellung aus Maine zugewandert. Er hatte keine Stelle gefunden, was auch im achten Jahr von Roosevelts »New Deal« das Schicksal vieler Amerikaner war und sie für Anwerber der Nationalsozialisten besonders interessant machte. Auch von Stengles geistigen Fähigkeiten hielt Martin nicht allzu viel, allerdings war er sympathischer als Kessler.

Keiner von beiden würde Browning begleiten, wenn er nach Washington fuhr, und so kümmerte es ihn nicht, was aus ihnen wurde, solange sie ihn nicht verpfiffen.

Er sah, wie Kessler vergeblich ein Streichholz anzureißen versuchte. Dann noch eins. Er holte sein Feuerzeug raus, knipste es an und hielt es Kessler unter die Nase.

Kessler zog ein paarmal an seiner Zigarette. »Danke, Ash«, sagte er.

Sie nannten ihn »Ash«, weil sie fanden, dass er wie Ashley Wilkes in *Vom Winde verweht* aussah. Er war schlank und drahtig, hatte dunkelblondes Haar, wirkte gebildet. Eine gepflegte Erscheinung und ein leicht herablassender Ton ergaben eine gute Filmfigur. Aber wussten sie, dass Leslie Howard, der englische Schauspieler, der den vornehmen Südstaatler spielte, in Wirklichkeit Jude war? Jetzt war nicht der richtige Zeitpunkt, um es ihnen zu sagen.

Stattdessen kniete Martin sich hin und suchte mit den Händen das Gras ab.

»Was machst du da?«, fragte Stengle.

»Aufräumen.« Er hatte zehn Schüsse abgegeben. Also musste er zehn Patronenhülsen aufsammeln, um keine Spuren zu hinterlassen.

»Vergiss die Hülsen«, sagte Kessler. »Los, zur Treppe.«

Stengle sah Kessler besorgt an. »Aber was, wenn sie die Treppe bewachen?« Er drehte sich zu Martin um. »Was, wenn sie die Treppe bewachen, Ash?«

Martin gab keine Antwort. Er tastete nach der letzten Patrone. Hatte er nur neun Schüsse abgegeben? Nein. Zehn. Zehn im Magazin, zehn in der Zielscheibe.

Er hatte mitgezählt. Er zählte immer mit. Er war stets vorsichtig. Doch es war Zeit zu verschwinden.

Vielleicht würde den FBI-Leuten eine einzelne kurze Patrone unter den längeren Hülsen nicht auffallen. Vielleicht achteten sie gar nicht darauf. Jedenfalls konnte er nur neun Patronen finden.

In diesem Moment blitzten zwischen den Bäumen Blaulichter auf. Die FBI-Leute waren am Grund des Canyons angelangt.

Einer der Silberhemden kam durch den Bach gewatet. »Herr Kessler! Die Polizei ist da. Sie müssen abhauen.«

»Los, Ash, vergiss die …«, sagte Kessler.

Doch Martin war schon verschwunden, als hätte er sich in Luft aufgelöst.

AUF DER LICHTUNG AM Maschinenhaus hielt Frank Carter seine Dienstmarke hoch. »FBI. Sie sind alle verhaftet!«

»Lauft nicht weg«, sagte der Anführer der Silberhemden, ein junger Mann mit blondem Haar und einem starken Prärieakzent. »Gehorcht ihren Befehlen.«

»Genau«, sagte Carter. »Stellt euch wie brave Nazis in einer Reihe auf.«

»Wir sind *Amerikaner*, Sir«, sagte der Anführer.

»Na klar«, sagte Carter.

Im Maschinenhaus war eine deutsche Stimme zu vernehmen. »Bitte beachten Sie, dass wir keinen Widerstand leisten, mein Herr.«

Carter deutete mit einer Kopfbewegung hinüber. »Sieh mal nach, wer da drin ist, McDonald.«

»Haben Sie einen Durchsuchungsbefehl?«, fragte der Deutsche.

»Wir haben einen Durchsuchungsbefehl«, erwiderte Carter, »wir haben Haftbefehle, wir haben einen hinreichenden Tatverdacht. Wie heißen Sie?«

»Hans Schmidt.« Er streckte das Kinn vor und trug das arrogante Gebaren eines preußischen Offiziers zur Schau, ein netter Auftritt für einen Mann in einem zerknitterten braunen Anzug und einem zerdrückten Filzhut.

»Was machen Sie hier?«

»Ich bin der Verwalter, mein Herr.«

»Ich bin nicht Ihr *Herr*.« Carter wandte sich an einen Polizisten. »Leg ihm Handschellen an.«

Plötzlich ertönte das Rattern der Maschinenpistole.

»Ich hab dir doch gesagt, du sollst Doanie nicht verbieten zu rauchen«, sagte McDonald.

MARTIN BROWNING HÖRTE AUF zu laufen und horchte, woher die Schüsse kamen. Hatte ein FBI-Mann Kessler und Stengle an der Flucht hindern wollen? Gut – besonders wenn beide tot waren. Besser tot als geschwätzig.

Er benutzte einen Fluchtweg, den er selbst ausgekundschaftet hatte und auf dem er nun allein unterwegs war. Er stapfte durch Büsche und Gestrüpp, direkt am Rustic Creek entlang, duckte sich hier, machte dort einen Sprung, lief, wo immer es möglich war, ignorierte die Nässe, wenn er ins Wasser trat, eilte von Fels zu Fels bergab, aber kontrolliert. Stets kontrolliert.

Er trug gute Schuhe, einen blauen Wollanzug, ein weißes Hemd. Seine Ledertasche hatte er um die Schulter geschlungen und sah aus wie ein Geschäftsmann auf dem Weg zur Arbeit, auch wenn dieser Weg an einem Bach entlangführte, gesäumt von buschigem Dickicht und großen Villen, die an das spanische Kalifornien oder den Kolonialstil Virginias erinnerten.

DER GEFANGENENWAGEN DES LAPD füllte sich mit Silberhemden. Die meisten wirkten trotzig oder wütend, doch einige schienen verlegen zu sein, als hätten sie begriffen, dass sie in ihren albernen Uniformen wie Statisten und nicht wie Soldaten aussahen, besonders jetzt, wo der wirkliche Krieg begonnen hatte.

»Nächster Halt dann Terminal Island«, sagte Carter zu dem Verwalter.

»Das Wort Terminal gefällt mir gar nicht.«

»Sie werden jede Menge Gesellschaft haben. Aber wenn Sie uns helfen …«

»Wie denn?«

»Erzählen Sie mir, was uns entgangen ist … und vor allem, wer.«

»Kann ich nicht sagen. Die Besitzer stellen das Grundstück vielen Gruppen zur Verfügung. Sie sind Freunde Deutschlands.«

»Sie meinen wohl, Freunde Hitlers.«

»Hitler und Deutschland sind ein und dasselbe, und alle haben die Hoffnung auf eine gute Freundschaft mit Amerika.«

Carter hätte ihm fast ins Gesicht gelacht.

Dann kam McDonald aus dem Maschinenhaus. »Hey, Chef! Sie haben ein Kurzwellenfunkgerät!«, rief er.

»Hast du Codebücher gefunden?« Carter wandte sich an Schmidt. »Haben Sie Codebücher?«

»Codebücher? Wofür sollten wir so was brauchen?«, fragte der Deutsche.

MARTIN BROWNING BLIEB IN der Betonröhre stehen, die unter dem Sunset Boulevard hindurchführte. Er band sich seine Krawatte um, trocknete die Schuhe mit einem Handtuch ab, das sich stets in seiner Tasche befand, und spritzte sich ein paar Tropfen Old Spice ins Gesicht. Es ging nicht, dass ein Herrenmodeverkäufer in Burbank auf der Arbeit wie jemand roch, der sich gerade durch einen Canyon geschlagen hatte. Schließlich schöpfte er noch eine Handvoll Wasser aus dem Bach, der durch das Rohr floss, befeuchtete sein Haar und kämmte es zurück.

Damit wurde er zu James Costner, einem Mann, der auf sein äußeres Erscheinungsbild und seinen Wohlgeruch achtete, der den Unterschied zwischen ägyptischer Baumwolle und Billigware erkannte, auf dessen Rat man vertrauen konnte, wenn es um die Länge eines Hosenaufschlags oder eine kleine Korrektur an der Taille ging. Das i-Tüpfelchen war eine Hornbrille mit Fensterglas, die ihm ein zivilisierteres Aussehen verlieh, auch als er die Böschung zum Halbschatten der »Dead Man's Curve« erklomm.

So wurde die Haarnadelkurve auf dem Sunset Boulevard genannt, der berühmten Durchgangsstraße, die von der Innenstadt von Los Angeles durch Hollywood und Beverly Hills verlief und mit einer kurvenreichen, acht Kilometer langen Bergabstrecke Richtung Pazifik endete. Die Dead Man's Curve war der perfekte Ort für Raser, um gegen Bäume zu krachen oder auf die Gegenfahrbahn zu geraten. Vor allem konnte ihn hier ein FBI-Mann, der an der Ecke postiert war, nicht sehen. Und ein Stück weiter mündete eine Ausweichbucht in eine unbefestigte Straße, dort konnte ein Auto gut halten.

Die unbefestigte Straße führte zwischen Bäumen hindurch zum Will-Rogers-Polofeld, wo sich die Hollywoodgrößen an den Wochenenden vergnügten. Ein paar von ihnen, wie Darryl F. Zanuck und Hal Wallis, setzten tatsächlich Helme auf, schwangen sich in den Sattel und spielten mit. So stand es zumindest in den Klatschspalten.

Kessler hatte oft gesagt, sie könnten »jede Menge bedeutende Juden« töten, wenn sie sich auf der anderen Seite des Rustic Canyon hinaufschlichen und an einem Sonntagnachmittag das Gewehr anlegten. Er hätte Zanuck gern umgebracht, weil er vermutlich Kommunist war, denn er hatte den Film *Früchte des Zorns* gedreht. Als Browning ihm erklärte, dass Zanuck kein Jude war, sagte Kessler, er sehe aber wie einer aus und verhalte sich auch wie einer, was sogar noch schlimmer sei.

Martin wollte damit nichts zu tun haben. Jetzt, wo der Tag der Entscheidung bevorstand, hatte er es auf einen größeren Fisch abgesehen als diesen Großkotz von Filmproduzenten, egal ob er Jude war oder nicht. Trotz der Indoktrination beim Reichssicherheitshauptamt zählte Judenhass nicht zu Martins Eigenschaften. Wenn er jemanden hasste, dann die Franzosen, die nach dem Ersten Weltkrieg Koblenz besetzt und seine Eltern gezwungen hatten, nach Amerika auszuwandern.

Er ging zu der Ausweichbucht und streckte den Daumen aus. Ihm war egal, wie er von hier wegkam. Er würde sogar mit einem Juden aus Hollywood fahren.

FRANK CARTER SASS IN dem Wagen mit dem deutschen Verwalter. Er wusste, dass der Mann log, sobald er nur den Mund aufmachte, doch er hatte noch Fragen. Er hielt ihm eine Handvoll Patronen hin. »Können Sie das erklären? Die hab ich im Gras gefunden.«

»Patronenhülsen an einem Schießstand? Wie überraschend.«

Carter nahm eine, die kleiner war als die anderen. »Sieht aus wie Kaliber sieben Komma dreiundsechzig mal fünfundzwanzig Millimeter, wahrscheinlich eine Pistolenpatrone, zwischen lauter Gewehrhülsen.«

Der Deutsche starrte aus dem Fenster, als ginge ihn das Ganze nichts an.

»Wie Sie wollen«, sagte Carter. »Ich habe gehört, auf Terminal Island soll es zu dieser Jahreszeit herrlich sein.«

NACHDEM ER ZEHN MINUTEN lang versucht hatte, einen Wagen anzuhalten, wünschte Martin Browning, er hätte Claudette Colbert dabei. In *Es geschah in einer Nacht* verschaffte sie sich und Clark Gable eine Mitfahrgelegenheit, indem sie einfach das Bein vorstreckte. Aber das hier war kein Film, und niemand hielt an. Und je länger er dastand, desto wahrscheinlicher war es, dass Polizisten vorbeikommen und anhalten würden, um einen gut gekleideten Mann zu verhören, der am Tag nach Pearl Harbor an einem einsamen Abschnitt des Sunset per Anhalter fuhr.

Plötzlich kam ein 39er Lincoln Zephyr-Cabriolet, kastanienbraun und verchromt, mit runtergelassenem Verdeck den Hügel herunter, drosselte das Tempo und bog in die Ausweichbucht. Der Fahrer war um die sechzig, blickte ihn durch eine Sonnenbrille an, sah wohlhabend aus und schien Gesellschaft zu suchen.

Martin bildete sich etwas darauf ein, Menschen schnell durchschauen zu können, ihre Gesichter, ihr Gehabe, ihre Welt, die sie sich als Ausdruck ihrer selbst schufen. Und er war zu dem Schluss gelangt, dass Amerikaner viel zu freundlich und viel zu vertrauensselig waren. Doch die Welt dieses Mannes gefiel ihm. Ihm gefiel der Wagen. Also zeigte er das künstliche Lächeln, das er ein- und ausschalten konnte wie eine Neonreklame. »Leere Batterie. Könnten Sie mich zur Straßenbahnhaltestelle in Temescal mitnehmen?«

Ohne groß zu überlegen – vielleicht hielt auch er sich für einen guten Psychologen –, sagte der Fahrer: »Steigen Sie ein.«

Martin nahm auf dem roten Ledersitz Platz und stellte seine Tasche auf den Boden.

Der große Lincoln fuhr zurück auf die Straße. Es herrschte nicht viel Verkehr. Im Radio lief »Chattanooga Choo Choo«.

Martin nannte seinen Decknamen: »Ich heiße James.«

»Ich heiße Arthur. Mögen Sie den Song?«

»Mag den nicht jeder?«

»Steht seit gestern an der Spitze der Charts. Verdammtes Pech, wenn Sie mich fragen.«

»Wieso das?«

»Wieso?« Der Mann stieß ein spöttisches Lachen aus, wie ein Profi, wenn ein Amateur eine dumme Frage stellt. »An dem Tag, an dem du die Nummer eins der Hitparade wirst, kommen die Japsen und bombardieren Pearl Harbor.«

»Ja, verdirbt vermutlich ziemlich die Stimmung.«

Arthur stellte den Sender genauer ein. »Der einzige Kanal, auf dem Musik läuft. Auf allen andern geht es um Roosevelts Rede. Wir befinden uns im Krieg mit den Japsen. Die haben angefangen. Wir bringen es zu Ende. Was muss man sonst noch wissen?«

»Führen wir … Führen wir auch mit den Deutschen Krieg?«, fragte Martin.

»Nee. Mit denen befassen wir uns später.«

Martin entspannte sich. Bis Deutschland und die Vereinigten Staaten offiziell Krieg gegeneinander führten, musste er sich bedeckt halten und warten.

»Aber ich sag Ihnen was, mein Freund«, fuhr Arthur fort. »Mit dieser Musik stehen wir das durch. Die Japsen und die Deutschen haben keinen Glenn Miller oder Tommy Dorsey.«

Martin fand es ebenso komisch wie ermutigend, dass die Amerikaner keinerlei Sinn für das rechte Maß hatten. Sie glaubten, ihre albernen Songs seien so wirkungsvoll wie die Arsenale ihrer künftigen Kriegsgegner.

Auch die Kleidung des Mannes war albern – blauer Pullover, Tweed-Knickerbocker, Strümpfe, die zum Pullover passten. Auf dem Rücksitz lag eine Golftasche mit einem Schildchen, auf dem »Hillcrest Country Club, Arthur Koppel« stand. Also ein Jude. In Hillcrest spielten nur reiche Juden.

»Wollen Sie zum Golf?«, fragte Martin.

»Warum sollte man sich sonst in L. A. zur Ruhe setzen, wenn nicht, um eine Partie Golf zu spielen, sobald einem der Sinn danach steht?«

»Golf mag ich sehr gern.« Martin sprach akzentfrei, und die amerikanische Umgangssprache war ihm sehr geläufig. Doch er hatte so viele Jahre in Deutschland verbracht, dass seine Syntax manchmal leicht verrutschte, besonders wenn er die Unwahrheit sagte. Und mit Golf kannte er sich nicht aus.

Der Fahrer schien es nicht zu bemerken. »Wo spielen Sie?«, fragte er.

»Griffith Park.« Martin wusste, dass es dort einen Golfplatz gab, der nach Warren G. Harding, einem schlechten Präsidenten, benannt war. Er wunderte sich oft, wie dieses Land angesichts der mangelhaften Qualität einiger seiner gewählten Führer so lange hatte bestehen können. Aber vielleicht würde dieses »Demokratieexperiment« nicht mehr lange dauern.

»Was für ein Handicap haben Sie?«, fragte Arthur Koppel.

»Die Schläger«, sagte Martin in der Hoffnung, sein Unwissen mit einem Scherz überspielen zu können.

Treffer. Arthur lachte. »Und ... wohin wollen Sie?«, fragte er dann.

»Nach Burbank. Ich arbeite bei einem Herrenausstatter.«

»Sie haben Glück. Montags spiele ich im Encino Country Club. Ich fahre über Topanga und lasse Sie am Sherman Way raus. Von da kommen Sie mit der Straßenbahn direkt nach Burbank. Geht viel schneller als von Temescal aus.«

Die Pacific Electric verband alle Orte im Großraum Los Angeles miteinander. Es konnte einen halben Tag dauern, aber mit den Straßenbahnen – von den Angelenos »Big Red Cars« genannt – konnte man von Reseda ganz bis nach San Bernardino und von Pasadena bis nach San Pedro fahren. Als James Costner kannte Martin dieses Verkehrsnetz gut.

»Aber ... Sie sagen, Sie arbeiten bei einem Herrenausstatter? Dann sind Sie ein besserer Anzugverkäufer?« Arthur Koppel zog eine Braue hoch. »In Burbank? Und da sind Sie Montag früh so weit hier draußen?«

Martin zeigte ein unschuldiges Lächeln. Er konnte auf die unterschiedlichste Weise lächeln. Unschuldig lag ihm besonders.

Koppel tätschelte ihm das Knie. »Keine Sorge. Ihr Geheimnis ist bei mir gut aufgehoben. Aber Sie haben etwas übersehen.«

»Übersehen?« Martin schaute aus dem Fenster, damit Koppel nicht mitbekam, dass er kreidebleich war. Manche Leute erröteten, wenn man sie ertappte. Doch Martin erbleichte, und seine Augen verloren – einer bestimmten Frau zufolge – jeglichen Glanz, wie bei einer Schlange.

»Beim Benutzen des Handtuchs, das aus Ihrer Tasche rausschaut. Sie haben ein paar Flecke auf Ihrer Hose übersehen.«

Ja, Martin hatte ein paar Flecke übersehen. Er musste sorgfältiger sein. Er schob den Handtuchzipfel in die Ledertasche.

Arthur Koppel redete weiter. »Also ... lassen Sie mich raten. Sie sind den Rustic Creek runtergekommen und kamen am Sunset raus, weil ...«

Martin fürchtete sich vor dem, was er tun musste, wenn der Mann etwas Falsches sagte.

Aber Koppel winkte ab. »Ah, was soll's. Ich war auch mal jung. Ich habe es mit vielen reichen Frauen getrieben. Und? Ist der Ehemann zu früh nach Hause gekommen? Hat die Frau Sie zur Hintertür rausgelassen und Ihnen gesagt, Sie sollen am Bach runtergehen und aufpassen, dass Sie nicht gesehen werden?«

Martin stieß ein Lachen aus und zwinkerte.

Arthur Koppel lachte ebenfalls und trommelte eine Zeit lang mit den Fingern im Takt der Musik. »Oder hat Sie der *Ehemann* rausgelassen, weil die *Frau* zu früh nach Hause kam?«

Aha, dachte Martin. War das die Information, um die es Arthur Koppel ging? Hatte er den gut gekleideten Anhalter in einer gefährlichen Kurve des Sunset ... wegen Sex mitgenommen?

Arthur Koppel schien Martins Blick bemerkt zu haben, denn er sagte: »Hey, nichts für ungut. In dieser Stadt weiß man nie. Ein paar von den härtesten Kerlen in den Filmen sind auch bloß Schwuchteln, wenn sie die Hose runterlassen. Anders als wir.«

»Ja. Anders als wir.« Martin beschloss, es auf sich beruhen zu lassen ... oder auszunutzen. Solche Informationen, egal über wen, musste man sich einprägen ... und verwenden.

Während Glenn Millers Musik sie durch das verschlafene Palisades Village begleitete, redete Arthur Koppel. Einsame Männer, die Anhalter mitnahmen, waren gewöhnlich redselig. Er erzählte, dass er als Anwalt für die ASCAP arbeitete, die Amerikanische Gesellschaft der Komponisten, Autoren und Verleger. Sie hatten einen Honorarkampf mit CBS und NBC ausgefochten. »Wir haben dafür gesorgt, dass sie sechs Monate lang keine ASCAP-Songs spielen durften. Sie konnten nur noch Hillbilly-Zeug spielen – Sie stehen doch nicht etwa auf diesen Mist, oder?«

Martin schüttelte den Kopf.

»Was halten Sie von Jazz und Blues? Sie wissen schon, die Musik der Schwarzen?«

Martin dachte, dass Amerikaner oft die Ansicht vertraten, es sei ihre Stärke, dass bei ihnen viele Kulturen gediehen und sich miteinander vermischten. *E pluribus unum.* Aus vielen eines. Doch im stillen Kämmerlein oder wenn sie unaufgefordert ihre Meinung zum Besten gaben, vertraten sie gewöhnlich das Gegenteil. Deutsche legten keine derartigen Lippenbekenntnisse zu falschen Idealen ab. Deutsche blieben der Wahrheit treu.

Der Sunset Boulevard endete am Pacific Coast Highway im leuchtenden Grün der Palmen, dem Goldbraun der Strandlandschaft und dem grenzenlosen Blau von Himmel und Meer. Martin gab sich ganz den Farben hin, dem Dröhnen des großen Zwölfzylindermotors, dem Fahrtwind.

Wer bezweifelte schon an solch einem Tag, so hell und warm, während die übrige Welt im Dezemberdunkel lag, dass alle Sorgen der Menschen gelindert, alle Probleme gelöst werden konnten durch ein bisschen kalifornischen Sonnenschein, besonders wenn Tommy Dorseys »Blue Skies« im Radio lief und Frank Sinatra den Gesang übernahm?

»Meine Frau hat diesen Sinatra geliebt«, sagte Arthur Koppel.

»Eine himmlische Stimme«, sagte Martin.

»Tja, als die Ärzte ihr prophezeiten, sie würde bald selbst im Himmel sein, bin ich in Rente gegangen. Ich wollte mehr Zeit mit ihr verbringen, aber …«

Kummer gab es überall auf der Welt, genau wie Habsucht oder Freude. Das verstand auch ein Attentäter. Als Martin »Tut mir leid für Sie« sagte, meinte er es ernst. Doch ein paar Minuten später gelangte er zu dem Schluss, dass er Koppel aus dem Weg räumen musste.

Am Topanga Canyon nahm Koppel die Kurve, ohne das Tempo zu drosseln, als wollte er die gute Straßenlage seines Wagens demonstrieren. Durch die Fliehkraft fiel Martins Tasche um. Die Klappe öffnete sich, das Handtuch rutschte heraus und brachte das Holster zum Vorschein.

Hatte Koppel es gesehen? Würde er wissen, worum es sich handelte?

Als der Lincoln Zephyr den Canyon erklomm, sagte Koppel: »Wussten Sie, dass in der Nähe der Stelle, an der ich Sie mitgenommen habe, ein Versammlungsort von Nazis sein soll?«

»Nazis?«, fragte Martin seelenruhig.

»Ja, Sauerkraut fressende, ›Heil Hitler‹ brüllende, Juden hassende Teutonen. Es heißt, sie haben ein Grundstück im Rustic Canyon, wo sie trainieren, marschieren und schießen, und, na ja, wir müssen jetzt vorsichtig sein … in jeglicher Hinsicht.«

»Ja«, sagte Martin. »Äußerst vorsichtig.«

»Sind Sie deshalb bewaffnet? Aus Angst vor den Nazis?«

»Bewaffnet?«, fragte Martin.

»Ich schieße selbst ein bisschen, da vorn im Topanga Gun Club. Mit Pistolen kenn ich mich aus. Und die Mauser C96? Eine verdammt gute Waffe. Churchill hatte eine im Burenkrieg.«

»Churchill. Sehr interessant.« Martin sprach mit monotoner Stimme. Doch seine Gedanken rasten: Arthur Koppel hatte die Gefahrenzone betreten.

»Wenn Sie das Holster als Anschlagschaft an der Pistole befestigen, wird ein kurzläufiges Gewehr daraus. Nach dem Schusswaffengesetz von 1934 ist es eine Straftat, so eine Waffe bei sich zu führen. Aber das wussten Sie bestimmt, oder?«

»Natürlich«, sagte Martin.

Der Radiosprecher meldete sich zu Wort: »Und jetzt Glenn Miller und sein Orchester in der RCA-Aufnahme von ›A String of Pearls‹.«

»Eins der Lieblingsstücke meiner Frau«, sagte Arthur Koppel.

Die Straße beschrieb eine Kurve, führte durch den kleinen Ort und stieg weiter an.

Als sie am Eingang des Sport- und Schützenvereins vorbeikamen, sagte Arthur Koppel: »Wollen Sie nicht eine Runde schießen? Ich hab ein paar Freunde, die würden sehr gern mal so eine Pistole sehen.«

»Nein, nein«, sagte Martin freundlich, aber sein Entschluss stand fest. »Ich muss zur Arbeit. Das ist das Beste, was wir für unser Land tun können.«

»Da haben Sie wohl recht … Aber sagen Sie, was macht ein Herrenmodeverkäufer aus Burbank mit so einer Waffe? Ist ein bisschen verdächtig, meinen Sie nicht auch?«

»Ich schieße gern.« Martin musterte Koppel kurz, der mit Worten wie »Straftat« und »verdächtig« sein Schicksal besiegelt hatte. Dann richtete er den Blick aufs Radio. »Ein Song über einen Mann, der seiner Frau eine schöne Perlenkette schenkt. Haben Sie Ihrer Frau mal eine geschenkt?«

»O ja. Sie hat sie immer zu einem blauen Kaschmirpullover getragen. Passend zu ihren Augen.«

»Sie fehlt Ihnen, oder?« Martin tätschelte Koppel das Knie. »Sie vermissen ihre Stimme. Sie vermissen ihre Berührung.«

Koppel sah Martins Hand an. »Sie fehlt mir schrecklich.«

»Ein Mann kann sich einsam fühlen.« Martin blickte in den Seitenspiegel. Niemand hinter ihnen. Und weiter vorn war die Parkbucht von Top of Topanga, dem Aussichtspunkt ins San Fernando Valley. Er sagte Koppel, dass er dort halten solle.

»Aber ...«

»Ich muss pinkeln«, sagte Martin.

Arthur blickte auf die Uhr und zögerte.

»Halten Sie schon an«, sagte Martin ungeduldig.

Und Arthur Koppel traf die schlechteste Entscheidung seines Lebens. Er bog ab auf den großen unbefestigten Parkplatz mit der berühmten Aussicht.

Der Platz war leer, genau wie Martin gehofft hatte. Am Morgen nach Pearl Harbor war niemand an schöner Landschaft interessiert.

Arthur hielt, legte den Leerlauf ein, ließ den Motor laufen. Dann deutete er auf die Büsche. »Nur zu.«

»Das kann warten«, sagte Martin. »Ich glaube, wir brauchen was anderes.«

Arthur spürte die Gefahr. »Was denn zum Beispiel?«

»Wir sind beide Männer von Welt. Sie haben mich mitgenommen, weil Sie einsam sind, genau wie ich. Ich hab nur eine Frage.«

»Nämlich?«

»Sind Sie der aktive oder der passive Part?«

»Ziehen Sie das Verdeck zu und finden Sie's raus«, sagte Arthur Koppel.

Martin musterte den ehemaligen Anwalt und fragte sich, ob Koppel es wirklich wollte. Oder ob er bloß wollte, dass Martin ausstieg, um dann mit Vollgas davonzufahren. Also beugte sich Martin vor und schaltete den Motor aus. Dann zog er den Schlüssel.

Arthur Koppel riss vor Schreck die Augen auf. »Hey, hey, was soll das?«

Martin öffnete die Tür und stieg aus. »Das zeig ich Ihnen gleich.«

Bevor irgendwer auf den Parkplatz kam, löste Martin die Schnallen und Riegel des eingeklappten Verdecks und zog es hoch. Es glitt problemlos nach oben und senkte sich mit perfekter amerikanischer Präzision auf den Rahmen der Windschutzscheibe.

Martin stieg wieder ein. »Ich bin der aktive Part«, sagte er.

Einen Augenblick herrschte Stille ... Da war Hitze, die Hitze der Sonne, die durchs Verdeck drang, die Hitze der Erwartung bei beiden Männern. Arthur Koppel hatte sich offenbar für das Wohlgefühl entschieden, das dieser gut gekleidete Fremde ihm verhieß. Und auch Martin Browning ging es um ein Wohlgefühl, das Wohlgefühl eines sauberen Mordes.

Martin legte Arthur die linke Hand in den Nacken ... zärtlich wie ein Liebhaber.

»Ich bin so verdammt einsam«, flüsterte Arthur Koppel.

Martin zog Koppels Kopf behutsam an sich, griff dann kräftiger zu und hielt ihn fest.

Arthur riss vor Angst die Augen auf. Er versuchte sich loszureißen.

Doch Martin hatte Arme wie Stahlkabel, und Koppel konnte sich nicht bewegen. Browning schob den rechten Mittelfinger in den Ring seines Faustmessers, das in einer Scheide an seinem Schuh steckte. Dann zuckte seine Faust nach oben und stieß die zehn Zentimeter lange Klinge direkt über dem Adamsapfel in Koppels Kehle. Er spürte, wie sie durch den Rachen glitt, die Zunge durchtrennte, den Gaumen und die Knöchelchen der Nebenhöhlen durchbohrte und ins Gehirn drang.

Arthur Koppel war bereits tot, ehe er begriff, dass er erstochen wurde.

Sein Herz hörte auf zu schlagen. Das Messer hatte die Hauptarterien nicht getroffen. Er würde kaum bluten. Ein sauberer Mord ... ohne Zeugen.

WENN ES DUNKEL WIRD, dachte Vivian Hopewell, sollte es kalt werden. So lief das in Maryland. Und es ergab einen Sinn. In Maryland ergab alles einen Sinn. In L. A. überhaupt nichts.

Sie trug über ihrem ärmellosen gelben Kleid nur einen leichten Pullover und schwitzte trotzdem ... Sie zerfloss, wie ihre Mutter immer gesagt hatte.

Herrgott, wie sie ihre Mutter vermisste. Sie vermisste ihren Rat. Ihren Hackbraten am Montagabend. Und die Dezemberkälte, wenn Weihnachten vor der Tür stand.

Sie schleppte sich die Treppe vor der Pension hinauf. Drinnen hörte sie die schlurfenden Schritte der Wirtin. Eine der Jalousien ging hoch, und die alte Mrs. Murray spähte heraus. Das erste Gebot lautete: Keine Herrenbesuche … Nicht dass Vivian Interesse gehabt hätte.

Aus ihrem Zimmer blickte man über die San Fernando Road auf den Rangierbahnhof. Die Frauen, die hinten wohnten, hatten eine schönere Aussicht – die Verdugo Hills, im verblassenden Licht lila gefärbt. Dort war es auch viel ruhiger, doch es kostete einen Dollar mehr pro Woche. Deshalb wohnte Vivian in einem der vorderen Zimmer.

Es hatte den ganzen Tag gedauert, vom Big Time Breakfast of Burbank nach Hause zu gehen. Sie war durch die Straßen gezogen wie ein Vertreter. Doch sie besaß keinen Musterkoffer. Sie besaß nur ihre Beine. Als sie noch Kathy Schortmann gewesen war, hatten die Leute immer gesagt, sie habe die schönsten Beine der Stadt. Und die Pumps brachten ihre schönen Beine ideal zur Geltung. Also hatte sie sie eine Zeit lang anbehalten, egal wie schmerzhaft es war.

Als sie am neuen Disney-Studio vorbeigekommen war, hatte sie noch mehr Schwung in ihre Schritte gelegt, da man nie wusste, wer gerade auf den Parkplatz fuhr oder aus dem Fenster blickte. Es gab nicht viel Arbeit für echte Frauen bei Disney, es sei denn, sie konnten tippen oder ein Diktat aufnehmen, aber vielleicht brauchte ein Trickfilmzeichner ein Modell, um Schneewittchen ein paar schöne Kurven zu verpassen … Wohl kaum. In Hollywood waren schöne Kurven so verbreitet wie Autos, und die Frauen waren so hübsch, dass Vivian unter ihnen gar nicht auffiel.

Sie hatte sogar einen Abstecher ins Geschäftsviertel von Burbank gemacht und es bei drei weiteren Restaurants versucht. Nein, nein und nein danke. Dann hatte sie im Schaufenster von Mr. Fountains Herrenmode ein Schild gesehen: »Schneider gesucht«.

Die Glocke über der Tür ertönte. Eine Schaufensterpuppe in blauem Anzug lächelte sie an. In der Ecke unterhielt sich ein Verkäufer mit einem Kunden.

»Ich bin wirklich froh, dass Sie heute geöffnet haben, Costner«, sagte der Kunde.

Der Verkäufer warf ihr einen Blick zu. »Es wird sich gleich jemand um Sie kümmern, Miss.«

Sie dankte ihm und blickte sich um. Sie ließ die Hand über den Anzug der Schaufensterpuppe gleiten. Dann betrachtete sie die Vitrine mit den Herrenartikeln – Manschettenknöpfe, Krawattennadeln, Kragenlaschen und ein kleines Schild mit der Aufschrift: »Exklusiv für Mr. Fountain angefertigt. Perfekte Accessoires – das ideale Geschenk für einen besonderen Gentleman zu Weihnachten«.

Sie hörte, wie der Verkäufer sagte: »Ein Geschäftsführer, der nach Washington fährt, braucht eine Krawatte, die Selbstvertrauen ausstrahlt. Halbherzigkeit gewinnt keinen Krieg ... oder einen Rüstungsauftrag.«

»Leute wie ich reisen in Scharen nach Washington«, sagte der Kunde. »Vertreter der Flugzeugfirmen zum Verteidigungsministerium, Banker zum Finanzministerium, Farmer zum Landwirtschaftsministerium ... Wir alle spielen unsere Rolle.«

Der Verkäufer legte dem Mann eine Krawatte auf die Schulter, um Stoff und Farbe zu prüfen. »Sprechen Sie in Washington über das neue Flugzeug, Sir?«, fragte er.

»Welches neue Flugzeug?«, fragte der Kunde.

»Den zweimotorigen Abfangjäger? Ich hab sie schon den ganzen Nachmittag am Himmel gesehen.«

»Die P-38? Die fliegen wir aus. Ein paar schicken wir zur Sicherheit in den Osten. Andere zu den Flugplätzen an der Küste. Wenn die Japsen irgendwas in Kalifornien vorhaben, zahlen wir's ihnen mit gleicher Münze heim.«

Ja, auch Vivian hatte die Flugzeuge am Himmel gesehen.

»Und mit den neuen Langstreckentreibstofftanks können die Maschinen bis nach Deutschland fliegen?«

Der Mann zwinkerte. »Verraten Sie's Hitler nicht.« Beide lachten.

Plötzlich kam ein kleinerer, älterer Mann – angeklatschtes Haar, pomadisierter Schnurrbart – zu Vivian. »Ich bin Mr. Fountain«, sagte er. »Kann ich Ihnen behilflich sein?«

Sie deutete auf das Schild im Schaufenster. »Sie suchen einen Schneider.«

»Kennen Sie einen?«

»Ich kann Hosenaufschläge nähen, Löcher stopfen, Jacken enger machen, zum Beispiel so eine wie bei der Schaufensterpuppe …«

»Das ist ein Mannequin«, sagte Mr. Fountain. »Und mir ist es lieber, wenn Männer bei Männern Maß nehmen. Eine schöne Frau wie Sie, die ein Maßband an den Schritt eines Mannes hält?«

»Und als Verkäuferin?« Sie sah den Verkäufer mit seinem schönen Anzug und dem nach hinten gestrichenen Haar nicht an, spürte aber, dass er durch seine eulenhafte Brille zu ihnen herüberblickte.

Mr. Fountain schüttelte den Kopf. »Leider nicht.«

Sie nahm sich eine Visitenkarte vom Tresen, winkte zum Abschied, um zu zeigen, dass sie unverzagt war, und ging.

Von dort hatte es zwei Stunden gedauert, in ihren flachen Schuhen nach Hause zu gehen.

Kurz nachdem sie sie von den Füßen geschleudert hatte, schob Mrs. Murray einen Umschlag unter ihrer Tür durch. »Der ist für Sie gekommen. Ein Mann in zerknittertem Anzug. Er hat gesagt, er heißt Buddy.«

Hätte Vivian etwas im Magen gehabt, hätte sie sich bestimmt übergeben.

Buddy Clapper spionierte ihr nach, seit er gesehen hatte, wie sie im Steam Engine Diner an ihrem Käsetoast geknabbert hatte. Er hatte ihr an jenem Abend ein Stück Kuchen spendiert und ihr den Hof gemacht. Doch es ging ihm nicht um Liebe, wie seine Nachricht bewies: »Drei Männer aus Chicago. Konferenz abgesagt wegen den Japsen. Haben das Geld locker sitzen und sind auf Spaß aus. Komm heute Abend um neun ins Steam Engine. Zieh Pumps an. Dann kannst du hundert Dollar verdienen. Buddy C.«

KEVIN CUSACK HATTE *Everybody Comes to Rick's* gegen sechs zu Ende gelesen. Er war so in das Theaterstück vertieft gewesen, dass ihm nicht aufgefallen war, wer gerade in die Abteilung kam oder wieder ging.

Als Rick zu Victor Laszlo sagte, er solle mit der Frau weggehen, verstand Kevin ihn nur zu gut, er war froh und zugleich traurig über diese edle Opferbereitschaft, ein schönes Gefühl am ersten Kriegstag. Als er das Skript zuklappte, überlegte er … Wem konnten sie die Rollen geben? Seine erste Idee für Rick war James Cagney. Und die Frau? Mary Astor? Nach *Die Spur des Falken* war sie heiß begehrt.

Kevin wollte mit jemandem darüber sprechen. Also begab er sich zu dem Büro, das Sally Drake sich mit Cheryl Lapiner, einer weiteren Frau von der Ostküste, teilte.

Sally war nicht da, aber Cheryl saß im Lichtschein einer Hundert-Watt-Schwanenhalslampe an ihrem Schreibtisch. »Sie sind weg«, sagte sie, ohne aufzusehen. »Die ganze Bande. Jerry Sloane sollte Ihnen Bescheid geben. Aber er will Sally offenbar für sich allein haben.«

»Wohin sind sie?«

»Musso and Frank. Sie haben gesagt, sie bräuchten ein bisschen Aufheiterung, und heute Abend sei bestimmt nicht viel los. Und ein paar Skriptleser sollten einen Tisch im Hinterzimmer freihalten.«

Kevin setzte sich auf die Schreibtischkante. »Kommen Sie, wir gehen auch hin. Das wird lustig«, sagte er.

»Sie meinen, ich soll an Ihrem Arm gehen, um Sally eifersüchtig zu machen?«

Er ahmte einen deutschen Akzent nach. »Haben Sie nicht gerrrn

Spaß, Fräulein? Machen Sie andere Frauen nicht gerrrn eiferrrsüchtig?«

Miss Lapiner starrte ihn ausdruckslos an. Sie war mittlerweile über fünfunddreißig und glaubte nicht mehr an die große Karriere. Immerhin – die Drehbuchabteilung leitete eine Frau namens Irene Lee, doch in der intriganten Welt hinter der Kamera hatten Frauen gewöhnlich nicht viel zu melden.

Kevin bog die Schreibtischlampe hoch, richtete das Licht auf Miss Lapiners Gesicht. »Wierrr haben Mittel und Wege ... um Sie zu einem Drrrink zu überrreden.«

»Gehen Sie Sally suchen.« Sie bog die Lampe wieder herunter. »Ich glaube, sie mag Sie mehr als diesen Langweiler Sloane.«

Und so ging Kevin zu seinem Wagen. Als er vom Parkplatz abbog und in Richtung Hollywood Boulevard fuhr, blickte er in den Rückspiegel, um sicherzugehen, dass ihm niemand folgte. Wenn man in seiner Freizeit Nazis bespitzelte, konnten Scheinwerfer im Rückspiegel Ärger bedeuten.

MARTIN BROWNING BESCHLOSS, dass James Costner zum letzten Mal einen Anzug verkauft hatte. Wichtiger als von Lockheed-Bossen Informationen zu sammeln war es, keinen Verdacht zu erregen. Wenn Kessler oder Stengle verhaftet waren, würden sie beim Verhör vermutlich auspacken. Und der Verwalter saß bestimmt in einem Bundesgefängnis und stand ebenfalls unter Druck. Deshalb war Martin vorsichtig, als er sich seinem Viertel in Burbank näherte.

In L. A. gab es Dutzende solcher Viertel, schnurgerade Straßen, kleine Häuser auf kleinen Grundstücken, alle mit demselben Grundriss, jedes mit irgendeiner Besonderheit. Die Leute mochten als anonyme Masse zur Arbeit trotten, doch wenn sie nach Hause kamen, fanden sie dort ihre persönliche Insel vor, die sich durch ein hübsches Spalier hier, ein apartes Mauerwerk dort oder eine rosa Haustür, passend zur Farbe der im Garten blühenden Kamelien, auszeichnete.

James Costner definierte sich allein über die Fadheit seines Lebens. Er hatte sich bei einem netten deutschen Ehepaar eingemietet – einem Zahnarzt im Ruhestand namens Edgar Stumpf und seiner Frau Edna. Er ging zur Arbeit. Er hatte seine Ledertasche dabei und ließ kein belastendes Material in seinem Zimmer zurück. Briefe verbrannte er sofort, auch die von seinem Vater, die von Flatbush nach Heidelberg geschickt und dann vom Bund nach L. A. weitergeleitet wurden. Und in seinem Viertel, wo es nicht mehr so hell war wie sonst, weil die Leute sich bereits an die Verdunkelung hielten, bewegte er sich stets vorsichtig.

Er blieb auf der anderen Straßenseite im Schatten einer Magnolie stehen.

Von dort hatte er das Haus der Stumpfs im Blick, ohne selbst gesehen zu werden. Irgendwas stimmte nicht. Er blickte die Straße entlang. In dieser Welt voller Autos wirkte kein Wagen je völlig deplatziert. Doch dieser große schwarze Chevrolet ...

Plötzlich drang eine zischende Stimme aus der Kamelienhecke: »Wir haben ein Problem, Ash.«

Noch bevor er die Stimme erkannte, hatte Martin den Mittelfinger in den Metallring seines Messers gesteckt, bereit zuzustechen. Ohne den Kopf zu drehen, sagte er: »Stengle?«

»Ich bin zum Mullholland geritten, hab das Pferd stehen lassen und ein Auto angehalten.«

»Und Kessler?«

»Der ist die Treppe raufgerannt. Ich hab eine Maschinenpistole gehört. Keine Ahnung, ob sie ihn erwischt haben. Was ... Was soll ich jetzt machen, Ash?«

»Der Chevy an der Laterne ... Hast du gesehen, ob jemand drinsitzt?«

»Nein.«

Trotzdem war irgendetwas seltsam. Er betrachtete das grüne Dodge-Coupé auf der anderen Straßenseite. Darin befand sich seine andere Identität: Kleidung und Musterkoffer eines gewissen Harold King, Vertreter für Saatgut und landwirtschaftliche Maschinen. Martin parkte den Wagen stets ein paar Häuser entfernt und stellte ihn alle paar Tage woanders ab.

Jetzt brauchte er ihn, denn er musste sich in Harold King verwandeln.

Und Stengle musste verschwinden … aus der Straße, aus ihrer Zelle, am besten auch aus dem Bund. Martin hatte keine Lust, einen arbeitslosen Handwerker zu töten, auch wenn Stengle durch seine Naivität – was eine nette Umschreibung für Dummheit war – ein leichtes Opfer sein würde, aber er war doch vor allem ein armes Schwein. Martin Browning konnte durchaus Mitleid zeigen, doch im Krieg war das fast so gefährlich wie Dummheit. »Du wirst bald eingezogen, oder?«, raunte er in Richtung Hecke.

»Ja.«

»Geh vorher zu einem Rekrutierungsbüro. Sag ihnen, dass du ein guter Schütze bist. Dass du dich freiwillig melden willst. Sag ihnen, du willst Japse umbringen. Achte darauf, dass du *Japse* sagst.«

»Ich würde lieber Japse umbringen, als ständig ›Heil Hitler‹ rufen.«

»Das dürfte dem Führer gar nicht gefallen. Geh jetzt.«

»Aber Kessler hat gedroht, mich umzubringen, wenn ich morgen früh nicht auftauche. Er hat gesagt, wir müssen uns verhalten wie immer. Jeden Dienstag und Donnerstag holt er mich an der Hyperion Bridge ab, und dann gehen wir auf Arbeitssuche. Er mauert, ich mische Mörtel. Wir sind ein gutes Gespann.«

»Wenn er dich zum Mörtelmischen braucht, musst du dir keine Sorgen machen.«

»Er ist doch beim Einsatzkommando vom Bund, Ash. Er hat einen Schlagring. Das macht mir Angst.«

»Dann tu einfach, was ich dir sage«, erwiderte Martin. »Geh!«

Stengle streckte ihm durch die Hecke die Hand entgegen. Das war nicht mehr naiv, sondern völlig idiotisch.

»Geh«, sagte Martin. »Los, verschwinde!«

Die Hand verschwand wieder in der Hecke und Stengle mit ihr.

Martin beschloss, den Wagen zu nehmen. Wenn er ihm folgen wollte, müsste der Chevy wenden. Aber Martin kannte die Gegend. Er kannte die Straßen und alle Wege, die die Garagen und Mülltonnen hinter den Häusern miteinander verbanden. Wenn nötig, könnte er auch die Gestapo abschütteln. Das FBI abzuschütteln, würde ein Kinderspiel sein.

Er zog ein Paar Kalbslederhandschuhe an und nahm den Schlüssel des Dodge aus der Tasche. Er musterte den Chevy. Im Schatten war nichts zu erkennen … keine Bewegung, keine glühende Zigarette. Nichts.

Er überquerte die Straße und setzte sich hinters Lenkrad. Für den Fall, dass er den Wagen nachts benutzen musste, ohne Aufmerksamkeit zu erregen, hatte er die Innenbeleuchtung abgeklemmt. Und er hatte geübt, den Schlüssel mit geschlossenen Augen ins Zündschloss zu stecken. Er trainierte alle feinmotorischen Fähigkeiten. Das nannte man Muskelgedächtnis. Der Schlüssel glitt problemlos ins Schloss. Der Motor brummte, und Martin legte den Gang ein.

Als er an dem dunklen Chevy vorbeirollte, sah er, dass niemand drin saß.

Falscher Alarm. Wahrscheinlich hatte der idiotische Stengle ihn nur nervös gemacht. Er gab Gas und fuhr davon.

KEVIN CUSACK HATTE DAS Musso and Frank noch nie so ruhig erlebt. Wie immer war es ziemlich voll. Wie immer waren vorn die meisten Tische besetzt. Wie immer brutzelten auf dem Grill hinter der Theke Steaks und Koteletts. Die Leute hatten etwas zu essen, sie hatten etwas zu trinken. In Hollywood war trinken wichtiger als essen. Doch der Gesprächslärm war in der Regel lauter als bei einem irischen Leichenschmaus in der Küche. Aber an diesem Abend war es geradezu still, als wäre die Leiche im Raum aufgebahrt, und die Frauen aus der Nachbarschaft murmelten ihre Rosenkranzgebete.

Kevin sah ein paar bekannte Gesichter.

Humphrey Bogart, ein Vertragsschauspieler bei Warner Brothers, der als Sam Spade groß rausgekommen war, saß allein da, trank einen Highball und starrte ein leeres Glas auf der anderen Tischseite an. Wahrscheinlich das seiner Frau. Wahrscheinlich hatten sie sich gestritten. Wahrscheinlich war sie hinausstolziert. Die beiden wurden nicht grundlos »die zankenden Bogarts« genannt.

Plötzlich hatte Kevin eine Idee: Bogart, wie er dasaß und völlig fertig aussah ... Wäre er vielleicht der ideale Rick Blaine?

Aber wo waren die anderen aus der Drehbuchabteilung? Nicht auf ihren üblichen Plätzen in der Nähe des Grills. Saßen sie tatsächlich im Hinterzimmer, das auch Autorenzimmer genannt wurde, weil sich dort im Laufe der Jahre so viele Autoren hatten volllaufen lassen?

Ein Kellner namens Larry kam in seinem roten Jackett auf ihn zu. Mit seiner runzligen Visage und der Unterlippe, die aussah, als würde sie mit dem Rest seines Gesichts im Streit liegen, hatte er als Stummfilmschauspieler gutes Geld verdient. Doch der Tonfilm hatte ihn arbeitslos gemacht, denn seine Stimme klang wie eine quietschende Straßenbahn auf dem Hollywood Boulevard. »Ihre Leute sitzen hinten bei diesem Huston.«

»Sie sind mit John Huston im Autorenzimmer, und Bogart sitzt *hier draußen*?«

»Heute hat niemand Lust auf Revierkämpfe. Nicht heute in diesem Ausstand.«

»Ausnahmezustand?«

»Ja ... Und mit Bogeys Frau will niemand zusammensitzen, wenn sie betrunken ist. Ich hab gehört, dass Huston das Gutachten gefällt, das Sally Drake für ihn geschrieben hat.«

Wahrscheinlich gefällt ihm auch ihr Hintern, dachte Kevin. Wie den meisten Männern.

Er ging nach hinten und warf einen Blick ins Autorenzimmer. Er sah das große, bleiche Gesicht von John Huston, der die Drehbuchleute am ersten Tisch unterhielt. Huston bemerkte Kevin. Sally Drake folgte seinem Blick. Und Jerry Sloane sah, wie Sally sich umdrehte, also drehte auch er sich um und starrte seinen Rivalen missmutig an.

Wenn Huston auf Sally scharf war, hatten weder Kevin noch Jerry die geringste Chance. Stets bekam der angesagte neue Regisseur die Frau … nicht der Autor und schon gar nicht der Skriptleser.

Kevin holte tief Luft. Er wollte gerade zu den andern an den Tisch treten, als plötzlich die Tür der Herrentoilette aufging. Ein Mann in blauem Dreiteiler kam heraus und ging an die Grilltheke. Niemand beachtete ihn. Doch Kevin wusste, dass dieser Mann nirgends grundlos auftauchte. Kevin sah Sally an und nickte in Hustons Richtung, als wollte er sagen: *Viel Glück*. Dann ging er zum Tresen und fragte den Mann, ob der Hocker neben ihm noch frei sei.

»Bitte schön.«

Kevin setzte sich und schlug die Speisekarte auf. »Sollten Sie nicht damit beschäftigt sein, Japse zu verhaften?«, raunte er.

»Japse *und* Deutsche.« Frank Carter bestellte zwei Highballs.

»Auf dem Cahuenga hat mich jemand verfolgt. Waren Sie das?«

»Besser ich als ein Nazi, aber ich habe Sie am Studiotor abgepasst. Jemand, der sich ›Geheimagent neunundzwanzig des LAJCC‹ nennt, sollte … geheimer vorgehen.«

»Was ist los, außer dass wir im Krieg sind?«

Carter sah sich um, um sich zu überzeugen, dass sie keine Aufmerksamkeit erregten, zog dann eine leere Patronenhülse aus der Tasche und legte sie auf die Theke. »Wissen Sie, was das ist?«

»Eine Patrone?«

»Kaliber dreißig null sechs. Standardausführung für ein Springfield 03.« Carter legte eine andere Patrone auf die Theke. »Sehen Sie den Unterschied?«

»Sie ist kürzer«, sagte Kevin.

»Das ist eine sieben Komma dreiundsechzig mal fünfundzwanzig Millimeter. Wahrscheinlich für eine Pistole.«

»Und?«

Carter wischte die beiden Patronen von der Theke und steckte sie wieder ein. »Mir geht's um die Pistolenpatrone.«

In diesem Moment wurde die Tür der Damentoilette aufgestoßen, und eine Frau brüllte: »Du Mistkerl!«

Bogarts Frau Mayo stürmte zu ihrem Tisch zurück. Bogey zeigte keine Reaktion.

»Ich hab doch gesagt, du sollst mir noch einen Scotch bestellen!«, rief sie. »Und warum ist dann nur Eis in meinem verdammten Glas?« Sie schnappte sich das Glas, als wollte sie es ihm an den Kopf werfen.

Bogart sprang auf und packte sie am Arm. Eiswürfel flogen. Er knurrte ihr etwas zu. Dann zog er sie zur Tür und drückte Larry beim Gehen einen Geldschein in die Hand. Mayo schrie noch einmal »Mistkerl!«, und dann waren sie verschwunden.

»Schöne Stadt«, sagte Frank Carter zu Cusack.

»Schöner als Boston ... wenigstens im Dezember.«

»Es gibt mehr im Leben als gutes Wetter.«

»Das hat mein Vater auch immer gesagt.«

»Warum sind Sie dann nicht in Boston und studieren Jura wie ein braver irischer Junge?«

Die Highballs kamen. Nachdem er zweimal genippt hatte, sagte Kevin: »Opa Cy hat an der Blue Hill Avenue ein Programmkino. Er zeigt hauptsächlich ältere Warner-Filme. Als Kind habe ich dieses Kino geliebt. Nach meinem Abschluss am Boston College hab ich meinem Vater gesagt, dass Opa Cys Branche mir mehr bedeutet als der Anwaltsberuf.«

Carter trank einen Schluck. »Opa *Cy*?«

»Meine deutsche Mutter ist halb katholisch, halb jüdisch. Deshalb sind ihre Eltern in Amerika gelandet. Katholiken und Juden verlieben sich eher selten in Deutschland.«

»Das sollten Ihre Freunde im Bund besser nicht rausfinden.«

»Simon Steinberg hat sich in Cyrus Steiner umbenannt. Nur eine kleine Änderung, aber für Judenhasser ein erheblicher Unterschied.« Kevin trank einen Schluck, bevor er weitersprach. »Als er erfuhr, was ich vorhatte, war er der stolzeste Jude in Boston. Er hat mich zu den Büros von Warner in Bay Village mitgenommen und mir einen Job als Laufbursche besorgt ...«

»Und nun sind Sie hier« – Carter blickte zu Bogarts Tisch hinüber, den der Kellner Larry gerade abräumte – »verkehren mit all den Hollywoodgrößen für – wie viel? – einen Dollar zwölf pro Stunde?«

Das schmerzte. Kevin wusste, dass er inzwischen viel besser dastehen müsste. Und er stünde in der Tat besser da, wenn er Jura studiert hätte. Aber das war ihm nicht erst seit gestern klar. »Also ... zurück zu den Patronen«, sagte er.

»Ich will, dass Sie ins Deutsche Haus gehen und hören, was dort so geredet wird.«

Das Deutsche Haus stand an der Ecke Figueroa und Fünfzehnte Straße und war das Vereinshaus des Amerikadeutschen Bunds von Südkalifornien, ein Mekka für Nazi-Sympathisanten aus dem gesamten Westen.

»Geredet?«, fragte Kevin. »Worüber sollten sie denn reden?«

»Zum Beispiel über eine heute früh durchgeführte Razzia im Rustic Canyon. Über diese Patronen. Über einen Mann, der Schießübungen mit einer Pistole macht, die Sieben-Komma-dreiundsechzig-mal-fünfundzwanzig-Millimeter-Patronen verschießt.«

»Viele dieser Amateur-Nazis üben mit Pistolen. Im Bund sagt Hermann Schwinn immer, wenn der Tag der Entscheidung kommt, müssten sie aus nächster Nähe töten.«

»Dann finden Sie raus, was Schwinn heute Abend über den Tag der Entscheidung sagt.«

»Jetzt? Ich soll da jetzt hinfahren?«

Carter schaute auf seine Uhr. »Seien Sie um acht da. Dann bleibt Ihnen noch eine Stunde.«

»Wieso die Eile?«

»Um neun machen wir eine Razzia. Befehl von J. Edgar Hoover. Wir verhaften alle, die eine Bedrohung für die innere Sicherheit der Vereinigten Staaten sind. Schwinn steht auf der Liste ganz oben.«

Kevin warf einen Blick zum Autorenzimmer.

Carter lachte. »Vergessen Sie's. Sie hatten bei dieser versnobten Lady aus D. C. bereits Ihre Chance.«

»Ich hab gehofft ...«

»Sie sitzt neben dem Mann, der *Die Spur des Falken* gedreht hat. Wahrscheinlich hat er ihr schon die Hand unter den Rock geschoben.«

»Sie trägt Hosen«, sagte Kevin.

»Hosen? Dann steht sie wohl eher auf Frauen«.

»Vielleicht steht sie auch bloß auf Hosen.«

»Aber wenn sie auf Frauen steht, wüsste der Chef das gern.«

»Huston?«

»Hoover. Er ist der einzige Chef, um den Sie sich jetzt Gedanken machen müssen. Und er hasst die Roten immer noch mehr als die Nazis. Er würde sich freuen zu erfahren, dass die Tochter eines roten Professors an der George-Washington-Uni so was wie eine Lesbe ist.«

Kevin sah Carter bloß an. Manchmal beunruhigte ihn, was einem diese Leute antun konnten, wenn sie einen nicht mochten. Aber wenigstens waren sie endlich hinter den Nazis her.

Frank Carter seinerseits hatte nichts gegen lesbische Kommunistinnen oder hartgesottene Leinwandhelden, die in der Öffentlichkeit nicht mit ihren Frauen fertig wurden. Er musste seine Arbeit erledigen. Im Büro ratterten die Fernschreiber wie Maschinengewehre, und in ganz L. A. tauchten Nazi-Unruhestifter unter. Er spürte, dass

Kevin Cusack im Deutschen Haus vielleicht Dinge herausfinden würde, die Agenten des FBI nicht erfahren würden.

In diesem Moment kam Sally Drake, die Tochter des Kommunisten, durch den Zigarettenrauch auf sie zu. »Hey, Kevin, wer ist dein Freund hier?«

Carter streckte ihr die Hand entgegen. »Bob Smith. Ein alter Freund aus Boston.«

»Sie sprechen ›Bahstan‹ aus, als wären Sie in ›Noo Yawk‹ aufgewachsen.« Sie ergriff seine Hand.

Carter stieß ein falsches Lachen aus. »Sie kennt sich mit Akzenten gut aus«, sagte er zu Kevin.

»Du meine Güte.« Sally machte einen auf Scarlett O'Hara.

Kevin gefiel, dass sie es mit Männern aufnehmen konnte und sich nicht einschüchtern ließ.

»Ich verkaufe im Osten Konzessionen für Kinos«, sagte Carter. »Ich hab Kev kennengelernt, als er im Kino seiner Familie an der Blue Hill Avenue rumhing und Jimmy Cagney anfeuerte. Er hat gesagt, Cagney würde ihn an seinen Großvater erinnern.«

»Welchen denn?« Sie tippte Kevin an die Stirn. »Da drin kann ich Cagney sehen, einen Iren, der sich sogar Jack Warner widersetzen würde. Aber auch einen klugen jüdischen Jungen.«

Kevin gefiel das alles nicht. Wenn sich herumsprach, dass ein Mann mit irischem Nachnamen und deutschen Großeltern zu einem Viertel jüdisch war, konnte das im Deutschen Haus schlimm für ihn ausgehen. Deshalb wechselte er das Thema. »Wie's aussieht, hast du grade einen Iren am Haken.«

»Huston? Ein irischer Trinker mit den Händen eines Italieners.«

»Erzähl das bloß nicht Jerry Sloane.«

»Mach dir um Jerry mal keine Gedanken.« Sie ging zur Damentoilette. »Und bleib, wo du bist.«

»Verdammt, lassen Sie meinen jüdischen Großvater aus dem Spiel. Der Bund hat seine Ohren überall«, flüsterte Kevin Carter zu.

»Und beim Bund reißt man gern die Klappe auf. Mal sehen, wovon man dort heute Abend redet.«

Kevin trank seinen Highball aus und blickte zur Damentoilette. »Sie fährt am Freitag weg, Frank. Zurück an die Ostküste. Und wir beide waren ...«

»Das ist Vergangenheit. Jetzt hat Jerry Sloane die Nase vorn, und Huston ist auf der Überholspur. Sie können sich glücklich schätzen, wenn Sie halbwegs im Rennen bleiben.«

»Überall Konkurrenzkampf«, sagte Kevin.

»Dann stellen Sie sich auf die Gewinnerseite. Helfen Sie dem FBI, Nazis zu fangen.« Frank Carter klopfte Kevin freundschaftlich auf die Schulter. »Gehen Sie ins Deutsche Haus und sperren Sie die Ohren auf.«

AUF DEM GÜTERBAHNHOF HÖRTE man das Quietschen und Poltern der Züge, die rangiert wurden. Vivian Hopewell saß auf der Kante ihres durchgelegenen Betts und lauschte dem Lärm. Morgen würden noch mehr Züge kommen ... und dann tagtäglich und jede Nacht, bis dieser Krieg vorüber war. Schon bald würde es in dieser alten Bruchbude so laut sein, dass man keinen Schönheitsschlaf mehr bekam.

Sie las noch einmal die Nachricht von Buddy Clapper. Sie wusste, was laufen würde, wenn sie zum Steam Engine Diner ging. Sie war nicht auf den Kopf gefallen ... und keine Jungfrau mehr. Die Zugfahrt nach Kalifornien hatte sie mit der einzigen Währung bezahlt, die ihr zur Verfügung stand. Sie war in Hollywood auf Partys gewesen, auf denen der Bourbon in Strömen floss und irgendwann die Röcke fielen. Und sie kannte das »Besetzungssofa« – das letzte Mittel.

Aber das hier hasste sie, denn es war das allerletzte Mittel. Und sie hasste Buddy Clapper, diesen eingebildeten Mistkerl. Wie kam es, dass ein Mann, der einem eine Schüssel Chili spendierte, glaubte, man sei sein Eigentum? Doch was würde sie nicht dafür geben, für eine Schüssel Suppe, einen Teller Hackbraten oder ein Stück Kuchen. Bloß ein Stück Kuchen.

Sie hörte, wie zwei Güterwagen aneinanderstießen. Vielleicht würde das Ganze genauso mechanisch ablaufen. Ein Körper, der auf einen anderen prallte, sich mit ihm verband, sich paarte und dann seiner Wege ging … Und damit zog sie ihre Pumps wieder an.

MARTIN BROWNING FUHR DEN Dodge in eine Garage eines Wohnkomplexes in Glendale: zwei große grau verputzte Gebäude, in jedem vier Wohnungen, dazwischen eine Einfahrt, die zu einer Sechsergarage und einem kleinen Bungalow führte, in dem die Besitzerin Mrs. Sanchez wohnte.

Er hatte die Hornbrille abgesetzt und trug jetzt den Scheitel rechts wie Cary Grant. Er trug eine Lederjacke und einen braunen Fedora. Niemand, und wenn er direkt vor ihm stünde, würde James Costner … oder Leslie Howard in ihm sehen. Cary Grant würde allerdings auch keiner in ihm sehen, trotz der Kleidung aus *SOS Feuer an Bord*. Seine Verwandlung war nahezu vollständig. Er hatte sogar sein Wesen verändert. Harold King war offen und freundlich, ein typischer jovialer Amerikaner, kein herablassender Herrenmodeverkäufer, der an jedem Anzug etwas auszusetzen hatte.

Martin spielte lieber die Rolle von Costner. Harold King ermüdete ihn, und er war schon müde genug. Wenn er bloß ohne Schauspielerei in die Wohnung gelangen könnte … doch von der Terrasse vor dem Bungalow hörte er bereits: »*Buenas noches, señor.*«

»*Buenas noches*, Mrs. Sanchez.« Der Vertreter Harold King nahm sich stets Zeit, mit der Vermieterin zu plaudern. Also blieb Martin stehen.

»Ich habe Sie erst am Wochenende erwartet«, sagte Mrs. Sanchez.

»Diese Woche hat niemand was gekauft. Das wird wieder besser, sobald der Schock von gestern überwunden ist.«

Sie hielt einen Krug hoch. »Sangria?«

Martin hätte gern etwas getrunken, selbst ein Glas dieser süßlichen spanischen Bowle, doch er musste erst etwas essen. Und ein Nickerchen machen. »Heute Abend nicht.«

»Heute ist ein schlimmer Tag«, sagte sie. »Ich frage mich, was mein Mann denken würde. Er würde unseren Söhnen wohl sagen, dass sie sich freiwillig melden sollen.« Sie schenkte allabendlich auf ihrer Terrasse Sangria aus und sprach von dem Mann, der diesen kleinen Wohnkomplex gebaut hatte, bevor er bei einem Autounfall ums Leben kam. Doch es gab keine Söhne, keine Sanchez-Jungs. Sie waren nur der Traum einer Witwe.

Martin verstand das. Jeder ließ sich von Träumen leiten ... zumindest bis zum Morgengrauen. Träume hatten seine Eltern von Koblenz nach Flatbush gebracht. Träume hatten ihn nach Heidelberg zurückgebracht. Träume leiteten das deutsche Volk an, das bereits 1918 aus Trümmern ein neues Land aufgebaut hatte und letztlich eine neue Welt errichten würde.

Also nahm er den Hut ab und deutete eine Verbeugung an. »*Señora*, Ihr Mann blickt jeden Abend vom Himmel herab und denkt nur Gutes über Sie und Ihre Mieter, die von Ihnen wie Familienmitglieder behandelt werden.«

»*Gracias, señor*. Sie sind nicht nur ein gut aussehender junger Mann, sondern auch ein sehr charmanter.«

Martin setzte den Hut wieder auf. »Das ist die Sangria ... Sie trübt offenbar Ihren Blick, Mrs. Sanchez.«

Sie lachte. »Die Sangria ist immer hier. Genau wie ich.«

Als er die Treppe hinaufstieg, ertappte er sich bei wollüstigen Gedanken. Die exotische Schönheit der spanischen Witwe war noch längst nicht verblüht. Und jeder Mann hatte seine Bedürfnisse.

Seine Wohnung war eine sogenannte Schlauchwohnung: fünf kleine Zimmer, die hintereinander lagen. Vom vordersten Zimmer sah man auf die Verdugo Hills. Hinten blickte man auf den Bergrücken, vor dem der Forest-Lawn-Friedhof die Lebenden und die Toten zu einem angenehmen Spaziergang oder zu ewiger Ruhe einlud.

Und Martin sehnte sich nach Ruhe. Er wusste, wenn er sich hinlegte, würde er stundenlang schlafen und mit einem Bärenhunger erwachen. Er war todmüde.

Wie ein Messer durch die Welt zu gehen, immer in Bereitschaft, doch stets im Verborgenen, zuzustechen wie an diesem Tag, das war eine Arbeit, die Körper und Geist ermüdete, eine Tat, die von Augenblicken extremer Angst und professioneller Brutalität gekennzeichnet war und ihn von Problemen befreien konnte, aber weder seine Seele reinigte noch seine Nerven beruhigte.

An der russischen Front hätte er ein Gewehr geschultert und in der Eiseskälte gekämpft. Doch hier im verschlafenen Glendale war ein kurzes Nickerchen kein Pflichtversäumnis. Danach würde er zum Steam Engine Diner fahren und einen köstlichen Teller Hackbraten essen.

DIE VERMONT AVENUE KAM aus den Hollywood Hills und führte schnurgerade wie eine römische Heerstraße bis ins knapp fünfzig Kilometer entfernte San Pedro. Im Radio hieß es, im Hafen sei eine Ausgangssperre und Verdunkelung angeordnet. Dennoch war L. A. ein Meer aus Lichtern, Plankton in einem wogenden Ozean. Und soweit Kevin Cusack sehen konnte, waren die Ampeln in Betrieb.

Das hieß, dass er in etwa zwanzig Minuten am Deutschen Haus ankommen würde, obwohl er zweimal wegen Militärfahrzeugen anhalten musste, die in Höchstgeschwindigkeit zum Exposition Park unterwegs waren. Die Nationalgarde hatte dort einen Stützpunkt eingerichtet, um bereit zu sein, falls die Japaner Long Beach angriffen oder an den breiten Stränden von Santa Monica landeten.

Beim Fahren überprüfte Kevin, ob er verfolgt wurde, und als er an der Figueroa parkte, überzeugte er sich, dass ihn niemand aus dem

Schatten beobachtete, denn Frank Carter hatte recht. Das hier war gefährlich, besonders für Amateure.

Kevin hatte sich 1937 darauf eingelassen, als er den Geschäftsraum der Hollywood Anti-Nazi League betreten hatte. Ihm gefielen ihr Anliegen und die Liste der prominenten Unterstützer, darunter auch der berühmte Regisseur John Ford. Wenn er Ford kennenlernte, konnte er vielleicht ihre gemeinsame Herkunft als Iren und Neuengländer der zweiten Generation ausnutzen, und das könnte einen Job nach sich ziehen. Doch er erregte nicht Fords Aufmerksamkeit. Stattdessen fiel er einem jüdischen Kriegsveteranen namens Leon Lewis auf.

Lewis leitete das Los Angeles Jewish Community Committee, das schon seit 1933 nationalsozialistische Gruppierungen infiltrierte. Das war eine gefährliche Sache. Die örtlichen Nazis und ihre faschistischen Freunde waren gewalttätig und ihrer Organisation loyal ergeben. Aber da das FBI Kommunisten jagte und es beim LAPD immer mehr faschistische Sympathisanten und Antisemiten gab, musste jemand die Heil-Hitler-Jungs im Auge behalten.

Lewis gefiel Kevins Herkunft – irisch, deutsch, ein bisschen jüdisch. Und als Kevin verriet, dass einer seiner Großväter Mitglied der IRA gewesen war, im Ersten Weltkrieg mit deutschen Spionen zusammengearbeitet hatte und einer dieser Spione Emil Gunst gewesen war, inzwischen die selbst ernannte Stimmungskanone im Deutschen Haus, versuchte Lewis ihn anzuwerben.

Ob Kevin die antisemitischen Flugzettel lese, die der Bund verteilte? Ob er wisse, was es mit dem »Tag der Entscheidung« auf sich habe? Ob er wisse, dass Bund-Mitglieder 1938 vorgehabt hätten, bei der abendlichen Versammlung der Anti-Nazi League im Shrine Auditorium Zyanidgas in den Saal zu leiten? Ob er sich je Gedanken darüber gemacht habe, dass sein jüdischer Großvater nicht mehr ins Kino gehen, geschweige denn eins besitzen könnte, wenn die Nazis in Amerika erfolgreich wären? Ob er bei der Bekämpfung des Nationalsozialismus in seinem eigenen Land mitmachen wolle? Ob er bereit sei, sich in Gefahr zu begeben?

Ein junger Mann, der von den unüberwindbaren Hürden Hollywoods frustriert war, sehnte sich nach einem höheren Ziel. Außerdem mochte er Lewis. Und so wurde er ein Spitzel des LAJCC und infiltrierte den Amerikadeutschen Bund.

Und als er eines Nachts nach Hause kam, saß Frank Carter im Dunkeln in seiner Wohnung und rauchte.

Carter war gekommen, um ihn zu warnen: *Seien Sie vorsichtig.* Er sagte, das FBI beobachte eine Frau namens Sally Drake wegen der kommunistischen Umtriebe ihres Vaters. Er habe mit Detective Bobby O'Hara, seiner Kontaktperson beim LAPD, über sie gesprochen, und dabei sei Kevins Name gefallen.

»O'Hara beobachtet Sie«, hatte Carter gesagt. »Er hat es auf das LAJCC abgesehen. Und er hat rausgefunden, dass Sie ein Spitzel sind, der nachts im Deutschen Haus einen auf gut Freund macht und tagsüber für die Warner-Brothers-Juden Sklavenarbeit verrichtet. Er hat gesagt, er würde an Ihnen gern ein Exempel statuieren.«

»Reine Rachsucht«, hatte Kevin erwidert. »Ich habe rausgefunden, dass O'Hara sich hat schmieren lassen und weggesehen hat, als diese dilettantischen Nazis Synagogen verwüsteten und antisemitische Propaganda verteilten. Die Informationen habe ich seinen Vorgesetzten zukommen lassen, sie sind beim Polizeichef gelandet, und O'Hara wurde vom Abteilungschef zum normalen Bullen runtergestuft. Seither kann ich ihm nicht mehr trauen.«

Danach hatten Kevin und Carter begonnen, sich direkt auszutauschen. Aber vor diesem Abend hatte Carter ihn nie zu einem öffentlichen Ort verfolgt. Die Lage schien wirklich ernst zu sein.

NORMALERWEISE WAR DAS DEUTSCHE Haus hell erleuchtet – Lichter strahlten die Fassade an, Laternen illuminierten den Portikus –, um zu zeigen, dass von einem Außenposten des Deutschen Reichs auch im glamourösen Los Angeles großer Glanz ausging. Doch an diesem Abend lag es im Dunkeln.

Kevin versuchte die Türen zu öffnen, die sonst für alle – außer Juden und Schwarze – immer weit offen standen. Geschlossen. Er klingelte. An der Tür glitt ein Vorhang zurück, der Saaldiener spähte heraus, dann ging die Tür auf, und Kevin trat in die stille Dunkelheit.

Auf einer Seite des Foyers verkaufte gewöhnlich der Aryan Book Store Bücher zur europäischen Geschichte, Kochbücher mit bayerischen Rezepten und Nazi-Propaganda. Auf der anderen Seite versorgte die Gaststube hungrige Angelenos normalerweise mit Schnitzel und Bratwurst. Und geradeaus im Saal pflegte man mit Liedern und »Sieg Heil!«-Rufen unter einem Porträt des blassgesichtigen Führers das neue Deutschland zu feiern. Doch heute Abend war die Buchhandlung geschlossen, die Gaststube still, der Saal verwaist.

Hermann Schwinn kam aus seinem Büro im ersten Stock. Normalerweise stolzierte er in einer albernen Militäruniform mit Epauletten, einer Reithose und glänzenden Stiefeln herum. Doch seit einiger Zeit zog er ein ziviles Erscheinungsbild vor – alles ordentlich und gepflegt, vom Hitler-Bärtchen über die randlose Himmler-Brille bis zum dunklen zweireihigen Jackett. Er blickte vom Balkon herunter. »Ach, Cusack. Ein bekanntes Gesicht. Ich grüße Sie«, sagte er.

»Guten Abend, Herr Schwinn.« Kevin deutete auf die Tür. »Geschlossen?«

»Die Stadt ist heute Abend nervös. Und wir erwarten Besuch.«

»Besuch?«

»Das FBI.«

Hatten sie wegen der Razzia einen Tipp bekommen? Und auch Informationen über ihn? Kevin spürte, wie sein Mund trocken wurde, doch er bemühte sich, ruhig zu wirken. »Das FBI können Sie nicht aussperren.«

»Oh, nein, nein. Natürlich nicht. Werden wir auch nicht versuchen. Wir haben nichts zu verbergen. Aber vielleicht kommen noch andere, die weniger diszipliniert sind und zur Gewalt neigen. Deshalb bleiben die Türen heute Abend geschlossen.«

Kevin grinste. »Ich bin nur wegen dem Bier hier.«

»Und das Bier wartet auf Sie.« Schwinn deutete auf die Gaststube. Dann kehrte er ohne das gewohnte »Heil Hitler« in sein Büro zurück.

In der Gaststube zapfte der Wirt Dieter Brandt ein großes Beck's. »Herr Cusack. Heute sind nicht viele Deutsche da. Freut mich, dass die Bostoner Iren sich nicht einschüchtern lassen.«

»Die Bostoner Iren lassen sich nie einschüchtern.« Kevin nahm den Steinkrug und prostete dem Barkeeper zu.

Dieser Raum – mit den karierten Tischdecken, den Plakaten von bayrischen Berglandschaften und einer riesigen, mit Stecknadeln befestigten Karte vom Vormarsch der Wehrmacht in Russland – war gewöhnlich der feuchtfröhlichste deutsche Außenposten westlich von New York. Doch heute spürte Kevin Angst in der leeren Stille.

Ein älteres Paar beäugte ihn, dann widmeten sich die beiden wieder ihrer Bratwurst. Fritz Kessler, Kellner und Türsteher, lehnte mürrisch an einer Anrichte. Doch mitten im Raum saß Emil Gunst, trank sein Bier und rauchte eine Zigarette, als hätte er keine Sorgen.

Kevin ging zu ihm. »Guten Abend, Herr Gunst.«

»Aha, Cusack. Setzen Sie sich doch. Trinken Sie. Bestellen Sie sich eine Weißwurst.«

Kevin zog einen Stuhl hervor. »Ein schlimmer Tag.«

»Ein schlimmer Tag oder der Anfang herrlicher neuer Zeiten.«

Kevin trank einen Schluck Bier. »Wie lange es wohl noch dauert, bis Amerika und Deutschland gegeneinander Krieg führen?«

Es stimmte, dass Gunst im Ersten Weltkrieg gearbeitet hatte, dass er Waffen nach Irland geschmuggelt und sich 1916 mit dem irischen Hitzkopf Jimmy Cusack angefreundet hatte. Doch seit er im Schlaraffenland lebte, wie manche Südkalifornien nannten, war aus ihm ein Vielfraß geworden … jemand, der alles Mögliche in sich hineinstopfte, ein fetter, selbstzufriedener Sauerbraten-mit-Knödeln-Esser, der behauptete, nicht wegen der Politik, sondern wegen des Essens im Bund zu sein, und gut davon lebte, Hummel-Figuren aus seinem Vaterland zu importieren.

Wenn einer der großmäuligen Nazis zu schwadronieren anfing, verdrehte er gewöhnlich die Augen, und das tat er auch jetzt gegenüber Kevin. »Roosevelt führt schon seit zwei Jahren mit Deutschland Krieg … das Leih- und Pacht-Gesetz … die amerikanischen Zerstörer, die die britischen Konvois beschützen … die Treffen mit Churchill …«

»Aber das ist noch keine Kriegserklärung.«

»Das überlässt er Hitler. Dann ist es für ihn einfacher.«

»Einfacher?« Kevin horchte Gunst weiter aus. Wenn er erfahren wollte, was geredet wurde, musste er mit diesem Mann sprechen, denn Gunst redete gern.

»Der gerissene alte Krüppel weiß, dass es in seinem Land von Leuten wie uns nur so wimmelt.«

»Sie meinen, Deutsche und ihre Freunde?«, fragte Kevin.

»Fünfundzwanzig Millionen, die deutscher Abstammung sind. Zweihundertfünfzigtausend deutsche Einwanderer seit dem Krieg, und …«

»Guten Abend.« Der Kellner Fritz Kessler stand vor ihnen.

Kevin mochte ihn nicht. Kessler war schroff und unnahbar. Doch heute Abend wirkte er noch unfreundlicher als sonst. Vielleicht hatte es mit dem Verband an seiner Schläfe zu tun.

»Sie wünschen?«, fragte Kessler.

Kevin wollte vor allem über alle Berge sein, wenn das FBI kam. Doch er hatte Hunger, und es war erst zwanzig nach acht, und da er die Weißwurst mit Rotkohl vielleicht nie wieder in der Gaststube bekommen würde, bestellte er eine Portion.

Kessler machte auf dem Absatz kehrt und ging.

Gunst blickte ihm nach. »Nicht sehr gesprächig heute Abend.«

»Er sieht aus, als hätte ihn jemand mit einem Hammer traktiert.«

»Manche Deutsche ziehen Prügel einfach an.« Emil leerte sein Glas und rief den Wirt. »Noch ein Bier, bitte.«

»Zu denen gehören Sie aber nicht, oder?«, fragte Kevin.

»Ich bin Amerikaner.« Gunst klatschte sich auf den Bauch. »Für mich war das Leben hier gut.«

Kevin lenkte das Gespräch auf die FBI-Razzien, während Gunst sich eine Zigarette nach der anderen anzündete, in großen Schlucken Bier trank und seine Ansichten zum Besten gab. Einen Tag nachdem Deutschlands pazifischer Verbündeter Pearl Harbor bombardiert habe, sagte er, würde das FBI vielleicht alle, die sich im Deutschen Haus aufhielten, verhaften.

Wusste er Bescheid? Kevin schaute auf seine Uhr. Halb neun.

»Sind Sie heute Abend noch mit einer hübschen Schauspielerin verabredet?«, fragte Gunst.

»Heute nicht.«

»Da. Sie haben es schon wieder getan.«

»Was denn?«

»Auf Ihre Uhr geschaut. Kevin, Sie sind nervös.«

»Alle sind nervös. Alle machen sich Sorgen.«

Emil Gunst lachte. »Alle, ja, selbst einer, der überteuerte Porzellanfiguren aus seinem Vaterland importiert.«

Kevin beschloss, zur Sache zu kommen. »Haben Sie schon mal von der Murphy Ranch gehört? Im Rustic Canyon?«

»Wo die Silberhemden exerzieren?«

Kessler kam an ihren Tisch, stellte Kevin den Teller Weißwurst hin und sagte mit missmutigem Gesichtsausdruck: »Das FBI hat heute früh auf der Murphy Ranch eine Razzia durchgeführt. Wollen Sie Senf?«

»Ja, bitte. Und … was wissen Sie über die Murphy Ranch?«

Kessler holte den Senf von der Anrichte und knallte ihn auf den Tisch. »Warum fragen Sie, Herr Cusack?«

Kevin hatte sich schon eine gute Lüge zurechtgelegt. »Ich hab mir eine Pistole gekauft. Der Bund hat einen Schießstand in den Hollywood Hills. Aber ich hab gehört, es gibt auch im Canyon einen, und …«

Kessler versteifte sich. »Davon weiß ich nichts.«

Gunst deutete auf seine Schläfe. »Was ist passiert, Fritz? Hat jemand auf Sie geschossen?«

Doch bevor noch jemand etwas sagen konnte, rief der Wirt: »Verdammt! Sie sind da.« Er spähte aus dem Fenster hinter der Theke.

»Wer?«, fragte Gunst.

»Das FBI. Sie kommen den Weg entlang.«

»Wie viele sind es?«

»Zwei. Sie holen ihre Ausweise raus.«

Gunst lachte, und sein großer Bauch wackelte. »Zapfen Sie den beiden ein Bier.«

Kevin beschloss, sich Gunst zum Vorbild zu nehmen und den Unschuldigen zu spielen. Also schnitt er ein Stück Weißwurst ab und steckte es in den Mund.

»Köstlich, oder?«, sagte Gunst.

Im Foyer waren gedämpfte Stimmen zu hören. Dieter Brandt ging ans Ende der Theke, tat, als würde er sie abwischen, und spähte nach draußen.

»Sie vernehmen Herrn Schwinn«, sagte er leise. »Er gibt ihnen die Schlüssel, den ganzen Schlüsselbund.«

Emil Gunst sah Kevin an. »Die Schlüssel.«

»Hat er was zu verbergen?«, fragte Kevin.

»In dem Fall glaubt er wohl, dass es gut versteckt ist«, sagte Gunst.

In diesem Moment betraten die Agenten Frank Carter und Mike McDonald den Raum.

Kevin sah auf die Uhr. Zehn vor neun. Sie waren zu früh dran. Er spürte, wie Gunst ihn beobachtete. Er wusste, dass in dem ansehnlichen deutschen Bauch ein Verdacht aufstieg.

Hermann Schwinn trat in die Tür der Gaststube. »Meine Damen

und Herren, das FBI möchte die Ausweise kontrollieren. Bitte halten Sie Ihre Papiere bereit.«

»Papiere«, murmelte Gunst. »Sie wollen Papiere. Wie die Gestapo.«

Kevin spürte, dass sich hinter ihm etwas bewegte, und sah die Küchentür zufallen.

»Kessler macht sich aus dem Staub«, flüsterte Gunst. »Vielleicht sollten Sie das auch tun.«

»Und Sie?«

»Ich bin zu alt und zu dick, um abzuhauen.« Emil Gunst zog eine kleine Dose aus der Tasche, öffnete sie und steckte sich eine Tablette in den Mund. »Nitroglycerin. Das nehm ich immer, wenn ich nervös bin. Auch ein Unschuldiger kann nervös sein. Und ich bin unschuldig.«

»Genau wie ich.«

»Ach ja?« Emil Gunst blickte ihm tief in die Augen.

Plötzlich stand Carter vor ihnen und kontrollierte ihre Ausweise, den Führerschein, die Sozialversicherungskarte. Er sagte, er habe Fragen an Gunst und den Wirt, doch das ältere Paar und Mr. Cusack stünden »auf keiner Liste«. Deshalb dürften sie gehen.

KEVIN EILTE ZU SEINEM WAGEN. Er hatte nichts erfahren. Nichts über die Murphy Ranch. Nichts über irgendeine Pistolenpatrone. Aber Emil Gunst hatte Verdacht geschöpft, er und auch der Mann, der jetzt hinter einem geparkten Lieferwagen hervortrat.

Fritz Kessler, ein einziger massiger Schatten, versperrte Kevin den Weg. »Hat man Sie gehen lassen?«

»Sie haben gesagt, ich bin harmlos. Und was ist mit Ihnen?«

»Ich bin durchs Fenster der Herrentoilette geklettert. Ein FBI-Mann bewacht die Hintertür.«

»Wahrscheinlich trauen sie dem Küchenpersonal nicht.« Kevin drängte sich an ihm vorbei.

»Aber *Sie* hält man für harmlos?« Kesslers Schritte folgten ihm.

»Und – sind Sie das, Herr Cusack? Sind Sie wirklich harmlos? Ich hab da Gerüchte gehört.«

Kevin erreichte seinen Wagen und schloss die Fahrertür auf. »Sie sollten nicht hier draußen sein. Wo wohnen Sie?«

Das traf Kessler unvorbereitet. »In Echo Park. Warum?«

»Haben Sie einen Wagen?«, fragte Kevin.

»Den benutzt montagabends meine Frau.«

»Ihre Lebensgeschichte interessiert mich nicht. Sie können einsteigen, zu Fuß gehen oder mit dem Bus fahren. Aber Sie müssen von hier verschwinden.«

Kessler ging auf die Beifahrerseite von Kevins Wagen und versuchte die Tür zu öffnen.

Kevin wusste, dass dieser kräftige Deutsche gefährlich sein konnte. Er hatte erlebt, wie Kessler im Deutschen Haus Betrunkene rausgeworfen hatte. Wie er Randalierer mit einem Schlagring verprügelt hatte. Wenn er ihn einsteigen ließ, war das, als würde er einen fremden Hund ins Haus lassen. Vielleicht war er gutmütig, vielleicht biss er einem auch den Arm ab. Doch wenn er Kessler nach Hause brachte, zerstreute das womöglich seinen Argwohn. Und so streckte Kevin die Hand aus und öffnete die Tür. Hoffentlich war es kein Fehler.

NACH SEINEM NICKERCHEN FUHR Martin Browning den Los Feliz Boulevard entlang bis zum Steam Engine Diner an der San Fernando Road. Als James Costner mochte er ein Snob sein, aber Harold King liebte solche Lokale. Er saß gern bei den Arbeitern, den Nachtmenschen und den Leuten, die bodenständiges amerikanisches Essen mochten. Er aß gern Hackbraten.

Über dem großen Fenster leuchtete ein Neonschild: eine blaue Dampflokomotive, die weißes Licht ausstieß und deren feuerrote Räder sich drehten. Als er die Tür öffnete, fühlte er sich sofort zu Hause in dieser amerikanischen Szenerie aus Edelstahl, gepolsterten

Hockern und laminierten Tischen. Rechts standen die Tische aufgereiht. Die Theke hatte die Form von zwei Halbkreisen.

Martin ging immer ans hintere Ende der Theke, damit er das ganze Restaurant im Blick hatte. Als er sich auf einen Hocker setzte, brachte ihm die alte Kellnerin, deren Name – *Nancy B.* – an ihrer Uniform aufgestickt war, ein Glas Wasser. »Hallo. Lange nicht gesehen. Was kann ich Ihnen bringen?«

Martin zeigte sein Harold-King-Grinsen und hob einen Finger. »Nur ein einziges Wort.«

»Falscher Hase?«, sagte sie. »Sind das nicht zwei Wörter?«

»Mit Sauce macht das drei.« Er lachte. »Und einen Kaffee.«

»Da wären wir schon bei vier. Bin gleich wieder da.«

Martin trank einen Schluck Wasser und sah sich um.

Vorn am Fenster las ein alter Mann in der *Racing Form*. Zwei Eisenbahner in schmutzigen Overalls schaufelten Essen in sich hinein und sprachen über die »verdammten durchtriebenen Japsen«. Und dann war da noch *die junge Frau*.

Sie saß an einem Tisch zu seiner Linken und starrte in ihre Kaffeetasse.

Er konnte sie nur von der Seite sehen. Doch er kannte sie. Er kannte das gelbe Kleid. James Costner hatte es erst vor ein paar Stunden bei Mr. Fountain gesehen. Unter anderen Umständen hätte er freundlich mit ihr geplaudert und versucht, sie aufzuheitern. Stattdessen hatte er ihr den abschätzigen Blick eines Verkäufers zugeworfen, der sich Gedanken um Provisionen machte. Dann hatte er weiter den Lockheed-Boss ausgehorcht. Am liebsten wäre er jetzt zu ihr gegangen und hätte mit ihr geredet. *Nur geredet.* Um etwas gegen die eigene Einsamkeit zu tun. Er wusste, dass sie ihn in seiner neuen Identität nicht erkennen würde. Doch seine Aufgabe war es zu warten. Also nahm er die Zeitung aus seinem Jackett und wartete … auf den Hackbraten.

Noch vor Martins Essen traf ein Mann ein. Er kam hereingeschlendert, als würde das Lokal ihm gehören, doch sein billiger Anzug und der schweißfleckige Filzhut deuteten darauf hin, dass er nicht viel besaß, und als er sich an den Tisch der Frau setzte, nahm er nicht einmal den Hut ab. Schlechte Manieren, die zu seinem schlechten Anzug passten. »Warum hast du nichts zu essen bestellt?«

Die junge Frau schien sich zu ducken und murmelte eine Antwort.

Martin hob die Zeitung vors Gesicht und richtete den Blick auf die Schlagzeile »Russischer Gegenangriff stoppt Nazis«, lauschte aber dem Gespräch an dem Tisch.

Mr. Tough Guy schnippte mit den Fingern. »Hey, Nancy!«

»Jaja. Immer mit der Ruhe.« Nancy schenkte Mr. Racing Form Kaffee ein.

»Nancy! Der Hackbraten ist fertig«, rief der Mann am Grill.

Die beiden Eisenbahner warfen ein paar Münzen auf den Tisch und gingen.

Und Martin konzentrierte sich auf drei Punkte im Raum. Das tat er immer, wenn er mit Problemen rechnete. Such dir drei Punkte. Behalte dieses Dreieck im Blick. Stell dich drauf ein, sofort auf alles reagieren zu können. Die linke Ecke war der besagte Tisch: ein Mann, der vorgab, ein harter Kerl zu sein, und eine Frau, die trotz ihrer Angst Standhaftigkeit ausstrahlte. In der Nähe der Tür: Nancy B. und Mr. Racing Form. Und zur Rechten ein stämmiger Mann, der in weißer Schürze am Grill stand und, während er mit dem Bratenwender zugange war, den Raum im Auge behielt.

Der Mann am Grill war vermutlich an der Zuhälterei beteiligt, die Mr. Tough Guy durchzog, ein abgekartetes Spiel, das Martin nichts anging.

Dann kamen zwei Schüler herein, ein Mädchen und ein Junge, der Eindruck bei ihr schinden wollte. Sie setzte sich an einen Tisch, und er steckte ein paar Münzen in die Jukebox. Ein Schlagzeug ertönte. Gene Krupa, der Benny Goodmans »Sing, Sing, Sing« einleitete.

Die Musik erschwerte es Martin, das Gespräch mitzuhören, doch neben dem guten Auge eines Scharfschützen besaß er auch das feine Gehör eines Tresorknackers.

»Ich ... Ich glaube, das ist nichts für mich«, sagte die junge Frau.

Der Kerl lehnte sich zurück. »Was?«

Martin blickte über die Zeitung hinweg, und der Mann gab ihm mit einem wütenden Blick zu verstehen, dass er nicht so glotzen solle. Auch noch ein Maulheld, dachte Martin, ein weiterer Schmalspurganove mit großer Klappe. Martin blickte in seine Zeitung.

Der Mann wandte sich wieder der Frau zu. »Da kommst du jetzt nicht mehr raus.«

Sie blickte in ihre Tasse und murmelte etwas.

Der Mann beugte sich über den Tisch wie ein Freund. »Komm schon, Baby. Das ist ein Vermögen. Hundert Dollar für drei Kerle aus Chicago, die richtig scharf sind. Eine gute Erfahrung für deine Schauspielkarriere.«

Sie hob den Kopf. »Meine Schauspielkarriere?«

»Spiel ihnen einfach vor, dass du's genießt. Die machen nicht mal deine Laken schmutzig.«

»Meine Laken? Wir können nicht auf mein Zimmer gehen. Mrs. Murray lässt ...«

»Ah, keine Sorge. Wir fahren nicht zu dir, sondern zum Griffith Park, oben am Golfplatz. In meinem neuen Packard. Der hat einen schönen, breiten Rücksitz.«

»Rücksitz? Ich bin doch keine billige ...«

»Was ist schon dabei? Zack, zack, bum. Drei Kerle, einer nach dem andern.«

»Aber auf dem Rücksitz?«

»Du kannst auch mit ihnen zum ersten Abschlag gehen. Ich hab eine Decke dabei.«

Nancy B. stellte Martin einen Teller mit dem Hackbraten hin. Dann ging sie zu dem Tisch. »Was willst du haben, Buddy?«

Doch Buddy Tough Guy stand gerade auf, als wären sich die beiden handelseinig geworden. Er winkte ab und warf Martin erneut einen boshaften Blick zu. Zu der jungen Frau sagte er: »Ich warte draußen. Trink deinen Kaffee aus.« Dann zog er einen Flachmann aus der Tasche und goss einen Schluck in ihre Tasse. »Kleine Entscheidungshilfe. Ach, und du bist nun mal billig, Baby. Gewöhn dich dran.« Dann ging er nach draußen.

»Was willst du haben, Kleines? Geht auf mich«, sagte Nancy B. zu der jungen Frau.

»Bin ich wirklich billig, Nancy?«

»Keineswegs. Und du musst auch nicht mit diesem widerlichen Buddy Clapper gehen.«

Der Mann am Grill sprach leise und drohend ihren Namen aus: »Nancy.«

Ja, dachte Martin. Er war an der Sache beteiligt.

Währenddessen plauderten die beiden Jugendlichen miteinander, ohne zu bemerken, was vor sich ging. Der Junge trommelte im Takt mit Krupa auf der Tischplatte.

»Sehe ich aus wie eine Deutsche, Nancy?«, fragte die Frau im gelben Kleid.

»Wie eine Deutsche? Ein Nazi?«

»Wie Marlene Dietrich. Es gibt da jemanden beim Film ... Er hat mich nicht unter Vertrag genommen, behauptet aber, ich sehe aus wie die Dietrich.«

»Ah, du bist viel hübscher als sie.«

»Na ja, jetzt im Krieg kann ich vielleicht eine Deutsche spielen. Du weißt schon, ein gutes Mädchen im Land der Nazis oder eine elegante Frau, die sich von den Nazis nichts gefallen lässt.«

»Ja, Kleine, klar«, sagte Nancy. »Warum nicht? Lass dir von niemandem was gefallen.«

»Ja, du hast recht. So werde ich das von jetzt an machen. Ich werde mir nichts mehr gefallen lassen.« Die Frau trank ihren Kaffee aus, erhob sich, hängte sich die Handtasche über den Arm und ging so hoch erhobenen Hauptes durch das Lokal wie Marlene Dietrich an dem Tag, als sie Deutschland verlassen hatte.

Nancy B. blickte ihr nach und sah dann Martin an. »Wie ist der Hackbraten?«

»Könnte noch Salz vertragen.«

Nancy nahm Salz- und Pfefferstreuer und stellte sie ihm hin.

»Hey! Hey! Lassen Sie das!«, schrie plötzlich Mr. Racing Form.

Durchs Fenster sah Martin, wie ein gelbes Kleid herumwirbelte, eine Wagentür aufging und ein kurzes Handgemenge stattfand, alles im leuchtenden Neonlicht.

Der Alte warf die *Racing Form* auf die Theke und lief zur Tür hinaus. Kurz darauf wurde er gegen das Fenster geschleudert.

Nancy B. rannte nach draußen.

»Herrgott noch mal«, murmelte der Mann am Grill und schlug mit dem Bratenwender auf den Rost.

Die Jugendlichen blickten kurz auf und plauderten dann weiter.

Martin streute Salz auf seinen Hackbraten und hatte schon die Hälfte gegessen, als Nancy B. dem Alten wieder auf seinen Hocker half. »Sieht aus, als hättest du dir ein Veilchen geholt, Jake. Ich hol dir Eis.«

»Du bist zu alt, um dich zu prügeln, Jake«, sagte der Mann am Grill.

»Das Mädchen hat draußen zu dem Kerl gesagt: ›Vergiss es, Buddy, ich komm nicht mit.‹ Da hat dieser Mistkerl sie gepackt und in seinen Wagen gestoßen.«

»Ach, die kommt schon klar. Morgen kreuzt sie bestimmt hier auf, bestellt Putenbraten und Boston Cream Pie und bezahlt mit den grünen Scheinen, die sie auf die altbewährte Weise verdient hat.«

Nancy sagte, er solle die Klappe halten.

Martin hielt sich raus, bis er aufgegessen hatte. Dann bat er um die Rechnung.

Nancy kam herüber und zückte ihren Block. »Fünfundzwanzig

Cent für den Hackbraten. Fünf Cent für den Kaffee. Und fünf Dollar für das Ei.«

»Das Ei? Welches Ei?«, fragte Martin.

»Das Ei, auf dem Sie hocken. Statt dem Mädchen zu helfen, sind Sie feige sitzen geblieben wie eine Henne auf ihrem Ei.«

Martin warf Nancy einen Blick zu, der sie davor warnen sollte, sich auf gefährliches Terrain zu begeben. Dann legte er einen Dollarschein auf die Theke und ging. Doch statt nach Hause zu fahren, bog er in Richtung Griffith Park auf den Los Feliz Boulevard.

KEVIN CUSACK HIELT VOR einem Apartmenthaus an der Echo Park Avenue. Spanischer Baustil, hübsch verputzt mit Fliesendekor und einem schönen Blick auf den künstlich angelegten See auf der anderen Straßenseite. Kevin und Fritz Kessler hatten sich auf dem ganzen Rückweg vom Deutschen Haus unterhalten, aber wenig preisgegeben, als traute keiner dem anderen.

Die Murphy Ranch, das FBI, der Krieg, all das war unausgesprochen geblieben, denn Kevin hatte eine andere Strategie ausprobiert und Kessler nach seiner Familie, seinen Hoffnungen, seiner Arbeit gefragt.

Fritz war mit seiner Frau nach Amerika gekommen, als in Berlin der Aufstieg der »Roten« begann und alles »den Bach runterging«. Nach Los Angeles waren sie wegen des Wetters und der Arbeit gegangen. Kessler war Maurer. Arbeit war schwer zu finden, doch das Wetter war prächtig. Und der Bund gab ihm das Gefühl dazuzugehören.

Er hatte offener geantwortet, als Kevin erwartet hatte. Doch jetzt kam der springende Punkt: »Und ... was wissen Sie über die Murphy Ranch?«

Plötzlich war Kessler voller Misstrauen. »Wenn ich hinfahre, rufe ich Sie an. Können Sie mir Ihre Telefonnummer geben? Ihre Adresse?«

Kevin erkannte den plumpen Versuch, an Informationen zu kommen. Er wollte nicht lügen, weil Lügen weitere Lügen nach sich zogen, bis man in einem unentrinnbaren Labyrinth feststeckte. Deshalb hielt er sich bedeckt. »Ich weiß ja, wo ich Sie finde«, sagte er. »Sobald ich eine Waffe habe, melde ich mich.«

»Ich hab eine Waffe, Herr Cusack. Für den Tag der Entscheidung.«

»Der Tag der Entscheidung. Richtig. Dafür will ich meine Waffe ja haben.«

»Wir alle sollten Waffen haben, damit wir die Juden abknallen können, wenn es so weit ist. Sie sind hoffentlich darauf vorbereitet, Juden aus Hollywood wie Jack Warner und Hal Wallis zu liquidieren. Oder umschmeicheln Sie die genauso, wie Sie es bei Emil Gunst und Hermann Schwinn tun, wenn Sie beim Bund sind?«

Das führte zu nichts. Kevin wies mit dem Daumen zur Tür. *Raus.*

Kessler schien nach dem Türgriff zu greifen, riss aber stattdessen die Faust hoch und holte aus. Doch der Schlagring, der auf Kevin zuschoss, kam kurz vor seiner Wange zum Stehen, was ihm einen solchen Schock versetzte, dass er die Tür aufstieß und sich aus dem Wagen warf.

Ein Ford-Coupé wich mit quietschenden Reifen aus, und eine Hupe ertönte.

Kevin sprang auf und brüllte in den Wagen: »Verschwinde, du Hurensohn.«

Kessler stieg aus. Er hielt den Schlagring in die Höhe. »Der ist für Leute, die uns betrügen, für Judenfreunde, die so tun, als würden sie für das neue Deutschland kämpfen. Sei froh, dass ich nicht zugeschlagen hab.«

»Beim nächsten Mal hab ich die Waffe«, erwiderte Kevin übers Wagendach hinweg.

»Sehr vernünftig, Herr Cusack.« Kessler ging zum Haus hinauf. »Wir behalten Sie im Auge. Auf Wiedersehen!«, rief er über die Schulter.

Kevin stieg in den Wagen und fuhr davon. Er merkte nicht, dass der Fahrer des Ford-Coupés angehalten und sein Kennzeichen notiert hatte. In einer Nacht, in der alle nervös waren, hielten gute Bürger die Augen offen und einen Bleistift bereit.

VIVIAN HOPEWELL KAUERTE AUF dem Rücksitz von Buddy Clappers Packard. Obwohl sie geknebelt war, schrie sie noch immer, wütend auf Buddy und wütend, weil sie sich selbst in diese Lage gebracht hatte.

»Sei endlich still, verdammt«, sagte Buddy. »Ich leg noch einen Fünfziger drauf. Hör einfach auf rumzuschreien.«

»Soll ich ihr noch eine verpassen, Boss?«

»Nein, du Idiot. Wir wollen doch, dass sie hübsch aussieht, nicht dass sie ein Veilchen hat.«

»Hat sie aber schon.«

Buddy saß hinterm Lenkrad. Er hatte einen bulligen Kerl namens Poke mitgebracht, der nach Bier und Zwiebeln stank. Buddy war derjenige, der die Frauen ansprach und ihnen das Blaue vom Himmel versprach, und Poke war der Schläger. Doch besonders viel Grips hatten sie beide nicht.

Buddy blickte nach hinten. »Wie sieht's aus? Einen Fünfziger extra?«

Vivian nickte. Sie beschloss, ruhig zu bleiben, bis sie sich aus dem Staub machen konnte. Sie wollte das Geld nicht. Für kein Geld der Welt würde sie sich für so etwas hergeben. Sie wollte bloß noch nach Hause, zurück nach Maryland, zur ihrem Leben als Kathy Schortmann.

Sie waren vom Los Feliz abgebogen und befanden sich jetzt mitten im Griffith Park, einer Welt aus Bergen, Wiesen und Canyons, sechsmal so groß wie der Central Park und sechsmal so unwegsam, mitten in L. A. Bei Tageslicht hätte sie ein Dutzend Stellen wiedererkannt, an denen Filme gedreht worden waren. Doch bei Nacht war es bloß stockfinster.

Buddy hatte auch noch die Scheinwerfer ausgeschaltet. Vielleicht wusste er, dass Militärfahrzeuge durch den Park fuhren, um zum Observatorium zu gelangen. Es hieß, dass man dort bereits Flakgeschütze positioniert habe. Aber die meisten Militäraktionen fanden an der Vermont und der Western statt. Hier war es menschenleer.

Als sie am Golfplatz ankamen, entfernte Poke den Knebel und löste ihre Fesseln. Sie tat so, als hätte sie sich beruhigt. Vielleicht konnte sie in dem Gebäude am Ende des Parkplatzes Hilfe finden. Es schien das Clubhaus zu sein. Aber war da überhaupt jemand?

Der Packard rollte über den Parkplatz, der von Bäumen gesäumt. war. Die erste Golfbahn war in der Nacht nur zu ahnen. Neben einem abgedunkelten DeSoto standen zwei Männer. Einer trug einen Zweireiher, der andere eine Jacke. Ein Flachmann blitzte im Dunkeln, eine Zigarette glühte. Im Wageninnern, wo der dritte Mann sich eine anzündete, flackerte ein Streichholz auf.

Buddy parkte neben dem DeSoto. »Entspann dich, Kleine«, sagte er zu Vivian. »So leicht wie hier hast du noch keine Knete verdient.«

Poke legte ihr die Hand aufs Knie. »Und vielleicht kriegen wir hinterher noch eine kleine Gratisnummer.«

Sie schlug die Hand weg. »Sag deinem Gorilla, er soll die Pfoten von mir lassen, sonst hau ich ab, wenn die Tür aufgeht«, sagte sie zu Buddy.

Poke beugte sich näher zu ihr herüber. »Wo willst du denn hin, Baby? In deinen High Heels kommst du auf dem Golfplatz nicht weit.«

Buddy schaltete den Motor aus und forderte Poke auf auszusteigen, auf die Beifahrerseite zu gehen und Vivian im Auge zu behalten. Dann stieg auch er aus.

Vivian sah, dass die Innenbeleuchtung nicht anging. Die Mistkerle waren clever. Sie versuchte die hintere Tür zu öffnen. Abgeschlossen. Sie hatten sogar den kleinen Arretierknopf entfernt, sodass nur noch das Schraubengewinde zu sehen war. Und sicherheitshalber hatte sich Poke an die Tür gelehnt. Sie saß in der Falle.

»Also, Leute, hab ich die Ware geliefert, oder was?«, hörte sie Buddy sagen.

»Sieht sie aus wie die Dietrich?«

»Überzeugt euch selbst.« Buddy öffnete die Tür.

Der Mann im Zweireiher streckte sein feistes Gesicht in den Wagen. Sein Atem stank nach Whiskey. Er grinste. »Die Dietrich wollte ich schon immer mal vögeln.«

Hinter ihm tauchte ein weiteres Gesicht auf, länger, schmaler, im Mundwinkel eine Zigarette. Der Mann hatte eine Taschenlampe. Er schaltete sie an und leuchtete ihr ins Gesicht.

Für einen Augenblick war sie geblendet.

»Sie ist nicht so hager wie die Dietrich«, sagte er. »Und hat bessere Titten. Aber ...«

Das war alles, was er sagte.

Die Taschenlampe flog durch die Luft und warf ein wirbelndes Licht in die Dunkelheit.

Der Dicke blickte sich um. »Was soll das?«, rief er, doch da krachte schon etwas, was wie ein lederner Blackjack aussah, gegen seinen kahlen Schädel. Er prallte gegen die offene Tür und fiel in den Wagen, direkt auf Vivian.

Draußen glitt ein dunkler Schatten umher wie ein Geist.

»*Du!*«, brüllte Buddy. »Du verdammter Sittenwächter.« Er zog irgendetwas unter dem Arm hervor. Es blitzte im schwachen Licht. Eine Waffe.

Der Totschläger schoss erneut herab. Vivian hörte, wie Buddys Arm brach. Mit einem Schmerzensschrei ließ er die Waffe fallen. Dann knallte der Totschläger unten an Buddys Kinn und streckte ihn zu Boden. Im nächsten Moment wirbelte der Schatten herum und schlug Poke den Schädel ein.

War Vivian als Nächste dran? War das ein Raubüberfall? Wollte der Mann sie vergewaltigen? Vivian wollte den Dicken wegschieben, doch er war zu schwer. Sie drehte sich um und versuchte die Schraube hochzuziehen, mit der die Tür verriegelt war. Doch sie brach nur ihre Fingernägel ab.

Hinter sich hörte sie, wie eine Wagentür zuschlug und Reifen quietschten. Der Fahrer des DeSoto setzte offenbar voller Panik zurück.

Der Schatten beugte sich über sie: Filzhut, Lederjacke, schwarze Strickkrawatte. Er zog den Dicken von ihr herunter. Dann streckte er die Hand aus. »So behandelt man keine Lady.«

Sie musterte die Hand. Der Totschläger war verschwunden. Die Gesichtszüge des Mannes waren nicht zu erkennen.

»Wir sollten gehen«, sagte er.

Ja, dachte sie. Sie sollte gehen. Mit ihm zu gehen, konnte gefährlich sein, aber gewiss nicht gefährlicher als mit Buddy und Poke. Er roch nach Leder und Old Spice. Das gefiel ihr. Und so ergriff sie seine Hand und ließ sich hochziehen.

KEVIN CUSACK PARKTE AN der Ivar Avenue, einen halben Block von der Franklin entfernt. Er zitterte noch von der Auseinandersetzung mit Kessler. Für so etwas war er nicht geschaffen. Einen Moment hatte er geglaubt, sein letztes Stündlein habe geschlagen. Auf der Heimfahrt hatte er ständig in den Rückspiegel geblickt und musterte jetzt die Schatten rings um sein Apartmenthaus. Doch er konnte nichts Verdächtiges erblicken. Er stieg aus und ging zu der Telefonzelle an der Ecke.

Er konnte das Ding nicht ausstehen. Betrunkene bestellten dort Taxis und pinkelten hinein, während sie warteten. Doch als er die Falttür schloss, ging das Licht an, und das gab ihm ein trügerisches Gefühl von Sicherheit. Er wählte die Nummer des FBI-Büros. Frank Carter hob nach dem ersten Klingeln ab.

Kevin erzählte ihm, was er mit Kessler erlebt hatte. Dann hielt er

Carter eine Standpauke, weil sie so früh in der Gaststube aufgetaucht waren. Sie hatten das Ganze vermasselt und damit nicht zuletzt ihn, Kevin, in Gefahr gebracht.

Carter sagte, sie hätten gesehen, wie sich Leute aus dem Haus schlichen, da hätten sie eingreifen müssen.

»Mir egal. Ich bin raus. Ab jetzt müssen Sie auf mich verzichten.« Kevin legte auf. Dann öffnete er die Falttür. Als die Beleuchtung ausging, schoss eine Faust aus dem Dunkel hervor und traf ihn mitten im Gesicht.

Kevin wurde gegen die Scheibe geschleudert. Er wusste nicht, wer zugeschlagen hatte, er wusste nur, dass es kein Schlagring gewesen war.

»Sie gehört mir. Halt dich von ihr fern!«, rief eine Stimme.

Jerry Sloane, dieser Mistkerl ...

Kevin war in der Telefonzelle eingezwängt und konnte sich nicht zur Wehr setzen, er war ohnehin zu geschockt. Also zog er die Tür zu und stellte den Fuß davor. Das Licht ging wieder an.

Jerry drückte das von Wut und Whiskey verzerrte Gesicht an die Scheibe. »Fick dich, Cusack. Dich und diesen Huston. Sie gehört mir.« Dann wankte er davon.

Kevin betrachtete das Blut auf seinem Hemd und der Krawatte und beschloss, dass die Rache an einem feigen Betrunkenen warten konnte. Er musste sein Sakko ausziehen, bevor das Blut auf den Tweed tropfte. Und außerdem wurde Rache am besten durch Lippenstift am Kragen serviert statt durch Blut.

MARTIN BROWNING FUHR AUF die Einfahrt und parkte den Wagen in der Garage. Alle Wohnungen waren dunkel. In Glendale gingen die Leute früh ins Bett. Doch als er sich zu seinem Apartment begab, hörte er eine Stimme.

»Guten Abend, *señor*.«

Er blickte zu dem kleinen Bungalow und sah den Schatten von

Mrs. Sanchez auf ihrer Terrasse. Er tippte an die Hutkrempe. »Guten Abend.«

»Ich hab noch einen Krug Sangria gemacht«, sagte sie. »Am ersten Kriegstag sollte man abends nicht allein trinken, finde ich.«

Es war verlockend. Doch ein Glas Bowle konnte anderes nach sich ziehen. Und er hatte an diesem Abend bereits eine Dummheit begangen. Jede Dummheit, die er beging, konnte seine Mission gefährden. Also wünschte er ihr eine gute Nacht.

Kurz vorm Einschlafen dachte er über die Aufgabe nach, für die er ausgewählt worden war. Und über seinen Platz in diesem so weiten, freien und freizügigen Land. Er hatte seine Jugend hier verbracht, empfand aber keine Loyalität gegenüber Amerika. Seine Loyalität galt seinem Geburtsland. Und seine Verantwortung galt der Weltgeschichte, denn es lag in seiner Macht, den Lauf der Geschichte zu verändern: ein Mann mit einer Pistole, der an Heiligabend zwei Schüsse auf den größten Feind des Reichs abfeuerte. Das würde der wirkliche Tag zum Feiern sein, der wirkliche Tag der Entscheidung.

Franklin Roosevelt würde sterben.

DIENSTAG,
9. DEZEMBER

ALS VIVIAN HOPEWELL AM nächsten Morgen erwachte, war es bereits hell. Ihr erster Gedanke war: *Habe ich das nur geträumt?* Vom Tiefpunkt ihres Lebens zu diesem Ort ... in nur zwölf Stunden?

Sie lag auf einem frischen Laken in einem Doppelbett, und sie war allein. Und sie hatte mit niemandem schlafen müssen, um dort hinzugelangen, denn ihr geheimnisvoller Retter hatte sich als Gentleman erwiesen.

Sie rollte sich auf die andere Seite und ließ die Hand über das Monogramm auf dem Kissen gleiten: *R*. Das Roosevelt Hotel am Hollywood Boulevard, wo Clark Gable und Carole Lombard das Penthouse gemietet hatten, bevor sie nach Encino zogen.

Sie setzte sich auf und sah sich um. Und ja. Alles war echt. Eine offene Tür führte in ein Badezimmer. Die Kacheln glänzten. Und durch die Fenster sah sie ... eine Pagode? Sie stieg aus dem Bett und blickte über den Hollywood Boulevard auf Grauman's Chinese Theatre, das im Licht der noch tief stehenden Sonne so magisch wirkte wie bei einer abendlichen Premiere, wenn die Fans schrien und Scheinwerferstrahlen über den Himmel glitten. Zurzeit lief *Die Frau mit den zwei Gesichtern* mit Greta Garbo und Melvyn Douglas.

Wie oft hatte Vivian geträumt, dass ihr eigener Name über dem Eingang der Kinos stand. Vivian Hopewell in ... *Gerettet im Griffith Park*?

Es kam ihr vor, als wäre die vorige Nacht ein Film und kein Traum gewesen.

Nach der Kampfszene:

AUSSEN. GRIFFITH PARK. NACHT: Kamera FOLGT Vivian und dem Unbekannten zu seinem Wagen. Sie bittet ihn, ihr nichts zu tun. Er verspricht es ihr. Sie bittet ihn, sie nicht in die heruntergekommene Pension zurückzubringen, da die Schurken ihnen bestimmt folgen. Er verspricht auch das.
AUSSEN. GRIFFITH PARK. TOTALE: Dodge-Coupé fährt in hohem Tempo aus dem Park. Am Los Feliz Boulevard biegt es statt nach Glendale nach Hollywood ab.
INNEN. DODGE. HALBTOTALE: Vivian fragt, wo er sie hinbringe. Er sagt: »An einen Ort, an dem Sie niemand belästigt.« Sie fragt: »Wer sind Sie, Mister?« Er antwortet: »Ein Freund.«
INNEN. DODGE. GROSSAUFNAHME von Vivian, während sie überlegt: Ein Freund? Wirklich?

Doch er hatte sich tatsächlich als Freund erwiesen, hatte sie zum Roosevelt gefahren, für vier Nächte bezahlt und dabei zugesehen, wie sie sich als »Kathy Schortmann« eintrug. Am Aufzug hatte er ihr eine gute Nacht gewünscht, und sie hatte nach seinem Namen gefragt.

»Nennen Sie mich Harry. Und wenn ich anrufe, frage ich nach Kathy ... Kathy Schortmann.«

»Das ist mein Name aus Maryland, mein richtiger Name. Vielleicht nehme ich ihn wieder an, wenn ich mir eine Busfahrkarte nach Hause leisten kann. Aber ich hab ja nicht mal genug Geld, um mir einen Hamburger zu kaufen.«

»Sehen Sie in Ihrer Tasche nach«, sagte er.

Als sich die Aufzugtür schloss, fand sie dort fünfzig Dollar in kleinen Scheinen.

Ein wirklicher Freund.

MARTIN BROWNING ERWACHTE ERST um zehn Uhr. Er hatte den Schlaf dringend nötig gehabt. Nach dem Aufstehen ging er zur

Adams Square Pharmacy. Während die Kasse klingelte und das Radio lief, saß er am Mineralwasserbehälter und las die Vormittagsausgabe der *L. A. Daily News*.

Die Titelseite brachte Roosevelts Erklärung zu Japan, aber keine Nachrichten über Deutschland. Im Mittelteil gab es Fotos vom Präsidenten, von Kaiser Wilhelm und ein Archivbild von amerikanischen Kriegsschiffen, die in besseren Zeiten ein im Sonnenlicht gleißendes Meer durchpflügten.

Die nächste Seite berichtete von einer Pressekonferenz im FBI-Hauptquartier von Los Angeles: »Chief Agent Richard Hood gab bekannt, dass seine 25 Außendienstmitarbeiter 325 Japaner, 52 Deutsche und 9 Italiener verhaftet hätten. Die meisten säßen noch im Bezirksgefängnis, aber drei Busladungen, insgesamt mehr als 60 Personen, seien ins Bundesgefängnis auf Terminal Island in San Pedro verlegt worden. Weitere Verhaftungen stünden bevor.«

Zu dem Artikel gehörte ein Foto: vier Männer, die unter der Führung eines FBI-Agenten in dunklem Anzug und Fedora einen Bus bestiegen. Keiner der Gefangenen wirkte besonders kämpferisch, sie waren eher verzagt. Einer von ihnen, mit Hitler-Bärtchen und randloser Himmler-Brille, war Hermann Schwinn.

Martin war nicht überrascht. Er wusste, dass das FBI Schwinn beobachtet hatte. Wahrscheinlich hatte man auch die Telefone im Deutschen Haus angezapft. Und sie besaßen mit Sicherheit eine Liste aller Deutschen in Kalifornien. Hatten auch der Verkäufer eines Herrenausstatters in Burbank, der Kellner im Deutschen Haus und der arbeitslose Handwerker unter Beobachtung gestanden?

Mit etwas Glück würde er Kessler und Stengle nie wiedersehen. Und niemand würde James Costner zu sehen bekommen. Am Morgen hatte er bereits bei Mr. Fountain gekündigt.

Dann widmete Martin sich der Mordseite, wie er sie nannte: Berichte über gewaltsame Tode, je blutiger, desto besser. Im Los Angeles County lebten mehr als eine Million Menschen, und es gab jede

Menge Platz für jede Menge Leute, die jede Menge Morde begingen und die den Zeitungen, die von Filmstars und Straftaten lebten, jede Menge Stoff boten.

Unter den Meldungen über häusliche Gewalt in Pasadena, Messerstechereien in Venice und Kneipenschlägereien in Boyle Heights konnte Martin nichts über eine Leiche im Kofferraum eines Lincoln Zephyr entdecken, der vor dem Bob's Big Boy in Burbank geparkt war, und auch nichts über Tote im Griffith Park. Sie würden Koppel noch früh genug finden. Sein Tod war nötig gewesen, aber ein Überfall auf Männer auf einem Parkplatz? Um eine unbekannte Frau zu beschützen? Aus reinem Ehrgefühl?

Natürlich erstatteten Zuhälter und ihre unglückseligen Opfer keine Anzeige. Sie machten sich aus dem Staub, litten und schwiegen. Es war eine gute Übung für alles gewesen, was noch kommen mochte. Nicht jeder würde so vertrauensvoll sein wie Arthur Koppel.

Zudem hatte er die Loyalität einer jungen Frau erlangt, deren Künstlername zu ihren Träumen von Hollywood passte, deren wahres Wesen aber in Maryland verwurzelt war. Eine herzensgute Kathy, ein nettes Mädchen mit deutschen Vorfahren, das sich als nützlich erweisen konnte, besonders weil sie keinerlei Anzeichen des Wiedererkennens gezeigt hatte, als sie Harold King nur wenige Stunden nach dem flüchtigen Blick auf James Costner begegnet war.

Er trank einen Schluck Kaffee und stieß auf eine schlechte Nachricht: »Leiche im Los Angeles River«.

»Unter der Hyperion Bridge wurde heute früh die Leiche eines jungen Mannes entdeckt. Anscheinend wurde er zusammengeschlagen und dann ins Wasser geworfen. Neben ihm wurde eine Schiebermütze mit dem Etikett von Mr. Fountains Herrenmode gefunden. Der Tote trug keine Papiere bei sich, die helfen könnten, ihn zu identifizieren. Die Polizei geht von einem Raubüberfall aus.«

Das war die Brücke, wo Kessler und Stengle sich dienstags und donnerstags immer trafen. Und Martin hatte Stengle eine Mütze von

Mr. Fountains Herrenmode geschenkt. Hatte Kessler Stengle umgebracht? Wollte er auch James Costner töten, weil er dachte, wenn man eine Zelle eliminiert, eliminiert man die schuldhafte Beteiligung daran gleich mit?

Martin kam zu dem Schluss, dass er sich um Kessler kümmern musste.

Und Schwinn? Würde er »singen«, wie Filmgangster es zu tun pflegten? Würde ein überzeugter Nationalsozialist beim Verhör einknicken? Browning war froh, dass Schwinn kaum etwas wusste. Nur ein einziger Deutscher in Los Angeles wusste etwas. Er hieß Emil Gunst. Zeit, ihm einen Besuch abzustatten.

FRANK CARTER HATTE SICH seit achtundvierzig Stunden nur von schwarzem Kaffee und Black-Jack-Kaugummis ernährt. Er war so erschöpft, dass ihm fast die Augen zufielen. Doch der Lärm im Büro hielt ihn wach. Das Rattern der Fernschreiber verwandelte den Raum in die reinste Textilfabrik. In der Luft hing der ölige Geruch heiß laufender Maschinen. An allen Schreibtischen saßen überarbeitete Männer, die Anordnungen lasen, Berichte verfassten und Strategien entwarfen. Und in einem Nebenraum erwarteten vier bestürzte Japaner und zwei apathische Deutsche, die mit Handschellen aneinandergekettet waren, ihr weiteres Schicksal.

Chief Agent Dick Hood hatte ein paar Stunden an seinem Schreibtisch geschlafen. Nachdem er sich rasiert und die Haare nass gekämmt hatte, wirkte er wieder halbwegs frisch. Er war Ende vierzig, verlässlich und solide wie ein guter Versicherungsvertreter, der dafür sorgte, dass die Häuser und Autos der Kunden versichert waren. Er trat zu Carter an den Schreibtisch. »Fahr nach Hause und leg dich schlafen. Das ist ein Befehl.«

»Zu viel Arbeit.« Carter deutete auf den Überseekoffer neben sich. »Zu viel Beweismaterial.«

In dem Koffer befand sich jede Menge Geld und Nazi-Propagandamaterial. Außerdem enthielt er Informationen über Mitglieder aus dem gesamten »Gau West«, wie der Bund den westlichen Teil der Vereinigten Staaten nannte. Den Koffer hatten Carter und McDonald bei der Durchsuchung des Deutschen Hauses gefunden.

»Nicht so einfach, einen Überseekoffer in einem Kriechboden zu verstecken«, sagte Carter.

»Wer sich selbst für die Herrenrasse hält«, sagte Hood, »begeht den Fehler, dass er die anderen unterschätzt.«

»In dem Koffer ist irgendein entscheidender Hinweis, jede Wette.«

»Komm schon, Frank. Ich geb dir sechs Stunden frei.«

»Keine Pause« – Carter hielt die Patronenhülse hoch – »bevor ich diesen Kerl nicht gefunden hab.«

»Gib die in die Ballistik. Agent neunundzwanzig sagt es ja: Die Nazis sind alle bewaffnet. Sie warten nur darauf, dass es losgeht und sie Juden abknallen können.«

»Ich bin zu früh im Deutschen Haus aufgekreuzt«, sagte Carter zerknirscht. »Nummer neunundzwanzig war zu Recht wütend. Er hätte genauso gut bei seiner Freundin bleiben können.«

»Sally Drake? Der Tochter des roten Professors aus D. C.?«

Carter hielt den Finger an die Lippen. »Du solltest eigentlich gar nichts über Nummer neunundzwanzig wissen ... nur dass er mit Emil Gunst befreundet ist.«

»Du hättest Gunst gestern Abend nicht gehen lassen dürfen.«

»Ein gemütlicher dicker Mann«, erwiderte Carter. »Importiert deutsches Porzellan und trinkt gern deutsches Bier. Nimmt Nitroglycerinpillen, als wären es Lutschbonbons. Der ist harmlos.«

»Wenn er Deutscher ist und in meinem Distrikt lebt, ist er nicht harmlos. Hol ihn her. Wir müssen noch mal mit ihm reden.« Dann rief Hood den anderen zu: »Okay, hört mal zu! Wir haben aus D. C. weitere Namen gekriegt. Zwei Dutzend Japse, ein halbes Dutzend Krauts, ein paar Itaker. Die Japse kommen in das neue Gefangenenlager im Griffith Park. Die Krauts und die Itaker hierher.«

In diesem Moment erschien eine Gestalt in der Tür.

Als Hood es bemerkte, sagte er: »Noch was. Der Mann, der gerade reinkommt, ist Detective Bobby O'Hara vom LAPD. Er ist jetzt euer Kontaktmann, falls ihr Gefangenenwagen oder Verstärkung braucht.«

O'Hara grüßte einmal in die Runde – ein Zivilfahnder in zerknittertem Anzug. Die ehemals scharf geschnittenen Gesichtszüge waren längst feist geworden. Er sah so aus, als würde er auch Beweise fälschen, wenn er jemanden für schuldig hielt, und nicht nein sagen, wenn ihm jemand Geld anbot. Carter war froh, dass er nicht viel Zeit mit O'Hara verbringen musste. Vielleicht würde er Nummer neunundzwanzig erneut vor ihm warnen müssen.

KEVIN CUSACK WAR NICHT in diese Stadt gekommen, um fürs FBI oder das LAJCC zu arbeiten. Und wenn ihn das FBI zuerst bat, eine gefährliche Aufgabe zu übernehmen und ihm dann geradezu in den Rücken fiel, wozu war er dann überhaupt gut? Er stand wieder in der Telefonzelle an der Ecke Franklin und Ivar, mit einem hässlichen Veilchen gezeichnet, die Nase noch immer noch blutverklebt.

Er wohnte ein Stück die Straße hoch im Alto Nido, einem Apartmenthaus, das von Schriftstellern bevorzugt wurde, die auf spanische Architektur und niedrige Mieten standen. Er hätte längst in einem eigenen Apartment in den Hollywood Hills wohnen und einen neuen Wagen fahren sollen. Ein Büro im Studio haben sollen. Verdammt, nach all der Zeit und Energie, die er in dieser elenden Stadt vergeudet hatte, sollte er eigentlich einen ganzen Bungalow besitzen. Doch er hatte nicht mal ein eigenes Telefon.

Solchen und ähnlichen Gedanken hatte er nachgehangen, während er die halbe Nacht wach lag und mit anhören musste, wie das junge Paar in der Wohnung über ihm vögelte. Seit Sally Drake wegen Jerry Sloane mit ihm Schluss gemacht hatte, hatte er nicht mal einen Kuss bekommen. Und als das Paar oben fertig war, hatte er die

Stimme seines Vaters im Ohr. Und sie sprach die Worte, die in seiner jährlichen Weihnachtskarte gestanden hatten: »Ich muss dir leider eine traurige Nachricht mitteilen, Kev. Mom ist kurz nach Thanksgiving operiert worden. Es ist Brustkrebs. Wir wissen noch nicht, wie es weitergeht, doch sie würde dich gern sehen.«

Nicht auszudenken, was seine arme Mutter durchgemacht hätte, wenn dieser Nazi Kevin in seinem eigenen Wagen zu Tode geprügelt hätte.

Im Morgengrauen hatte er einen Entschluss gefasst. Es war genug. Es reichte. Er würde nach Hause fahren.

Kevin betrat die Telefonzelle, ließ die Tür offen. Er würde nicht lange brauchen. Er musste nur einen Nickel einwerfen, eine Nummer wählen und »Neunundzwanzig in zehn« sagen. Das hieß, dass Agent neunundzwanzig in zehn Minuten da sein würde.

Dann fuhr er zum Hollywood Boulevard und parkte. Er ging an einem Gebäude vorbei, das gegenüber von Grauman's Chinese Theatre stand. Kurz darauf kam ein gebeugter, ergrauter Mann im braunen Anzug heraus, stellte Blickkontakt her und ging zu Coffee Dan's an der Ecke Highland.

Leon Lewis traf sich nicht gern persönlich mit den Spionen, doch der Code – Anruf, Agentennummer, Ankunftszeit – machte es unumgänglich. Das hieß, dass etwas Wichtiges anlag. Lewis setzte sich an einen Tisch mit Blick auf den Hollywood Boulevard. Wenn er die Zeitung aufschlug, bedeutete das, dass ein faschistischer Störenfried auf dem Gehsteig herumlungerte. Hob er die Hand und bestellte Kaffee, dann war die Luft rein.

Lewis setzte sich und winkte mit zwei Fingern die Kellnerin heran. Kevin glitt auf den Sitz ihm gegenüber und bedankte sich für sein Erscheinen.

»Sobald wir offen im Krieg stehen mit den Deutschen«, sagte Lewis, »können wir auf diese Heimlichtuerei verzichten. Und? Was kann ich für Sie tun?«

»Gestern Abend hat mich Carter gebeten, ins Deutsche Haus zu gehen.«

Lewis deutete auf sein Gesicht. »Haben Sie sich da das Veilchen geholt?«

»Nein. Da ging es um Eifersucht.«

»Es stammt von Ihrer Freundin?«

»Von dem anderen Kerl. Aber zurück zu Carter ...«

Lewis nickte. Er fragte ihn nie nach seinem Privatleben aus. »Sehr ungewöhnlich, Ihre Freundschaft mit Carter«, sagte er. »Wenn Sie sich zu sehr auf diese FBI-Leute einlassen, kann ich Sie nicht mehr schützen. Überlassen Sie mir den Kontakt zu ihnen. Kümmern Sie sich um die Nazis.«

»Carter brauchte schnell Informationen aus dem Deutschen Haus. Aber dann hat er eine Razzia gemacht, bevor ich von Gunst oder diesem Kellner, Fritz Kessler, etwas erfahren konnte. Ich würde mir gern ansehen, was Sie über Kessler haben.«

»Dann kommen Sie mit nach oben und lesen Sie die Akten.«

»Mr. Lewis, ich hab einen Job. Und der ist auch meine Tarnung. Tagsüber Skriptleser in Hollywood, abends ein Sympathisant, der im Deutschen Haus literweise Bier trinkt.«

»Ich glaube, in der Gaststube wird nicht mehr lange Beck's ausgeschenkt.«

»Und ich glaube, Sie brauchen meine Hilfe nicht mehr länger.«

Lewis legte die Hand auf Kevins Unterarm. Normalerweise war er steif und förmlich, deshalb war die Vertraulichkeit der Geste erschütternd. »Engagierte junge Männer brauchen wir immer.«

»Noch ein Gutachten fürs Studio, dann bin ich weg. Freitagabend mit dem Super-Chief-Express.«

»Aber diese junge Frau ...«

Kevin betrachtete Leon Lewis als netten Onkel, deshalb sagte er ihm die Wahrheit. »Reist ebenfalls mit dem Super Chief ab.«

»Mit Ihnen?«

»Davon weiß sie noch nichts.«

»Wenn man im Super Chief eine alte Flamme nicht neu entfachen kann, dann haben wohl von Anfang an keine Funken gesprüht.« Lewis streckte ihm die Hand entgegen. »Viel Glück, mein Junge. Sie werden uns fehlen.«

»Diese Nazis werden mir langsam zu gefährlich«, sagte Kevin.

»Diese Nazis waren immer gefährlich ... für uns alle«, entgegnete Lewis.

»Ich hab Carter noch nicht gesagt, dass ich fahre ...«

»Sie arbeiten für mich, Kevin, nicht fürs FBI. Ich sag es ihm. Und ... frohe Weihnachten.«

Kevin fuhr zu Warner Brothers, froh, dass er mit den Nazis von Hollywood fertig war – abgesehen von Major Strasser und seiner Truppe in Casablanca.

VIVIAN HOPEWELL NAHM EIN Schaumbad. Als das Wasser kalt wurde, drehte sie mit dem ausgestreckten Fuß den Heißwasserhahn auf, was für eine Frau, die drei Jahre in einer Pension gelebt hatte, in der es nur eine Badewanne für alle und nur mit kaltem Wasser gegeben hatte, ein seltener Luxus war. Vielleicht lagen ja trotz des Krieges bessere Zeiten vor ihr.

Sie legte den Kopf zurück, pustete eine Haarsträhne aus der Stirn. Sie verspürte ein tiefes sinnliches Behagen, das direkt in ihren Körper strömte, ließ die Hände über ihre Schenkel gleiten und fragte sich, wie es wohl wäre, sich zu verlieben.

In Maryland hatte ihr damaliger Freund Johnny Beevers feuchte Küsse, Fummelei und linkische Umarmungen im Angebot. Hollywood hatte nur grausame Absagen und demütigende »Besetzungssofas« zu bieten. Keine große Auswahl, doch im dampfenden Wasser ließ es sich noch immer gut träumen.

Sie beschloss, es noch einmal bei dem einzigen Mann in der Stadt zu versuchen, der ihr je Hoffnung vermittelt hatte. Nat Rossiter führte eine sechsköpfige Agentur am Sunset Strip und hatte ihr mal gesagt, sie habe Talent. Wenn sie im Büro anriefe, würde sie natürlich den immer gleichen Unsinn zu hören bekommen. »Er ist in einer Besprechung.« Besser war es, einfach aufzukreuzen und gleich zur Sache zu kommen. Keine Bettelei. Keine Kniefälle. Einfach geradeheraus: »Hier bin ich. Ich sehe gut aus. Wie eine Deutsche. Besorgen Sie mir einen Job.«

Aber was sollte sie anziehen? Das verschwitzte gelbe Kleid von gestern? Die Antwort bekam sie kurz nachdem sie sich genüsslich in einen Frotteebademantel gehüllt hatte. Ein Anruf von der Rezeption: Die Lieferung sei auf dem Weg zu ihr. Dann rollte der Page einen Wagen mit vier großen Schachteln vom Broadway ins Zimmer. Weihnachten, zwei Wochen vorgezogen.

Sie spürte den Luftzug, als sie den Deckel der ersten Schachtel abnahm, das Seidenpapier zurückstreifte und einen blau gepunkteten Stoff enthüllte, ein Kleid mit weiß gegürteter Taille und weißem Kragen, ein dazu passendes Paar weiß-blaue Schuhe. Darunter lag ein Mantel, der perfekt zum Kleid passte. In den anderen Schachteln noch mehr Kleider, Blusen, ein lindgrüner Hosenanzug aus Gabardine.

Da hatte jemand ein gutes Auge für Farben, *ihre* Farben.

Sie prüfte die Etiketten: Größe sechsunddreißig. Auch da hatte er ein gutes Auge.

Auf der dazugehörigen Karte stand: »Verehrte Miss Schortmann, ich habe mir die Freiheit genommen, ein paar Sachen für Sie zusammenzustellen. Die Oberbekleidung habe ich persönlich ausgewählt. Ich würde Sie heute Abend um sieben Uhr gern zum Essen ausführen. Harold.«

Buddy Clapper hatte von ihr erwartet, dass sie wegen eines Stücks Kuchen die Prostituierte spielte. Nat Rossiter hatte ihr Probeaufnahmen versprochen, wenn sie ihm einen blies. Was würde dieser Harold von ihr verlangen, der sich ihr gegenüber großzügiger verhalten hatte als alle anderen, denen sie in L. A. begegnet war? Sie beschloss, ein neues Kleid anzuziehen und Rossiter noch eine Chance zu geben, sich dann von Harold zum Essen ausführen zu lassen und zu sehen, wie sich das Ganze entwickelte.

MARTIN BROWNING EILTE DEN Broadway entlang, in der Hand eine Einkaufstüte mit dem Namen des Kaufhauses, das nach der Straße benannt war. Er hatte Miss Schortmann neue Kleider gekauft, die ins Roosevelt Hotel geliefert wurden, und sich selbst einen marineblauen Kaschmirmantel zugelegt, der dick genug war für die Kälte in Washington, D. C., und locker genug saß, dass er leicht eine vollständig zusammengebaute Mauser C96 mit Anschlagschaft verbergen konnte.

Er hatte vor, den Mantel so umzunähen, dass er die Waffe unter der Achsel tragen konnte. Dann würde er den Bewegungsablauf für den Heiligabend üben – das Öffnen des Mantels, das blitzartige Zielen, das rasche Schließen des Mantels. Er übte ständig. Er bereitete sich Tag für Tag vor.

Doch er musste in der Innenstadt von Los Angeles noch zwei Dinge erledigen.

Als Erstes ging er am Central Market vorbei, überquerte die Vierte Straße und blieb vor dem Laden von Gunst's Bavarian Imports stehen. Emil Gunst staubte gerade die Waren im Schaufenster ab. Martin trommelte mit den Fingern an die Scheibe, das Zeichen für Gunst, wachsam zu sein.

Dann ging er fünf Straßen weiter zur Union Station, ein wahres Wunder im spanischen Kolonialstil. In der großen Halle konnten die Reisenden auf Stühlen warten, die auch eines Vorführsaals in Hollywood würdig gewesen wären. Fußbodenfliesen mit aztekischen Mustern waren Ausdruck der mexikanische Tradition der Stadt. Art-déco-Kronleuchter standen für Modernität. Und der wuchtige Fahrkartenschalter aus Nussbaumholz sollte den nüchternen Pragmatismus des amerikanischen Nationalcharakters symbolisieren. Ein architektonischer Schmelztiegel, dachte Martin, realer als der mythische amerikanische Schmelztiegel, den das Land so pries.

Er hatte beschlossen, am Freitagabend mit dem Super Chief abzureisen, denn der Krieg zwischen den Vereinigten Staaten und Deutschland stand unmittelbar bevor. Also brachte er sich am besten in Stellung.

Es war kein Einzelabteil mehr verfügbar. Im Dezember '41 fuhren zu viele Leute nach Hause. Doch wenn er zwei Fahrkarten kaufte, konnte er ein Privatabteil haben. Also gab Martin ein kleines Vermögen in neuen Scheinen aus: zweihundertzwanzig Dollar pro Person für sich und Kathy Schortmann plus neunundsiebzig Dollar für das Abteil. Er mochte sie aus Ehrgefühl gerettet haben, doch Wissen musste auch benutzt werden … genau wie Menschen. Und er hatte beschlossen, sie zusammen mit einem seiner anderen Decknamen zu benutzen: Harold Kellogg und Frau würden gemeinsam nach Chicago reisen.

Außerdem wollte er erst in dem Wüstenort Barstow zusteigen. Dort gab es nicht so viele Beobachter. Er bat den Fahrkartenverkäufer, es auf dem Fahrschein zu vermerken.

Martin hatte erwogen, für dreihundert Dollar mit einer der DC-3-Maschinen von American Airlines zu fliegen, die täglich das Land überquerten. Aber auf einem achtzehnstündigen Flug mit drei Zwischenlandungen gab es keine Fluchtmöglichkeit, kein Versteck, und die meisten Flugzeuge waren ohnehin schon seit Wochen ausgebucht. In einem Zug war es viel sicherer, dort war nur der unscheinbare Harold und seine unscheinbare Frau aus der amerikanischen Mittelschicht.

Zwanzig Minuten später stand er wieder vor Gunsts Schaufenster.

Emil Gunst spielte den jovialen Ladenbesitzer und lächelte mit einem Nicken durch die Scheibe.

Martin deutete auf eine der Porzellanfiguren, zwei Kinder, die in eine Wiege schauten. Verlogene Kinder-Küche-Kirche-Nostalgie, wie sie im Buche stand. Gunst streckte den Finger aus – *die da?* Martin schüttelte den Kopf und deutete auf eine andere, ein Junge und ein Mädchen, den Arm erhoben, als würden sie winken … oder den Hitlergruß zeigen. Gunst nahm die Figur und nickte. *Die Luft ist rein.* Martin betrat den Laden.

Gunst blieb in seiner Rolle. »Guten Morgen, mein Herr.«

»Guten Morgen.« Martin sah sich um – die Ecken, das Hinterzimmer, Stellen an der Zimmerdecke, an denen ein Mikrofon angebracht sein könnte.

»Kann ich Ihnen helfen?«, fragte Gunst.

»Ich fahre über Weihnachten in den Osten. Ich würde gern eine Weihnachtskrippe als Geschenk mitnehmen.« Er deutete auf eine Gruppe von neun Hummel-Figuren in der Vitrine, handbemalte Puttengesichter und pummelige kleine Körper, alle wie für ein Krippenspiel gekleidet. »Wie viel?«

»Zusammen mit der passenden Schatulle kosten sie hundertzwölf Dollar.«

Martin zählte sorgfältig das Geld ab und legte es auf den Tresen.

Bevor Gunst die Scheine nahm, betrachtete er sie. »Vier Zwanziger, zwei Zehner, ein Fünfer, sieben Einer.« Seine Augen weiteten sich hinter der Brille. »Dann sind Sie es also wirklich? Sie sind nicht bloß ein Spion, der Lockheed-Bosse beim Krawattenkauf aushorcht.«

»Ich bin beides.«

»Hab ich mir gedacht. Als Sie mit Kessler und Stengle eine Zelle gebildet haben, hab ich mir das gedacht.«

»Kessler hat Stengle heute früh umgebracht.«

»Kessler ist ein Stümper.«

»Stümper können das FBI auf meine Spur bringen.«

Emil tätschelte Martins Hand. »Keine Sorge. Die FBI-Leute sind auch bloß Stümper.«

Martin zog die Hand weg, offenbar war ihm die Tätschelei unangenehm. »Das FBI hat Freunde wie Leon Lewis und seine Spitzel.«

»Juden und Judenfreunde. Auch die sind kein Grund zur Sorge.« Gunst nahm die Scheine. »Ganz neu. Gestapo?«

Er nickte. »Das Geld kommt auf unseren Frachtern an. Schwinn nimmt es mit zum Bund und verteilt es. Ich bewahre es in einem Postfach auf.«

»Von Schwinn erhalten Sie kein Geld mehr.«

»Ich weiß. Ich hab es in der Zeitung gelesen. Mich überrascht, dass das FBI nicht früher gehandelt hat.«

»Ich habe mit einem gewissen Kevin Cusack vom Bund zusammengesessen, als Schwinn den Agenten die Schlüssel übergab. Als wollte er zeigen, dass er nichts zu verbergen hat. Hoffentlich hatte er keine Akte über Sie.«

»Er war bloß meine Bank.« Martin blickte auf seine Uhr. »Jetzt, wo er aus dem Geschäft ist, ist meine Bank in einer Hummel-Schatulle. Meine Munition auch. Und andere Papiere.«

»Ich habe sie für diesen Moment aufbewahrt, wie von Amt VI angeordnet.«

Martin Browning schnaubte. »Billige Theatralik.«

»Vielleicht, aber ... wir alle haben unsere Befehle.« Gunst ging nach hinten, holte eine Mahagonischatulle und verfiel wieder in die Rolle des jovialen Ladenbesitzers. »Eine herrliche Schatulle mit goldgeprägter Beschriftung. Auf dem Deckel können Sie den Namen ›Schwester Maria Innocentia‹ lesen. Das war die Nonne, die die wunderbaren kleinen Objekte erschaffen hat, die wir heute als Hummel-Figuren kennen.«

»Keine Sentimentalitäten!«, sagte Martin. »Öffnen Sie den Kasten.«

»Selbstverständlich«, murmelte Gunst mit einem nervösen Kichern, das zeigte, dass er die Gefahr erkannt hatte, die von dem Mann in Lederjacke und braunem Fedora ausging. Er öffnete den Deckel und enthüllte einen mit Samt ausgeschlagenen Einsatz mit neun Fächern, in denen sich neun Figuren befanden – das Hummel-Jesuskind, der Engel des Herrn, der Weihnachtsesel und alles Übrige. »Hübsch, nicht wahr?«, sagte er.

Martin machte eine ungeduldige Handbewegung. *Nehmen Sie den Einsatz raus.*

Gunst nahm ihn heraus, und es kamen Karten, ein Codebuch, ein Notizheft, Passfotos für gefälschte Ausweise und fünf Mauser-C96-Ladestreifen mit jeweils zehn Sieben-Komma-dreiundsechzig-mm-Patronen zum Vorschein.

»Und das Geld?«, fragte Martin. »Es sollten tausend Dollar da sein.«

»Zusammengerollt im Jesuskind. Wir hätten es in die Josef-Figur stecken sollen, denn er war Jude, und in seinem Porzellanarsch wäre es …«

»Machen Sie sie zu.« Martin hatte nichts übrig für die üblichen Judenwitze. »Packen Sie sie in rotes Papier mit einem grünen Band. Kein Klebeband. Klebeband beschädigt das Papier.«

»Jaja. Rot und grün. Sehr weihnachtlich.« Emil Gunst wickelte rotes Papier von einer Rolle am Ende des Tresens ab und machte sich mit Schere und Band an die Arbeit. »Wozu brauchen Sie fünf weitere Ladestreifen? Sie haben doch nur Zeit für einen einzigen Schuss.«

»Zwei. Zwei Schüsse. Einen zum Ausrichten. Einen zum Töten.«

»Aber …«

»Roosevelt kann das Rednerpult nicht loslassen, weil er sonst stürzt. Wenn er den ersten Schuss hört, wird er sich festhalten. Und da ist der zweite Schuss schon unterwegs.«

»So ein Schuss wäre schon mit einem Gewehr schwierig, aber mit einer Pistole?«

»Ich werde auf dem Südrasen sein. Die Zeitungen dürften von den Sicherheitsmaßnahmen vor der Veranstaltung berichten. Diese Angaben nutze ich für mein Attentat.«

»Dann hoffen Sie auf zwei Weihnachtswunder? Erstens, dass die

Zeitungen Ihnen eine Anleitung geben. Und zweitens, dass der Secret Service seine Pläne nicht ändert.«

»Das Entzünden des nationalen Christbaums ist eine Tradition. Und Roosevelt hat versprochen, dass es dieses Jahr auf dem Südrasen stattfindet. Trotz des Krieges oder eher *wegen* des Krieges wird er es tun. Und ich werde dort sein.« Martin deutete auf die Schatulle. Ich kenne meine Verbindungsleute in Illinois. Stehen die Namen meiner Ostküstenkontakte in dem Notizheft?«

»Ein Ehepaar namens Stauer. In Deutschland geborene amerikanische Staatsbürger, dem Vaterland so treu ergeben wie Sie. Sie leben in Brooklyn.«

»Was ist mit Barstow? Mir wurde gesagt, wir hätten Kontaktpersonen in Barstow.«

»Die Gobels. Widerwärtige Leute, aber was soll man machen? Die nötigen Losungsworte stehen im Notizheft. Sie müssen das Wort ›Schädlinge‹ sagen, dann …« Emil Gunst verstummte, als die Glocke über der Ladentür klingelte.

Zwei Männer kamen herein. Polizisten, das erkannte Martin auf den ersten Blick.

Gunst setzte sofort sein Verkäuferlächeln auf und reichte Martin die als Geschenk verpackte Schatulle. »Danke, mein Herr. War mir ein Vergnügen, mit Ihnen Geschäfte zu machen. Beehren Sie uns bald wieder. Und frohe Weihnachten.«

Mit dem Paket unterm Arm drehte Martin sich um, als die FBI-Leute ihre Dienstmarken zeigten.

Gunst gab ein gekünsteltes Lachen von sich. »Ach, die Herren von gestern Abend. Agent Carter und Agent McDonald. Wie kann ich Ihnen helfen?«

Martin ging um McDonald herum, aber dort stand Carter, der ihn mit dem Blick eines Mannes ansah, der seit Tagen nicht geschlafen hatte. Doch die Augenringe und die gesenkten Lider verbargen nicht seinen beruflichen Argwohn. Martin wusste, dass Carter ihn taxierte.

Am besten, er trat rasch den Rückzug an. »Verzeihen Sie, Sir«, sagte er.

»Ich mache Ihnen die Tür auf«, sagte Carter.

Als ein weiteres »Frohe Weihnachten« ihn nach draußen begleitete, lächelte Martin sanftmütig. Er widerstand dem Drang, sich umzudrehen oder schneller zu gehen. Doch er musste wissen, was mit Gunst geschah. Er überquerte den Broadway und drückte sich in den bogenförmigen Eingang des Bradbury Building. Von dort konnte er Gunsts Laden sehen, ohne selbst gesehen zu werden, zumindest glaubte er das.

Im Schaufenster ging die Jalousie herunter. Wollten sie ihn verprügeln? Wenn die Gestapo jemanden verprügelte, ließ sie immer die Jalousie herunter. Doch dann ging die Tür auf. Carter kam als Erster heraus, gefolgt von Gunst und dem anderen FBI-Mann. Sie hatten ihn verhaftet. Es war einfacher, jemanden auf dem Revier zu verprügeln.

Martins Gespräch mit Gunst war nicht zu Ende gewesen. Er hatte ihm noch nicht gesagt, was er über die Treibstofftanks der P-38 erfahren hatte. Und wenn das FBI Gunst, den berühmtesten Fresssack im Bund, verhaftete, dann würden sie mit Sicherheit auch die Kellner verhaften. Also auch Kessler.

Doch unmittelbar in diesem Moment war eher Carter das Problem, denn er blickte über die Kreuzung, zwischen den Straßenbahnen hindurch und über die Dächer der vorbeifahrenden Autos hinweg.

Martin wusste, wenn er jetzt hinaustrat, würde Carter ihn sehen, ihm folgen und ihn ebenfalls in Gewahrsam nehmen. Es war besser, sich ins Bradbury Building zurückzuziehen und zu verschwinden.

In L. A. waren die Fassaden meist imposanter als das Innere der Gebäude. Aber nicht beim Bradbury. Von außen bestand es aus fünf öden Stockwerken aus rotem Backstein, doch der Eingang führte in ein extravagantes Atrium mit schwarzen schmiedeeisernen Treppen, die, sich in eleganten Winkeln und Abständen kreuzend, nach oben führten und ein Geflecht von Geländern und Galerien mit zwei Aufzugtürmen verbanden, die sich in funktionaler Schönheit hinauf zum Glasdach erhoben.

Zwei Aufzugführer standen bereit. »Welche Etage, Sir?«, fragte der eine.

Martin sagte, er wolle zu Fuß gehen. Dann eilte er zum hinteren Treppenaufgang. Dort führte eine Tür nach draußen. Das schien der logische Weg zu sein, doch Martin glaubte, dass es nicht immer das Klügste war, das Logische zu tun. Er würde nicht hinausgehen, sondern nach oben. Er kannte das Gebäude und hoffte, dass wenigstens ein Büro offen stehen würde.

In L. A. hatte es ein guter Herrenmodeverkäufer mit Kunden von Burbank bis Beverly Hills zu tun. Als James Costner hatte Martin oft das Büro eines Anwalts im dritten Stock aufgesucht. Er hatte Krawatten und Hemden gebracht oder Anzüge geändert. Vielleicht konnte er dort hineinschlüpfen und sich verstecken. Er stieg ein Stockwerk hoch, wandte sich dann zur Vorderseite des Gebäudes und hielt sich dicht an der Wand, damit ihn der FBI-Mann nicht sah.

Er hörte, wie der Aufzugführer Carter fragte: »Welche Etage, Sir?«

Martin ging weiter und nahm auf dem Weg in den zweiten und schließlich in den dritten Stock stets zwei Stufen auf einmal. Er klopfte an die Tür des Anwaltsbüros. Keine Reaktion. Er drückte die Klinke herunter. Abgeschlossen. Deshalb ging er zur Herrentoilette.

IM ERDGESCHOSS BLICKTE FRANK Carter zu den sich windenden Treppen und Geländern und dem riesigen grellen Glasdach hinauf, und ihm wurde schwindlig. Er nahm seinen Nasenrücken zwischen Daumen und Zeigefinger und drückte zu. Auf die Art wehrte er die Erschöpfung ab, wenn auch nur für ein paar Sekunden. Er wickelte ein weiteres Kaugummi aus, steckte es sich in den Mund, warf das Papier auf den Boden und ließ den Blick über die Galerien und Geländer dort oben streichen.

»Hey, Mister«, sagte einer der beiden Aufzugführer.

Carter sah ihn an. »Ist hier gerade ein Mann in ...«

»Das Kaugummipapier, Mister. Heben Sie das verdammte Papier auf.«

Carter begriff, dass er wirklich müde sein musste, wenn er ein Kaugummipapier auf den sauberen Boden warf. Er konnte knallhart sein, wollte sich aber nicht wie ein Arschloch aufführen. Als er sich bückte, um das Papier aufzuheben, wäre er fast umgekippt, so müde war er. »Ein Mann in Lederjacke und braunem Fedora ... Ist der hier reingekommen?«, fragte er.

»Wieso wollen Sie das wissen?« Der Aufzugführer ärgerte sich immer noch über das Kaugummipapier.

Also bot Carter seinen stechendsten FBI-Blick auf und zeigte seine Dienstmarke.

Der Aufzugführer wurde sofort freundlich. »So jemand ist gerade hier reingekommen.«

»Wohin ist er gegangen?«

Der Mann deutete auf die hintere Treppe.

»Hat er den Hinterausgang benutzt?«

»Das kann ich nicht sagen.«

Carter horchte auf Schritte, doch das Atrium war hallig. Schritte in allen Stockwerken, Stimmen, knallende Türen, Elektromotoren.

Carter vermutete, dass der Mann den Hinterausgang genommen hatte. Oder gehörte er zu den Leuten, die gegen den Strom schwammen, gegen die Logik handelten, konnte er so schnell denken, dass er stets glaubte, die anderen zu überlisten?

Carter ließ sich nicht überlisten. Er würde die Vordertreppe hinaufgehen.

»Hey, Mister, ich hab *hinten* gesagt!«, rief der Aufzugführer.

Carter ignorierte ihn. Auf dem ersten Treppenabsatz kam eine Frau auf hohen Absätzen an ihm vorbeigestöckelt. Carter fragte sie, wo die Herrentoilette sei.

»Es gibt in jedem Stockwerk eine, Freundchen. Und lass dir nächstes Mal eine bessere Masche einfallen.«

Auf dem Treppenabsatz zwischen erstem und zweitem Stockwerk kam Carter an einem Western-Union-Boten vorbei, der eine Tasche über der Schulter trug. Nein. Nicht der Gesuchte.

In der zweiten Etage trat er ans Geländer und blickte nach unten. Der perfekte Ort für einen Mord, dachte er. Einen Mann runterstoßen, ihn auf dem Boden aufschlagen lassen. Und dann …

Carter kam zu dem Schluss, dass der Mann nach oben gegangen war, die Herrentoilette aufgesucht hatte und … Nein, das wäre zu logisch. Wenn er gegen den Strom schwamm, war er vermutlich irgendwo in der zweiten oder dritten Etage. Carter ging die Galerie entlang, an Sekretärinnen, Boten und Anzugträgern vorbei, die von Büro zu Büro liefen, und als er zur hinteren Treppe kam, blickte er in den riesigen Vogelkäfig zurück.

Unten auf der vorderen Treppe sah er einen Mann mit einer Broadway-Einkaufstüte. Sein Haar war zurückgekämmt. Er trug eine Hornbrille und einen dicken blauen Mantel. Bei zwanzig Grad im Schatten? Das war seltsam. Genau wie das Ladenetikett, das aus dem Kragen hing. Frank Carter fing an zu laufen.

Doch Martin Browning war schon im Erdgeschoss, ging schon zur Tür hinaus. Und er drehte sich nicht noch mal um. Er bog mit schnellen Schritten um die Ecke und rannte dann los. Als er seinen Wagen erreichte, war er unter dem dicken Wollstoff völlig durchgeschwitzt, doch er hielt sich nicht damit auf, den Mantel auszuziehen, sondern stieg ein und raste davon.

KEVIN CUSACK SPANNTE ZWEI Seiten mit einem Blatt Durchschlagpapier in seine Schreibmaschine. In die obere rechte Ecke tippte er: »Gelesen von: Kevin Cusack, 9.12.41, Everybody Comes to Rick's von Murray Burnett & Joan Alison.«

Ein Gutachten begann mit einer kurzen Beurteilung, damit die

Produzenten wussten, ob es sich überhaupt lohnte, das Ganze zu lesen. Dann folgte die Zusammenfassung, vier bis sechs Seiten, bloß die Handlung, in Präsensform. *Es ist real. Es passiert gerade vor deinen Augen.* So mussten gute Geschichten funktionieren.

Er hatte erst ein paar Wörter in die Maschine gehackt, als Sally Drake an seinen Schreibtisch trat.

Er blickte auf, widerstand dem Drang aufzuspringen. Die hellbraune Hose, die schokoladenbraune Bluse, das schulterlange Haar, ja sogar die Hornbrille … Er mochte alles an ihr. Erotisch, selbstbewusst und auch klug. Doch er riss sich zusammen, schaute demonstrativ auf seine Uhr. »Jack Warner hat es nicht gern, wenn man zu spät kommt.«

»Ab Freitag muss er ohnehin auf mich verzichten.«

Er richtete den Blick wieder auf die Schreibmaschine. »Hollywood wird dich vermissen.«

»Ich aber Hollywood nicht. Wie schon Dorothy Parker gesagt hat: ›Da ist kein da mehr.‹«

»Das war Gertrude Stein. Sie hat es über Oakland gesagt. Du meinst wohl eher, hier ist kein hier mehr. Und das gilt schließlich für uns alle. Außer für gewisse Drehbuchautoren, die mit *Die Spur des Falken* groß rauskommen …«

»Bist du neidisch, Kevin? Auf John Huston?«

Kevin widmete sich wieder dem Tippen. »Ehrlich gesagt eher auf Jerry Sloane.«

»Er trägt heute einen Verband an der Hand.« Sie deutete auf sein blaues Auge. »War *er* das?«

»Er ist in einer Telefonzelle auf mich losgegangen.«

»Und das hast du ihm durchgehen lassen?« Sie stichelte bloß ein bisschen.

»Mein Großvater hat mir in Boston Boxen beigebracht.« Kevin tippte weiter. »1922 war ich Meister der katholischen Jugendorganisation. Aber ich bin Pazifist.«

»Sie geben ihm einen Auftrag, schon gehört?«

Kevin hielt inne. »Ach?«

»Sein Gutachten über die Biographie von Jim Corbett, dem irischen Boxer, hat ihnen gefallen.«

»Jemand sollte ihm sagen, dass ein Gutachten über Boxer ihn noch nicht zu einem macht.«

»Zu einem Boxer oder einem hinterhältigen Schläger?«, fragte sie.

Er gab keine Antwort. Es reichte, dass sie einen Hinterhalt in Betracht zog.

»Der Film heißt *Der freche Kavalier*. Errol Flynn soll die Hauptrolle spielen.«

»Und ich schreibe noch immer Gutachten.« Größeren Unmut erlaubte sich Kevin nicht. Wenn ein anderer es schaffte, sollte man sich für ihn freuen. Doch es war hart, wenn der Kerl, der die Frau gekriegt hatte, auch den Job bekam.

Sally trat hinter ihn, blickte ihm über die Schulter und las laut: »Ausgezeichnetes Melodrama. Abwechslungsreich, aktueller Zeitbezug, spannungsgeladene Handlung …«

»Das wird ein Wahnsinnsfilm. Bogart oder Cagney vielleicht, zusammen mit Mary Astor.«

»Es soll ja eine Dreiecksgeschichte sein«, sagte sie. »Dann … Bogart *und* Cagney.«

»Wenn die beiden im selben Film spielen, muss einer den anderen umbringen. Aber diesmal nicht.«

Sie lehnte sich an seinen Schreibtisch. Sie trug kein Parfüm, nur französisches Puder. Das hatte ihm schon bei ihrer ersten Umarmung gefallen. Und es gefiel ihm auch jetzt.

»Ich hätte gestern Abend einen Bostoner Boxer gebraucht, der mich vor einem lüsternen irischen Kerl beschützt. Wo, zum Teufel, warst du auf einmal?«

»Ich bin ein geheimnisvoller Mann.« Er tippte ein paar Wörter und gab sich unnahbar.

»Geheimnisvoll?«, fragte sie. »Oder bloß ein Blender, wie alle in dieser Stadt?«

Er wusste, wie sie mit Männern umging. Deshalb tippte er einfach weiter. *Klick-klack-klapper-klapper.*

»Dein Freund hat versucht, mich abzuschleppen«, sagte sie.

»Er hat einen guten Geschmack.«

»Er hat alle möglichen Fragen gestellt, wie ein Bulle oder ein FBI-Mann oder so«, sagte Sally. »Wegen meinem Vater lässt mir das FBI keine Ruhe.«

Kevin wollte das Thema wechseln. »Ich hab gehört, du fährst mit dem Super Chief. Für Sally Drake nur das Beste.«

»Mein Vater ist bei der Santa Fe ziemlich angesehen. Deshalb kriege ich ein Privatabteil.«

»Netter Vater.«

»Das FBI hält ihn für einen Kommunisten, weil er Bücher über die Kommunisten schreibt. Aber was das leibliche Wohl angeht, da ist Daddy ein echter Kapitalist.«

»Ein Privatabteil ist für zwei Personen.« Kevin hielt den Blick auf die Schreibmaschine gerichtet. *Klack-klick-klapper-klapper.* Dann sagte er etwas, das wie ein Witz klang: »Brauchst du einen Zimmergenossen?«

»Einen Zimmergenossen?« Sie lachte, doch er hatte sie offenbar überrascht.

Er lehnte sich auf dem Stuhl zurück. »Wie gesagt, ich bin ein geheimnisvoller Mann, du würdest mich nicht einmal bemerken. Ich schlafe in der oberen Koje. Ich ziehe mich im Bad um. Und da du Zigarettenrauch nicht ausstehen kannst, rauche ich nur im Aussichtswagen.«

»Träum weiter, Junge.« Sie wandte sich zum Gehen, fragte dann aber: »War das ernst gemeint?«

»Meine Mutter ist krank, ich hab genug von dieser Stadt, und auch vom Krieg hab ich schon die Nase voll. Ich hab eine ziemlich hohe

Nummer, aber wer weiß, wann ein lediger Mann in den Dreißigern eingezogen wird. Es ist Zeit für einen Weihnachtsbesuch zu Hause, vielleicht den letzten für lange Zeit.«

Sie nahm das Skript und blätterte es durch. »Dieses *Everybody Comes to Rick's* klingt wie ein echter Reißer.«

»Es geht darum, wie der Krieg die Menschen verändert. Darum, das Richtige zu tun, wenn es im Widerspruch dazu steht, was man tun will. Teilweise ein bisschen abgehoben, aber insgesamt wirklich gut.«

Sie blätterte weiter und sagte: »Etagenbett, hm?«

»Wie Bruder und Schwester.«

Sie musste lachen. Ihr Lachen war umwerfend. Er wusste, wenn er sie im Zug zum Lachen bringen könnte, würde sich diese Bruder-und-Schwester-Geschichte schwer aufrechterhalten lassen.

Sie legte das Skript zurück auf den Schreibtisch. »Wir reden später darüber.«

»DU BILDEST DIR SACHEN EIN. Du brauchst Schlaf«, sagte Dick Hood zu Carter.

»Den Kerl, der uns vom Bradbury Building aus beobachtet hat, den hab ich mir nicht eingebildet.«

Im Konferenzraum des FBI, der vom Büro durch eine Glaswand getrennt war, saßen drei missmutige Deutsche und ein Emil Gunst, der aussah, als würde er sich um all das nicht scheren. Er tat genau das, was Carter gern getan hätte: Er machte ein Nickerchen.

»Ich glaube, der Kerl war nicht nur wegen der Porzellanfiguren in dem Laden«, sagte Carter zu Hood.

»Dann besorg dir einen Durchsuchungsbefehl und stell in dem Laden alles auf den Kopf.«

Carter steckte ein Kaugummi in den Mund, stand auf, streckte sich und kniff sich in den Nasenrücken. Die Wirkung hielt immer kürzer an.

»Du bist so müde, dass deine Zähne schwarz werden«, sagte Hood.

»Das kommt vom Kaugummi.«

»Fahr nach Hause. Als Schlafwandler nützt du uns nichts.«

»Ich will erst mit Gunst reden.« Carter forderte McDonald auf, Gunst in den Verhörraum zu bringen. »Mal sehen, was wir aus dem Mistkerl rauskriegen.«

Dann ging Carter zum hundertsten Mal in zwei Tagen zur Kaffeemaschine. Er nahm sich eine saubere Tasse, schenkte sich Kaffee ein und trank. Seine Magenwand fühlte sich an wie feinkörniges Sandpapier.

»Hey, Chef! Chef!«, rief McDonald.

»Was denn?«

»Aus Gunst kriegen wir bestimmt nichts mehr raus.«

Carter und Hood rannten los, aber es war zu spät. Emil Gunst war tot, der Kopf auf die Brust gesunken, die Haut kalt und klamm.

Hood blickte zu dem Deutschen, der an Gunst gekettet war. »Was ist passiert?«

»Er hat die Augen zugemacht und den Kopf auf die Brust gelegt. Ich dachte, er schläft«, sagte der Mann, ein hagerer Anwalt, der sich seit seiner Verhaftung pausenlos beschwerte.

Carter sperrte Gunst den Mund auf. Kein Hinweis auf eine zerbissene Kapsel, kein Mandelgeruch, also kein Zyanid. Nur der Gestank von Bier und halb verdauter Wurst. Er griff in Gunsts Tasche und zog ein Döschen heraus, in dem sich ein Dutzend kleine weiße Tabletten befanden.

»Hat er welche von denen genommen?«, fragte Carter den Deutschen.

»Eine«, sagte der Mann. »Er hat gesagt, danach würde es ihm besser gehen.«

Carter blickte Hood an. »Stimmt ja vielleicht.«

VON AUSSEN SAH DAS Gebäude der Rossiter-Agentur wie eine alte Kolonialvilla am Sunset Strip aus. Doch im Innern glich es einem Ameisenhaufen aus Büros, Empfangsbereichen und Besprechungszimmern, alle mit prächtigen Plakaten der Filme dekoriert, in denen Klienten mitgewirkt hatten. *Drei Fremdenlegionäre*, *Leoparden küsst man nicht*, *Jezebel* und viele andere.

Die Empfangsdame versuchte Vivian Hopewell wie immer abzuwimmeln. »Mr. Rossiter ist in einem Gespräch. Wenn Sie Ihr Foto dalassen wollen …«

Doch das ließ Vivian sich nicht bieten. »Sagen Sie ihm, ich habe ein einmaliges Angebot. Wenn er Interesse hat, bekommt er das beste Marlene-Dietrich-Double der Stadt. Wenn nicht, kann er mich mal, denn ich werde mit Sicherheit nicht …«

»Oh, Vivian … hallo.« Rossiter trat hinter ihr ein.

Verlegen drehte sie sich um. Es war wesentlich leichter, der Sekretärin die Stirn zu bieten als dem Chef.

»Ich komme gerade von Paramount.« Rossiter grinste. »Hatte einen Frühstückstermin mit DeMille. Dort habe ich tatsächlich von Ihnen gesprochen.«

Sie spürte, wie ihre Entschlossenheit sich verflüchtigte. »DeMille?«

Rossiter sagte der Empfangsdame, sie solle keine Anrufe durchstellen. Dann gab er Vivian ein Handzeichen. *Hier entlang …* die Wendeltreppe zu seinem Büro im ersten Stock hinauf. Er hielt ihr die Tür auf, schloss sie ganz leise und verriegelte sie.

Genau wie letztes Mal, dachte sie. *Von wegen DeMille.*

Er bat sie, Platz zu nehmen, setzte sich hinter den Schreibtisch und warf sich ein Bonbon für frischen Atem in den Mund. Dann beugte er sich vor, stützte die Ellenbogen auf die Schreibtischunterlage und bildete mit den Fingern ein Dreieck, als würde er Vivian durch das Objektiv einer Kamera betrachten. Er war ein schmächtiger kleiner Mann mit überkämmter Glatze, Schnurrbart und schmutzigen Gedanken, die ihr aus seinem runden Gesicht entgegenstrahlten.

Hinter ihm war einer der schönsten Ausblicke der Stadt zu sehen. Der Sunset Strip zog sich einen Hügelkamm entlang, von dem man einen Blick auf das gesamte Los-Angeles-Becken hatte. Als sie vor sechs Wochen unter diesem Schreibtisch auf den Knien gehockt hatte, hatte sie sich von ihrer ekelhaften Aufgabe abgelenkt, indem sie den Ausblick bewunderte.

Rossiter fragte, ob er ihr etwas anbieten könne.

»Einen Job. Sie haben mir vor sechs Wochen einen Job versprochen. Ich hab im Voraus bezahlt. Wissen Sie noch?«

»Tja, zurzeit gibt es nichts, Kleine. Aber ich habe an Sie gedacht« – er lehnte sich auf seinem Stuhl zurück und drehte ihn zum Fenster – »und ich glaube, ich kann Ihnen helfen« – er drehte ihn wieder zurück – »wenn Sie mir über eine schwere Zeit hinweghelfen. Wissen Sie, meine Frau …«

»Dritte Frau«, sagte sie.

»… hat mich verlassen, und ich bin, na ja …«

»Ihr Hosenstall steht offen. Machen Sie ihn zu, bevor Ihre Seele zum Vorschein kommt.«

Plötzlich schlug seine Stimmung um. Sein Ton wurde rau und unfreundlich. »Hör mal zu, Baby, du bist bloß ein Hungerhaken mit einem blond gefärbten Wischmopp. Das sagen alle, wenn ich ihnen dein Foto zeige. Weiber wie dich gibt's wie Sand am Meer.«

Sie stand auf. Sie war fertig. »Ich bin immer noch mehr wert als du, du widerlicher Wicht.« Sie drehte sich zur Tür um.

»Hey, Viv«, sagte er.

Die jähe, überraschende Sanftheit seiner Stimme ließ sie stehen bleiben. »Ja?«

»Sag dem Kerl, der dir eine reingehauen hat, er hätte fester zuschlagen sollen.«

Sie griff sich an die Wange. Sie hatte Puder aufgetragen, um das Veilchen zu verdecken, das sie auf Buddy Clappers Rücksitz bekommen hatte.

»Und vom Blasen hast du auch keine Ahnung«, fügte er hinzu.

»Für nichts gibt's nichts.« Sie knallte die Tür so fest zu, dass das Plakat von *Aufstand in Sidi Hakim* von der Wand fiel.

ALS VIVIAN EIN PAAR Stunden später durch die Empfangshalle des Roosevelt Hotels schritt, hatte sie einen Entschluss gefasst: Wenn sie sich nicht in diesen Harold verliebte, würde sie nach Hause fahren.

Er saß auf dem Rand des gefliesten Brunnens, dem Herzstück der auf spanisch getrimmten Halle. Als er sie sah, sprang er auf.

Ein echter Gentleman, dachte sie, ganz anders als Rossiter oder Clapper. Also verlieh sie ihrem Gang eine gewisse Leichtigkeit, eine kleine Darbietung, die ihn erfreuen sollte.

Er hielt ihr seinen Arm hin und flüsterte: »Sie sehen hinreißend aus.«

Draußen gab er dem Portier ein Trinkgeld, weil er die Tür mit einer schwungvollen Geste öffnete, die ihr das Gefühl gab, ein Star zu sein. Dann fuhren sie in seinem Dodge-Coupé, auf dem Hollywood Boulevard ostwärts und sprachen über die Filme, die in den berühmten Kinopalästen liefen – dem Egyptian, dem Pantages und so weiter –, bis sie zur Western Avenue kamen, wo er in Richtung Griffith Park abbog.

Ihre Gedanken nahmen eine düstere, dramatische, vielleicht auch melodramatische Wendung. War das ein abgekartetes Spiel? Hatte er ihr eine Nacht der Freiheit verschafft, damit er sie jetzt so benutzen konnte, wie Buddy Clapper es vorgehabt hatte? War sie bloß eine Schachfigur in einem Revierkampf zwischen Zuhältern?

»Ähm, wohin fahren wir?«, fragte sie.

»Zu Walt Disneys Lieblingsrestaurant. Dem Tam O'Shanter.«

Fast hätte sie über sich gelacht. »Melodramatisch« war wohl das richtige Wort. »In Glendale?«, fragte sie. »An der Los Feliz? Das Gebäude, das wie ein britisches Herrenhaus aussieht?«

»Es heißt, dass Disney es deswegen so mag.«

Bald darauf saßen sie in einem Speisesaal, der wie die Kulisse für *Maria von Schottland* wirkte: Fahnen, die an der Decke hingen, an den Wänden Schwerter und Schilde, eine Atmosphäre, die Dudelsäcke und einen Aufstand von Kiltträgern erwarten ließ, falls das Steak zu lange gebraten war.

Harold zeigte ihr Disneys Tisch am Kamin, doch der Vater von Micky Maus war an diesem Abend nicht da.

»Er dürfte zu beschäftigt sein«, sagte Harold. »Filme helfen dabei, diesen Krieg zu gewinnen.«

»Disney-Filme?« Sie lachte. »Mit Donald Duck und Goofy?«

»Alle möglichen Filme«, sagte er. »Kinobilder haben große Macht. Die Nationalsozialisten haben das verstanden. Haben Sie *Triumph des Willens* gesehen?«

Sie schüttelte den Kopf.

»Oder Disneys *Fantasia*?«

Den hatte sie gesehen. Bis auf den Teil mit Micky Maus hatte er ihr nicht besonders gefallen.

»Wetten, dass Sie Beethovens *Pastorale* nie wieder hören können, ohne an fliegende Pferde zu denken?«, sagte Harold.

»Hm ... nein ... oder doch. Oder ...« Sie kannte sich mit diesem schöngeistigen Zeug nicht aus. Doch an die geflügelten Pferde konnte sie sich erinnern. Irgendwie albern.

»Wenn man *Triumph des Willens* gesehen hat, kann man sich die Deutschen nur noch als eine Rasse von Übermenschen vorstellen, die in die Zukunft marschieren wie eine gut geölte Maschine ...«

»... und Anton Hynkel vergöttern.« Den *Großen Diktator* hatte sie auch gesehen.

Harold legte den Kopf schief, wie ein Hund, der aus einem Geräusch schlau zu werden versuchte. Im Innern dieses Kopfes dachte Martin gerade, dass sie für das, worum er sie bitten wollte, vielleicht zu unberechenbar war. Dann lachte er. »Ach ja. Charlie Chaplin ... witziger Kerl.«

»Ich glaube, er hat recht mit Hynkel … ich meine Hitler.«

»Reden wir nicht über Hitler«, sagte er. »Wir sind hier, um den Abend zu genießen.«

Und das taten sie auch, drei Gänge lang. Als Vorspeise nahmen sie Käsetoast. Dann kam Rostbraten mit Yorkshire Pudding, gefolgt von dem berühmten Erdbeertrifle, alles begleitet von Weinen, die Harold auswählte, und einem Gespräch, das von beider Kindheit über ihre Arbeit bis zu ihren Träumen reichte.

Kindheit: Er war der Sohn und Enkel von Schneidern aus Flatbush, Brooklyn. Von Koblenz sagte er nichts. Sie war die Tochter eines Fischers aus Maryland.

Arbeit: Er war Vertreter für Saatgut, landwirtschaftliche Maschinen und Zubehör. Sie hatte … Na ja, für den Fall, dass es mit der Schauspielerei nicht klappte, hatte sie noch ihre flachen Kellnerinnenschuhe.

Und Träume: Seine waren groß und idealistisch – allen Völkern Frieden zu bringen und durch Landwirtschaft eine Ära der Kooperation einzuleiten. Ihre waren genauso groß und, wie sie zugeben musste, ebenso unerreichbar – die Menschen zum Lachen zu bringen, sie zu Tränen zu rühren und zu erreichen, dass sie sich in den Figuren wiedererkannten, die sie auf der Leinwand spielte.

Sie gestand auch, dass sie nach Hause wollte. In den dunkelsten Nächten des Jahres, in diesen düsteren Zeiten brauchte sie wieder etwas Normalität.

Und da wusste Martin, dass er doch eine gute Wahl getroffen hatte.

Er bestellte zwei Laphroaig – ein großartiger schottischer Whisky nach einem großartigen schottischen Essen. Als Vivian einen Schluck getrunken hatte, ihre Augen glasig und ihr Lachen lauter wurde, sagte er: »Ich würde Sie gern nach Hause bringen.«

Ihr Lachen verstummte. »Zu Mrs. Murray?«

»Vielleicht nach Maryland«, sagte er. »Auf jeden Fall bis Chicago.«

»Chicago?«

»Mit dem Zug.« Er hatte sich eine Lüge zurechtgelegt. »Meine Firma beschäftigt gern Verheiratete. Meine Vorgesetzten sind sehr konservativ. Ich habe gesagt, ich bin verheiratet, und da mich der Chef in Chicago am Zug abholt, wäre es gut, eine Ehefrau dabeizuhaben.«

Sie lachte. »Ich soll Ihr Bart sein?«

»Bart?« Diese Metapher kannte er nicht.

»Ihre Tarnung. Eine Frau am Arm eines Homos ist ein Bart, damit niemand denkt, dass er es mit anderen Männern treibt. Ein lediger Mann, der eine verheiratete Frau begleitet, die mit der verheirateten Freundin des Mannes schläft, ist ein Bart. So läuft das in Hollywood. Verstanden?«

Hatte er. Eine gescheiterte Schauspielerin, die mit einem deutschen Attentäter als treue Ehefrau reist und ihm den Anschein gibt, ein harmloser Geschäftsmann zu sein, wäre ebenfalls ein Bart.

»Wollen Sie das für mich tun?«

»Ist das *alles*, was ich tun muss?«

»Vor anderen Leuten werden wir ein Ehepaar sein. Im stillen Kämmerlein respektiere ich Ihre Wünsche.«

»Wann soll's losgehen?«

»Am Freitag.«

Sie schwenkte den Whisky und versuchte das Ganze zu begreifen. »Und meine Sachen?«

»Ihre Pension liegt gleich um die Ecke.« Er verschwieg, dass sie hier waren, statt in einem Szenelokal in Hollywood, damit er schnell handeln konnte. Wenn ihr Zimmer geräumt war, würde es ihr schwerer fallen, einen Rückzieher zu machen. »Ich gebe Ihnen das Geld für Mrs. Murray. Ich warte draußen, während Sie Ihre Sachen packen. Für den Fall, dass Buddy Clapper sich in der Gegend rumtreiben sollte.«

Sie trank ihr Glas aus. »In Ordnung. Nennen Sie mich einfach Misses ... Wie ist überhaupt Ihr Nachname?«

»Kellogg«, sagte er.

EINE STUNDE SPÄTER WAR Vivian Hopewell zurück im Roosevelt und fragte sich, worauf sie sich da eingelassen hatte. Immerhin hatte sie ihre beiden Koffer.

Darin befanden sich drei Jahre Los Angeles ... die Kleidung, die sie mitgebracht hatte, die Kleidung, die sie gekauft hatte, die Porträtfotos und das Skript für eine Rolle in einem Three-Stooges-Kurzfilm mit dem Titel *You Nazty Spy!*, die sie nicht bekommen hatte. Sie hätte eine Frau gespielt, die in eine alberne Glaskugel schaute, um den Stooges ihr Schicksal vorherzusagen. Sie wünschte, sie hätte jetzt eine Glaskugel, um ihre eigene Zukunft zu sehen.

JEDEN ABEND UM ZEHN ging Fritz Kessler mit seinen beiden Dackeln einmal um den Echo Lake. Dafür brauchte er fünfzehn bis dreißig Minuten, je nachdem, wie oft die Hunde stehen blieben, um zu schnuppern oder zu pinkeln, wie oft er einen Bekannten traf und sich mit ihm unterhielt. Bei Männern, die ihm sympathisch waren, und Frauen, mit denen er gern geschlafen hätte, konnte er erstaunlich redselig sein.

An diesem Abend war der Weg nahezu menschenleer, bis er zu einem Mann kam, der kaum mehr als ein Schatten war und unter einer Platane auf einer Bank saß.

»Guten Abend, mein Herr«, sagte der Mann.

Kessler trat näher. Die Hunde zogen an ihren Leinen. »Costner?«, fragte er.

»Ich muss mit dir reden.«

»Du siehst ... anders aus.«

»Wenn sich die Umstände ändern, Fritz, verändern auch wir uns.«

»Bist du allein?«

Martin Browning hatte Vivian durch die Halle des Roosevelt geleitet und dem Aufzugführer ein Trinkgeld gegeben, damit er sie auf ihr Zimmer brachte. Er hatte dem Drang widerstanden, es selbst zu tun. Obwohl es ihm manchmal misslang, versuchte er jedem Drang zu widerstehen, der ihn auf Abwege führen konnte. Danach war er zum Echo Park gefahren.

Im Augenblick neigte er dazu, Kessler am Leben zu lassen. Je breiter die Mordschneise war, die er hinterließ, desto leichter konnte man ihn aufspüren. Aber wenn Kessler am Leben blieb, stellte er womöglich eine noch größere Gefahr dar.

»Ich bin allein.« Martin deutete auf die beiden Hunde. »Pfeif deine Rottweiler zurück.«

Kessler kam mit den Dackeln herüber und setzte sich auf die im Dunkeln stehende Bank. »Was willst du?«

»Miss Hildy und Mr. Hansy kennenlernen.« Martin tätschelte die Hunde.

»Sie sind mein ganzer Stolz«, sagte Kessler. »Die Hunde und meine Frau, die uns bei dieser Runde immer aus der Wohnung zuschaut.«

Martin blickte über die Schulter zu dem Gebäude auf der anderen Straßenseite. Er sah niemanden am Fenster stehen. Dann betrachtete er Kesslers rechte Hand. Er hatte die beiden Leinen darum geschlungen. Es würde ihm schwerfallen, an den Schlagring in seiner rechten Tasche zu gelangen.

»Meine Frau macht sich große Sorgen, dass Stengle uns verpfeifen könnte. Vielleicht sollten wir ihn aus dem Verkehr ziehen.«

Kessler log ihn also an. Ein weiterer Grund, ihn zu liquidieren. »Aus dem Verkehr ziehen? Warum?«

»Um die Zelle zu schützen. Um deine Mission zu schützen.«

»Welche Mission?«

Fritz Kessler blickte aufs Wasser hinaus. »Du verrätst dich, Costner, indem du nichts verrätst. Ich halte dich für gefährlich. Schwinn sieht das genauso. Deshalb hat er mich beauftragt, dich im Auge zu behalten. Ich habe ihm erzählt, wie treffsicher du mit der Mauser bist. Wir haben uns beide gefragt, was du damit vorhast … und warum du immer deine Patronen aufsammelst.«

Die Hunde zerrten an ihren Leinen. Einer der beiden jaulte.

»Warst du gestern beim Bund, als Schwinn verhaftet wurde?«, fragte Martin.

»Montags arbeite ich dort immer.«

»Wer war sonst noch da?«

»Herr und Frau Kraus. Die können ohne Schnitzel nicht leben. Dann noch Emil Gunst, der wie jeden Abend Wurst in sich reingestopft hat. Und ein Kerl aus Hollywood namens Kevin Cusack. Ein Freund von Gunst. Vielleicht hast du ihn schon mal im Deutschen Haus gesehen.«

»Ich gehe nicht ins Deutsche Haus.«

»Ein weiterer Grund, warum man sich Gedanken über dich macht.« Kessler lächelte. »Ich habe mich gefragt, warum ein Kerl aus Hollywood ausgerechnet gestern Abend zum Bund gehen sollte. Er hat Gunst nach der Murphy Ranch gefragt. Mich auch. Angeblich hat er gehört, da würde auf Zielscheiben geschossen.«

Martin stand auf, trat ans Ufer des Sees und betrachtete die Lichter der Stadt, die sich im Wasser spiegelten. »Was hast du ihm gesagt?«

»Nichts.«

»Gut.« Martin hatte den Namen Cusack auch schon von Gunst gehört. Also wusste er, dass Kessler in diesem Detail die Wahrheit sagte.

»Gunst mag ihn«, fügte Kessler hinzu. »Ich aber nicht.«

Um Kessler zu beruhigen, stellte Martin noch ein paar Fragen zu diesem Außenseiter. »Was stört dich an ihm?«

»Ein Mann, der zu viele Fragen stellt, könnte jemand anders sein, als er vorgibt. Vielleicht ist er ein Judenfreund … oder spioniert fürs FBI. Wir wissen, dass es im Bund Maulwürfe gibt.«

Martin würde sich den Namen merken. *Kevin Cusack*. Aber deshalb war er nicht hier. Er holte seine Kalbslederhandschuhe heraus und zog sie an.

»Siehst du?«, sagte Kessler. »Ich habe doch gesagt, du kannst mir vertrauen.«

»Ich vertraue dir, Fritz. Du bist ein treu ergebener Sohn unseres

Vaterlands.« Das war ein Kompliment, das Martin nur selten machte. Doch er wusste, wie man ein Ego aufblies. Er setzte sich wieder neben Kessler. »Du kannst mir also ruhig sagen, Fritz, warum du Stengle umgebracht hast und mich anlügst. Weil du ein treu ergebener Sohn unseres Vaterlands bist?«

»Ich habe Stengle nicht umgebracht.«

»Irgendwer hat es getan. Und dieser Jemand will vielleicht auch mich umbringen.«

»Und, was willst du jetzt machen?«

»Ihn zuerst töten.« Im Nu schnellte Martins Messer nach oben, fuhr in Kesslers Kehle, durch seine Zunge und den hinteren Gaumen, in sein Gehirn. Alles ging so schnell, dass nicht einmal die Hunde reagierten.

Kessler riss die Augen auf. Er zuckte. Dann regte er sich nicht mehr.

Martin zog das Messer heraus, wischte die Klinge an Kesslers Hose ab und nahm dessen Uhr und die Geldbörse an sich, damit es wie ein Raubüberfall aussah.

Als die Hunde spürten, dass etwas nicht stimmte, saß Martin bereits in seinem Wagen. Und als sie zu kläffen begannen, war er schon halb in Glendale.

MITTWOCH, 10. DEZEMBER

SALLY DRAKE KAM GEGEN ZEHN zu Kevin Cusack an den Schreibtisch. »Sitzt du immer noch an dieser Casablanca-Geschichte?«

»Ich sag Hal Wallis, dass er sie kaufen soll.«

»Und dann?«

Er lehnte die Arme auf die Schreibmaschine. »Wie gesagt – ich reise ab. Wenn sie jetzt schon Jerry Sloane vor mir befördern, ist sogar mein Papierkorb eher dran.«

Sie schob die Brille auf die Nasenspitze und blickte wie eine Lehrerin über die Gläser hinweg. »Jerry Sloane schreibt besser als ein Papierkorb.«

»Alles, was ich schreibe, landet im Müll. Eine Filmbiographie über Andrew Jackson, ein Western für Errol Flynn, romantische Komödien ...«

»Du kannst besser Witze reißen als schreiben.«

»Das ist kein Kompliment.«

»Hör mal ... hast du das mit der Bruder-Schwester-Sache ernst gemeint?«

Er zögerte. Jetzt nur keine voreiligen Schlüsse ziehen. Es war nur eine ganz sachliche Frage. »Klar.«

»Also ... keine dummen Scherze im Abteil?«

»Du hast doch grade gesagt, dass meine Witze gut sind. Darf ich dann keine Witze reißen?«

»Du weißt, was ich meine.«

»Nein, weiß ich nicht. Vielleicht sollte ich Jerry Sloane fragen.« Diese kleine Spitze hatte er sich nicht verkneifen können.

Doch sie ließ sich nicht beirren. »Halt Jerry da raus. Du würdest einen guten Chaperon abgeben. Du könntest meinen großen Bruder spielen, mir die Schürzenjäger vom Leib halten ... und das FBI auch.«

Am liebsten hätte er gejubelt, doch er gab sich gelassen. Er ignorierte die Bemerkung über das FBI und fing wieder an zu tippen.

»Also ... bin ich sicher, wenn ich die Brille aufbehalte?«, fragte sie.

»Die Brille?« Er tippte weiter.

»Wie Dorothy Parker gesagt hat, und diesmal weiß ich, dass sie es war: ›Männer flirten selten mit Frauen, die eine Brille tragen.‹ Komm am Freitagabend um sieben zur Union Station. Der Zug fährt um acht.«

Als sie ging, blickte Kevin ihr nach und dachte an etwas, was Dorothy Parker leider nie gesagt hatte: »Männer flirten immer mit Frauen, die einen knackigen Hintern haben.«

MARTIN BROWNING SASS IN der Adams Square Pharmacy und las seine Zeitung. Er ging davon aus, dass Stengle nicht identifiziert worden war. Es würde Wochen dauern, bis den Angehörigen auffiel, dass ein junger Handwerker, der von Kalifornien träumte und deutsche Kameradschaft mochte, keine Briefe mehr an seine Eltern in Bangor, Maine, schickte.

Und bei Kessler sprach das LAPD von Mord oder Raubüberfall. Jemand vom FBI möchte den Namen überprüfen, dabei feststellen, dass Kessler Kellner im Deutschen Haus gewesen war, und anfangen, Fragen zu stellen, aber dann wäre Martin längst weit weg.

Er entdeckte noch einen vertrauten Namen. »Emil Gunst, im Polizeigewahrsam gestorben.« Das überraschte ihn nicht. Er trank seinen Kaffee und überlegte: Hatten sie ihn totgeschlagen? Hatte er vorher geredet? Oder hatte er eine Zyanidkapsel in seinem Döschen mit Nitroglycerinpillen gehabt? Selbstmord schien nicht zu ihm zu passen. Vielleicht war die Todesursache wirklich ein Herzinfarkt.

Auf jeden Fall kamen ihm die FBI-Leute langsam näher ... gefährlich nah. Es war gut, dass er beschlossen hatte zu fahren.

Er eilte in seine Wohnung zurück und machte sich mit Nadel, Faden und Schere an die Arbeit. Sein Vater hatte ihm beigebracht, eine Taille abzustecken, eine Hose zu säumen oder einen Ärmel zu verlängern, was ihm hilfreich gewesen war, als er sich bei Mr. Fountains Herrenmode um eine Stelle beworben hatte. Und jetzt half es ihm, ins Futter seines marineblauen Mantels ein Versteck einzunähen. Er hatte die rechte Innentasche aufgeschnitten. Ein alter Gürtel würde ihm als Halterung für die Waffe dienen. Es war noch nicht perfekt, doch das würde er schon noch hinbekommen. Erfolg beruhte auf guter Vorbereitung.

Als die Sonne die Südseite des Gebäudes erreichte, trat er im hinteren Zimmer ans Fenster, um bei Wärme und Licht zu arbeiten und hin und wieder zu Mrs. Sanchez hinüberzuschauen, die jeden Morgen in rückenfreiem Oberteil auf ihre kleine Terrasse kam, sich mit Babyöl einrieb und auf ihrer Chaiselongue ausstreckte.

Er wusste, dass ihr seine Blicke gefielen. Wenn ihre Augen sich trafen, lächelte sie.

VIVIAN HOPEWELL SASS IN ihrem Zimmer und sah zu Grauman's Chinese Theatre hinüber. Obwohl jederzeit die japanische Flotte am Horizont auftauchen konnte, flanierten die Leute drüben über den Vorplatz und betrachteten neugierig die Fußabdrücke der Filmstars. Selbst am Tag nach Pearl Harbor waren Abbott und Costello erschienen und hatten ihre Handflächen in den feuchten Zement gedrückt, Autogramme gegeben, Sprüche geklopft. In Hollywood musste die Show um jeden Preis weitergehen.

Tja, ab jetzt ohne sie. Die Entscheidung fühlte sich an, als würde man sich einen schmerzenden Zahn ziehen lassen. Egal wie stark der Schmerz war, sie wusste, in ein, zwei Tagen würde es ihr wieder besser gehen.

Als Harry anrief, sagte sie, dass sie darüber geschlafen habe und noch immer entschlossen sei mitzumachen. Sie würde seine Frau spielen, so lange er wolle. Dann fragte sie, ob sie am Abend essen gehen könnten.

»Ich habe noch viel zu tun«, sagte er. »Ich melde mich, wenn es klappt.«

Ein seltsamer Kerl, dachte sie, unberechenbar, geheimnisvoll, gefährlich. Wie er auf dem Parkplatz gewütet hatte. So was tat kein normaler Mensch. Und sie wusste nicht einmal, wo er wohnte. In einem Apartmenthaus? Einer Villa in den Hollywood Hills? Einer Bruchbude am Los Angeles River? Die Wahrheit war, dass er einer dieser Männer war, vor denen Mütter ihre Töchter stets warnten.

CARTER UND MCDONALD STIEGEN die Treppe zum Büro des LAJCC am Hollywood Boulevard hinauf. Sie machten sich keine Gedanken darüber, ob Nazi-Spitzel die Eingangstür beobachteten. Wenn die feindlichen Agenten die örtlichen FBI-Leute nicht kannten, stellten sie keine große Gefahr dar. Und Frank Carter wollte mit Leon Lewis sprechen.

Die Abteilung für Öffentlichkeitsarbeit des LAJCC war vollgestopft mit Aktenschränken, lärmenden Schreibmaschinen und Vervielfältigungsgeräten, die am laufenden Band Texte ausspuckten. Manchmal druckten überregionale Zeitungen ihre Artikel über Nazis und andere Faschisten unverändert nach. Manchmal schafften es bloß Ausschnitte in die Zeitungen. Aber so oder so, das LAJCC hatte das Land vor der Bedrohung der amerikanischen Juden und aller anderen freiheitsliebenden Menschen gewarnt.

Als Carter in Lewis' kleinem Büro saß, kam er gleich zur Sache. »Was wissen Sie über den verstorbenen Emil Gunst?«

»Im letzten Krieg deutscher Spion. Hat deutsche Keramik importiert.« Lewis ging in den Vorraum, kehrte mit einer Mappe zurück, schlug sie auf und las: »›Emil Gunst, Bund-Mitglied, Gau West.‹« Er blickte auf. »Diese Nazis tun so, als wären wir eine Region ihres Vaterlands, mit Gauleitern und so weiter.« Dann las er weiter:

»›1923 nach dem Hitler-Putsch in die Vereinigten Staaten immigriert. Hat behauptet, er fürchte sich vor den Nazis und hasse die Kommunisten, hasse sie so sehr, dass er einen Herzinfarkt bekommen habe.‹«

»Hat Deutschland also aus gesundheitlichen Gründen verlassen.«

»Ich kenne viele Juden, die gern das Gleiche tun würden«, sagte Lewis. »›Seine Frau Helga starb 1938. Keine Kinder. Ist dem Bund beigetreten wegen Geselligkeit, Blasmusik, Bratwurst. Nimmt Nitroglycerintabletten, als wären es Minzbonbons. War dreimal wegen Brustschmerzen im Krankenhaus.‹«

»Hat jemand mit seinem Arzt gesprochen?«

»So weit gehen wir nicht. Besonders wenn unser Spion sagt, dass Gunst auf unserer Seite steht.«

»Agent neunundzwanzig?«, fragte Carter. »Cusack?«

Lewis gab keine Antwort, da er die Namen seiner Spione Außenstehenden nicht verriet.

»Ich glaube, da hat sich Cusack geirrt«, sagte Carter. »Gunst war *nicht* auf unserer Seite.«

»In der Zeitung steht, er sei im Polizeigewahrsam gestorben.«

»Herzinfarkt oder Zyanid. Es wird eine Autopsie durchgeführt.«

Lewis nickte. »Nummer neunundzwanzig hat gesagt, er hätte noch nie jemanden so viele Würste auf einmal essen sehen … oder so oft über Verdauungsprobleme klagen hören.«

»Nummer neunundzwanzig ist ein guter Mann.«

»Er verlässt uns«, sagte Lewis.

Das enttäuschte Carter, doch er war nicht überrascht. »Wann genau?«

»Freitagabend mit dem Super Chief. Er hat gesagt, wir sollen einen Mann namens Kessler unter die Lupe nehmen. Ein Kellner beim Bund.«

»Wir kennen Kessler. Ein Schmalspurganove.«

»Wussten Sie, dass er letzte Nacht im Echo Park ermordet wurde?«

Lewis gab Carter einen Zeitungsausschnitt aus dem *Herald*. »Das LAPD sagt, es war wahrscheinlich ein Raubüberfall.«

»Das habe ich nicht gewusst«, sagte Frank Carter. »Und der Schein kann trügen.«

MARTIN BROWNING ZOG die Mauser C96 aus dem Holster und steckte die Metallnut am Griff in die Kupplung am Anschlagschaft, womit er die Pistole in einen Karabiner verwandelte. So hätte er beim Schuss eine größere Stabilität. Die Mauser war eine gute Waffe, präzise und wirkungsvoll, mit einer effektiven Reichweite von hundert Metern. Wenn er an Heiligabend auf den Rasen des Weißen Hauses gelangte, konnte er den Schuss von überall in der Menge abgeben.

Er steckte die Waffe in die Halterung, die er im Mantel angebracht hatte. Dann trat er vor den Spiegel im vorderen Zimmer und übte: Mit links den Mantel aufknöpfen, mit der rechten Hand durchs Futter greifen, die Waffe so lange wie möglich verborgen halten. Er überlegte sogar, ein falsches Futter einzunähen, damit er den Mantel öffnen konnte, wenn der Secret Service ihn dazu aufforderte. *Sehen Sie? Keine Waffe.* Würden sie darauf hereinfallen?

Gänzlich von seiner Arbeit in Anspruch genommen, bekam er das Ticktock der Absätze in der Einfahrt unter seinem Fenster nicht mit. Doch er hörte es auf der Treppe. Und er hörte das Klopfen. Er zog den Mantel aus und warf ihn über einen Stuhl. Dann machte er Mrs. Sanchez die Tür auf.

Sie trug noch immer das rückenfreie Oberteil, hatte aber einen Wickelrock an, dazu hochhackige Pantoletten, die ihre rot lackierten Zehennägel zur Schau stellten. Ihre braune Haut glänzte vom Babyöl. Auch ihre Augen glänzten. »Sie haben heute früh so viel gearbeitet«, sagte sie. »Deshalb bringe ich Ihnen etwas zu essen ... und Sangria.« Sie hielt ihm das Tablett entgegen. Hühnchensandwich, ein Krug Rotwein, in dem Eis und Orangen schwammen, zwei Gläser ...

Sie reinzulassen war keine gute Idee, doch bevor ihm eine Ausrede einfiel, huschte sie schon an ihm vorbei, ging ins Esszimmer, stellte das Tablett ab, beugte sich vor, um Sangria einzuschenken, wobei sie ihm einen guten Blick auf ihren Hintern bot.

Er begriff, dass er den Mantel hätte weghängen sollen. Auch Gunsts »Weihnachtsgeschenk«, den Prospekt von der Santa-Fe-Eisenbahngesellschaft und die Zugfahrkarten hätte er nicht auf dem Tisch liegen lassen dürfen. Doch es war zu spät.

Sie drehte sich um. »Eingepackte Geschenke … ein Wintermantel … Zugfahrkarten. Fahren Sie über Weihnachten in die Kälte?«

»An Silvester bin ich wieder da«, sagte er. »Da fällt mir ein … die Miete für Januar.« Er ging auf den Mantel zu, um das Geld aus einer der Taschen zu holen.

Doch sie stellte sich ihm in den Weg und hielt ihm ein Glas hin. »Zuerst Sangria.« Ihr Lächeln war aufreizend. Das erinnerte ihn an diese Sängerin, die die Stimme eines Engels, aber das Lächeln eines Teufels hatte. *Lena Horne.* In ihren Augen funkelte das gleiche Licht.

Was für eine Sünde es wäre, dieses Licht auszulöschen. Doch wenn sie dem Mantel zu nahe kam …

Er nahm die Sangria, stieß mit ihr an und trank. Sie standen dicht beieinander in der mittäglichen Stille, in der luftigen Wohnung in dieser verschlafenen Gegend von Los Angeles. Und plötzlich kam ihm in den Sinn, dass es ihm auf der zweiundvierzigstündigen Zugfahrt leichter fallen könnte, sich zu beherrschen, wenn er jetzt dem Verlangen nachgab, das diese Witwe zu ihm geführt hatte.

Also nahm er ihr das Glas aus der Hand, griff um sie herum und stellte beide Gläser auf den Tisch. Dabei kam er ihr nah genug, um sie zu küssen. Es war ein angenehmer Kuss, der nach Sangria schmeckte.

Er trug sie über den Flur, an der Küche und dem Zimmer mit dem Schreibtisch vorbei, wo noch das Waffenöl und die Reinigungsbürsten lagen, ins sonnendurchflutete Schlafzimmer.

Dann legte er sie aufs Bett und kniete sich vor sie. Er ließ die

Hände über ihre braunen Beine gleiten und schob sie unter ihr Badehöschen. Sie stöhnte, wie um ihm zu sagen, dass er weitermachen solle. Er beugte sich vor und küsste ihre glatten braunen Schenkel. Ihr Atem ging schwer, und er küsste sie weiter oben. Und wieder zeigte sie, dass ihr gefiel, was er tat, dass es das Schönste war, was sie sich für einen Mittwochmittag vorstellen konnte.

Er zog ihr das Oberteil aus, dann den Wickelrock und schließlich das Unterteil ihres Badeanzugs …

Als sie fertig waren, zog sie die Bettdecke hoch und zündete sich eine Zigarette an. Nach ein paar Zügen fragte sie, ob er Lust habe, die Sachen zu essen, die sie mitgebracht hatte.

Ja, hatte er, doch er musste verhindern, dass sie herumschnüffelte. Also ging er nackt durch den Flur, versteckte die Pistolenreiniger, die noch im mittleren Zimmer lagen, und begab sich ins Esszimmer, wo er den Prospekt der Eisenbahngesellschaft in den Mantel steckte und diesen in den Schrank hängte.

Sie aßen im Sonnenschein auf dem Bett.

Dann schwang sie das Bein über ihn … und als sie sich eine Stunde später auf den Bauch drehte, um ihn ein drittes Mal zu verführen, klatschte er ihr auf den Hintern und versprach, an Silvester zurück zu sein. Das war natürlich gelogen. Und vielleicht war das Ganze ein Fehler gewesen, doch es war besser, als sie zu töten.

GEGEN ZWEI WAR KEVIN Cusack mit seiner letzten Zusammenfassung fertig und packte ein paar persönliche Sachen in einen Schuhkarton: einen Füllfederhalter, eine Schachtel Eberhard-Faber-Bleistifte, ein Fläschchen Tinte, ein Notizheft. Dann nahm er die Zusammenfassung und ging den Flur entlang.

Im vorderen Büro war Cheryl Lapiner wie immer über ihre Schreibmaschine gebeugt.

Er legte das Gutachten auf ihren Schreibtisch. »Das hier muss verfilmt werden. Das wird eine Sensation.«

Sie las den Titel. »*Everybody Comes to Rick's*. Furchtbarer Titel.«

»Ich hab vorgeschlagen, den Film *Casablanca* zu nennen. Das klingt nach Liebesgeschichte und Gefahr.«

»Liebe und Gefahr«, sagte sie. »Davon könnte ich auch was gebrauchen.«

»Wenn ich dich das nächste Mal ins Musso and Frank einlade ...«

»Aber du reist doch ab.«

Er nahm ihre Hand. »Viel Glück in Hollywood. Ich habe die Nase voll«, sagte er.

»Ich weiß, dass du wütend bist, weil Jerry Sloane als Erster einen Job gekriegt hat, aber ...«

»Niemand hat behauptet, dass es in dieser Stadt gerecht zugeht.«

»So viel ist sicher. Wir Frauen können ein Lied davon singen.«

Als er das Autorengebäude verließ, sagte er sich, dass er nach vorn schauen und sich auf die wichtigere Sache konzentrieren musste, der das Land entgegenblickte, selbst wenn das hieß, den Blick gen Heimat zu richten. Doch plötzlich lief er den Bossen über den Weg, Hal Wallis und Jack L. Warner persönlich.

Sie kamen gerade vom Set von *Yankee Doodle Dandy*, der Lebensgeschichte von George M. Cohan, die in Studio 4 gedreht wurde. Wallis sagte, dass Cagney den Oscar gewinnen könne. Warner machte sich Sorgen über den Kartenverkauf.

Als Kevin die beiden sah, erinnerte er sich an seine Aufregung am ersten Tag auf dem Gelände. Er wusste noch, wie er an der großen Bette Davis vorbeigegangen war. Sie trug ein Kopftuch und flache Schuhe, und er war voller Ehrfurcht, doch sie sah ihn kaum an. Und so beschloss er an seinem zweiten Tag, so zu tun, als wäre er ein alter Hase. Als er sah, wie Errol Flynn in Robin Hoods grüner Strumpfhose umherschlenderte, einen Trenchcoat um die Schultern geworfen und eine kalte Zigarette im Mund, bot er ihm Feuer an. Echt unglaublich.

Wahrscheinlich hatte Jack Warner mit seinem Fünfhundert-Dollar-Anzug und seinen Hundert-Dollar-Schuhen keinen Schimmer, wer Kevin war.

Aber Warner blieb stehen, drehte sich um und schaute auf seine Uhr. »Ich bezahle Sie, damit Sie arbeiten. Warum laufen Sie am helllichten Tag hier herum?«

»Ich reise ab«, sagte Kevin.

»Sie reisen ab?« Hal Wallis musterte den Schuhkarton, den Kevin unterm Arm trug.

»Ich habe gekündigt. Keine Gutachten mehr über die Drehbücher anderer Leute. Ich tanze nicht mehr nach anderer Leute Pfeife. Wird Zeit, meine eigene Geschichte zu schreiben.«

»Sie wollen schreiben?«, fragte Wallis.

Kevin zeigte mit dem Daumen auf das Autorengebäude. »Alle da drin wollen schreiben.«

»Autoren« – Warner wandte sich wieder zum Gehen – »Schmocks mit Schreibmaschinen.«

Wallis blieb noch einen Augenblick stehen, und Kevin dachte: *Wenn er mir jetzt anbietet, irgendwas zu schreiben, und sei es* Rin Tin Tin, *greife ich zu.* Doch er sagte bloß: »Viel Glück«, nichts weiter. Es hieß, er sei kalt wie ein Fisch, selbst wenn er jemanden mochte. Dann folgte er Warner.

»Die Schmocks, die *Everybody Comes to Rick's* geschrieben haben, haben hervorragende Arbeit geleistet. Könnte ein toller Film werden!«, rief er ihnen nach.

Warner warf ihm einen Blick zu, als wollte er fragen: *Will der kleine Blindgänger mir etwa Ratschläge geben?*

»Finden Sie ein paar Schmocks, die das Drehbuch schreiben, aber nicht den talentlosen Jerry Sloane. Dann werden Sie eine Menge Geld verdienen!«, rief Kevin. Danach ging er weiter und kam sich mit jedem Schritt größer vor.

GEGEN VIER UHR PACKTE Martin Browning die Schatulle mit den Hummel-Figuren aus. Er entfernte den Einsatz und nahm das Notizheft heraus, in dem die Namen, Adressen und Losungsworte der Verbindungsleute standen, die ihm Unterschlupf geben und ihn beim Attentat auf Franklin Roosevelt unterstützen würden.

Mit Hilfe einer Vorlage für Codewörter aus dem Notizheft schrieb er zwei Nachrichten:

Erstens: »Lieferung der Saatgutproben Sonntag SC. Präsidentenausgang.« Der Klartext besagte, dass er am Sonntag mit dem Super Chief in Chicago ankommen und seinen Verbindungsmann am Ausgang zur Polk Street treffen würde.

Und zweitens: »Weihnachten in Connecticut. Komme am 19. um 4 mit zwei Koffern und null Päckchen an.« Das waren der Ort, die Zeit und das Datum seiner Ankunft in Washington. Der Klartext besagte, dass er seine Helfer in D.C. am Dupont Circle, Ecke Connecticut Avenue und Neunzehnte Straße, am 20. Dezember um vier Uhr treffen würde.

Die Adams Square Pharmacy verschickte auch Western-Union-Telegramme, doch Martin wollte nicht, dass die Leute dort über Saatgutproben oder Weihnachten in Connecticut sprachen. Es war am besten, wenn ihn die Menschen in Glendale vergaßen.

Er fuhr zur Hauptstelle am Brand Boulevard, wo an diesem Dezemberabend viel Betrieb herrschte. Telegrafen spuckten Punkte und Striche aus … Bedienstete zählten Wörter … Sie verschickten oder erhielten Nachrichten und steckten gelbe Telegramme in Umschläge … Kunden standen Schulter an Schulter und überwiesen Geld oder übermittelten Ankunftszeiten … der Feiertagsansturm, noch verstärkt durch die Kriegsereignisse.

Für ein paar Cent ging Martins erstes Telegramm an ein Kaufhaus in Crete, Illinois, das als Verteilstelle für die Firma Diebold Saatgut diente. Das zweite ging an ein Western-Union-Büro an der Atlantic Avenue in Brooklyn und von dort zu einer Wohnung in den Heights.

Das Kästchen »Unterschrift erforderlich« hatte Martin auf keinem der beiden angekreuzt. Je weniger persönliche Angaben, desto besser.

Die Empfänger der Telegramme würden wissen, was sie zu tun hatten. Wenn nicht, dann würde Martin so arbeiten, wie er es am liebsten tat – allein.

Als er zu seiner Wohnung zurückkam, war es schon dämmerig.

Mrs. Sanchez saß mit den Jeffries-Schwestern, die schon seit 1927 hier wohnten, vor ihrem Bungalow.

In ihrer Jugend waren Marylea und Kimberlea Schauspielerinnen gewesen. Sie galten als die Gish-Schwestern für Arme und wurden in der guten alten Stummfilmzeit als Jungfrauen in Not und als wasserstoffblonde Rapunzels besetzt. Doch ihr Filmruhm war Vergangenheit. Als alte Jungfern ohne Not lebten sie mit ihren verblassenden Erinnerungen und drei eigensinnigen Möpsen in der Wohnung auf der anderen Seite der Einfahrt.

»Sangria, *señor*?«, fragte Mrs. Sanchez.

Die Vermieterin und ihr Liebhaber hatten vereinbart, ihr Schäferstündchen geheim zu halten und in der Öffentlichkeit so förmlich zu sein wie immer. Also fand nur ein oberflächliches Gespräch über den Krieg und die bevorstehenden Herausforderungen statt.

»Natürlich müssen wir alle Weihnachten feiern«, sagte Mrs. Sanchez.

»Ja«, sagte Kimberlea, die Vernünftigere der beiden. »Es ist sehr nett, dass Sie uns trotz der Staatskrise Weihnachtskekse gebacken haben.«

»Wir lieben diese Kekse«, sagte Marylea mit affektiertem Südstaatenakzent und schleuderte ihre Locken in Martins Richtung. »Sie auch, Mr. King?«

»Fast so sehr wie Sangria«, sagte er.

»Sie finden eine Dose Kekse in Ihrer Wohnung«, sagte Mrs. Sanchez. »Eine kleine Überraschung.«

»Überraschung?« Martin versuchte sich nichts anmerken zu lassen. Harold King hatte lebhafte, lächelnde Augen.

»Das mache ich bei allen Nachbarn so«, sagte sie. »Überraschungskekse vor Weihnachten. Und da Sie ja wegfahren …«

Plötzlich begann einer der Möpse in der Wohnung der beiden Schwestern zu bellen. Sie tranken aus und sagten, es sei Zeit für den abendlichen Spaziergang mit den Hunden.

Martin beobachtete, wie sie die Hintertreppe hinaufstiegen. »Waren Sie in meiner Wohnung?«, fragte er Mrs. Sanchez.

»Ich habe einen Schlüssel. Aber Sie können mir vertrauen. Unser Geheimnis ist bei mir sicher. Ihres auch.«

»Meins?«

»Dass Sie deutsche Porzellanfiguren sammeln.«

Martin hatte die Schatulle nicht wieder eingepackt, ein böser Fehler. »Sie haben die Figuren gesehen?«, fragte er.

»Ich liebe Hummel-Figuren … Sie sind so reizend.«

»Was haben Sie noch gesehen?«

»Als ich das Mittagessen gebracht habe, hab ich den Zugfahrplan gesehen. Sie haben den Super Chief am Freitag eingekreist. Wohin fahren Sie *wirklich*?« Sie lächelte aufreizend. »Ihrer *mamasita* können Sie es ruhig erzählen.«

Lächelnd überlegte er. »Wo ich auch hinfahre, Sie machen mir den Abschied schwer.«

»Oh, *señor*«, säuselte sie, »das ist ein schönes Gefühl.«

Er traf eine schnelle, vielleicht zu schnelle Entscheidung.

Er wusste, dass die Jeffries-Schwestern bald mit ihren Hunden auftauchen würden. Wenn er jetzt handelte, würden sie das perfekte Alibi sein. Also goss er die restliche Sangria in sein Glas und kippte sie hinunter. »Wir brauchen noch etwas zu trinken. Wir sollten noch ein bisschen Spaß haben heute Abend.«

»Oh, *señor* …«

Er stand auf und öffnete mit der Schuhspitze die Fliegentür ihres

Bungalows. »Soll ich noch Sangria machen? Oder etwas kochen? Ich würde gern für Sie kochen.«

»Sie wollen für mich kochen? Das hat schon seit Jahren kein Mann mehr für mich getan.«

Er hielt die Tür mit dem Fuß offen und ließ Mrs. Sanchez eintreten. Er wollte nichts anfassen. Keine Fingerabdrücke hinterlassen.

Sie sah nicht, dass er seine Kalbslederhandschuhe anzog.

Drei Minuten später trat er aus dem Haus und rief über die Schulter: »Gute Nacht, und vielen Dank, Mrs. Sanchez.«

Die Jeffries-Schwestern kamen gerade mit ihren angeleinten Hunden herunter.

Er ging hin und tätschelte die Tiere. »Ach, ich mag diese schnuckligen kleinen Kerle. Sie müssen mich unbedingt mal mit ihnen besuchen.«

Den Schwestern schien seine Freundlichkeit genauso zu gefallen wie den Hunden. Kimberlea lächelte. Marylea kicherte und klimperte mit den Wimpern.

Er sagte, er müsse nach Hollywood, um sich mit einem Freund zu treffen. Dann sah er die Schwestern zur Straße gehen. Sie würden sich erinnern, dass er ein paar Minuten nach ihnen ebenfalls gegangen war. Er würde es so einrichten, dass er um halb elf zurückkam, weil Kimberlea dann noch einmal mit den Hunden rausging und ihn mit Sicherheit sehen würde.

DONNERSTAG, 11. DEZEMBER

DER TAG WAR KALT UND GRAU, ein ungemütlicher Schneeschauer ging über New York nieder. Doch in der Wohnung der Stauers, von der man einen Blick auf die Brooklyn-Promenade hatte, war es warm. Helen Stauer saß auf einem Stuhl und hielt ein Fernglas an die Augen, auf der Fensterbank eine dampfende Tasse Kaffee, der Philco-Rundfunkempfänger auf WQXR und Mozarts *Requiem* eingestellt, das perfekt zu dem trüben Wetter passte.

Sie beobachtete, wie ein amerikanischer Zerstörer an der Skyline von Manhattan vorbeiglitt. Das hieß, dass sich an den Narrows ein Konvoi versammelte. Ein Konvoi war für die U-Boote, die der Führer am Montag losgeschickt hatte, eine leichte Beute. Denn den Nachrichten zufolge hatte Adolf Hitler am heutigen Tag den Vereinigten Staaten den Krieg erklärt.

Sie würde die näheren Angaben zu dem Zerstörer – USS *Babbitt*, vier Schornsteine, Wickes-Klasse, DD-128 – einem Funker an der Ostküste Marylands senden, der die Informationen nach Berlin weiterleiten würde. Sie würde auch Informationen beifügen, die ihr Mann gesammelt hatte, ein Buchhalter, der alles über Waffen, Munition und Chemieanlagen in der *Tri-state area* zusammentrug.

Sie saß in Unterrock und weißen Schuhen da. Ihre weiße Uniform lag auf dem Bügelbrett. Sie war in der Spätschicht des Navy-Yard-Krankenhauses von Brooklyn als »Schwester Faltenfrei« bekannt und trug auch den besten Lippenstift – dunkelrot als Ergänzung zu ihrer Alabasterhaut und dem schwarzen Haar. Sie war stets besonders pünktlich, auch wenn sie nicht sagte, warum. Wenn sie früh kam, konnte sie umherstreifen, sich umschauen und das Neueste erfahren: Welche Schiffe waren zur Wartung eingelaufen?

Wie ging es mit dem neuen Schlachtschiff USS *Iowa* voran? Welche neuen Sicherheitsstufen wurden eingerichtet? Sie beobachtete alles genau und übermittelte es.

Die Stauers hatten kaum Freunde und gingen nur selten aus. Sonntags besuchten sie den katholischen Gottesdienst und mittwochabends gingen sie im Peter Luger essen. Ein kinderloses Paar mittleren Alters, das sein Leben in einer kleinen Wohnung zubrachte und hart und konzentriert arbeitete, weil man die Wirtschaftskrise durchgemacht hatte und wusste, dass es noch immer zu wenig Stellen gab – Ehepaare wie die Stauers gab es traurigerweise viele im Land.

Wilhelm Stauer war ein dicker, schweigsamer Mann mit schütterem Haar. Doch er besaß eine Walther P38, mit der er drei Männer erschossen hatte, die sich zu sehr für seine Angelegenheiten interessierten.

Helen brauchte keine Pistole. Sie sah auf den ersten Blick die Halsschlagader eines Menschen und konnte ihm in Sekundenschnelle eine tödliche Dosis Thiopental spritzen. Zu ihren weiteren Fertigkeiten mit kleinen, scharfen Instrumenten gehörten das Entfernen von Kugeln und das Vernähen von Wunden sowie der Gebrauch von Kartonmessern und feinen Stiften, um offizielle Dokumente und Ausweise je nach Bedarf zu manipulieren.

Als ein Klopfen sie aufschreckte, dachte sie als Erstes an ihre Spritze, doch sie war nicht gefüllt. Sie stellte das Radio leiser und ging zur Tür. Durch den Spion sah sie eine alte Frau, die mit einem kleinen gelben Umschlag winkte.

Als sie die Tür öffnete, holte Mrs. Schwartz tief Luft: »Guten Morgen, Mrs. Stauer. Ich … Ich bin gestern Abend zeitig zu Bett gegangen, und nach dem Aufstehen hab ich das unter meiner Tür gefunden … Es ging wohl versehentlich an mich.«

Helen nahm den Umschlag und drehte ihn um. »Der wurde ja geöffnet, obwohl mein Name draufsteht. Warum ist er geöffnet?«, fragte sie.

Das Lächeln der Alten verschwand. »Tut mir leid … Wenn ein Telegramm kommt, bin ich immer so aufgeregt, dass ich … Ich hab den Umschlag geöffnet, ohne nachzuschauen.«

»Und Sie haben es gelesen?«

Mrs. Schwartz deutete auf den Umschlag. »Sie … Sie sind über Weihnachten nach Connecticut eingeladen. Das wird bestimmt schön.«

»Schön, ja.« Helen Stauer überlegte, ob sie Mrs. Schwartz töten sollte, weil sie ihre Post gelesen hatte. Doch sie entschied sich dagegen und schlug ihr die Tür vor der Nase zu.

Dann las sie das Telegramm und hätte fast vor Freude geschrien. Der Mann war unterwegs. Endlich kam Bewegung in die Sache. Der Tag der Entscheidung war nicht mehr weit. Sie spürte die Erregung, die Männer verspüren mussten, wenn sie in den Krieg zogen, ein seltsamer, geradezu sexueller Rausch angesichts der Möglichkeit von Gefahr, Tod und Erfüllung.

Helen Stauer und ihr Mann hatten an den Tagen vor Weihnachten Urlaub genommen. Am Zwanzigsten würden sie nach Washington fahren, den Mann am Dupont Circle treffen und ihn zu einem sicheren Unterschlupf bringen, dann alles analysieren, vorbereiten, planen und ausführen. Noch bevor Roosevelts verkrüppelter Körper kalt war, würden sie in einem Zug sitzen, der sie an Heiligabend in die Anonymität ihres Lebens in Brooklyn zurückbrächte.

WEGEN DER LEICHE IM Bungalow reiste Martin Browning bereits einen Tag früher ab. Er wartete, bis die Jeffries-Schwestern mit den Hunden zu ihrem Spaziergang aufbrachen.

Kimberlea sah ihn zuerst. »Haben Sie schon gehört? Hitler hat uns den Krieg erklärt.«

»Ja«, sagte Marylea. »Wie schrecklich. Oh, was sollen wir bloß tun?« Sie redete oft so, als wären es Dialoge für die Zwischentitel von Stummfilmen.

»Ganz schrecklich, ja.« Die Nachricht aus Berlin hatte Martin neuen Schwung verliehen. Wenn er Anwälte oder Vermieterinnen tötete, führte er ab sofort Krieg und beging keinen Mord. Und wenn er Franklin Roosevelt erschoss, geschah das aus Patriotismus und war ein Geschenk für die Menschheit.

Man stelle sich die Amerikaner vor ohne Franklin D. Roosevelt, der seine Landsleute beflügelte – so wie er es 1933 getan hatte, als er den Menschen verkündete, dass sie nichts zu fürchten hätten außer die Furcht selbst. Ohne ihren Führer wäre das amerikanische Volk kopflos. Wie viel leichter wäre es, Großbritannien zu besiegen, wäre Neville Chamberlain Premierminister und nicht Churchill, der alte Churchill, der sich am Scotch, an imperialen Träumen und an seiner eigenen Kriegsrhetorik berauschte? Vielleicht würde sich ein guter deutscher Scharfschütze seiner annehmen.

Es würde eine Befreiung sein, sie zu töten und diesen Krieg rasch zu beenden. Weniger Tote ... weniger verschwendete Ressourcen ... weniger zerstörte Baudenkmäler ... Schluss mit dem Bolschewismus in Europa ... Ein gerechtes Gleichgewicht würde wieder herrschen zwischen Deutschland und dem Rest der Welt. Nur so konnte es zu einem gerechten Ringen der Ideale kommen, aus dem klar die natürliche Überlegenheit der deutschen Kultur hervorgehen würde. Ein Land, das 1918 von vaterlandslosen Zivilisten einen Dolchstoß in den Rücken erhalten hatte und mit dem Schandvertrag von Versailles erniedrigt worden war, würde wieder seinen ehrenvollen Platz als Führungsnation einnehmen.

Deutschlands Ehre wieder herzustellen, das war Martins Ziel, seit seiner Zeit in Heidelberg. Der Nationalsozialismus hatte ihm den Weg gewiesen, und er war ihn gegangen, von der Universität direkt zum Amt VI des Reichssicherheitshauptamts, und jetzt würde er ihm bis nach Washington folgen.

»Wir haben gehört, Sie verreisen«, sagte Kimberlea.

Was wussten die beiden? Er überspielte seine Sorge mit einem kurzen Lachen. »Ich fahre über Weihnachten in den Osten.«

»Wir wünschen Ihnen eine angenehme Reise«, sagte Marylea.

»Danke, meine Damen.« Er ging nach hinten zur Garage, und die beiden folgten ihm mit den Hunden und redeten weiter.

Er öffnete den Kofferraum und stellte sein Gepäck hinein. »Ich fahre durchs Central Valley und besuche einige meiner Kunden. Dann geht's weiter.«

»Aber … Mrs. Sanchez hat gesagt, Sie nehmen den Zug.«

»Den Zug?« Er ließ ein herzliches Lachen ertönen. Das war besser, als die beiden zu töten. »Nein. Dafür muss ich zu viele Kunden besuchen.«

»Ich habe gehört, das Benzin soll rationiert werden«, sagte Kimberlea.

»Erst im Januar«, sagte er. »Bis dahin bin ich zurück.«

Einer der Hunde knurrte leise und zog an der Leine. Er wollte offenbar zum Bungalow von Mrs. Sanchez. Hatte er etwas gerochen?

Martin schloss den Kofferraum, wünschte den Schwestern frohe Weihnachten und fuhr los.

Später würden sie nur Gutes über Harold King erzählen. Sie würden sagen, dass er immer nett zu ihnen gewesen sei und bestimmt nicht wie ein Mörder ausgesehen habe. Dass er mit dem Wagen, nicht mit dem Zug, Richtung Osten gefahren sei. Das würde ihn noch eine Weile unverdächtig erscheinen lassen.

Martin hätte lieber James Costner, den herablassenden Herrenmodeverkäufer und introvertierten Einzelgänger gespielt. Aber jede Entscheidung, die er getroffen hatte, seit er in den Wagen des jüdischen Anwalts gestiegen war, hatte unerbittlich die nächste nach sich gezogen, und jede Entscheidung, die seine Lage vereinfachen sollte, hatte alles nur komplizierter gemacht. Es war Zeit, aus der Stadt zu verschwinden. Das ging ihm durch den Kopf, als er auf dem Los Feliz Boulevard von Glendale in die Hollywood Hills hinauffuhr.

»Los Feliz« hieß »die Glücklichen«, und all die Leute in diesen schönen Häusern waren mit Sicherheit glücklich, all die Filmproduzenten, Geschäftsleute und Anwälte, die ihre Ehefrauen und ihre Geliebten küssten und dann arbeiten gingen. Der Krieg würde ihr friedliches Nirwana nicht erreichen, nur der Profit. Sie würden ihr Geld damit verdienen, Kriegsfilme zu drehen. Mit der Herstellung von Rüstungsgütern würden sie noch mehr Geld machen. Und mit dem Verkauf der Grundstücke, auf denen die Rüstungsfabriken gebaut und die dort beschäftigten Arbeiter untergebracht wurden, würden sie ein wahres Vermögen verdienen. Sie würden die Zerstörungen in Europa nicht sehen. Sie würden nicht sehen, wie Hitler in einem offenen Mercedes den Hollywood Boulevard entlangfuhr. Doch am Heiligabend würde ihnen das Herz brechen. Dafür würde Martin sorgen, live übertragen vom CBS Radio Network.

Als seine Reise begann, gab ihm dieses Wissen das Gefühl, der Glücklichste der Glücklichen zu sein.

FRANK CARTER SAH, dass die korpulente Frau mit dem deutschen Akzent einen schrecklichen Schock erlebt hatte. Vorgestern hatte sie abends die Dackel kläffen hören. Sie hatte aus dem Fenster geblickt und gesehen, dass sie unter einer Straßenlaterne im Kreis herumrannten. Als sie nach draußen gelaufen war, hatte sie ihren Mann tot auf einer Parkbank gefunden.

Jetzt hatten sich die beiden Hunde zu ihren Füßen zusammengerollt. Sie saß in ihrem Hauskleid da, Papiertaschentücher in der Hand. Auf einem Stuhl lagen ein weißes Hemd mit Epauletten, eine marineblaue Reithose, Schaftstiefel und ein schwerer Gürtel: die Bund-Uniform ihres Mannes.

Das LAPD sagte, Fritz Kessler sei einem gewöhnlichen Raubüberfall zum Opfer gefallen, doch wenn es um einen Kellner im Deutschen Haus ging, war gar nichts gewöhnlich.

Carter hatte einen halben Tag gebraucht, um Chief Agent Hood zu überreden, dass er ihm etwas Zeit gab, aber nun war er hier. »Hat Ihr Mann Ihnen vom Deutschen Haus erzählt?«, fragte er.

»Er liebte das Deutsche Haus. Er liebte den Bund. Sie haben ihm Arbeit gegeben, als keine zu finden war. ›Deutsche kümmern sich um Deutsche‹, sagte er immer.«

»Hat Ihr Mann je von den Kunden in der Gaststube gesprochen?«

Die Frage schien sie zu kränken. Sie wurde stocksteif. Ein Taschentuch fiel ihr vom Schoß, und einer der bedrückten kleinen Hunde schnupperte dran. »Mein Mann war immer sehr diskret«, sagte sie.

»Was Männer ihren Frauen erzählen, ist keine Indiskretion«, sagte Carter, um etwas aus ihr herauszubekommen.

Sie betupfte ihre Nase. »Nun ja ... Da war so ein Mann«, sagte sie.

»Was für ein Mann?«

»Montagabends habe ich den Wagen. Ich fahre zu den Brüdern in St. Vibiana. Ich bin katholisch. Sind Sie auch katholisch, Agent Carter?«

»Nein, aber Agent McDonald.«

»Meine Mutter fährt auch zu den Brüdern«, sagte McDonald.

»Deshalb hat ein Mann vom Bund ihn nach Hause gebracht«, sagte sie, »ein Mann namens Cusack, der ihm aufdringliche Fragen über die Murphy Ranch gestellt hat.«

»Die Murphy Ranch?« Carter blickte McDonald an. »Was hat Ihr Mann da draußen gemacht?«

»Ach, das hat er nicht gesagt.« Mrs. Kessler wedelte mit der Hand, und Taschentuchpapierflocken segelten durch die Luft. Ihr kamen die Tränen, als würde ihr das alles zu viel.

»Erzählen Sie uns etwas von seinen Gewohnheiten, Mrs. Kessler. Wenn wir die Gewohnheiten eines Opfers kennen, können wir etwas über ...«

»Das Deutsche Haus war nur ein Nebenverdienst. Dienstags und donnerstags zog er früh los, um sich Arbeit zu suchen. Maurer fangen früh an. Er hat sehr hart gearbeitet, und ...«

»Wohin ist er an diesen Tagen gefahren? Zur Gewerkschaft?«

»Ich sage Ihnen doch, er hat mir nicht alles erzählt. Er hatte Angst, ich könnte tratschen.«

»Worüber denn?«

»Alles Mögliche.« Ihre Stimme klang gereizt, als hätte sie das Ganze satt. »Über den Bund und die guten Leute, die da hingehen und arbeiten, um die Welt vor den Juden zu warnen. Wussten Sie, dass die Juden Spitzel in den Bund schicken, die die Leute aushorchen? Davor hatte er Angst. Er dachte, dieser Cusack könnte so ein Spitzel sein, und … Arbeiten Sie für die Juden, Herr Carter?«

»Ich arbeite für die Regierung der Vereinigten Staaten, Ma'am. Und wir würden gern wissen, ob Ihr Mann Waffen besaß.«

Sie verneinte.

»Können wir uns seinen Wagen mal ansehen?«, fragte McDonald. »Vielleicht finden wir irgendwelche Hinweise.«

Sie gab ihnen die Schlüssel und deutete auf den Wagen auf der anderen Straßenseite.

Wenn ihr Mann sich etwas hatte zuschulden kommen lassen, wusste sie wohl nichts davon. Im Kofferraum fanden sie ein in Öltuch gewickeltes Springfield 03.

»Er scheint gern geschossen zu haben«, sagte Carter.

»Vielleicht hat *er* Montag früh an der Murphy Ranch geschossen.«

»Irgendjemand war's.« Frank Carter wusste, dass sie der Sache einen Schritt nähergekommen waren. »Sehen wir uns Kesslers Leiche an.«

AN SEINEM LETZTEN TAG in Los Angeles hatte Kevin Cusack viel zu erledigen. Zuerst traf er eine Abmachung mit dem Nachbarn von unten, einem Autohändler, der an der Western Avenue Gebrauchtwagen anbot. Wenn Kevin am 15. Januar nicht zurück war, durfte er den Wagen mit fünfzig Prozent Provision verkaufen. Als Nächstes bezahlte Kevin ausstehende Rechnungen mit Schecks, die er per Post verschickte. Bei Thrifty Drug kaufte er ein Päckchen Kondome.

Hoffentlich würde er sie im Zug brauchen. In der Bank of America am Hollywood hob er alles bis auf fünf Dollar von seinem Konto ab – zweihundertsechsundneunzig Dollar, sein gesamter Verdienst im Filmgeschäft –, behielt das Konto jedoch für den Fall, dass es in Boston zu kalt war und er beschloss zurückzukommen. In der chinesischen Wäscherei holte er seine Hemden ab, vier gestärkt, zwei leger.

Als er wieder in seinem Zimmer war, packte er die Hemden, einen Anzug, zwei Sakkos, zwei Rollkragenpullis, drei Pullover und sechs Krawatten ein. Er verstand es, Kleidungsstücke zu kombinieren. Sein Vater hatte immer gesagt, je besser man gekleidet sei, desto mehr Respekt werde einem entgegengebracht. In Boston oder L. A. stimmte das vermutlich. Doch er konnte sein gesamtes Leben in Hollywood in dieselben beiden Koffer stopfen, die er vor vier Jahren mitgebracht hatte. Immer passend gekleidet zu sein, hatte ihm nicht geholfen.

HAROLD WARTETE SCHON IN der Hotelhalle, als Vivian mit ihrem Gepäck nach unten kam.

»Wozu die große Eile?«, wollte sie wissen.

»Ich muss nach Barstow.«

»Barstow. Das sind knapp zweihundert Kilometer, das könnte drei Stunden dauern.«

»Vier bei starkem Verkehr.« Er führte sie nach draußen, gefolgt von dem Pagen mit ihrem Gepäck. »Deshalb fahren wir schon heute.«

»Was, zum Teufel, ist denn in Barstow?«

»Ein unzufriedener Kunde. Und hör auf zu fluchen. Meine Frau flucht nicht.« Er ließ sie in den Wagen steigen, gab dem Pagen ein Trinkgeld und bog auf den Hollywood Boulevard. »Wir gehen heute Abend in der Beacon Tavern schick essen. Und morgen essen wir im Casa del Desierto.«

Sie konnte ein bisschen Spanisch. »Haus der Wüste? Was für ein Haus ist das?«

»Keine Sorge. Es ist kein abgeschiedenes Bordell, sondern der Bahnhof. Da gibt es sogar ein Harvey-House-Restaurant.«

Es gefiel ihr nicht, dass sie so leicht zu durchschauen war, doch sie mochte es, wenn ein Mann sie verstand. »Ich wollte mal ein Harvey Girl sein. Ich dachte, das wäre besser, als in einem Restaurant in Annapolis hinterm Tresen zu stehen.«

»Auf dieser Reise musst du nirgendwo hinterm Tresen stehen.« Er legte ihr den Umschlag mit den Fahrkarten auf den Schoß. »Der Super Chief verlässt L. A. um acht Uhr abends. Er hält am Freitag um elf Uhr abends in Barstow. Wir haben ein Privatabteil.«

»Huuu! Das hat bestimmt einen Haufen Geld gekostet«, sagte sie.

»Zahlt die Firma. Wir reisen also stilvoll.«

»Jetzt verstehe ich, warum du weiter für sie arbeiten willst.« Sie drückte den Anzünder in die Buchse und steckte sich eine Zigarette in den Mund.

Er nahm die Zigarette und warf sie aus dem Fenster. »Meine Frau raucht auch nicht.«

»Du rauchst doch auch.«

»Ich bin ein Mann. Rauchen ist männlich. Aber meine Frau …«

»Alle möglichen Ehefrauen rauchen. Alle Schauspielerinnen in Hollywood rauchen. Wenn ich deine Frau spielen soll, muss ich ab und zu eine rauchen.«

Martin begriff, dass ein Ehemann manchmal einlenken musste. Also gab er nach. »Rauch einfach nicht in der Öffentlichkeit. Du bist eine Dame.«

Für sie war Rauchen ein Luxus, und sie gönnte sich jeden Luxus, der sich ergab. Also zündete sie sich eine neue Zigarette an und betrachtete wieder die Fahrkarten. Auf dem Umschlag stand »Mr. und Mrs. H. Kellogg«. »Was ist Kellogg überhaupt für ein Name? Sind wir jetzt die Cornflakesleute, oder was?«

»Sehr witzig. Der Name ist mit den Puritanern ins Land gekommen.« Er verschwieg ihr, dass er seine Identität von Harold Nummer eins zu Harold Nummer zwei gewechselt hatte. Er hatte Sozialversicherungskarten und Führerscheine für beide dabei. Wenn die Behörden nach einem ledigen Mann namens Harry King zu suchen begannen, würden sie keine Mr. und Mrs. Kellogg ins Visier nehmen.

»Haben wir eine Hintergrundgeschichte?«, fragte sie.

»Eine was?«

»Eine Hintergrundgeschichte, eine Biographie, damit ich weiß, was für einen Menschen ich spiele.«

»Oh, verstehe.« Er streckte die Hand nach dem Handschuhfach aus.

Dabei streifte sein Arm ihre Beine. Sie zuckte, tat, als hätte die Berührung sie erschreckt. Er sollte nicht wissen, dass es ihr gefiel. Zumindest jetzt noch nicht.

Er öffnete das Handschuhfach, und eine Straßenkarte fiel heraus. Sie hob sie auf: Los Angeles und die USA. Sie wollte sie auseinanderfalten, doch er nahm sie ihr weg. Sie hätte vor seiner Abreise in den Müll wandern sollen. Er versuchte stets, kein belastendes Material zurückzulassen. Er steckte die Karte in seine Innentasche. Bei Gelegenheit würde er sie wegwerfen.

Dann holte er ein Heft und einen Stift hervor. »Nimm das hier. Lass uns Vivian Kellogg erschaffen. Hast du was dagegen, dich eine Weile ›Vivian‹ zu nennen? Der Name gefällt mir.«

»Du bist der Chef.« Sie schrieb den Namen auf und malte sich eine Figur aus.

Sie tauschten Ideen aus, während er über die Franklin zum Riverside Drive und auf den neuen Arroyo Seco Parkway fuhr, wo er den Dodge auf Tempo achtzig beschleunigte.

Die Geschwindigkeit erfüllte Vivian mit einer wachsenden Abenteuerlust. Sie mochte L. A. hinter sich lassen, aber da draußen würde sie etwas Großes erwarten. Das wusste sie einfach. Sie streckte die Beine aus, drehte das Fenster herunter und genoss den Fahrtwind.

»Ich liebe schnelle Autos.«

»Irgendwann wird es im ganzen Land solche Straßen geben, genau wie in …« Fast hätte er »Deutschland« gesagt, wobei er an die Autobahn dachte. Stattdessen deutete er auf das Notizheft. »Also – zurück zu Vivian. Wo könnte ich sie kennengelernt haben?«

»Ich habe dir doch gesagt, dass ich aus Maryland bin, aus Annapolis, Maryland.«

»Dann ist Maryland unsere Heimat und unser Reiseziel.«

»Eastport … das Arbeiterviertel der Stadt.« Sie fragte sich, ob er dort immer noch bei ihr sein würde. Sie wusste nicht, dass er nach dem Attentat auf Franklin Roosevelt einen Unterschlupf brauchen würde, von dem aus er über die Chesapeake Bay flüchten konnte. Annapolis wäre perfekt.

GEGEN MITTAG TRAF IN der Saatgutfirma Diebold in Crete, Illinois, ein Telegramm ein. Max Diebold saß in seinem Büro im Obergeschoss der Scheune. Er ging nach unten, um den Zusteller zu empfangen, da er niemanden ins Obergeschoss ließ. Dort oben hatte er hinter einer Wand aus Strohballen das Kurzwellenfunkgerät versteckt. Er gab dem Mann zehn Cent Trinkgeld und las das Telegramm.

Sein Sohn Eric kam aus dem Gewächshaus herüber. »Was ist los?«

Max wedelte mit dem Telegramm. »Wir fahren am Sonntag nach Chicago. Dearborn Station.«

»Um auf den Zug zu warten?«

»Worauf sollten wir an einem Bahnhof sonst warten?« Der Vater betrachtete den verstaubten schwarzen Ford im hinteren Teil der Scheune. »Wir müssen Öl und Reifen kontrollieren und den Wagen tanken.«

»Ich wasche ihn und wachse ihn ein. Wetten, dass ihm ein glänzender Wagen gefällt?«

»Nein. Nein, du Dummkopf«, sagte der Vater. »Ein gewachstes Auto im Dezember? Es darf nicht glänzen, es muss salzverkrustet sein. Wir wollen doch keine Aufmerksamkeit erregen.«

Einen Augenblick starrten Vater und Sohn sich an. Sie sahen aus wie Spiegelbilder, dreißig Jahre auseinander – kleine, bebrillte Männer mit frettchenhaftem Gesicht. Aber während der Vater energisch und konzentriert wirkte, zappelte der Sohn herum – in übertriebener Erwartung eines kleinen Ausflugs und, vielleicht, eines Hauchs von Gefahr.

Im Blick des Vaters lag Stärke. Der Sohn strahlte Schwäche aus. Und kurz darauf wandte er sich ab und zog sich auf den Hof zwischen der Scheune und dem Gewächshaus zurück. Der Vater begab sich zum Funkgerät, um einen Bericht für Amt VI abzufassen.

DER LEICHENBESCHAUER DES L. A. COUNTY war ein fröhlicher Mann namens Billy Belly Benson. Es ist leicht zu erkennen, warum, dachte Carter. Trüge Billy Belly ein rotes Kostüm und einen falschen Bart, könnte er die Hauptrolle in der Santa Claus Lane Parade auf dem Hollywood Boulevard übernehmen … solange man ihn vorher auslüftete, um den Formaldehydgestank wegzubekommen.

»Sie wollen Gunst vermutlich nicht sehen«, sagte Billy. »Ich kann Ihnen sein Herz zeigen. Die Arterien verstopft wie eine Tube voll eingetrockneter Zahnpasta.«

»Wir sind gekommen, um Kessler zu sehen«, sagte Frank Carter.

»Kessler? Der andere Deutsche? Der liegt noch auf Eis.« Billy Belly führte die FBI-Leute zum Lagerraum und zog Kessler aus einem Kühlfach. »Da ist er. Sauber abgestochen.«

»Sauber abgestochen?«, fragte McDonald.

»Jemand hat ihm ein Messer in die Kehle gestoßen, knapp über dem Adamsapfel und durch den hinteren Gaumen direkt in die Medulla oblongata. Da hört das Herz sofort auf zu schlagen. Nicht viel Blut. Ein trockener, sauberer Mord.«

»Sauber abgestochen«, sagte Carter. »Verstehe.«

»Ein Raubüberfall?«, fragte McDonald.

»Ich sage Ihnen, *woran* er gestorben ist. Nicht *warum*.«

Carter musterte Kesslers Gesicht, eine menschliche Hülle, aufgedunsen, bleich, leb- und fühllos. »Was ist das da an der Schläfe?«

»Schwer zu sagen.« Billy drehte Kesslers Kopf um. Sein Bauch drückte sich an das Laken, das den Körper bedeckte. »Sieht aus, als hätte jemand auf ihn geschossen, und die Kugel hätte ihn nur gestreift.«

»Könnte Doanes Maschinenpistole gewesen sein«, sagte McDonald.

»Aber gestorben ist er durch das Messer«, sagte Billy Belly. Er wandte sich von der Leiche ab. »Und eins ist wirklich sonderbar ...«

»Ach, nur eins?«, sagte Carter und warf ihm einen gereizten Blick zu.

Billy kicherte. »Wie gesagt, ich erkläre das *Wie*, nicht das *Warum* und ganz bestimmt nicht das *Wohin*.«

»Das Wohin?«, fragte McDonald.

»Sie wissen schon – *wohin wir gehen* ... Eine Frage, die wir uns hier eher nicht stellen.« Billy führte sie zu einem anderen Fach und zog einen weiteren Toten heraus, einen alten Mann, dessen ausgeprägte Sonnenbräune auch im Tod nicht verblasst war. »Den hier hat man im Kofferraum seines eigenen Lincoln Zephyr gefunden, der neben Bob's Big Boy in Burbank geparkt war.«

Carter spürte, wie sein Magen zu rebellieren begann. »Was ich da rieche, ist aber kein Big-Boy-Hamburger.«

»Es ist der Geruch, der die Leute zu dem Wagen geführt hat. Denn nach drei Tagen riechen wir alle – egal ob tot oder lebendig.« Billy kicherte wieder. Für diese Arbeit brauchte man ein düsteres Naturell oder ein sonniges Gemüt. »Jemand hat ihm die Taschen geleert. Wir haben sein Autokennzeichen überprüft. Ein verwitweter Anwalt namens Koppel. Hat in Pacific Palisades gewohnt.«

»Das ist in der Nähe der Murphy Ranch«, sagte McDonald.

»Und jetzt sehen Sie sich das an.« Billy legte die Finger unter das Kinn der Leiche und hob es hoch. »Die gleiche Wunde wie bei Kessler. Direkt über dem Adamsapfel.«

»Wollen Sie damit sagen, dass er vom selben Mann umgebracht wurde?«, fragte Carter.

»Ich will sagen, dass man so eine Wunde nicht besonders oft zu sehen bekommt. Der war professionell wie ein Chirurg.«

Carter hielt sich ein Taschentuch vor die Nase.

»Jaja. Es stinkt zum Himmel«, sagte Billy. »Aber ich hab da noch was.«

»Beeilen Sie sich«, sagte Carter.

Billy führte sie einen Flur entlang zu einer weiteren Reihe von Kühlfächern und zog eine weitere Leiche heraus: ein junger Mann, die Augen geschwollen, die Stirn eingedrückt.

»Wer ist das?«, fragte Carter.

»Keine Ahnung.« Billy zog einen Schlagring aus der Tasche und streifte ihn über. »Aber Sie wissen, was das hier ist, nehme ich an?«

»Jeder Straßengangster in L. A. hat so einen«, sagte Carter. »Und?«

Billy hielt die Faust ans Kinn der Leiche: Der Schlagring passte perfekt zu dem hässlichen Bluterguss. »Die Polizisten haben so einen Schlagring in Kesslers Tasche gefunden. Und der Kerl hier wurde richtig übel zugerichtet und dann von der Hyperion Bridge geworfen. Ist auf dem Schädel gelandet und hat sich das Genick gebrochen.«

»Wollen Sie sagen, dass Kessler ihn umgebracht hat?«

»O nein! Die Spekulationen überlasse ich Ihnen. Aber heute gibt es in dieser Leichenhalle eine Menge Zufälle. Zwei Menschen, die durch ähnliche Messerwunden ums Leben gekommen sind. Und dann das hier? Machen *Sie* sich einen Reim drauf. Das liegt jenseits meiner Gehaltsstufe.«

»Wir bemühen uns.« Carter steckte die Hände in die Taschen und betastete die Patrone. »Wir brauchen Fotos von all diesen Männern.«

UM VIER UHR HATTEN Vivian und ihr »Ehemann« Pasadena, Covina und Rancho Cucamonga hinter sich gelassen. Sie hatten auf der Route 66 den Cajon-Pass erklommen, und der schneebedeckte

Mount Baldy war so nah gewesen, dass sie ihn glaubte berühren zu können. Dann waren sie in die Hochwüste hinuntergefahren. Nach etwa fünfundzwanzig Kilometern voller Steinchen, die gegen die Windschutzscheibe geschleudert wurden, erreichten sie den staubigen Parkplatz vor einem baufälligen Gebäude, an dem ein Schild mit der Aufschrift »Gobel – Waffen und Werkzeug« hing.

Vivian musterte die Dachpappe, den kleinen seitlichen Anbau und die Scheune hinterm Haus. »Du bist die ganze Strecke gefahren, um dich mit Leuten zu treffen, die in so einer Bruchbude wohnen?«

»Mr. Gobel ist ein guter Kunde.«

Sie wollte die Tür öffnen, doch er hielt sie zurück. Wie ein Vater zu seinem Kind sagte er, sie solle sich nicht vom Fleck rühren.

»Aber ich muss auf die Toilette. Es war eine lange Fahrt.«

»Gib mir fünf Minuten. Dann fahren wir direkt zum Hotel.«

»Harry, ich muss so dringend pinkeln, dass ich es schon schmecken kann.«

»Das ist eine sehr ordinäre Ausdrucksweise.« Er griff um sie herum, verriegelte die Tür und sah sie an. Sein Blick war weder wütend noch bedrohlich. Er war ausdruckslos. Lediglich ausdruckslos. »Meine Frau redet nicht ordinär.«

Das erschreckte sie zu Tode.

Anscheinend hatte er das gespürt, denn er sagte: »Bleib bitte hier. Ich bin gleich wieder da.«

Der Wind wehte Sand und Steppenbeifuß über die flache Wüste, und sie presste die Beine zusammen und beobachtete, wie er den Laden betrat. Wer war er wirklich? Und was machte sie hier? Und warum konnte sie nicht ins Haus gehen und pinkeln?

IM LADEN ROCH ES nach Zigaretten, Waffenöl und dem Rauch eines kleinen Holzofens. Zwei Gänge, die durch Regale mit allen möglichen Schrauben, Nägeln und Scharnieren abgetrennt waren, führten zu einem dahinterliegenden Tresen. An der rechten Wand standen Saatgutbehälter und Fässer mit Nägeln. Links hing Werkzeug: Schraubenschlüssel, Zangen, Sägen, Klauenhämmer, Polstererhämmer, aber auch Kugelschreiber. Hinter dem Tresen hingen lange Gewehre, und unter der Glasplatte lagen Handfeuerwaffen aus. Auf einem Schild, das aufs Glas geklebt war, stand: »Ein Tag Wartezeit in Kalifornien. Vor morgen keine Waffe. Nicht unser Gesetz.« Im Büro lief Countrymusik.

Martin betätigte die Klingel auf dem Tresen und betrachtete die an der Wand hängenden Plakate. Eins zeigte die Freiheitsstatue, der ein Artilleriegeschoss den Arm abriss. Unter der herabfallenden Fackel prangte vor orangefarbenem Hintergrund der Slogan »Das erste Kriegsopfer«. Darunter die Worte: »America First Committee«. Nicht weit entfernt hing das Porträt eines Soldaten: ein junger Mann in amerikanischer GI-Uniform, an den Rahmen geheftet ein Purple Heart. Vor der Kasse, in einem kleineren Rahmen, stand das rot-weiß-blaue Wappen, umrahmt von den Worten »America First«.

Martin wusste, dass er am richtigen Ort war. Doch er wusste nicht, wie seine Kontaktperson aussah. Deutsche Sympathisanten gab es in vielen Formen. Er würde einfach die Losung »Schädlinge« benutzen und sehen, was passierte.

Eine hagere Frau kam aus dem Büro geschlurft. Sie trug ein altes Kleid und einen mottenzerfressenen Pullover. In ihrem Mundwinkel hing eine Zigarette. Ihre Haut hatte den gelblichen Ton der Kettenraucherin. Sie sah ihn durch den Rauch ihrer Zigarette an. »Ich bin Ma Gobel. Was kann ich für Sie tun?«

»Ich brauche was zum Töten von Schädlingen.«

Sie paffte und musterte ihn eingehender. »Was für Schädlinge genau?«

»Drei Ratten und eine Horde Eichhörnchen.«

Sie seufzte, als hätte sie schon lange auf diese Worte gewartet, aber nicht mehr geglaubt, sie noch zu hören. »Jungs, wir haben Besuch!«, rief sie ins Büro.

Als Erstes kam ein grobschlächtiger Kerl in Overall und Flanellhemd mit aufgekrempelten Ärmeln. Er verschränkte die Arme und sagte: »Besuch? Woher?«

Martin sah die Tätowierung auf seinem linken Arm. Ein Kreis mit drei K. Unten drunter die Worte »Klan Forever«. Ein America Firster und Klan-Mitglied. Fehlte nur noch das Hakenkreuz.

»Der Kerl sagt, er will *Schädlinge* töten«, sagte Ma Gobel.

Martin lächelte. Er wusste nicht genau, ob er eine Rolle oder sich selbst spielen sollte. Doch er blieb in der Rolle des freundlichen Saatgutvertreters. »Drei Ratten und eine Horde Eichhörnchen.«

Der grobschlächtige Kerl wusste, was das bedeutete. »Wie heißen Sie?«, fragte er.

»Mein Name ist unwichtig. Aber ... kann mir ein guter America Firster helfen?«

Ma Gobel lehnte sich über die Schulter ihres Sohnes. »America First hat sich heute aufgelöst. Das kam im Radio. Direkt nach Hitlers Kriegserklärung.«

»Deshalb müssen wir vorsichtig sein.« Eine weitere Stimme schaltete sich in das Gespräch ein, dem Anschein nach ein weiterer Sohn, nicht ganz so dick, nicht für harte Arbeit gekleidet.

»Die America Firsters sind, verdammt noch mal, gute Amerikaner«, sagte Ma. »Aber wenn Deutschland ...«

Der zweite Sohn ignorierte seine Mutter. »Ich bin Richard«, sagte er. »Das ist mein Bruder Heinz. Sie sind ein Freund von Emil Gunst?«

Martin richtete den Blick auf die Mutter.

»Ma weiß Bescheid«, sagte Richard. »Sie können offen reden.«

»Gunst ist tot«, sagte Martin.

»Ich hab euch doch gesagt, dass es gefährlich wird. Noch bevor die Japsen Hawaii bombardiert haben, hab ich es euch gesagt.« Ma schlurfte ins Büro.

»Tot? Was ist passiert?«, fragte Heinz.

»Höchstwahrscheinlich Herzinfarkt.« Angesichts der augenscheinlichen Nervosität der Mutter zog Martin es vor, die Verhaftung durchs FBI nicht zu erwähnen.

»Gunst kannte uns«, sagte Richard. »Er kannte America First. Er wusste, dass es für dieses Land am besten war, sich aus dem Krieg rauszuhalten.«

Ma zog einen Whiskeyflachmann aus einer Tasche ihres zerschlissenen Rocks. »Aber dann hat der Judenfreund Roosevelt die Japsen herausgefordert. Und jetzt werden meine Jungs eingezogen und getötet, genau wie ihr Pa 1917.« Sie goss einen Schluck in einen Becher und prostete dem Bild ihres Mannes zu.

»Manche von uns denken immer noch, es sei am besten, wenn wir Hitler anbieten, mit ihm zusammen die bolschewistischen Juden zurückzuschlagen.«

»Ja, Sir«, sagte Ma. »Die Roten und die Itzigs. Das sind die wahren Feinde. Für die sollen meine Jungs nicht sterben.« Sie bot Martin die Flasche an.

Er schüttelte den Kopf. Er sah keinen Grund, darauf zu trinken.

»Sind Sie im Bund?«, fragte Heinz.

»Ich bin ein Freund von Gunst«, sagte Martin. »Das ist alles, was Sie wissen müssen.«

»Wir haben gehört, dass es eine Razzia gab und dass das Deutsche Haus dichtgemacht wurde.« Heinz schüttelte den Kopf. »Das ist nicht gut.«

»Ja«, sagte Ma. »Ein gutes Lokal. Da saß man wenigstens nicht unter lauter Juden wie überall sonst in L. A.«

»Die Juden haben Jesus getötet«, sagte Richard völlig ausdruckslos, sodass Martin nicht wusste, ob er es ernst meinte. »Also, was brauchen Sie von uns? Geld? Waffen? Wir haben zwei Thompson-Maschinenpistolen, seit 1934 mit Korrosionsschutzmittel behandelt.«

»Ja«, sagte Ma. »Diese gottverdammten Typen in Washington und ihr verfluchtes Waffengesetz. Die Regierung sollte einem nicht vorschreiben können, was für Waffen man besitzen darf.«

»Ich brauche bloß einen Ort, an dem ich mein Auto verstecken kann«, sagte Martin.

»Wie lange?«

»Für immer«, sagte Martin. »Ich kann es Ihnen auch überschreiben. Besser, es in einer Garage in Barstow zu verstecken, als wenn es in Glendale rumsteht und Aufmerksamkeit erregt.«

»Also, ich glaub's ja nicht.« Ma blickte aus dem Fenster, griff dann unter den Tresen und holte eine Flinte hervor. »Seht euch das mal an.«

Durchs Seitenfenster sahen sie eine junge Frau auf das Nebengebäude hinten auf dem Grundstück zugehen. Es war Vivian.

»Der Kleinen verpass ich ein paar Schrotkugeln in den Arsch. Läuft hier einfach auf userm Grundstück rum ...«

Doch Martin rief, das sei seine Frau.

»Ihre Frau?«, fragte Richard.

Martin grinste. »Es war eine lange Fahrt. Wir haben zu viel Cola getrunken.«

»Ihre Frau?« Ma grinste ebenfalls, wodurch zum Vorschein kam, dass sie ihre Zahnarztbesuche vernachlässigt hatte. »Dann sagen Sie ihr, sie soll reinkommen und das richtige Klo benutzen.«

Heinz spannte die Muskeln mit der Tätowierung an. »Gunst hat nichts von einem Pärchen gesagt.«

»Gunst hat niemandem alles gesagt.« Martin war wütend auf Vivian. »Also, ich bringe meinen Wagen morgen gegen fünf her. Dann fahren Sie mich zum Bahnhof. Und danach sehen Sie mich nie wieder.«

»Das ist alles?«, fragte Richard. »Sonst brauchen Sie nichts?«

»Eins vielleicht.« Martin schaute in die Vitrine. »Eine Schachtel Flaschenhalspatronen. Sieben Komma dreiundsechzig mal fünfundzwanzig Millimeter, falls Sie welche dahaben.«

Heinz holte eine Schachtel Patronen hervor. »Seltene Munition. Mauser C96?«

Martin sah keinen Grund zu antworten. »Haben Sie einen Schießstand?«

»Nehmen Sie den Old Highway 58. Kurz hinter der Jamaica Street müssen Sie auf die unbefestigte Straße biegen, die in die Berge führt. Rechts geht's dann zum Schießstand. Der gehört uns.«

»Danke«, sagte Martin. »Ach, Ihr Holzofen scheint an zu sein.«

»So ist es«, sagte Ma. »Im Dezember wird's in der Wüste richtig kalt. Deshalb brauch ich auch meinen Pullover und meinen Whiskey.«

Martin zog die Straßenkarte aus der Tasche. »Würden Sie die bitte für mich verbrennen?«

»Klar.« Heinz öffnete die Ofentür, schnappte sich die Karte und warf sie in die Flammen. »Erledigt.«

»Danke«, sagte Martin. »Wie viel kriegen Sie für die Kugeln?«

»Die sind umsonst«, sagte Richard. »Besonders wenn Sie Schädlinge töten wollen.«

Martin verriet nicht, dass er den größten Schädling von allen töten wollte.

»WAS HAT DENN SO lange gedauert?«, fragte Vivian. »Ich wär fast geplatzt.«

»Manchmal muss ich mir den Mund fusselig reden, bis ein Kunde unterschreibt.«

»Wir sind fast zweihundert Kilometer gefahren wegen einer *Unterschrift*?«

»Mrs. Kellogg, Sie stellen zu viele Fragen. Deine Hintergrundgeschichte sagt doch, du bist eine treu ergebene Frau, oder?«

Sie dachte, dass er sie auf den Arm nahm, und schaute in das Notizheft. »Ja. Hier steht, dass ich folgsam und treu ergeben bin ... mein Schatz.«

»Wenn ich dir also sage, du sollst im Wagen bleiben, dann tu das gefälligst auch. Mach in die Hose, wenn es sein muss, aber bleib im Wagen.«

Sie drehte sich zum Fenster und beschloss, ihn nicht weiter zu reizen.

»Siehst du das da?« Er deutete auf einen skelettartigen dreißig Meter hohen Turm, der sich etwa einen Kilometer entfernt über die flachen Gebäude erhob. Er konnte von jetzt auf gleich seine Laune ändern, als könnte er ihre Gedanken lesen. »Das ist das Richfield Beacon, eins der Leuchtfeuer am Highway of Lights. Behalte es im Blick.«

»Highway of Lights?«

»Eine Reihe von Richfield-Oil-Raststätten, die von San Diego bis nach Kanada reicht. Fahrzeugservice, Gaststätten, Hotels und Leuchtfeuer für Flugzeuge, die den Straßen quer durch Kalifornien folgen. Wie ein amerikanischer Traum.«

»Vermutlich besser, als in der Hütte hinter dem Laden zu übernachten.«

»Wenn keine Verdunkelung herrscht, leuchtet das Wort ›Richfield‹ in riesigen Neonbuchstaben«, sagte er. »Das Leuchtfeuer erhellt den Himmel, damit Reisende es von der Straße aus sehen und Flugzeuge den Flugplatz von Barstow im Dunkeln finden.«

Er warf noch einen Blick auf den kleinen Schornstein, der aus dem Dach der Gobels ragte, um sich zu vergewissern, dass der Ofen gut gefeuert wurde. Dann folgte er der Route 66, die parallel zu dem Gewirr aus Bahnlinien, Abstellgleisen und Weichen rings um diesen Knotenpunkt in der Wüste verlief. Güterzüge rollten, Lokomotiven dampften, und die gewaltige Maschinerie der amerikanischen Wirtschaft kam wieder in Gang, nachdem das Land den Schock abgeschüttelt hatte.

Kurz darauf bogen sie in die lange Einfahrt des Hotels hinter der Richfield-Raststätte ein. Und Vivian war begeistert. Das hier war keine Bruchbude mit Kakerlaken und Schimmel. Es sah aus wie eine weitläufige spanische Hazienda, mit Balkonen, Ziegeldächern und einem Kaktusgarten davor.

Innen war es genauso schön, und als er zwei Zimmer nahm – jedes vier Dollar –, wusste sie, dass sie mit einem Mann, der sein Wort hielt, erster Klasse reiste. Aber sie war auch ein bisschen enttäuscht. Er war geheimnisvoll und ein bisschen gefährlich, doch sie musste zugeben, dass ihr das gefiel. Es gefiel ihr, ihm nah zu sein. Es gefiel ihr, ihn anzusehen. Und ihr gefiel, wie die Luft rings um ihn vibrierte. Sie fragte sich, wie es sein würde, neben ihm im Bett zu liegen.

Er gab ihr die Schlüssel. »Angrenzende Zimmer«, sagte er. »In den nächsten Tagen werden wir uns sehr nah sein, darum solltest du heute Nacht deine Ruhe haben.«

In diesem Moment bemerkte Vivian, wie sich in einem Sessel am Kamin eine Zeitung senkte. Der Mann, der dahinter auftauchte, sah sie an, als wäre ein Paar, das zu getrennten Zimmern unterwegs ist, in Barstow, wo alle ein Auge zudrückten, der seltsamste Anblick der Welt. Die Raststätte lag auf halber Strecke zwischen L. A. und einem Ort namens Las Vegas, wo Glücksspiel legal war, man im Handumdrehen heiraten und sich noch schneller scheiden lassen konnte. Die meisten Leute, die hier übernachteten, hatten sündige Gedanken.

Als sie mit Harold im Lokal aß, fiel ihr der Mann wieder auf. Er saß an der Theke, nippte an einem Drink und behielt den Raum im Blick, als wartete er auf eine Frau.

Er trug ein Sakko mit beige-braunem Hahnentrittmuster und braun-weiße Budapester. Unauffälligkeit war nicht sein Ding. Er sah aus, als gehörte er zu den Drogendealern in Santa Ana. Doch sie dachte nicht länger an ihn …

… denn heute war »mexikanische Nacht«, und es gab Tostadas und Enchiladas und die Musik eines Trios in Sombreros. Schon bald tanzten einige Paare zu einer gefühlvollen mexikanischen Ballade. Sie erwähnte die Musik, doch Harold schien es nicht zu hören. Dann sagte sie, sie würde gern tanzen. Doch er erwiderte, er sei kein guter Tänzer, und angesichts der Kriegsnachrichten finde er Tanzen nicht angebracht. Wahrscheinlich hatte er recht.

FREITAG,
12. DEZEMBER

DER SCHLAFWAGENSCHAFFNER STANLEY SMITH übernachtete zwischen den Fahrten des Super Chief in South Central. Mittwochabends trank er sich meistens einen kleinen Schwips an und verlor im Dunbar Hotel Geld beim Kartenspielen. Donnerstags wählte er die Nummer eines hübschen kaffeebraunen Mädchens namens Janey, spendierte ihr ein Abendessen und ging dann mit ihr in den Club Alabam, um Jazz zu hören. Danach begaben sie sich in ihre Wohnung am East Adams und wärmten die Laken.

Doch am Freitag war er wieder zurück an der Union Station, bereit für seine nächste Fahrt an Bord des Taos. Die einzelnen Super-Chief-Wagen waren nach Indianerstämmen aus dem Südwesten und ihren Territorien benannt. Sie waren auch in den Farben des Südwestens dekoriert: viel Türkis und Beige und Farbtöne, für die die meisten Leute keinen Namen hatten, wie Ocker und Umbra. Die Decken, die Polster, ja sogar das Geschirr waren auf indianische Art gemustert. Und manchmal gingen echte Navajos durch die Waggons, wo sie Geschichten erzählten, Fragen beantworteten und besorgte Weiße beruhigten, die zu viele Hollywoodwestern gesehen hatten.

Vielleicht würde man bei den Zügen, die in den Süden fuhren, irgendwann Leute im Sklavenkostüm einsetzen. Doch darauf würde Stanley nicht wetten. Er hielt sich aus jeglichem Ärger raus und gab sich wirklich Mühe, denn er war stolz, an Bord des »Grandhotels auf Rädern« zu arbeiten.

Eine Vorbereitungszeit war in den zweihundertvierzig Stunden Arbeit im Monat eigentlich nicht vorgesehen, doch Stanley legte großen Wert auf Vorbereitung und hatte feste Abläufe entwickelt. Als Erstes legte er Bettwäsche und Handtücher aus – vier Handtücher für

Schlafräume und normale Abteile, sechs für Privatabteile und Suiten. Dann machte er die Betten. Danach behob er kleinere Mängel, die ihm auf der Fahrt von Chicago aufgefallen waren, wie eine kaputte Vorhangstange oder eine Sperre, die nicht funktionierte, wenn er eine Schlafkoje herunterklappen wollte. Und schließlich las er die Passagierliste, um sich die Namen »seiner« Fahrgäste einzuprägen.

Der erste Name war Sinclair Cook. Dieser Mann fuhr regelmäßig mit dem Super Chief und prahlte auf jeder Fahrt, dass er ein hohes Tier in Hollywood sei, aber Stanley wusste es besser. Er reiste jedes Mal mit einer anderen Frau, die er stets »Mrs. Cook« nannte. Und er schmierte sich so viel Brillantine ins Haar, dass Stanley es nach jeder Fahrt hasste, seine Kissenbezüge zu wechseln. Wenigstens gab er ein gutes Trinkgeld. Doch er hatte die Gewohnheit, nach dem »Niggerschaffner« zu rufen, wenn er irgendetwas wollte, und das hieß, dass er warten musste.

Keiner der anderen Namen kam Stanley bekannt vor, doch einer sprang ihm ins Auge: »Miss Sally Drake plus eine Person, Privatabteil D«. Die Formulierung »plus eine Person« machte ihn neugierig, doch er wurde nicht für Neugier bezahlt. Er wurde für den Service bezahlt. Hoffentlich gaben diese Miss Drake und ihr geheimnisvoller Gast ein gutes Trinkgeld.

Dann fiel ihm noch ein Ehepaar namens Kellogg auf. Eine Notiz in der Passagierliste lautete: »Steigen möglicherweise erst in Barstow zu.« Der Liste zufolge hatten sie ein Privatabteil im Navajo. Doch es sah allmählich so aus, als würde der für den Navajo zuständige Schaffner nicht kommen. Dann musste Stanley beide Waggons am Zugende übernehmen. Sich um später Zusteigende kümmern, dafür sorgen, dass sie einen kleinen Imbiss und etwas zu trinken bekamen ... Doppelte Arbeit, aber auch doppeltes Trinkgeld.

BEIM FRÜHSTÜCK IN DER Beacon Tavern wurde Vivian von ihrem »Ehemann« zu einer kleinen Spritztour eingeladen. Sie glaubte nicht, dass es in Barstow viel zu sehen gab, aber es war besser, als den ganzen Tag im Zimmer zu sitzen.

Martin Browning hatte gesehen, wie sie seine Tasche musterte. Soweit er sich mit zwischenmenschlicher Nähe auskannte, wusste er, dass er nicht *alles* geheim halten konnte. Wenn er in Nebensächlichkeiten die Wahrheit sagte, konnte er sie bei den wichtigen Dingen belügen. Also hatte er beschlossen, ihr die Waffe zu zeigen und sich zu der Frage, warum er sie bei sich trug, irgendetwas auszudenken.

Sie überquerten auf der First Avenue die Eisenbahnbrücke und sahen unten den Güterbahnhof. Dann fuhren sie durch ein windiges kleines Viertel und in die Wüste hinaus. Kurz hinter der Jamaica Street bog er in eine namenlose unbefestigte Straße und folgte ihr in die Berge. Es war sonnig, die Luft so klar, dass sich jeder Busch und jeder Strauch deutlich abzeichnete.

»Wohin fahren wir?«, fragte Vivian.

»Zu einem Schießstand. Ich habe eine Pistole. Ich schieße gern.«

»Das hat mein Vater auch gemacht«, sagte sie.

Der Wagen holperte über Furchen und Schlaglöcher und drang immer tiefer in dieses gelbbraune Nirgendwo ein, bis sie zu der Abzweigung kamen. Kein Gebäude in Sicht. Nirgends ein Mensch. Weiter unten zog sich ein trockenes Flussbett wie eine Narbe durch die Erde. Dort stand eine Werkbank aus Sperrholz und fünf mal zehn Zentimeter dicken Kanthölzern. Überall lagen Patronenhülsen. Die Sonne spiegelte sich in weiß gestrichenen Pfosten, die in einem Abstand von jeweils fünfzig Metern aufgestellt waren.

»Ich will nicht aus der Übung kommen.«

»Glaubst du, du wirst eingezogen?«, fragte sie.

Er schüttelte den Kopf. »Ich bin in der Landwirtschaft tätig. Ich ernähre Amerika. Das dürfte für eine berufsbedingte Zurückstellung reichen.« Er stellte die Tasche auf die Werkbank und holte die Hummel-Schatulle heraus. Dann bat er sie, die zehn Zentimeter großen Figuren auf die Pfosten zu stellen.

Sie riss die Augen auf. »Das Jesuskind auch?«

»Und seine Eltern. Und den Esel.«

Sie blickte in die Ferne und beschirmte die Augen gegen die Sonne. »Zum Glück hab ich die flachen Schuhe an«, sagte sie.

Während er beobachtete, wie sie von einem Pfosten zum anderen ging, ihr gelbes Kleid im Wind flatternd, dachte er, wie einfach es wäre, auf sie anzulegen. Sie den Bussarden zu überlassen. Sie vor dem zu bewahren, was vor ihnen lag. Sich selbst davor zu bewahren, dass sie einen Fehler machte, aus der Rolle fiel und ihm eine schwere Entscheidung aufbürdete: ob er sie töten oder am Leben lassen sollte, bis sie ihn in die nächste Bedrängnis brachte.

Doch der Impuls ging so schnell vorüber, wie er gekommen war. Er hatte vor, sie zu benutzen. Und sie ließ sich benutzen.

Als sie zurückkam, befestigte er den Anschlagschaft am Pistolengriff. Er setzte einen Ladestreifen an der Waffe an und schob die zehn Patronen ins Magazin. Dann hielt er ihr die Mauser hin. »Mein wertvollstes Stück.«

Sie ließ die Hand über das polierte Holz und das geölte Metall gleiten. »Mein Vater hat gesagt, dass man einen Mann danach beurteilen kann, wie er sich um sein Werkzeug und seine Waffen kümmert.«

»Ich glaube, dein Vater würde mir gefallen.« Und in jenem Moment, unter der warmen Wüstensonne, empfand Martin in dem abgelegenen Flussbett eine gewisse Vertrautheit mit Kathy Schortmann. »Jedes Mal, wenn ich mit dieser Waffe schieße, muss ich an meinen eigenen Vater denken«, sagte er. »Er hat sie 1918 einem toten Deutschen im Wald von Belleau abgenommen.« Trotz der Vertrautheit belog er sie.

»Mal sehen, wie gut du bist«, sagte sie. »Aber denk dran, diese kleinen Figuren sind verdammt teuer.«

»Und du musst daran denken, dass meine Frau nicht flucht, selbst wenn ihr Mann kitschiges Porzellan zertrümmert.« Er hob die Pistole und gab zwei Schüsse ab, die die Figuren auf den hundert Meter entfernten Pfosten zerbersten ließen. Dann wiederholte er das Ganze bei dem hundertfünfzig Meter entfernten Ziel. Schließlich kalkulierte er den Wind mit ein, stabilisierte die Waffe und feuerte auf den Pfosten, der fünfzig Meter dahinter stand.

»Mein Gott«, sagte sie. »Ich kann die Dinger nicht mal erkennen.«

Sie gingen hinüber und sahen, dass er alle Figuren getroffen hatte.

Am dritten Pfosten sagte sie: »Bergauf? Auf zweihundert Meter? Mit einer Pistole? Wo hast du das …« Sie brach mitten im Satz ab, weil etwas ihre Aufmerksamkeit erregte.

Er folgte ihrem Blick und sah weit hinter ihnen eine Staubwolke. Eine blaue Limousine kam von einer Anhöhe herab und fuhr zurück in die Stadt.

Hatte jemand sie beobachtet? Die Windschutzscheibe blitzte, und das Blech funkelte. Er dachte daran, die Verfolgung aufzunehmen, aber was sollte er tun, wenn er den Wagen einholte? Er war mit Vivian hier herausgefahren, um sie zu manipulieren, nicht um ihr Angst einzujagen. Also blieb er an Ort und Stelle. Er schoss gut, und er log gut. Und die Kleine schien ihm mehr denn je zu vertrauen.

KEVIN CUSACK WOLLTE NOCH ein letztes Mal zu Musso and Frank. Sein Abschiedsessen in Hollywood sollte stilvoll sein, auch wenn er allein essen würde.

Er traf gegen eins dort ein, winkte dem Kellner Larry und setzte sich in die Nähe des Grills. Wenn er allein war, saß er immer am Grill. Er fand stets jemanden zum Reden. Und er musste nicht in die Speisekarte sehen, denn er wusste, was er haben wollte: Fisch.

Auch wenn er vorhatte, im Zug unter Sally Drakes Decke zu schlüpfen, war er dennoch ein guter Katholik und aß freitags Fisch. Anlässlich seiner Reise von Westen nach Osten würde er von beiden Küsten etwas bestellen: ein halbes Dutzend Cape-Cod-Austern für fünfundsiebzig Cent und Kalifornische Scholle in Sauce Meunière für achtzig Cent und als Aperitif einen Martini.

Er trank einen Schluck, drehte sich auf dem Hocker um und warf einen Blick in den Raum. Tagsüber war es im Musso heller, da das Oberlicht die Sonne hereinließ. Doch die Trennwände aus poliertem Mahagoni und die roten Lederpolster gaben dem Lokal immer etwas Kühles, Gedämpftes.

War irgendeine Berühmtheit da? Kein Bogey. Aber an einem Tisch in der Nähe polterte eine bekannte Stimme. Der Cowboydarsteller John Wayne redete mit einer Blondine. Kevin konnte ihr Gesicht nicht sehen, doch als sie sprach, hörte er einen deutschen Akzent. Marlene Dietrich? Es hieß, dass Wayne und Dietrich immer mal wieder zusammen seien. Ein ziemlich seltsames Paar. Aber Wayne war von seiner Frau getrennt, also ... lief da wieder was? Schließlich spielten die beiden drüben bei Universal in der x-ten Verfilmung von *The Spoilers* mit.

Wayne hatte 1930 mit *Der große Treck* den Durchbruch geschafft. Der Film war ein Misserfolg, aber Wayne hielt neun Jahre durch, drehte einen schlechten Film nach dem anderen und wartete auf seinen zweiten Durchbruch, der schließlich kam, als John Ford ihm die Rolle in *Ringo* gab. Nach Kevins Ansicht hatte Wayne kein großes Talent, doch sein Gesicht war markant und ständig zu sehen, und jetzt war er ein Star.

Kevin *hatte* großes Talent – zumindest glaubte er das –, doch er schaffte nicht den Durchbruch und konnte keine neun Jahre auf die nächste Gelegenheit warten. Deshalb verließ er Los Angeles.

Doch zunächst gab es Austern auf einem Bett aus zerstoßenem Eis. Er schlürfte die erste und hatte die zweite schon halb an die Lippen geführt, als Larry ihm ins Ohr raunte: »Warum sitzen Sie denn nicht bei Raoul Walsh am Chaplin-Tisch?«

Kevin blickte zu dem Tisch ganz vorn in der Ecke, dem besten Platz im Lokal, so abgeschieden, dass man ungestört war, und so öffentlich, dass man sah und gesehen wurde. In der Stummfilmzeit hatte Charlie Chaplin dort immer zu Mittag gegessen.

Jetzt hielt der Regisseur mit der Augenklappe, der für Waynes ersten Durchbruch gesorgt hatte, dort Hof. Nachdem er den großen Warner-Film *Sein letztes Kommando* mit Errol Flynn als General Custer beendet hatte, der schon bald in die Kinos kommen würde, und da er als Nächstes mit Flynn *Der freche Kavalier* drehen wollte, stand er in Hollywood ziemlich gut da. Jetzt aß er mit seinen Autoren des neuen Projekts, Horace McCoy und Jerry Sloane, zu Mittag, und Cheryl Lapiner, die Sekretärin der Drehbuchabteilung, machte sich Notizen.

Was für eine lustige Truppe, dachte Kevin.

»Bevor Walsh gekommen ist, hat Sloane damit geprahlt, wie gut er mit den Fäusten umgehen könne und dass er deshalb als Drehbuchautor eines Boxerfilms so geeignet sei. Er hat gesagt, er hätte Sie neulich ausgeknockt, um Ihnen zu zeigen, wer hier der Boss ist.«

»Der kann mich mal.« Kevin trank seinen Martini aus und schluckte seine Wut hinunter.

Larry deutete auf Kevins Gesicht. »Stammt das Veilchen daher?«

»Er hat mir aufgelauert.«

»Der Mistkerl. Soll ich hingehen und ihm aus Versehen Kaffee über die Hose schütten?«

»Nein.« Kevin schlürfte eine weitere Auster und bat Larry, ihm noch einen Martini zu bringen. Seine Wut brodelte noch eine Weile. Aber was soll's, dachte er. Cheryl Lapiner interessierte ihn nicht. Und mit Hollywood war er fertig.

Larry brachte den Drink. »Ein doppelter, geht auf mich. Als kleines Abschiedsgeschenk.«

Kevin aß die Austern, trank seinen Martini und versuchte das Geschwätz am Chaplin-Tisch zu ignorieren, wo ein bisschen über den Plot, ein bisschen über die Figuren und sehr viel übers Boxen geredet wurde.

Doch als der doppelte Martini zu wirken begann, überkam ihn die Versuchung.

Jerry Sloane stand auf und ging nach hinten.

»Warten Sie kurz mit der Scholle«, sagte Kevin zu dem Mann am Grill und folgte Jerry.

In der Herrentoilette stand niemand an den Urinalen. Zwei Kabinentüren waren geschlossen. Zwei Kerle, die ihr Geschäft verrichteten.

Kevin benutzte das Urinal und wusch sich dann die Hände. Im Spiegel konnte er die Kabinen sehen, und eine der beiden öffnete sich. Kevin sah Jerrys Spiegelbild und beschloss, ihm etwas mehr Zeit zu geben, als dieser ihm in der Telefonzelle gegeben hatte.

»Ich hab gehört, du prahlst mit deinem hinterhältigen Überfall. Willst du Cheryl damit beeindrucken?«

Jerry sah Kevin im Spiegel und blieb stehen.

Kevin drehte sich um. »Hast du auch vor Sally damit geprahlt?«

»Ich hab ihr gesagt, dass sie verschwinden soll. Sie bedeutet mir nichts.«

»Hat sie dir gesagt, dass ich mit ihr in den Osten fahre?«

»Sie hat gesagt, dass du ein Loser bist, der den Schwanz einzieht und nach Hause abhaut.«

»Mir hat sie gesagt, dass du ein elender Schwätzer mit einem kleinen Pimmel bist.«

Jerry grinste. »*Du* hast die Frau, Kev, aber *ich* hab den Job. Und jetzt verschwinde, sonst verpass ich dir noch ein Veilchen.« Er hob die Faust wie ein harter Kerl, der einem kleinen Ganoven Angst einjagt.

Kevins Antwort war eine kurze Rechte. *Peng*. Direkt ans Kinn.

Jerry Sloane krachte gegen die Kabinentür und landete bewusstlos auf der Toilette.

Kevin hatte schon lange niemanden mehr geschlagen. Er wusste noch, wie es ging, hatte aber vergessen, wie weh es tun konnte. Er schüttelte die Hand aus, um den Schmerz zu lindern. Dann hörte er einen bewundernden Pfiff.

John Wayne blickte über seine Kabinentür und kam heraus. »Ihr Schlag … Sie haben gar nicht ausgeholt.«

»Weil er echt war«, sagte Kevin, »anders als im Film.«

Wayne zeigte mit dem Daumen auf Jerry. »Und wer sagt Walsh jetzt, dass sein neuer Autor …«

»… unpässlich ist? Muss er allein rausfinden, genauso wie die Tatsache, dass sein neuer Autor nicht schreiben kann.«

»Okay.« Wayne kehrte zu seiner deutschen Freundin zurück.

Kevin aß seine Scholle und verließ das Lokal, als Raoul Walsh Horace McCoy bat, nach Jerry Sloane zu suchen.

Was für ein Auftritt, um alle Brücken hinter sich abzubrechen.

MARTIN UND VIVIAN VERLIESSEN die Beacon Tavern um vier Uhr nachmittags. Beide hatten ein Nickerchen gemacht, und Vivian hatte lange gebadet. Martin hatte gesagt, falls sie nicht gern im engen Zug duschte, solle sie doch die Annehmlichkeiten ihres Hotelzimmers ausnutzen.

Dann fuhren sie zum Bahnhof Casa del Desierto, im maurischen Stil weiß gestrichen, der in Barstow so unwirklich aussah wie eine Filmkulisse in *Drei Fremdenlegionäre*. Ein Gepäckträger lud ihre Sachen aus, und Martin sagte zu Vivian, er sei in zwanzig Minuten wieder zurück. Er müsse den Wagen zu den Gobels bringen.

Sie protestierte, doch er hob den Finger und sagte: »Logistik.« Dann wedelte er mit der Hand. *Raus aus dem Wagen.* Sie gehorchte. Er war ihr Chef. Keine Widerworte. Sie beobachtete, wie er davonfuhr. Dann wandte sie sich an den Gepäckträger. »Was ist ›Logistik‹?«, fragte sie.

»Schwer zu sagen, Ma'am. Vielleicht ein Gemüse?«

Der Wartesaal war typisch für einen kleinen Bahnhof an einer großen Strecke: die Bänke, der Fahrkartenschalter, die Uhr und das Harvey-House-Restaurant. Der Chief, der Super Chief, der City of Los Angeles und viele andere Regional- und Fernzüge, sie alle hielten hier. Manche sogar so lange, dass die Fahrgäste aussteigen konnten, um sich die Beine zu vertreten oder etwas zu essen.

Nach etwa zehn Minuten kam ein Regionalzug, der unterwegs nach Las Vegas war. Ein Dutzend Fahrgäste stiegen ein. Nach einer weiteren Viertelstunde ging Vivian auf die Damentoilette. Als sie herauskam, füllte sich der Bahnhof wieder mit Reisenden. Doch es war kein Harold dabei.

Wo, zum Teufel, blieb er?

Sie setzte sich wieder, stand dann auf und sah draußen nach, ging zum Eingang des Restaurants und schaute hinein, weil sie dachte, sie könnte ihn verpasst haben, als sie auf der Toilette war. Doch Harold saß an keinem der Tische und auch nicht an der Theke. Sie setzte sich wieder in den Wartesaal.

Was, wenn er sie sitzen gelassen hatte? Konnte er sie bis hierher mitgenommen haben, nur um sie zu verlassen? Nun, sie hatte ihr Gepäck und die Fahrkarten. Also zum Teufel mit ihm.

Plötzlich kam ein Mann auf sie zu. Er trug einen schmalen Schnurrbart, zweifarbige Schuhe und ein Tweedsakko. Er hatte auf einer der Bänke gesessen und Zeitung gelesen. Sie hatte ihn nicht beachtet, doch jetzt erkannte sie ihn. Es war der Mann, der sie am Abend zuvor im Hotel angestarrt hatte.

»Entschuldigung, Ma'am. Sie wirken nervös. Sind Sie in Schwierigkeiten?«

Sie sah ihn mit eisigem Blick an. »Alles in Ordnung, danke.«

Er hatte etwas Besitzergreifendes an sich, als würde der Bahnhof ihm gehören, weil er im Wartesaal saß. »Falls Sie Hilfe brauchen ...«, sagte er und gab ihr seine Karte: »Samuel Holly, der Wüstenfuchs im Hahnentritt, Privatdetektiv«.

Sie bedankte sich und ging dann nach draußen, um ihn loszuwerden.

Dort saß sie noch fünf, dann zehn und schließlich fünfzehn Minuten auf dem Bahnsteig. Der Wind wehte den Staub auf der anderen

Straßenseite in kleinen Wirbeln auf. Die Sonne sank dem Horizont entgegen. Und plötzlich fragte sie sich: Welcher Mistkerl tut einer Frau so was an?

Ein alter Pritschenwagen kam über die Brücke gepoltert, bog in die Zufahrtsstraße und hielt. An der Tür stand »Gobel – Waffen und Werkzeug«.

Harold Kellogg stieg aus, gab dem Fahrer die Hand und schwang sich die Ledertasche über die Schulter. Der Wagen fuhr davon und zog eine Staubfahne hinter sich her. Da stand er, im letzten Sonnenlicht. Unter der Krempe des Filzhuts lagen seine Augen im Schatten. Doch sie wusste, dass er sie ansah. In sie hineinblickte. Er zog an seiner Zigarette, ließ sie fallen und trat sie aus.

Er mochte unberechenbar sein, aber er sah nun mal gut aus. Wenn sie sich beim Vorsprechen einen klassischen Ehemann hätte aussuchen können, wäre er es gewesen. Als er auf sie zukam, erhob sie sich. Er wollte den Arm um sie legen. Aber so einfach ließ sie ihn nicht davonkommen. »Zwanzig Minuten, hast du gesagt.«

»Tut mir leid.«

»Lass uns eins klarstellen, Harry Kellogg. Wenn ich deine Frau spielen soll, musst du auch meinen Mann spielen. Und mein Mann würde mich nicht mitten in der verdammten Wüste warten lassen, ohne mir zu sagen, wie lange er wegbleibt.«

»Jeder, der sich dein Mann nennen dürfte, wäre …«

Was?, dachte sie. Was wollte er sagen?

»… ein glücklicher Mann.« Er nahm ihren Arm, da sie seinen nicht nehmen wollte. »Und dein Mann riecht gegrilltes Fleisch … das berühmte Harvey-Filetsteak.«

»Lass mich nie wieder einfach so stehen.«

»Die Gobels haben sich verspätet. Ich musste ebenfalls warten. Aber zwischen hier und Chicago lass ich dich nicht mehr allein. Versprochen.«

KEVIN CUSACK FUHR GEGEN halb sieben im Taxi zur Union Station. Es konnte nicht schaden, frühzeitig da zu sein. An der Abfahrtstafel stand, dass der Super Chief um acht Uhr abfahren sollte. Doch er konnte sein Gepäck nicht aufgeben, weil er noch keine Fahrkarte hatte. Also setzte er sich in der Bahnhofshalle auf einen Stuhl mit Blick auf den Alameda-Eingang und wartete.

Um Viertel nach sieben sah er ein vertrautes Gesicht. Aber es war nicht Sally. Er zog den Hut in die Stirn, duckte sich und hoffte, dass Frank Carter ihn nicht entdecken würde. Doch Carter ließ den Blick über die Menschenmenge in der weitläufigen Halle gleiten und kam dann direkt auf Kevin zu. Der schüttelte den Kopf. *Setzen Sie sich nicht neben mich. Bitte. Suchen Sie sich jemand anderen, den Sie belästigen können.*

Carter legte Kevin eine Mappe auf den Schoß und setzte sich direkt hinter seiner linken Schulter in die nächste Stuhlreihe, wobei er ihm den Rücken zukehrte.

»Sind Sie hergekommen, um mir *bon voyage* zu wünschen?«, raunte Kevin.

»Lewis hat gesagt, dass Sie heute Abend den Super Chief nehmen. Werfen Sie da mal einen Blick rein.«

Kevin schlug die Mappe auf: Autopsiefotos, glänzend, als wären es Porträts von Filmstars. »Mein Gott ... Das ist Kessler.«

»Haben Sie ihn umgebracht?«

Kevin drehte sich zu Carter um. »Was? Sind Sie betrunken?«

Carter ignorierte die Frage. »Laut unseren Freunden beim LAPD hat irgendein braver Bürger gesehen, wie Sie am Montagabend mit ihm gestritten haben, ganz in der Nähe vom Tatort. Man hat Ihr Kennzeichen notiert und Sie angezeigt. Und die Polizei hat Sie wegen Körperverletzung heute Nachmittag bei Musso and Frank auf dem Kieker. Detective Bobby O'Hara sucht die ganze Stadt nach Ihnen ab.«

»Er hat noch eine Dreiviertelstunde, um mich zu finden. Sonst muss er nach Boston kommen.«

Carter zündete sich eine Zigarette an. »Es wirkt verdächtig, dass Sie gerade jetzt aus der Stadt verschwinden.«

»Ihretwegen hat man mir fast den Schädel eingeschlagen, Frank«, sagte Kevin. »Dieser idiotische Kessler hatte einen Schlagring dabei. Hören Sie, wenn Sie Spielchen mit mir treiben ...«

»Sehen Sie sich das andere Foto an«, sagte Carter.

»Den hab ich noch nie gesehen.«

»Auch nicht beim Bund?«

Kevin sah sich den Namen an. »Ein Jude namens Koppel? Das meinen Sie nicht ernst, oder?«

»Jemand hat ihn auf dieselbe Weise erstochen wie Kessler. Hat mal jemand was von Bund-Leuten erzählt, die gut mit dem Messer umgehen können?«

»Gunst hat viel erzählt ... aber keine Namen genannt.« Kevin sah, wie Sally durch den Alameda-Eingang hereinkam, gefolgt von einem Gepäckträger, der ihre Koffer schob. »Wenn Professor Drakes Tochter mich wieder mit Ihnen sieht ...«, sagte er zu Carter.

Carter zog den Hut in die Stirn, stand auf, nahm in einer fließenden Bewegung die Mappe und ging. »Sie können mit Ihrer Freundin in den Zug steigen. Ich verrate dem LAPD nichts.«

»Nett, Sie kennengelernt zu haben.« Kevin stand auf und eilte Sally entgegen.

Sie trafen sich in der Mitte der Halle.

»Und, gab es für Rick ein Happy End?«, waren ihre ersten Worte.

»Rick?« Dann erinnerte er sich. »Oh, Rick aus Casablanca? Er war nie so glücklich, wie ich es gerade bin.«

»Du bist so ein Romantiker. Aber wir verziehen uns besser. Das FBI ist überall.«

»FBI?« Kevin sah sich nach Carter um, aber der war verschwunden.

»Wenn man die Tochter eines angeblichen Kommunisten ist, wird man ständig überwacht. Das ist einer der Gründe, warum ich L. A. verlasse. Ich habe es satt, überwacht und verfolgt zu werden.«

»Tja, jetzt müssen sie Nazis und Japse verfolgen.«

Zwei uniformierte Polizisten in dunklen Hemden und dazu passenden Krawatten gingen vorbei. Aber wenn Leon Lewis oder Frank Carter ihn nicht verraten hatten, suchten sie nicht nach ihm. Lewis würde ihn nie verpfeifen. Bei Carter war er sich nicht so sicher.

»Gleis neun. Bitte einsteigen in den Santa Fe Super Chief nach Chicago.«

DER SUPER CHIEF WAR einzigartig, auf der ganzen Welt gab es nichts Vergleichbares. Die Reisenden waren begeistert, wenn sie den Bahnsteig betraten und am Heck des Aussichtswagens das trommelartige Wappen sahen, weiter vorn das Grollen der großen Diesellok spürten oder sich in der Menschenmenge treiben ließen, die auf den Zug zuströmte.

Doch Sally sah sich im Gehen immer wieder um. Offenbar hatte sie mehr Angst vor dem FBI, als sie zugeben wollte.

»Beruhig dich«, sagte Kevin. »Wir sind gleich da.«

»Denk dran, du bist mein Bruder«, sagte sie.

Sie kamen am Namensschild des Aussichtswagens vorbei: Navajo. Sie blickte auf ihren Fahrschein. »Unser Wagen heißt Taos.«

Vor jedem Waggon waren lächelnde Schwarze in blauen Jacken und schwarzen Zobelmützen mit leuchtenden Silberschildern postiert, auf denen »Pullman-Schaffner« stand. Alles von hoher Qualität. »Guten Abend!«, rief einer der Schaffner. »Das hier ist Taos. Taos und Navajo, bitte hier einsteigen.«

Der Mann, der vor Kevin ging, war eingehüllt in eine Brillantineduftwolke. Eine junge Frau klammerte sich an seinen Ellenbogen. Er prahlte vor ihr mit all den berühmten Leuten, die im Super Chief fuhren, und behauptete, er sei bei Warner Brothers ein hohes Tier. Kevin hatte den Kerl noch nie gesehen – in keinem Büro, keinem Studio und auch nicht in der Kantine. Doch als er sich dem Taos näherte, behandelte ihn der Schwarze, der an der Tür stand, wie den bedeutendsten Mann der Stadt. »Ah, Mr. Cook. Schön Sie wieder zu sehen. Und Mrs. Cook, nehme ich an?«

»Wie immer, George«, sagte Mr. Cook.

»Sie sind wirklich ein Glückspilz, Sir.« Der Schaffner grinste.

Kevin war klar, dass es sich eher nicht um die Ehefrau des Mannes handelte. Doch das schien dem Schaffner egal zu sein. Seine Aufgabe war es, die Passagierlisten zu überprüfen. Für moralische Fragen war er nicht zuständig. »Ich heiße Stanley, Ma'am, Stanley Smith«, sagte er zu der Frau. »Wenn Sie etwas brauchen, sagen Sie's einfach, ich kümmer mich drum. Nicht wahr, Mr. Cook?«

»Der beste Schaffner im ganzen Zug«, sagte Cook und schob die Frau in den Wagen.

Der Schaffner wandte sich Kevin und Sally zu. »Guten Abend und willkommen im Taos, dem besten Wagen des Super Chief, der wiederum der beste Zug der Santa-Fe-Bahngesellschaft ist.« Er sah sich ihre Fahrkarte an. »Privatabteil D«, sagte er. Er half Sally auf die ausgeklappte Holztreppe. »Ich komme gleich vorbei, um zu sehen, ob alles in Ordnung ist.«

Kevin bedankte sich. »Haben Sie nicht gesagt, Sie heißen Stanley?«

»Ja, Sir. Stanley Smith.« Der Schaffner lächelte breit. Er hatte ein hinreißendes Lächeln, dachte Kevin, und seine großen Hände schienen anpacken zu können.

»Und warum hat der Mann sie dann George genannt?«

»Tja, Sir, manchmal vergessen die Fahrgäste den Namen des Schaffners. Dann sagen sie ›George‹. Leicht zu merken.« Stanley sagte nicht, dass die meisten Schaffner das als Beleidigung betrachteten. Ein Sklave bekam den Namen seines Herrn. Und da George Pullman der erste Chef dieser Firma war, war es fast genauso schlimm, die Schaffner »George« zu nennen, als wenn man sie »Neger« oder »Nigger« nannte.

»Stanley also. Werde ich mir merken«, sagte Kevin.

Dann stieg er mit Sally ein. Er nahm sich vor, wenigstens den Luxus zu genießen, denn Sally sendete keinerlei Signale aus, dass diese Fahrt etwas anderes sei als rein »geschäftlich«. Er war ihr Bruder, und das verhieß keine großen Vergnügungen.

Als sie in ihrem Privatabteil waren, zog sie die Jalousien herunter und ließ sich aufs Sofa sinken, froh, aus dem Gedränge heraus zu sein.

Kevin musterte die im Navajostil rot-schwarz gemusterten Sessel mit ihren glänzenden Chromleisten. Das Sofa erstrahlte in Gelb und Orange wie ein Sonnenaufgang in der Wüste. »Verständlich, dass man diesen Zug als Grandhotel auf Rädern bezeichnet, selbst bei heruntergelassenen Jalousien.«

»Wenn wir losfahren, lass ich sie wieder hoch«, sagte sie. »Aber ich brauche ein bisschen Ruhe.«

»Was das obere Bett angeht ...«, sagte er.

Sie sah ihn streng an. »Komm bloß nicht auf dumme Gedanken, *Bruder*. Das hier ist das einzige Abteil, das noch frei war. Wenn es kleiner wäre, wärst du noch in L. A. und würdest fürs FBI arbeiten.«

»Das FBI?«, sagte er mit Unschuldsmiene.

Auch wenn Sally immer die arrogante Lady spielte, die sich gern stritt, wollte man trotzdem mit ihr schlafen. Doch an diesem Abend wirkte sie gereizt und angespannt. »Der Mann bei Musso neulich – der, mit dem du geredet hast, als ich in den Bahnhof kam –, er und seine FBI-Spitzel überwachen mich seit Monaten. Wenn einer von denen mich findet und ich bei dir bin, dann lässt er mich vielleicht in Ruhe.«

Sie hat es die ganze Zeit gewusst, dachte er. Laut sagte er: »Da überschätzt du mich wohl.«

»Auf jeden Fall bist du ein guter Chaperon.« Sie schleuderte ihre Schuhe von sich.

Das war schon mal ein Anfang, dachte er.

In diesem Moment hörten sie ein Klopfen und die Stimme des

Schaffners: »Alles einsteigen, Besucher bitte den Zug verlassen.«
Dann wieder ein Klopfen. »Alles einsteigen, Besucher bitte den Zug verlassen.«

UM VIERTEL VOR ELF näherte sich der Super-Chief-Expresszug dem Casa del Desierto in Barstow. Als sie den Signalpfiff hörten, nahm Mr. Kellogg den Arm seiner Gattin, und gemeinsam traten sie hinaus in die nächtliche Kälte der Wüste und auf den Bahnsteig. Der Boden begann zu beben. Ein leuchtender Strahl schoss das Gleis entlang. Die Lok kam aus der Dunkelheit und funkelte in den berühmten Federhaubenfarben – Rot, Gelb und Silber –, direkt unterm Scheinwerfer die Worte »Santa Fe«.

Vivian Hopewell wollte den Anblick genießen, konnte aber kaum die Augen offen halten. Sie hatten sich zum Abendessen eine Flasche Wein geteilt, und da sie seit ihrer Ankunft in Hollywood nur selten einen so vollen Magen hatte, machte sie alles ... so ... verdammt ... müde ...

IM AUSSICHTSWAGEN KIPPTE SALLY ihren dritten Rum mit Cola hinunter und stand auf. »So lange der Zug hält, gehe ich in unser Abteil«, sagte sie. »Ich brauche dreißig Minuten. Also trink noch was.«
»Dreißig Minuten wofür?«, fragte Kevin.
»Zehn Minuten, um mich auszuziehen, zehn, um zu lesen, und zehn, um einzuschlafen. Wenn du in dein Bett kletterst, pass auf, wo du hintrittst.«

MARTIN BROWNING WAR FROH, dass Vivian so müde war. So hatte er es geplant. Er hatte sie mit so viel Wein abgefüllt, dass er nicht einmal eine Veronal in ihr Glas geben musste. Inzwischen war sie ziemlich betrunken. Längst wusste er nicht mehr, worüber er sich mit ihr unterhalten sollte. Bei alleinstehenden Männern kam das manchmal vor.

An der Tür zum Taos klappte der Schaffner die Holztreppe aus. »Guten Abend«, sagte er. »Sie müssen Mr. und Mrs. Kellogg sein. Willkommen an Bord. Ich heiße Stanley.«

»Guten Abend, Stanley«, sagte Martin. »Meine Frau ist todmüde, wären Sie so gut …«

»Ich richte das Bett sofort her, Sir.« Stanley nahm ihr Gepäck und führte sie den Gang auf der linken Seite des Wagens entlang.

»Bitte machen Sie beide Betten«, sagte Martin.

»Jawohl, Sir.« Stanley konnte sehen, dass die hübsche blonde Frau, die wie diese Schauspielerin in *Der große Bluff* aussah, mehr als müde war. »Ihre Missus ist so müde, und hier im Taos gibt's ein Privatabteil, in dem das Bett schon hergerichtet ist. Das können Sie haben, dann muss die Lady nicht warten.«

»Taos?«

»Ihr Abteil ist im Navajo. Das ist der Aussichtswagen. Da herrscht ein ständiges Kommen und Gehen, die Leute plaudern bis Mitternacht, und ein paar von uns Schaffnern machen da ein Nickerchen, wenn alle schlafen gegangen sind. Im Taos ist es viel ruhiger, Sir.«

»Das klingt gut. Danke.«

Der Zug ruckelte. Vivian stolperte gegen Harold, der sie auffing und dabei mit einer jungen Frau zusammenstieß, die in diesem Moment aus dem Aussichtswagen kam.

»'n Abend, Miss Drake. Ihre Betten sind fertig«, sagte Stanley zu ihr.

Der Zug setzte sich in Bewegung. Miss Drake wankte, murmelte Stanley etwas zu und verschwand in ihrem Abteil.

Martin folgte Stanley, die Hand fest um Vivian gelegt, damit sie nicht stürzte.

»George! Wo ist George?«, rief plötzlich jemand von vorn.

Sinclair Cook trat mit breitem Grinsen aus seinem Abteil. Stanley wusste, warum. Cook liebte es *laut*, und nach Pasadena hatte er viel Lärm gemacht. Jetzt schien seine Begleiterin zu schlafen, und

Sinclair Cook wollte etwas trinken. Er stieß mit dem in Barstow zugestiegenen Paar zusammen, stolperte, entschuldigte sich und sah Vivian neugierig an.

Martin, dem nie auch nur die kleinste Geste oder Veränderung der Stimmung entging, sah, wie der Mann mit dem gestutzten Schnurrbart und dem glänzenden Haar die Augen zusammenkniff, als hätte er Vivian schon einmal gesehen.

»Einen Highball, George. Bringen Sie ihn in den Aussichtswagen«, sagte Cook zu Stanley.

»Sehr wohl, Sir, Mr. Cook. Sofort, Sir.«

Cook hielt einen erhobenen Zeigefinger vor Stanleys Gesicht. »Canadian Club, zwei Eiswürfel. Ohne den kann ich nicht schlafen, besonders nach so einem Abend, wenn Sie verstehen, was ich meine«, sagte er und ging weiter.

Was für ein ordinärer Kerl, dachte Martin.

Stanley erklärte den Kelloggs, dass dieses Abteil normalerweise für Stammgäste vorbereitet werde, die aber im letzten Moment abgesagt hätten. Also … Glück für die müden Kelloggs. Er zeigte ihnen die Ausstattung des Abteils – Temperaturregelung, Radio, eigenes Bad – und zog sich dann zurück.

Martin legte Vivians Koffer auf das untere Bett. »Kannst du dir das Nachthemd allein anziehen?«

Sie lächelte. Sie kam sich verträumt, begehrenswert und ein bisschen dumm vor. Sie betrachtete das Bett. »Hübsch … und genug Platz für zwei.«

Martin sah den rührselig verführerischen Blick einer Frau, die zu viel getrunken hatte. Aber er war bei Mrs. Sanchez reichlich auf seine Kosten gekommen, sodass es ihm leicht fiel, der Verlockung zu widerstehen. Die spanische Witwe sollte doch schließlich nicht umsonst gestorben sein. »Gute Nacht, Liebes«, sagt er.

Vivian setzte sich aufs Bett, sank aufs Kopfkissen und war schon weg. Er legte ihre Füße hoch und streifte ihr die Schuhe ab. Er konnte gefahrlos gehen. Gefahrlos seine Tasche dalassen. Es war Zeit, den Zug zu erkunden.

Er begab sich zum nächsten Wagen – dem Oraibi. Wie im Taos gab es sechs Schlafräume, zwei Privatabteile, zwei normale Abteile. Er ging weiter in den Speisewagen Cochiti, wo zwei schwarze Köche in der Edelstahlküche arbeiteten. Der nächste der neun Waggons hieß Acom und war der Salon- und Schlafwagen. Er ging an den Schlafabteilen der Bahnangestellten vorbei, trat durch eine Schwingtür in einen hellen, farbenfrohen Raum, in dem sich vorn die Theke und an den Seiten Tische mit Sesseln befanden.

Er bestellte einen Laphroaig pur. Dann ging er die hundert Meter zurück bis zum Navajo, dem Aussichtswagen: zwanzig Stühle, Beistelltische und kurze Vorhänge, die mit dem Schaukeln des Zuges hin und her schwangen. Doch zu dieser späten Stunde waren nur zwei Leute da: der ordinäre Mr. Cook auf dem ersten Sitz rechts und in der Mitte links ein junger Mann, der an einem Glas nippte und dabei eine Zeitschrift las.

Martin setzte sich dem jungen Mann schräg gegenüber.

Cook betrachtete Martins Glas. »Hey, wieso haben Sie das eher gekriegt als ich?«

»Ich hab es mir selbst geholt«, sagte Martin.

Cook schnaubte. »Mister, diese Nigger muss man auf Trab halten. Wenn Sie anfangen, deren Arbeit zu übernehmen, dann sitzen die Bastarde bald hier in den Sesseln, und *Sie* können die Drinks für *die* holen.«

»Werd ich mir merken«, sagte Martin. Der junge Mann hatte den Wortwechsel verfolgt. Jetzt sah er Martin an, als wollte er sagen: *Reden Sie mit ihm. Mir fehlt dafür die Geduld.*

Martin steckte sich eine Zigarette in den Mund und holte sein Feuerzeug heraus. Er knipste ein paarmal und sagte dann zu seinem Gegenüber: »Sowieso ungesund.«

Der junge Mann warf sein Feuerzeug über den Gang.

Martin fing es auf, zündete die Zigarette an und bewunderte das goldene Gehäuse mit der Aufschrift: »Für Kevin, möge es deinen Weg erleuchten, wenn gute Wünsche es nicht können. Dein Opa C.«

»Wofür steht denn das ›C‹?«, fragte Martin.

»Cusack. Kevin Cusack.« Kevin hob sein Glas.

Martin hob seinen Whisky, lächelte freundlich – aber ... wo hatte er diesen Namen schon mal gehört?

Die Tür ging auf, und Stanley Smith kam mit Cooks Canadian Club herein.

»Wird aber auch Zeit, George«, sagte Sinclair Cook.

»Sie wissen doch, dass ich Sie nicht vergesse, Sir«, sagte der Schaffner.

Martin wandte sich wieder dem jungen Mann zu. »Ich heiße Kellogg, Harold Kellogg. Freut mich, Sie kennenzulernen, Mr. Kevin Cusack.« Wenn er einen Namen laut aussprach, half das manchmal seinem Gedächtnis nach. Und so war es auch diesmal. Er hatte den Namen von Emil Gunst gehört ... und von Kessler, kurz bevor er ihn tötete. Was wollte Kevin Cusack hier?

Und der Super Chief eilte ostwärts.

ZWEITER TEIL
QUER DURCH AMERIKA

SAMSTAG, 13. DEZEMBER

ES WAR NOCH DUNKEL, als der Zug um sechs Uhr zwanzig in Seligman, Arizona, einlief. Martin Browning hatte kaum geschlafen. Das Gespenst Kevin Cusack hatte ihn die ganze Nacht wach gehalten. Für wen arbeitete der Kerl? Fürs FBI? Das LAJCC? Martin hatte das Gespräch im Aussichtswagen immer wieder Revue passieren lassen. Doch der andere hatte keinerlei Überraschung oder das geringste Zeichen des Wiedererkennens gezeigt. Er musste also ahnungslos sein – oder der kühlste Kopf im ganzen Zug.

Martin beschloss, ihn zu beobachten. Mit ihm zu spielen. Herauszufinden, ob er gefährlich war oder nur ein dummer Zufall auf zwei Beinen. Schließlich gab es nur wenige Möglichkeiten, von der Westküste in den Osten zu gelangen. Zweimal wöchentlich die Fahrt mit dem Super Chief, ein paar andere Züge, ein paar Flugzeuge und viele Leute, die zu ihrer ersten – und vielleicht letzten – Kriegsweihnacht nach Hause wollten.

Martin kletterte aus seiner Schlafkoje hinunter und sah Vivian an. Sie lag noch in derselben Stellung da wie am Abend vorher. Es hatte sich bereits bewährt, sie mitzunehmen. Wenn Cusack wirklich ein Spitzel war, konnte eine »Ehefrau« jeden Verdacht von Martin ablenken.

Dann machte er sich auf die Suche nach einem Kaffee.

NACH DREI GLÄSERN SCOTCH und durch das stetige Schaukeln des Zugs hatte Kevin Cusack geschlafen wie ein Stein. Er wachte auf, weil der Zug hielt. Er spähte hinaus, sah den Bahnhof und überlegte, auszusteigen und eine Zigarette zu rauchen. Aber hier konnte man weder ein- noch aussteigen. Ein reiner Versorgungshalt.

Er sprang vom Bett hinunter und betrachtete Sally. Sie lag auf dem Bauch und zersägte Bäume, und das war gut, denn es lenkte ihn von den weiblichen Rundungen unter der Decke ab.

Ein behutsames Klopfen kündigte den Schaffner an.

Kevin öffnete die Tür. »Sie sind früh auf, Stanley.«

»Wir arbeiten rund um die Uhr, Sir, machen, wenn's geht, zwischendurch mal ein Nickerchen. Ich hatte drei Stunden Schlaf und fühl mich putzmunter.«

»Sie schlafen bestimmt zwei Tage, wenn Sie nach Hause kommen.«

»O nein, Sir. Da muss ich alles Mögliche für meine Mama erledigen, sie samstags zum Eastern Market fahren und sonntags zur Methodistenkirche …«

»Wo sind Sie denn zu Hause?«

»Ich sag gern, die Eisenbahn ist mein Zuhause, Sir, aber ich bin in Kingman Park in Washington, D. C., aufgewachsen. Also … die Dame hat Kaffee bestellt.«

Sally fuhr auf, als wäre der Feueralarm losgegangen. »Kaffee?«

Stanley nahm die versilberte Kanne von seinem Wagen. »Wie hätte die Dame ihn gern?«

»Schwarz, ohne Zucker«, sagte sie.

»Ja, Ma'am«, sagte Stanley. »Und Sie, Sir?«

»Mit Sahne.«

Stanley schenkte zwei Tassen ein und reichte sie Kevin. »Frühstück gibt's ab sieben. Setzen Sie sich nach rechts, dann sehen Sie den Sonnenaufgang. Und bestellen Sie den berühmten Santa-Fe-French-Toast. Sie können nicht mit dem Super Chief fahren, ohne den zu probieren.«

»Erst mal Kaffee.« Sally streckte die Hand unter der Decke hervor.

Als der Schaffner gegangen war, sagte Kevin: »Schwarz, ohne Zucker? Davon wachsen dir Haare auf der Brust.«

»Lass meine Brust aus dem Spiel.«

»Du hast doch gesagt, ich darf Witze reißen.«

»Trink deinen Kaffee und dann geh eine rauchen, damit ich mich anziehen kann.«

Zuerst schlüpfte er ins Bad. Waschbecken, Toilette, Spiegel, kaum genug Platz, um sich umzudrehen. Er stellte die Tasse ab und betrachtete sein Spiegelbild. Das Veilchen verblasste allmählich. Die verletzten Fingerknöchel taten immer noch weh. Aber *er* fuhr mit Sally, nicht Jerry Sloane. Jetzt musste er nur noch irgendwie bei ihr landen. Dafür blieben ihm anderthalb Tage. Also seifte er sein Kinn ein und rasierte sich.

VIVIAN HOPEWELL ÖFFNETE DIE Tür ihres Privatabteils. Der Schaffner hielt ihr eine Tasse Kaffee hin, die ihr »Ehemann« für sie geordert hatte.

Im selben Moment drängte sich jemand auf dem Gang vorbei. Sie hörte die Worte: »Zwei Kaffee, George. Einen im Abteil für meine Frau und einen im Aussichtswagen für mich. Und meinen bitte mit Schuss.«

»Ja, Sir«, sagte Stanley. »Kommt sofort, Sir.«

Vivian sah, wie der Mann vorbeiging, dann noch mal zurückkam und über Stanleys Schulter blickte wie ein Komiker in einem Slapstickfilm, der zweimal hinsehen muss.

Beim Anblick dieses Schnurrbarts und des mit Brillantine zurückgekämmten Haars wurde ihr ganz flau im Magen. Der erste Mistkerl aus Hollywood, der sie je angelogen hatte, dieser pomadisierte Betrüger Sinclair Cook, sah ihr direkt in die Augen. Sie drehte sich zum Fenster und hoffte, dass er sie nicht erkannt hatte, dass er bloß einen Blick auf eine Frau im Nachthemd werfen wollte, der armselige Lustmolch.

Sie nahm ihren Kaffee und schloss die Tür. All die Dinge, die sie versucht hatte zu vergessen, standen ihr wieder vor Augen. Sie hatte ihn 1937 kennengelernt. Sie war achtzehn und hatte im G & J Grill in Annapolis gekellnert. Eines Tages, als nicht viel los war, kam er herein. Er sah, dass sie *Photoplay* las, und sagte, er arbeite »im Filmgeschäft« und fahre oft nach Hollywood.

Sie sagte, es sei ihr Traum, nach Hollywood zu gehen.

Er schaute sie kurz an. »Mit so tollen Beinen werden Sie todsicher ein Star.«

Danach kam er jeden Monat in die Stadt. Er brachte ihr Zeitschriften mit, unterhielt sie mit dem neuesten Klatsch aus Hollywood und prahlte, er sei dort ein wichtiger Mann, weil man ohne ihn gar nicht das Material hätte zum Drehen. Irgendwann stellte er die Frage, ob sie mit ihm nach Los Angeles fahren wolle. Es würde sie nichts kosten, und er würde ihr unterwegs einiges beibringen. »Was meinst du, Schätzchen? Das dürfte jedenfalls mehr Spaß machen, als in Maryland Kuchen mit Eis zu servieren.«

Und sie fuhr tatsächlich mit. Ihre Mutter war außer sich. Ihr Vater war verwirrt. Aber sie musste es versuchen, und wie sollte ein armes Mädchen sonst nach Hollywood kommen?

Ab Chicago fuhren sie mit dem City of Los Angeles der Union Pacific. Und als der Zug den Mississippi überquerte, erfuhr sie die Wahrheit: Ja, er war »im Filmgeschäft« – er *verkaufte* Filme, aber es waren Kodak-Filme für Hobbyfotografen. In Hollywood kannte er niemanden außer einem Standfotografen bei MGM. Er spielte im Zug gern Karten und wollte dann Sex, um zu feiern, dass er gewonnen hatte … oder um seine Laune zu heben, falls er verloren hatte.

Nachdem sie in Sinclair Cooks Abteil Dinge getan hatte, die sie hoffte nie wieder in ihrem Leben tun zu müssen, war sie fast erleichtert, als er sie mit ihrem Koffer und fünfzehn Dollar in der Handtasche vor dem Bahnhof in L. A. zurückließ.

Diesmal würde er ihr die Fahrt nicht verderben. Sie würde im Speisewagen essen, im Salonwagen trinken und alles genießen. Sie hatte die Haare gefärbt und war dank Harold viel besser gekleidet – bestimmt erkannte er sie nicht. Und wenn doch, dann würde sie ihn mit ihrem »Ehemann« und seinem ledernen Totschläger bekanntmachen.

IM COCHITI, DEM SPEISEWAGEN, gab es sechsunddreißig Plätze, Vierertische rechts, Zweiertische links, weiße Tischdecken, speziell angefertigtes Porzellan mit Navajomustern, einen pflaumenfarbenen Teppich sowie rote Täfelung – laut dem Oberkellner »Bubingaholz, sehr selten und exquisit abgestimmt auf die übrige Farbpalette des Wagens«.

Martin Browning bat um einen Vierertisch, damit ihre Nachbarn aus dem Taos bei ihnen sitzen könnten. Ein Dollar Trinkgeld regelte das Ganze. Es war Gestapo-Geld, also gab er es mit vollen Händen aus.

Bald darauf kam Vivian, die in ihrem neuen Kostüm makellos und erfrischt aussah. Es war hellgrün, als hätte sie es passend zu den Navajofarben ausgewählt. Sie trug eine Sonnenbrille gegen das grelle Licht und um den Schatten des Veilchens vom Montagabend zu verbergen. Etwas Puder und roter Lippenstift komplettierten das Bild.

Ihr »Ehemann« lächelte. »Sie sehen reizend aus, Mrs. Kellogg.«

Sie deutete auf die andere Seite des Wagens. »Warum nehmen wir keinen Two-Top?«

»Einen was?«

»Restaurantjargon. Einen Tisch für zwei.«

»Wir sollten ein wenig gesellig sein, findest du nicht?«

»Ganz wie du willst, Liebling.« Genau so sollte sie ihre Rolle spielen. Kein Sarkasmus. Keine pfiffigen Antworten. Einfach nur ... lächeln, Vivian.

Dann erschien Kevin Cusack, und der Oberkellner führte ihn an ihren Tisch. Harry Kellogg erwachte zum Leben. Er stand auf und reichte ihm die Hand. »Mr. Cusack, ich habe darum gebeten, Sie an unserem Tisch zu platzieren, Sie und Ihre Frau ...«

»Schwester«, sagte Kevin. »Sie kommt gleich.«

»Schwester?« Vivian kräuselte die Stirn. »Schwester« war fast so gut wie »Ehefrau«.

Der Kellner, ein weiterer Schwarzer – auch hier waren alle schwarz –, nahm ihre Bestellung auf.

»Wir fahren über Weihnachten an die Ostküste«, sagte Kevin.

»Dann sind Sie aus Los Angeles?«, fragte Vivian. »Wo arbeiten Sie?«

»Warner Brothers.«

Martin spürte, dass Vivian sofort Feuer und Flamme war. Er warf ihr einen Blick zu: *Halt dich zurück.*

Sie verstand seine Botschaft und fragte betont beiläufig: »Warner Brothers? Tatsächlich?«

»Ja.« Kevin würde diese Leute nie wiedersehen, was machte es da, wenn er sich ein bisschen aufplusterte?

Und da kam auch schon seine »Schwester«, die umwerfend aussah. Ob zerzaust oder frisch frisiert, Sally Drake sah immer umwerfend aus. Sobald sie ihr pflegeleichtes Haar kämmte und diesen roten Lippenstift auflegte, konnte sie einen Overall in Haute Couture verwandeln. Doch »Sally Drake« und »heiteres Morgengeplauder« passten nicht zusammen. Sie kam hereingewankt, murmelte eine Begrüßung und pflanzte sich auf der anderen Seite des Wagens an einen Zweiertisch.

»Sollten Sie nicht rübergehen und sich zu ihr setzen?«, flüsterte Vivian.

»Sie braucht bloß einen Kaffee«, sagte Kevin. »Aber ... erzählen Sie mir was über sich. Wohin fahren Sie?«

»Nach Hause«, sagt der Ehemann. »Meine Frau wollte einmal sehen, was ein Vertreter für landwirtschaftliche Maschinen auf langen Reisen macht. Stimmt's, mein Schatz?«

»O ja«, sagte Vivian. »Wir wollten Urlaub auf Hawaii machen. Aber nicht ...«

Dieses Detail gefiel Martin. »Aber nach Pearl Harbor haben wir auf die zweiten Flitterwochen verzichtet.«

»Sagen Sie, Mr. Cusack, was tun Sie bei Warner Brothers?«, fragte Vivian.

»Ich bin in der Drehbuchabteilung.«

Ihre Augen funkelten. »Sie schreiben Drehbücher?«

»Ich *lese* sie. Und dann schreibe ich Beurteilungen.«

Vivian war völlig gefesselt. »Was lesen Sie gerade?«

Kevin sah den Blick, den Sally ihm über den Gang hinweg zuwarf. Aber die Situation amüsierte ihn. Je weiter er sich von Hollywood entfernte, desto beeindruckender fanden die Leute seinen Job. »Ich habe gerade ein Skript durchgesehen, das in Casablanca spielt. Ich darf nichts darüber verraten. Aber es wäre eine Paraderolle für Humphrey Bogart.«

»Ich fand ihn umwerfend in *Entscheidung in der Sierra*.« Sie sah ihren Mann an. »Du nicht auch, Liebling?«

»Mir hat *Die Spur des Falken* gefallen.« Und ihm gefiel, wie Vivian seine Arbeit für ihn verrichtete. Jede Frage enthüllte ein bisschen mehr.

»Diese Casablanca-Story, glauben Sie, da gäbe es eine Rolle für …«

»Bitte nicht schon wieder Marlene Dietrich«, sagte Harold Kellogg zu Kevin. »Meine Frau glaubt, sie habe Ähnlichkeit mit ihr.«

Vivian wusste, dass sie vom Drehbuch abgewichen war. Sie brachte es wieder in Ordnung. »Mein Mann will sagen, dass man die Hausfrau aus Hollywood herausholen kann, aber Hollywood nicht aus der Hausfrau. Aber ich habe tatsächlich deutsche Vorfahren.«

In diesem Moment kam Mr. Brillantine mit seiner jungen »Ehefrau« hereingestürmt und grüßte mit einem »Morgen allerseits« in die Runde. Er setzte sich an einen Zweiertisch, hob die Hand und schnippte mit den Fingern. »Boy! Heißen Kaffee!«

Im Nu kam ein Kellner zu ihm.

Kevin schüttelte den Kopf. »Mein Vater hat immer gesagt, dass es viel über jemanden aussagt, wie er die Kellner behandelt«, raunte er.

»Ihr Vater würde mir wahrscheinlich gefallen«, sagte Vivian.

»Ist er Deutscher?«, fragte ihr Mann.

»Er ist so irisch wie der heilige Paddy persönlich«, erwiderte Kevin.

Alle lachten, doch Martin dachte über Kevins deutsche Abstammung nach.

Das Frühstück kam, und der French Toast war wie angekündigt – dickes, in Ei und Sahne getunktes Brot, knusprig braun gebraten und schließlich mit Puderzucker bestreut.

»Als würde man in eine Wolke beißen«, sagte Vivian. »Eine süße, flauschige Wolke.«

»Sie können gut mit Worten umgehen«, sagte Kevin. »Vielleicht sollten Sie Autorin werden.«

»O nein«, sagte sie. »Ich wäre lieber Schauspielerin.«

»Schatz«, sagte ihr Mann, »du solltest den Mann nicht mit deinen Hirngespinsten behelligen.«

Vivian blickte auf die sonnenbeschienene Wüste hinaus und wechselte das Thema. »Ist das nicht erstaunlich ... Wir können rasend schnell dahinfahren und trotzdem hier sitzen und diese köstliche Mahlzeit genießen.«

»Ohne an den Krieg zu denken«, sagte Kevin.

»Aber die ganze Welt ist im Krieg«, sagte Mr. Kellogg. »Und wir alle spielen darin eine Rolle, ob wir Roosevelt heißen oder« – er sah seine Frau an – »Vivian Kellogg.«

»Sie klingen wie eine Figur aus dieser Casablanca-Geschichte.«

»Ist er der Held?«, fragte Vivian.

»Am Anfang will er für niemanden den Kopf riskieren«, sagte Kevin.

»Und er ist trotzdem der Held?«, fragte Harold.

Kevin zündete sich eine Zigarette an. »Er macht eine Entwicklung durch.«

Auf der anderen Seite des Gangs trank Sally ihren Kaffee und aß ihren Muffin, dann stand sie auf und kam an ihren Tisch. »Ich verspreche, dass ich zur Cocktail Hour unterhaltsamer bin.«

»Das gilt für uns alle«, sagte Martin charmant.

Jetzt kam auch Sinclair Cook, der grinsende Mr. Brillantine, herüber. »Die Herren sehen aus, als wären Sie dem Pokerspiel nicht abgeneigt. Wir spielen später im Salonwagen.«

Vivian konzentrierte sich hinter der Sonnenbrille auf ihren Kaffee und betete, dass er sie nicht erkannt hatte.

»Heute Abend um zehn«, fuhr er fort. »Der Einsatz beträgt fünfzig Dollar. Tischlimit. Eine freundschaftliche Runde. Streng nach Hoyles Regelwerk. Sagen Sie mir nach dem Abendessen, ob Sie Interesse haben.«

Kevin und Harold sahen sich an, vereint in ihrer Abneigung gegen den Kerl.

Vivian warf Cook einen Blick zu, und er stutzte auch diesmal.

FRANK CARTER ERWACHTE IM Ansonia, einer Hotelpension in der Nähe von Wilshire und Alvarado. Es war nichts Besonderes, aber gut genug für das, was die Regierung zahlte. Er wankte zum Fenster, blickte auf den Westlake Park hinaus, sah die Sonne scheinen und fluchte.

Wenn die Sonne bereits die Penner im Park wärmte, hieß das, dass er verschlafen hatte. Und von Sonnenschein hatte er langsam die Nase voll. Ein weiterer Sonnentag in einem endlosen Strom von Sonnentagen ließ einen vergessen, dass Sonnenschein eigentlich etwas Besonderes war. Irgendwie verhielt es sich so wie mit der Freiheit. Man lernte etwas erst zu schätzen, wenn es nicht mehr da war. Aber zu viel des Guten konnte einen selbstzufrieden machen. Die Leitplanken, mit deren Hilfe die Menschen auf dem rechten Weg blieben, wusste man erst zu schätzen, wenn jemand sie in Straßensperren verwandelte, wie die Nazis es in Europa getan hatten. Deshalb war Carter zum FBI gegangen ... um dafür zu sorgen, dass sich niemand an den Leitplanken vergriff.

Die Badezimmertür öffnete sich, und Stella Madden kam heraus. Frank dachte nicht länger an Leitplanken, sondern richtete seine Gedanken auf Strumpfhalter.

Die Seidenstrümpfe, die er ihr letzte Nacht abgestreift hatte, waren wieder an Strumpfhaltern befestigt, die auf ihrer weißen Haut sehr verführerisch aussahen. Auch die Beretta, die sie in einem Holster am Schenkel festgeschnallt hatte, war wieder an ihrem Platz. Sie kramte in ihrer Handtasche und holte den Lippenstift heraus. Sie sagte, sie nehme Knallrot, um von ihrer gebrochenen Nase abzulenken. Er sagte, ihre Nase gefalle ihm, wie sie sei, verschwieg aber, dass ihm auch die Nähte auf der Rückseite ihrer Strümpfe gefielen. Er wusste, dass ihr das bereits klar war …

… Denn als sie sich umdrehte, um ihren Rock aufzuheben, sagte sie: »Vergiss es. Wenn ich meinen Lippenstift aufgelegt habe, bin ich fertig.«

»Also wirklich … Das ist sehr unprofessionell.«

Sie zog den Rock an. »In unserer Branche ist das manchmal alles, was uns bleibt.«

Stella war eine der wenigen Frauen mit einer Privatdetektivlizenz in L.A. Sie hatte ein Büro am Wilshire, in der Nähe vom Westlake Park, und es war nicht ihr erster Besuch in Franks Zimmer.

Gestern Abend war er ihr zufällig in der Union Station über den Weg gelaufen.

»Auf wen hast du es heute abgesehen, Frank? Die Roten oder die Krauts?«, waren ihre Begrüßungsworte gewesen.

»Auf beide … und auf die Japse noch dazu.«

Sie hatte gesagt, sie beschatte einen der Männer am Fahrkartenschalter. »Seine Frau glaubt, dass er sie betrügt. Der ist so fett, der würde seinen Schwanz nicht mal mit der Taschenlampe finden, geschweige denn eine Frau, die ihm einen runterholt.«

»Hübsche Ausdrucksweise für eine Lady.«

»Aber ich glaube, er hat mich bemerkt, deshalb halte ich mich zurück. Kannst du mal rübergehen und hören, wo er hinwill?«

»Ich tu dir den Gefallen, wenn du mir auch einen tust.« Carter hatte ihr Sally Drake gezeigt, die gerade auf ihren High Heels vorbeiklapperte. »Das ist die Rote, auf die ich es heute Abend abgesehen habe.«

»Abgemacht.«

Und so war Stella Kevin Cusack und Sally Drake zum Super Chief gefolgt, und Frank war dem betrügerischen Ehemann zum Stehcafé nachgegangen. Danach hatten sie was gegessen und waren auf sein Zimmer gegangen, denn auch die Guten konnten nicht immer brav sein.

Carter holte die Patrone aus der Tasche. »Was hältst du davon? Die Ballistiker denken, dass sie zu einer Mauser C96 gehört.«

Sie kannte sich mit Waffen und Munition besser aus als die meisten Männer. »Flaschenhalspatrone, sieben Komma dreiundsechzig mal fünfundzwanzig Millimeter ... Ja, eine Mauser C96.«

»Ist das eine gute Waffe?«

»Mit vierhundert Metern pro Sekunde die höchste Mündungsgeschwindigkeit einer Pistole, abgesehen von deiner 357er Magnum. Hohe Durchschlagskraft. Langer Lauf für große Entfernungen. Im Handbuch steht, treffsicher bis hundert Meter, aber mit dem Anschlagschaft ist für einen guten Schützen viel mehr drin. Das macht die Pistole natürlich illegal, aber ...«

»Darum dürfte sich unser Mann nicht scheren.« Frank Carter legte den Arm um sie und gab ihr einen Kuss auf die Wange. »Danke.«

»Wofür?«

»Für den Hinweis. Egal wer er ist, wahrscheinlich kann der Kerl mit einer C96 bei maximaler Entfernung einem Eichhörnchen das Auge ausschießen. Zeit, die hiesigen Nazis über Scharfschützen beim Bund auszuquetschen.«

MARTIN BROWNING SAH DIE Wüste vorbeigleiten, flach, weit und erschreckend leer. Wie unbedeutend sie alle dadurch erschienen, all diese Leute im Zug mit ihren Sorgen, Gefühlen und Wünschen, die über den Sand eines alten Meeresgrunds brausten, auf einem Planeten, der sich mit mehr als tausend Stundenkilometern drehte und die Sonne mit hunderttausend Stundenkilometern umkreiste. Und dennoch konnte ein einzelner Mensch mit einer einzigen kühnen Tat eine unglaubliche Wirkung erzielen.

Die Toilettenspülung holte ihn ins Hier und Jetzt zurück.

In einem Zugabteil herrschte eine unausweichliche Intimität. Das gefiel ihm nicht. Doch es gefiel ihm, Vivians Gesicht und Tonfall deuten zu lernen. Auch was Kevin Cusack anging, hatte er sich beruhigt, denn er war höchstwahrscheinlich nur ein harmloser Reisender. Aber was war mit dem pomadisierten Kerl mit dem Clark-Gable-Bart?

Das Klopfen des Schaffners unterbrach seine Überlegungen. »Alles in Butter, Sir?«

»In Butter?« Von diesen Redewendungen, die sein förmliches, geordnetes Verständnis der englischen Sprache nie ganz durchdrungen hatte, ließ sich Martin kurz aus dem Konzept bringen.

»So wie Sie und die Missus es sich vorgestellt haben, Sir.«

Wenn die Fahrgäste frühstücken gingen, machten die Schaffner sich an die Arbeit. Ein guter Schaffner konnte in einer Stunde jeden Schlafwagen herrichten, der ihm zugeteilt war, konnte alles aufräumen und Bettwäsche und Matratzen verstauen.

»Wir sind sehr zufrieden. Und – Stanley ...« Martin holte ein Bündel Geldscheine hervor. »Können Sie mir etwas über den Mann gestern Abend sagen, der den Highball bestellt hat, diesen Mr. Cook?«

Stanley hielt die Hände hoch, als wollte er das Geld abwehren. »Sir, ein guter Schaffner redet nie mit einem Fahrgast über andere Mitreisende.«

Martin zog einen Schein heraus. »Ist er mit seiner Frau schon einmal mit diesem Zug gefahren?«

Vivian kam aus dem Bad. Sie hatte frischen Lippenstift aufgelegt und ihr Veilchen unter einer Schicht Puder verborgen.

»Wir reden gerade über den Mann, der mich zum Kartenspielen eingeladen hat«, sagte Martin. »Den mit dem zurückgekleisterten Haar und dem Schnurrbart.« Er wartete auf eine Reaktion, und tatsächlich ...

Sie wandte den Blick ab. Ihr Lachen klang eher nervös als vergnügt. »Du meinst den, der auszusehen versucht wie Rhett Butler mit Bierbauch?«

»Ich könnte wetten, dass Sinclair Cook Ihnen noch nie einen Fünfer als Trinkgeld gegeben hat.«

Unerwartet für Martin, der nur selten direkten Kontakt zu Schwarzen gehabt, aber zu viele Hollywoodfilme gesehen hatte, machte Stanley beim Anblick des Geldes nicht Augen wie Untertassen, sondern kniff sie zusammen.

»Niemand gibt mir einen Fünfer Trinkgeld, weil ihm gefällt, wie ich das Zimmer hergerichtet hab.« Stanley achtete darauf, am Ende »Sir« hinzuzufügen.

Martin drückte ihm noch einen Schein in die Hand. »Ich gebe viel Trinkgeld für Informationen.«

»Also, Sir, von mir wissen Sie das nicht. Aber falls Sie heute Abend mit Mr. Cook Karten spielen wollen, sollten Sie am Nachmittag ein Nickerchen machen. Kommt das Spiel mal in Fahrt, kann's bis zum Frühstück gehen. Gewinnt Cook, dann spielt er durch bis Chicago, und wenn um drei Uhr früh alle müde werden, fängt er an zu betrügen.«

»Danke, Stanley«, sagte Martin. »Ich teile mir meine Kräfte ein.«

Als der Schwarze gegangen war, betrachtete Vivian die Schalter für die Klimaanlage, die Beleuchtung und das Radio. »Was für eine Musik würdest du gern hören?«

»Weißt du, wie wichtig es ist, seinen Feind zu kennen?«, fragte Martin.

»Meinen Feind?«

»Ein Mann, der durch den Waggon schleicht, nach billigem Aftershave und Brillantine riecht und in Gegenwart seiner eigenen Frau die Frauen anderer Männer anzüglich mustert. So jemand ist ein Blender.«

»Das ist nicht seine Frau.« Vivian drehte die Musik lauter. Glenn Miller, »Sunrise Serenade«.

»Woher willst du das wissen?«

Sie beschloss, ihm die Wahrheit zu sagen. »Weil ich auch schon mal ... seine Frau war.«

»Von Chicago bis Los Angeles?«

»Um mir die Fahrt zu verdienen, bin ich den Pflichten einer Ehefrau nachgekommen.«

»Und dann hast du deine Unschuld wiedergewonnen?«

»Nein, habe ich nicht. Aber ich habe nie die Selbstachtung verloren.«

Er hütete sich, sarkastisch zu sein. »Für mich musst du den ehelichen Pflichten bloß vor anderen Leuten nachkommen.«

»Ich wäre auch im Planwagen gefahren, um nach Kalifornien zu kommen. So groß waren meine Träume. Aber Kalifornien kann der Tod deiner Träume sein.«

»Das können Männer auch. Manchmal denke ich, dass sie es sind, die den Tod verdient haben.«

Sie hörte nicht die Kälte in seiner Stimme, nur das Selbstvertrauen eines Mannes, der sie vor Raubtieren schützen würde. Das gefiel ihr. Sie trat näher. Die Räder ratterten, während der Zug sich nach Norden wandte und die warmen Strahlen der Morgensonne durchs Fenster fielen.

»Deshalb hab ich Vertrauen zu dir. Aber Cook ist ein Schwein«, flüsterte sie.

»Das gilt für die meisten Männer. Doch er wird nicht in unserer sauberen Hütte herumwühlen.«

Als das Saxophon einen besonders hohen Ton erklomm, beschrieb der Zug eine sanfte Kurve, und sie schwankte ihrem »Ehemann« entgegen. Sie blieb so nah bei ihm, dass ihre Körper sich berührten.

»Zum Tanzen ist das Abteil zu klein«, flüsterte er.

»Und zum Küssen?« Sie drückte die Lippen auf seinen Mund.

Und er erwiderte ihren Kuss. Er konnte nicht anders, denn so kühl war auch er nicht.

KEVIN CUSACK HÄTTE DEN ganzen Tag aus dem Fenster schauen können. Es war wie ein Technicolorfilm, der vor ihm ablief. »Was machen wir bis zum Mittagessen?«, fragte er Sally.

»Ich lese.« Sie hielt ihr Exemplar des *Life*-Magazins hoch, die Ausgabe vom 1. Dezember mit der B-17 auf dem Cover. »Und du wolltest Zeit zum Schreiben, dann schreib doch.«

»Schreiben wäre keine schlechte Idee«, sagte er, »wenn ich nur eine Idee hätte.«

»Na, dann schreib doch über deine Freunde beim FBI.«

Bevor dieser Sarkasmus sich in offene Feindseligkeit verwandeln konnte, klopfte es: Stanley Smith, der wissen wollte, ob »alles in Butter« sei.

»Alles bestens«, sagte Kevin. »Sie arbeiten schnell.«

»Stanley, erzählen Sie mir etwas über das Paar, mit dem mein Bruder gefrühstückt hat«, sagte Sally.

»Oh, ich arbeite nicht im Cochiti, Ma'am. Der Speisewagen ist das Territorium der Harvey Company.«

»Aber die Kelloggs – fahren die oft in diesem Zug?«

»Ma'am, wir reden nicht über andere Fahrgäste.« Stanley wollte sehen, ob vielleicht eine Hand in die Tasche griff, aber manche Leute gaben vor dem Ende der Fahrt kein Trinkgeld. Und so erzählte er etwas, um später ein größeres zu bekommen. »Die fahren zum ersten Mal in meinem Wagen, Ma'am.«

»Warum wolltest du das wissen?«, fragte Kevin, als Stanley gegangen war.

»Dieser Harold Kellogg. Er kommt mir bekannt vor, aber ...«

»Er ist nicht beim FBI, falls du dir darüber Sorgen machst.« Kevin nahm seine Mappe. »Ich geh in den Aussichtswagen. Ich muss eine rauchen. Hilft mir beim Denken. Vielleicht schreibe ich ja das große amerikanische Drehbuch.«

EINE DREIVIERTELSTUNDE SÜDLICH DER Innenstadt von Los Angeles gelegen, beherbergte Terminal Island dreitausend Japaner und ihre in Amerika geborenen Nachkommen, alle eng verbunden mit der Thunfischflotte und der Konservenfabrik, eine Gemeinschaft von erfahrenen Fischern, verlässlichen Arbeitern, guten Bürgern, die seit dem 7. Dezember ausnahmslos Verdächtige waren. Und so gelangte man nur auf die Fähre zur Insel, wenn man wie Frank Carter den richtigen Ausweis vorweisen konnte.

Die Seaside Avenue, die Hauptstraße, führte an japanischen Häusern und Kais vorbei zum neuen Bundesgefängnis an der Südspitze der Insel. Die Stahlstäbe und der Gussbeton waren in schönem Gelb gestrichen, und ein rotes Ziegeldach verlieh dem Gefängnis das Aussehen eines spanischen Missionsgebäudes. In Hollywood hatte sogar der Knast eine falsche Fassade.

Unter den Deutschen auf Terminal Island befanden sich auch Hans Schmidt, der Verwalter der Murphy Ranch, und Hermann Schwinn, der selbst ernannte »Führer« des Bunds.

Frank Carter ließ zuerst Schmidt kommen, der sich am Montagmorgen dumm gestellt hatte und heute am Samstag kaum kooperativer war. Nein, er habe keine Liste der Schützen, die den Schießstand benutzt hatten. Nein, die Toten auf den Autopsiefotos kenne er nicht. Nein, er habe sonst nichts zu sagen. Er respektiere die Befehlskette und lasse Herrn Schwinn für alle sprechen.

Carter schickte Schmidt wieder in seine Zelle und ließ den großen Boss vorführen.

Beim Warten las er noch einmal Schwinns Akte: ehemaliger Bankangestellter, der 1923 nach Amerika emigriert war; führte ein Reisebüro für Deutschlandtouristen; wurde 1934 Leiter des Bunds; stand in Verdacht, den Diebstahl von Waffen aus Arsenalen an der Westküste geplant zu haben; plante die Entführung und Hinrichtung jüdischer Filmproduzenten; bestach Polizeibeamte in L. A. und plante 1938 einen Gasanschlag auf die Versammlung der Anti-Nazi

League im Shrine Auditorium. Das Meiste war aufgrund von Inkompetenz missglückt oder durch Informationen von Spitzeln des LAJCC verhindert worden.

Aber auch wenn diese Nazis als Terroristen und Saboteure untauglich waren, erregten sie Aufsehen, und genau darum ging es in Hollywood. Alle paar Monate hatte Schwinn Bund-Mitglieder auf das Dach eines Gebäudes am Hollywood Boulevard geschickt, damit sie Flugblätter hinunterwarfen. Das nannten sie »einen Schneesturm entfachen«. Doch es ging dabei nicht um Filme, sondern sie verbreiteten Hass: »Juden! Juden! Überall Juden! Raus mit den Juden! Weiße müssen wieder das Land regieren wie vor der jüdischen Invasion.«

Schwinn hatte wegen einer Formalität die Staatsbürgerschaft verloren, aber weil er mit einer Amerikanerin verheiratet war, war er einer Inhaftierung und der Ausweisung entronnen ... bis jetzt. Als er in den Verhörraum geschlendert kam, sah er in seinem Jeanshemd und der blauen Latzhose selbstzufrieden und arrogant aus.

Carter deutete auf einen Stuhl und warf eine Aktenmappe auf den Tisch. »Wissen Sie, was da drin ist? Namen, Geld, Kartenmaterial ...«

Schwinn betrachtete die Mappe. »Haben Sie das von dem Juden Lewis?«

»Den hab ich von Ihnen, weil Sie uns im Deutschen Haus die Schlüssel übergeben haben.«

Schwinn verschränkte die Arme, als wollte er sagen, dass er – und nicht die anderen – hier das Kommando hatte.

»Sie halten sich für klüger, als Sie sind«, sagte Carter.

»Klüger, als *wir* sind«, warf McDonald ein und zog sich dafür einen rügenden Blick seines Chefs zu.

Carter holte einen Umschlag mit einem Bündel großer Geldscheine hervor, die noch ganz frisch waren. »Das hier haben wir auch gefunden.«

»Ich hoffe, Sie haben eine Empfangsbestätigung ausgestellt.« Schwinn sprach ein perfektes Englisch und genoss es sichtlich.

»Es ist nicht gefälscht. Das wäre zu einfach. Aber Sie kriegen die Kohle von jemandem, der dicke Umschläge voller Geld für eine gute Investition hält.«

»Investition in was?«, fragte Schwinn.

»In die Sachen, deretwegen Sie hinter Gittern gelandet sind.«

»Wenn man sich in den Dienst einer Idee stellt, ist es egal, ob man Gefängniskleidung oder die Bund-Uniform trägt«, sagte Schwinn.

»Welcher Idee dienen Sie denn?«, fragte Carter.

»Ich diene den Idealen der deutschen Kultur«, erwiderte Schwinn emotionslos. »Ich bin kein Antisemit und habe keine Verbindung zu irgendwelchen Nazi-Funktionären.«

»Hören Sie auf mit dem Scheiß!« Carter schlug mit der Hand auf den Tisch.

McDonald zuckte zusammen, als hätte ihn Carters Wutausbruch schockiert. Sie spielten guter Bulle, böser Bulle.

Schwinn strich sein Hitler-Bärtchen glatt, rückte die Himmler-Brille zurecht und warf McDonald einen Blick zu, als wollte er fragen: *Was stimmt nicht mit Ihrem Chef?*

Carter war aufgestanden und hinter Schwinn getreten. Er schlug die Mappe bei einem Autopsiefoto auf. »Wer ist das?«

Schwinn sah es sich an. »Emil Gunst.«

»Er hat Zyanid geschluckt, um nicht zu reden.«

Das war gelogen, doch vielleicht würde die Vorstellung Schwinn zum Reden bringen.

Als das nicht gelang, versuchte Carter es mit einem anderen Foto. »Dieser Mann, ein Anwalt, wurde auf dem Parkplatz von Bob's Big Boy in Burbank im Kofferraum seines Wagens gefunden.«

Schwinn sah sich den Namen an. »›Arthur Koppel‹. Ein Jude. Im Bund? Soll das ein Witz sein, Agent Carter?«

Carter ging zum nächsten Foto über. Diesmal erntete er einen entsetzten Atemzug.

Egal ob Schwinn von Kesslers Tod wusste, der Anblick der Leiche schockierte ihn – kalt, nackt, sauber abgestochen, in glänzendem Schwarz-Weiß.

Carter ließ Schwinn eine Weile meditieren. Dann sagte er: »Wir glauben, dass es in beiden Fällen derselbe Mörder ist. Dieselbe Waffe. Dasselbe Vorgehen. Schnell und sauber. Kessler hat für Sie gearbeitet, oder?«

»Was sollte er mit einem jüdischen Anwalt gemein haben?«

»Er war Rausschmeißer beim Bund. Hatte er einen Schlagring?«

»Nur so kann man manchmal verhindern, dass es Ärger gibt«, sagte Schwinn.

»Apropos Waffen ...« Carter blätterte zum Foto eines Springfield-Gewehrs. »Das hier haben wir in Kesslers Kofferraum gefunden. Alles voll mit seinen Fingerabdrücken. Die einzigen anderen Fingerabdrücke gehörten zu diesem Mann« – Carter zeigte ihm ein weiteres Foto – »der unter der Hyperion Bridge gefunden wurde.«

Schwinn schnappte wieder nach Luft, griff sich mit der Hand an den Schnurrbart und dann an die Brille.

McDonald nickte Carter zu. Sie kannten sich mit verräterischen Anzeichen aus.

»Wer ist das?«, fragte Carter.

Schwinn schüttelte den Kopf. »Kessler kenne ich, aber den hier ...«

»Erzählen Sie keinen Unsinn.« Frank Carter hakte nach. »Im Bericht des Leichenbeschauers steht, dass er durch den Sturz ums Leben kam, aber vorher hat ihn jemand zusammengeschlagen ... mit einem Schlagring.« Carter blätterte zum Foto des Blutergusses am Brustkorb des Opfers.

Schwinn drehte sich zu dem vergitterten Fenster um, als ginge ihn das Ganze nichts an.

Carter legte eine Gewehrpatrone auf den Tisch. »Davon habe ich ein Dutzend auf dem Schießstand an der Murphy Ranch gefunden. Wir glauben, dass die beiden Toten am Montag dort waren. Und geschossen haben.«

Schwinn rückte wieder die Brille zurecht.

Carter zog eine andere Patrone hervor. »Wir glauben auch, dass noch ein anderer Schütze dort war, der mit einer Pistole geübt hat. Vielleicht mit einer Mauser C96. Wer sind die Meisterschützen in Ihrem Bund?«

»Sie haben meine Unterlagen«, sagte Schwinn. »Gehen Sie sie durch.«

Carter ließ nicht locker. »Wer auch immer der dritte Mann war, er hat Kessler umgebracht, richtig? Und er war ein geübter Scharfschütze, anders als die Versager beim Bund.«

»Ich weiß von keinem dritten Schützen.«

»Aber jemand hat Kessler umgebracht, nachdem Kessler diesen jungen Mann umgebracht hat.«

»Er heißt Stengle. Thomas Stengle.« Schwinn sagte den Namen, wie um ein Angebot zu machen. Knickte er jetzt ein ... oder spielte er mit ihnen? »Er war Handwerker, genau wie Kessler.«

Carter sah McDonald an. »Schon besser.«

»Sie haben montagmorgens auf der Murphy Ranch geübt«, sagte Schwinn. »Nur die beiden.«

»Einer mit einem Springfield-Gewehr und der andere mit einer Mauser?«, fragte Carter.

Schwinn nickte. »Stengle hat oft betont, wie viel ihm seine Mauser bedeutet. Vielleicht finden Sie die Waffe in seiner Wohnung.«

»Wie lautet seine Adresse?«

»Ich kann Ihnen nicht die ganze Arbeit abnehmen. Das müssen Sie schon selbst herausfinden.«

»Werden wir«, sagte Carter. »Aber helfen Sie mir, die Sache zu verstehen, Hermann. Zwei Männer machen an einem abgeschiedenen Ort Schießübungen. Einer bringt den anderen um. Dann wird er von einem Mann umgebracht, der auch einen jüdischen Anwalt umgebracht hat. Was ist da los?«

»Zufall?« Schwinn zuckte die Schultern. »Oder Folgerichtigkeit.«

»Folgerichtigkeit?«

»Kessler konnte einem lästig sein. Juden sind lästig. Dann ist die Tötung von Kessler wie die Tötung eines Juden.«

»Ist es immer noch Zufall, wenn der tote Jude in Pacific Palisades, unweit der Murphy Ranch gewohnt hat?«, fragte Carter.

Schwinn zeigte bloß wieder seine verräterische Nervosität.

Carter beugte sich vor. »Am Schießstand war noch ein dritter Mann, oder?«

Schwinn reckte das Kinn. »Kessler und Stengle haben zusammen geübt. Sie haben sich auf den Tag der Entscheidung vorbereitet. Mehr weiß ich nicht.«

»Wir wissen, dass Sie ein guter Lügner sind. Vielleicht sogar so gut, dass Sie damit durchkommen, wenn man Sie vor den Ausschuss zur Anhörung feindlicher Ausländer schleift. Aber wenn es zu irgendeiner Sauerei kommt, bei der eine Mauser C96 im Spiel ist …«

»Ich habe Ihnen alles gesagt, was ich weiß.«

»… dann sind Sie dran, das verspreche ich Ihnen.« Carter packte seine Unterlagen zusammen und rief den Wärter.

KEVIN CUSACK SASS IM Aussichtswagen. Er zündete sich eine Zigarette an und sah sich um. An dem einzigen Schreibtisch saßen eine Mutter und ihre kleine Tochter und waren mit einem Malbuch beschäftigt. Auf der anderen Seite redeten und lachten zwei ältere Frauen, die wie Geschwister aussahen, die sich lange nicht gesehen hatten. Die junge »Ehefrau« von Mr. Brillantine saß allein in einem Sessel und blätterte in einer Zeitschrift. Sie sah erschöpft aus. Wovon?, fragte er sich.

So musste ein Autor arbeiten. Seine Umgebung beobachten, die Leute betrachten, die sich dort aufhalten, Informationen sammeln, Notizen machen, sich Situationen ausdenken.

Harold Kellogg kam durch die Tür, sah Kevin und ging auf ihn zu. Kevin mochte den Mann, der lässiger wirkte als die meisten Vertreter. Als wäre er so von seinem Produkt – oder von sich – überzeugt, dass er keine Mühe hatte, auch andere davon zu überzeugen. In einer Welt voller Schmeichler und Heuchler stach so jemand hervor.

Er setzte sich neben Kevin. »Wie geht's Ihrer Schwester?«

»Sie liest. Da ist sie meistens guter Laune.«

»Meine Frau liest *Vom Winde verweht*. Als sie beim Tod der kleinen Bonnie zu heulen anfing, bin ich gegangen.« In Wahrheit war Martin Browning gegangen, nachdem er Vivian geküsst hatte ... *weil* er sie geküsst hatte. Sie ist ein Werkzeug, sagte er sich, kein Spielzeug. Er steckte sich eine Zigarette zwischen die Lippen, und Kevin knipste sein Feuerzeug an. Nach dem ersten Zug fragte Martin: »Wie kommt es, dass Sie Cusack heißen und ihre Schwester ...«

Kevin beugte sich vor. »Können Sie ein Geheimnis bewahren, Harry?«

Harry. Sind wir also schon so vertraut, dachte Martin. Amerikaner hielten sich nie lange mit Förmlichkeit auf. Das war eine Eigenschaft, die ihm nicht gefiel. Doch er freute sich, dass sein Manöver funktioniert hatte. »Geheimnisse sind bei mir bestens aufgehoben«, sagte er, und das war nichts als die reine Wahrheit.

»Sie ist nicht meine Schwester«, sagte Kevin.

Martin fragte sich, ob diese Enthüllung ein Trick war, um sein Vertrauen zu gewinnen, oder ob sie zeigte, wie wenig Kevin Cusack über den Mann wusste, mit dem er sich gerade unterhielt.

»Nicht alle Paare im Zug sind verheiratet«, sagte Kevin. »Im Gegensatz zu Ihnen und Ihrer Frau.«

Falls Cusack auf Informationen aus war, dachte Martin, dann biss er bei ihm auf Granit. Er sagte: »In den Talentagenturen wimmelt es nur so von jungen Frauen, die mit Hilfe eines solventen Gentlemans nach Hollywood gekommen sind, der weder ihr Mann noch ihr Bruder war«, sagte er.

»Und auch kein Gentleman«, sagte Kevin.

»Und wenn diese Frauen kapitulieren, fahren sie auf die gleiche

Weise nach Hause, wie sie hergekommen sind. Genau wie jene dort.« Martin deutete auf Mr. Brillantines »Ehefrau«. Sie hatte die Vorhänge vors Fenster gezogen und schien hinter ihrer Sonnenbrille zu schlafen.

»Ich habe diese Reise schon zweimal gemacht«, sagte Kevin. »Ich habe viele Typen wie Sinclair Cook gesehen. Der hintergeht seine Frau und betrügt bestimmt auch beim Kartenspielen.«

Martin war immer noch auf der Hut, doch Kevins Besorgnisse schienen nichts mit der Jagd auf Nazis zu tun zu haben. »Spielen Sie heute Abend mit?«, fragte er.

»Ich hoffe, anderweitig beschäftigt zu sein.«

Martin lachte. Wenn einem jemand etwas so Privates erzählte, lachte man am besten wie ein Bruder und behielt die Information im Gedächtnis. Er nahm sich die *Los Angeles Times*. Kevin widmete sich wieder seiner Arbeit. Und so saßen sie da, tranken Kaffee, rauchten, lasen und schrieben, während der Zug durch die Wüste schoss.

Einige Minuten später ließ Martin die Zeitung sinken. Er sah auf Kevins Notizen. »Was schreiben Sie da? Tagebuch?«, fragte er.

»Ich sammle Ideen für Geschichten.«

»Die Zeitung ist voll von Geschichten.« Martin drehte seine Zeitung zu ihm um. »Hier zum Beispiel über dieses Deutsche Haus.« Er las die Schlagzeile vor: »*Deutsches Haus geschlossen – Festnahmen nach FBI-Razzia.*«

Kevin betrachtete die Zeitung und sagte: »Das Deutsche Haus? An der Ecke Fünfzehnte und Figueroa?«

Martin merkte, wie Kevins Stimme angespannt wurde und sein Blick sich änderte. »Sie wissen davon?«

»Jeder weiß, wo die Nazis von L. A. sich treffen.«

Martin sah, wie »Mrs. Cook« aufblickte und die Ohren spitzte. Wenn von Nazis die Rede war, erregte das in diesen Tagen überall Aufmerksamkeit.

»Aber was weiß ich schon«, sagte Kevin. »Ich habe nur davon gehört.«

Martin zeigte ein unschuldiges Lächeln, direkt aus dem Harold-Kellogg-Lehrbuch.

Kevin sagte sonst nichts. All das spielte keine Rolle mehr. Er hatte den Bund hinter sich gelassen. Genau wie das LAJCC. Er hatte auch Hollywood hinter sich gelassen. Er wollte einfach nicht mehr für andere den Kopf riskieren.

IM BÜRO ERBAT SICH Frank Carter einen weiteren Tag für die Suche nach dem dritten Schützen.

»Schwinn hat gesagt, es waren bloß zwei«, entgegnete Chief Agent Hood.

»Du glaubst ihm doch nicht, oder?«

Hood wedelte mit einem Blatt Papier. »Ich habe hier eine Liste echter Menschen, die verhaftet werden müssen. Und ich arbeite in der flächenmäßig größten Stadt Amerikas, aber *du* willst ein Phantom finden.«

»Ich suche nach einem deutschen Staatsangehörigen, der vielleicht …«

»Der vielleicht nicht existiert«, sagte Hood über den Lärm der Fernschreiber und klingelnden Telefone hinweg.

»Wir haben Stengles Adresse ermittelt. Lass mich die Wohnung durchsuchen.«

»Überlass das dem LAPD.« Hood verließ den Raum.

Carter folgte ihm in sein Büro. »Aber *wir* wissen, wonach wir suchen, Dick.«

»Tatsächlich?« Hood ließ sich auf seinen Schreibtischstuhl sinken.

»Eine Mauser C96. Wenn ich sie finde, suchen wir weiter. Wenn nicht, war's das.«

Hood hob resignierend die Hände. »Okay. Du kannst fahren. Aber McDonald nicht. Den brauche ich hier.«

Das schmerzte. Carter brauchte jemanden als Rückhalt. Ein zweites Paar Augen. Also ging er zu seinem Schreibtisch und wählte eine Nummer.

»Detektivbüro Madden«, meldete sich ein Mann.

»Spreche ich mit Bartholomew?«

Die Stimme wurde weicher. Der Argwohn wich der Neugier. »Ja.«

»Hier spricht Frank Carter, dein Freund vom FBI.«

»Freund?«

»Mir ist egal, welche Farbe deine Unterwäsche hat, Barty-Schatz, solange es nicht das Rot der Kommunisten ist.« Carter hörte, wie sich eine Hand auf die Sprechmuschel legte, dann folgte ein gedämpfter Wortwechsel.

Stella kam an den Apparat. »Schikanierst du meinen Sekretär, Frank?«

»Solange seine Freunde älter als achtzehn sind, hat er nichts von mir zu befürchten. Hast du viel zu tun? Ich könnte heute Nachmittag Hilfe gebrauchen.«

»Du setzt mich auf die Gehaltsliste?«

»Ich spendiere dir ein Abendessen.«

»Ich hätte Lust auf Chili.«

»El Cholo?«

»Ich hätte dich nicht für so knauserig gehalten, Frank. Chasen's, oder wir kommen nicht ins Geschäft.«

»Im Cholo gibt's besseres Chili, aber wenn du auf Chasen's bestehst, nehme ich einen Kredit auf.«

Er holte sie an der Ecke Wilshire und Alvarado ab, und sie fuhren nordwärts. Der Stadtplan führte sie über den Los Angeles River zu einem gedrungenen zweistöckigen Gebäude, an dem die Hyperion Bridge mit dem Glendale Boulevard verschmolz.

Im Erdgeschoss befand sich McGees Maschinenwerkstatt.

McGee trug eine schmierige Lederschürze und ein schmutziges T-Shirt und war ein einfacher Arbeiter, der für ein paar Extradollar hier am Rand des schönen Viertels namens Atwater Village Zimmer vermietete und das vermutlich ohne Konzession. Und er war nicht besonders freundlich, auch nicht, als Carter die FBI-Marke zückte.

Carter zeigte ihm das Autopsiefoto. »Ist das Tom Stengle?«

»Mein Gott«, sagte McGee. »Da hat ihn aber jemand übel zugerichtet.«

»Zeigen Sie uns sein Zimmer.«

McGee führte sie über eine wackelige Außentreppe zu einem kleinen Balkon. Stengles Zimmer machte nicht viel her: ein Tisch am Fenster, eine Flasche Four Roses auf dem Tisch, eine Kommode, aus deren offenen Schubladen Kleidungsstücke hingen, ein ungemachtes Bett, ein Blick über die Brücke zu den Hügeln am anderen Ufer des zwecks Hochwasserschutz betonierten Flussbetts.

Stella schnupperte an der Whiskeyflasche und verzog das Gesicht. »Billiger als Wasser, das Zeug.«

»Wie steht's mit Besuchern?«, fragte Carter McGee.

»Nie persönlich kennengelernt. Der Kerl, der ihn morgens mitnahm, hat immer auf der anderen Seite der Brücke gewartet. Stengle hat gesagt, der Typ hätte keine Lust, an der Ampel zu wenden.«

Carter zog das Autopsiefoto von Kessler heraus. »Könnte das der Typ gewesen sein?«

»Wie gesagt, er hat nie hier gehalten. Und wie's aussieht, wird er das auch nie mehr tun.«

Carter dachte, dass Stengle die Identität seiner Kumpane schützen wollte. Immer verdächtig. »Wie lief's bei ihm mit der Miete?«

»Ich bin nicht das Sozialamt, Mister. Ich krieg jede Woche mein Geld, sonst fliegt man raus. Aber was ich gern wüsste … Wer bezahlt jetzt für das Zimmer?«

Carter nahm einen Umschlag von der Kommode. »Fragen Sie hier mal nach. Mom und Dad. Absenderadresse Bangor, Maine. Schreiben Sie lieber gleich.«

Dann durchsuchten sie das Zimmer. In der Kommode fanden sie

NS-Propaganda. Unter dem Bett lag in einer langen Schachtel mit der Aufschrift »Gardinenstangen« ein Springfield-Gewehr.

»Aber wo ist die Mauser?«, fragte Stella.

»Wenn wir keine finden, hatte er vielleicht keine.«

»Heißt das, wir sind fertig?«

»Das heißt, es gab einen dritten Schützen, der auf freiem Fuß ist.«

Stella betrachtete das Etikett in einem von Stengles Hemden. »Mr. Fountains Herrenmode. Der Kerl war arm wie 'ne Kirchenmaus, hat sich aber schöne Baumwollhemden gekauft.«

Carter schlug Stengles Aktenmappe auf, und ja, die Mütze, die neben seiner Leiche gefunden wurde, stammte von Mr. Fountain. »Lust, nach Burbank zu fahren? Ich glaube, ich brauche eine Krawatte.«

»Du könntest auch einen neuen Anzug gebrauchen.«

IM SUPER CHIEF WURDE während der Fahrt durch New Mexico das Mittagessen serviert. Harold sagte zu Vivian, sie solle ohne ihn gehen, aber für sich bleiben. Er müsse ein Nickerchen machen, da er schlecht geschlafen habe. Er verschwieg, dass er, wenn es darauf ankam, zwei Tage ohne Schlaf auskommen konnte. In Wirklichkeit hatte er bloß keine Lust auf Gesellschaft, weder ihre noch die der anderen.

Vivian ging allein zum Speisewagen, wo sie den Mann von Warner Brothers sitzen sah und Harolds Anweisungen sofort vergaß. Sie fragte, ob sie sich zu ihm setzen dürfe, und sagte, sie würde gern noch mehr Geschichten aus Hollywood hören. Sie verschwieg, dass sie, während der Zug dem Winter entgegenraste, das warme Traumland, das sie hinter sich gelassen hatte, bereits vermisste.

Kevin seinerseits sagte, seine Schwester habe keinen Hunger. Er verschwieg, dass er frustriert war, weil er bei ihr nicht vorankam. Und in fünfundzwanzig Stunden würden sie bereits Chicago erreichen. Entweder sie wären bis dahin ein Paar, oder er würde den einsamen Zug nach Boston besteigen.

Vivian nahm die Sonnenbrille ab und las die Speisekarte. »Omelett mit Schinken aus Virginia … kalte Ochsenzunge … gegrillter Lake-Superior-Weißfisch … Was ist?«

Kevin betrachtete ihre Wange. Am Morgen war ihm das Veilchen nicht aufgefallen, doch jetzt fragte er sich, ob ihr Mann sie schlug.

Sie betastete die Schwellung und deutete dann auf sein Auge. »Sie haben auch eins.«

»Haben Sie eine Geschichte dazu?«, fragte er.

»Sie zuerst.«

»Ich bin im Dunkeln gegen eine Telefonzellentür gestoßen. Und Sie?«

»An meinem ist auch die Dunkelheit schuld.« Sie setzte wieder die Sonnenbrille auf.

Er wusste, dass sie nicht drüber reden wollte. Also wechselte er das Thema. »Gestern in einem Restaurant in Hollywood habe ich Marlene Dietrich gesehen. Zusammen mit John Wayne. Wahrscheinlich ein postkoitales Essen.«

»Postkoital? Sie meinen, direkt nachdem sie … es getan haben? Wie wollen Sie das wissen?«

Kevin schüttelte den Kopf. Darum ging es bei der Geschichte nicht. »Ich weiß es *nicht*. Aber Sie sehen ihr wirklich ähnlich … Sie sind bloß hübscher, weicher.«

»Danke.«

»Das ist die Wahrheit.« Kevin blickte auf die Speisekarte, doch er spürte, dass Vivian ihn ansah, dass ihr Verstand arbeitete.

»Glauben Sie wirklich, ich könnte ein Filmstar sein?«, fragte sie.

»Ihr Mann hält Sie bestimmt für einen Star. Und was man zu Hause über Sie denkt, ist das Einzige, was zählt.«

Sie blickte in die monotone Wüstenlandschaft hinaus. »Ja. Zu Hause. So ist es sonst nirgends.«

Sie klang wehmütig, so als hätte ein Traum sich nicht erfüllt. War es ihre Ehe? Die Hoffnung auf eine Karriere? Kinder? Aber vielleicht kam es ihm auch nur so vor, weil er in einer ähnlichen Stimmung war. »Zu Weihnachten wollen wir alle nach Hause«, sagte er. »Woher stammen Sie noch mal?«

»Annapolis, Maryland.«

»Die Marinestadt.«

»Wir nennen sie ›Krabbenstadt‹. Mein Dad ist Fischer. Er hatte große Träume. Aber letztlich fängt er doch nur Meerbrassen und Blaukrabben wie viele andere Einheimische auch, oder er sammelt Austern.«

Dann bestellten die beiden. Den Weißfisch für ihn, ein Omelett für sie.

Und während sie aßen, erzählte er Geschichten aus Hollywood. Als er schilderte, wie er Errol Flynn in seiner Robin-Hood-Strumpfhose Feuer gegeben hatte, brach sie in lautes Gelächter aus. Ihr Lachen gefiel ihm. Er mochte sie. Hoffentlich schlug ihr Mann sie nicht regelmäßig ... und nicht so schlimm wie bei diesem Mal.

Schließlich sagte er etwas, worüber sie sich den ganzen Nachmittag freute: »Sie mögen aussehen wie Marlene Dietrich, aber mich erinnern Sie mehr an Jean Arthur.«

»Wirklich? Ich liebe Jean Arthur.«

»Eine typische Amerikanerin mit einem Herzen aus Gold und mit Rückgrat.«

»Aus dem Mund eines Skriptlesers ist das wirklich ein Kompliment.«

»Verlieren Sie bloß Ihr Rückgrat nicht.«

AN DER TÜR VON Mr. Fountains Herrenmode hing ein Schild mit der Aufschrift »Mittags geschlossen«. Frank Carter klopfte trotzdem. Mr. Fountain erschien und deutete auf das Schild. Carter zeigte seine Marke, woraufhin sich die Tür öffnete.

Mr. Fountain schien ein Produkt seiner eigenen Kennerschaft zu sein: perfekt geschnittener marineblauer Anzug, graue Weste, weiß getupfte blaue Fliege, aufgesetztes Lächeln. »Was kann ich für das FBI tun?«

Carter brauchte nicht lange, um zu begreifen, dass Mr. Fountain sich nicht an einen Kunden namens Stengle erinnern konnte. Ja, er habe Schiebermützen im Angebot, doch er verkaufe lieber »einen schönen Borsalino«. Aber Umsatz sei Umsatz. Und …

Frank Carter holte das Autopsiefoto von Stengle heraus.

»Allmächtiger.« Mr. Fountain erschauderte. »Sie haben mir gerade das Mittagessen verdorben.«

»Sie kennen ihn nicht?«, fragte Stella.

Mr. Fountain schüttelte den Kopf und wedelte mit der Hand vor seinem Gesicht, als wollte er sich Luft zufächeln, um nicht in Ohnmacht zu fallen.

Carter gab Stella mit einem Nicken zu verstehen, dass sie den Rückzug antreten konnten.

Mr. Fountain entschuldigte sich, dass er so kurz angebunden sei. Seit sein bester Verkäufer gekündigt habe, arbeite er bis zur Erschöpfung.

Carter machte wieder kehrt. »Ihr bester Verkäufer?«

»Er hat am Dienstag angerufen und mir aus heiterem Himmel gesagt, dass er nicht mehr kommt.«

»Das ist Pech«, sagte Stella. »Ganz allein auf dem Höhepunkt der Weihnachtssaison.«

»Weihnachten und Krieg«, sagte Mr. Fountain. »Sie müssen wissen, zu meinen Kunden gehören hohe Lockheed-Mitarbeiter, die stets ein paar neue Hemden brauchen, bevor sie nach Washington reisen, und James war perfekt im Umgang mit ihnen. Er fragte sie freundlich nach den P-38 und überredete sie dabei, ein neues Sakko oder Manschettenknöpfe zu kaufen.«

»P-38?«, fragte Carter. »Lockheed-Mitarbeiter? Und wie hieß Ihr James mit Nachnamen?«

»Costner.«

Frank Carter sah Stella an. »Ich glaube, den Namen habe ich in Schwinns Bund-Unterlagen gesehen.«

»Er hat ein Zimmer bei den Stumpfs gemietet«, sagte Mr. Fountain.

»Deutsche?« Carters Interesse wuchs.

»Leute aus Burbank, so loyal wie Roosevelt. Sie sind direkt nach dem letzten Krieg hergekommen. Ein im Ruhestand lebender Zahnarzt und seine Frau.«

Ein paar Minuten später fuhr Frank Carter eine Straße entlang, die direkt aus dem Bungalowboom der zwanziger Jahre stammte. Die Häuser waren adrett. Die Magnolien spendeten Schatten. Die Kamelien in den Vorgärten blühten in Rot und Weiß.

Edna Stumpf kam an die Tür. Sie mochte Mitte siebzig sein, klein und gebeugt, das Haar und der Pullover grau. Wenn sie lächelte, war zu sehen, dass ihr Mann bei ihr geübt hatte, denn die Zähne waren zu groß für ihr Gesicht.

»FBI, Ma'am«, sagte Carter. »Wir würden Ihnen gern ein paar Fragen stellen.«

Hinter ihr kam jemand aus einem anderen Raum, ein dunkler Schatten, der sich schnell bewegte. Frank sah, wie Stella die Hand in die Tasche ihres Rocks gleiten ließ. Die Tasche hatte einen Schlitz, sodass sie an ihre Pistole gelangen konnte, ohne die Beine entblößen zu müssen. Ein weiterer Grund, warum Frank Carter froh war, sie dabeizuhaben.

Doch Edgar Stumpf lächelte ebenfalls.

»Was gibt's, Edna? Besuch?« Edgar Stumpfs dritte Zähne saßen besser als die seiner Frau.

Carter zeigte seine Marke. »Tag, Sir. Wir suchen James Costner.«

»Wir haben ihn seit Montag nicht gesehen«, sagte Edna durch die Fliegentür.

»Warum? Ist er in Schwierigkeiten?«, fragte Edgar. »Er ist kein Mensch, der in Schwierigkeiten gerät.«

»Wir wollen nur mit ihm reden«, sagte Carter.

»Rieche ich da Sauerbraten?«, fragte Stella unvermittelt.

»Ganz recht«, sagte Edna. »Den gibt es jeden zweiten Samstag im Monat.«

»Könnte ein braves irisches Mädchen vielleicht das Rezept bekommen?«, fragte Stella.

Im nächsten Moment saßen sie im vorderen Zimmer mit den dick gepolsterten Sesseln, den Schonbezügen und dem Philco-Radio, in dem eine Brahms-Symphonie lief.

Während Mrs. Stumpf das Rezept aufschrieb, stellte Frank Carter Fragen zu Costner. »Was für ein Mensch ist er?«

»Sehr höflich. Sehr ruhig«, sagte Mr. Stumpf. »Zahlt die Miete im Voraus. Reist an den Wochenenden. Macht Geschenke … schöne Kleidung von Mr. Fountain. Und letzte Weihnachten …« Er deutete auf eine Mahagonischatulle auf dem Couchtisch. In Goldbuchstaben auf den Deckel geprägt die Worte »Schwester Maria Innocentia«.

»O richtig«, sagte Mrs. Stumpf und wedelte mit der kleinen Karteikarte mit dem Rezept in der Luft, damit die Tinte trocknete. »Wir wollten die Schatulle eigentlich erst an Heiligabend hervorholen. Aber bei all den schlechten Nachrichten haben wir uns gedacht, dass die allerliebsten Hummel-Figuren auch jetzt schon die Nacht erhellen können.«

Mr. Stumpf öffnete eine Mahagonischatulle, woraufhin ein blauer Samteinsatz mit neun Figuren in neun Fächern zum Vorschein kam.

»Ich hab ihn gesehen«, sagte Frank Carter.

Stella griff nach der Karte mit dem Rezept. Ihre Hand erstarrte. »Wo denn?«

»In Gunsts Laden. Ich habe ihm direkt in die Augen gesehen.«

Edna und Edgar warfen sich verwunderte Blicke zu.

»Können Sie James Costner beschreiben?«, fragte Stella.

»Haben Sie den Film mit diesem gut aussehenden Herrn Gable gesehen?«, fragte Edna.

»Er sieht aus wie Clark Gable?«, fragte Stella.

»Nein, nein. Wie der andere Mann.«

»In *Vom Winde verweht*? Leslie Howard?«

»Ja, Leslie Howard. Ich habe sogar einmal gehört, wie ein Freund ihm morgens etwas aus dem Auto zugerufen und ihn ›Ash‹ genannt hat. Als ich fragte, warum, hat er gesagt, sie fänden, dass er wie Ashley Wilkes in dem Film aussieht.«

Carter wusste nicht mehr, ob der Kunde in Gunsts Laden wie Leslie Howard ausgesehen hatte, aber der Mann, den er aus der Ferne erblickt hatte, der mit der eulenhaften Brille und dem blauen Mantel mit dem heraushängenden Preisschild ... der vielleicht.

»Wenn er die runde Hornbrille trug, sah er wirklich aus wie Leslie Howard«, sagte Edgar Stumpf.

»Aber ja«, sagte Edna und klatschte in die Hände, als wäre das Ganze ein Spiel, »die runde Brille, die er in dem ›Roman‹-Film getragen hat.«

»Eine Romanverfilmung?«, fragte Stella.

»Nein«, sagte Edgar Stumpf. »Mein Frau meint *Der Roman eines Blumenmädchens*.«

NACH EINEM TAG DER Zurückgezogenheit besserte sich Sally Drakes Laune. Sie sagte, sie sollten zum Abendessen gehen, als gingen sie in den Nachtclub, das hieß, sie bräuchte das ganze Abteil, um sich anzukleiden. Und so verbannte sie Kevin ins Bad und breitete ihre Sachen – Faltenrock, dazu passende taillierte Jacke, weiße Bluse – auf dem Sofa aus.

Kevin band gerade seine Krawatte, als der Zug plötzlich ruckelte und die Tür so weit aufglitt, dass er ein atemberaubendes Bild im Spiegel sah: Sally in schwarzer Unterwäsche, die sich gerade bückte.

Ohne sich umzudrehen, sagte sie: »Mach die Tür zu, Kevin, sonst kannst du in Raton aussteigen.«

»Raton ist nur ein Wartungshalt. Aussteigen allerstrengstens verboten.« Er zog die Tür wieder zu. »Das gilt im Übrigen auch für La

Junta, Colorado, Dodge City und Newton, Kansas. Du kannst mich frühestens morgen früh in Kansas City rauswerfen.«

»Lass einfach die Tür zu, bis ich sage, dass du rauskommen kannst.«

Als es so weit war, kam er mit umgebundener Krawatte, aber offenen Manschetten heraus. Er gab ihr ein kleines Etui und streckte den rechten Arm aus. »Wärst du so freundlich?«

»Die Manschettenknöpfe?« Sie lächelte. Sie waren ihr Geburtstagsgeschenk für ihn gewesen. Sie bestanden aus jeweils einem Doppelstrang aus Gold in Form einer liegenden Acht – wie das Symbol für Unendlichkeit –, und dort, wo die Stränge sich kreuzten, war ein roter Granat eingesetzt. Sie half ihm bei der rechten Manschette und sagte dann: »Links kannst du es selbst machen. Ich bin noch wütend auf dich, weil du in der Union Station das FBI zu mir geführt hast.«

»Der FBI-Mann hat nicht mal nach dir gesucht.«

»Aber er hat mich gefunden. Er weiß, dass ich in diesem Zug bin. Das heißt, dass in Chicago wahrscheinlich ein anderer wartet, um mir nach Washington zu folgen.«

»Lass es mich wiedergutmachen.« Er beugte sich vor, um sie zu küssen.

Sie legte ihm die Hand auf die Brust, um ihn abzuwehren. »Bruder und Schwester, weißt du noch? Also zieh dir das Jackett an, denn deine Schwester will einen Manhattan trinken.«

Sie gingen vom Taos über den Oraibi zum Cochiti. An der Halbtür zur Küche blieb Kevin stehen, um das Ballett der beiden schwarzen Köche zu bewundern, die vom Herd zum Backofen und dann zum Kühlschrank tänzelten, alles in der engen Edelstahlküche, völlig ungerührt vom Schaukeln des Zuges, während sie für die sechsunddreißig Gäste im vorderen Teil des Waggons wahre Wunder vollbrachten.

»Komm schon, bevor ich verdurste«, sagte Sally, und sie betraten den Speisewagen. Nachts, bei der schwachen Beleuchtung und der Dunkelheit, die draußen vorbeiglitt, konnte es der Wagen mit dem romantischsten Ort in Los Angeles aufnehmen.

»Ich nehme mir die Freiheit, die Kelloggs an Ihrem Tisch zu platzieren, sobald sie kommen, da Sie schon heute früh Ihre Gesellschaft genossen haben«, sagte der mit einem Smoking bekleidete Oberkellner.

Kevin steckte ihm einen Dollar zu und bestellte zwei Manhattan.

»Das ist aber großzügig«, flüsterte Sally, als sie sich setzten.

»Wer kostenlos reist, kann leicht großzügig sein.«

Der Kellner, in weißem Jackett und Schürze, brachte die Drinks: Jack Daniel's, Wermut, die Maraschinokirschen so süß, dass einem die Zähne wehtaten.

Sally sagte, sie trinke gern Manhattan, weil ihr Vater den mochte. »Er witzelt immer, dass die rote Kirsche ihn an die russische Fahne erinnert.«

Kevin lachte. Er spürte, dass sie sich entspannte. Seine Hoffnung stieg.

»Dann hast du also den ganzen Tag im Aussichtswagen verbracht«, sagte sie.

»Ich hab hin und her überlegt ... Warum sollte ich es weiter versuchen?«

»Weil du Talent hast.«

»Aber kein Glück.«

»Talent ist wichtiger.« Sie hob ihr Glas, und sie stießen an. »Auf das Talent.«

Danach herrschte Schweigen. Doch in einem Zug schien durch den Rhythmus der Räder sogar das Schweigen Teil eines größeren Plans zu sein. Es war ein angenehmes Schweigen. Und dieses angenehme Gefühl würde hoffentlich das Vorspiel zu anderen Freuden sein.

Sie bestellte noch zwei Manhattans und für den ganzen Tisch den Romanoff-Malossol-Kaviar zu einem Dollar fünfundzwanzig. Eine Gaumenfreude, um wiedergutzumachen, dass sie beim Frühstück »so zickig« gewesen sei.

»Du brauchst bloß länger, um in Stimmung zu kommen. Das ist alles«, sagte er.

»Wenn Frauen ehrlich sind, nennt man sie zickig. Und wenn sie das Kommando haben, nennt man sie herrschsüchtig.« Sie pflückte die Kirsche aus ihrem Drink und steckte sie sich in den Mund.

Kevin schloss seine Speisekarte. »Dann bestell du. Mir gefällt es, beherrscht zu werden.«

Sie lachte, was Kevin als weiteres gutes Zeichen deutete.

Dann erschienen die Kelloggs. Sie waren im Salonwagen gewesen. Und sie hatten getrunken. Doch Kevin spürte keine Anspannung zwischen ihnen. Wenn ein Mann seine Frau schlug – oder umgekehrt –, würden ein paar Drinks ihre schlimmsten Seiten ans Licht bringen, wie bei den zankenden Bogarts. Doch die Kelloggs lachten und waren guter Laune.

Vivian kicherte. »Ich bin froh, dass Sie eine Vorspeise bestellt haben. Ich brauche was, das die Martinis aufsaugt.«

Ihr Mann verkündete, er lade sie alle anlässlich ihrer neuen Freundschaft zu einer Flasche Champagner ein. Er orderte Veuve Clicquot zu neun Dollar fünfundneunzig, ein kleines Vermögen, doch der Perlwein passte gut zum Kaviar. Und er würde dazu beitragen, die Stimmung noch mehr aufzulockern. Dass die Gestapo das Ganze bezahlte, verriet Martin nicht.

Schon bald stießen sie mit dem Trinkspruch »Tod unseren Feinden« an und bestellten das Essen. Vivian entschied sich für das Schwertfischsteak mit Sauce Meunière. Harold aß das Schweinefilet im Speckmantel mit Madeirasauce, und Sally nahm das teuerste Gericht auf der Speisekarte: ein Lendensteak für zwei – halb durchgebraten – für zwei Dollar fünfzig. Zum Runterspülen bestellte Martin einen Pontet-Canet Pauillac von 1934 und ließ ihn auf seine Rechnung setzen.

Die Nation dort draußen im Dunkeln mochte noch immer unter Schock stehen. Doch hier im Cochiti herrschten Luxus und gute

Laune. Und Martin Browning wollte, dass es so blieb. Das böse Erwachen würde noch früh genug kommen.

Er hatte den größten Teil des Nachmittags damit verbracht, in die Landschaft zu starren und sich die bevorstehenden Ereignisse auf dem Südrasen des Weißen Hauses vor Augen zu führen. Dank Scarlett und Rhett hatte sich Vivian als bestmögliche, nämlich ruhige Reisegefährtin erwiesen. Den ganzen Nachmittag mit ihr dazusitzen, hatte ihn an die Antwort seiner Mutter auf die Frage erinnert, warum sie und sein Vater so lange zusammensitzen konnten, ohne groß zu reden. Sie hatte gesagt, sich mit jemandem wohlzufühlen, ohne viele Worte zu machen, sei die beste Beschreibung von Liebe.

Martin war nicht auf der Suche nach Liebe, doch er hielt Schweigsamkeit für ein Geschenk des Himmels. Harold Kellogg hingegen war so redselig und schmeichlerisch, dass es schon an Anbiederung grenzte. Als das Essen kam und der Kellner das große Lendensteak für Kevin und Sally am Tisch tranchierte, klatschte er sogar Beifall. Dann schnitt er sein eigenes, von Madeirasauce und Speck glänzendes Filet an.

»Das ist aber ein Zufall«, sagte Sally Drake plötzlich.

Martin hielt inne. Er glaubte nicht an Zufälle. Schon gar nicht beim Essen eines Steaks. Er blickte auf.

»Ihre Manschettenknöpfe«, sagte Sally.

»Die hat mir meine Frau geschenkt«, erwiderte er. »Nicht wahr, Schatz?«

»Zum Geburtstag.« Sogar in angetrunkenem Zustand konnte Vivian improvisieren.

»Ich habe mal in Burbank ein Paar gekauft«, sagte Sally, »bei Mr. Fountain, und ...«

Vivian blickte von ihrem Schwertfisch auf. »Hey, in dem Laden war ich neulich auch.«

Das war das Schlimmste, was aus ihrem Mund kommen konnte,

dachte Martin. Was machte die Frau eines Vertreters aus Maryland in einem piekfeinen Bekleidungsladen in Burbank? »Ich glaube, da irrst du dich, Schatz«, sagte Martin in der Rolle Harolds.

»O ... O ja. Liebling, du hast recht.«

Martin fing sich wieder. »Eventuell hat meine Frau sie in Washington gekauft.«

Kevin hob den Arm, um zu zeigen, dass er die gleichen Manschettenknöpfe besaß. »Guter Geschmack, Harry, wo auch immer Sie einkaufen.«

Harold Kellogg lachte, doch Martin Browning war innerlich kühl und analytisch. Sie hatten eine Gefahrenzone betreten.

»Der Verkäufer hat mir gesagt, sie seien speziell für Mr. Fountain angefertigt worden«, sagte Sally.

»So etwas erzählen Verkäufer gern.« Harold Kellogg begann wieder zu essen, doch Martin Browning versuchte sich zu erinnern. Hatte er selbst ihr die Manschettenknöpfe verkauft? Er war ein beharrlicher Verkäufer gewesen, denn bei Manschettenknöpfen gab es eine beachtliche Gewinnspanne, und das zusätzliche Bemühen hatte Mr. Fountain gefallen.

Kevin Cusack war mehr an dem Steak und an Sex interessiert. Egal was vor ihm lag oder was er hinter sich gelassen hatte, heute Abend wollte er sich amüsieren. Das begann mit dem Essen und den Getränken. Ihm gefiel auch das Gespräch mit Mrs. Kellogg. Als sie nach den zankenden Bogarts fragte, gab er alle Anekdoten zum Besten, die ihm gerade so einfielen.

Und Martin ließ die beiden plaudern, um sie von den Manschettenknöpfen abzulenken.

Aber Sally richtete ihre Hornbrille auf ihn wie einen Gewehrlauf. In männlicher Gesellschaft nahmen die meisten kurzsichtigen Frauen ihre Brille ab, weil Brillen bei Frauen für Gelehrsamkeit und erotische Unzulänglichkeit standen. Doch Sally behielt ihre auf, als wollte sie sagen, wenn Männern ihre Gelehrsamkeit nicht gefalle, so sei das deren Problem. Und wenn sie ihr Selbstvertrauen einschüchternd fanden, dann sollte sie der Teufel holen.

Martin hatte gern alles unter Kontrolle. »Wenn Sie und Ihr Bruder in Hollywood so erfolgreich waren, Miss Drake, warum gehen Sie dann fort?«

»So erfolgreich waren wir gar nicht. Und vielleicht fahren wir nur zu einem Besuch nach Hause.«

»Vielleicht laufen Sie ja auch davon … Sie und Ihr *Bruder* mit verschiedenen Namen.« Martin wusste, das würde sie zügeln. »Haben Sie auch verschiedene Väter? Oder nur verschiedene Mütter?«

Kevin trank einen Schluck Wein. »Er weiß Bescheid«, sagte er.

»Dass du mein Anstandswauwau bist?«, fragte Sally.

Vivian Hopewell seufzte und hörte sich selbst sagen: »Sie also auch?«

»Genau. Cusack, der Anstandswauwau«, sagte Kevin.

Sally betrachtete seine Manschettenknöpfe. »Die hab ich jemandem geschenkt … den ich wirklich mochte.«

»Ein schönes Geschenk«, sagte Vivian. Sie wusste, das war nicht ihre beste Dialogzeile, doch zur Belohnung schenkte ihr »Ehemann« ihr noch etwas Champagner ein.

Hatte er etwa eine Tablette ins Glas seiner Frau getan? Einen Moment hatte es für Kevin so ausgesehen, doch er war sich nicht sicher …

… denn der Kerl war sehr geschmeidig und blickte ihn direkt an. »Und warum fahren *Sie* nach Hause, Mr. Cusack? Vielleicht um diese hübsche Frau zu heiraten?« Er grinste. Die Lage unter Kontrolle haben. Den anderen keine Blöße bieten. Er stellte die Flasche ab, zog an seinen Ärmeln, sodass die Manschettenknöpfe gut zu sehen waren, und widmete sich wieder seinem Steak.

Kevin trank einen Schluck Wein und rechnete nach. Ihm blieben noch ungefähr achtzehn Stunden. Er würde diesem Kerl für den Rest der Reise aus dem Weg gehen. Das Veilchen seiner Frau … die

Schlaftablette, die er ihr ins Glas getan hatte … Nichts davon war Kevins Problem. Ihm ging etwas anderes durch den Kopf.

Vivian wechselte das Thema und besiegelte damit das Schicksal zumindest einer Person am Tisch. »Erstaunlich, wie schnell die Zeit vergeht, wenn man ein gutes Buch liest.«

»Was lesen Sie denn?«, fragte Sally.

»*Vom Winde verweht*. Mir hat der Film gefallen. Deshalb wollte ich unbedingt das Buch lesen.«

»Das Buch ist immer besser«, sagte Sally.

»Ich sehe immer noch Vivien Leigh und Clark Gable vor mir, wenn ich von Scarlett und Rhett lese.«

»Und Olivia de Havilland als Melanie«, sagte Sally. »Und Ashley? Haben Sie je von Leslie Howard geträumt?«

»In den hätte Scarlett sich nicht verliebt«, sagte Vivian. »Beim Lesen sehe ich ihn nie vor meinem inneren Auge.«

»Aber« – Sally blickte über den Tisch hinweg – »ich glaube, jetzt gerade sehe ich ihn.«

Martin hatte sich gerade ein Stück Steak in den Mund gesteckt. Er hörte auf zu kauen.

»Hat Ihnen schon mal jemand gesagt, dass Sie wie Leslie Howard aussehen?«, fragte Sally.

Kevin lachte. »Die Leute sagen, ich sehe aus wie Tyrone Power, und …«

»Dem sind Sie ähnlicher als ich Leslie Howard.« Martin versuchte das Ganze mit einem Lachen abzutun, klang aber nicht sonderlich überzeugend.

»Ashley Wilkes sehe ich nicht.« Sally nahm die Brille ab und hielt sie hoch, als wollte sie damit sein Gesicht einrahmen. »Ich sehe Leslie Howard als Henry Higgins in *Roman eines Blumenmädchens*.«

Martin betrachtete die Brille, nahm dann das Weinglas und trank einen Schluck.

»Ich habe ihn früher schon mal gesehen«, sagte Sally. »Aber wo?«

»Sie sehen offenbar ziemlich viele Filme.« Martin wusste genau, wo es gewesen war.

»Sind Sie sicher, dass Sie nie Manschettenknöpfe in Burbank verkauft haben?«, fragte sie. Vermutlich ermutigt vom Alkohol, machte sie sich einen Spaß daraus, ihn zu quälen.

»Ganz sicher.« Er lachte, spürte jedoch, dass auch Vivian ihn ansah. Konnte sie sich dunkel an ihre Begegnung am Montagnachmittag bei Mr. Fountain erinnern? Auch das durfte er nicht zulassen.

»Kommen Sie, tun Sie mir den Gefallen – setzen Sie die Brille auf.«

Aber es war nicht witzig, und niemand lachte.

In diesem Moment kam Mr. Brillantine hereingepoltert. Er stürmte zielstrebig auf ihren Tisch zu, wodurch sich die Anspannung löste.

»Und? Sind die Herren heute dabei? Ich habe fünf Leute zusammen. Mindestens einen brauche ich noch.«

Kevin schüttelte den Kopf.

»Ich spiele mit«, sagte Martin. Dann begann er zu rechnen und überlegte: Falls er beschloss zu tun, was ihm in diesem Moment unausweichlich erschien, wie konnte er dann Kevins Abwesenheit und seine eigene Anwesenheit am Kartentisch zu seinem Vorteil nutzen?

»NA, DAS WAR JA interessant.« Sally ließ sich in ihrem Abteil aufs Sofa fallen. »Es geht den Kerl überhaupt nichts an, warum wir an die Ostküste fahren.«

»Er hat gedacht, dass du mit ihm spielst«, sagte Kevin, »deshalb hat er mit *dir* gespielt.«

»Irgendwas sagt mir, dass er mit gezinkten Karten spielt«, sagte sie. »Und ich schwöre, dass ich ihn schon mal gesehen habe. Warst du schon mal bei Mr. Fountain?«

»Vergiss Mr. Fountain. Und vergiss Mr. Kellogg.« Kevin schaltete das Licht aus, und die mondbeschienene Landschaft draußen erwachte zum Leben. Dann drehte er die Musik lauter. »Stardust.« Perfekt. Er setzte sich aufs Sofa und legte den Arm um sie.

»Was machst du da, Kevin?«

»Ich vergesse den Kerl.«

Es war nichts zu hören als das Rattern der Räder und Artie Shaws Klarinette.

Sallys Brille reflektierte das Mondlicht, aber sie nahm sie nicht ab. Das hieß, dass sie nicht auf einen Kuss aus war.

Vielleicht ging er zu schnell vor. Aber nachdem er begonnen hatte, konnte er nicht mehr zurück. Er legte ihr die Hand auf den Schenkel und flüsterte: »Es gefällt mir, wenn du einen Rock trägst.«

»Das gefällt den meisten Männern. Deshalb zieh ich gewöhnlich Hosen an.«

Er schmiegte das Gesicht an ihre Wange und flüsterte: »Mein Freund vom FBI denkt, du trägst Hosen, weil du nicht auf Männer stehst.«

»Und was hast du ihm gesagt?«

»Dass er sich irrt.« Er drückte die Lippen auf ihren Mund.

Sie wich zurück. »Tut er aber nicht«, sagte sie, als er sich wieder vorbeugte.

Er hielt inne. »Was tut er nicht?«

Das Geständnis sprudelte aus ihr heraus, denn sie hatte es zu lange zurückgehalten, und nun löste der Alkohol ihr die Zunge. »Tut mir leid, Kevin. Ich … Ich hab's versucht. Aber ich halte es nicht mehr aus. Ich bin nach Hollywood gegangen, um gut aussehende Männer kennenzulernen. Aber dann sah ich überall Starlets und die Mannweiber aus der Kostümabteilung, die maßgeschneiderte Hosen trugen.«

»Was? Was willst du damit sagen?« Er war wie vor den Kopf gestoßen. »Wir waren monatelang zusammen.«

»Das hat mir wirklich gefallen. Bei unserer Trennung habe ich mich gehasst. An Jerry Sloane war ich nie interessiert. Ich mag dich wirklich. Ich hatte gehofft, die Zugfahrt würde meine Gefühle für dich wiederbeleben.«

Er ließ sich gegen die Lehne sinken. Weder die Vergangenheitsform noch all die anderen Neuigkeiten gefielen ihm.

»Ich habe mich sogar von diesem John Huston begrapschen lassen«, sagte sie. »Ich dachte, irgendein berühmter Mann könnte … könnte in mir das Verlangen auslösen, nach dem ich mich sehnte.«

»Aber …«

»Ich glaube, ich weiß jetzt, wer ich bin. Das habe ich in Kalifornien begriffen. Offenbar müssen wir alle zurzeit gewissen Wahrheiten in die Augen sehen, Wahrheiten über uns und die Welt, in der wir leben.«

»Wahrheiten? Wenn du auf Frauen stehst statt auf Männer, dann wird die Welt nicht besonders nett zu dir sein.«

»Allein das Gegeifere der FBI-Leute macht mich rasend. Niemand weiß es, aber ich habe eine Freundin, eine besondere Freundin. Sie wohnt in Georgetown am Kanal und heißt Mary Benning. Sie ist Lehrerin und der wahre Grund, warum ich zurückgehe.«

»Du kehrst wegen einer Frau zurück? Mein Gott.« Kevin wollte nichts mehr hören. »Ich muss eine rauchen.« Er stand auf und öffnete die Schiebetür zum Gang.

Sie rief seinen Namen.

»Was ist?«, fragte er, womöglich zu wütend.

»Es tut mir alles schrecklich leid.«

»Mir auch. Mir tut vor allem leid, dass ich in diesen gottverdammten Zug gestiegen bin.« Er knallte die Schiebetür zu. Er wusste nicht, ob er wütend auf sich, auf sie oder das Schicksal im Allgemeinen war.

Plötzlich stand er Mr. Brillantine gegenüber, der den Gang entlangkam. Er grinste Kevin anzüglich an. »Wollen Sie bei der Dame schon die Flinte ins Korn werfen?«

Kevin drängte sich an Cook vorbei und begab sich zum Aussichtswagen.

»Manchmal muss man einfach gröbere Geschütze auffahren!«, rief Cook ihm nach.

MARTIN BROWNING LIESS VIVIAN – nach den Martinis, dem Champagner und dem Veronal, das er ihr verabreicht hatte, um sie für die Nacht aus dem Verkehr zu ziehen – in der Kabine schlafen. Jetzt begann das wahre Spiel: Poker im Acoma, Mord im Taos.

Er musste es tun. Je länger Sally Drake über die Manschettenknöpfe nachdachte, desto wahrscheinlicher war es, dass sie sich an den Mann erinnerte, der sie ihr verkauft hatte. Und wohin würde es führen, wenn sie es beim Frühstück herausposaunte?

Doch zuerst begab er sich in den Salonwagen, wo das Rasseln der Pokerchips zu hören war.

Sinclair Cook leitete das Spiel und kümmerte sich um das Geld. Der Respekt, den ihm die Kellner entgegenbrachten, ließ erahnen, dass er ein großzügiges Trinkgeld gab. »Willkommen zur Party«, sagte er. »Ein Jammer, dass Ihr Freund sich lieber im Aussichtswagen betrinkt.«

»Ich kann nicht für ihn sprechen.« Martin zog fünf Zwanziger aus der Tasche und legte sie vor Sinclair Cook auf den Tisch. »Aber ich steige mit hundert ein.«

Cook betrachtete das Geld und zählte hundert Dollar in Chips ab. »Jungs, da haben wir wohl einen Kartenhai … oder ein Opfer.«

Die anderen Spieler waren zwei sonnengebräunte junge Männer mit großen Händen, die behaupteten, in der Minor League bei den Chicago White Sox zu spielen, ein nervöser Anwalt, der in Kalifornien eidesstattliche Aussagen für einen Fall aufgenommen hatte, der in Chicago verhandelt wurde, und ein Geschäftsmann aus Los Angeles.

Martin setzte sich rechts neben den Anwalt.

Cook nahm eine neues Spiel Karten und mischte. »Seven Card Stud, Buben oder höher zum Eröffnen«, sagte er.

KEVIN SASS IM HINTEREN Teil des Aussichtswagens, trank einen Scotch und fragte sich, wie er sich so hatte täuschen können. Wie hatte er die Signale übersehen können? Als Sally ihn wegen Jerry

Sloane verließ, hatte sie da nur ein weiteres Paar Schuhe anprobiert, das nicht passen würde, egal wie fest sie ihre Füße hineinzwängte?

Er wusste von Frauen, die auf Frauen standen. Schließlich stammte er aus der Stadt, die einer rein weiblichen Partnerschaft den Namen verlieh. So was wurde »Bostoner Ehe« genannt. Aber ...

Er beschloss, sich einen Dreck darum zu scheren, zumindest eine gewisse Weile. Er würde einfach dasitzen, rauchen und trinken, den Rhythmus der Gleise spüren ... und in Selbstmitleid schwelgen.

DAS MISCHEN DER KARTEN begleitete Martin Brownings wild wirbelnde Gedanken. Zwischen Sally und Kevin schien es zum Streit gekommen zu sein. Als sich die Tür zu ihrem Abteil geöffnet hatte, hatte er das Ende ihres Wortwechsels mitbekommen. Sally hatte gesagt, es tue ihr schrecklich leid. Und Kevin hatte erwidert, ihm tue vor allem leid, dass er mitgefahren sei ... Dann hatte er die zuknallende Tür und Sinclair Cooks Stimme gehört.

Von sechs Partien hatte Martin fünf gewonnen. Die anderen waren langsam verärgert, weil er sich als erfahrener Kartenspieler erwiesen hatte. Doch in Wirklichkeit spielte er ein größeres Spiel.

»Ich schiebe«, sagte Cook.

Martin klopfte auf den Tisch. Wieder schieben. Sein Blatt war bereits gut, er brauchte nichts zu unternehmen. Doch bei seiner Mission ging das nicht. Er musste die Mission um jeden Preis schützen, sie durfte von nichts und niemandem gefährdet werden. Und als er das nächste Mal dran war, warf er die Karten hin und sagte, er gebe ihnen die Gelegenheit, sich gegenseitig Geld abzunehmen, während er einen Ersatzmann suche.

»Haben Sie noch etwas vor?«, fragte Cook. »Das wird garantiert eine umwerfende Nacht.« Dann zwinkerte er. »Glauben Sie mir.«

Martin hätte am liebsten auch Cook umgebracht, allein weil er so ein Widerling war. Vielleicht später.

Schnellen Schrittes ging er durch Cochiti und Oraibi zum Taos-

Wagen – idiotische Namen zu Ehren von Indianerstämmen, die die Amerikaner mit allen Mitteln um ihr Land gebracht hatten. Sie haben die Indianer ohne triftigen Grund schlimmer behandelt als wir die Juden, dachte er.

Im Taos trat der Schaffner gerade aus dem Privatabteil D. Martin hörte Sallys Stimme: »Danke, Stanley.« Im Vorbeigehen sah er, dass das Bett hergerichtet war. Und Sally war allein. Ausgezeichnet.

Doch sicherheitshalber ging er zum Aussichtswagen.

Kevin Cusack saß zusammengesunken in einem Sessel, eine Zigarette zwischen den Lippen, einen Aschenbecher voller Zigarettenstummel vor sich, die Krawatte gelöst, der Kopf von Rauch umwölkt. Als Martin nähertrat, blickte Kevin auf. »So schnell schon pleite?«, fragte er.

»Ich mache eine Pause. Sollen sie sich gegenseitig das Geld aus der Tasche ziehen. Danach plündere ich sie noch ein bisschen aus.«

»Wenn ein Platz frei wird, spiele ich mit.«

»Dann bleiben Sie so lange hier. Wenn Sie ins Bett gehen, verpassen Sie Ihre Chance.«

»Okay.« Kevin legte den Kopf auf den Tisch. »Ich mach nur ein kleines Nickerchen.«

Das Ganze konnte nicht besser laufen, dachte Martin. Der Aussichtswagen war, abgesehen von Cusack, leer. Wenn er noch eine Zeit lang hierblieb, würde die Tat vollbracht sein.

Martin schaute auf die Uhr. »Ich spiele so lange, wie meine Glückssträhne anhält. Wenn vor dem nächsten Halt niemand aufhört, steigen Sie doch in Kansas City aus, und vertreten Sie sich die Beine. Füllen Sie Ihre Lunge mit frischer Luft, dann können Sie mit klarem Kopf meinen Platz übernehmen.«

»Wie lange haben wir in Kansas City Aufenthalt?«, fragte Kevin.

»Eine halbe Stunde, glaube ich.« Das war gelogen. Aber wenn sein Plan aufging, würde der Verdacht auf Kevin Cusack fallen. »Ich gehe jetzt besser zurück. Wollen Sie noch einen Drink?«

Kevin leerte sein Glas, hielt es hoch, ließ die Eiswürfel klirren. *Ja.* Er hätte misstrauischer sein sollen, aber nach zwei Manhattans, dem Champagner, dem Pauillac und drei Gläsern Scotch war er mehr als nur benebelt. Er war stockbetrunken.

Und das wusste Martin. Er verließ den Aussichtswagen, lief vom Navajo zum Taos. Er spürte den Luftzug beim Öffnen und Schließen der Türen. Im Eingangsbereich des Taos blieb er stehen und zog seine Kalbslederhandschuhe an.

KEVIN RAUCHTE IM AUSSICHTSWAGEN eine Zigarette zu Ende und holte seine Schachtel Chesterfields raus. *Leer.* Er hatte noch eine Schachtel in ihrem Abteil. Vielleicht sollte er sie holen. Er wollte Sally eigentlich nicht gegenübertreten. Doch er brauchte noch was zu rauchen.

IM TAOS KLOPFTE MARTIN Browning an die Tür von Abteil D. Eine gedämpfte Stimme fragte, wer da sei.

»Kevin.« Martin war ein so geschickter Schauspieler, dass er die Stimme verstellen und nötigenfalls einen Bostoner Akzent nachahmen konnte. Da er ihren Streit gehört hatte, sagte er: »Tut mir leid … das Ganze. Und ich habe meinen Schlüssel vergessen.«

IM AUSSICHTSWAGEN SCHWANKTE KEVIN, als sich der Zug in eine Kurve legte. Er war so betrunken, dass er in einen anderen Sessel fiel. Und wundersamerweise sah er auf dem Boden eine Zigarette liegen. Jemand hatte sie fallen lassen, als hätte er gewusst, dass Kevin sie brauchte. Er streckte die Hand aus, um sie aufzuheben, und wäre fast vornübergefallen.

Herrgott, war er hinüber. Aber er hatte die Zigarette. Das ersparte ihm den Gang zum Abteil.

IM TAOS ÖFFNETE SALLY Drake die Tür. »Tut mir leid, Kev...«
Mehr konnte sie nicht sagen.

Die Hand schloss sich so schnell um ihre Kehle, dass sie nicht einmal Luft holen konnte.

Sie wollte schreien, brachte aber nur ein Fauchen zustande, wie eine Katze. Als Martin diesen Laut hörte, wusste er, dass er sie hatte. Der saubere Tod würde rasch erfolgen. Er schob sie ins Zimmer und stieß die Tür mit dem Fuß zu.

Ihr Fauchen verwandelte sich in ein seltsames Fiepsen. Sie legte all ihre Kraft in diesen Schrei, der nicht kam. Er sah ihre Verzweiflung. Wie sie um sich schlug und mit den Beinen strampelte. Doch er war konzentriert. Er erledigte eine Aufgabe, die ihm nicht gefiel, die er aber professionell zu Ende bringen würde.

Es gab einiges, das er ihr gern gesagt hätte ... dass sie mit Mr. Fountain recht gehabt hatte, dass sie bei ihm recht hatte, dass sie sehr scharfsinnig war und er sie deshalb töten musste. Aber er sagte nichts. Wenn er redete, würde das den Schrecken für sie nur vergrößern. Es würde für sie beide nur alles schlimmer machen. Und so konzentrierte er sich auf den Mord, bis sie tot war.

Dann legte er ihren schlaffen Körper in das hergerichtete Bett und deckte sie mit der Navajodecke zu.

ZEHN MINUTEN NACHDEM ER gegangen war, kehrte Harold Kellogg zu der Pokerrunde zurück.

»Wo ist der andere?«, fragte Sinclair Cook.

»Er hat im Moment kein Interesse. Kann ich meinen Platz zurückhaben?«

»Mein Glück hat sich gewendet«, sagte der Anwalt. »Setzen Sie sich links von mir hin.«

Das hätte Martin als Beleidigung auffassen können. Der Mann unterstellte, dass er ein Falschspieler war. Doch Martin lachte bloß, denn genau das würde Harold Kellogg tun.

Er setzte sich auf den neuen Platz und winkte dem Kellner. »Brandy. Und im Aussichtswagen sitzt ein Gentleman, der einen Scotch gebrauchen könnte. Machen Sie ihm einen doppelten. Geht auf mich.« Und dann machte er eine Bemerkung, die er mit einem anzüglichen Grinsen untermalte. »Er sieht ziemlich … abgekämpft aus.«

»Abgekämpft wovon?« Mr. Brillantine grinste ebenfalls.

Martin zwinkerte ihm komplizenhaft zu. »Ich glaube, das muss ich Ihnen nicht erklären.«

Mr. Brillantine kicherte, als wollte er sagen: *Das wissen wir beide, und wir beide haben auch sonst so einiges gemein.*

Martin dachte daran, wie leicht es wäre, Cook aus dem Zug zu stoßen, wenn er das nächste Mal zur Toilette ging. Aber das war er nicht wert. Martin wollte nur töten, wenn es nötig war, nicht um sich persönliche Genugtuung zu verschaffen.

Und der Super Chief fuhr tiefer in die finstere Nacht hinein.

SONNTAG, 14. DEZEMBER

ALS DAS RATTERN UND SCHAUKELN aufhörte, schlug Kevin Cusack die Augen auf. Er hatte nicht geschlafen. Er war bewusstlos gewesen. Ihm brummte der Schädel, und er befand sich noch immer im Aussichtswagen. Betrunkene wurden in Sesseln bewusstlos. Nüchterne schliefen in Betten ... im Schlafwagen.

Ein Schaffner streckte den Kopf herein. »Hey, Mann, steh auf. Kansas City. Wir müssen uns alle um die Fahrgäste kümmern, du hast als Einziger frei, also geh die Zeitungen holen«, sagte er.

Stanley Smith sprang aus einem Sessel auf, rieb sich den Schlaf aus den Augen, sah Kevin, sagte »Guten Morgen, Sir« und eilte davon.

Kevin blickte auf seine Uhr: fünf Uhr zwanzig. Sie mussten mit besonders hohem Tempo durch die Prärie gerast sein, um schon so früh anzukommen. Der Zug sollte erst um sechs Uhr fünfundzwanzig weiterfahren. Also würde er sich wohl eine Weile die Beine vertreten. Die Kälte draußen würde seinem Kopf guttun. Und wenn die Runde noch zusammensaß, würde er danach Karten spielen.

Zuerst ging er ins Abteil, weil er Schmerztabletten brauchte. Sally hatte die Decke fast bis über den Kopf gezogen und schlief tief und fest. Doch er wollte sie nicht mit seinem Herumkramen wecken, deswegen zog er nur die Jalousien herunter und hängte das »Bitte nicht stören«-Schild an den Türgriff.

Dann trat er auf den Bahnsteig hinaus, wo er zum ersten Mal seit Jahren seine Atemwolken sehen konnte. Doch die Kälte tat seinem brummenden Schädel gut. Und der Duft, der aus dem Bahnhof kam, versprach, dass dort drinnen jemand Eier mit Speck zubereitete, für Kevin die beste Medizin gegen Kater. Bis zur Weiterfahrt war noch genug Zeit, um etwas zu essen, also folgte er seiner Nase.

Was den Bahnhof betraf, konnte Los Angeles Kansas City nicht das Wasser reichen. Und Kevin war nicht überrascht, sonntagmorgens schon so viele Leute auf den Straßen zu sehen. Es herrschte Krieg. Die Leute schliefen nicht mehr aus. Jungen verkauften Zeitungen. Reisende hasteten den Bahnsteig entlang. Über Lautsprecher wurden ein einfahrender Zug aus Omaha und eine Abfahrt nach Chicago ausgerufen. Doch Kevin schenkte den Durchsagen keine Beachtung, denn Kansas City war der Hauptsitz der Harvey Company, und er steuerte auf ihr Vorzeigerestaurant zu. Er setzte sich an die Theke, gab bei der Kellnerin mit der Latzschürze seine Bestellung auf und sah dabei zu, wie sie ihm Kaffee einschenkte.

Der heiße Kaffee vertrieb den Alkoholnebel, und ihm wurde klar, dass er sich am vorigen Abend gegenüber Sally idiotisch benommen hatte. Er beschloss, ihr auf der restlichen Reise besonders höflich und zuvorkommend zu begegnen. Er begriff nicht alles im Leben, doch für ihn würde es viel einfacher sein als für sie.

Als das Frühstück kam, schenkte ihm die Kellnerin Kaffee nach und fragte, wohin er unterwegs sei.

»Chicago«, sagte er. »Mit dem Super Chief.«

»Dem Super Chief?«

»Ja. Ich bin nur kurz ausgestiegen.«

»Dem Super Chief *heute früh*?« Sie blickte an Kevin vorbei auf die Uhr in der Haupthalle.

Kevin drehte sich um und sah, was sie anzeigte. »Hey, die Uhr geht ja vor. Eine ganze Stunde.« Und noch während er das sagte, lösten sich die letzten Fetzen des Alkoholnebels auf.

Er sprang vom Hocker, warf einen Dollar auf den Tresen und lief durch die Halle ... wich Reisenden aus ... sprang über Koffer ... drängte sich an Gepäckträgern vorbei ... und rannte auf den Bahnsteig. Noch nie im Leben war er nüchterner gewesen ... und sich so strohdumm vorgekommen.

Der Wind fegte das leere Gleis entlang. Eine Zeitung wurde von einer Schwelle zur nächsten geschleift, bauschte sich auf und erhob sich in die Luft. Ein Gepäckträger kam. »Kann ich Ihnen helfen, Sir?«

Kevin schüttelte bloß den Kopf. Willkommen in der Central-Time-Zone.

FRANK CARTER ERWACHTE IM Ansonia neben Stella Madden. Es gefiel ihm allmählich, an ihrer Seite zu sein. Sie war genauso abgebrüht wie ein Mann. Und man konnte sich genauso gut mit ihr unterhalten. Sie hatte einen schönen runden Hintern. Und sie hielt eine ganze Nacht durch.

Schade, dass er nicht frei hatte. Doch der Sonntag war beim FBI inzwischen ein Arbeitstag geworden, weil sie unterbesetzt und überlastet waren und zu sehr damit beschäftigt, Nazis und Japse zu jagen, sie auf Teufel komm raus zu verhaften und zu verhören. Schon bald, dachte er, würde auf Terminal Island nicht mehr genug Platz für die vielen Deutschen sein. Und das Lager im Griffith Park war bereits voller Japaner. Doch Hoover lag Hood von Washington aus in den Ohren. Und Hood nervte – Carter und alle anderen FBI-Leute in Los Angeles. Keine freien Tage, bis die innere Sicherheit der Vereinigten Staaten wieder gewährleistet war.

Carter trat ans Fenster und blickte zum alten Olympic Hotel an der Alvarado hinüber. Vor ein paar Monaten hatte er eine Razzia in der Wohnung des japanischen Marineattachés im Olympic geleitet. Dort hatten sie vieles erfahren. Sie hatten sogar eine Liste mit dreitausend japanischstämmigen Amerikanern gefunden, die sich wahrscheinlich *nicht* gegen die Vereinigten Staaten wenden würden. Schade, dass sie nicht auch eine Liste mit guten Deutschen gefunden hatten. Das Aussortieren möglicher Bedrohungen ersparte einem viel Lauferei.

Die Japaner mochten ein Problem sein, doch Carter machte sich mehr Sorgen über die Deutschen. Sie sahen aus wie normale weiße Amerikaner. Viele von ihnen waren das auch. Sie konnten sich überall unter die Leute mischen, genau wie der Kerl, der die Sieben-Komma-dreiundsechzig-Millimeter-Patrone verschossen hatte. Wer war er? Was hatte er vor? Und sah er wirklich aus wie dieser Schauspieler?

Stella drehte sich zu ihm um. »Guten Morgen.«

»Wenn ich den Namen ›Leslie Howard‹ sage, was siehst du dann?«

»Ach, Herrgott noch mal.« Sie sprang aus dem Bett. »Ich sehe Kaffee. Bloß Kaffee.«

UM ZWÖLF UHR DREISSIG Central Time fuhr der Super Chief durch die Vororte Chicagos, und der Schlafwagenschaffner Stanley Smith klopfte überall an, damit die Fahrgäste »langsam zu Potte kamen«.

Im Taos hing noch immer das »Bitte nicht stören«-Schild an der Tür von Privatabteil D. Stanley hatte den »Bruder« seit frühmorgens im Aussichtswagen nicht mehr gesehen. Er glaubte nicht, dass die beiden Geschwister waren. Höchstwahrscheinlich verbrachten sie den letzten Morgen vor der Ankunft in Chicago zusammen im Bett. Aber das ging ihn nichts an. Er musste nur dafür sorgen, dass sie ausstiegen. Er legte das Ohr an die Tür, konnte aber nichts hören. Also klopfte er noch einmal. »Nur noch eine halbe Stunde!«, rief er. Dann ging er weiter.

Im Abteil F öffnete Mr. Kellogg beim ersten Klopfen die Tür.

»Morgen, Sir«, sagte Stanley. »Noch dreißig Minuten bis Chicago. Alle Türen werden geöffnet. Das aufgegebene Gepäck können Sie im Bahnhof abholen.«

»Wir haben nur drei Koffer, Stanley.« Mr. Kellogg zeigte ihm die Koffer, die bereits ordentlich nebeneinander standen. »Ich einen, die Missus zwei. Aber wir haben es eilig, Stanley. Können Sie unsere zuerst rausgeben?« Er zählte Zwanziger ab. Einen. Zwei. Drei. Vier.

Wie lange sollte Stanley stillhalten? Bis zum fünften Zwanziger? Einem Trinkgeld von hundert Dollar. Aber wer gab denn hundert Dollar Trinkgeld?

Dieser Mann tat es. Er drückte Stanley das Geld in die Hand und deutete auf die Koffer.

Stanley nickte. »Ich geb sie zuerst raus, Sir. Sie sind zuerst fertig. Und ein Junge trägt Ihnen das Gepäck bis zur Straße.«

FRANK CARTER UND STELLA MADDEN saßen im Original Pantry an der Figueroa. Auf dem Schild draußen stand: »Frühstück rund um die Uhr«.

Während sie auf ihre Waffeln warteten, vertiefte sich Stella in die *Los Angeles Times.*

»Suchst du Klienten?«, fragte Frank.

»Oder Klatsch.«

»Und was gibt's da heute früh?«

»Das verschlafene alte Glendale verwandelt sich langsam in eine sehr gefährliche Gegend. Zuerst findet man die Leiche von diesem Stengle unter einer Brücke, die in die Stadt führt. Und dann liegt in einem Bungalow in der Nähe von Forest Lawn eine Leiche.«

»Zumindest günstig gelegen. Und? Raubüberfall? Ein eifersüchtiger Liebhaber?«

»Wenn's ein Raubüberfall war, hab ich nichts davon, aber bei einem Eifersuchtsdrama wird vielleicht eine Privatdetektivin gebraucht.« Sie reichte ihm die Zeitung.

Er sah nichts Besonderes, doch ein Detail fiel ihm auf: »Die Polizei hat alle Mieter befragt, bis auf einen Vertreter, der vor der Entdeckung der Leiche abgereist ist.« Carter senkte die Zeitung. »Wie wär's mit einem Ausflug nach Glendale, bevor ich zur Arbeit fahre?«

»Geht's um den Mauser-Mann?«

»Könnte sein.«

»Ich dachte, unser Mann sei Herrenmodeverkäufer, kein Vertreter.«

»Er könnte ja beides sein.«

»Eine zweiköpfige Schlange?«

»Er könnte auch drei … oder sogar vier Köpfe haben.«

Das Frühstück kam: duftende Waffeln, Würstchen, aufgeschlagene Butter.

»Essen wir erst mal« – Frank griff zum Sirup – »dann gehen wir auf Schlangenjagd.«

»Ich verpasse nur ungern den Gottesdienst.«

»Du hast eine Menge Sünden zu beichten.«

»Je mehr, desto besser.«

IM ABTEIL F WAR Vivian fertig angezogen, aber noch leicht benebelt. Und sie hatte Kopfschmerzen. Sie schrieb es dem Alkohol zu, nicht der Pille, die er ihr am Abend verabreicht hatte. Der Rhythmus der Schienen, der so lange gleichbleibend und beruhigend gewesen war, verlangsamte sich allmählich, als wollte er verkünden, dass diese Traumreise bald zu Ende sei. Sie wusste, dass es keinen besseren Moment geben würde, um ihre Frage zu stellen. »Harold, was … Was passiert, wenn wir uns mit deinem Chef getroffen haben?«

»Was meinst du?«

»Verlässt du mich hier … In Chicago, meine ich?«

Einen Augenblick sah er sie bloß an. Es war ein durchdringender Blick, und sie konnte ihn nicht deuten. Er war gefährlich, ja, aber auch anziehend, besonders wenn er das Lächeln aufblitzen ließ, das er schließlich zeigte. Sie wollte nicht, dass es vorbei war, und das Lächeln sagte, es würde nicht vorbei sein.

Er setzte sich neben sie. »Ich will, dass du bis nach Washington meine Frau spielst. Ich hab da ein paar Besprechungen, und Annapolis ist von da nicht mehr weit, also …«

Das war fast so etwas wie ein Heiratsantrag. Ihre Kopfschmerzen verschwanden im Nu, und sie warf ihm die Arme um den Hals. »O Gott, ich dachte, du würdest mich sitzenlassen wie dieser pomadisierte Mistkerl. Ich dachte …«

»Für wen hältst du mich.«

Sie hörte nur die Worte, nicht die Tonlosigkeit seiner Stimme. Und sie küsste ihn mit allem, was sie hatte, mit ihrer Lust, ihrer Leidenschaft, ja sogar ihrer Liebe.

Er hatte es so geplant. Er hatte sie bis zum letzten Moment in der Luft hängenlassen. Dann gab er ihr Hoffnung. So kontrollierte ein Kidnapper seine Geisel oder ein starker Mann eine schwache Frau. Gerettet vor dem Abgrund des Verlassenwerdens, würde sie ihm weiter vertrauen, egal wie schrecklich die Neuigkeiten waren, die sie vor dem Aussteigen oder danach womöglich erfuhr.

Es klopfte wieder, und sie lösten sich aus ihrer Umarmung.

Martin öffnete die Tür mit einem breiten Harold-Kellogg-Grinsen. Stanley Smiths Gesichtsausdruck sagte ihm, dass man die Leiche gefunden hatte. »Was ist los?«

»Tut mir leid, Sir«, sagte Stanley, »aber haben Sie Mr. Cusack gesehen?«

»Ich habe ihn in Kansas City aussteigen sehen. Warum?«

Stanley wandte sich zum Gehen. »Kann ich nicht sagen. Aber ...«

»Oh, Stanley ... Das, worüber wir gesprochen haben? Unser Gepäck?« Martin steckte ihm noch drei Zwanziger in die Tasche. »Wir müssen schnell los.«

»Danke, Sir.« *Peng* ... Die Tür schloss sich.

»Ihm scheint etwas Sorgen zu bereiten«, sagte Vivian.

»Egal, das ist nicht unser Problem. Mein Chef erwartet uns am Taxistand. Wenn wir ihn verpassen, war die ganze Reise umsonst. Also komm mit und tu, was ich sage.«

Sie willigte ein, aber ... was würde dann geschehen? Würden sie mit dem Lake Shore Limited weiterfahren? Würden sie fliegen? Eine Flugreise wäre aufregend. Sie war zu allem bereit.

Sie hörten Stimmen im Gang, Schritte, knallende Türen.

Martin öffnete die Tür und sah hinaus.

»Sie scheint tot zu sein, Sir«, sagte Stanley gerade.

Der weiße Schaffner, der gewöhnlich in seiner blauen Uniform mit goldener Taschenuhr durch den Zug stolzierte wie ein Plantagenbesitzer, trat – nein, stolperte – kreidebleich aus dem Privatabteil. Er nahm die Brille ab, putzte sie, setzte sie wieder auf und blickte wieder in das Abteil. »Wir müssen die Polizei verständigen.«

Martin zog den Kopf zurück und schloss die Schiebetür.

Vivian hatte die Augen weit aufgerissen. »Haben die gerade ›tot‹ gesagt? Mein Gott.«

»Ich habe die beiden gestern Abend streiten gehört.« Martin schaltete das Radio aus.

»Müssen wir bleiben und Fragen beantworten?«, fragte sie.

»Das Ganze geht uns nichts an, und ich habe dir doch gesagt, dass wir losmüssen.« Er sah sich in der Kabine um. »Ich brauche einen Stift und Papier.«

IN GLENDALE BEWACHTE EIN uniformierter Polizist den Tatort. Ja, sagte er, der Gerichtsmediziner habe die Leiche schon weggebracht. Wenn das FBI Fragen habe, könnte es Antworten von den Kriminalbeamten erhalten, die gerade die Wohnung eines gewissen Harold King durchsuchten.

Frank und Stella gingen nach oben. Frank klopfte an die offene Tür, zeigte seine Marke und betrat mit Stella das vordere Zimmer.

Der leitende Detective – ein hagerer Mann in abgetragenem blauem Anzug, Zigarettenasche auf der Krawatte – wirkte nicht besonders glücklich. »Das FBI? In einem Fall für die lokale Polizei?«

Carter ignorierte die Bemerkung und fragte ihn, wie die Tote gestorben sei.

»Erdrosselt. Schnell und professionell.«

»Ein Auftragsmörder ... für eine Vermieterin?«, fragte Carter.

»Dazu kann ich nichts sagen«, sagte der Polizist, »aber der Mann hat gewusst, was er tut. Eine Hand an der Kehle, die andere am Hinterkopf, dann die Hände zusammendrücken, und *adios*, Señora Sanchez.«

»Was für Feinde hat eine spanische Vermieterin?«, fragte Stella.

Der Detective sah Stella verwundert an. *Eine Frau beim FBI?* »Wer weiß?«, sagte er dann. »Wer weiß schon, ob sie überhaupt Spanierin ist?«

»Ja.« Der Mann, der nach Fingerabdrücken suchte, blickte auf. »Sie könnte auch Mexikanerin sein. Sie kennen den Unterschied zwischen Spaniern und Mexikanern?«

»Na, da bin ich aber gespannt«, sagte Stella.

»Wenn dein Name auf ›z‹ endet und du mehr als zehn Dollar die Woche verdienst, bist du Spanier. Ist es weniger, bist du Mexikaner.«

Stella drehte sich zu Carter um. »Jetzt weißt du, warum ich Privatdetektivin geworden bin.«

»Haben Sie was dagegen, wenn wir uns mal umsehen?«, fragte Carter die Polizisten.

Der Detective sah seinen Partner an. »Lässt der Durchsuchungsbefehl das zu?«

»Na klar.« Carter ging schon den Flur entlang. »Wir sind das gottverdammte FBI.«

»Hey …« Der Detective eilte ihm nach.

Im ersten Zimmer rechts ein Schreibtisch, auf dem nur eine Lampe stand. Daneben ein Papierkorb mit zerknitterten Zeitungen. Carter nahm eine heraus und sah, dass sie ölverschmiert war. Er roch daran und drehte sich zu dem Detective um. »Waffenöl?«

Dann gingen sie in das hintere Zimmer. Die niedrige Dezembersonne strömte herein. Carter fragte, ob die Laken untersucht worden seien.

»Samenflecke. Geschlechtsverkehr, aber … kein Hinweis auf eine Vergewaltigung bei der Toten«, sagte der Detective.

Carter blickte den Flur entlang. »Wo ist Stella?«

»Sie hat die beiden früheren Kinderstars von gegenüber gesehen. Wollte mit ihnen reden.«

Carter machte Stella und die Jeffries-Schwestern kurz darauf in der Einfahrt ausfindig.

Marylea ergriff die Gelegenheit beim Schopf, um melodramatisches Stummfilmentsetzen über das vorzuführen, was in ihrer kleinen Welt geschehen war. Sie trug sogar falsche Wimpern, als wartete sie auf eine Großaufnahme. »Mr. King ein Mörder? Das kann ich nicht glauben.«

Stella wandte sich an die andere Schwester. »Was meinen Sie?«

»Wir halten ihn für einen sehr netten Mann.« Kimberlea wirkte ruhiger, vernünftiger.

Marylea schüttelte ihre wasserstoffblonden Locken. »Die Frauen heutzutage würden ihn als Zuckerstück bezeichnen.«

Carter sah Kimberlea an. »Zuckerstück?«

»Wie ein Filmstar. Er sah nicht aus wie Cary Grant, aber er hat sich gekleidet wie er.«

»Sie meinen, schöne Anzüge?«, fragte Stella. »Wie Cary in *Sein Mädchen für besondere Fälle*?«

»Eher wie in *SOS Feuer an Bord*. Cary in Lederjacke und Fedora.«

Carter und Stella blickten sich an. Kamen Sie der Sache näher?

»Ach, seine Kleidung hat mir gefallen«, sagte Marylea. »So schneidig.«

»Haben Sie eine Ahnung, wo er sein könnte?«, fragte Stella die Schwestern.

»Er hat gesagt, dass er in den Osten will … mit dem Auto«, sagte Kimberlea. »Um seine Familie zu besuchen.«

»Ja«, sagte Marylea, »aber Carmelita – die arme Mrs. Sanchez – hat gesagt, sie hat Zugfahrpläne und Fahrscheine auf seinem Tisch gesehen.«

»Fahrpläne der Santa-Fe-Bahngesellschaft«, sagte Kimberlea. »Doch dann ist er mit seinem Wagen weggefahren.«

»Was für ein Wagen?«, fragte Carter.

»Ein Dodge-Coupé. Erbsensuppengrün. Keine schöne Farbe«, sagte Kimberlea.

»Ich weiß noch das Kennzeichen«, sagte Marylea. »76 B 2344.«

»Wieso sind Sie sich da so sicher?«, fragte Carter.

»Wir mussten uns in den alten Zeiten immer unseren Text einprägen«, sagte Marylea.

»Das half uns beim Ausdrücken der Gefühle.« Kimberlea nickte bedeutsam.

»Ich trainiere mein Gedächtnis, um für meine nächste Rolle bereit zu sein. Ein Kennzeichen, das ich so oft gesehen habe, kann ich mir mit Sicherheit merken.«

Carter zog seinen Notizblock hervor und notierte sich ihre Angabe.

Die Hunde zerrten an den Leinen und beschnupperten ihre Füße.

Marylea sagte, sie sollten sich nicht wie unartige kleine Jungs aufführen, sonst würde ihnen Mami den Hintern versohlen.

Sie schnupperten weiter, als wären ihnen Mamis Ermahnungen völlig egal.

»In *Distressed Damsels* waren Sie wunderbar«, sagte Stella zu den beiden Schwestern.

Marylea klimperte so stark mit den Wimpern, dass sie sich bei einem Auge lösten. Als sie zu Boden segelten, stürzte sich einer der Hunde darauf, als wäre es ein Käfer. »O nein!«, rief Marylea und dann: »Aus! Aus!« Sie bückte sich und griff dem Hund ins Maul.

»Sie hat die Dinger jahrelang nicht mehr getragen«, sagte Kimberlea. »Und jetzt glaubt sie, wir kommen wegen der Sache hier wieder ins Geschäft. Deshalb hat sie sich rausgeputzt wie ein Christbaum.«

Marylea richtete sich auf und wischte den Hundespeichel von den Wimpern. »Wenn wir wieder ins Geschäft kommen, dann ist das meinem Talent zu verdanken. Ich bin ein Star. Du hast dich immer mit Nebenrollen begnügen müssen.« Sie warf ihre Locken zurück und ging mit den Hunden zur Haustür.

»Ich darf sie nicht zu lange allein lassen«, sagte Kimberlea. »Gibt es sonst noch irgendwas?«

Carter blickte Stella in der Hoffnung an, dass ihr noch eine gute

Frage einfiel, und so war es auch: »Wenn Harold King nicht wie Cary Grant aussah, wem sah er dann ähnlich?«

»Ich dachte immer, dass er wie Leslie Howard aussieht.«

Frank Carter und Stella Madden beobachteten, wie Kimberlea ins Haus ging. Dann blickten sie sich an und sagten wie aus einem Mund: »Das ist er.«

ALS DER SUPER CHIEF in Chicago einfuhr, sah Vivian, wie Harold den Bahnsteig beobachtete. Sie wusste nicht, dass es zu seinen Fähigkeiten gehörte, Polizisten in Zivil auf den ersten Blick zu erkennen. Er hielt Ausschau nach Leuten im langen Mantel, mit gelangweiltem Blick, der einen durchbohren konnte, mit Zigarette oder Kaugummi im Mund, um den Effekt noch zu verstärken. Er sagte, sie müssten aus dem Zug und aus dem Bahnhof gelangen, ohne von der Polizei befragt zu werden, sonst würde man sie stundenlang festhalten.

Stanley klopfte und sagte, ihr Gepäck stehe ganz vorn, doch der Zugführer bitte die Fahrgäste, an Bord zu bleiben, denn die Polizei könnte Fragen haben.

»Ich habe Ihnen schon gesagt, was ich weiß, Stanley«, sagte Harold. »Ich habe sogar eine Aussage zu Papier gebracht.« Er hatte das Ganze in einen Santa-Fe-Briefumschlag gesteckt und auf der Rückseite eine nicht existierende Adresse in New York angegeben.

Er hatte geschrieben: »Letzte Nacht um halb zehn habe ich einen heftigen Streit im Privatabteil D gehört. Mr. Cusack sagte zu Miss Drake, er wünschte, er wäre nicht mit ihr in den Zug gestiegen. Ich glaube, auch Sinclair Cook hat dieses Gespräch gehört und sollte befragt werden. Anhand meines früheren Gesprächs mit Mr. Cusack im Aussichtswagen, dessen Zeugin Mrs. Cook war, schwärmte er von dem nationalsozialistischen Amerikadeutschen Bund in Los Angeles. Vielleicht nimmt er Verbindung zu Nazi-Spionen im Mittleren Westen auf. Ich glaube, er ist bewaffnet und womöglich gefährlich.«

Martin gab Stanley den Umschlag und zog noch einen Zwanziger aus der Tasche.

Stanley sah ihm direkt in die Augen. »Tut mir leid, Sir. Ich hab meine Anweisungen. Alle Passagiere sollen befragt werden.«

Vivian hatte kein Skript, doch sie improvisierte. Sie legte dem Schaffner die Hand auf den Arm. »Stanley, ich ... Ich trage ein Kind unterm Herzen, wie es so schön heißt.«

Stanleys Blick wanderte unwillkürlich zu ihrem Bauch.

»Dritter Monat, noch ist nicht viel zu sehen. Aber wir fahren an die Ostküste, um Mom die Nachricht zu überbringen.«

»Das ist schön und gut, Ma'am, aber ...«

Wenn sie nicht *Vom Winde verweht* las, hatte Vivian die Zugfahrpläne studiert für den Fall, dass ihr »Ehemann« sie im Regen stehen ließ. »Wir müssen zur La Salle Street Station, um den Lake Shore Limited um drei Uhr zu erreichen, sonst schaffen wir's morgen nicht bis New York.«

»Aber, Ma'am ...«

»Meine Mutter liegt im Sterben, Stanley. Ich ... Ich hoffe so sehr, dass ich nicht zu spät komme, um ... um ...« Sie betupfte ihre Nase mit einem Papiertaschentuch. »Wir dürfen diesen Zug einfach nicht verpassen.«

Stanley ließ sich erweichen. »In Ordnung ... Sie haben Ihre Adresse ja auf dem Umschlag angegeben, dann weiß die Polizei, wo sie Sie finden kann, also gut ...«

»Eine im Sterben liegende Mutter ... wirklich brillant«, sagte Harold, als der Schaffner gegangen war.

Ein so gutes Gefühl hatte ihr noch kein Mann gegeben.

Wenig später stiegen sie aus dem Zug aus. Sie betraten die Halle der Dearborn Station und verließen sie durch den Haupteingang. Es war eisig kalt.

Vivian folgte Harold an den Leuten vorbei, die sich am Taxistand in der Polk Street angestellt hatten, zu einem Mann in schwarzem

Mantel und Hut. Hätte sie nicht ohnehin gefroren, so hätte ihr der Anblick von Max Diebold einen eisigen Schauer über den Rücken gejagt.

Durch seine randlose Brille sah er sie mit schmalen, skeptischen Augen an. »Ich wusste nicht, dass Sie in Begleitung kommen.«

Das machte Vivian stutzig. Ging es nicht darum, die Ehefrau kennenzulernen? Sie warf ihrem »Ehemann« einen Blick zu.

Er nahm ihren Arm. »Mr. Diebold, ich habe Ihnen doch gesagt, dass ich verheiratet bin.«

Diebold hob die behandschuhte Hand, und ein schwarzer Oldsmobile 98 bog um die Ecke.

Vivian wusste nicht, was los war, folgte aber anstandslos. Ihr blieb nichts anderes übrig. Und solange sie Harolds Arm hielt, hatte sie keine Angst.

Der Fahrer stieg aus und öffnete den Kofferraum der Limousine. Er sah aus wie eine jüngere Version von Diebold, hager, randlose Brille, Dreiteiler aus Tweed. Er hielt Vivian die hintere Tür auf. »Willkommen in Chicago, Ma'am. Eric Diebold.«

Sie sah Harold an, als wollte sie fragen, ob es in Ordnung sei einzusteigen.

Er nickte und wandte sich Max Diebold zu, dessen Miene unverhohlen Unmut verriet. Unterdessen warf der Sohn ihr heimliche Blicke zu, als wäre sie das Beste, was er je gesehen hatte.

Wenigstens war es im Wagen warm. Vivian klappte die Armlehne herunter und lehnte sich gegen das luxuriöse graue Polster. Wo auch immer sie hinfuhren, sie taten es stilvoll.

Doch Harold und Diebold standen immer noch auf dem Gehsteig und unterhielten sich ernst. Vivian glaubte Diebold fragen zu hören: »Wie viel weiß sie?«

Harold antwortete mit leiser Stimme und war in dem Lärm des allgemeinen Verkehrs schwer zu verstehen. Es klang, als wäre er der Chef und Diebold der Untergebene. Aber als er sich auf den Rücksitz setzte, lächelte er und war ganz unterwürfig. »Und jetzt, Schatz, machen wir eine kleine Spazierfahrt. Stimmt's, Mr. Diebold?«

»Mein Sohn ist ein ausgezeichneter Fahrer«, sagte Max Diebold in einem Ton, der so kalt war wie der Wind, der die Polk Street entlangfegte.

Der Sohn blickte in den Rückspiegel. »Ausgezeichnet, besonders für hübsche Frauen.«

»Danke.« Vivian bemühte sich, nicht ängstlich zu klingen. Sie hatte gelernt, wie man sich verhielt, wenn man mit fremden Männern in schicke Autos stieg.

KEVIN CUSACK ASS. Das Essen half ihm vielleicht zu vergessen, wie dumm er gewesen war. Nachdem er in dem Harvey-House-Restaurant Eier gegessen hatte, hatte er ein Stehcafé entdeckt, wo er drei Donuts hinunterschlang. Und inzwischen war er in einem Imbiss gelandet. Er war zur Halle hin geöffnet, sodass Kevin die Leute beobachten konnte. Und da ein Radio lief, konnte er die Nachrichten hören. Die Krönung der Speisekarte war ein Lendensteak für fünfunddreißig Cent. In Kansas City aß man Steak, doch er hatte gerade zehn Dollar für eine Fahrkarte der Union Pacific nach Chicago ausgegeben, deshalb wählte er die billige Variante statt des berühmten Harvey-Steaks. Es hieß, dass in Kansas City die Steaks selbst in einem Imbiss erstklassig waren.

Aber kein Essen hätte das Blinkzeichen in seinem Kopf ausschalten können: Dämlich. Dämlich. Dämlich. Wie hatte er nur so dämlich sein können? Dieser Mistkerl Harry Kellogg hatte sein Spielchen mit ihm getrieben, hatte ihn aufgefordert, zum Pokern aufzubleiben, und ihm erzählt, sie hätten in Kansas City einen längeren Aufenthalt. Aber warum?

Er wusste es nicht. Er konnte nicht richtig denken. Die Lautsprecheranlage hallte … Der Sprecher des NBC Radio Network verlas die nationalen Nachrichten … und die Handglocken der Heilsarmee klingelten. Die größte Katastrophe der amerikanischen Geschichte mochte erst eine Woche her sein, aber dennoch ging es auf Weihnachten zu.

Das Steak lenkte Kevin von Kellogg ab. Außen scharf angebraten, innen blutig, genau wie er es mochte.

»Und jetzt die Lokalnachrichten«, sagte die Stimme im Radio.

Als Kevin sich das blutigste Stück in den Mund schob, hörte er nicht richtig zu, bis plötzlich sein Name fiel: »Die Polizei von Kansas City hat einen Mann, der als Kevin Cusack aus Los Angeles identifiziert wurde, zur Fahndung ausgeschrieben.«

Kevin hörte auf zu kauen, hielt den Atem an.

»Der Verdächtige soll zum Tod von Sally Drake verhört werden, die als seine Schwester galt, aber vermutlich seine Geliebte war.«

Kevin würgte das Stück Fleisch hinunter, rang nach Atem.

»Ihre Leiche wurde in ihrem Bett entdeckt, als der Super-Chief-Expresszug Chicago erreichte. Die Polizei geht davon aus, dass der Verdächtige in Kansas City den Zug verlassen hat. Er ist Anfang dreißig, etwa eins achtzig groß, hat schwarzes Haar und blaue Augen, trägt ein Tweedjackett, ein weißes Hemd und eine rote Krawatte. Sollten Sie ihn sehen, informieren Sie die Behörden. Er ist Mitglied des pronazistischen Amerikadeutschen Bunds und wird in Los Angeles wegen Mordes und Körperverletzung gesucht. Vermutlich ist er bewaffnet. Er wird als gefährlich eingestuft.«

Pronazistisch? Bewaffnet? Gefährlich? Polizei?

Und da kamen sie auch schon – zwei Polizisten, die an den Tresen traten und ihn direkt ansahen. Kevin saß einfach da und versuchte seine Atmung unter Kontrolle zu bringen.

»Tag, die Herren«, sagte die Kellnerin. Dann stellte sie den beiden zwei Tassen Kaffee hin.

»Weitere Nachrichten: Die Handelskammer von Kansas City hat …«

Kevin legte fünfundvierzig Cent neben seinen Teller und stand langsam auf, ohne jemanden anzusehen. Bevor ihm klar wurde, wo er hinging, war er schon auf dem Gehsteig vor dem Bahnhof. Der Wind peitschte ihm ins Gesicht und erinnerte ihn daran, dass das Ganze kein Traum war.

»Brauchen Sie einen Wagen, Sir?«, fragte der Mann am Taxistand.

Kevin schüttelte den Kopf. Er brauchte kein Taxi. Er brauchte einen Drink. Er brauchte eine Zigarette. Aber zuallererst brauchte er einen Freund.

Also machte er kehrt und suchte im Bahnhof eine Telefonzelle. Er ging hinein und knallte die Tür zu. In der Enge zog er seine rote Krawatte ab und stellte den Kragen des Sakkos auf. Er benahm sich bereits wie ein flüchtiger Verbrecher.

Dann steckte er einen Nickel ins Telefon und nannte dem Vermittler die Nummer des FBI in Los Angeles. Ein angemeldetes R-Gespräch, doch er beschloss, einen falschen Namen zu verwenden, den Carter erkennen würde: Sam Spade.

Niemand ging ran. Sonntagmorgens kein Wunder.

Wieder wählte er die Vermittlung und nannte die Nummer des LAJCC. Er wusste, dass Leon Lewis seine Sonntage oft im Büro verbrachte. Vielleicht war er dort.

Eine vertraute Stimme willigte ein, die Kosten für das Gespräch zu übernehmen. »Kevin? Was hat es mit der Fahndungsmeldung auf sich?«

»Sie wissen bereits davon?«, sagte Kevin.

»Dieser Detective O'Hara war hier. Er hat gesagt, Sie werden wegen Mordes gesucht.«

»Ich bin kein Mörder.«

»Ich glaube Ihnen, aber wenn ich Ihr Anwalt wäre, würde ich Ihnen raten, sich der Polizei zu stellen.«

»Sie *sind* mein Anwalt.« Kevin blickte in die Halle. »Und hier sind überall Polizisten.«

»Dann suchen Sie sich einen aus und stellen Sie sich«, sagte Lewis.

»Aber im Radio werde ich als Nazi bezeichnet. Wenn diese örtlichen Polizisten mich erkennen, erschießen die mich vielleicht.«

»Mein Rat bleibt derselbe.«

»Ich habe so viele Drehbücher gelesen, dass ich weiß, wie leicht es ist, jemanden zu verleumden.«

»Wir verbürgen uns trotz des Belastungszeugen für Sie.«

»Belastungszeuge?«

»Jemand namens Kellogg. Er hat behauptet, Sie hätten NS-Gedankengut verbreitet, und er hätte letzte Nacht einen Streit in Ihrem Abteil gehört. O'Hara sagt, dass der Mann eine unterschriebene Aussage abgegeben hat. Er nennt es eine eidesstattliche Erklärung, was es natürlich nicht ist, aber ...«

»Dieser Kellogg will mich fertigmachen. Er muss es gewesen sein.«

»Schön, aber wie kann ich Ihnen helfen?«

»Ich ... Keine Ahnung.« Kevins Gedanken rasten. Er suchte nach einem Ausweg, aber die Aussicht war düster. Aus weiter Ferne kam Lewis' Stimme, die ihn aufforderte, ruhig zu bleiben, und zugleich hörte er: *wegen Mord gesucht, pro-nazistisch, bewaffnet, gefährlich.* Es schnürte ihm die Kehle zu. In der engen Telefonzelle war es plötzlich unerträglich heiß. In den Hörer sagte Kevin, er brauche frische Luft.

»Rufen Sie in einer halben Stunde noch mal an«, sagte Lewis. »Vielleicht sehen Sie dann klarer.«

DER LETZTE, DEN CARTER sehen wollte, als er zur Arbeit kam, war Detective Bobby O'Hara. Der war auch der Letzte, den er riechen wollte, denn er stank nach schalem Zigarrenrauch, alten Boxershorts und Bierfürzen. Und das Letzte, was er hören wollte, war O'Haras Häme, als er ihm die Geschichte erzählte.

»Diesmal haben wir ihn«, sagte O'Hara. »Wir haben Cusack.«

»Aber Mord?« Carter versuchte sich den Schock über die Nachricht nicht anmerken zu lassen. »Kevin Cusack?«

»Tun Sie nicht so. Wir wissen, dass er bei Ihnen Agent neunundzwanzig heißt.«

»Richtig. Agent neunundzwanzig, LAJCC. Reden Sie mit Leon Lewis.«

»Haben wir schon. Typisch Anwalt, typisch Jude. Er hat mich auflaufen lassen. Hat gesagt, dass er nichts gehört hat. Dass Cusack zurück nach Boston will.«

»Dann rufen Sie in Boston an.«

»Würde ich ja, aber Cusack ist im Mittleren Westen und hinterlässt überall Leichen.« O'Hara setzte sich ungebeten auf Carters Schreibtisch. »Da ist das Opfer von heute früh, die Tochter des Kommunisten. Da ist Kessler – wurde am Montagabend zuletzt mit Cusack im Auto gesehen. Und da ist dieser Drehbuchautor, der Anzeige erstattet hat, nachdem Cusack ihn im Musso and Frank verprügelt hat ... mit John Wayne als Zeugen. Cusack ist unberechenbar, Frank.«

»Sie haben es auf ihn abgesehen, weil Sie wegen ihm wieder Streifendienst machen mussten.«

»Ich hab's auf ihn abgesehen, weil er ein verdammter Nazi ist«, sagte O'Hara.

»Er hat kein Schmiergeld vom Bund genommen, Bobby. Das waren Sie.«

»Er ist ein Nazi. Er spricht sogar manchmal mit deutschem Akzent. Das hat die Sekretärin bei Warner Brothers gesagt. Und sie war dabei, als er ihrem Freund bei Musso eine reingehauen hat. Ich sag Ihnen was, Frank, dieser Kerl bedeutet Ärger ... und es wird immer schlimmer.«

Carter lachte bloß. »Er arbeitet für die Juden, und die Juden arbeiten für uns.«

O'Hara winkte ab. »Die Juden gehen mir auch auf den Sack, die denken, sie können unsere Arbeit machen, uns schlecht aussehen lassen und dann in die Pfanne hauen. Wer hat denen überhaupt gesagt, dass sie Spitzel spielen sollen?«

»Bobby, manchmal frag ich mich, wen Sie mehr hassen: die Juden oder die Nazis?«

O'Hara grinste. »Ich hasse niemanden. Aber laut meinem Mann in Kansas City…«

»Sie haben einen Mann in Kansas City?«

»Ich hab überall meine Leute. Und die würden alle mit Vergnügen einen Serienkiller aus Hollywood einbuchten. Ihr FBI-Leute stolziert rum und steckt eure Nase in alles rein, aber wir haben örtliche Zuständigkeiten, Frank, und aus meinem Zuständigkeitsbereich ist Cusack entwischt.«

»Wie ist die junge Frau gestorben?«, fragte Carter.

»Erdrosselt. Sehr professionell.«

Das weckte Carters Aufmerksamkeit. Wieder eine Erdrosselung. Wie bei Mrs. Sanchez?

»Na los, Frank«, sagte O'Hara. »Helfen Sie mir. Ich telefoniere mit ein paar Leuten, Sie telefonieren mit ein paar Leuten, wir schnappen den Kerl und stehen beide gut da.«

Dick Hood kam zu Carters Schreibtisch und legte eine Mappe darauf. »Die Krauts von heute.« Dann wandte er sich O'Hara zu. »Und Sie schwingen Ihren fetten Arsch von dem Schreibtisch. Das ist Bundeseigentum.«

O'Hara stand auf und salutierte. »Jawohl, Sir.«

»Und warum, zum Teufel, belästigen Sie hier meine Leute?«, fragte Hood. »Das LAPD soll uns helfen, statt uns in die Quere zu kommen.«

»Die Polizisten sind unten. Die Gefangenenwagen stehen bereit.« O'Hara ging zur Tür. »Aber ich muss einen Mörder erwischen, ob mir das FBI hilft oder nicht.« Damit war er verschwunden.

»Einen Mörder?«, fragte Hood Carter.

»Er ist hinter einem unserer Informanten her«, sagte Carter.

Hood schüttelte den Kopf. »Ich konnte diesen Kerl noch nie leiden.«

Carter folgte Hood in sein Büro. »Was den fehlenden Schützen betrifft ...«

Hood hob die Hände. »Davon will ich nichts hören, Frank. Du hast keinen Verdächtigen. Du hast kein Verbrechen. Du hast nicht mal ein *potenzielles* Verbrechen. Alles, was du hast, ist eine Patrone.«

»Ich habe vier Morde in L. A. und vielleicht noch einen im Super Chief.«

Das schien Hood zu überraschen. »Im Super Chief?«

»Deshalb war O'Hara hier. Jemand hat diese Sally Drake umgebracht. Bei der Ankunft des Zugs in Chicago wurde ihre Leiche gefunden.«

»Sally Drake, die Tochter des Kommunisten ... und einer unserer Informanten?«

Frank Carter versuchte das Ganze so zu formulieren, dass er mehr Zeit zum Ermitteln bekam. Er wollte Kevin Cusack nicht hängenlassen, aber eventuell würde er ihn verhaften müssen. »Als das LAPD am Freitagabend mit unserem Mann über den Mord an Kessler reden wollte, hat er sich der Gerichtsbarkeit entzogen. Ich glaube, dass Kessler den Mann mit der Mauser C96 kannte, also kannte unser Informant ihn vielleicht auch, und ...«

»Aber du sagst doch, er ist in Chicago. Dann sollen die das übernehmen.« Hood deutete auf die Tür. »Zwei Verhöre in Burbank, zwei in North Hollywood. Auf geht's.«

Carter wusste, dass es nutzlos war zu widersprechen. Also begab er sich zu seinem Schreibtisch, rief Stella an und fragte, was sie gerade mache.

»Ich sehe mir das Kinoprogramm an. Hast du Bogart schon in *Die Spur des Falken* gesehen?«

»Nur in natura. Und wenn du meine Meinung hören willst: So ein harter Kerl ist Sam Spade gar nicht.«

»Wollen wir uns den Film heute Nachmittag ansehen?«

»Vielleicht am Abend. Aber bis dahin ...«

»… soll ich an der Sache dranbleiben, die Dick Hood dich nicht weiterverfolgen lässt?«

»Ja.« Er erzählte ihr von dem Mord im Super Chief. »Die Jeffries-Schwestern haben gesagt, Harold King hätte Santa-Fe-Zugfahrpläne in seinem Zimmer gehabt. Fahr zur Union Station und versuch eine Passagierliste des Zugs zu bekommen.«

»Was springt für mich dabei raus?«

»El Cholo um sieben. Dann gehen wir ins Wiltern und überprüfen, ob Bogey auf der Leinwand härter ist als im richtigen Leben.«

»Abgemacht«, sagte sie.

Er legte auf und rief: »McDonald! Abmarsch!«

Kurz nachdem er gegangen war, klingelte das Telefon auf seinem Schreibtisch.

Agent Dickie Doane ging ran. Er lehnte die Übernahme der Kosten ab, hinterließ aber eine Nachricht auf Carters Schreibtisch: »R-Gespräch von Sam Spade.«

KEVIN CUSACK LEGTE AUF. Dann verwendete er denselben Nickel für einen weiteren Anruf bei Leon Lewis.

Lewis hatte zwei Adressen für ihn: einen Anwalt, der ihm helfen würde, sich zu stellen, und einen Fahrer, der ihm helfen würde, aus der Stadt herauszukommen. »Ich schlage vor, dass Sie den Anwalt anrufen. Aber dem anderen Mann können Sie auch vertrauen.«

»Ich gebe Ihnen Bescheid. Ich muss erst mal nachdenken«, sagte Kevin.

»Überlegen Sie es sich gut.«

Kevin legte auf, setzte sich schweigend hin und dachte so konzentriert wie möglich nach. Von der Hitze in der Telefonzelle begann er zu schwitzen. In Hollywood wurde dieser salzige Strom, der einen durchnässte, wenn man wusste, dass man irgendetwas vermasseln würde, »Flopschweiß« genannt. Wie er sich auch entschied, er würde es bestimmt vermasseln. Doch er konnte sich nicht einfach in einer Telefonzelle verstecken. Als er in die Halle hinaustrat, lief er zwei weiteren Polizisten über den Weg. Er wandte sich ab und sah einen schmuddeligen Jungen auf sich zukommen, der Zeitungen verkaufte. »Extrablatt! Extrablatt! Große Polizeifahndung in K. C.! Hollywood-Nazi wegen Mordes gesucht!«

Hollywood-Nazi. Großer Gott. Er hatte schon einen Spitznamen. Wenn die Presse einem einen Spitznamen gab, war man so gut wie verurteilt. Er ging los, den Blick starr geradeaus gerichtet, das Kinn erhoben. Er betrachtete die Schlagzeile nicht einmal, aber sein Entschluss stand fest. Er würde sich nicht stellen.

Allerdings würde ein Mann, der im Dezember ohne Mantel durch Kansas City ging, verdächtig aussehen. Also kehrte er in den Imbiss zurück. Dort gab es eine Garderobe, die voll hing mit Mänteln. Er sah einen Tweedmantel, der vielleicht passte. Wie selbstverständlich schnappte er ihn sich zusammen mit einem Hut. Dann ging er, ohne zu zögern, auf den Ausgang zu, stieg in das erstbeste Taxi, das er erblickte, und nannte dem Fahrer eine Adresse.

»Das ist am Schlachthof, mein Freund. Sind Sie sicher, dass Sie da hinwollen?«

»Fahren Sie einfach.«

FÜNFZIG KILOMETER SÜDLICH VON Chicago fuhr der Ford durch die verschneiten Felder von Crete, Illinois. Die weiße Landschaft hatte sich in kaltes Grau verwandelt. Die Dezemberdämmerung brach schnell herein.

Vivian hatte die ganze Zeit geschwiegen. Sie dachte, wenn Harold es anders wollte, würde er ein Gespräch beginnen. Doch der Einzige, der ab und zu sprach, war der Sohn, der Bemerkungen über den Verkehr, die Straßen oder eine schöne Aussicht auf den Lake Michigan machte. Sie konnte seine Augen im Rückspiegel sehen, die jedes Mal, wenn er dachte, dass sie woandershin schaute, in ihre Richtung schnellten. Er war ihr nicht ganz geheuer. Genau wie sein Vater.

Auch Martin Browning war besorgt. Max Diebold hatte am Ersten Weltkrieg teilgenommen. Danach war er mitsamt seinen Vorurteilen nach Amerika ausgewandert. Ganz offensichtlich hielt er nichts von Vivian. Die unfreundlichen Blicke, die kühlen Bemerkungen auf dem Gehsteig, das noch kühlere Schweigen im Auto … Das sagte alles.

Der Wagen bog von der Straße ab und holperte eine lange, von tiefen Spurrillen zerfurchte Zufahrt entlang. Das Haus und die Nebengebäude standen auf einem hektargroßen Stück Land, das von jetzt kahlen Bäumen gesäumt war. Hinter den Bäumen erstreckten sich brachliegende Felder bis zu entlegenen Gebäudegruppen, Schatten in der Dämmerung, Lichtern, die so schwach funkelten wie ferne Sterne. In dieser Gegend wurde Nachbarschaft in Kilometern gemessen.

Martin hatte vor, mit dem Auto nach Washington zu fahren. Das würde drei oder vier Tage dauern, aber es war der sicherste Weg. Er wollte bald aufbrechen und die misstrauischen Diebolds hinter sich lassen. Doch es fiel leichter Schnee, und die Straßen waren glatt. Deshalb beschloss er, bis morgen zu warten und es dann zu versuchen.

»Willkommen in unserer bescheidenen Hütte«, sagte Eric zu Vivian, als er die Wagentür öffnete.

Vivian stieg aus und blickte in das erste Schneegestöber, das sie seit vier Jahren zu Gesicht bekam. Sie fröstelte. Vielleicht war es doch keine so gute Idee gewesen, nach Hause zu fahren.

EIN 37ER KOFFER-LKW DER Mack-E-Serie fuhr auf der Route 50 ostwärts in die Dunkelheit. Das Führerhaus war blau, der Aufbau etwas heller. Der goldene Schriftzug auf dem Kofferaufbau lautete »Kramer & Sons – Koscheres Fleisch, Kansas City, Missouri«. Drunter ein weißer Davidstern.

Kevin Cusack kauerte mit aufgestelltem Kragen in seinem gestohlenen Mantel und hörte Dilly Kramer zu.

»Zuhören« war der richtige Ausdruck, denn Kevin kam nicht zu Wort. Nicht dass er es gewollt hätte. Er hatte nicht viel zu sagen. Dilly dagegen redete gern. Seine Interessen waren vielfältig. Das verriet auch seine Schiebermütze, die mit Wahlkampfansteckern, Baseballnadeln, Werbeplaketten gespickt war, sodass ein starker Magnet sie ihm glatt vom Kopf gerissen hätte. Dilly hatte bereits eine Stunde lang geredet, aber bis St. Louis waren es noch sieben Stunden.

»O ja, Sir, ein Freund von Leon Lewis ist auch mein Freund«, sagte er gerade. »Ich habe ihn im Krieg kennengelernt. Im ersten, muss man jetzt wohl sagen.« Dilly lachte. Er hatte große Pranken und einen breiten, immer lachbereiten Mund. Und das war alles, was Kevin über ihn wissen wollte, besonders weil Dilly von Kevin nur wusste, dass er aus Hollywood kam. Er kannte nicht mal Kevins richtigen Namen. »Tom Follen« war der Deckname, den Lewis ihm vorgeschlagen hatte. »Jedenfalls sind wir danach in Kontakt geblieben. Ich hab ihn wirklich beneidet, als er nach Kalifornien gegangen ist. ›Was?‹, hab ich gesagt. ›Du haust ab, um Orangen zu fressen und Tomaten abzuschleppen?‹«

»Tomaten?«, fragte Kevin.

»Puppen. Bräute. Weiber. Miezen. Sagen Sie, stimmt es, dass die Mädchen in Hollywood einem für einen Job vor der Kamera einen blasen?«

»Da fragen Sie den falschen.«

»Was? Ein gut aussehender Typ wie Sie?«

»Ich war Skriptleser. Der zählt noch weniger als ein Autor.«

»Autoren zählen nicht? Ich dachte, die denken sich alles aus?«

»In Hollywood gibt's einen alten Witz: Woran erkennt man, ob ein Starlet zu dumm ist, sich ihren Text zu merken?«

»Woran?«

»Sie schläft mit dem Autor.«

Dilly lachte. Er begriff.

»Ich will jetzt nur noch nach Hause. Nach Boston«, sagte Kevin.

»Sie wollen das gute Wetter aufgeben, um nach Boston zu gehen?« Dilly schüttelte den Kopf.

»Das Leben hat mehr zu bieten als gutes Wetter.«

Dilly schnaubte. »Das hat mein Vater nach dem Krieg auch gesagt. Ich wollte nach Kalifornien gehen, aber er hat gesagt: ›Wer übernimmt dann das Geschäft? Bleib hier und hilf mit. Du kannst die Ware ausfahren, und dein Bruder‹ ... Ich hab einen Bruder, er ist Rabbi ...«

»*Mazel tov*«, sagte Kevin.

»Hey, Sie können die Sprache?«

»Irischer Name, aber jüdischer Großvater.«

»Na, dann auch Ihnen *mazel tov*.« Dilly kicherte und fuhr mit seiner Geschichte fort. »Mein Vater sagt also: ›Du kannst die Ware ausfahren, dein Bruder kann schlachten, und ich mache die besten Dillgurken in Kansas City.‹ Er wusste, dass ich auf Dillgurken stehe. Daher kommt mein Spitzname. Sie wissen schon, *Dilly*.«

Der Lastwagen fuhr durch ein Schlagloch, und die Rinderhälften rüttelten und rumpelten an ihren Haken.

»Also fahre ich jetzt koscheres Fleisch durch den Mittleren Westen. Die beste Entscheidung, die ich treffen konnte. Verheiratet. Drei Kinder. In der Gemeinde geachtet ...«

Kevin blickte in die dunkle Landschaft hinaus. Was könnte für einen Hollywood-Nazi ein besseres Versteck sein als ein Lastwagen voll koscherem Fleisch? Doch warum hatte er eher das Gefühl, in einen Abgrund zu stürzen, als zu Weihnachten nach Hause zu fahren?

EINE BÖ LIESS DAS Farmhaus der Diebolds erbeben. Draußen ratterte das Windrad, und die Pumpe beförderte für den Abend Wasser herauf. Der Schnee wirbelte. Doch die Wärme in der Küche erinnerte Vivian an zu Hause. Drei Töpfe köchelten und dampften und erfüllten die Luft mit dem pikanten Duft von Essigmarinade. Vivian spürte, wie ihr das Wasser im Mund zusammenlief.

Während sein Vater ein finsteres Gesicht machte, spielte Eric den Gastgeber, goss allen ein Glas Riesling ein und versprach, dass es gemütlicher werde, sobald der Ofen die gute Stube erwärmt habe.

Vivian sah, dass der Tisch im Esszimmer für drei Personen gedeckt war. »Wenn Sie nicht mit mir gerechnet haben …«

»Sie werden schon nicht verhungern«, knurrte Max Diebold.

Eric tat die Bemerkung seines Vaters mit einem Grinsen ab. »Wir haben mehr als genug. Mehr als genug für eine hübsche Frau. Wie Mama immer gesagt hat: Ein gut gedeckter Tisch ist das Aushängeschild des Hauses.«

»Sprich nicht vor Fremden von deiner Mutter.« Diebold drehte sich um und ging zur Hintertür hinaus.

Vivian sah Max Diebold nach und musste denken, dass vielleicht der Kummer ihn so übellaunig gemacht hatte.

»Sie müssen meinen Vater entschuldigen. Ihn … beschäftigen gerade viele Dinge … Warum gehen Sie nicht in die gute Stube? Da dürfte es jetzt warm sein.«

»Ich würde lieber hierbleiben und mich nützlich machen«, sagte Vivian.

Eric grinste wieder. »Wirklich? Ach, Mutter hatte gern hübsche Frauen in der Küche. Sie sagte, dann gehe die Arbeit schneller von der Hand.«

»In einem der Töpfe sind Kartoffeln, nehme ich an«, sagte Vivian. »Wissen Sie … vom Kochen versteh ich was.«

Eric lachte. »Die Leute sagen, dass ich auch nichts anbrennen lasse.«

Martin Browning wusste nicht viel über den Sohn, nur dass irgendwas mit ihm nicht stimmte, dass er übereifrig war, ständig grinste, dumme Witze machte und seine Nase in Dinge steckte, die ihn nichts angingen. Sein ganzes Auftreten war würdelos, undeutsch. Doch die Umgebung, die er und sein Vater erschaffen hatten, hätte nicht deutscher sein können. In der Küche alles makellos, das Feuerholz ordentlich neben dem Ofen gestapelt, das Geschirr glänzend hinter den Glastüren der Anrichte.

Doch nicht der Sohn machte Martin Sorgen, sondern der Vater. So wie Max sich verhielt, fragte sich Martin, ob die Diebolds nicht die Seiten gewechselt hatten. Alles war möglich, und es gehörte zu seiner Aufgabe, sich auf jede Möglichkeit vorzubereiten. Er trat ans Fenster, um zu sehen, was draußen vor sich ging. Als in der Scheune eine Laterne aufflackerte, beschloss er nachzusehen. Er sagte Vivian, er müsse an die frische Luft.

»Draußen ist es eiskalt«, sagte Vivian und fügte dann sicherheitshalber »Liebling« hinzu.

Martin stellte den Kragen auf. »Ich bin gleich wieder da.«

»Sie sollten mich mit so einer hübschen Frau lieber nicht allein lassen!«, rief Eric ihm nach.

Martin nahm das nicht ernst, und Vivian folgte dem Beispiel ihres »Ehemanns«.

Eric nahm ein Messer und schnitt ein Brot an.

Vivian trat näher an den Ofen. »In welchem Topf sind die Kartoffeln?« Sie hob einen Deckel hoch.

Plötzlich erwachte der autoritäre Deutsche in Eric Diebold zum Leben. »Finger weg!«

Vivian wich zurück, bestürzt über die plötzliche Wut und das große Messer, das Eric auf Hüfthöhe hielt und auf sie gerichtet hatte, als wollte er es benutzen.

Doch dann lächelte er. »Ich meine ... wenn Sie den Deckel abnehmen, kommt der Dampf raus.«

»Tut mir leid«, sagte Vivian.

»Nicht doch. Seien Sie ganz einfach ... hübsch.« Eric widmete sich wieder dem Brotschneiden.

IN DER SCHEUNE STIEG Martin Browning leise die klapprige Treppe hinauf, auf das schwache Licht der Laterne zu. In der hintersten Ecke, in einem kleinen, aus Strohballen und groben Brettern notdürftig errichteten Verschlag betätigte der schlanke Schatten Max Diebolds eine Morsetaste, die mit einem Kurzwellenfunkgerät verbunden war.

Martin trat aus der Dunkelheit. »Was senden Sie da?«

»Informationen an unseren Mann in Maryland«, sagte Max gelassen. »Sie fliehen über die Ostküste. Ein U-Boot verfolgt die Radioübertragungen. Wenn gemeldet wird, dass Roosevelt tot ist, bleiben Ihnen noch vierundzwanzig Stunden, um an den Strand zu gelangen.«

»Und wenn ich am Weihnachtsabend zwischen fünf und sechs nicht da bin, verschwindet das Boot wieder.«

»Es verschwindet auch, wenn *zwei* Leute in Ihrem Schlauchboot sitzen.« Max schob ein Blatt Papier weg, auf dem er die Nachricht notiert hatte.

Martin schnappte es sich und las: MB h-a-t a-n-d-e-r-s a-l-s g-e-p-l-a-n-t f-r-a-u d-a-b-e-i e-r-b-i-t-t-e a-n-w-e-i-s-u-n-g i-n d-e-n n-ä-c-h-s-t-e-n a-c-h-t s-t-u-n-d-e-n. Unter den Buchstaben stand eine weitere Zeile mit Morsezeichen. Martin las die Nachricht laut vor. »Anweisung in den nächsten acht Stunden ... wofür?«, fragte er mit scharfer Stimme.

Max Diebold hatte offenbar keine Angst vor ihm. »Dafür, was mit der Frau geschehen soll«, sagte er in dem müden Ton, in dem Lehrer mit begriffsstutzigen Schülern reden.

VIVIAN HATTE SICH ZUR Tür zwischen Küche und Esszimmer zurückgezogen, um sich von Eric fernzuhalten. Sie führte ein belangloses Gespräch mit ihm, um die Anspannung zu lösen. »Und ... haben Sie auf der Farm auch Tiere?«

»O nein«, sagte Eric. »Wir ziehen ausschließlich Blumen und Gemüse. Diebolds Saatgut, eine sehr bekannte Marke. Ich hätte gedacht, dass Sie über uns Bescheid wissen.«

»Mein Mann hat es mir wahrscheinlich erzählt, aber« – Vivian probierte ein leichtes Schulterzucken, das sie bei der Dietrich gesehen hatte – »ich höre ihm nicht immer zu.«

Eric sah sie prüfend an. »Ach, wirklich? Zum einen Ohr rein, zum anderen raus?«

»Wie meinen Sie das?«

»Eine Ehefrau war nicht eingeplant, und dann tauchen Sie einfach auf? Mein Vater ist misstrauisch.«

Vivian lachte nervös. »Über mich braucht man sich keine Sorgen zu machen. Ich bin harmlos, ein wahres Unschuldslamm.«

»Wie harmlos?« Eric legte das Messer auf die Küchentheke und kam auf sie zu.

Vivian verschränkte die Arme vor der Taille und wich einen Schritt zurück.

Eric kam näher. »Wenn ich Sie jetzt küsse, schreien Sie dann wie die verfolgte Unschuld? Oder lassen Sie es zu, besonders wenn ich verspreche, keinem zu verraten, dass Sie eine Hure sind, die bloß eine Rolle spielt, eine Hochstaplerin, die unsere Operation gefährdet?«

IN DER SCHEUNE FRAGTE Max Diebold: »Sind Sie verliebt, Browning?«

»Reden Sie kein dummes Zeug.«

»Sie können unsere anderen Spione nicht durch eine Liebesaffäre gefährden. Lassen Sie die Frau hier. Überlassen Sie sie uns. Ihr Wagen steht bereit. Mehrere Kennzeichen und Zulassungen, einige unter Ihrem neuen Namen, einige unter einem anderen Decknamen. Wir nennen Sie Michael Milton. Nehmen Sie den Wagen und fahren Sie. Sie sind ein einsamer Wolf. Waren Sie schon immer. Dann operieren Sie auch so!«

»Ich operiere auf die Weise, die ich für richtig halte. Ich benutze jeden, den ich benutzen muss, auch Sie, Diebold.«

Diebold wandte sich wieder dem Morsegerät zu, als wäre alles gesagt. Er betätigte die Taste.

»Hören Sie auf zu senden, Max«, sagte Martin.

»Wenn Sie die Frau nicht verlassen können, können Sie nicht …«

»Ich habe gesagt, Sie sollen aufhören zu senden.« Martin zog den Stecker.

Im selben Moment hatte Max Diebold eine Pistole in der Hand und drückte sie Martin an die Stirn. »Ich erfülle meine Pflicht gegenüber dem Vaterland.«

Martin wusste, dass Diebold im Kampf für Deutschland zu allem bereit war, und musste blitzschnell entscheiden, was er tun wollte.

Plötzlich zerriss ein Schrei die Nacht, der Schrei einer Frau … gefolgt vom Schrei eines Mannes und einem Scheppern im Haus.

Max Diebold sprang auf. »Sie hätten ihn nicht mit dieser Frau allein lassen dürfen.«

»Er ist *Ihr* Sohn«, sagte Martin.

Sie hörten, wie die Hintertür aufgestoßen wurde und Eric nach seinem Vater rief.

Diebold rannte die Treppe hinunter, Martin dicht hinter ihm.

Wankend kam Eric aus dem Haus, die Hände am Heft eines Messers, das seitlich in seinem Körper steckte. Er sank im Schnee auf die Knie. Der Wind wehte in Böen, und Eric fiel vornüber.

Max Diebold lief zu seinem Sohn, drehte ihn um, griff nach dem Heft des Messers.

»Nein! Nicht rausziehen!«, schrie Eric.

Vivians Schatten erschien in der Tür, schwer atmend, die Hände an den Rahmen gestützt.

Max funkelte Martin an. »Das Messer steckt in seiner Leber. Er braucht einen Arzt, sonst stirbt er.«

Vivian machte zwei, drei Schritte in den wirbelnden Schnee. Sie versuchte zu sprechen, bekam aber keinen Ton heraus und wankte zurück ins Haus.

Martin kniete sich hin und blickte in Erics Augen, die über ihn in die Ferne blickten und im fallenden Schnee zuckten. Das Messer musste eine größere Ader getroffen haben, denn er stöhnte ständig, wenn das Herz Blut in seinen Bauch pumpte.

»Sie war das«, sagte Max. »Sie hat meinen Sohn niedergestochen. Sie muss sofort …«

Doch Martin hatte sich bereits anders entschieden. Bevor er Max an der Morsetaste gesehen hatte, hätte er sich nie vorstellen können, dass es so weit kommen könnte. Aber er wusste, was er zu tun hatte, damit die Mission nicht gefährdet wurde … und Vivian auch nicht.

Max Diebold sah nicht die Klinge in Martins Hand. Vielleicht spürte er, wie sie direkt über dem Adamsapfel in seine Kehle fuhr und durch die Nebenhöhlen ins Gehirn drang. Vielleicht wusste er, dass es der Todesstoß war. Doch dann wusste er nichts mehr.

Martin ließ die Leiche auf den Sohn sinken, bedeckte Erics Augen mit der Hand, ignorierte sein ersticktes »Neiiiiin!« und löschte den letzten Funken Leben des jungen Mannes aus.

IN DER KÜCHE SASS Vivian am Tisch und starrte auf den Boden, die verschütteten Kartoffeln, das Blut, das sich mit dem Kochwasser vermischt hatte.

Martin rief sie beim Namen.

»Ich hab ihm gesagt, er soll aufhören«, erklärte sie. »Aber er hat … Er hat meine Brüste gedrückt, bis es wehtat, und er wollte nicht aufhören. Er hat mich als Hure beschimpft, die eure Operation gefährdet, und … Was hat er damit gemeint?«

»Keine Ahnung.«

»Ich bin zurückgewichen. Er hat sich das Messer geschnappt und ist auf mich losgegangen. Er sagte, er müsse meine Einsatzbereitschaft prüfen. Ich dachte, er wollte mir wieder wehtun, und habe ihm die kochenden Kartoffeln entgegengeschleudert. Er ist zurückgetaumelt, ausgerutscht und irgendwie ins Messer gestürzt. Ist er …«

»Das wird schon wieder. Sein Vater hat ihn zum Arzt gebracht.«

»Sie sind weggefahren? Ich habe den Wagen gar nicht …«

»Um die beiden brauchen wir uns keine Gedanken zu machen. Ich mach mir Sorgen um dich.« Er zog ein Fläschchen Veronal aus der Tasche, gab zwei Tabletten in ein Glas und füllte es mit Wasser.

»Was ist das?«, fragte sie.

»Das hilft dir zu schlafen.«

Zuerst sträubte sie sich, doch er hielt ihr das Glas an die Lippen. »Du brauchst jetzt Ruhe. Bitte.« Sie trank. Dann machte Martin sich ans Aufräumen.

MEXIKANISCHES ESSEN WAR ETWAS, was Frank Carter an Los Angeles besonders mochte, und das El Cholo war der richtige Ort dafür. Chili, das einem die Lippen verbrannte und den Bauch wärmte. Enchiladas, Tostadas und die besten Tamales nördlich von Jalisco.

Stella wartete an einem Tisch auf ihn. »Schön, dass du es noch geschafft hast. Die Mariachi kommen ständig an den Tisch und spielen traurige Lieder, als wäre ich versetzt worden oder so.«

Carter nahm das Bier, das auf seiner Platzdecke stand. »Eine Frau, die mir schon ein Dos Equis bestellt hat, würde ich nie versetzen.«

»Nicht, wenn du schlau bist.« Sie schlug ihren Notizblock auf. »Ich habe auch Informationen für dich. Im Super Chief war kein Harold King. Der einzige Harold war ›Mr. Harold Kellogg‹, wie in ›Mr. und Mrs.‹ Auf der Passagierliste stand: ›Steigt womöglich erst in Barstow zu.‹«

Carter tunkte einen Nacho in die rote Salsa. »Was ist mit Cusack?«

»Auf der Liste steht 'Sally Drake, plus eine Person›.«

»Das war Cusack.« Carter aß den Nacho.

»Und wo ist Cusack jetzt?«, fragte sie.

»Irgendwo in der verschneiten Prärie.« Carter zeigte ihr einen Zettel, den Dickie Doane auf seinem Schreibtisch hinterlassen hatte. »Er hat versucht, mich per R-Gespräch anzurufen, und den Namen ›Sam Spade‹ verwendet. Ich fürchte, er hat die Hosen gestrichen voll. In den Zeitungen wird er als Nazi-Spion bezeichnet.«

»Nazi-Spion?«

»Im Polizeibericht steht die Aussage von diesem Kellogg, der Kevin mit dem Amerikadeutschen Bund in Verbindung bringt. Aber Kellogg und seine Frau haben den Zug verlassen, bevor sie befragt werden konnten. Sie mussten dringend zum Lake Shore Limited, das haben sie zumindest behauptet. Der Schlafwagenschaffner hat sie gehen lassen. Als Santa Fe rausfand, dass sie ihm hundertsechzig Dollar Trinkgeld gegeben hatten, durfte auch er gehen.«

»Vielleicht sollte morgen jemand in New York auf den Lake Shore Limited warten.«

Das Essen kam. Chili-Rellenos für sie. Tamales für ihn.

»Jetzt haben wir aber genug über die Arbeit geredet.« Stella blickte auf ihre Uhr. »Wir können es noch zur Neun-Uhr-Vorstellung von *Die Spur des Falken* schaffen, dem Stoff, aus dem die Träume sind.«

»Mir fällt da was anderes ein, woraus die Träume sind ... Das macht mehr Spaß als Kino.«

MONTAG, 15. DEZEMBER

AUF DER FAHRT VON Kansas City hatte Kevin Cusack eine Menge gelernt, denn Dilly Kramer konnte so schnell reden wie ein kleiner Gauner aus Hollywood und abschweifen wie ein Philosophiestudent aus Harvard. Deshalb wusste Kevin jetzt ...

... dass es in New York City dreihundertzweiundfünfzig koschere Metzger gab und etwa genauso viele im Rest von Amerika, was hieß, dass Kramer & Sons eine Lücke füllten und ein großes Gebiet belieferten, das sonst unterversorgt gewesen wäre,

... dass es nie wieder eine Baseballsaison wie die von 1941 geben würde, in der ein Spieler in sechsundfünfzig Spielen hintereinander mindestens einen Hit erzielt hatte (Joe DiMaggio) und ein anderer ein Batting Average von null Komma vier null sechs (Ted Williams),

... dass *Citizen Kane* ein ganz guter Film, Orson Welles jedoch ein Wichtigtuer war,

... dass Hitler keine Geschichtsbücher las, sonst hätte er gewusst, dass Napoleon im Sommer 1812 mit sechshunderttausend Mann in Russland einmarschiert war und das Land im folgenden Winter mit zwanzigtausend verlassen hatte,

... dass man auf der verschneiten Route 50 schon mal einschlafen konnte, selbst wenn man auf der Flucht vor der Polizei war ...

Als Kevin erwachte, standen sie in St. Louis an einer Laderampe. Im Osten hellte der Himmel sich auf, und etwas Kaltes drückte sich an Kevins Hals. Es war ein Messer. Dann roch er den Kaffee in Dilly Kramers heißem Atem.

»Sie wissen, womit ich mein Geld verdiene, oder?«

»Sie sind Lastwagenfahrer.«

»Ich schleife auch Messer für den Rabbi.« Er bewegte die Hand, und Kevin spürte die scharfe Klinge. »Ich kann Ihnen im Handumdrehen die Kehle durchtrennen oder die Vorhaut beschneiden. Also, wer sind Sie?«

»Ich habe es Ihnen doch gesagt, ich heiße Tom Follen.«

»Tja, Mr. Tom Follen, im Radio kam durch, dass ein Mann, der Ihnen sehr ähnlich sieht, auf der Flucht ist. Er heißt Kevin Cusack, wird der Hollywood-Nazi genannt und soll bewaffnet und gefährlich sein.«

»Verleumdet und verängstigt trifft es eher«, sagte Kevin.

Mit der linken Hand kramte Dilly in Kevins Taschen. Als Erstes zog er die rote Krawatte heraus. »Ja, es hieß, dass er so eine trägt.« Dann fand er Kevins Brieftasche. Darin steckte Kevins kalifornischer Führerschein. »Sie sind es.«

»Lewis hat gesagt, ich könnte Ihnen vertrauen.«

»In Boston werden Sie auch verhaftet.«

»Dann sind es wenigstens Bostoner Polizisten. Der Hälfte von ihnen hat mein irischer Großvater bei Doyle's schon ein Bier ausgegeben. Und die andere Hälfte hat von meinem jüdischen Großvater im Kino schon mal freien Eintritt erhalten.«

»Haben Sie die Frau in dem Zug umgebracht?« Noch immer drückte Dilly das Messer an Kevins Hals.

»Nein. Aber den Kerl, der es war, würde ich gern umbringen. Oder ihm das FBI auf den Hals hetzen.«

»Das FBI? Sie sehen wohl zu viele Gangsterfilme.«

Kevin wusste, wie das klang. »Hören Sie, Sie können mir das Messer nicht den ganzen Tag an die Kehle halten, und ich will Sie nicht in die Bredouille bringen. Lassen Sie mich einfach aussteigen und …«

Dilly nahm das Messer weg. »Ach was. Sie können gut zuhören. Und Leon Lewis wollte, dass ich mich um Sie kümmere. Nächster Halt: Cincinnati. Vielleicht lass ich Sie sogar fahren. Aber ich bringe Sie nicht nach Boston. Ich fahre nur bis Lexington, Kentucky.«

»Ich nehme, was ich kriegen kann«, sagte Kevin.

»Greifen Sie mal hinter meinen Sitz. Da sind Klamotten, die Ihnen passen könnten. Ein Denim-Hemd, eine Jeans. Ziehen Sie das an. Sie müssen wie ein Arbeiter aussehen, nicht wie so ein Weichling aus Hollywood.«

ZEHN ZENTIMETER SCHNEE KONNTEN eine Menge Sünden verbergen. Martin Browning hatte das Blut in der Küche aufgewischt. Er hatte alle Codebücher verbrannt. Die Leichen und das Kurzwellenfunkgerät hatte er in den Brunnen geworfen. Irgendwann würde jemand die beiden vermissen. Doch dann wäre er längst verschwunden. Er fragte sich, ob er allein fahren sollte. Was, wenn die Polizei statt zwei Leichen drei fand? Ein Deutscher mit seinem Sohn … und eine gescheiterte Hollywoodschauspielerin? Das würde sie eine Weile verwirren.

Vielleicht hatte Max Diebold recht gehabt. Vielleicht war es ein Fehler gewesen, Vivian mitzubringen. Es hatte jedenfalls nicht zu seiner Rolle gepasst. Martin zog seine Handschuhe an, nahm das Messer, das er aus Erics Leib gezogen hatte, und überlegte, ob er es auch bei ihr benutzen sollte.

Er betrat das Wohnzimmer und betrachtete Vivian, die nah am Holzofen auf dem Sofa schlief. Ihr Kopf war abgewandt und bot ihren weißen Hals dar. Sie würde nichts spüren. Er ging einen Schritt auf sie zu, doch plötzlich regte sie sich, und er hielt abrupt inne und kehrte in die Küche zurück.

Sie hob den Kopf, rieb sich die Augen und blickte sich um.

Martin kehrte zurück … diesmal mit einer Tasse Kaffee. »Wir müssen weiter.«

»Wo … Wo sind die Diebolds?«, fragte sie.

»Die sind noch nicht zurück. Bestimmt musste Eric im Krankenhaus bleiben.«

»Bekomme ich Schwierigkeiten?«

»Eric ist ausgerutscht und in das Messer gestürzt. Ein Arbeitsunfall. Das werden sie den Ärzten erzählen.« Er nahm ihren Arm und half ihr aufzustehen. »Mach dich frisch. Dann bringe ich dich nach Hause.« Irgendwas hatte ihn davon abgehalten, das Messer zu benutzen. Er wollte es nicht Liebe nennen. Das war ein sehr gefährliches Gefühl.

DIE DEUTSCHE SPIONIN HELEN Stauer stand in der Atlantic Avenue in Brooklyn an einem Münztelefon. Sie wartete auf den Anruf um zehn Uhr zwölf. Wenn das Telefon klingelte, würde sie den Hörer abnehmen. Wenn nicht, würde sie eine Zeitung kaufen und gehen.

Der Schnee, der über Nacht im Mittleren Westen gefallen war, würde New York am Nachmittag erreichen, doch der Morgen war klar, und die Sonne, die von den Gebäuden gespiegelt wurde, vermittelte die Illusion von Wärme. Sie hob das Gesicht, um die Wärme einzufangen, und wartete.

Das Telefon klingelte zur vereinbarten Zeit. Sie hob ab und fragte: »Ist John da?«

Am anderen Ende war ein Mann. Sie war ihm nie begegnet. Sie wusste weder, wie er aussah, noch wo er wohnte, auch wenn es vermutlich irgendwo an der Atlantikküste von Maryland war. Und er hieß nicht John.

»Er hat eine Frau dabei«, sagte er ohne weitere Vorrede.

»Das war nicht geplant. Wo ist er jetzt?«

»Irgendwo auf dem Weg nach Washington. Im Zug ist ein Mord geschehen. Die Behörden suchen jemanden namens Cusack. Aber es klingt ganz nach unserem Mann.«

»Er scheint gefährlich zu sein«, sagte sie. »Oder nur unbedacht. Oder dumm.«

»Oder alles zusammen. Und von Diebold hört man nichts mehr. Vielleicht hat unser Mann ihn getötet.«

Helen Stauer holte tief Luft. »Sonst noch was?«

Klick.

FRANK CARTER ERWACHTE IN Stella Maddens Bett. Für eine Privatdetektivin wohnte sie nicht schlecht. Das St. Germaine an der Ecke Serrano und Neunte Straße war viel besser als das Ansonia. Eine schöne Gegend, ein Portier, keine Penner auf dem Gehsteig ... und direkt von ihrem Bett aus konnte er den berühmten weißen Schriftzug sehen, den eine Maklerfirma 1923 aufgestellt hatte, um mit fünfzehn Meter hohen Buchstaben für »Hollywoodland« zu werben. Das »H« war umgefallen. Irgendwann würde das ganze Ding wieder verschwinden.

Er roch Kaffee ... und Speck. Das erinnerte ihn an seine Mutter und seine kleine Schwester in der Küche, wo morgens immer das Radio lief. Sein Vater war 1933 verschwunden – ein gebrochener Mann, einer jener zahllosen Väter, die sich während der Wirtschaftskrise einfach aus dem Staub gemacht hatten. Die Carters verloren ihr Haus und zogen in eine winzige Wohnung in Queens, nur weil gewissenlose Spekulanten sich verzockt hatten und alles mit sich in den Abgrund rissen. Frank hatte kein Geld fürs College, deshalb ging er für zwei Jahre zur Armee und dann ...

... die Erinnerungen blitzten kurz auf und verschwanden wieder, weil Stella ihm Kaffee brachte. Sie trug nur einen seidenen Morgenmantel. Sie setzte sich auf die Bettkante und reichte ihm eine Tasse. »Ran an den Feind, mein Tiger. Du musst telefonieren und Nazis fangen.«

»Ich habe schon telefoniert. Du hast noch geschlafen.« Er trank den Kaffee und sah sich um. »Eine hübsche Bude hast du, besonders bei Tageslicht.«

»Daddy hat Immobilien in L. A. gekauft, als sie noch billig waren. Deshalb wohne ich schön. Aber ich kann keine Langeweile ertragen. Also decke ich Verbrechen auf ... Was ist nun mit dem Lake Shore Limited? Was, wenn die Kelloggs nicht drinsitzen?«

»Dann verfolgen wir ihren Weg nach Barstow zurück. Kennst du da irgendwen?«

»Einen Detektiv namens Sam Holly. Er nennt sich ›der Wüstenfuchs im Hahnentritt‹ und verbringt viel Zeit damit, die Hotels und den Bahnhof im Auge zu behalten. Barstow ist ein guter Ort, um einen Zug ins Nirgendwo zu nehmen.«

»Wir sollten diesen Sam Holly mal besuchen.«

»Nicht heute. Ich sage in einer Scheidungssache aus. Ich muss den ganzen Tag, vielleicht sogar die ganze Woche im Gericht sein, je nachdem, wie gereizt die Anwälte sind. Ich rufe Sam an.«

VIVIAN BEOBACHTETE, WIE DIE Sonne allmählich über die ostwärts ziehenden Wolken stieg. Sie war noch benebelt vom Veronal und wie betäubt von dem Schock. Der Kaffee hatte daran nichts geändert, die Eier hatte sie kaum angerührt. Sie hatte sich das Gesicht mit heißem Wasser gewaschen, eine Hose angezogen und flache Schuhe, aber sie hatte das alles wie in Trance getan, hatte sich bemüht, nicht auf den Boden zu blicken, auf dem der blutende Eric gelegen hatte, oder in die Augen des Mannes, den sie nicht kannte, obwohl sie seit Tagen wie Kletten aneinanderhingen.

Als der schwarze 36er Ford Deluxe aus der Scheune fuhr, war sie einfach, wie verlangt, eingestiegen. Ihr fiel nicht auf, dass er ein Kennzeichen aus Ohio hatte. Aber auch sonst hätte sie keine Fragen gestellt, denn sie konnte einfach nicht klar denken.

Zwei Stunden lang waren sie dem Lincoln Highway durch die Prärie gefolgt, die sich grau und flach wie die Wolken vor ihnen erstreckte. Er hatte im Radio nach klassischer Musik gesucht, die zu ihrer Stimmung passte. Doch als die Sonne sich vollends zeigte, erstrahlte die Landschaft weiß, und das Licht riss sie aus ihrer Apathie.

Als wäre sie eben erst erwacht, sah sie ihn an. »Wer bist du?«, fragte sie.

Er wandte den Blick nicht von der Straße. »Was soll das heißen?«

»Wer bist du? Du wirkst so gelassen und unerschütterlich, aber überall, wo du auftauchst, herrscht Gewalt. Im Griffith Park … im Zug … in dem Farmhaus.«

»Die Frau im Zug war mit einem Nazi unterwegs. Das sagen sie im Radio. Der Mann ist gefährlich. So sind diese Leute. Wahrscheinlich hat er sie umgebracht.«

Sie dachte darüber nach. »Aber wer bist du?«

Er ließ nur ein sanftes Lachen hören. Es hatte etwas von einem väterlichen Kopftätscheln.

»Das ist nicht dein richtiger Name, oder? Harold Kellogg?«

Er lächelte immer noch. »Ein kleines Geheimnis musst du mir schon zugestehen, Vivian.«

»Und was hat Eric Diebold gemeint, als er mich eine Hochstaplerin nannte, ›die unsere Operation gefährdet‹? Was für eine Operation?«

Martin stellte einen Sender ein, auf dem Swing lief. »Chattanooga Choo Choo.« Der Nummer-eins-Hit war ständig zu hören.

Sie drehte das Radio leiser.

Das ärgerte ihn. Wollte sie sich ihm widersetzen? Das konnte er nicht dulden, doch er musste ruhig bleiben, also richtete er den Blick wieder auf die Straße. »Eric Diebold ist ein Schwachkopf. Ich dachte, das wäre klar.«

»Warum hast du mich dann mit ihm allein gelassen?«

»Ich dachte, er wäre ein harmloser Schwachkopf.«

»Ist er aber nicht.« Sie blickte auf das gefrorene flache Land hinaus, das Herz Amerikas, Quell seiner Stärke, so drückten es zumindest die Schriftsteller aus. Es war eine Welt, die ihr so fremd erschien wie der Mond.

Eine Zeit lang fuhren sie schweigend dahin. Doch plötzlich riss er das Lenkrad herum und fuhr auf den Seitenstreifen, wo er an einer Schneewehe hielt.

»Hey, was soll das?«, rief sie.

»Steig aus. Wenn du mir nicht vertraust, wenn du eingeschnappt aus dem Fenster schaust, obwohl ich dir die Wahrheit sage, dann steig aus.« Er meinte es nicht ernst. Er wollte ihr nur eine Lektion erteilen.

Doch zu seinem großen Erstaunen, reagierte sie nicht wie erwartet. »Okay, Hitler, dann mach den Kofferraum auf und gib mir mein Gepäck.«

Kurz darauf stand sie allein und fröstelnd am Lincoln Highway und beobachtete, wie der schwarze Ford davonfuhr.

Kein anderer Wagen war zu sehen. Die Sonne glitzerte grell auf dem Schnee. Der Wind strich über die gelben Maisstoppeln, die daraus hervorschauten. Sie wartete fünf Minuten. Zehn Minuten. Und Vivian fragte sich, ob sie einen Fehler gemacht hatte.

Dann tauchte im Westen ein Pritschenwagen auf. Sie streckte den Daumen aus, und der Wagen hielt an. Die Beifahrertür wurde aufgestoßen.

Der Fahrer trug eine dicke Jacke und eine Wollmütze mit heruntergeklappten Ohrenschützern. Er musterte Vivian und blickte sich um, als erwartete er, dass hinter einer Schneewehe Orson Welles hervorspringen und erklären würde, sie sei eine Außerirdische aus *Krieg der Welten* – das Hörspiel wurde gerade wieder im Radio gesendet.

»Haben Sie ... Haben Sie sich verlaufen, Lady?«

Sie beschloss, die Hollywoodklugscheißerin zu spielen. »Seh ich so aus?«

»Ich würde sagen, Sie sehen so hilflos aus wie eine Zweijährige in einem Bahnhof.« Der Mann legte den Gang ein. »Aber wenn Sie da stehen bleiben wollen ...«

»Nein, warten Sie.« Sie nahm ihr Gepäck und sagte, dass sie gern mitfahren würde. Dann sah sie den schwarzen Ford zurückkommen.

Er blieb direkt vor dem anderen Wagen stehen. Ihr »Ehemann« sprang heraus. »Steig ein.«

»Ich habe eine Mitfahrgelegenheit«, sagte sie.

Er schnappte sich ihre Koffer und sagte: »Vivian, steig in den Wagen.«

»Ist das Ihr Ehemann, Lady?«, fragte der Fahrer.

Sie nickte.

»Lassen Sie sich nicht noch mal von ihm schlagen, zumindest nicht ins Gesicht.«

Vivian bedankte sich und stieg in den Ford.

Martin Browning bedachte den Mann mit einem breiten Vertretergrinsen. »Frauen«, sagte er.

»Ja. Man kann weder mit ihnen leben noch ohne sie.«

»Entschuldigst du dich?«, fragte Vivian, als Martin wieder im Wagen saß.

Martin war kein Mann, der sich entschuldigte, Harold Kellogg hingegen schon, also wendete er, gab Gas und sagte: »Tut mir leid, dass ich dich stehen gelassen habe. In Ordnung?«

Sie ließ nicht locker. »Und jetzt erzähl mir von eurer Operation.«

»Ich habe dir doch gesagt, es gibt keine Operation. Das ist ein Hirngespinst von diesem Schwachkopf.«

»Und warum fährst du nach Washington?«

»Geschäfte. Kriegsgeschäfte. Regierungsgeschäfte. Unsere Arbeit hilft Millionen von Menschen.«

»Das reicht mir nicht, Harold«, sagte sie.

Er blickte in den Rückspiegel. Der Pritschenwagen war ein paar hundert Meter hinter ihnen. Er musste den Drang unterdrücken, das Faustmesser aus dem Schuh zu ziehen und es ihr in den Hals zu stoßen, deshalb fragte er nur: »Ist dir das Landwirtschaftsministerium ein Begriff?«

»Es ist ein Teil der Regierung.«

»Na also«, sagte er und nickte.

Sie fuhren ein paar Minuten schweigend dahin, und nur Artie Shaws Klarinette in »Begin the Beguine« war zu hören.

Er dachte, das Thema sei erledigt, doch dann fragte sie: »Na also *was*?«

»Leute wie ich fahren scharenweise nach Washington«, sagte er.

»Vertreter der Flugzeugfirmen zum Verteidigungsministerium, Bankiers zum Finanzministerium, Farmer zum Landwirtschaftsministerium … Wir haben alle unseren Beitrag zu leisten. Sobald ich kann, erzähl ich dir mehr.«

Es klang wie etwas, was er irgendwo gehört und auswendig gelernt hatte, und auch sie hatte es schon gehört, konnte aber nicht sagen, wo, also tat sie, als würde sie überlegen. »Versprochen?«, fragte sie.

»Versprochen.«

Sie drehte das Radio wieder lauter, wie um ihren Handel zu besiegeln. Sie wollte schließlich nach Hause kommen. Und sie wollte nicht noch mal am Straßenrand zurückgelassen werden.

Darauf beschleunigte der Wagen so plötzlich, dass sie in den Sitz gedrückt wurde.

»Harry, was machst du denn?«, fragte sie.

»Ich hänge deinen neuen Beschützer ab. Manche wollen unbedingt den Retter in der Not spielen.« Und er wollte nicht, dass jemand das gestohlene Kennzeichen notierte. Er hatte nur noch ein einziges, aus Indiana. Er würde wissen, wann er es benutzen musste.

»Ich bin froh, dass *du* es getan hast«, sagte sie nach ein paar Kilometern.

»Was getan?«

»Den Retter in der Not zu spielen.« Was passiert war, war damit zwar nicht vergessen, aber für ein paar Tage konnte Vivian ihre Rolle noch spielen.

DER BERICHT TRAF UM zehn Uhr neununddreißig Pacific Time ein. »Kein Kellogg im Lake Shore Limited. Keiner auf der Passagierliste oder den Schaffnern bekannt. Keiner unter der angegebenen Adresse.«

Frank Carter riss das Blatt aus dem Fernschreiber und ging damit in Dick Hoods Büro. »Ich muss nach Barstow.«

Hood sah sich den Bericht an. »Wenn ich nicht so müde wäre, würde ich lachen«, sagte er.

»Die Antwort liegt in Barstow.«

»Die Antwort worauf? Wie lange der Wind braucht, um Ihnen den Hut vom Kopf zu wehen?«

»Die Antwort darauf.« Carter zog die Patrone aus der Tasche. »Der Kerl, der die abgefeuert hat, bringt da draußen Menschen um. Wenn er in Barstow in den Zug gestiegen ist, hat ihn vielleicht jemand gesehen. Vielleicht hat er seinen Wagen dagelassen. Vielleicht kann der Wagen uns zu ihm führen.«

»Sie sollten das tun, wofür Sie bezahlt werden.« Hood deutete auf die Mappen auf dem Schreibtisch. »Krauts. Verhaften und verhören Sie so viele wie möglich. Vielleicht reden wir dann über Barstow.«

Carter hatte keine Einwände. Er ging zum Schreibtisch zurück und rief Stella an. Doch es meldete sich Bartholomew, ihr Sekretär, der Frank Carter nicht leiden konnte. Bart stand auf Männer, aber nicht auf Männer in Machtstellungen. Eher in anderen Stellungen.

Carter stichelte gern gegen ihn. »Barty, Baby, ist Stella da?«

»Heute nicht. Und morgen auch nicht.«

»Übermittel ihr doch bitte eine Nachricht: Die beiden waren nicht im Zug. Zeit, dass sie in Barstow anruft. Und sag ihr, dass ich sie heute Abend besuchen komme.«

»Oh, wie toll für sie.«

Wichser, dachte Carter, aber zumindest war er nicht auf den Mund gefallen. Carter legte auf und sagte zu McDonald: »Auf geht's.« Doch er war noch nicht zur Tür hinaus, da rief Doane: »R-Gespräch für Frank Carter. Wieder dieser Spade.«

Carter ging zu seinem Schreibtisch und übernahm die Kosten für das Gespräch. »Wo, zur Hölle, sind Sie?«, fragte er.

»In der Telefonzelle in einem Restaurant in Indiana. Und ich habe sie nicht umgebracht.«

»Ich weiß. Aber jemand hat Sie des Mordes bezichtigt ... und Sie als Nazi verleumdet.«

»Er heißt Kellogg. Harry Kellogg. Finden Sie ihn.«

Carter schrieb den Namen in Großbuchstaben auf seinen Notizblock und unterstrich ihn dreimal. »Sie haben mit Kellogg *gesprochen*?«

»Zwei verdammte Tage lang.«

Kennt K.s Gesicht, schrieb Carter auf. »Und was ist mit der Frau? Wie war noch mal ihr Name?«, fragte er dann.

»Vivian.« Kevin blickte durch die Tür der Telefonzelle. Dilly saß an der Theke und las Zeitung. Der Koch bereitete zwei Käsetoasts zu. In dem Restaurant war es still bis auf die Andrews Sisters, die in der Jukebox liefen.

»Warum hat er *Sie* bezichtigt?«, fragte Carter.

»Weil *er* es war. Er hat sie umgebracht und es mir angehängt. Die Frage ist, warum?«

»Wie sah der Kerl aus?«

»O Gott, keine Ahnung ... Sally fand, dass er wie Leslie Howard aussieht.«

»Das ist er«, schrieb Carter.

Kevin war plötzlich abgelenkt. »Moment mal.«

Zwei Polizisten auf Motorrädern waren auf den Parkplatz gefahren. Sie stiegen ab und schlenderten zu dem großen blauen LKW mit dem Davidstern.

An der Theke bemühte sich Dilly, sich normal zu verhalten, während er aus dem Fenster schaute.

In der Telefonzelle kehrte Kevin der Scheibe den Rücken zu. »Wenn ich verhaftet werde, sage ich, sie sollen mit Ihnen sprechen«, sagte er zu Carter.

»Bleiben Sie ruhig«, sagte Carter. »Ich glaube nicht, dass Sie gerade jetzt verhaftet werden wollen.«

»Dann geben Sie mir FBI-Schutz.«

Carter konnte sich nicht mal selbst um den Fall kümmern. Wie sollte er dann erst einen Mann aus einer Außenstelle im Mittleren Westen darauf ansetzen? Doch das durfte Kevin nicht wissen. »Ich habe Freunde auf höchster Ebene. Die könnten Ihnen helfen. Aber …«

»Sie sind mir was schuldig.« Kevin beobachtete, wie die Motorradpolizisten den Lastwagen inspizierten. Er musste an einen Spruch seines IRA-Großvaters denken: »Trau keinem Polizisten, der kein Ire ist, und sollte er so eine ausgebeulte Reithose tragen, dann trau ihm nicht mal, wenn er aus dem County Kildare stammt.«

»Hat dieser Kellogg gesagt, wo er hinwill?«, fragte Carter.

»Nein, aber seine Frau hat gesagt, sie will nach Hause nach Maryland.«

Maryland. Nicht New York, schrieb Carter.

»Der Ehemann war zu sehr damit beschäftigt, mich über den Bund auszuhorchen, direkt im Aussichtswagen, in Hörweite einer Zeugin. Und jetzt kommt das im Radio und steht überall in den Zeitungen.«

»Ja, und das LAPD plappert es nach.«

»O'Hara?«

»Er ist ganz heiß auf die Sache. Er will Ihren Arsch.«

Die Polizisten kamen herein und sahen sich um. Es war nicht schwer, den Juden zu entdecken, der wahrscheinlich der einzige Fremde im ganzen Lokal war. Kevin sah, wie sie sich mit ihm unterhielten. Er wusste nicht, ob es ein freundlicher Wortwechsel war. Dann setzten sich die Polizisten zu Dilly.

»Reden Sie mit mir, Kevin. Wo in Indiana sind sie?«, fragte Carter.

»An der Route 50. Sie führt von Sacramento nach Washington, D. C., und dann weiter nach Maryland.«

»Hören Sie, Kevin, bevor Sie was Verrücktes anstellen …«

»Ich muss los. Ich rufe morgen um die gleiche Zeit wieder an.«

Der Koch hatte die beiden Käsetoasts auf die Theke gestellt. Die Polizisten deuteten auf Kevins Teller und sagten irgendwas zu Dilly, vielleicht: »Wo ist Ihr Partner?« Dilly zeigte auf die Telefonzelle und winkte Kevin, damit er essen kam.

Kevin legte auf, verließ die Telefonzelle, nickte den Polizisten zu und setzte sich. Vor zwanzig Minuten hatte er noch einen Bärenhunger gehabt. Doch der Anblick der Reithosen und glänzenden Stiefel hatte ihm den Appetit verdorben.

»Tommy, du musst unbedingt meine beiden Freunde Muldoon und Healy kennenlernen. Die besten Männer in ganz Indiana. Und Leute, das ist Tommy, meine neue Hilfskraft.«

Einer der Polizisten hob kurz die Hand. Kevin alias Tommy Follen tat es ihm nach und widmete sich dann seinem Toast.

Dilly zwinkerte ihm zu. *Bleib ruhig.* »Tommy, warum gehst du nicht raus und holst die zwei Stückchen Rinderbrust, die verpackt hinten im Lastwagen liegen. Ein nettes Abendessen für die beiden netten Polizisten.«

Eine halbe Stunde später waren sie wieder unterwegs.

»Koscheres Brustfleisch«, sagte Dilly. »Besser als Geld, wenn man jemanden in Indiana oder sonst wo bestechen muss.«

UM ZWEIUNDZWANZIG UHR DREISSIG Eastern Time richtete Franklin Roosevelt eine Botschaft an das amerikanische Volk. Es war der hundertfünfzigste Jahrestag der Verfassung, und er sagte, das Datum dürfe nicht ohne ein paar Worte verstreichen. Schließlich sei sie der Grund, weshalb die Menschen kämpften.

Auch im St. Germaine in Los Angeles drang seine Stimme aus dem Radio, wo Frank Carter und Stella Madden sich mehr für fleischliche Genüsse interessierten als für die Reden des Präsidenten. Als sie fertig waren, der Präsident seine Rede aber noch nicht beendet hatte, rief Stella eine Nummer in Barstow an: das Detektivbüro Holly. Und schon zum fünften Mal an diesem Tag ging niemand ran. Stella konnte es nicht verstehen. Selbst der ärmste Detektiv hatte jemanden, der Anrufe entgegennahm.

Roosevelts Stimme ertönte auch in einem Motel in Ohio, wo ein schwarzer 36er Ford Deluxe vor einem schäbigen kleinen Gebäude geparkt war. Dort übernachteten zwei Menschen in einem kalten Zimmer in Einzelbetten. Sie hatten dem Inhaber erzählt, dass sie verheiratet seien. Doch Martin hatte ein Laken zwischen die Betten gehängt – die »Mauer von Jericho«, wie Clark Gable es in *Es geschah in einer Nacht* ausgedrückt hatte. Keiner von beiden konnte gut schlafen.

Auf der Route 50 war Roosevelts Stimme in dem Lastwagen von Kramer & Sons zu hören. Während Dilly schlief, fuhr Kevin Cusack, der dem Radio lauschte und das dreißig Meter weit strahlende Scheinwerferlicht im Blick hatte. Auch wenn er nach Hause wollte, ließ er sich von den Scheinwerfern führen, die die Straße vor ihm erhellten. Er würde nach Washington und dann nach Maryland fahren. Er war es Sally schuldig, ihren Vater aufzusuchen ... und auch ihre Freundin. Und sich selbst war er es schuldig, die Kelloggs zu finden und seinen Namen reinzuwaschen.

DIENSTAG,
16. DEZEMBER

ZWEI FAHRZEUGE BEWEGTEN SICH ostwärts, eins auf dem Lincoln Highway, das andere auf der Route 50. Die Fahrer wussten nicht, dass sie an Heiligabend an ein und demselben Ort, dem Südrasen des Weißen Hauses, zusammentreffen würden. Der einzige Mensch, der es vielleicht hätte vorhersehen können, fuhr in Los Angeles umher, verhörte deutsche Lehrer und Automechaniker und wartete darauf, dass ein kleiner Schnüffler in Barstow ans Telefon ging.

Als Kevin Carter an diesem Morgen anrief und ihm von seinem Plan erzählte, erst nach Washington und dann nach Maryland zu fahren, sagte Carter, er solle durchhalten. Er sagte, dass er durchhalten *müsse*, erklärte ihm aber nicht, warum. Er sagte, seine Freunde auf höchster Ebene seien alle in Washington, und er habe das Gefühl, dass auch Kellogg dort hinwolle. Er verschwieg, dass er hoffte, der wahre Mörder könnte in seiner Wachsamkeit nachlassen, wenn der »Hollywood-Nazi« weiter unter Mordverdacht stand. Vielleicht machte er Fehler, wenn er sich in Sicherheit wähnte. Dann könnte Frank Carter ihn vielleicht aufhalten, bevor er seine Mauser C96 benutzte, was auch immer er damit vorhatte.

Und da die Sonne im Monat Dezember schon früh unterging, fuhren der 36er Ford Deluxe und der Laster von »Kramer & Sons – Koscheres Fleisch, Kansas City, Missouri« lange in der Dunkelheit dahin, bevor ihre Fahrer endlich hielten, um sich auszuruhen.

MITTWOCH,
17. DEZEMBER

VON KENTUCKY BIS PENNSYLVANIA fiel auf breiter Front kalter Regen, der überall gefror. Die Straßen verwandelten sich in dunkle Flüsse aus unsichtbarem Eis, und das Eis brachte die Pläne von Milchmännern, Kohlenlieferanten, Briefträgern, ja sogar von Eishändlern durcheinander. Es bremste Martin Browning. Und es bremste den Mann, der beschlossen hatte, ihn zu finden.

Browning bremste und rutschte und schlitterte stundenlang, bis er einem Streufahrzeug nach Pittsburgh folgte, wo er zwei Zimmer im William-Penn-Hotel nahm. Zu Vivian sagte er, wenn sie schon einen Zwischenstopp einlegen müssten, würden sie es zumindest stilvoll tun.

SECHSHUNDERT KILOMETER SÜDWESTLICH DAVON hielt Dilly an der Greyhound-Station in Lexington, Kentucky, zog die Handbremse an und reichte Kevin die Hand. »Schade, dass du weitermusst. Nach Washington also?«

»Ja, aber nicht in einem großen blauen Lastwagen mit einem Davidstern an der Seite.« Kevin schüttelte ihm die Hand. »Du hast mir einen großen Gefallen getan, Dilly, eine Mitzwa, wie mein jüdischer Großvater gesagt hätte.«

Dilly blickte zu dem Greyhound-Schild hoch, das an dem Gebäude prangte. »Wahrscheinlich suchen in Lexington keine Polizisten nach dir, aber sei vorsichtig.«

»Danke.« Kevin öffnete die Tür.

»Moment.« Dilly zog eine Rolle Münzen aus der Tasche.

»Dilly, das kann ich nicht …«

Dilly drückte ihm das Geld in die Hand. »Mach dir keine Gedanken. Ich tue das für Leon Lewis. Für einen Mann, der Nazis jagt. Für unser Volk. Und jetzt gib mir deinen Hut.«

Kevin gab Dilly den Fedora, den er in Kansas City gestohlen hatte. Dilly nahm seine Mütze ab. »Wer einen Hollywood-Nazi sucht, sucht nicht nach einem Mann mit einer Schiebermütze mit einem Anstecker für koscheres Fleisch.«

Kevin setzte die Mütze auf. »Wie sehe ich aus?«

»Wie ein irischer Rabbi, der für Roosevelt gestimmt hat.« Dilly berührte den Roosevelt-Anstecker an der Mütze, als wollte er sich von seinem liebsten Talisman verabschieden.

»Ich schicke sie dir zurück«, sagte Kevin.

Kevin beobachtete, wie Dilly davonfuhr. Dann betrat er den Busbahnhof. Keine Polizei, die Reisende kontrollierte, keine misstrauischen Blicke, nur ein schwarzes Paar, das auf seinen Anschlussbus wartete, und zwei Matrosen mit Seesäcken, die auf den Krieg warteten.

Der schielende Mann hinter dem Fahrkartenschalter trug eine Greyhound-Weste mit einem Namensschild: »Bobby Pepper«. Er musterte Kevin. »Wohin?«

»Washington, D. C.«

»Sie wollen dem Präsidenten Ihre Aufwartung machen, was?« Bobby deutete auf den Roosevelt-Anstecker an der Schiebermütze. »Ich hab für Willkie gestimmt. Aber jetzt haben wir Krieg und sitzen alle im selben Boot, so seh ich das.«

»Ein verdammt großes Boot«, sagte Kevin. »Wie lange brauche ich bis Washington?«

»Wir haben mit Eisregen zu kämpfen, da fährt zwischen hier und Charleston nicht mal ein Bus. Aber um halb drei fährt einer nach Bristol. Auf der Strecke sind die Straßen besser. Da dürften Sie rechtzeitig zum Acht-Uhr-Bus nach Roanoke in Charleston sein.« Bobby Pepper fuhr mit seinem Stift über Lynchburg nach Richmond und blickte dann auf. »Eigentlich sollten Sie morgen Abend in Washington sein. Aber bei dem Eis würde ich eher auf Freitagmorgen tippen.«

»Wie weit ist das?«

»Etwa achthundert Kilometer.«

»Und das dauert achtundvierzig Stunden? Das sind nicht mal zwanzig Kilometer pro Stunde.«

Bobby schielte noch stärker. »Sie können auch zu Fuß gehen.«

Kevin wusste, dass er keine Aufmerksamkeit auf sich ziehen durfte, also tat er es als Scherz ab. »Ach nein. Dafür sind meine Beine zu müde. Was bekommen Sie?«

»Acht Dollar siebenundneunzig.«

Kevin zählte das Geld ab. Er spürte, dass Bobby ihn nach wie vor musterte. Er befahl sich, ruhig zu bleiben. Wenn hinter dem Tresen ein Foto des Hollywood-Nazis hing, würde die Polizei schon unterwegs sein.

Doch Bobby betrachtete bloß Kevins Mütze. »Ich würde sagen, dass Ihnen noch jede Menge Zeit bleibt bis zum Entzünden des Christbaums.«

»Wann ist das?«

»An Heiligabend natürlich. Direkt auf dem Rasen des Weißen Hauses. Weihnachtslieder … Ansprachen … Würde ich wirklich gern erleben, aber euch interessiert das vermutlich nicht.«

»Uns?«

Bobby tippte sich an den Kopf und deutete auf Kevins Mütze.

Der Davidstern auf dem Kramer-&-Sons-Anstecker. Kevins neue Identität funktionierte. Er grinste. »Vielleicht gehe ich trotzdem hin. Wie Sie gesagt haben, wir sitzen jetzt alle im selben Boot.«

»Wenn Sie gehen, sollten Sie diesen Judenanstecker nicht tragen.«

»Ich trage einen Stechpalmenzweig. Und wenn ich Roosevelt zu sehen bekomme, grüße ich ihn von Bobby Pepper.«

NACH ZWEI TAGEN ERREICHTE Stella Madden endlich den Wüstenfuchs im Hahnentritt. Als sie aufgelegt hatte, meldete sie sich sofort bei Carter, um ihn ins Bild zu setzen.

Sam Holly hatte seiner Sekretärin ein paar Tage freigegeben, weil ihr Bruder auf der USS *Arizona* in Pearl Harbor ums Leben gekommen war. Aber auch in Kriegszeiten hieß es: Geschäft ist Geschäft, und auch da betrogen Männer ihre Frauen, unterschlugen Geld oder verschwanden, weil sie es einfach nicht mehr aushielten. Und so hatte Holly die ganze Woche gearbeitet und sich an den üblichen Orten aufgehalten – Bahnhof, Restaurants, Motels an der Route 66.

Einer seiner Aufträge – von einer Detektei in L. A. – bestand darin, einen stillen Mann mit einer gut aussehenden Blondine zu beobachten. Am Donnerstagabend hatte er in der Halle des Beacon-Tavern-Hotels gesessen und die Ankömmlinge in Augenschein genommen, als ein Paar auftauchte, auf das die Beschreibung passte, auch wenn die beiden getrennte Zimmer nahmen. Am nächsten Morgen folgte er ihnen und erwartete, dass sie mit dem Zug weiterreisen würden. Stattdessen fuhren sie mit dem Auto in die Berge hinauf.

»Und hör dir das an«, sagte Stella. »Sie sind zu einem Schießstand gefahren … mit einer Pistole.«

Frank Carter schrieb *Schießstand* auf seinen Notizblock.

»Und sie fuhren ein grünes Dodge-Coupé mit dem kalifornischen Kennzeichen 76 B 2344.«

»Also hat der Herrenmodeverkäufer aus Burbank, der sich in einen Vertreter verwandelt hat, eine Ehefrau.«

Stella erzählte weiter: Holly hatte die beiden am Abend wiedergesehen, als er auf Beobachtungsposten im Bahnhof war. Der Mann hatte die Frau abgesetzt und war dann länger als eine Stunde weggeblieben. Sie war wütend wegen der Warterei, also gab Holly ihr seine Karte, weil sich eine einsame Frau, die in einem Bahnhof sitzen gelassen wird, in eine zahlende Klientin verwandeln konnte.

»Hat er ihren Namen erfahren?«, fragte Carter.

»Im Gästebuch des Hotels war ihr Name nicht aufgeführt, nur der ihres Mannes, Harold Kellogg.«

»Hat er sie beschrieben?«

»Er hat gesagt, sie habe eine gewisse Ähnlichkeit mit Marlene Dietrich.«

»Dietrich auf Reisen mit Leslie Howard«, sagte Carter. »Gute Besetzung.«

»Schließlich ist der Ehemann in einem Pritschenwagen mit der Aufschrift ›Gobel – Waffen und Werkzeug‹ zurückgekommen. Die Gobels sind bekennende America Firsters. Machen immer wieder Probleme. Neigen zu Gewalt.«

Holly hatte erzählt, die Frau habe zu Kellogg gesagt, wenn sie weiter seine Frau spielen solle, müsse er sich wie ein Ehemann verhalten. Er habe einen auf nett gemacht, und sie seien wie die Turteltäubchen ins Harvey-House-Restaurant gegangen. Als sie in den Super Chief gestiegen seien, habe Holly seinen Bericht für die Detektei in L. A. verfasst. »Wie sich rausstellte, waren sie gar nicht das Paar, das er beobachten sollte.«

»Aber ich bin froh, dass er's getan hat«, sagte Carter. »Wir müssen mit diesen Gobels reden. Und wir müssen zu dem Schießstand fahren und nach Patronenhülsen suchen.«

»Das kann Holly machen, aber es kostet was.«

»Ist er zuverlässig? Kann man ihm vertrauen?«

»Ich vertraue ihm … wenn er trocken ist.«

»Und wenn er trinkt?«

»Tja, deshalb arbeitet er in Barstow und nicht in L. A.«

DONNERSTAG, 18. DEZEMBER

DER GESTRIGE TAG WAR eisig und düster gewesen. Jetzt schien wieder die helle Sonne über dem Lincoln Highway und den Greyhound-Routen in West Virginia. Ein paar Stunden lang glitzerte der gefrorene Regen an den Bäumen und den Laternenpfählen, als wären sie mit einer Glasur überzogen.

Doch Kevin Cusack hatte keine Augen dafür. Null Grad war einfach zu kalt für einen Kalifornier, auch wenn er ursprünglich aus Boston stammte. Außerdem war er zu müde und erschöpft, um das Naturschauspiel zu genießen, denn er hatte letzte Nacht im Busbahnhof von Lynchburg im Sitzen geschlafen, weil er die Anschlussfahrt nach Roanoke verpasst hatte.

Als in Lynchburg sein Bus ausgerufen wurde, telefonierte er vor dem Einsteigen noch nach Hause. Als sein Vater in Dorchester, Massachusetts, den Hörer abhob, redete Kevin sofort drauflos und sprach nur so kurz, dass sein Anruf nicht zurückverfolgt werden konnte: »Glaub nichts von dem, was du gehört hast, Pa. Ich komme nach Hause, sobald ich entlastet bin.« Dann legte er auf.

ÖSTLICH VON PITTSBURGH DREHTE Vivian am Senderwahlknopf des Radios. Ihr gefiel, dass er sie über die Musik entscheiden ließ. Und so verbrachte sie den Vormittag damit, die besten Swingnummern zu suchen. Hin und wieder stieß sie auf einen Klassiksender und ließ ihn an. Sie wusste, dass er lieber klassische Musik hörte, und wollte ihn bei Laune halten. Und es fiel ihr nicht schwer. Er war ein guter Reisegefährte, ruhig, gelassen, souverän am Lenkrad, höflich und nett bei jedem Halt an der Strecke.

Während sie in das grelle Licht der tief stehenden Wintersonne fuhren, gelang es ihr halbwegs, den scheußlichen Vorfall im Farmhaus der Diebolds und den Mord im Zug zu vergessen. Doch westlich von Chambersburg, Pennsylvania, stieß sie beim Einstellen des Senders auf einen Bericht über die unschönen Vorkommnisse in der Welt: Die Japaner rückten im Pazifik vor, und die Deutschen gruben sich in der gefrorenen russischen Ebene ein. »Es scheint so weit weg zu sein ...«, sagte sie.

»Ist es aber nicht«, sagte er. »Der Krieg ist überall. Sogar hier.«

Es kam eine Durchsage. »Kevin Cusack, den Behörden als der Hollywood-Nazi bekannt, gesucht wegen Mordes im Super Chief, ist noch immer auf freiem Fuß.«

»Dann sind sie immer noch hinter ihm her«, sagte er.

»Glaubst du wirklich, dass er ein Nazi ist?«, fragte sie. »Hast du ihn als Nazi bezeichnet, als du deine Aussage für den Schlafwagenschaffner aufgeschrieben hast?«

»Ich habe bloß geschrieben, dass er eine Menge über den Amerikadeutschen Bund in L. A. wusste.«

»Aber ... ein Nazi, der für Warner Brothers arbeitet?«

»Das müssen die Behörden rausfinden.«

Sie hatte ihn nicht mehr nach der »Operation« gefragt. Sie wollte ihn nicht reizen. Die Bedrohung, die er darstellte, war nicht gegen sie gerichtet. Sie fürchtete vor allem, im Stich gelassen, wieder am Straßenrand zurückgelassen zu werden.

Und als wollte er das Thema wechseln, fragte er unvermittelt nach ihrem Elternhaus in Annapolis.

Sie erzählte von ihrem Elternhaus. Von der Küche. Von den Gerüchen. Von ihrer Mutter sprach sie nicht gern. Sie liebte ihre Mutter, doch es gab da Dinge, an die sie lieber nicht erinnert werden wollte. Sie sprach lieber über ihren Vater – ihren Vater und sein Boot.

Als die Rede auf Boote kam, wurde Martin hellhörig. Er verriet ihr nicht, dass er eins brauchen würde, wenn er über die Chesapeake Bay flüchten musste. »Was für ein Boot?«, wollte er wissen.

»Ein Chrysler, acht Zylinder, schmale Form, das schönste Austernboot in der Bucht. Er hat es 1929 gekauft.«

»War er Alkoholschmuggler? 1929 hat niemand ein Chrysler gekauft, der nicht gut verdient hat. Und die einzige Möglichkeit, auf dem Wasser viel Geld zu verdienen, war Alkoholschmuggel.«

»Fahr einfach.« Vivian hatte keine Lust mehr, über ihre Eltern zu reden.

Da er das spürte, wechselte er wieder das Thema. »Weißt du, dass wir durch eine historische Gegend fahren?«

Sie hatte sich nie sonderlich für Geschichte interessiert, bevor sie *Vom Winde verweht* gesehen hatte. Doch Martin Browning hatte sich mit dem Sezessionskrieg beschäftigt, und der Lincoln Highway folgte dem Weg, auf dem die Konföderierten nach Gettysburg gezogen waren.

Der Sezessionskrieg interessierte ihn, weil er einer der wenigen Kriege war, die mit einem Attentat endeten. Viele Kriege hatten mit Attentaten *begonnen* – von der römischen Republik bis zum Attentat von Sarajewo –, und die Namen der Attentäter waren allgemein bekannt. Brutus, »der beste Römer unter allen«, hatte geschichtlichen und literarischen Ruhm geerntet. John Wilkes Booth war mit Schmach überzogen worden. Aber was wäre gewesen, wenn Booth Lincoln *vor* dem Blutvergießen getötet hätte und zwischen dem Norden und dem Süden alles friedlich geblieben wäre – was hätten die Historiker dann gesagt? Noch nie hatte jemand am Anfang eines Kriegs ein Attentat begangen und damit erreicht, ihn zu beenden. Und genau das hoffte Martin zu tun.

Den Präsidenten zu töten, der die Russen ausrüstete, die Briten nährte und sich jetzt darauf vorbereitete, Amerikas Industrie ganz in den Dienst des Krieges zu stellen. Es wäre eine patriotische Tat für Deutschland und ein Befreiungsschlag für die Menschheit. Natürlich wusste Martin, dass die Amerikaner nicht aufhören würden zu kämpfen, egal ob Roosevelt sie anführte oder nicht. Aber wenn man die Spinne aus der Mitte des Netzes entfernte, würde es früher oder später in sich zusammenfallen.

Während ihm diese Gedanken durch den Kopf gingen, fuhr er die lange Steigung der McPherson Ridge hinauf. Auf beiden Seiten lagen offene Felder mit Holzzäunen, und oben am Scheitelpunkt der Anhöhe stand eine Statue: General John Buford, der beschlossen hatte, hier Stellung zu beziehen und schließlich die dreitägige Entscheidungsschlacht zu kommandieren. Ein einzelner Mann, der den Lauf der Geschichte verändert hatte.

Martin bewunderte solche Männer. Er hielt sich selbst für einen von ihnen. Doch er hätte lieber auf die Temperaturanzeige achten sollen, denn direkt unter dem Blick von General Buford platzte der Kühlerschlauch.

Zehn Minuten später inspizierte er den Motor.

Vivian, die mit gegen die Kälte verschränkten Armen neben ihm stand, sah das blinkende Blaulicht. »Da kommt die Polizei.«

»Das Reden übernehme ich«, sagte er.

»Was, wenn er nach dem Ausweis fragt? Nach den Fahrzeugpapieren?« Und da fiel ihr zum ersten Mal das Kennzeichen auf. »Ohio?«

»Cleveland, Ohio«, sagte er. »Hast du eine Sozialversicherungskarte?«

»Ja, aber ...«

»Überlass alles mir. Und nenn mich Michael. Der Wagen ist auf Michael Milton angemeldet.«

Der Polizist war ausgestiegen und kam auf sie zu. Er war noch jung, schwer bewaffnet und trug eine adrette braune Uniformhose und eine braune Lederjacke.

Martin hatte überlegt, den Wagen in Pittsburgh stehen zu lassen. Wenn man die Leichen der Diebolds gefunden hatte, war bestimmt das Haus durchsucht worden, und vielleicht hatte man die Unterlagen zu einem 36er Ford Deluxe entdeckt. Vielleicht hatte man das

Auto zur Fahndung ausgeschrieben. Doch es waren so viele schwarze Fords unterwegs, dass Martin beschlossen hatte weiterzufahren.

Er zog seine Kalbslederhandschuhe an, schob die Hand in die Tasche und stellte sicher, dass er den Totschläger rasch herausziehen konnte.

»Tag auch«, sagte der Beamte. »Der Kühler?«

»Kühler oder Wasserpumpe«, sagte Martin.

»Könnte am Thermostat liegen.« Der Polizist war freundlich, er hatte oft mit Touristen zu tun.

Martin lächelte und sah Vivian an, wohl als Aufforderung, ebenfalls zu lächeln.

Der Polizist deutete auf das Kennzeichen. »Ohio? Wohin wollen Sie?«

»Ich wollte immer schon mal Gettysburg sehen«, sagte Martin, »und …«

»… und ich wollte immer schon mal Washington an Weihnachten sehen«, fügte Vivian hinzu, setzte ihr strahlendes Schauspielerinnengesicht auf und lächelte wie ein echter Star. »Wir wollen dabei sein, wenn der Präsident den Christbaum entzündet.«

Martins Kopf fuhr herum. Was sollte das? Heiligabend, der Nationale Christbaum, Roosevelt? Nun ja, es stand in den Zeitungen. Und es war eine Tradition.

Der Polizist beugte sich über den Motor. »Da dürfte sich irgendwo Druck aufgebaut haben.«

Martin ließ die Hand in die Tasche gleiten. Was der Beamte als Nächstes sagte, würde über sein Schicksal entscheiden … und vielleicht auch über das von Vivian.

»Mein Bruder hat eine Tankstelle in der Stadt«, sagte er. »Ich ruf ihn mal an. Sie wollen doch rechtzeitig zum Entzünden des Baums in Washington sein, nicht wahr?«

»Die guten alten Traditionen sind nun mal wichtig«, sagte Martin.

»Gut für die Moral«, sagte der Polizist. Dann fragte er nach Martins Führerschein und Fahrzeugpapieren, warf einen kurzen Blick darauf und gab sie zurück. »Danke, Mr. Milton.«

Als er zu seinem Streifenwagen zurückkehrte, entspannte sich Martin. Er war froh, dass Führerscheine ohne Fotos auskamen.

Vivian sah ihn an. »Michael Milton?«

»Nenn mich einfach Mike.«

FRANK CARTER NAHM AN diesem Tag vier Deutsche fest. Im Büro warteten für Freitag weitere Namen auf seinem Schreibtisch. Er beschwerte sich, doch Hood winkte ab. »Sie können am Samstag nach Barstow fahren.«

»Samstag könnte zu spät sein.«

»J. Edgar gibt mir Anweisungen. Die gebe ich weiter an Sie. Sie bekommen den Samstag.«

Carter begab sich zu Stellas Büro im 1900er Block des Wilshire Boulevards.

Bartholomew Bennett öffnete ihm die Tür. Er trug einen makellosen Zweireiher mit einer Nelke im Revers und einem türkis gemusterten Einstecktuch.

Carter roch das Parfüm. »Oh, Barty, du duftest so gut.«

Bartholomew presste die Lippen zusammen. »Wir schließen gerade.«

»Willst du auf die Piste?« Damit meinte Carter die Lokale in der Innenstadt, in denen die Homosexuellen von Los Angeles verkehrten.

»Wenn es jemanden interessiert«, sagte Barty, »ich bin in der Biltmore Bar.«

»Zeig ihnen nicht deine Kanone«, sagte Carter. »Das könnte sie erschrecken.«

»Ich zeige ihnen bloß die hier.« Bartholomew klopfte auf sein Einstecktuch. »Zugelassen in Kalifornien.«

»Aber eine Beretta 418 ist was für Frauen«, sagte Carter.

»Die hab ich ihm gegeben!«, rief Stella aus den Innern des Büros.

»Ist dieser FBI-Mann wirklich dein neuer Freund?«, rief Barty zurück.

»Gute *Nacht*, Barty«, sagte Stella.

»Pah.« Barty schlug die Tür zu.

Stella saß hinter ihrem Schreibtisch. »Mit der Pistole trifft Barty auf fünfzig Meter einen Kolibri«, sagte sie. »Ich habe dasselbe Modell.«

»Das beweist, dass ich recht habe. Sie ist was für Frauen.« Carter ließ sich auf einen Stuhl sinken.

»Hör auf, sonst halte ich dich noch für einen Fiesling und nicht für einen netten Kerl mit einem harten Job.«

Er bot ihr eine Zigarette an. Sie goss zwei Gläser Bourbon ein. Und dann warteten sie auf den Anruf, den Sam Holly ihnen für halb sechs in Aussicht gestellt hatte.

Der Anruf kam nicht.

Gegen sechs rief Stella bei ihm an, doch es hob niemand ab.

Sie tranken noch einen Bourbon, warteten noch eine halbe Stunde.

»Ich habe gesagt, ich würde ihm fünfzig Dollar zahlen«, sagte Stella. »Der Sam Holly, den ich kenne, würde für fünfzig Dollar seine zweifarbigen Schuhe ausziehen und barfuß durch die Wüste gehen. Ich fahre morgen hin.«

»Ich kann nicht mitkommen«, sagte Carter.

»Dann nehme ich Barty mit. Wie gesagt, er ist ein unfehlbarer Schütze.«

KEVIN HATTE DEN FRÜHEN Bus nach Washington verpasst. Das hieß, dass er auf die Linie warten musste, die in den frühen Morgenstunden fuhr und in jedem Kuhdorf und an jedem Gefechtsschauplatz des Sezessionskriegs im Staat Virginia hielt, dass er die halbe Nacht in einem holpernden Gefährt im Sitzen schlafen musste und erst morgens müde und erschöpft ankommen würde.

Und dann? Was blieb ihm groß? Carter hatte ihm gesagt, er solle sich stellen. Und bis auf Leon Lewis war Carter sein einziger Freund.

Er war seit vier Tagen auf der Flucht, und jede Stunde, die er länger zögerte, würde es schwieriger, seine Unschuld zu beteuern, es sei denn, er fände den wahren Mörder, denn in einer Welt, in der alle Nazis und Japse jagten, war es vermutlich besser, einen falschen Nazi zu verhaften als gar keinen Nazi.

Er setzte sich im Wartesaal neben einen alten Mann und dessen Frau. Der Mann sah ihn an und stutzte. In letzter Zeit sahen ihn viele Leute so an. Aber nicht weil sie unter seinem Dreitagebart den Hollywood-Nazi erkannten. Sie betrachteten die Anstecker an seiner Schiebermütze, auch den Davidstern. Viele dieser Leute hatten noch nie einen Juden gesehen.

Er nickte lächelnd und dankte noch mal im Stillen Dilly Kramer.

Jemand hatte eine Washingtoner Zeitung auf der Bank liegen gelassen. Er blätterte darin, bis er auf die folgenden Zeilen stieß: »Mann aus Washington wegen Hollywood-Nazi vom Dienst suspendiert: Der Schlafwagenschaffner Stanley Smith war für den Waggon verantwortlich, in dem Sally Drake, die Tochter eines Professors der George-Washington-Universität, umgebracht wurde. In Chicago ließ er zwei Zeugen aus dem Zug aussteigen, bevor die Polizei sie befragen konnte. Er hatte hundertsechzig Dollar in bar dabei, eine ungeheure Summe. ›Jemand hat ihm ein unglaublich hohes Trinkgeld gegeben‹, sagte die Eisenbahngesellschaft, ›und er hat Anordnungen missachtet. Daraufhin wurden Disziplinarmaßnahmen ergriffen.‹ Smith kehrte gestern nach Washington zurück.«

Kevin beschloss, nach Stanley Smith zu suchen, falls er die Kelloggs nicht finden konnte.

DER MECHANIKER IN GETTYSBURG beherrschte sein Metier. Martin Browning erfuhr von ihm, dass die Ford Motor Company 1938 ihre Wasserpumpen vergrößert hatte, um das Kühlsystem zu verbessern. Eine Pumpe für einen 36er Deluxe konnte man noch immer bekommen, aber dazu musste man nach Harrisburg fahren … am nächsten Morgen. Martin überlegte, ob er ihm Geld anbieten sollte. Einen Fünfziger, wenn die Werkstatt die Pumpe besorgen und sofort einbauen konnte. Aber das erregte womöglich mehr Aufmerksamkeit als nötig. Außerdem hatte er dem Polizisten bereits erzählt, dass er wegen der geschichtsträchtigen Gegend hergekommen war.

Er stieg mit Vivian als Mr. und Mrs. Michael Milton im Gettysburg Hotel ab. Dann heuerte er einen Führer an, der sie von der McPherson Ridge zum Little Round Top und schließlich zum Angle mitnahm. Unterwegs hielt der Führer Reden über die Tapferkeit von Männern, deren Mut jetzt eine weitere Generation von Amerikanern inspiriere, und Martin nickte mit patriotischer Inbrunst, obwohl er wusste, dass jene Männer vermutlich wie die Soldaten aller Kriege gewesen waren: bald voller Löwenmut, bald voller Todesangst.

Martin gingen noch immer Vivians Fragen durch den Kopf. Wer war Michael Milton, und warum hatte er in der Scheune der Diebolds ein Auto stehen? Noch vor dem Abendessen hatte er sich seine Lügen zurechtgelegt.

In der Woche vor Weihnachten, dem ersten Kriegsmonat, war es in Gettysburg ruhig, und der Speisesaal des Hotels war nur zu einem Drittel gefüllt. Martin und Vivian aßen beide das Tagesgericht, Schmorbraten, und tranken dazu das in Pennsylvania gebraute Yuengling-Bier.

Martin erhob sein Glas, um auf Vivians schnelle Auffassungsgabe anzustoßen. »Das Entzünden des Nationalen Christbaums … eine geniale Idee.« Er wusste, dass sie gern Komplimente bekam.

»Ich habe davon in der Zeitung gelesen«, sagte sie. »Ich würde es gern miterleben.«

»Dann dürftest du schon zu Hause sein. Zu Hause bei deiner Mutter. Das ist doch viel besser.«

»Mom … Ich liebe sie, aber sie liebt vor allem ihre Highballs am frühen Abend. Die Wahrheit ist, je näher ich meinem Zuhause komme, desto schlechter fühle ich mich.«

»Wärst du lieber in Los Angeles geblieben?«

»Wenn ich dort bin, träume ich von zu Hause, und wenn ich zu Hause bin, träume ich von der Sonne Kaliforniens.«

»Wir sehnen uns stets nach dem, was wir nicht haben. Das ist ein Wesenszug unserer Existenz.«

Sie lachte. »Apropos Existenz – existiert Michael Milton wirklich?«

»Er ist eine fiktive Figur. Du kennst das. Du spielst doch selbst welche.«

»Ja, aber ich habe nicht ihren Führerschein.«

Er trank von seinem Bier. »Vor dem Ende der Prohibition hat Diebold im Mittleren Westen Whiskey geschmuggelt. Seine Lastwagen mit landwirtschaftlichen Geräten waren eine gute Tarnung. Aber das Syndikat wollte, dass die Fahrer sicherheitshalber falsche Ausweise und Fahrzeugpapiere hatten.«

»Dann warst du Alkoholschmuggler? Wie mein Vater?«

Er wusste, dass er den richtigen Ton getroffen hatte, indem er sich als jemanden darstellte, der hart gearbeitet hatte, um seinen Weg zu machen, und manchmal wie ihr Vater am Rande der Legalität agiert hatte.

Er durchschaute ihre Lage jetzt besser, die widerstreitenden Gefühle, die sie mit ihrem Elternhaus verband. Als sie aufwuchs, war Alkoholschmuggel eine gute, geachtete Art gewesen, den Lebensunterhalt zu bestreiten, doch es war die Trunksucht der Mutter, die verhinderte, dass die Tochter die Liebe erfuhr, die sie gebraucht hätte.

Er legte seine Hand auf ihre, und sie überließ sie ihm.

Sie beugte sich über den Tisch. »Warum willst du wirklich nach Washington?«, fragte sie.

Er zog die Hand zurück. »Vertraust du mir noch immer nicht?«

»Doch, das tue ich«, sagte sie. »Aber du vertraust mir nicht. Sonst würdest du mir mehr erzählen.«

»Bitte vertrau mir einfach.«

Sie holte tief Luft und nickte dann. »Du warst gut zu mir. Ich denke, das ist es, was zählt.« Sie schob auch die andere Hand über den Tisch. »Und, *Michael*, ist es heute die Nacht der Nächte?«

»Die Nacht der Nächte?«

»Die Nacht, in der Josua die Schlacht von Jericho schlägt.«

»Und die Mauern fallen?«

Sie fielen.

Vivian gab sich ihm hin, und er ließ es geschehen. Er wusste nicht, ob es Liebe war oder schlechtes Gewissen. Er versprach ihr, wenn seine Aufgabe in Washington erledigt sei, werde er zurückkommen. Doch er sagte ihr nicht die Wahrheit – dass er am Heiligabend nicht ihretwegen käme, sondern weil er das Boot ihres Vaters brauchte. Er wusste nicht einmal, ob das noch die Wahrheit war.

DRITTER TEIL
WASHINGTON, D. C.

FREITAG,
19. DEZEMBER

IM FUNKELNAGELNEUEN BUSBAHNHOF an der New York Avenue stieg Kevin Cusack aus dem Greyhound. Er war ungewaschen und roch streng, aber er wusste auch, dass er keinem Polizisten im ganzen Land als der »Hollywood-Nazi« auffallen würde, solange er nur selbstbewusst auf einen bestimmten Punkt in der Ferne zusteuerte.

Offenbar war hier überall Polizei, Uniformen im Bahnhof und draußen auf dem Gehsteig, und vermutlich steckten auch in Mänteln und unter Fedoras einige Polizisten. Doch er mischte sich unter die Menge der Regierungsbeamten und schlüpfte in die erstbeste Telefonzelle, um mit Los Angeles zu telefonieren.

Frank Carter nahm das R-Gespräch an und beglückwünschte sich selbst dafür, dass sein Mann es bis nach Washington geschafft hatte. »Ich hatte eigentlich erwartet, gestern von Ihnen zu hören.«

»Ich bin auf der Flucht, schon vergessen? Manchmal findet selbst Sam Spade kein Telefon.«

Carter verfolgte noch immer die Strategie, dass man Kellogg am besten herauslockte, wenn man ihn glauben ließ, er sei außer Verdacht. Deshalb ließ er durch seine Pressekontakte in L. A. die Geschichte verbreiten, dass das FBI jemand anderen suche. Er wusste nicht, ob sein Plan aufging, aber wenn er schon ein Spiel spielte, musste er seine Figuren auch richtig einsetzen. »Sie müssen mir helfen, Kevin«, sagte er, »Sie dürfen sich nicht stellen.«

»Nicht?« Kevin stutzte. »Was ist mit Ihren einflussreichen Freunden?«

»Bleiben Sie einfach in Bewegung. Suchen Sie weiter.«

Kevin wusste, es war Carter zuzutrauen, dass er ihn auflaufen ließ. Leon Lewis hatte ihn gewarnt. Bei diesen Regierungstypen galten Versprechen nicht viel. »Warum soll ich mich nicht stellen?«, fragte er.

»Weil …«, begann Carter, »weil ich jemand brauche, der da draußen frei herumläuft.« Mehr hatte er nicht in der Hand.

»Geht in Ordnung«, antwortete Kevin. »Seien Sie morgen um diese Zeit am Telefon.«

»Was haben Sie vor?«

Nach einer langen Pause sagte Kevin: »Weihnachten zu Hause sein.«

»Das geht nicht!«

»Noch nicht gleich. Also ziehe ich fürs Erste ins beste Hotel von Washington.« *Klick.*

VIVIAN ERWACHTE AN DER Seite ihres »Ehemanns«. Sie stützte sich mit dem Arm auf und betrachtete ihn beim Schlafen.

Er öffnete ein Auge und wünschte ihr einen guten Morgen.

»Ich kann auch von Washington aus den Zug nach Annapolis nehmen«, sagte sie. »Nimm mich einfach mit nach Washington. Noch eine Nacht, dann sagen wir adieu.«

»Ich sage nicht adieu.« Fast hätte er es selbst geglaubt. »Mach das Gästezimmer fertig.«

»Gästezimmer?«, lachte sie. »Bei meinen Eltern? Machst du Witze?«

Er legte ihr einen Finger auf die Lippen, dann küsste er sie. Aus einem Kuss wurde mehr. Als sie fertig waren, drehte er sich auf den Rücken und sah an die Decke.

»Woran denkst du?«, fragte sie.

»Ich denke, dass das eine gute Idee ist.« Ihm blieb eine Nacht in Washington, ehe die Stauers ankamen. Er würde sich mit Vivian ein Zimmer im Willard nehmen, dann könnten sie Arm in Arm ums Weiße Haus spazieren wie ein Touristenpaar.

UM ELF UHR MORGENS Westküstenzeit fuhr Stella Madden durch die staubigen Vororte von Barstow, Kalifornien. Im Wind quietschte das Schild »Gobel – Waffen und Werkzeug«, und sie bremste ab. Drei Steppenläufer rollten vorbei, genau wie im Film.

»Nichts zu sehen von einem Dodge-Coupé«, sagte sie, »oder einem Pritschenwagen.«

»Ich sehe bloß die Hölle ... oder das Fegefeuer«, sagte Bartholomew Bennett.

»Nicht so melodramatisch. Sieh mal auf die Karte.«

Er wies ihr den Weg bis zur Rimrock Road, etwa eine halbe Meile weiter, vorbei an noch mehr Gestrüpp, Sand und windschiefen Holzhäusern.

Dann steuerte Stella ihren Studebaker Champion in die Einfahrt neben drei dürren Palmen. Auf einer Holztafel an der Tür des kleinen Hauses stand »Samuel Holly, Privatdetektiv – der Wüstenfuchs im Hahnentritt«. Der Wagenunterstand war leer.

»Vergiss das Fegefeuer.« Barty sah sich um. »Das hier ist die Hölle. Todsicher.«

Stella klopfte an, dann blickte sie durch ein Fenster.

Eine Nachbarin, die gerade die Rosen schnitt, rief zu ihnen herüber. »Der ist schon seit zwei Tagen weg.«

Stella gab ihr ihre Karte. »Hat er gesagt, wo er hinwollte?«

»Ständig ist der unterwegs.« Das Gesicht der Frau wurde von einem Sonnenhut beschattet, den sie wohl ein paar Jahrzehnte zu spät aufgesetzt hatte, denn es glich, soweit man es sah, einem abgewetzten Baseballhandschuh. »Der treibt sich wahrscheinlich irgendwo in der Wüste rum. Deshalb nennt man ihn auch ...«

»... den Wüstenfuchs im Hahnentritt. Ja, ich weiß.«

Als sie wieder im Auto saßen, sagte Barty: »Gott, wie ich Hahnentritt hasse.«

»Da bist du nicht der Einzige«, erwiderte Stella.

»Ich rede von dem Muster«, sagte Barty.

»Und ich von dem Kerl«, antwortete Stella. »Für die Fünfzig, die ich ihm versprochen habe, kriegt man hier alles Mögliche. Ein neues Hahnentrittjackett, ein neues Paar zweifarbige Schuhe …«

»Eine einfache Fahrt raus aus der Stadt.«

»Korrekt.« Stella legte den Rückwärtsgang ein. »So eine Fahrkarte nehm ich auch.« Sie fuhr zurück zu Gobels Laden und hielt neben dem quietschenden Schild.

»Wie willst du vorgehen?«, fragte Barty.

»Ich gehe allein rein … als hätte ich mich verfahren. Du steigst aus, vertrittst dir die Beine, gehst ein bisschen spazieren und nimmst die Scheune dahinten unter die Lupe. Halt Ausschau nach dem grünen Dodge, Kennzeichen 76 B 2344.«

»Ich habe keine Scheu vor Scheunen.« Barty zupfte an seiner Fliege. »Dann mal ab ins Heu.«

»Wenn du ihn findest, kommst du rein und sagst, du weißt jetzt, wie wir hinkommen. Ich werde nach der Richfield Beacon Tavern fragen. Das Leuchtfeuer ist hier in der Gegend *der* Orientierungspunkt.«

»Und warum fragst du nicht nach Sam Holly? Vielleicht kannst du sie ein bisschen provozieren.«

»Gib dich ganz lässig … und sei vorsichtig.«

»Schatzi, lässig und vorsichtig schließen sich aus.« Barty richtete sein Einstecktuch. »Entweder das eine oder das andere.«

Stella betrat den Laden. Zwei Gänge getrennt durch Regale … an einer Wand eine Auswahl verschiedener Werkzeuge … ein Holzofen, in dem es vor sich hin knisterte … ein Tresen aus Glas … eine amerikanische Flagge, Fotos, Langwaffen zum Verkauf.

Ma Gobel saß hinter dem Tresen und las eine Zeitschrift. Aus dem Radio kam das Gedudel irgendeines Countrysenders. Auf der Theke stand ein Whiskeyflachmann, aus dem sie sich schon bedient hatte.

»Tag, schöne Frau«, sagte sie. »Was kann ich für Sie tun?«

»Ich bin ein bisschen vom Weg abgekommen.«

»Sind wir das nich alle?« Ma schraubte den Deckel auf die Flasche und steckte sie in die Tasche.

Stella trat an die Theke. »Können Sie mir sagen, wie ich zur Beacon Tavern komme?«

Ma zog am Fenster hinter sich die Jalousien hoch und deutete auf das Richfield-Leuchtfeuer in der Ferne. »Einfach ein Stück in die Richtung.«

»Ah, jetzt sehe ich den Turm. Danke.«

»Niemand kennt sich in Barstow besser aus als die gute alte Ma.«

Stella wandte sich zum Gehen, hantierte mit einer Zigarette herum, um noch etwas Zeit zu gewinnen, und beschloss, dass es nicht schaden könnte, die alte Dame ein bisschen zu provozieren. Also fragte sie: »Könnten Sie mir auch sagen, wo ich das Büro von Samuel Holly finde?«

»Sam Holly?« Ma kniff die Augen zusammen. »Und warum genau wollen Sie das wissen?«

Ja, dachte Stella. Den kennen sie hier. Er ist schon mal hier gewesen. Und nicht, um einen Hammer zu kaufen.

Die Türglocke ertönte, und Barty steckte den Kopf herein. »Oh, Stella, Schatz …«

Ma funkelte Barty an.

Barty ließ sich nicht beirren. »Ich weiß jetzt, wie wir hinkommen, Schatz.« Er deutete mit dem Kopf auf das seitliche Fenster. *Sieh dir das mal an.*

Stella sah, wie ein grüner Dodge Coupé am Laden vorbeifuhr und eine Staubwolke hinter sich her zog. Sie behielt ihn im Auge, bis er in der Scheune verschwunden war.

Ma Gobel folgte Stellas Blick. »So, so, verfahren hast du dich? Und du suchst Sam Holly? Und meinen grünen Dodge suchst du auch?«

»Danke schön, Ma'am«, sagte Stella, »Wir gehen jetzt.«

Draußen fuhr der Pritschenwagen der Gobels vor, ein kräftiger Kerl im Overall stieg aus und schlug die Wagentür zu.

Barty sagte: »Ja, Schatz. Wir müssen jetzt los.«

»Ja, *Schatz*«, äffte Ma ihn nach. »Was denkt ihr zwei euch eigentlich? Dass ich 'ne alte Schnapsnase bin, und ihr könnt hier einfach reinspazieren und mich ein bisschen ausquetschen?«

Stella ging rückwärts den Gang entlang.

»Ihr macht euch besser davon, verdammt noch mal«, sagte Ma.

»Danke schön, Ma'am«, sagte Stella, als würde sie auf einen wütenden Wachhund einreden.

Ihr Tonfall brachte die Alte auf die Palme, sie griff unter den Tresen und hatte plötzlich eine Schrotflinte in den Händen. »Ich scheiß auf dein Dankeschön!«

»Vorsicht!«, schrie Barty, als er die hässlichen Doppelläufe sah.

Stella warf sich zu Boden.

Barty kam von der anderen Seite und zog im Laufen seine Beretta.

Ma richtete die Flinte auf ihn, und ein Krachen aus beiden Läufen ließ Gobels Werkzeugladen erbeben. Ein grober Schrothagel zerfetzte den Raum auf ganzer Breite. Er riss Bartys Brust auf und schleuderte ihn gegen ein Fass Nägel. Er traf die Geräte an der Wand über Stella, und überall klingelten Querschläger umher.

Ein paar trafen sogar den Riesen im Overall, der gerade hereinstürmte. Er wankte kurz, dann stürzte er sich auf Stella.

Sie kroch rückwärts. Aber hinter sich hörte sie, wie Ma nachlud und murmelte: »Verdammte Lügnerin, glaubst du, du kannst hier reinkommen und uns ausspionieren? Bist du Jüdin oder was?« Die leeren Hülsen klirrten zu Boden. »Erst lügen und rumgucken, und dann willste noch wissen, ob wir den größten Schnüffler von Barstow kennen. Und unser neues Auto glotzt du an, als hätten wir's geklaut, oder was ...« Mit einem Klicken rastete die erste Patrone ein, dann die zweite.

»Was ist hier los, Ma?«, schrie der Hüne.

»Das Miststück hier sucht nach Sam Holly, als hätten wir den umgebracht.«

Der Sohn griff sich einen Hammer von der Wand.

Die Mutter ließ die Flinte zusammenschnappen.

Stella fragte sich, womit sie gleich erledigt werden würde: Schrot oder Hammer? Sie setzte sich auf und blickte den Gang entlang. Von rechts: Sohn mit Hammer. Von links: Mutter mit Flinte.

»Nicht schießen, Ma«, sagte der Sohn. »Einmal hast du mich schon getroffen.«

Ma zögerte.

Das gab Stella Zeit, in die Tasche zu greifen und die Pistole an ihrem Bein zu lösen.

Der Sohn hob den Hammer.

Er sah die Waffe nicht, aber Stella legte auf ihn an. Sie schoss durch den Stoff ihres Rocks und traf ihn. Dann wartete sie auf die Ladung aus Mas Flinte.

Doch auf der anderen Seite des Raums krachte eine Pistole. Ein kleinkalibriges Loch erschien mitten auf Mas Stirn, und sie sackte zu Boden.

»Was zum …«, sagte der Sohn. Er stand noch da und sah mit glasigem Blick hinüber zu Barty, dessen Blut in die Fugen zwischen den Bohlen rann, doch für einen Treffer hatte der Rest Leben in ihm noch gereicht. Das gab Stella Gelegenheit, die Pistole herauszuziehen, anzulegen und erneut zu feuern, dem Sohn mitten in den Bauch. Er zuckte wie bei einer Ohrfeige, stolperte kurz, kniff die Augen zusammen und stürzte sich auf sie.

Fieberhaft kroch sie rückwärts, auf Händen und Füßen, nur weg, weg, weg von dem Hammer, bis sie gegen den gläsernen Tresen stieß. Als sie nicht weiterkam, hob sie die Pistole und feuerte erneut, traf den Riesen wieder in den Bauch, aber auch das hielt ihn nicht auf.

Sie schoss noch einmal, und der vierte Schuss stoppte ihn. Er hob den Hammer, doch er schwankte auf der Stelle, als wäre das Ding plötzlich so schwer, dass es ihn hintenüber zog. Bei ihrem nächsten Schuss fiel er endlich.

Dann war es still in Gobels Werkzeugladen.

Aus dem Augenwinkel sah Stella Barty, wie er an dem Fass mit den Nägeln lehnte, die Pistole in der Hand, der Kopf zur Seite gesunken. Aus einem Dutzend Löcher in der Brust sickerte Blut. Er röchelte.

Da erschien an ihrer Seite ein Paar zweifarbiger Schuhe.

Sam Holly? Sie blickte auf … und da stand ein weiterer Fremder. Noch ein Sohn?

Dieser hielt eine Maschinenpistole. »Wer, zum Teufel, bist du?«, sagte er.

Mehr sagte er nicht.

Barty hatte noch einen Schuss … und der traf mitten zwischen die Augen.

KEVIN CUSACK ZÄHLTE SEIN GELD. Mit den hundert Dollar von Dilly hatte er jetzt mehr als dreihundert, deshalb entschied er sich für das Mayflower Hotel an der Connecticut Avenue in der Nähe des Dupont Circle. Niemand würde erwarten, dass der »Hollywood-Nazi« mitten in D. C. in diesem Palast von einem Hotel abstieg. Aber zuerst ging er zu Garfinckel's, um ein paar neue Sachen zu besorgen: Unterwäsche, Hemden, eine Umhängetasche für die neuen Sachen – und die schmutzigen.

Bisher hatte er sich im Hotel nie ausweisen müssen, aber zwei Wochen nach Pearl Harbor bat man ihn an der Rezeption wahrscheinlich darum. Suchte man nach jemandem mit dem Namen Kevin Cusack? Im Gästebuch unterschrieb er als Kevin Carroll aus Boston, Massachusetts, und den Nachnamen kritzelte er genau so hin, wie er auch sonst signierte.

Der Mann an der Rezeption las den Eintrag. »In Ordnung Mr. Ca…«

»Carroll.« Wie viele Iren aus Boston hatte Kevin auf dem Bau gearbeitet und besaß eine Gewerkschaftskarte. Er hielt sie dem Mann hin und zeigte ihm die genauso unleserliche Unterschrift mit dem übergroßen »C«. Dann erfand er die Geschichte, er sei zu einer außerordentlichen Konferenz der Internationalen Werktätigen- und Bauarbeitergewerkschaft angereist.

Der Rezeptionist schaute kurz auf die Karte. »Mr. Carroll, ja. Zimmer 812.« Dann erklärte er, Mr. Carroll solle sich nicht über die besonderen Kriegsvorkehrungen wundern. Auf jeder Etage gebe es Luftalarmsirenen, auf dem Dach Wachposten, und der Barbiersalon sei zur Erste-Hilfe-Station umgebaut worden. »Sie müssen sich also leider auf Ihrem Zimmer rasieren.«

Kevin war das einerlei. Er freute sich, an einem ruhigen Ort zu sein, und dass das Ruckeln und Wackeln bei jedem neuen Straßenbelag und jedem Schalten ein Ende hatte.

Als Erstes rief er die Rezeption an und fragte, wie lange es dauern werde, ein Tweedsakko und eine wollene Hose reinigen und bügeln zu lassen. *Das geht über Nacht?* Bestens.

Anschließend duschte er. Eine Viertelstunde lang ließ er sich von dem dampfend heißen Wasser überströmen und reinigen, bis er sich fühlte wie ein neuer Mensch.

Dann zog er einen Hotelbademantel über und ließ sich aufs Bett fallen. Er hatte einen Bärenhunger. Ein Burger und ein Bier vom Zimmerservice wären jetzt genau das Richtige. Er streckte den Arm nach dem Telefon aus, aber nachdem er fast eine Woche lang nur sitzend in Lastwagen und Bussen geschlafen hatte, war er todmüde. Noch bevor seine Hand den Hörer erreicht hatte, sank sie hinunter, und er schlief ein.

IM WILLARD ZOG VIVIAN die Vorhänge zurück und schaute hinaus auf die Pennsylvania Avenue. Martin sah auf die Uhr: zwanzig nach vier. In einer halben Stunde würde die Sonne untergehen. Dann wollte er an Ort und Stelle sein, um das Licht und das Gelände in Augenschein zu nehmen.

Doch Vivian sagte: »Komm, wir lassen uns etwas aufs Zimmer kommen.«

»Mrs. Milton, das Luxusleben wird Ihnen offenbar schon zur Gewohnheit.«

Sie ließ sich aufs Sofa fallen und streifte die Schuhe ab. Das Hotelzimmer war womöglich das größte, in dem sie je übernachtet hatte. »Du verwöhnst mich zu sehr.«

Er sah, wie sie sich zurücklehnte, verführerisch, aber liegend half sie ihm nicht weiter. Er reichte ihr die flachen Schuhe. »Nach der langen Fahrerei muss ich mir die Füße vertreten. Ein schöner Spaziergang, dann gehen wir in deinem Washingtoner Lieblingslokal essen. Wohin willst du?«

Sie schlüpfte in die Schuhe und seufzte. »Frauen, die solche Schuhe tragen, gehen nicht fein essen. Also – wohin willst *du* gehen?«

»Mir hat mal jemand vom Old Ebbitt Grill erzählt. Dahin gehen wir. Aber wir gehen *jetzt*.«

Als sie aus dem Hotel kamen, gingen sie rechts die Pennsylvania hinauf, die am östlichen Rand des Regierungsviertels auf die Fünfzehnte Straße traf. Vor ihnen erhob sich das Finanzministerium, das mit seinen Säulen und Simsen einem griechischen Tempel nachempfunden war.

Er ging mit ihr auf der Fünfzehnten südwärts. Beim Treasury Place standen zwei Soldaten vor einem kleinen Gebäude und bewachten den Zugang zum Bereich des Präsidenten. Wahrscheinlich eine Neuerung seit dem 7. Dezember, dachte Martin. Im Abendverkehr gingen sie weiter bis zur E-Straße, die den Südrasen vor dem Weißen Haus von der Ellipse trennte, der zwanzig Hektar großen Wiese zwischen dem Sitz des Präsidenten und dem Washington Monument.

Martin hoffte, an Heiligabend auf den Südrasen zu gelangen. Vorerst aber genügte ihm ein Blick durch den Zaun. Als er den Schuss der Kanone von Fort Myer auf der anderen Seite des Flusses hörte, den Abendsalut, beschleunigte er seine Schritte.

Vivian hatte Mühe, ihm zu folgen. »Warum die plötzliche Eile?«
»Ich habe das Weiße Haus noch nie bei Sonnenuntergang gesehen«, sagte er. »Angeblich ist es … ist es …«
Und da war es, rosafarben im Schein der untergehenden Sonne.
»… wunderschön. Einfach wunderschön.«
Von dem berühmten Aussichtspunkt aus überblickte man den Südrasen mit der Fontäne bis hin zum Südportikus. Auf dem Gehsteig stand eine kleine Menschengruppe mit Fotoapparaten und der angemessenen Ehrfurcht. Sogar im Krieg, ja besonders im Krieg, entfaltete dieses Symbol amerikanischer Stabilität und Kontinuität eine mächtige Wirkung.
»Sehr, sehr schön«, wiederholte er.
Sie sah in seinen Augen einen seltsamen Blick, als würde er einen majestätischen Berg betrachten. Und auch in seiner Stimme lag etwas Besonderes, eine geradezu erotische Erregung. Sie hatte es schon am vorherigen Abend bemerkt, als sie auf dem großen Doppelbett im Gettysburg Hotel ein Bein um seine Hüfte geschlungen hatte und auf ihn gestiegen war.
»Was denkst du – wie weit ist es entfernt?«, fragte sie.
»Sechshundertfünfundsiebzig Fuß. Zweihundertfünfundzwanzig Yards. Oder zweihundertfünf Meter.«
»Das weißt du so genau?«
»Ich könnte es dir auch in Zoll sagen, so oft habe ich von diesem Anblick geträumt.«
Manchmal sagt er wirklich seltsame Sachen, dachte sie. Sie hakte sich bei ihm unter. »Gut, jetzt haben wir es gesehen, und ich habe Hunger. Gehen wir.«
Er sagte ihr, er wolle noch ein bisschen warten, um zu beobachten, wie es dunkel wurde. Also warteten sie weitere fünfzehn Minuten, bis das Dämmerlicht verschwunden war und im Haus die Lichter leuchteten. Dann verschwanden auch sie. Jemand hatte die Verdunklungsvorhänge zugezogen.

Und Martin Browning wusste, dass ihm der Schuss gelingen würde. Franklin Roosevelt war ein toter Mann.

CHIEF AGENT DICK HOOD diskutierte nicht lange. Er organisierte sogar einen Privatflug von Burbank nach Barstow. Gegen vier Uhr nachmittags Westküstenzeit brachte ein Wagen der örtlichen Polizei Frank Carter zu Gobels Werkzeugladen. Der Wind wehte noch immer, Staub wirbelte auf, das Schild quietschte.

Stella Madden saß in ihrem Auto und starrte ins Leere.

Als Carter zu ihr kam, schüttelte sie den Kopf. *Noch nicht.* Noch nicht reden.

Also ging Carter hinein. Die Toten lagen noch dort, wo sie zu Boden gegangen waren. Polizisten sichteten den Tatort. Über der Leiche von Ma Gobel blitzte eine Kamera.

Der Polizeichef, ein rotgesichtiger Mann in den Fünfzigern, warf einen Blick auf Carters FBI-Marke und schüttelte ratlos den Kopf. »Ich wusste, dass die Gobels America-First-Anhänger waren, aber *Nazis?*«

»Der Nazi, hinter dem wir her sind, fuhr einen grünen Dodge-Coupé«, sagte Carter.

»Der steht drüben in der Scheune. Wir haben die Fahrgestellnummer abgeglichen.« Der Polizeichef schaute auf seinen Notizblock. »Registriert auf einen Harold King aus Glendale, Kalifornien, rechtmäßig auf die Gobels überschrieben, und die haben ihn heute Nachmittag korrekt angemeldet. Dann haben sie ihn hergebracht, als Miss Madden und ihr Assistent schon da waren. Keine Ahnung, wie es zu der Schießerei kam, aber …«

»Die beiden haben Sam Holly gesucht«, sagte Carter.

»Den Wüstenfuchs im Hahnentritt.« Der Polizeichef deutete auf Barty. »Der arme Kerl da könnte noch leben, wenn er gewusst hätte, dass wir Hollys Auto oben in den Bergen gefunden haben … bis auf die Felgen ausgebrannt, und hinter dem Steuer saß eine verkohlte Leiche, eine Leiche *ohne Schuhe.*«

»Ohne Schuhe?«, fragte Carter.

Der Polizeichef zeigte auf die zweifarbigen Budapester an den Füßen von Richard Gobel.

»Was wollte Holly denn in den Bergen?«, fragte Carter.

»Wie's aussieht, hat er den Schießstand der Gobels erkundet.«

»Haben Sie da oben Patronenhülsen sichergestellt?«

»Nein. Da wird schon so lange rumgeballert, da liegen Tausende herum. Aber komische Tonfiguren haben wir gefunden.« Der Polizeichef griff in die Tasche seiner Uniform und gab Carter eine Porzellanscherbe. »Sieht aus wie ein Weihnachtsengel, dem man den Kopf weggeschossen hat.«

»Eine Hummel-Figur«, sagte Carter wie zu sich selbst. »Das war er.«

»Das war ein Treffer aus zweihundert Metern. Bergauf.«

»Jesus!«, sagte Carter.

»Ja, den hat er auch erwischt.« Der Polizeichef nahm eine weitere Scherbe aus der Tasche, das lächelnde Gesicht eines Kindes, des Kindleins in der Krippe.

Ein anderer Polizist kam mit einem Stapel Papiere aus dem Hinterzimmer des Ladens. Carter blätterte sie durch. Der übliche Bund-Kram: hektographierte Nazi-Reden, Flugblätter, Plakate. »Hooray for Hitler«. »America First«. Kapuzenmänner, die mit Kreuzen und Fahnen marschierten.

»Haben Sie den Dodge schon durchsucht?«

»Nichts Besonderes. Fahrerhandbuch. Beleg über einen Ölwechsel. Eine alte Straßenkarte mit angekokelten Rändern, als hätte sie jemand ins Feuer geschmissen und es sich dann doch anders überlegt.« Der Polizeichef breitete alles auf dem Tresen aus.

Carter faltete die Karte auseinander. Eine Seite zeigte den Staat Kalifornien mit einem vergrößerten Stadtplan von Los Angeles. Mit Bleistift war der Weg von Glendale zum Deutschen Haus eingezeichnet, zum Stadtzentrum von Burbank, zur Murphy Ranch und bis zu den Docks von Long Beach.

Auf der Rückseite: eine Karte der gesamten USA und eine Bleistiftlinie entlang der Route 66 durch Barstow, Kingman, Amarillo, Winona, Flagstaff, nach Gallup, New Mexico, Oklahoma City und St. Louis, dann weiter über die Route 50 bis nach Washington.

So war das also. Das Nazi-Schwein war unterwegs nach Washington und hatte seine Karte vergessen oder sie verbrennen wollen, aber jemand hatte sie aus dem Feuer gerettet, weil Karten teuer sind. Kevin Cusack hatte den richtigen Riecher gehabt. Carters Ahnungen hatten sich bewahrheitet.

Da spürte Carter Stella an seiner Seite.

Sie war leise hereingekommen und starrte Barty an. Ihre Augen waren leer, die Stimme tonlos. »Ich will nur eins, Frank«, sagte sie. »Wenn du ihn jagst, komme ich mit. Wenn dieses Nazi-Schwein hier nicht vorbeigekommen wäre, würde Barty jetzt noch leben.«

Carter zeigte ihr die Karte. »Er hat uns ein Bild gemalt. Er will nach Washington, D. C.«

»Wir können fliegen«, sagte sie. »Achtzehn Stunden, drei Zwischenlandungen, dreihundert pro Person, falls man noch Flugscheine bekommt. Wenn dein Boss nicht zahlt, bezahl ich's.«

SAMSTAG,
20. DEZEMBER

KURZ VOR ACHT UHR MORGENS stiegen die Stauers an der New Yorker Penn Station aus einem Taxi.

Helen betrachtete die majestätische neoklassische Fassade des Bahnhofs mit ihren griechischen Säulen, dann drehte sie sich um, um das Empire State Building zu bewundern.

»Ich weiß, was du jetzt denkst«, sagte ihr Mann. »Wenn wir Transatlantikbomber hätten, könnten sie den Wolkenkratzer gut als Zielpunkt verwenden.«

»An Heiligabend werden wir mehr Schaden anrichten als die ganze Luftwaffe.«

Er beugte sich vor und wollte sie küssen.

Sie hob den Zeigefinger. »Mein Lippenstift.«

»Aber in Preußischblau siehst du so hinreißend aus, und ...«

Sie tippte ihm mit dem Finger auf die Lippen. »Wenn wir ihn getötet haben.«

»Vorfreude ist die schönste Freude.«

Sie sahen aus wie Wochenendurlauber, die gleich in den Congressional-Limited-Express einsteigen würden. Doch Helen hatte einen Mauser-Karabiner 98k und ein ZF39-Zielfernrohr von Zeiss mit vierfacher Vergrößerung eingepackt. Das Gewehr war hundertelf Zentimeter lang und passte kaum in ihren übergroßen Koffer. In der Handtasche befand sich eine Waffe, die in ihren Händen ebenso tödlich war – eine Injektionsspritze. Wilhelm trug seine Walther P38 unter der Achsel und in einer Scheide in seinem Ärmel ein Stilett.

KEVIN CUSACK ÖFFNETE DIE innere Tür seines Zimmers im Mayflower Hotel. Da hingen seine Kleider, gereinigt und in einer schützenden Papierhülle. Selbst in Kriegszeiten gab es noch die kleinen Gesten, die kleinen Annehmlichkeiten, die das Leben schöner und zivilisierter machten. Er zog seine wollene Hose und sein frisch gestärktes weißes Hemd an und war wieder ganz er selbst.

Beim Zimmerservice bestellte er Eier und Speck mit Maisgrütze. Da Washington eine Stadt des Südens war, gab es immer Grütze dazu. Dann nahm er sich das Washingtoner Telefonbuch vor. Eins von Maryland gab es in dem Zimmer nicht, also suchte er zuerst nach Stanley Smith. Aber bei sechshundertfünfzigtausend Einwohnern waren eine Menge Smiths verzeichnet. Und was, wenn der Anschluss über seine Mutter lief? Vielleicht hatten die beiden gar kein Telefon.

Und außerdem: Wie sollte Stanley Smith Kevin dabei helfen, Vivian Kellogg zu finden? Wollte sie seine Hilfe überhaupt? Wusste sie vielleicht schon, dass ihr Mann ein Mörder war? Und was wusste sie noch?

Kevin zählte fünf Stanley Smiths. Nach dem Frühstück rief er sie der Reihe nach an. Zwei waren nicht zu Hause und drei waren ganz sicher keine Schlafwagenschaffner.

Was stand als Nächstes an? Sein morgendlicher Anruf in Los Angeles. Aber noch gab er den Abhörspezialisten vom FBI sein Versteck nicht preis. Er brauchte eine Telefonzelle. Und vielleicht erinnerte er sich ja doch noch an den Namen des Marktes, auf dem Stanley samstags immer mit seiner Mutter einkaufen ging.

MARTIN BROWNING WACHTE AUF, als Vivian sich im Bett aufsetzte. Er sah zu, wie sie zum Fenster ging und die Vorhänge zurückzog, sodass der Sonnenschein ihr blondes Haar und ihre Hüften umrahmte. Sie war eine Erscheinung, sei es bekleidet und geschminkt im Old Ebbitt Grill oder nackt und unschuldig im hellen Morgenlicht.

Bei ihrem Anblick ließ er sich davontragen, so wie er sich am Tag nach Pearl Harbor hatte davontragen lassen, als Koppels Lincoln

Zephyr den Pacific Coast Highway erreichte. Und auch seine Gedanken waren ähnlich: Wer wollte in solch einem Augenblick schon daran zweifeln, dass alle Sorgen der Menschen gelindert und alle Probleme gelöst werden konnten durch den Anblick eines herrlichen Ozeans oder einer sonnenbeschienenen nackten Frau? Wer könnte sich, wenn alle Kriege ausgefochten und alle Schlachten gewonnen waren, vom Leben mehr erhoffen als dieses erste Bild nach dem Aufwachen?

Er wusste nicht, ob es Liebe war, doch mehr als bloße Lust war es bestimmt, denn seine Gedanken kreisten nicht allein um Sex. Dann beugte sie sich vor, als wollte sie unten auf der Straße etwas genauer betrachten, und rasch taumelten die Gedanken doch in Richtung Lust.

Sie blickte über ihre Schulter und sagte: »Der Anblick gefällt dir, was?«

Das Laken, das seine Taille bedeckte, hob sich.

Sie wackelte mit dem Hintern und sagte: »Sehe ich eigentlich aus wie eine Hochstaplerin?«

»Eine Hochstaplerin?«

Sie drehte sich um und lehnte sich gegen die Fensterbank. »Eine Hochstaplerin, die eure Operation gefährdet?« Die Frage klang scherzhaft, aber sie scherzte nicht. Für ihn war es wie eine kalte Dusche.

Martin konnte jetzt entweder seinem Ärger freien Lauf lassen oder versuchen, seine Lust wiederzubeleben. Er schwang sich aus dem Bett, packte sie bei den Schultern, küsste sie und drängte sich an sie. Und dabei belog er niemanden.

Sie stellte sich auf die Zehenspitzen. Er umfasste ihren Hintern und hob sie hoch. Sie packte seinen Nacken. Er trug sie zurück zum Bett, stemmte die Beine auf den Boden und drang in sie, verbarg seinen Ärger in seiner Lust, begrub seinen Ärger in ihr, doch sie spürte nur die Lust und erwiderte sie.

Nachdem sie wieder zu Atem gekommen waren, sagte sie: »Die Operation findet also statt?«

Er hatte viele Frauen gehabt, doch weder hatte er sich für eine von ihnen solche Gefühle erlaubt, noch einer von ihnen gestattet, so mit ihm zu reden. »Wenn meine Operation erledigt ist, komme ich an Heiligabend zu dir zurück, Vivian. Mehr musst du gar nicht wissen.«

»Es gibt also eine Operation? Und was ist mit den Diebolds?«

Er rollte zur Seite. »Ich bin Saatgutvertreter und arbeite für Saatgutproduzenten wie die Diebolds.«

Von diesem Geschäft verstand sie nichts, und sie wusste auch nicht, welches Interesse die Regierung an der Saatgutproduktion hatte, aber sie wusste noch, wie sie sich gefühlt hatte, als sie in Chicago in dieses Auto gestiegen war. »Warum war Diebold so ungehalten, als er mich gesehen hat?

»Er ist ein unzufriedener Mann. Unzufrieden, weil er während der Depression fast pleite gegangen wäre. Unzufrieden, weil er für Schnapsbrenner arbeiten musste, um sein Geschäft zu retten. Unzufrieden, weil er uns extra in Chicago abholen musste.« Martin sprang auf und ging ins Bad. »Wir haben Krieg, Vivian. Die Leute sind unzufrieden. Und deinetwegen werden ich auch langsam unzufrieden. Ich mache Geschäfte mit dem Landwirtschaftsministerium. Das ist die ganze ›Operation‹.«

»An einem Wochenende?«, fragte sie.

»Im Krieg gibt es kein Wochenende.« Er stellte die Dusche an. Dann wickelte er sich ein Handtuch um die Hüfte und ging zurück ins Zimmer.

Sie saß auf dem Bett und hatte das Laken bis zum Kinn hochgezogen.

Er setzte sich auf den Bettrand. »Jetzt habe ich dich schon so weit mitgenommen.«

»Stimmt. Auch wenn es manchmal ziemlich holprig zuging.«

Er drückte ihren Oberschenkel. »Vertrau mir einfach noch ein bisschen.«

DIE VERMITTLUNG VON ATT fragte, ob Agent Carter ein R-Gespräch von Sam Spade annehmen wolle. Eine Stimme, die nicht Carter gehörte, antwortete mit Ja.

»Sie sind verbunden«, sagte die Telefonistin.

»Hier ist Agent McDonald. Mr. Cusack?«

»Am Apparat.« Kevin stand in einer Telefonzelle in der Union Station.

»Agent Carter ist unterwegs nach Washington. American Airlines. Landung morgen früh um sechs. Er hat ein Zimmer im Willard Hotel gebucht.« McDonald begann zu flüstern: »Er lässt ausrichten, Sie sollen sich bis dahin einfach bedeckt halten.«

Kevin erinnerte sich an McDonald. Er war bei der Razzia im Deutschen Haus dabei gewesen. Konnte man ihm vertrauen? Und Carter? Konnte man überhaupt jemandem vertrauen?

»Das FBI sucht also nicht nach mir?«, fragte er. »Was ist mit der Polizei von D. C.?«

»Wir haben ein paar Geschichten in Umlauf gebracht, um sie von Ihrer Spur abzubringen. Wir versuchen Sie zu beschützen. Aber ich kann nichts versprechen.«

Kevin hatte die Morgenzeitungen gesehen. Alle brachten Artikel über den »Hollywood-Nazi«. Allerdings nicht auf der Titelseite. Aber sie hielten die Story am Leben, und Carter wurde mir den Worten zitiert: »Wir glauben, dass Boston sein Ziel ist. Alle Bahnhöfe zwischen Providence und Portland werden überwacht.« Wenn Carter die Fäden in der Hand hielt, was bezweckte er wohl damit? Kevin wurde nicht schlau daraus.

Aber er fragte nicht danach. Stattdessen sagte er: »Im Willard? Auf Staatskosten?«

»Carter hat eine neue Freundin. Sie bezahlt.«

»Er hat seine Freundin dabei?«

»Ein echter Glückspilz.«

Kaum hatte Kevin aufgelegt, fielen ihm Fragen ein, die er sehr wohl gern gestellt hätte. Wenn Carter mit seiner Freundin anreiste, arbeitete er dann noch offiziell für das FBI, oder hatte man ihn von dem Fall abgezogen? Und wenn Carter auf eigene Faust ermittelte, was hieß das dann für Kevin?

Er spähte durch die Glastür und beobachtete die Menge der Reisenden. Weil gerade niemand telefonieren wollte, blieb er in der Zelle, wo das Telefonbuch von D.C. hing, und, was noch wichtiger war, auch die der Countys Baltimore und Anne Arundel. Er schlug unter »Kellogg« nach. Aber nach zwanzig Minuten erfolgloser Anrufe begriff er, dass er den ganzen Tag suchen konnte, ohne irgendetwas zu erreichen. Er musste diesen schwarzen Schaffner finden.

Gerade als er aus der Telefonzelle trat, näherten sich zwei Polizisten. *Locker bleiben. An die Wand lehnen. Die Zeitung aus der Tasche holen. Tu so, als würdest du lesen. Sie werden schon nicht fragen, warum du dich hier herumtreibst.*

Von allen Hauptbahnhöfen, die Kevin je gesehen hatte, war die Washingtoner Union Station der eindrucksvollste. In der mächtigen Halle mit dem marmornen Tonnengewölbe hallten die Stimmen der Menschen wie in einer Kathedrale. Hier kreuzten sich die Wege der Demokratie. Doch selbst hier hielt die Polizei Ausschau, ob sich bei den Telefonzellen zwielichtige Gestalten herumtrieben – Buchmacher, Zuhälter, Lastwagenräuber – und in dieser Stadt vermutlich auch Republikaner ... und Demokraten?

Aber die Polizisten würdigten ihn kaum eines Blicks.

Zur Sicherheit blieb Kevin noch eine Weile hinter der Zeitung in Deckung. Er hatte sie bei den Lebensmittelanzeigen aufgeschlagen. Da stand das Markenzeichen der Ladenkette DGS, kurz für District Grocery Stores, mit dem Werbespruch »Der Eigentümer ist Ihr Nachbar« und Reklame für Corby Cake, »Nach Muttern bestem

Rezept«, neunundfünfzig Cent, und Kondensmilch von Carnation für zehn Cent. Und dann fiel sein Blick auf die Worte »Kauf ein im Eastern Market«.

Treffer! *Das* war der Markt, den Stanley Smith erwähnt hatte, auf dem er mit seiner Mutter samstags einkaufen ging.

Zehn Minuten später marschierte Kevin die Siebte Straße entlang zu dem riesigen Ziegelbau, der den Bewohnern von Washington seit 1873 als Markthalle diente.

Am Wochenende vor Weihnachten konnte dort noch nicht einmal der Vormarsch Japans im Pazifik die Laune dämpfen. An einem Stand vor der Halle wurden Kränze und Weihnachtsbäume angeboten, an anderen handgemachtes Spielzeug und Christbaumschmuck. Die Handglocken der Heilsarmee klingelten, und die Kundschaft, an diesem frostigen Morgen eingehüllt in Mützen und Mäntel, drängte von einem Stand zum anderen.

Unablässig »Nein danke« murmelnd, schob sich Kevin vorbei an aufdringlichen Händlern, an einem rauchenden Feuer in einem Fass, an dem sich ein paar Kerle die Hände wärmten, und betrat die eigentliche Markthalle. In dem aufbrandenden Stimmengewirr wurden Austern aus der Chesapeake Bay angepriesen, selbst geräucherter Schinken aus Virginia und Orangen und Mandarinen, frisch eingetroffen per Nachtzug aus Florida. Es ertönten Frauen- und Männerstimmen, und auch ein Chor, der Weihnachtslieder sang.

Hier Stanley zu finden war noch schwieriger als im Telefonbuch, dachte er, denn die Hälfte der Kundschaft waren Schwarze. Der Schmelztiegel von D. C. Dennoch durchschritt Kevin der Länge nach das ganze Gebäude, beschienen von den schräg durch die Dachfenster einfallenden Lichtsäulen. Er kaufte sich eine Tasse Kaffee und setzte sich an einen Tisch in der Mitte, von dem aus er die ganze Halle überblicken konnte.

Hier würde er eine Stunde warten, dann ein bisschen spazieren gehen und für eine weitere Stunde zurückkehren. Er hatte den ganzen Tag Zeit, und etwas Besseres fiel ihm nicht ein. Also wartete er und wunderte sich, wie sehr sich für ihn – und das ganze Land – seit dem 7. Dezember alles verändert hatte. Noch am 6. hatte er gehofft, ein Drehbuch für Errol Flynn zu schreiben, mit Sally Drake ins Bett zu gehen und unter der Sonne Kaliforniens das Leben zu genießen. Und jetzt befand sich das Land im Krieg, und er war auf der Flucht vor der Polizei. So schnell konnte sich alles ändern.

Das reichte für eine Portion Selbstmitleid, mit der man sich einfach in eine Ecke zurückzog und aufgab, was Kevin auch gerade tun wollte, als er eine ältere schwarze Frau bemerkte, kräftig und mit einem knöchellangen Mantel, begleitet von einem Mann, der wohl ihr Sohn war und eine Menge schwerer Einkaufstaschen trug …

Sie schoben sich von einem Stand zum nächsten. Und als sie schließlich nahe genug waren, war Kevin sich sicher. Er hatte den Schaffner gefunden. Ihm gefiel die zuvorkommende Art, mit der Stanley seiner Mutter half und Geld aus der Tasche zog, wenn sie darum bat. Jemandem, der seine Mutter so gut behandelte, konnte man vertrauen.

»Und heute Abend gibt's Gumbo mit Garnelen und Austern?«

»Köstlich, Mama.«

Und so ging die Mutter zum Stand mit den Meeresfrüchten, während ihr Sohn in der Mitte der Halle stehen blieb und die Preise auf der Tafel des Käsehändlers betrachtete.

Und Kevin sagte von hinten zu Stanley: »Ich hätte gern etwas von dem gegrillten Lake-Superior-Weißfisch, den man im Super Chief bekommt.«

Stanley fuhr herum.

Kevin blinzelte unter der Schiebermütze hervor. »Den hatte ich letzten Samstag schon.«

»Sie!« Stanley senkte seine Stimme. »Mit Ihnen will ich nichts zu tun haben.«

Mrs. Smith erschien hinter ihrem Sohn. »Mit wem redest du da, Stanley?«

»Bin gleich fertig, Mama.«

Kevin stand auf und nahm die Mütze vom Kopf. »Ich hatte die Ehre, in einem der Wagen Ihres Sohnes zu reisen. Ich wollte ihm nur meinen Dank für seine gute Arbeit aussprechen, Ma'am.«

»Da haben Sie recht, Sir«, sagte Stanleys Mutter. »Und ist das nicht nett? Seine Chefs sind so zufrieden mit ihm, dass sie ihm die ganze Weihnachtszeit freigeben, sogar bis Neujahr.«

Stanley sah Kevin an, und sein Blick sagte: *Erzählen Sie meiner Mama bloß nichts.*

»Stanley«, sagte Mrs. Smith, »wenn es Gumbo geben soll, brauchen wir noch Okraschoten.«

»Dann geh schon mal welche kaufen, Mama. Ich komm gleich nach.« Er wandte sich an Kevin. »Hier sind überall Augen. Die Leute sehen, mit wem ich rede. Und Sie sind der *Letzte*, mit dem ich reden will.«

»Ich habe sie nicht umgebracht, Stanley.«

»Ist mir egal.«

»Am Sonntagmorgen, als Sie mich im Aussichtswagen gesehen haben, war ich schon die ganze Nacht dort gewesen und völlig betrunken. Wie der letzte Idiot.«

»Vielleicht sind Sie ja ein Idiot, aber *ich* bin keiner. Doch genau das haben die Zeitungen über mich geschrieben. Was für ein Idiot ich gewesen bin, weil ich diesen Kellogg aus dem Zug rausgelassen hab. Das gefällt mir ganz und gar nicht. Die Frau hat gesagt, sie ist schwanger und muss den Lake Shore Limited erwischen und schnell nach Hause, weil ihre Mama im Sterben liegt. Die haben mich für dumm verkauft.«

»Die beiden haben ganz bestimmt nicht den Lake Shore genommen, Stanley. Ich glaube, sie sind in Maryland. Und ich muss sie finden. Wahrscheinlich war es dieser Kellogg, der Sally Drake umgebracht hat.«

»Dafür gibt's keine Beweise.«

»Noch nicht, aber überlegen Sie doch mal. Würde ein anständiger Mann seiner Frau so sehr eine verpassen, dass sie ein Veilchen bekommt, vor allem wenn sie schwanger ist?«

»Männer schlagen Frauen. Männer vögeln Frauen, mit denen sie nicht verheiratet sind. Im Zug vögeln Männer ständig irgendwelche Frauen. Ich kann mir über so was keine Gedanken machen, wenn ich meine Arbeit machen will, Mister.« Stanley schaute hinüber zum Gemüsestand, wo seine Mutter gerade zahlte. »Und jetzt verschwinden Sie endlich.«

Kevin schrieb seinen Namen und seine Hoteltelefonnummer auf eine Ecke der Zeitung und gab Stanley den Schnipsel. »Helfen Sie mir, die beiden zu finden, dann können wir beide unseren guten Ruf wiederherstellen.«

Stanley nahm das Stück Papier. »Die können mich festnehmen, nur weil ich mit Ihnen *rede*.«

»Ich hab's nicht getan.«

»Mir egal.« Stanley drehte sich um und ging.

Kevin stand da, und die Menschen drängten sich an ihm vorbei, wie Wasser um einen Felsen. Und wieder wünschte er sich, es wäre noch der 6. Dezember.

HÄTTE MARTIN BROWNING SICH einen Ort aussuchen sollen, wohin er nach dem Mord an dem Präsidenten *nicht* flüchten würde, wäre es Annapolis gewesen. Hier, wo die Wiege der US-Marine stand, knapp sechzig Kilometer östlich von Washington, erschien ihm der Krieg sehr nahe. Junge Männer beendeten vorzeitig ihr Studium. Rund um die Marineakademie herrschten strenge Sicherheitsvorkehrungen. Überall waren bewaffnete Wachposten. Aber für jemanden, der es gewohnt war, um die Ecke zu denken, war es womöglich das beste Versteck.

Vivian zeigte Martin, wie er fahren musste: die Duke of Gloucester

Street entlang, über die Brücke, die den Spa Creek überspannte, und dann nach Eastport, ein Arbeiterviertel mit bescheidenen, aber gepflegten Bungalows, dicht an dicht. In einem Hauseingang stand ein winkender Weihnachtsmann aus Pappe: *Immer herein …*

»Hier ist es«, sagte Vivian. »Halt an.«

Es war kühl und grau geworden, genau das Wetter, das sie hasste. Ebenso wenig gefiel es ihr, wieder zu Hause zu sein. Nach fünftausend Kilometern Reise und der größten Rolle ihres Lebens war die Vorstellung nun vorbei, und sie hasste die Leere in ihrem Inneren.

»Jetzt komme ich allein klar«, sagte sie.

»Ich würde gern deine Eltern kennenlernen«, sagte er. Sie sollten wissen, was für ein netter Kerl er war, damit sie, wenn er an Heiligabend vorbeikam und Roosevelt gerade eine Stunde tot war, nicht den leisesten Verdacht schöpfen würden.

Sie stiegen aus, und Martin holte ihre Taschen aus dem Kofferraum.

Die Haustür wurde geöffnet. Eine Frau in den Sechzigern trat heraus, zündete sich eine Zigarette an, warf einen Blick hinüber und schaute dann genauer hin: »Kathy?«

»Hallo, Mama.«

Mary Schortmann kam die Stufen hinunter. Sie war hochgewachsen wie ihre Tochter, trug aber eine Schürze und hatte fünfzehn Kilo mehr auf der Hüfte. Der Dutt unter ihrem Haarnetz war verrutscht, und aus den Löchern ihrer Schuhe schauten die geschwollenen Fußballen hervor. Sie trat an den Zaun und betrachtete die beiden, als wollte sie sich vergewissern, dass sie keine Gespenster sah. Dann rief sie: »Was für eine schöne Überraschung!«

»Frohe Weihnachten, Mama.«

»Oh, da wird sich dein Vater aber freuen.« Mary Schortmann öffnete das Gartentor, und nach kurzem Zögern umarmte sie ihre Tochter.

Und plötzlich umströmte Vivian wieder der Duft ihrer Mutter, nicht die oberflächlichen Gerüche nach Essen und Lucky Strikes und vielleicht einem Gläschen am Nachmittag, sondern etwas Tiefergehendes, mehr als ein Geruch, etwas, das von einem kleinen Leben in einem kleinen Haus mit zugezogenen Vorhängen und verblassten Hoffnungen erzählte, von verschwendeter Vergangenheit und einer Zukunft, investiert in eine hübsche Tochter, deren Schönheit, wie alle Schönheit, irgendwann welken würde. Vivian brauchte einen Augenblick, um all das zu sortieren und sich darauf zu besinnen, dass es, sosehr sie sich damals gefreut hatte, endlich auszuziehen, nun aber schön war, wieder heimzukommen.

Mary Schortmann blickte zu Martin. »Und wer ist dein Freund, Kathy?«

»Nenn mich Vivian, Ma. Das ist mein Name beim Film. Und das ist Harold. Er ist unterwegs nach Washington, zu einem Termin mit dem Landwirtschaftsminister.«

»Tatsächlich? Schau an.«

Dann steckte ein kleiner Mann mit ledriger Haut in Flanellhemd und ausgeleierter blauer Strickjacke den Kopf durch die Tür, in der Hand eine Pfeife. »Wer ist denn da, Mary?«

»Deine Tochter.«

Les Schortmann lief fast über den Rasen und schlang die Arme um sie. »Ich hab immer gewusst, dass du zurückkommst, mein Schatz.«

»Über Weihnachten, Dad, nur über Weihnachten.«

»Das wird ein schönes Fest.« Ihr Vater strahlte sie an, dann hielt er dem Mann an ihrer Seite die Hand hin. »Wer ist denn dein gut aussehender Freund?«

Sie stellte ihn vor. »Er hat geschäftlich in Washington zu tun, aber an Heiligabend kommt er zurück. Darf er hier übernachten?«

»Es wäre uns eine Ehre«, sagte Les, »eine ganz außerordentliche Ehre.«

Martin schenkte ihm ein breites Harold-Kellogg-Lächeln.

»Vielleicht nimmst du ihn ja mit auf eine weihnachtliche Bootstour, Pa.«

»Stets vollgetankt und abfahrbereit«, sagte Les. »Ab und zu fahre ich immer noch zum Krabbenfischen raus – mit der *Kathy S.* Ja, so heißt sie ...« Er warf seiner Tochter einen liebevollen Blick zu.

Martin gab Vivian einen Kuss auf die Wange – ein Gentleman küsste ein Mädchen vor ihren Eltern niemals auf den Mund –, dann ging er zurück zum Auto.

Sie schauten zu, wie der Wagen abfuhr, und Les Schortmann sagte: »Ein netter junger Mann, obwohl ich ja keinen Ring an deinem Finger sehe.«

»Also Pa ...«

»Keine Ahnung, was Johnny Beevers dazu sagt, aber« – ihr Vater schwenkte seine Pfeife – »deine Ma und ich, wir waren auch noch nicht verheiratet, als ich neunzehn siebzehn losmusste, und – na ja ...«

Sie hakte sich bei ihm unter und sagte: »Schön, wieder zu Hause zu sein.«

IN WASHINGTON ANGEKOMMEN, wechselte Martin Browning Hotel und Identität. Das Hay-Adams-Hotel mit seinem direkten Blick über den Lafayette Square zum Weißen Haus war der ideale Ort. Aus seiner Sammlung gefälschter Ausweise wählte er sein neues Ich. Jetzt war er Nigel Hawkins von der Firma Hawkins Imports mit Sitz in London und New York. Er zog seinen blauen Anzug an und darüber den Mantel mit der Waffe in ihrer Spezialtasche, sodass er üben konnte, sich mit der zusammengebauten Mauser C96 unter dem Stoff zu bewegen. Dann ging er los, um sich mit seinen Kontaktleuten zu treffen.

Dort, wo die Connecticut Avenue und die Neunzehnte sich trafen wie die Speichen eines Rades, wartete niemand auf ihn. Deshalb überquerte er den Zebrastreifen zur Mitte des Dupont Circle. Der

Brunnen im Zentrum war von einer kreisförmigen Bank umgeben. Leute hasteten mit ihren Einkäufen in Taschen und Paketen vorbei. Andere saßen im verblassenden Licht des Spätnachmittags beisammen. An einer Ecke sang ein kleiner Chor Weihnachtslieder. Martin erkannte »Joy to the World«. Es klang ironisch und hoffnungsvoll zugleich.

Dann bemerkte er eine Frau, die allein auf der Bank saß. Sie trug einen Mantel in Preußischblau mit passendem Hut und Schuhen. »Fröhliche Weihnachten«, sagte er mit britischem Akzent.

Sie sagte: »In Connecticut sind sie auch fröhlich.«

Er setzte sich zu ihr. »Connecticut und Neunzehnte.«

Die richtigen Losungsworte in der richtigen Reihenfolge.

Sie richtete den Blick auf einen Mann – dickbäuchig, vorgebeugt, brauner Regenmantel, brauner Hut –, der gerade von der anderen Seite um den Brunnen herumkam.

»Ich hoffe, er gehört zu Ihnen«, sagte Martin.

Helen Stauer erhob sich. »Mein Mann hält Ausschau nach amerikanischen Agenten.«

Der Mann ging an ihnen vorbei und entfernte sich.

Helen betrachtete den Umriss des hölzernen Anschlagschafts unter Martins Mantel. »Wenn einer von denen das sieht, sind Sie erledigt. Warum haben Sie es dabei?«

»Um zu sehen, ob Sie es bemerken. Jetzt gefallen Sie mir schon besser.«

»Ich habe mich noch nicht entschieden, was ich von Ihnen halten soll.« Sie lächelte nicht, als sie das sagte.

Er spürte, dass sie nicht oft lächelte. Helen Stauer hatte etwas Unnahbares und Attraktives zugleich. Ihr blaues Kostüm zeugte von Stilbewusstsein. Das schwarze Haar und der rote Lippenstift im Kontrast zu der hellen Haut zeigten, dass sie ihre Vorzüge zu nutzen wusste. Und wie sie auf dem Absatz kehrtmachte, zeigte, dass sie mit Leib und Seele Deutsche war.

Martin folgte ihr. Sie hielten sich nicht mit höflichem Geplauder auf. Das gefiel ihm. Er mochte Menschen, die nur redeten, wenn sie etwas zu sagen hatten, und so liefen sie schweigend nebeneinanderher und erreichten schließlich das alte Cairo Hotel, eines der höchsten Gebäude der Stadt. Als sie die Suite im zwölften Stock betraten, schenkte ihr Ehemann bereits Scotch aus. Er trug einen braunen Dreiteiler und eine schwarze Strickkrawatte. Die Weste betonte seinen Bauch. Die Glatze betonte die fußballrunde Form seines Kopfes. Als zweidimensionales Wesen hätte er ausgesehen wie zwei Kreise auf zwei Stöckchen. Er wirkte alles andere als gefährlich. Aber gefährlich wirkten die besten Agenten nie.

»Willkommen in unserer konspirativen Wohnung«, sagte er. »Ich bin Wilhelm. Meine Freunde nennen mich Will.«

Helen zeigt auf das Zimmer zur Rechten. »Sie schlafen hier. Wo ist Ihr Gepäck?«

Martin nahm den Scotch und sah sich um. Er hasste es, mit anderen Leuten zusammengepfercht zu sein, auch wenn die Räumlichkeiten selbst ganz passabel waren. »Schönes Apartment.«

»Der deutsche Konsul hat hier seine Geliebte untergebracht«, sagte Will. »Als sie ihn verließ ...«

»Und Sie sind sicher, dass das FBI uns nicht beobachtet?« Martin hob die Lampe auf dem Beistelltisch an und schaute nach versteckten Mikrofonen.

»Keine Sorge«, sagte Will. »Wir haben alles überprüft.«

»Die Miete bezahlt die Gestapo über eine irische Briefkastenfirma«, sagte Helen.

»Die Iren sind neutral«, fügte Will hinzu.

»Niemand ist neutral«, erwiderte Martin Browning.

»Ihr Gepäck?«, fragte Helen erneut.

Martin ignorierte sie und trat ans Fenster. Es ging nach Süden, mit Blick auf das Weiße Haus. Auf dem Tisch lag ein Zielfernrohr von Zeiss mit vierfacher Vergrößerung. Martin nahm es in die Hand.

»Wir können das Ziel von hier aus beobachten«, sagte Will.

Martin wog das Fernrohr in der Hand. »Dazu gehört eigentlich ein Gewehr.«

»Ein Mauser-Karabiner 98k«, sagte Helen. »Wir haben einen dabei.«

»Vom New Yorker Bund ins Land geschmuggelt.« Will nahm ein ledernes Werkzeugetui aus der Tasche. »Heute Abend montiere ich es.«

»*Ich* schieße«, sagte Martin. »Mit meiner Mauser C96. Das ist meine Aufgabe.«

»Ihre Aufgabe ist es, alle Möglichkeiten in Betracht zu ziehen«, sagte Will.

Martin schaute durch das Zielfernrohr und holte sich das Weiße Haus nahe heran. »Damit hat der K 98k eine effektive Reichweite von einer Drittelmeile. Aber das Weiße Haus ist eine Meile entfernt.«

»Wir schießen von der Südseite«, sagte Will, »das ist näher.«

»Wie gesagt, schießen werde ich«, sagte Martin.

»Ihr Gepäck, Herr Bruning«, sagte Helen verärgert.

»Es gibt kein Gepäck.« Martin leerte sein Scotchglas. »Das hier ist eine Mausefalle. Zwölfter Stock. Kein Fluchtweg. Nicht gut. Hier bleibe ich nicht.«

»Amt VI hat noch weitere konspirative Wohnungen in der Stadt«, sagte Will Stauer, »aber …«

»Wir operieren als kleine Zelle«, sagte Helen. »So wünscht es Amt VI. So wenige Beteiligte wie möglich. Und laut Plan wohnen Sie hier, Herr Bruning.«

»Der Plan wird angepasst«, sagte er. »Nächstes Treffen morgen, zwölf Uhr, Constitution Avenue, da ist es schön belebt. Setzen Sie sich auf eine Bank auf dem Gehsteig. Blickrichtung Norden mit dem Washington Monument im Rücken.« Martin setzte seinen Fedora auf und wechselte ins Englische mit britischem Akzent. »Und mein Name ist nicht Bruning. Ich bin Nigel Hawkins, britischer Geschäftsmann, und ich bin hier, um mich an Amerika zu bereichern, *old girl*.«

»Ich bin nicht Ihr old girl,« sagte Helen – »erzählen Sie mir lieber etwas über *Ihr* Mädel, das Sie im Zug dabeihatten. Das Mädel, von dem Max Diebold telegraphiert hat.«

»Nigel Hawkins ist homosexuell. Er mag keine Mädchen« – Martin rückte den Hut zurecht – »außer als gute Freundin.«

»Sind *Sie* vielleicht homosexuell?«, fragte Helen.

»Ich bin alles, was ich sein muss. Und Sie werden tun, worum ich Sie bitte.« Martin sah, wie die beiden Blicke tauschten. »Wenn Sie nicht einverstanden sind, können wir den Funker an der Ostküste kontaktieren und noch heute Abend eine Antwort von Amt VI bekommen.«

Helen trat auf ihn zu. »So ein Mädchen macht alles nur unnötig kompliziert.«

»Sie hat einen Zweck erfüllt«, sagte Martin. »Und das werden Sie auch tun. Guten Abend.«

AM SAMSTAGABEND GAB ES im Hause Schortmann seit Jahr und Tag Knackwurst mit Sauerkraut, Baked Beans aus der Dose, dunkles Brot und Budweiser aus der Flasche. An diesem Samstag aber deckte Mutter Schortmann den Tisch im Esszimmer, um die Rückkehr ihrer Tochter zu feiern.

Aber warum fühlte sich Vivian so ... fehl am Platz?

In ihrem kleinen Zimmer hingen noch dieselben schäbigen Vorhänge. Das Bett mit dem Kopfteil aus Ahorn hatten ihre Eltern in die Ecke geschoben, um Platz für die alten Filmzeitschriften zu schaffen, die sich auf dem Boden stapelten. Auf dem passenden Nachttisch und der Kommode lag nach wie vor eine Staubschicht. Und da hingen die Fotos, die sie mit Klebestreifen und Nadeln an der Wand befestigt hatte, die ihr den Traum von Hollywood verheißen hatten ...

Da waren die Cover von *Photoplay*, dem Hochglanzmagazin, das sie sich hatte zuschicken lassen ... Clark Gable ohne Schnurrbart in *Meuterei auf der Bounty*, Clark Gable mit Schnurrbart in *San Fran-*

cisco, Astaire und Rogers beim Tanzen auf dem Cover des *Life*-Magazins ... all die Träume, die sie nach Hollywood gelockt hatten, Träume von Liebe und Abenteuer und einem Leben, wie man es nur auf der Leinwand leben konnte ... Jetzt schienen sie sie zu verspotten. Sie zog sich um und ging in alten Bluejeans und einem Wollpullover wieder nach unten.

Die Augen ihrer Mutter leuchteten, als sie ihre Tochter in bequemer Kleidung erblickte. »Jetzt siehst du aus wie meine Kathy ... nicht wie ein Mädchen mit Hollywoodallüren.«

Das überhörte Vivian.

»Zum Glück habe ich Würste und Kraut auf Vorrat gekauft«, sagte ihre Mutter. »Man weiß ja nicht, wie lange man noch deutsches Essen bekommt, jetzt, wo wir wieder Krieg haben.«

»Im letzten Krieg«, fügte Vivians Vater hinzu, »hießen die Knackwürste irgendwann Freiheitsknacker.«

Vivian hatte keinen großen Appetit. Die meiste Zeit redete sie, und ihre Eltern hingen an ihren Lippen, aber sie erzählte nicht alles. Sie erwähnte DeMille, aber nicht Nat Rossiter. Sie erzählte von Harry Kellogg, aber nicht von Buddy Clapper. Sie berichtete von der abenteuerlichen Fahrt mit dem Super Chief, erwähnte aber nicht den Mord im Zug.

Ihre Eltern erzählten auch, von ihrem Cousin Sowieso und Tante XY und Johnny Beevers und all den anderen Leuten, die Vivian sicher bald besuchen würde, und dass bestimmt alle wissen wollten, welche Filmstars sie getroffen habe, warum sie wieder nach Hause gekommen sei und warum dies und warum das.

Dann erzählte ihr Vater vom Krabbenfischen. Er knackte mit den Gelenken und massierte seine Hände. Sie hatte vergessen, wie groß sie waren. »Manchmal glaube ich, ich werde langsam zu alt dafür.«

»Du könntest wieder als Händler arbeiten«, sagte ihre Mutter.

»Nein. Ein eigenes Boot war immer schon mein Traum.«

»Gut, wenn man Träume hat.«

»Aber aufwachen ist auch gut.« Einer dieser nüchternen Seitenhiebe ihrer Mutter.

Vivian seufzte. Sie wäre am liebsten gleich wieder zurück nach Los Angeles gefahren oder wenigstens zu Harold. Stattdessen half sie ihrer Mutter beim Geschirrspülen. Dann ging sie ins Wohnzimmer, wo ihr Vater bereits vor dem Radio schnarchte. Es lief die Serie *Die Abenteuer von Ellery Queen*, und um acht folgte *Abies irische Rose*.

AN BORD DES AMERICAN SKYSLEEPER verteilten die Stewardessen Decken. Nach Zwischenlandungen in El Paso und Dallas war die DC-3 wieder in der Luft. Nächster Zwischenhalt: Nashville.

Stella kam von der Toilette zurück. Sie zwängte sich an Carter vorbei und kroch in ihre ausklappbare Schlafkoje. »Zähne geputzt, Gesicht gewaschen, Zeit für eine Mütze Schlaf.«

»Hätten wir doch nur den Zug genommen«, sagte Carter.

»Beschwer dich nicht. Die meisten der armen Kerle da unten verdienen vielleicht fünfhundert Dollar im Jahr. Da geben wir für einen einzigen Flug quer durchs Land mehr aus.«

»Meiner geht auf Rechnung von Uncle Sam.«

»Dann schlaf dich aus. Du musst bei der Landung voll einsatzfähig sein. Uncle Sam ist bestimmt nicht zufrieden, wenn wir einem Phantom nachjagen.«

»Dick Hood sicher auch nicht. Er hat gesagt, wenn ich nicht mit dem größten Fang aller Zeiten nach Hause komme, dann komme ich besser gar nicht wieder.«

SONNTAG, 21. DEZEMBER

MORGENS UM SIEBEN RIEF Kevin Cusack beim Washingtoner Flughafen an. Ob der American Skysleeper aus Los Angeles schon gelandet sei. *Nein.* Technische Probleme. Hängt noch in Nashville fest. Landung voraussichtlich erst um sechs Uhr abends.

Was tun bis dahin? Vielleicht zur Messe gehen? Er könnte für seine Mutter beten, die sicher auch für ihn betete. Dann könnte er ins Museum gehen oder das Washington Monument besuchen.

In diesem Moment klingelte das Telefon. Es war Stanley. »Warum haben Sie denn Kevin Carroll auf den Zettel geschrieben?«

»Bin unter falschem Namen abgestiegen. Bin ja auf der Flucht.«

»Wie wär's mit 'nem Abstecher nach Baltimore?«

»Was gibt's da?«

»Jemanden mit zu viel Brillantine im Haar.«

SONNTAGSZEITUNGEN UND ZIMMERSERVICE im Hay-Adams. Nigel Hawkins bat den Zimmerkellner auf seine höflichste und britischste Art, den Frühstückswagen ans Fenster zu stellen. So konnte er beim Essen das Weiße Haus beobachten. Aus dem Kommen und Gehen der Wachposten ließ sich viel ableiten. Aber die Titelseite der *Washington Post* verriet ihm noch mehr: STRENGE SICHERHEITSVORKEHRUNGEN BEIM ENTZÜNDEN DES CHRISTBAUMS AM HEILIGEN ABEND DURCH DEN PRÄSIDENTEN.

Im ersten Absatz das Wer, Was, Wo und Wann, dann die Einzelheiten: »Zahlreiche Sicherheitsbehörden sind in das Ereignis eingebunden: Die Washington Metropolitan Police, die Kapitolspolizei, die Nationalparkpolizei und die US-Armee werden durch den Secret Service koordiniert.«

Ein stattliches Aufgebot, dachte Martin. Aber bei so vielen Behörden mit ineinandergreifenden und sich überschneidenden Kompetenzen waren Schnitzer oder Pannen in der Abstimmung kaum zu vermeiden.

»Zweihundert Gäste mit Eintrittskarten werden Zugang zu Sitzplätzen haben. Für die übrige Öffentlichkeit gibt es Stehplätze innerhalb eines abgesperrten Bereichs auf dem Südrasen. Für alle Besucher besteht ein Mindestabstand von sechzig Metern zum Südportikus. Einlass zum Gelände des Weißen Hauses ist ab vier Uhr nachmittags, Beginn des Konzerts der Marinekapelle um vier Uhr dreißig. Der Zutritt für die Öffentlichkeit erfolgt über den Südost- sowie den Südwestzugang. Inhaber von Eintrittskarten werden gebeten, das Gelände durch den Besuchereingang im Nordosten zu betreten. Dort gelangen sie direkt zu ihren Sitzplätzen.«

Wer bekam wohl solche Eintrittskarten?, fragte er sich. Konnte man so eine Karte fälschen? Oder konnte man einen Karteninhaber ausfindig machen und ihm die Karte abnehmen?

»Alle Zugänge werden durch Soldaten der US-Armee bewacht werden. Agenten des Secret Service in Uniform sowie in Zivil werden auf dem gesamten Gelände und unter der Zuschauermenge im Einsatz sein. Das Mitführen von Taschen ist nicht erlaubt. Die Hauptzugänge werden mit elektrischen Detektoren ausgestattet, die Alarm geben, sobald geringste Mengen Metall den Eingang passieren.«

Elektrische Detektoren. Davon hatte Martin gehört. Ob die wirklich funktionierten? Und würden sie auch am Eingang für die Honoratioren stehen? Dem Artikel zufolge eher nicht.

Er las weiter: »Voraussichtlich werden rund zwanzigtausend Zuschauer Zutritt erhalten. Es besteht die Sorge, dass eine solche Menschenmenge zum Ziel von Saboteuren oder sogar von feindlichen Flugzeugen werden könnte, wenngleich es keine Anhaltspunkte gibt, dass die deutsche Luftwaffe über Maschinen verfügt, die einen Angriff auf das kontinentale Territorium der Vereinigten Staaten fliegen könnten.«

Die Luftwaffe sollte den Amerikanern am wenigsten Sorgen bereiten, dachte Martin Browning, denn er wusste, durch eine fröhliche Menschenmenge würde er sich leicht einen Weg bahnen können, elektrische Detektoren hin oder her. Aber konnte er in dem allgemeinen Gedränge auch die Pistole anlegen und zielen? Konnte er zwei Schüsse abgeben? Einen zum Ausrichten und einen Todesschuss?

Er musste alle Möglichkeiten in Betracht ziehen, auch einen Schuss mit dem Karabiner 98k aus größerer Distanz.

VIVIAN HOPEWELL ERWACHTE ALS Kathy Schortmann. Daran gab es keine Zweifel, denn sie blickte auf denselben Riss in Kathys Zimmerdecke, der dort schon 1934 geprangt hatte. Sie schlüpfte in Kathys alte Pantoffeln und ging hinunter in die Küche, wo ihre Mutter gerade am Herd stand und Speckstreifen zum Abtropfen aus der schwarzen Pfanne hob.

Sie wollte sich einen schnappen, doch ihre Mutter gab ihr mit dem Pfannenwender einen Klaps auf die Hand. »Erst wird der Speck gebraten. Dann gehen wir in die Kirche. Wenn wir zurückkommen, ist der Speck abgetropft und kommt noch mal in die Pfanne, bis er knusprig ist. Kein Speck vor der Kommunion.«

»Ja, natürlich. Die Kommunion. Hab ich vergessen.« Es könnte sie ja der Blitz treffen.

Vivian ging wieder nach oben und zog das blaue gepunktete Kleid an, das Harold ihr gekauft hatte. Ihr gefiel, wie gut es ihr stand. Er hatte so einen guten Geschmack. Sie vermisste ihn. Aber vielleicht konnte sie ja mit ihm sprechen. In ihrer Handtasche fand sie ein paar Visitenkarten: *Agentur Rossiter – Wir vertreten die Stars … The Roosevelt Hotel – im Herzen Hollywoods … Jules White, Columbia Pictures, Produzent & Regisseur, The Three Stooges … Mr. Fountains Herrenmode, Burbank … The Willard Hotel.*

Sie wählte die Nummer des Willard und fragte nach Mr. Milton.
Mr. Milton hat ausgecheckt.

Sie warf die Karte in den Papierkorb. Die anderen steckte sie wieder ein, weil sie einen gewissen Erinnerungswert besaßen, selbst die Karte des Herrenausstatters, den sie nach einer Stelle gefragt hatte und bei dem es diese Manschettenknöpfe gab. Vielleicht fand sie ja den Laden in D.C., wo Harold seine erworben hatte, dann konnte sie ihm dort als Weihnachtsgeschenk eine passende Krawattennadel kaufen.

Die Stimme ihrer Mutter zerriss die Stille. Zeit für die Kirche. Das hieß auch: neugierige Blicke ertragen und vorwitzige Fragen beantworten und Johnny Beevers aus dem Weg gehen. Zeit für den *dominus* und sein *vobiscum*, wie ihre Schulfreundinnen zu sagen pflegten.

STANLEY SMITH FUHR DURCH Rhode Island in Richtung Route 1, auch bekannt als Baltimore Avenue. Unterwegs erzählte er Kevin von Sinclair Cook, den er oft im Super Chief gesehen hatte, stets in Begleitung einer anderen jungen Frau, die stets »seine Frau« war. Vor dem Kartenspiel am Samstagabend sei Cook vorbeigekommen, um ihn auszuhorchen. »Er hat mir gesagt, er habe Kelloggs Frau auch schon mal gehabt.«

»Gehabt?«, fragte Kevin. »Sie meinen, er hat mit ihr geschlafen?«

»Tja, Mann, wenn ein Mädchen nach Hollywood will, dann nutzt es seine Vorzüge. Und gleichzeitig *wird* es benutzt. Alte Geschichte.«

Alt und schmierig wie Cooks Frisur, dachte Kevin.

Stanley erzählte, Cook habe wissen wollen, ob die Kelloggs tatsächlich ein Ehepaar seien, denn nichts rege einen Pokerspieler mehr auf, als zu wissen, dass sein Gegenüber seine Frau gevögelt habe. Und wenn ein Pokerspieler sich aufregte, war er leicht zu besiegen.

»Ich hab ihm gesagt, ich würde glauben, dass sie verheiratet sind«, sagte Stanley. »Aber wer weiß?«

Kevin war nicht in den Sinn gekommen, dass diese junge Frau namens Vivian vielleicht gar nicht mit Harold Kellogg verheiratet war oder dass sie womöglich sogar mit ihm unter einer Decke steckte … was auch immer er im Schilde führte.

Eine Stunde später parkte Stanley seinen 33er Chevy mit dem rostigen Rahmen auf dem Mount Vernon Hill in Baltimore. Die kahlen Bäume auf dem schmalen Grünstreifen in der Mitte der Straße durchbrachen den winterlichen Sonnenschein. Weiter oben auf einer Säule überragte ein George-Washington-Denkmal die Stadt. Gleich daneben erhoben sich die beiden Türme der methodistischen Kirche am Mount Vernon Place.

»Nette Gegend«, sagte Kevin.

»War früher noch netter. Viele reiche Leute in schicken Straßen. Aber das war einmal. Das Viertel geht vor die Hunde. Immer mehr normale Leute ziehen her.« Stanley sah auf die Uhr. »Unser Mann müsste jetzt eigentlich in der Kirche sein.«

»Woher wollen Sie das wissen?«

»Er hinterlässt im Zug immer viel Dreck, und ich kann ihn dann wegräumen: Zeitungen und Schnapsflaschen und so Sachen. Einmal war auch ein Pfarrbrief dabei – von der Kirche da drüben. Ist mir aufgefallen, weil meine Mama Methodistin ist. Sie sieht sich gern die Kirchen in der Gegend an.«

Stanley stieg aus dem Wagen, als die Leute aus der Kirche strömten. Mr. Brillantine, der selbst an diesem frostigen Dezembermorgen keinen Hut trug, kam mit seiner Frau und zwei Töchtern den Hügel herunter. Die Mädchen mochten zehn und zwölf sein. Das ältere ging auf Krücken und trug Beinschienen.

Einem Familienvater auf dem Heimweg von der Kirche auflauern? Wenn seine poliokranke Tochter dabei war? Nicht sehr nett, dachte Kevin, selbst bei so einem Kerl. Aber Stanley zögerte keinen Augenblick, und Kevin folgte ihm den Hügel hinauf.

Natürlich fiel er als Schwarzer ins Auge. Blicke trafen sich. Blicke wandten sich ab. Mr. Brillantine musste zweimal hinsehen.

Wie geplant sagte Kevin: »Sieh einer an! Ist das nicht Sinclair Cook?«

Cook schüttelte den glänzenden Kopf: *Bitte, nicht hier. Nicht jetzt.*

»Wir kennen uns aus dem Zug«, sagte Kevin. »Aus dem Super Chief. Wissen Sie noch?«

Cook tat, als müsste er nachdenken, dann begrüßte er die beiden und sagte zu seiner Frau: »Geh mit den Mädchen schon mal ins Haus, Schatz. Ich komme gleich nach.«

»Was, zum Teufel, wollen Sie?«, presste Cook hervor.

»Die Adresse von dieser Mrs. Kellogg«, sagte Kevin, »die auch im Zug war.«

»Das ist nicht mal ihr richtiger Name«, sagte Cook.

»Wie heißt sie dann?«, fragte Kevin.

»Woher soll ich das wissen?« Sinclair wandte sich an Stanley. »Wieso bringst du diesen Kerl hierher?«

»Vielleicht weil er mich nie ›Nigger‹ genannt hat. Ich hab ihm nur erzählt, was Sie mir erzählt haben: dass sie mal Ihr Mädchen war.«

»Und dann erzählst du ihm gleich, wo ich *wohne*?« Cook fuhr mit gedämpfter Stimme fort: »Also, Freunde, meiner Frau geht's nicht gut. Und meine Nancy – ihr habt sie ja gesehen –, sie hat Kinderlähmung. Ich habe gerade noch verhindern können, dass sie gesehen haben, was in der Zeitung steht ...«

»Wir wollen nur ihren Namen wissen«, sagte Kevin.

Cook schaute Stanley an und fragte: »Kann man dem Typen trauen, George?«

»Stanley ist mein Name. Nennen Sie mich Stanley!«

»Nein«, sagte Kevin. »Nennen Sie ihn *Mister Smith*.«

Cook fuhr sich durch das pomadisierte Haar und wischte sich die Hand am Regenmantel ab. Langsam verlor er die Nerven. »Ich verdiene nicht viel mit den Filmen. Wenn ich nicht so gut im Pokern wäre, wäre meine Familie ...«

»Wie ist ihr *richtiger* Name?«, sagte Kevin.

»Ich weiß nicht mehr. Ich habe sie kennengelernt, als sie in Annapolis Essen serviert hat. Ich weiß nicht mal mehr, in welchem Restaurant. Im Zug haben wir ihr einen neuen Namen gegeben: Vivian Hopewell.«

»Kennt sie in Annapolis jemand unter diesem Namen?«

»Wie soll ich das wissen? Es ist eine kleine Stadt. Fragt einfach rum.«

»Sinclair!«, rief seine Frau von der Haustür her. »Der Schmorbraten ist fertig.«

Stanley warf Kevin einen Blick zu: »Mögen Sie Schmorbraten?«

»Nein. Davon bekomme ich Blähungen.«

»Nicht vergessen, Mister«, sagte Stanley zu Cook, »wenn Sie der Polizei von meinem Freund hier erzählen, erzähle ich Ihrer Frau von den schmutzigen Laken, die ich immer von Ihrer Koje abziehen muss.«

Während sie zurück zum Auto gingen, fragte Stanley: »Im Ernst? Von Schmorbraten bekommen Sie Blähungen? So was habe ich ja noch nie gehört.«

MARTIN BROWNING STAND AUF der Anhöhe am Washington Monument und blickte nach Norden quer über die Ellipse zum Weißen Haus, dann nach Osten zum Kapitol, nach Westen zum Lincoln- und nach Süden zum Jefferson-Denkmal. Und er konnte nicht verleugnen, welche Macht all das ausstrahlte. Diese prächtigen Bauwerke kündeten von der Größe eines Staats, der so offen und weit war wie diese Landschaft, so rein und edelmütig wie der weiße Stein, aus dem sie geschaffen waren. Es mochte bloß eine Illusion sein, aber die Menschen brauchten Illusionen. Sie brauchten Symbole. Die Deutschen wussten das.

Er war bei den Nürnberger Reichsparteitagen gewesen. Er hatte die riesigen roten Hakenkreuzfahnen im Sonnenschein gesehen, wie ein straffer Hitlergruß. Er hatte gesehen, wie Scheinwerfer vor einem schwarzen Himmel einen Lichtdom bildeten. Er hatte Tausende Landsleute bei Tag und bei Nacht im Gleichschritt marschieren gesehen, vorwärts in Richtung Zukunft auf der großartigen Bühne Deutschlands. Auf *dieser* Bühne hier würden die Amerikaner, bei ihrem ersten Gemeinschaftserlebnis zu Kriegszeiten, die Lichter eines Christbaums entzünden und fröhliche Lieder singen.

Wessen Wahrheit würde von größerer Dauer sein?

Doch Martin interessierte sich nicht nur für die großen nationalen Symbole, er verstand sich auch als guter Beobachter der menschlichen Körpersprache. Entsprechend beobachtete er auch die Stauers, die gemäß seinen Anweisungen an der Constitution Avenue auf einer Bank saßen, und kam zu dem Schluss, dass dieses Ehepaar perfekt aufeinander eingespielt war. Sie saß aufrecht da, kerzengerade, Füße geschlossen, mit aufmerksamem Blick. Er hatte sich zurückgelehnt mit einem Arm auf der Rückenlehne der Bank, die Beine übereinandergeschlagen, den Knöchel auf dem Knie, was bewies, dass er beweglicher war als die meisten Dicken. Sie war die Klinge, er der stumpfe Gegenstand. Für beide würde Martin Verwendung haben.

Er ging den Hang hinunter und an ihnen vorbei. Stauer sah auf, zeigte aber sonst keine Reaktion. Wahrscheinlich hielt er Ausschau nach einem blauen Mantel, nicht nach Lederjacke, Fedora und Schultertasche. Dann suchte Martin den Blickkontakt und machte eine Kopfbewegung: *Folgen Sie mir.*

Gemeinsam überquerten sie die Constitution Avenue, gingen unter Bäumen entlang und erreichten die Ellipse, zwanzig Hektar Wiese, die Spaziergänger ebenso anlockte wie tobende Kinder und energiegeladene junge Männer, die sich unter lautem Rufen ihren Football zuwarfen. Während sie wie fromme Kirchgänger nebeneinanderher spazierten, fragte Helen Stauer: »Warum sind Sie so angezogen?«

»Um zu sehen, wie scharf Ihre Augen sind.«

»Keine weiteren Tests bitte«, erwiderte sie.

Um die Anspannung zu lösen, wechselte Will Stauer das Thema. »Schöner Morgen für einen Spaziergang.«

Martin ignorierte die Bemerkung und führte die beiden quer über die Ellipse, zum Zebrastreifen über die E-Straße und bis zum Zaun, der den Südrasen begrenzte. Nachdem sie das Weiße Haus ausgiebig betrachtet hatten, sagte er: »Bis zum Portikus sind es zweihundertfünf Meter. Dort wird Roosevelt stehen und vor zwanzigtausend Menschen die Lichter des Weihnachtsbaums entzünden.«

»Ihre Pistole hat eine Reichweite von hundert Metern«, sagte Helen.

»Wenn ich durch die Sicherheitskontrolle komme, kann ich aus sechzig Metern Entfernung schießen«, sagte Martin. »Es ist fast, als würde ich ihm die Waffe an die Schläfe halten.«

»In der Zeitung stand etwas von elektrischen Detektoren«, sagte Helen.

»Ich hoffe, das hölzerne Holster der Pistole wird das Metall abschirmen«, erwiderte Martin.

»Hoffnung ist keine Strategie.«

Dem hatte Martin nichts entgegenzusetzen. Er wusste, dass sie recht hatte.

Ein paar Minuten standen sie stumm da, betrachteten das Gelände, die Wege, die Stellen, die durch Bäume verdeckt wurden, und die möglichen Winkel, aus denen man schießen konnte, falls man auf den Rasen des Weißen Hauses gelangte. Ein halbes Dutzend anderer Gruppen kam und stand neben ihnen am Zaun. Manche fotografierten. Andere plauderten. Niemand achtete auf die Attentäter.

Helen zeigte auf die beiden etwa zehn Meter hohen Fichten, die dreißig Meter vom Zaun entfernt standen. »Die rechte ist der Nationale Christbaum. In der Zeitung steht, er soll am Tag vor dem Ereignis von Kindern aus Washington geschmückt werden. Vielleicht …«

»Vielleicht können wir auf das Gelände gelangen und dort eine Waffe verstecken«, sagte Will.

»Nachts geht es leichter«, sagte Martin.

»Dann kundschaften wir das Gelände am besten bei Nacht aus«, sagte Helen, »planen aber bei Tageslicht. So sind wir auf alles vorbereitet. Wir dürfen nicht vergessen, was beim letzten Mal passiert ist, als ein Attentäter auf den Präsidenten geschossen hat ...«

»Der italienische Anarchist 1933«, sagte Martin.

»Genau, in Florida. Er hat aus einer Menschenmenge heraus geschossen – fünfmal mit einer Pistole Kaliber 32 aus fünfzig Metern. Aber eine Frau, die neben ihm stand, hat ihn am Arm gepackt, und die Schüsse gingen irgendwo in die Menge. Einer hat den Bürgermeister von Chicago getötet, dem Roosevelt gerade die Hand schüttelte, aber Roosevelt selbst wurde nicht verletzt.«

»Laut meinem Plan«, erklärte ihr Martin, »stehen Sie rechts von mir und geben mir Deckung, damit niemand sieht, was ich mache.«

»Nehmen Sie dazu das Mädchen.« Helen neigte ihm den Kopf zu. »Sie schießen, dann lassen Sie neben ihr die Waffe fallen und verschwinden in der Menge. Wir sind draußen und helfen Ihnen bei der Flucht. Das ist *mein* Plan.«

Martin schwieg mit ausdrucksloser Miene, und damit war klar, was er von ihrem Plan hielt.

Aber auch Helen Stauer konnte stur sein. Mit eiskalter Stimme, die Martin einen Schauer über den Rücken jagte, sagte sie: »Ihre Mission, Herr Bruning, ist ein Selbstmordkommando. *Unsere* Mission, genauer gesagt. Wenn wir überleben wollen, müssen wir zusammenarbeiten, und wir müssen *alle* Möglichkeiten in Betracht ziehen, die Sache aus *allen* Blickwinkeln betrachten.« Damit wandte sie sich um und ging in Richtung E-Straße.

Martin Browning betrachtete die schmale Frau in ihrem preußischblauen Mantel, wie sie mit klappernden Absätzen davonging. »Wo will sie hin?«, fragte er ihren Mann.

Will Stauer zeigte auf den weißen Obelisken, der die Stadt überragte. »Da hoch.« Er lächelte. »Ein Schlachtfeld muss man vom höchsten Punkt überschauen.«

Martin teilte diese Ansicht, bewegte sich aber erst, als Will sagte: »Wir gehen besser mit. Sie mag es, wenn man gehorcht.«

KEVIN CUSACK ZOG SEIN Bündel Geldscheine aus der Tasche. »Wenn Sie mich nach Annapolis fahren, Stanley, gebe ich Ihnen fünfzig Dollar. Ich muss diese junge Frau finden.«

»Und dann?«

»Weiß ich noch nicht, aber es ist ein erster Schritt.«

»Am Sonntag kommt um eins das Essen auf den Tisch. Wenn ich Sie nach Annapolis fahre, verpasse ich das Mittagessen. Und ich will nicht, dass Mama sauer auf mich ist. Nicht wenn sie Hühnchen mit Klößen macht.«

Kevin gab sich geschlagen und bat Stanley, ihn stattdessen an der Union Station abzusetzen. Im Notfall musste er eben mit dem Zug fahren.

»Rufen Sie mich morgen an«, sagte Stanley. »Morgen fahre ich mit Ihnen hin, wenn Mama mich nicht braucht.«

»Danke.«

An Wochentagen verkehrte der Penn Central stündlich zwischen D. C. und New York. Erster Halt: Odenton Station, wo man in den elektrischen Zug nach Annapolis umsteigen konnte. Aber der Wochenendfahrplan war eingeschränkt. Der Zug ging nur alle drei Stunden. Und den Nahverkehrszug um eins hatte Kevin gerade verpasst. Er fluchte. Also – was jetzt?

Vielleicht ein Spaziergang durch Washington. Er könnte so tun, als sei er James Stewart in *Mr. Smith geht nach Washington*, voller Ehrfurcht vor all den großen Wahrzeichen der amerikanischen Demokratie. Und gab es ein großartigeres Wahrzeichen als die Kuppel des Kapitols? Als er den Weg dahin einschlug, fielen ihm die Worte von

Walt Whitman ein: »Gern trete ich beiseite und schaue lange in die Kuppel hinauf. Auf gewisse Art schenkt sie mir Trost.«

Vielleicht würden die Bauwerke der Hauptstadt auch Kevin Trost schenken. Er brauchte jetzt innere Ruhe. Er brauchte eine Idee. Er hatte Los Angeles verlassen, weil er genug davon hatte, sich ständig für andere aufzuopfern. Und jetzt hielt er schon wieder für andere den Kopf in. Warum er? Doch dann fragte er sich – in diesem trostlosen Dezember 1941 –, warum eigentlich *nicht* er?

Er überlegte, ob er Professor Drake in Foggy Bottom besuchen sollte. Aber wie würde das auf die FBI-Agenten wirken, die das Haus des alten Kommunisten wahrscheinlich beobachteten? Und was sollte er zu ihm sagen? »Guten Tag, Herr Professor. Ich habe Ihre Tochter nicht umgebracht«? Nein. Er würde besser Mary Benning besuchen. Ihr von Sallys Gefühlen für sie erzählen. Er würde ihr sagen, dass Sally sie geliebt hatte und dass sie ihretwegen zurückgereist war. Das würde sie trösten. Und vielleicht auch ihn.

Laut Stadtplan waren es etwa fünf Kilometer bis Georgetown. Eine gute Strecke für einen Spaziergang, mit genug Zeit zum Nachdenken und ausreichend Gelegenheit, es sich noch einmal anders zu überlegen. Er ging hinüber zur National Mall und wandte sich nach Westen, den Kragen hochgeschlagen und die Schiebermütze tief ins Gesicht gezogen. Als zwei berittene Polizisten der Park Police an ihm vorbeikamen, beachteten sie ihn kaum.

Er kam an der neuen National Gallery of Art vorbei und am riesigen Naturkundemuseum und wusste, in beiden Museen könnte er sich tagelang verlieren, und das so gründlich, dass selbst J. Edgar Hoover persönlich ihn nicht mehr fände. Doch unwiderstehlich angezogen fühlte er sich von dem weißen Obelisken im Zentrum der Mall.

Wenn man zum ersten Mal in einer Großstadt war, ging man zu ihrem höchsten Punkt, um sich einen Überblick zu verschaffen. In Los Angeles fuhr man hinauf zum Observatorium im Griffith Park.

In der Stadt der Nationaldenkmäler besuchte man das berühmteste Denkmal von allen, das höchste steinerne Bauwerk der Welt.

Er kaufte eine Eintrittskarte und stellte sich in die Schlange zu den jungen Familien, den Männern in Uniform und zwei jungen Frauen, die über ihre Arbeit als Sekretärinnen im Weißen Haus redeten. Ein Nationalparkaufseher gab lautstark Anweisungen und Antworten auf Fragen, die niemand gestellt hatte: »Stellen Sie sich bitte rechts an. Lassen Sie die Ankommenden erst den Aufzug verlassen, ehe Sie einsteigen. Bitte ganz durchgehen. Nach oben müssen Sie den Aufzug nehmen, es geht fünfhundertfünfundfünfzig Fuß in die Höhe, aber zum Abstieg können Sie die Treppe benutzen, wenn Sie möchten: achthundertneunundsiebzig Stufen …«

Nachdem es neunzig Sekunden lang nach oben gegangen war, öffneten sich die Aufzugtüren, und durch die kleinen Fenster des obersten Stockwerks brach helles Licht herein.

Ein weiterer Aufseher in grauem Hemd und breitkrempigem Hut hieß die Leute willkommen. »Bitte alle aussteigen. An den Fenstern auf allen vier Seiten ist genug Platz. Sie können auch gern mit der Ausstellung beginnen, die sich ein Stockwerk tiefer befindet. Dort steigen Sie später auch in den Aufzug, der Sie nach unten bringt.«

Kevin ließ den Familien am Fenster den Vortritt. Er stieg die Treppe zur Ausstellung hinunter, in der sich die Leute drängten, denn das Monument war nach dem 7. Dezember gerade erst wieder geöffnet worden. Unter vielen Entschuldigungen bahnte er sich einen Weg an den Leuten vorbei, die für die Fahrt nach unten anstanden. Dabei prallte er mit einer Frau im blauen Mantel zusammen. Kurz trafen sich ihre Blicke, eine Begegnung zweier Fremder.

Er zog sich in eine Ecke zurück, um sich die Fotografien vom Bau des Monuments anzusehen. Als sich die Aufzugtüren erneut öffneten, reagierte er auf das Geräusch und sah sich um. Ein Aufseher rief: »Einsteigen, bitte!«, und wieder sah Kevin die Frau im blauen Mantel, die in den Aufzug stieg. Und da … gleich hinter ihr, ein brauner Fedora, eine Lederjacke, ein Männergesicht. Und …

… *zack* … schloss sich die Aufzugtür.

Einen Augenblick musste Kevin überlegen. Ein vertrautes Gesicht? Leslie Howard? Das konnte doch nicht sein.

Er streckte die Hand nach dem Aufzugknopf aus, doch der Aufseher sagte: »Bitte nicht anfassen, Sir. Den Aufzug dürfen nur Angestellte bedienen.«

»Wann geht der nächste?«

»In zehn Minuten.«

»Wie schnell ist man zu Fuß?«

»Zehn bis fünfzehn Minuten, das hängt davon ab, wie viele gerade die Treppe nehmen.«

Wenn er rannte, schaffte er es vielleicht in fünf.

Also abwärts, zwei Stufen auf einmal, drei auf einmal, das düstere Treppenhaus hinunter, vorbei an Dutzenden Menschen, manche gemächlich unterwegs, manche rasch, und vorbei an jenen, die auf jedem Absatz stehen blieben, um die Inschriften aller anderthalb Meter großen Steine zu lesen, auf denen die Staaten, Städte, Freimaurerlogen und Kirchen verewigt waren, die zum Bau des Monuments beigetragen hatten.

An ihnen allen stürmte er vorbei. Stufe um Stufe, Stufen überspringend, über den nächsten Absatz, um Leute herum, die weitergingen oder auf den Stufen standen und vor sich hin starrten, nur runter, um vielleicht noch einen Blick auf das Gesicht unter dem braunen Fedora zu erhaschen.

Und bei jedem Schritt sah er vor sich den Schauspieler, den Sally im Zug in ihrem Gegenüber erkannt hatte. Der Rote Pimpernell in *Die scharlachrote Blume*, Professor Higgins in *Der Roman des Blumenmädchens*. Das Arschloch, das aussah wie Ashley Wilkes in *Vom Winde verweht*.

Treppab, treppab stolperte und sprang er und passte auf, dass er vor sich keine Leute umstieß. Und doch brauchte er zehn Minuten bis zur Eingangshalle, bis zur Washington-Statue, bis zum Parkpolizisten, der ihn kaum eines Blickes würdigte ... aber nirgends eine Lederjacke mit braunem Fedora.

Draußen schaute Kevin nach Osten, Westen, Süden ... nichts. Hatte er gerade wirklich Harold Kellogg gesehen? *Nein, das konnte nicht sein.* Also ging er die Constitution Avenue hinunter, setzte sich auf eine der Bänke und zog den Stadtplan aus der Tasche. Vom Washington Monument hatte er genug. Jetzt wollte er Mary Benning am Kanal in Georgetown besuchen.

Der Dicke im braunen Dreiteiler mit schmutzigem Regenmantel, der auf einer der nächsten Bänke saß, fiel ihm gar nicht auf. Auch oben im Denkmal war er ihm nicht aufgefallen. Aber das war der springende Punkt. Diese Typen fielen niemandem auf.

MARTIN BROWNING BAT DEN Taxifahrer, noch mal um das Washington Monument herumzufahren.

»Geht klar. Kostet ja nicht *mein* Geld.«

Gerade als sie wieder den Zebrastreifen an der Constitution Avenue erreichten, überquerte der Kerl, der zum Regenmantel eine Schiebermütze voller Anstecker trug, die Straße.

»Ist er das?«, flüsterte Helen Stauer.

»Ganz sicher bin ich mir nicht«, erwiderte Martin.

»Wohl nur ein Zufall. Aber besser, er bekommt Sie nicht noch einmal zu Gesicht.«

»Was, zum Teufel, macht er in Washington?« Martin war wie vor den Kopf gestoßen, und das kam selten vor. Er wäre wohl doch besser im Zug geblieben und hätte einen Weg gefunden, Kevin Cusack umzubringen.

»Überlassen Sie das Will«, sagte Helen Stauer.

VIVIAN HÖRTE KAUM AUF die Worte der Predigt. Sie wusste, wenn sie nicht zur Kommunion ginge, würde die halbe Gemeinde es als Eingeständnis sehen, dass sie nicht zum Gottesdienst oder zur Beichte gegangen war, seit sie die Stadt verlassen hatte. Und wenn sie doch nach vorn ginge und sich hinkniete, um die Hostie entgegenzunehmen, würden dieselben Leute herumjammern, dass eine junge Frau, die drei Jahre in den Lasterhöhlen Hollywoods verbracht hatte, nicht die Eucharistie empfangen solle, ehe sie nicht einen ganzen Tag im Beichtstuhl verbracht und fünfhundert Vaterunser sowie tausend Gegrüßet-seist-du-Maria gebetet habe. Wie man es machte, machte man es falsch.

Ihr Vater blieb an ihrer Seite, als sie sich entschied sitzen zu bleiben. Und nach der Messe geleitete er sie sicher durch die Menschenmenge wie durch feindliches Terrain. Dafür liebte sie ihn. Aber Johnny Beevers konnte sie nicht aus dem Weg gehen. Vor der Kirche holte er sie ein.

»Kathy! Kathy, ich ... hab gehört, dass du wieder in der Stadt bist.«

Sie begrüßte ihren früheren Freund mit einem herzlichen Lächeln. Sie mochte ihn immer noch.

Er hatte an der Towson-Universität studiert, war wieder nach Annapolis gezogen und hatte eine Praktikantenstelle im Statehouse von Maryland angetreten. Danach war er zum Berater des Gouverneurs aufgestiegen. Johnny war immer schon ein langer Schlaks gewesen, klug, aber etwas linkisch. Mittlerweile hatte er alles Jungenhafte abgelegt, und Vivian hatte das Gefühl, dass er den Dreiteiler, den er trug, tatsächlich ausfüllte.

Er fragte sie, ob sie mit ihm einen Kaffee trinken gehen wolle.

»Heute nicht«, sagte Les Schortmann. »Am Sonntagvormittag gehört sie uns.«

»In Ordnung, Mr. Schortmann. Wie wäre es mit Dienstag? Oder Heiligabend? Ich habe zwei Platzkarten für den Südrasen, wenn der Christbaum entzündet wird. Willst du nicht mitkommen?«

»Soll ich ihm sagen, dass du einen Verehrer in Washington hast?«, flüsterte Les.

Vivian verscheuchte ihren Vater mit einem Winken. *Bis später, Dad.*

Sie dankte Johnny und sagte, sie habe immer schon einmal zum Entzünden des Christbaums gehen wollen, aber sie müsse darüber nachdenken. »Am Dienstag beim Kaffee sage ich dir Bescheid.«

»Also abgemacht«, sagte Johnny. »Dienstag halb zwölf im G & J Grill.«

»Mein altes Revier«, sagte Vivian. »Da ziehe ich meine flachen Schuhe an.«

Johnny betrachtete ihre Beine und sagte: »Die Pumps mochte ich eigentlich lieber.«

UNTER EINEM STADTTEIL NAMENS Foggy Bottom hatte sich Kevin Cusack etwas Aufregenderes vorgestellt. Ein Sumpfgebiet vielleicht oder eine neblige Gegend an einem Abwasserkanal. Aber Washington war eine Stadt, die von einer großen Firma lebte, und diese Firma war die US-Regierung. Deshalb standen entlang der Virginia Avenue und der Dreiundzwanzigsten Straße bis hinauf zum Washington Circle nur langweilige quadratische Flachdachbauten.

Er durchquerte den Campus der George-Washington-Universität. Wieder nur langweilige Gebäude und Großstadtstraßen, aber hier hatte Sally gelebt, und er versuchte sie sich vorzustellen. Außerdem hatte ihr Vater hier gelehrt, deshalb hielt er auch nach ihm Ausschau und ging zur Pennsylvania Avenue. Als er die Brücke über den Rock Creek überquerte, blieb er stehen und beobachtete die Autos, die unter ihm den neuen Parkway entlangrasten. Da fiel ihm der Mann in dem schmutzigen Regenmantel auf, der auf der Ostseite der Brücke an einem Laternenpfahl lehnte und Zeitung las.

Als Kevin seinen Weg fortsetzte, ging auch der Mann weiter in Richtung Westseite, wo die Pennsylvania auf die M-Straße traf, die

Hauptverkehrsader durch das alte Georgetown mit seinen roten Ziegelbauten. Kevin warf einen Blick über die Schulter. Jetzt stand der Mann auf der anderen Straßenseite und schaute auf den Parkway hinab.

Sollte er ihn ansprechen? Oder weitergehen und herausfinden, ob er ihm folgte? Kevin beschleunigte seine Schritte. Sieben Blocks lang stieg die M-Straße stetig an, vorbei an Büros, Geschäften und Restaurants, bis hinauf zur Key Bridge. Und er wusste, je schneller er ging, desto erschöpfter wäre dieser Kerl am Ende, und je weiter er ging, desto mehr Zeit bliebe Kevin herauszufinden, was der andere im Schilde führte.

An der Ecke M-Straße und Dreißigste blieb er stehen und tat, als würde er im Fenster eines Restaurants die Speisekarte lesen. Aus dem Augenwinkel blickte er die Straße hinunter. Nichts. Er suchte beide Straßenseiten ab. Der Mann war verschwunden. Falscher Alarm?

Kevin zuckte die Schultern und ging weiter.

Er bog in die Thomas Jefferson Street, die von gepflegten alten zweistöckigen Ziegelhäusern gesäumt war. Am Ende der Straße sah man den Potomac River schimmern. Doch er ging nur einen halben Block weit, bis zu der kleinen Brücke, die über den parallel zum Fluss verlaufenden Kanal führte. Dort drehte er sich um und schaute noch einmal zurück. Aber der Mann war nirgends zu sehen. Nur falscher Alarm.

Vor der Brücke bog Kevin auf den alten Treidelpfad ein, der entlang der in Stein gefassten Wasserstraße verlief – Relikt eines überflüssig gewordenen Kanalsystems, auf dem einst Waren aus den über dreihundert Kilometer entfernten Appalachen bis nach Washington transportiert wurden. Er kannte Mary Bennings Adresse. Soweit er wusste, lebte sie in einem kleinen Haus am Nordufer des Kanals zwischen der Jefferson und der Einunddreißigsten.

Es war der kürzeste Tag des Jahres, und die Dämmerung setzte bereits ein. Die sonntäglichen Spaziergänger zogen sich dorthin zurück, wo Lichter brannten und Leben war. Hier unten war alles still. Durch die nassen Steinmauern des Kanals war die Luft feucht und klamm.

Vor Mary Bennings Haustür atmete Kevin tief durch und klopfte an. Als sich die Tür einen Spaltbreit öffnete, fragte er mit einem Lächeln: »Mary?«

»Wer sind Sie?«

»Sally Drake schickt mich.«

Mary war zierlich mit kurzem braunem Haar und wirkte resoluter, als er es bei einer Lehrerin erwartet hätte. »Wer sind Sie?«, fragte sie erneut.

»Hat Sally Ihnen gegenüber jemals einen Kevin Cusack erwähnt?«

»Das ist der Kerl, der sie umgebracht hat«, erwiderte sie und versuchte die Tür zu schließen.

Doch Kevin hatte bereits einen Fuß auf die Schwelle gestellt. »Hat er nicht. Ich hab's nicht getan. Ich schwöre es Ihnen.«

»Ich habe ein Messer.«

Er hob die Hände. »Ich bin ein Freund.«

Sie schaute in beide Richtungen den Kanal entlang, als erwartete sie, dass gleich jemand hinter einem Busch hervorspringen würde. »Die Polizei war hier.«

»Und hat nach mir gefragt?«

»Sallys Vater hat sie geschickt. Ich glaube, er wusste über uns Bescheid.«

»Sally war auf dem Weg nach Washington, um mit Ihnen zusammen zu sein. Lassen Sie mich rein, dann erzähle ich Ihnen alles.«

Es folgte ein Moment der Unsicherheit.

»Bitte.« Kevin sah sie fast flehend an.

Schließlich gab Mary sich einen Stoß, sie öffnete die Tür.

Wenig später trank er Kaffee in ihrem kleinen Wohnzimmer: ein Tisch, ein Sofa und ein paar Stühle, ein Musikschrank mit Radio und Schallplattenspieler und hinter einer Trennwand am anderen Ende des Raums eine kleine Kochecke. Eine Treppe führte hinauf zu ihrem Schlafzimmer und dem Bad.

»Sally hat mir von Ihnen erzählt. Sie hat gesagt, dass Sie ein guter Mensch sind.«

Kevin sah betreten zu Boden. »Ich habe Sally ... sehr gern gemocht«, sagte er ausweichend.

»Und Sie kennen unser Geheimnis?«, fragte sie. »Das von Sally und mir?«

Er nickte. Und sie sprachen von Sally und von Hollywood und davon, warum er nach Washington gekommen war. Er erzählte ihr seine Liebesgeschichte mit Sally. Sie erzählte ihm ihre. Er erzählte ihr, wie sehr er sich geärgert habe, als Sally ihn wegen Jerry Sloane verlassen hatte. Sie erzählte ihm, wie unglücklich sie gewesen sei, als sie und Sally entschieden hatten, dass sie nicht zusammen sein konnten.

Und als er ging, sagte sie: »Sally hatte recht. Sie sind ein guter Mensch. Sollten Sie meine Hilfe brauchen, bin ich für Sie da.«

Und zum ersten Mal seit langem freute sich Kevin über etwas. Er hatte eine Freundin gefunden, und das in einer Stadt, in der das nicht leicht war. Und wenn er schon Pech in der Liebe hatte, dann stand er lieber hinter Mary Benning zurück als hinter Jerry Sloane.

WILL STAUER SASS IN der Suite im Cairo Hotel. Er hatte eine Beule an der Stirn und ein Glas Scotch in der Hand.

Helen hatte sich mit den Händen in den Hüften vor ihm aufgebaut. »Er ist dir *entwischt*?«

»Ich bin gestolpert.« Will leerte sein Whiskeyglas in einem Zug.

»Über was? Über deine Dummheit?«

»Über den Bordstein. Ich war auf der anderen Straßenseite und wollte unsichtbar bleiben. Als er in meine Richtung gesehen hat, habe ich mich in einen Ladeneingang gestellt. Als ich wieder rausgekommen bin, bin ich gestolpert. Aber ich glaube, er ist in die Jefferson gebogen. Ich glaube, ich könnte ihn wiederfinden.«

Martin stand am Fenster und hörte dem Ehepaar beim Zanken zu, aber sein Interesse galt dem Karabiner 98k. Er wog ihn in der Hand, legte an, betätigte den Verschluss. Mit drei Komma sieben Kilogramm plus etwa zwei Kilo für das Zielfernrohr war er eines der am besten ausbalancierten Gewehre, die er je in der Hand gehalten hatte. Und das sollten sie diesem Tollpatsch in die Hand drücken?

Will holte tief Luft. »Tut mir leid, mein Schatz. Tut mir sehr leid, Herr Bruning.«

»Du bist ein Dummkopf ...«, sagte Helen, und wie eine Mutter, die genug mit ihrem Kind geschimpft hat, legte sie ihre Arme um Wills Kopf, »... aber es ist ja nichts passiert, nicht wahr, mein Schatz?«

Martin lud noch ein paarmal durch. Das metallische Geräusch ließ die Stauers in ihrer kleinen Umarmung aufschrecken und holte sie zurück in die Wirklichkeit.

»Was glauben Sie?«, fragte Helen ihn. »Was wollte unser Mann in Georgetown?«

»Wir wissen nicht einmal, ob es wirklich unser Mann war«, sagte Martin.

Will hob den Kopf. »Er trug eine Schiebermütze mit allen möglichen Ansteckern drauf. Roosevelt-Anstecker, welche von den St. Louis Cardinals. Sogar Judenanstecker.«

»Und? Welches Baseballteam findet er wohl besser?«, fragte Martin. »Die St. Louis Cardinals oder die Los Angeles Jews?«

»In Los Angeles gibt es ein jüdisches Baseballteam?«, fragte Will.

Deshalb arbeite ich lieber allein, dachte Martin. Weil die beiden seinen Sarkasmus nicht verstanden, wechselte er das Thema und deutete auf den schwarzen Rollkragenpullover, die schwarze Hose und die schwarze Wollmütze auf dem Sofa. »Ist das meine Garderobe für heute Nacht?«

»Heute Nacht sollte man Sie besser nicht so leicht sehen«, sagte Helen.

»Heute Nacht sollte ich in der Tat unsichtbar sein«, sagte Martin.

»Aber morgen treffen wir uns wieder in der Öffentlichkeit, als wären wir Touristen. Im Café des Naturkundemuseums.«

»Warum dort?«, fragte Helen.

»Mir gefällt der ausgestopfte Elefant.« Er nahm den Schraubenzieher aus Will Stauers ledernem Werkzeugetui und öffnete die Ringe, mit denen das Zielfernrohr am Gewehr befestigt war. »Eigentlich bin ich nur deswegen wieder in diese Mausefalle zurückgekommen.«

»Bitte seien Sie vorsichtig damit«, sagte Will.

»Wenn ich mich auf einen Schuss vorbereite, will ich vorher sehen, wie mein Ziel aussieht.«

DIE DC-3 WAR DAS Arbeitspferd der Lüfte. Aber das Exemplar, mit dem Frank Carter und Stella Madden reisten, hatte vor Nashville zu lahmen begonnen und stand nun weitere sechs Stunden still, weil der Vergaser des linken Motors ausgetauscht werden musste. Voraussichtliche Ankunft in D. C. – ungewiss.

»Ich könnte ein Bett gebrauchen«, sagte Stella. »Und eine Dusche.«

»Vielleicht auch was Schönes vom Grill, wo wir schon in Tennessee sind.«

Zuerst aber musste er im Willard anrufen, damit ihre Zimmerreservierung nicht verfiel. Während er zur nächsten Telefonzelle ging, kaufte Stella sich eine Zeitung und setzte sich in die Wartehalle.

Nach zehn Minuten war Carter zurück. »Angeblich gibt es gleich nebenan ein gutes Barbecue.«

Ohne von der Zeitung aufzublicken, sagte Stella: »Ich weiß jetzt, was der Nazi in Washington will.«

Carter setzte sich neben sie. »Was?«

Sie deutete auf die Schlagzeile auf der unteren Hälfte des Blatts: STRENGE SICHERHEITSVORKEHRUNGEN BEIM ENTZÜNDEN DES CHRISTBAUMS AM HEILIGEN ABEND DURCH DEN PRÄSIDENTEN.

MONTAG, 22. DEZEMBER

ATTENTÄTER ARBEITETEN AM BESTEN NACHTS. Und so schlüpfte Martin Browning gegen zwei Uhr in den schwarzen Rollkragenpullover und die Hose. Dann setzte er die Wollmütze auf und zog den marineblauen Kaschmirmantel über. Dem Nachtportier in der Lobby sagte er, das beste Mittel gegen Schlaflosigkeit sei für ihn ein ausgiebiger Spaziergang.

Er musste dem Portier versprechen, gut auf sich aufzupassen. Er erwähnte nicht, dass er einen ledernen Totschläger in der Tasche hatte und ein Faustmesser im Schuh trug und dass jeder Ganove, der ihn auf der Straße überfallen würde, sie zu spüren bekäme. Stattdessen scherzte er: »Wenn ich um drei nicht wieder zurück bin, schicken Sie die Kavallerie. So sagt man bei Ihnen doch wohl?«

Und damit ging er hinaus, über den Lafayette Square bis zur Statue dieses französischen Helden, die im Südosten des Platzes stand. Dort ging er in die Hocke und spähte quer über die Pennsylvania Avenue zum Besuchereingang hinüber, wo an Heiligabend die Inhaber der Platzkarten eingelassen würden. Zwei Uniformierte des Secret Service standen neben dem schlichten Wachhäuschen, aber besondere technische Vorkehrungen fielen ihm nicht auf. Es stimmte also, was in der Zeitung stand. Keine Metalldetektoren am Besuchereingang.

Dann eilte er hinüber zur Fünfzehnten und ging auf der Ostseite die Straße hinunter. Am Treasury Place registrierte er zwei Soldaten in dem kleinen Wachhaus, und dahinter erkannte er etwas, was aussah wie ein großer Türrahmen aus Stahl: der elektrische Detektor. Falls er keinen Weg fand, ihn zu umgehen oder eine Platzkarte zu bekommen, musste er im Schutz der Nacht über den Zaun steigen und auf dem Gelände eine Waffe verstecken.

Die Vereinigten Staaten waren beim Schutz ihrer zweiunddreißig Staatsoberhäupter bislang notorisch lax gewesen. In fünfundachtzig Jahren waren drei Präsidenten aus kurzer Entfernung erschossen worden, und auch auf die beiden Roosevelts hatte man geschossen. Gleichwohl war der Zaun, der das Gelände des Weißen Hauses umgab, bis 1938 nur knapp einen Meter hoch gewesen. Dann hatte der Secret Service die Höhe verdoppelt und jeden Pfosten mit einer scharfen Spitze versehen. Doch vor dem 7. Dezember war das Gelände tagsüber noch für jeden zugänglich gewesen. Besucher konnten bis zum Südportikus gehen und ein Foto machen. Das ging jetzt nicht mehr.

Martin zweifelte nicht daran, dass er über den Zaun klettern könnte. Aber wie oft liefen die Wachen die Umzäunung entlang? Hatten sie Hunde dabei? Gab es eine Alarmanlage? Er erreichte die E-Straße und überquerte sie. Immergrüne Nadelhölzer und kahle Laubbäume säumten die Wiese hier am Nordrand der Ellipse und die ovale Straße, auf der einst die Offiziere ausgeritten waren. Er wählte eine kräftige Fichte, huschte in ihren Schatten und beobachtete das Gelände gegenüber.

Er stoppte die Zeit zwischen den Patrouillengängen der uniformierten Secret-Service-Männer, die den Zaun des Weißen Hauses auf der Innenseite abschritten.

Er horchte auf das Geräusch des Militärfahrzeugs, das innerhalb von acht Minuten einmal das ganze Regierungsviertel umrundete: die Siebzehnte hinauf zur Pennsylvania, rüber zur Fünfzehnten und zurück zur E-Straße. Dann sah er zwei Kapitolspolizisten auf der E nach Osten gehen, in die Schatten zwischen den Straßenlaternen und wieder ins Licht.

Er hockte sich hin, zog einen Flachmann mit Whiskey aus der Tasche. Wenn er ihnen auffiele, würde er sich etwas davon auf die Kleider schütten, ein paar Schlucke trinken und den Betrunkenen mimen. Aber sie gingen weiter, vertieft in ein Gespräch … über den bevorstehenden Schwergewichtsboxkampf zwischen Joe Louis und Buddy Baer.

Als ihre Stimmen in Richtung der Fünfzehnten verklungen waren, beschloss er, den Zaun zu testen. Die deutschen Konzentrationslager hatten »sprechende Zäune«, deren Pfähle mittels dünner Drähte mit Mikrofonen verbunden waren. Schwingungen des Zauns aktivierten die Mikrofone, wodurch im Wachhäuschen ein Licht zu blinken begann und die Posten herbeieilten.

Martin las ein paar Steine auf und warf einen über die Straße. Er traf den Zaun mit einem lauten Scheppern.

Keine Scheinwerfer leuchteten auf. Keine Wachen eilten mit gezogenen Waffen, knurrenden Hunden oder flackernden Taschenlampen herbei. Der Zaun um das Weiße Haus schwieg ... noch.

Eine wichtige Erkenntnis. Aber er brauchte noch weitere. Er wandte sich Richtung Süden, blieb im Schatten der Bäume und gelangte zur Constitution Avenue. Im Hintergrund ragte das Washington Monument schwarz in den von wenigen Sternen erhellten Nachthimmel. Die Straßenlaternen, die hier dichter standen als an der Constitution, schufen gelbe Lichtinseln auf dem schwarzen Asphalt. Von ihnen und von den Amerikanischen Ulmen, die die Avenue säumten, würde er sich fernhalten. Er würde sich an die innere Baumreihe halten, die fünfzehn Meter vom Gehsteig entfernt stand, fünfzehn Meter näher an seinem Ziel. Diese Bäume – ebenfalls Ulmen, durchsetzt mit Nadelbäumen – boten eine geeignete Deckung, und ihre Äste reichten weit genug hinunter. Konnte er einen von ihnen ungesehen erklimmen und mit dem K 98k auf seinem Posten bleiben, bis die Gelegenheit zum Schuss günstig war?

Er wählte einen Baum aus, den zweiten auf der linken Seite vom Hauptweg aus gesehen. Er stellte sich daneben und hob das Zielfernrohr ans Auge. Damit befand er sich genau auf einer Linie mit dem Weißen Haus, und als er hindurchsah, füllte der entfernte Schatten des Gebäudes sein ganzes Gesichtsfeld aus, wie die Einzelheiten einer

Fotografie unter der Lupe. Wenn am Mittwochabend die Scheinwerfer erstrahlten, würde er Roosevelt so dicht vor sich sehen, als könnte er ihn berühren.

Er war schätzungsweise fünfhundertfünfzehn Meter entfernt, das war das äußerste Limit für den K 98k. Lieber wäre es ihm, mit der C96 vom Südrasen aus zu schießen, aber wenn es sein musste, konnte der Schuss vermutlich auch von hier gelingen.

Plötzlich hörte er wieder die Stimmen … die beiden Kapitolspolizisten auf ihrem Rundgang. Gerade kamen sie unter einer Laterne an der Constitution vorbei. Er drückte sich an den Baumstamm und wartete.

Wenn sie den Gehweg ins Innere der Ellipse einschlugen, war er in Schwierigkeiten. Sie bogen auf den Weg ein.

Er blickte hinauf zu dem untersten Ast, sprang, griff zu und hangelte sich hinauf. So schnell er konnte, kletterte er höher. Die Äste knarrten.

»Was war das?«, fragte einer der Polizisten.

Martin verharrte reglos. Vielleicht wäre ein Seil hilfreich gewesen, um sich weiter hochzuziehen. An Heiligabend würde er eines mitbringen.

Jetzt näherten sich die Lichtkegel der Taschenlampen, suchten den Boden ab.

Martin hörte, wie irgendwo ein Fahrzeug einen Gang herunterschaltete: ein Laster auf der Constitution, der mit irgendeiner nächtlichen Lieferung durch das Regierungsviertel fuhr. Er wartete, bis das Auto so nah war, dass es alle anderen Geräusche übertönte. Dann zog er sich hoch, indem er gut vier Meter über dem Boden einen starken Ast packte, und drückte sich gegen den Stamm, bis er nur noch ein Schatten dieses Asts war. Vorsichtig griff er nach dem Rollkragen und zog ihn über Kinn und Nase, sodass das Licht einer nach oben gerichteten Taschenlampe nicht von seinem hellen Gesicht reflektiert würde.

Ein Lichtstrahl sprang rings um ihn her durchs Geäst. Ein anderer streifte seinen Fuß. Wenn sie ihn jetzt fanden, konnte er nicht mehr den Betrunkenen spielen. Wer erklomm im Suff schon einen Baum? Er würde angreifen müssen – und zwar schnell. Besser die Luft anhalten und bleiben, wo er war. Festklammern und nicht bewegen. Nicht einmal nach dem Messer greifen.

»Waschbär oder Ratte«, sagte einer der Polizisten.

»Waschbär«, sagte der andere. »Los, komm. Ich muss pinkeln.«

Sie gingen weiter, und ihre Stimmen wurden leiser. Er beobachtete, wie sie bis zur Siebzehnten gingen, die Straße überquerten und in einem kleinen Haus aus Naturstein verschwanden, dem alten Schleusenwärterhaus aus jenen Tagen, da entlang der Constitution Avenue noch ein Kanal verlief. Heute war es eine öffentliche Toilette.

Martins Hände zitterten, und seine Beine waren schwach vom langen Stillhalten. Er ließ sich gegen den Baumstamm sinken. Immerhin wusste er jetzt, dass es möglich war, auf diesen Baum zu klettern. Aber würde er das auch an Heiligabend schaffen, mit einem Gewehr unter dem Mantel, während die Polizei in der Dämmerung die Gegend überwachte? Und konnte er von hier sein Ziel treffen?

Erneut hielt er das Zielfernrohr ans Auge. Was er sah, stimmte ihn zuversichtlich. Ganz gleich, ob er vom Südrasen aus schoss oder aus dem Baum – Franklin Roosevelt war ein toter Mann.

UM NEUN UHR DREISSIG fuhr ein Taxi mit Frank Carter und Stella Madden beim Willard Hotel vor. Carter stieg aus und öffnete Stella die Tür. Dann hielt er einen Augenblick inne und sah sich auf der Pennsylvania Avenue um.

»Was ist?«, fragte Stella.

»Irgendwie hatte ich mir die Rückkehr in die Stadt anders vorgestellt.«

Sie tätschelte seine Wange. »Wart ab, bis du geduscht und rasiert bist, dann sieht die Welt schon ganz anders aus.«

»Ein paar Stunden Schlaf wären gut.«

»Nächstes Mal nehmen wir den Super Chief.«

Nach den Wartehallen und der beengten DC-3 kam ihnen die Empfangshalle des Willard wie die Hollywoodversion einer römischen Villa vor. Überall Marmor – die Fliesen, die Säulen, die Rezeption. Im schräg einfallenden Sonnenlicht saß Kevin Cusack in einem Sessel und las Zeitung.

Carter sah ihn sofort und ging zu ihm.

»Wo sind Sie so lange geblieben?«, sagte Kevin, ohne aufzuschauen.

Noch ehe Carter antworten konnte, sagte Stella: »Schau mal, wir werden verfolgt.«

Carter wandte sich zu ihr um. »Wir sind, verdammt noch mal, das FBI. Wenn hier einer wen verfolgt, dann wir.«

Stella deutete durch die Glasfront nach draußen. »Die zwei Kerle da. Ich habe sie schon im Flughafen gesehen.«

Sie stiegen gerade aus einem parkenden Wagen. Lange Mäntel, Fedoras, und dem Portier zeigten sie ihre Dienstmarken, als wollten sie sagen: *Das Auto bleibt genau da stehen.*

»Vielleicht sollte er hier schnell Land gewinnen, bis wir alles geregelt haben«, sagte Stella.

»Sie sind sicher die neue Freundin«, sagte Kevin.

»Und Sie sind Sam Spade?« Stella deutete auf einen langen verspiegelten Gang, gesäumt von Topfpalmen. »Das ist die Peacock Alley. Ganz am Ende führt eine Tür nach draußen. Los!«

»Sie hat recht«, sagte Carter. »Lassen Sie *uns* das regeln. Die hiesige Polizei muss jetzt noch nichts von meiner Geheimwaffe wissen.«

»Was für eine Geheimwaffe?«, fragte Kevin.

»Sie«, erwiderte Carter. »Los, verschwinden Sie. Rufen Sie mich in einer halben Stunde an.«

Kevin diskutierte nicht. Er warf einen Blick auf die beiden Polizisten, die gerade die Halle betraten, dann verschwand er in der Peacock Alley. Die Topfpflanzen, die Teppiche oder sein Spiegelbild würdigte er keines Blickes. Besonders gut sah er zurzeit ohnehin nicht aus.

In der Halle zeigten die Polizisten Carter ihre Dienstmarken. »Ich bin Detective Mills, Washington Metropolitan Police«, sagte der Dünne mit dem Bartschatten und deutete auf seinen Partner, einen schwerfälligen älteren Mann. »Das ist Detective Conway. Und Sie müssen Agent Carter sein. Dürfen wir Ihnen ein paar Fragen stellen?«

Carter sah auf die Uhr. »Ich muss in die Zentrale.«

»Einer Ihrer Kontakte hat sich vor zehn Tagen der Gerichtsbarkeit von Los Angeles entzogen. Jemand namens …« Detective Mills warf einen Blick in sein Notizbuch. »Kevin Cusack. L. A. hat uns gebeten, in Washington nach ihm zu suchen.«

»Außerdem wird er wegen eines Mordes im Super-Chief-Express gesucht«, sagte Conway.

»Klingt gefährlich«, sagte Stella.

»Stimmt Ma'am«, sagte Mills. »Und Sie sind?«

»Sie ist meine Assistentin.« Carter nahm ein Augenrollen wahr. »Wie kommen Sie darauf, dass Ihr Verdächtiger einer meiner Kontakte ist?«

»Detective Bobby O'Hara«, sagte Mills. »Er hilft uns in L. A. Wir helfen ihm in D. C.«

»Sobald Ihr Verdächtiger die Staatsgrenze übertritt, ist er unser Problem«, sagte Carter. »Da könnt ihr Jungs euch zurückziehen.«

»Nicht wenn er in unserer Stadt herumläuft«, sagte Mills. »O'Hara glaubt, dass Sie mit ihm in Kontakt stehen. Wir wollen doch hoffen, dass Sie uns mitteilen, was Sie wissen, damit ihn jemand schnappen kann.«

»Irgendjemand wird ihn schon schnappen«, sagte Carter, »egal wo er ist.«

»Das FBI hat noch jeden gekriegt«, sagte Stella.

»Die Polizei von Washington auch, Ma'am.« Mills gab ihr seine

Karte. »Wir bleiben in Kontakt. Und noch eins, Ma'am. Wenn Sie eine Schusswaffe mit nach D. C. gebracht haben, müssen Sie sie registrieren lassen.«

»Mehr als die hier brauchen wir nicht.« Carter schlug seinen Mantel zurück. »Smith and Wesson, 375er Magnum, Modell 13. Mit Berechtigung des US-Kongresses.«

VON SEINEM ZIMMER IM Hay-Adams blickte Martin Browning hinüber zur kleinen gelben St.-John's-Kirche auf der anderen Seite der Sechzehnten Straße, nördlich des Lafayette Square. Sie war als Kirche der Präsidenten bekannt, denn sie alle hatten dort den Gottesdienst besucht. Wenn auch Roosevelt am Weihnachtstag dorthin ging, könnte Martin vielleicht sogar direkt von seinem Sofa aus schießen.

Doch er wusste, dass sowohl er als auch Roosevelt am Weihnachtsmorgen wahrscheinlich tot sein würden. Sollte er vom Südrasen aus schießen, war sein eigener Tod eine Gewissheit. Die Zeitung von heute berichtete von neuen Einzelheiten beim bevorstehenden Entzünden des Christbaums: »Wer auf das Gelände des Weißen Hauses eingelassen wird, darf es erst nach dem Ende der Veranstaltung wieder verlassen.« Alle Zugänge geschlossen. Flucht unmöglich.

Immer mehr Argumente sprachen für den Baum an der Constitution Avenue, denn Martin Browning waren Bedenken gekommen. Er hätte Vivian nie in sein Leben lassen dürfen. Sie hatte ihm ungute Gedanken eingepflanzt, die seine Entschlossenheit schwächten, Gedanken an eine Welt, die jenseits des Dezember '41 existierte. Also beschloss er, mit ihr zu reden. Reden konnte die Bedenken vielleicht vertreiben, besonders wenn sie gereizt reagieren würde.

Und sofort ging es los. »Ich habe sämtliche Hotels in D. C. angerufen und nach Harry Kellogg gefragt – und nach Michael Milton ... Sag mal, läufst du vor mir davon?«

»Ich bin aus dem Willard ausgezogen, um zu meiner Arbeitsgruppe zu stoßen«, antwortete er.

»Und wohin?«

»Unwichtig.« Er wechselte das Thema. »Wie ist es, wieder zu Hause zu sein?«

Vivians Ärger legte sich. »Langweilig. Radio hören. Gottesdienst. Und vor der Kirche hat mein früherer Freund mich auf ein Date an Heiligabend eingeladen. Als wäre ich nie fort gewesen.«

»Du hast ihm hoffentlich gesagt, du hättest etwas vor an Heiligabend.«

»Ich war drauf und dran, ja zu sagen.«

»Wirklich?« War das etwa Eifersucht, das Martin Browning durchzuckte?

»Weißt du noch, wie ich gesagt habe, ich wollte schon immer mal zum Weißen Haus, wenn der Christbaum entzündet wird?«

Martin hielt den Atem an. »Ja.«

»Johnny – ich habe dir ja von ihm erzählt – hat Platzkarten. Und deshalb …«

Jetzt sprang Martin unwillkürlich von seinem Stuhl auf. »Was hast du ihm gesagt?«

»Dass ich es mir überlegen würde … Hör zu, ich muss mich beeilen. Ich will um zehn den Zug nach D.C. erwischen, und dann stelle ich mich vors Landwirtschaftsministerium, bis du …«

Martin Brownings Eifersucht bekam Risse, und an ihre Stelle trat kaltblütige Entschlossenheit, für ihn ein viel vertrauteres Gefühl. »Nimm den Zug«, sagte er. »Ich lade dich zum Mittagessen ein. Wir treffen uns im Café des Naturkundemuseums. Das ist auf der anderen Seite der Mall, gegenüber vom Landwirtschaftsministerium. Halb eins.« Er legte auf.

Dann bestellte er ein großes Frühstück. Es hieß immer, man müsse nur über seine Probleme sprechen, dann würde man sie auch lösen. Schluss mit den Bedenken.

EINE HALBE STUNDE NACHDEM Kevin Cusack in der Peacock Alley verschwunden war, rief er Frank Carter in seinem Hotelzimmer an.

Stella ging ans Telefon. »Frank steht unter der Dusche, danach muss er zum FBI.«

»Wenn Carter mich jetzt von Pontius zu Pilatus schickt ...«

»Frank versucht Ihnen zu helfen, wenn Sie ihm helfen.«

»Frank versucht doch nur sich selbst zu helfen.«

»Glauben Sie, was Sie wollen«, sagte Stella. »Aber das LAPD ist Ihnen auf den Fersen, und seit heute auch die Washingtoner Polizei.«

»Die können mir nichts vorwerfen.«

»Nur einen Mord in L. A., einen im Super Chief und einen tätlichen Angriff auf dem Männerklo von Musso and Frank. Dafür gibt's sogar einen Zeugen.«

»John Wayne? Im Ernst?

»Er hat gesagt, es wäre ein erstklassiger Haken gewesen«, erwiderte Stella. »Frank möchte sich mit Ihnen um fünf in der Halle des Willard treffen. Er lässt ausrichten, Sie müssen ihm vertrauen. Vertrauen Sie ihm. Ich vertraue ihm auch.«

»Also schön.« *Klick.* Kevin bekam allmählich den Eindruck, dass er besser niemandem trauen sollte. Nicht einmal dem, den er als Nächstes anrief, um ihn um die versprochene Mitfahrgelegenheit zu bitten.

»Heute nicht«, sagte Stanley Smith. »Ich hab zwei platte Reifen.«

»Kein Problem«, sagte Kevin. »Ich nehme den Zug.« Und wieder ging er zur Union Station.

FRANK CARTER STAND AN der Pennsylvania Avenue und dankte den Umständen, die ihn nach Washington gebracht hatten ... auch wenn dazu ein Nazi-Killer zählte und ein Skriptleser auf der Flucht. Genau hier hatte er immer sein wollen, mitten im Herzen der amerikanischen Exekutive, am Hauptsitz des US-Justizministeriums.

Am Empfang zeigte er seine Dienstmarke vor, und kurz darauf saß er im Büro seines ältesten FBI-Kumpels, Dan Jones aus South Bend, Indiana. Jones hatte seinen scharfen Verstand, seine spitzen Ellenbogen und sein Scharfschützenauge gut genutzt und eine Beförderung an die andere gereiht. Nun war er zuständig für die Spionageabteilung. Jones war derjenige, der all die Gewahrsamsanordnungen verfasste, die J. Edgar Hoover anschließend unterzeichnete.

Carter sah sich um und stieß einen Pfiff aus. »Nette Bude. Sogar mit Fenstern.«

»Wir haben es weit gebracht seit Quantico«, sagte Jones. »Schön, dass Dick Hood dich in dieser Sache hergeschickt hat. Vielleicht kannst du ja wieder ganz an die Ostküste wechseln.«

»Wollte ich auch gerade sagen.«

»Du hast also einen Nazi für uns. Den ›Hollywood-Nazi‹?«

»Aber er ist nicht derjenige, der *damit* geschossen hat.« Carter legte die Sieben-Komma-dreiundsechzig-Millimeter-Hülse auf Jones' Schreibtisch. Wie klein sie ihm doch vorkam, im Gegensatz zu der großen Bedeutung, die sie für den Lauf der Geschichte womöglich haben würde.

Jones nahm sie in die Hand, und aus alter Forensikergewohnheit schnupperte er daran. Vielleicht roch er noch Spuren von Restpulver. »Heißes Geschoss. Hatte bestimmt eine ordentliche Wucht. Eine Mauser C96 vielleicht? Gefährliche Waffe, wenn man sich auskennt.«

»Deshalb mache ich mir ja Sorgen.« Und Carter erzählte die ganze Geschichte von der Razzia am 8. Dezember bis zu Stellas Schusswechsel in Gobels Werkzeugladen.

»Stella Madden«, sagte Jones. »Die kenne ich noch aus meiner Zeit in L. A.«

»Ich habe sie mitgebracht.«

»Mitgebracht?«, Jones hob die Augenbrauen. »Das ist gegen alle Regeln, Frank.«

»Sie hat ein besonderes Gespür. Intuition, könnte man sagen. Außerdem … Außerdem glaubt sie, dass derjenige, der diese Patrone verschossen hat, an Heiligabend den Präsidenten erschießen will. Wir müssen ihn aufhalten, Dan, oder das Christbaumentzünden abblasen.«

Jones dachte darüber nach und sagte: »Dazu müssen wir Mike Reilly ins Boot holen. Ihm untersteht die Secret-Service-Einheit für das Weiße Haus.«

»Wird er auf die Intuition einer Detektivin etwas geben?«

»Frag ihn selbst. Ich schick dich zu ihm. Aber was ist jetzt mit dem hier?« Jones gab Carter die Akte Kevin Cusack alias Hollywood-Nazi alias Agent Nummer neunundzwanzig des LAJCC.

»Ich lasse ihn draußen rumlaufen, um den echten Nazi in Sicherheit zu wiegen.«

»Sag mir einfach, ob er zu den Guten oder den Bösen gehört.«

»Um fünf bin ich mit ihm verabredet. Dann bringe ich ihn her. Mach dir selbst ein Bild.«

ODENTON STATION: EIN KLEINER einstöckiger Ziegelbau, simpel und zweckmäßig wie zig andere Bahnhöfe der Penn-Central-Linie. An den tiefer liegenden Bahnsteigen rumpelten die elektrischen Züge der Linien zwischen Washington, Baltimore und Annapolis vorbei.

Kevin Cusack lief gerade die Treppe hinunter, um den Zug nach Annapolis zu nehmen, da sah er sie. Auf der anderen Seite der Gleise. Einfach so. Durch das halbe Land hatte er sie verfolgt, und jetzt stand sie einfach da und wartete auf den Zug nach Washington. Er erkannte das blond gefärbte Haar, die Sonnenbrille, die womöglich ein neues Veilchen verbarg, und die grüne Anzughose, die sie letzten Samstag im Speisewagen getragen hatte.

Schnell kaufte er eine Rückfahrkarte und hastete zurück zum Bahnsteig, an dem die Züge Richtung Süden abfuhren. Als der Zug sich in Gang gesetzt hatte, trat er in ihren Wagen. Sie schien tief in Gedanken versunken. Er überlegte, ob er sie ansprechen sollte, aber dann erschien es ihm besser, sie zu beobachten.

FRANK CARTER WAR NOCH nie im Weißen Haus gewesen. Er gab sich Mühe, *nicht* beeindruckt zu wirken, als er am Treasury Place, wo er das Gelände betrat, seine Dienstmarke vorzeigte. Ein Uniformierter vom Secret Service winkte ihn zu einem großen Metallrahmen, der mit Stechpalmengirlanden und Schleifen verziert war. Als er hindurchging, schrillte eine Klingel, und sofort waren drei Uniformträger bei ihm.

»Sind Sie bewaffnet, Sir?«, fragte einer der Männer.

»Ich habe mich schon gewundert, dass Sie das nicht längst gefragt haben.« Carter zeigte ihm seine Magnum.

»Hey, Leute«, rief der Uniformierte, »diese Alnor-Tür funktioniert schon mal.«

Nicht Carter hatten sie überprüft, sondern ihr neues Gerät. Sie nahmen seine Waffe und sagten, er könne sie abholen, wenn er wieder ginge. Er fragte, was eine Alnor-Tür sei.

»Ein elektrischer Detektor«, erklärte einer der Polizisten. »Im Gefängnis bereits Standardausrüstung. Wenn einer durchgeht und Metall am Körper trägt, geht der Alarm los. Die hier haben wir gerade erst eingebaut. Funktioniert wie geschmiert.«

Eine gute erste Verteidigungslinie, dachte Carter.

Er betrat das Weiße Haus durch den Osteingang und wurde dann durch den Hauptkorridor im Erdgeschoss zum fensterlosen Büro des Secret Service geschickt, gegenüber der Arztpraxis. Jetzt, dachte er, war er wirklich im innersten Zentrum – von allem.

Dan Jones hatte ihm Mike Reilly beschrieben: »Starker Montana-Akzent, finstere irische Miene und ein Körper wie ein Footballspieler – was für jemanden, der im Notfall einen im Rollstuhl sitzenden Präsidenten tragen muss, unverzichtbar dazugehört.«

Reilly sah Carter mit seiner finsteren Miene an und sagte ihm, er möge sich setzen. »Ich habe zehn Minuten. Hier ist immer viel los, aber jetzt hat sich ein besonderer Gast angekündigt. Ich habe also gerade die doppelte Arbeit.«

Carter fragte nicht, wer der besondere Gast sei. Das ging ihn nichts an. Stattdessen gab er erneut seine Geschichte zum Besten und endete mit den Worten: »Wenn jemand plant, an Heiligabend auf den Präsidenten zu schießen, sollte das Entzünden des Christbaums vielleicht abgesagt werden.«

»Geht nicht«, sagte Reilly. »Der Boss besteht darauf. Er hat versprochen, die Amerikaner dieses Jahr auf den Südrasen einzuladen. Er hat gesagt, er will beim diesjährigen Entzünden eine heimelige Atmosphäre.«

»Heimelig?«, sagte Carter.

»Das waren seine Worte. Und er ist entschlossen, es durchzuziehen, obwohl sich seitdem viel verändert hat. Krieg ist die schlechteste Neuigkeit überhaupt, sagt er, und deshalb brauchen wir ein großes öffentliches Ereignis, etwas, was die Stimmung im ganzen Land hebt, selbst wenn es *mir* Magenschmerzen bereitet.«

»Gut«, sagte Carter, »wenn wir die Show nicht abblasen können, müssen wir eben den Schützen finden.«

Reilly lehnte sich auf seinem Stuhl zurück. »Sie haben ihm in die Augen gesehen, sagen Sie?«

»In L. A. ist er mir durch die Lappen gegangen. Ich habe ihm sogar noch die Tür aufgehalten.«

»Einem Attentäter haben Sie die Tür aufgehalten?« Mike Reilly sah Carter ungläubig an.

»Attentäter *in spe*«, sagte Carter.

»Und deshalb haben Sie Himmel und Erde in Bewegung gesetzt, damit sie hierhergeschickt werden, um Ihren Fehler wieder gutzumachen.«

»Und um meinen Teil zum Schutz des Präsidenten beizutragen.«

»Vielen Dank, aber dafür sorgen wir schon.« Dann legte Reilly los. Er schilderte alle Vorkehrungen, die man getroffen hatte, um »das Angriffsziel zu stärken«. Vor Pearl Harbor waren dem Weißen Haus siebzehn Polizisten und sechs Agenten des Secret Service zugeteilt gewesen. Seit dem 8. Dezember umfasste jede Schicht zweiundzwanzig Polizisten des Weißen Hauses, zwanzig aus den Reihen der Metropolitan Police oder zwanzig uniformierte Wachposten des Secret Service sowie fünfzehn Secret-Service-Agenten. Außerdem gab es Maschinengewehrstellungen auf dem Dach, und ein Aufklärungsfahrzeug der Armee – mit Maschinengewehr – fuhr rings um das Regierungsviertel Patrouille.

»Aber ein möglicher einzelner Schütze muss Ihnen doch Kopfschmerzen bereiten, einer der mit einer Pistole aus zweihundert Metern das hier anrichten kann.« Carter zog den geköpften Hummel-Engel aus der Tasche und stellte ihn auf den Schreibtisch.

»Guter Schuss.« Reilly nahm die Figur in die Hand und betrachtete sie genauer. »Wissen Sie, die größte Sorge der Armee ist, dass ein Trupp Nazi-Fallschirmjäger auf dem Rasen vor dem Weißen Haus landet. Meine größte Sorge ist ein Attentäter. Irgendein Nazi, der das hier fertigbringt und allein arbeitet oder in einem kleinen Team, das aktiviert wurde, als Hitler uns den Krieg erklärt hat…« Reilly musste den Satz nicht beenden.

»Diesen Nazi haben nur zwei Leute mit eigenen Augen gesehen. Kevin Cusack und ich.«

»Cusack? Ist das nicht der sogenannte ›Hollywood-Nazi‹ – der die junge Frau im Super Chief umgebracht hat?«

»Ich vermute eher, dass der echte Nazi ihm eine Falle gestellt hat«, sagte Carter.

Reilly öffnete eine Schublade und nahm einen dicken Ordner heraus. »Wenn Sie glauben, Sie hätten diesen Nazi schon mal gesehen, schauen Sie sich das hier mal an. Ich muss jetzt gehen.«

Carter las, was auf dem Ordner stand. »Verdächtigenliste Los Angeles?«

»Jeden Monat kommen im Weißen Haus vierzigtausend Briefe an. Fünftausend sind Drohbriefe. Wir überprüfen jeden Drohbrief, um herauszufinden, wie gefährlich – oder wie durchgeknallt – der Verfasser ist. Alle, zu denen wir Nachforschungen anstellen, bekommen eine Seite in diesem Ordner.«

»Aber ein ausgebildeter Attentäter schreibt doch sicher keinen Drohbrief.«

»Tun Sie mir den Gefallen.« Reilly stand auf und nahm die kopflose Hummel-Figur. »Darf ich die behalten?«

»Bitte schön! Verstehen Sie sie als Ansporn.«

»Danke«, sagte Reilly. »Und seien Sie beruhigt, Agent Carter. Falls doch irgendjemand an der Alnor-Tür vorbei eine Waffe auf das Gelände schmuggelt, dann habe ich eine weitere Überraschung für ihn. Eine letzte Verteidigungslinie, könnte man sagen.«

VIVIAN HOPEWELL KAM UM elf Uhr vierzig an der Union Station an. Sie überquerte den Capitol Hill und spazierte die Mall hinunter zum Naturkundemuseum. Weil sie früh dran war, ging sie eine Zeit lang durch die Ausstellungsräume. Sie sah das Nashorn, das Teddy Roosevelt geschossen hatte, den edlen Löwen, den Wapiti, den mächtigen Bison. Und alle taten ihr ein wenig leid.

Den Mann mit der von Ansteckern übersäten Schiebermütze bemerkte sie nicht, obwohl er durch alle Räume ging, die auch sie besuchte, die Schautafeln über den Lebenszyklus des Monarchfalters las und die Exponate der Eiszeitausstellung studierte.

Gegen halb eins schlenderte sie zurück zur Rotunde beim Eingang, in deren Zentrum der wunderbar präparierte Elefant stand. Er schien zu laufen, den Rüssel zum Himmel erhoben ... oder eher zur Decke. Fast glaubte sie, sein Trompeten zu hören, wie es durch die Räume schallte.

Harold erwartete sie bereits. Sie eilte auf ihn zu und umarmte ihn. Sie war voller Freude, ihn zu sehen, und begeistert, zurück in der Welt der Restaurants, der Museen und all der anderen interessanten Orte zu sein.

Kevin Cusack zuckte zusammen, als er ihn sah. Instinktiv glitt er hinter eine Säule. Erst beobachten, dann handeln, sagte er sich. Harold und Vivian nach unten folgen und sie durch die Tür des Cafés beobachten.

Es war kein vornehmes Café: Linoleumboden, eine Selbstbedienungstheke. Geräuschvoll wurden Stühle gerückt, in den Ecken zwei Schülergruppen, die Kinder laut und übermütig, weil die Weihnachtsferien vor der Tür standen. Harold und Vivian nahmen sich Tabletts und stellten sich an. Sie wählte überbackene Makkaroni, Tapioka-Pudding und Kaffee, er ein abgepacktes Schinkensandwich. Sie setzten sich an einen Tisch an der Wand. Er bat um Nachsicht wegen des Lärms, aber es sei eben vom Ministerium aus das nächste Lokal.

Sie aß ihre Makkaroni, die viel zu fettig waren. Er packte sein Sandwich aus und erstickte es in Senf.

Nachdem er ein Stück abgebissen hatte, fragte er: »Und, wie ist es, wieder bei deinen Eltern zu wohnen?«

»Ich kann kaum erwarten, wieder abzureisen.«

»Es dauert ja nicht mehr lange.«

»Meinst du das ernst?«

Er lächelte, als wollte er sagen: Ja, das meine ich ernst.

Sie deutete mit dem Zeigefinger auf ihr Kinn.

Er verstand und wischte sich den Senf weg. »Erzähl mir von diesem alten Freund«, sagte er.

»Schon als Kind hat Johnny gesagt, er würde später mal für den Gouverneur arbeiten. Gleich nach der Uni hat er einen Job bei unserem Abgeordneten bekommen. Dann hat er einen Bericht über den Zustand der Landstraßen von Maryland verfasst. Der hat dem Gouverneur so gut gefallen, dass er Johnny eine Stelle in seinem Stab angeboten hat. Und deshalb hat Johnny jetzt zwei Platzkarten für das Christbaumentzünden.«

»Er hat also seine große Leidenschaft entdeckt, ohne Annapolis je verlassen zu haben. Und du musstest einmal quer durchs Land reisen, um deine zu entdecken. Aber die Rolle deines Lebens hast du auf dieser Zugfahrt gespielt.«

Das gefiel ihr. Balsam gegen die Bitterkeit ihrer Mutter.

»Jetzt musst du mir einen Gefallen tun. Siehst du die Leute da drüben?« Martin deutete auf eine Frau in blauem Mantel und blauem Hut, die neben einem dicken Mann im braunen Anzug saß. »Das sind Kollegen aus der Landwirtschaft. Sie wären sehr beeindruckt, wenn sie wüssten, dass ich auf der Wiese am Weißen Haus sitzen werde, wenn der Christbaum entzündet wird.«

»Aber ...«

»Glaubst du, du könntest deinen alten Freund überreden, uns die Karten zu überlassen?«

»Ich ... Ich weiß nicht. Ich treffe mich morgen mit ihm, da, wo ich mal gearbeitet habe.«

»Im G & J Grill. Das Lokal, von dem du mir erzählt hast?«

Am Tisch gegenüber leerten die Stauers gerade ihre Teller, standen auf und brachten ihre Tabletts zurück. Dann kamen sie herüber, strahlend und warmherzig, wie geplant, sodass sie sich die junge Frau einmal ansehen konnten. Helen streckte die Hand aus. »Mr. Kellogg, wie schön, Sie hier zu treffen. Und das ist Ihre reizende Gattin?«

Martin stellte sie einander vor.

»Wir haben Ihrem Mann vorhin noch gesagt, wie glücklich wir uns schätzen, Karten für das Christbaumentzünden zu haben. Er sagt, dass Sie vielleicht auch welche bekommen. Dann könnten wir doch alle zusammen hingehen.«

»Nun ja«, sagte Vivian. »Vielleicht.« Sie merkte nicht, wie sie manipuliert wurde, um den Attentätern die Ausführung ihrer Pläne zu erleichtern.

»Jetzt müssen Sie uns aber entschuldigen«, sagte Helen, »die Arbeit für Amerika ruft.«

»Ernährung für die Welt, jede Konferenz ein kleiner Fortschritt.« Will Stauer lachte vergnügt.

Martin stand auf. »Ja«, sagte er, »wir werden alle im Ministerium erwartet.«

»Washington ist solch eine geschäftige Stadt geworden«, sagte Helen.

»Wie wahr«, sagte Martin, »Vertreter der Flugzeugfirmen zum Verteidigungsministerium, Bankiers zum Finanzministerium, Farmer zum Landwirtschaftsministerium … Wir haben alle unseren Beitrag zu leisten.« Er küsste Vivian auf die Wange und flüsterte: »Gut gemacht. Fahr nach Hause. Ich ruf dich später an.«

Schon wieder diese Worte. Wo hatte sie sie schon einmal gehört?

KEVIN CUSACK HATTE IM Schutz der Säule alles beobachtet. Er hätte die Museumswärter gebeten, Harold Kellogg festzuhalten, wenn diese zwei, vermutlich Polizisten im Ruhestand, nicht schon mit einer unbändigen Schülergruppe überfordert gewesen wären. Und was war mit den anderen beiden? Die Frau im blauen Mantel aus dem Washington Monument und der Mann, der Kevin bis nach Georgetown verfolgt hatte. Waren sie Bekannte von ihm? Kollegen? Komplizen? Und wenn ja, was hatten sie vor?

Außerdem war es ja nicht Harry Kellogg, den man des Mordes verdächtigte, sondern Kevin.

So kam er zu dem Schluss, dass Vivian die Schwachstelle war. Am besten würde er ihr folgen, sie allein zur Rede stellen und Carter dann die Informationen zukommen lassen.

Während Kellogg und die Stauers das Museum durch den Südausgang am Madison Drive verließen, folgte Kevin Vivian durch das Gebäude zum Nordausgang, über die Constitution Avenue und die Zehnte Straße entlang. Er hatte erwartet, dass sie zurück zur Union Station ginge, aber sie hielt sich nordwärts, überquerte die Pennsylvania, vorbei am Ford's Theatre bis zur F-Straße. Dann bog sie links ab.

Wo, um alles in der Welt, ging sie hin? Es blieb ihm nichts übrig, als ihr zu folgen. Die einzelnen Blocks waren lang, und es fiel ihm leicht, einen großen Abstand einzuhalten. An der Fünfzehnten beschleunigte sie ihre Schritte, um die Straße zu überqueren, ehe der Verkehrspolizist auf seinem Podest das Haltzeichen gab. Kevin war an der anderen Straßenseite gestrandet. Er sah, wie sie durch die Tür von Garfinckel's ging. Er hätte noch über die Straße rennen können, aber als Mordverdächtiger sollte man Verkehrspolizisten besser nicht provozieren.

Als er endlich das Erdgeschoss des Kaufhauses betrat, war sie längst verschwunden. Er sah zur Rolltreppe, dann zum Aufzug. Vergeblich. Sie war ihm entwischt.

Eine stark geschminkte Verkäuferin stellte sich ihm in den Weg, sprühte sich etwas Shalimar aufs Handgelenk, hielt es ihm vor die Nase und sagte: »Das beste Geschenk, das Sie Ihrer Verlobten zu Weihnachten kaufen können.«

Kevin musste niesen.

MANCHMAL GRIFF DAS SCHICKSAL EIN. Und in Washington ruhte das Schicksal nie. In den Kreisen der Mächtigen kannte jeder jeden. Und auch die Wege all jener, die diesen Kreisen angehörten, kreuzten sich regelmäßig auf den diagonal verlaufenden Boulevards und im Gitternetz der Straßen, die die Verkehrskreisel und Plätze miteinander verbanden.

Frank Carter jedoch war ein Außenseiter. Als er das Weiße Haus wieder verließ, die 357er Magnum wieder im Schulterholster verstaut, dachte er nicht über die Kreise der Mächtigen nach. Er dachte an all die Gesichter auf der Verdächtigenliste. Der Schütze war nicht darunter gewesen. Er erreichte den Treasury Place und wartete, dass die Ampel an der Fünfzehnten Straße grün wurde.

Im selben Augenblick ging ein Mann im marineblauen Mantel auf der anderen Straßenseite in Richtung Norden. Blauer Mantel, eulenhafte Brille, zurückgekämmtes Haar.

Zuerst fiel er Carter kaum auf. Dann sah er genauer hin und dachte: *Kann das wahr sein?* Der Kerl aus dem Bradbury Building unterwegs in Washington?

War das möglich? Carter beschloss, ihm zu folgen, und sei es nur, um den Verdacht zu zerstreuen. Der Mann ging die Fünfzehnte hinauf, dann links in die Pennsylvania, vor dem Weißen Haus entlang, dann quer über den Lafayette Square bis zur H-Straße. Da wurde es kompliziert, denn der Mann im blauen Mantel rief ein Taxi.

Carter musste sich entscheiden: ihm weiter folgen oder das Ganze als Verwechslung verbuchen?

Und erneut mischte das Schicksal sich ein. Um die Ecke bog ein weiteres Taxi, und der Fahrer rief: »Brauchen Sie einen Wagen, Mister?«

Carter sprang in den Fond und sagte: »Folgen Sie diesem Taxi« – genau wie im Film ... durch das Geschäftsviertel von Georgetown an der M-Straße und auf die Key Bridge über den Fluss.

»Auf der anderen Seite gilt die nächste Preisstufe«, sagte der Fahrer. »Soll ich weiterfahren?«

Carter zögerte. Er war drauf und dran, die Sache abzubrechen, als er sah, wie das andere Taxi hinter der Brücke, in Arlington, rechts ranfuhr. Der Mann im blauen Mantel sprang heraus, eilte über die Straße und verschwand die angrenzende Böschung hinunter.

»Sieht aus, als wollte er zum Mount Vernon Trail«, sagte der Taxifahrer.

»Und wo führt der hin?«

»Zu George Washingtons Haus, wenn Sie ein, zwei Stunden wandern wollen. Schöner Weg am Ufer entlang. Da kommen Sie auch an der Teddy-Roosevelt-Insel vorbei. Drüben am Parkplatz setze ich ständig Touristen und Liebespärchen ab.«

Carter zahlte, stieg aus dem Taxi und folgte dem Mount Vernon Trail. Der befestigte Weg führte unter Bäumen hindurch, über den Washington Parkway mit seinem dichten Verkehr und dann hinunter zum Ufer des Potomac. Wie zu erwarten, war weit und breit niemand zu sehen. Ein kalter Montagnachmittag im Dezember, kühle Nebeltröpfchen in der Luft ... kein Wetter, das Eltern mit Kinderwagen oder Händchen haltende Paare ins Freie locken würde.

Carter ging mit raschen Schritten und rechnete stets damit, hinter der nächsten Kurve den Rücken des Mannes im blauen Mantel vor sich zu sehen. Aber der Kerl war entweder schnell oder versteckte sich gut, denn er tauchte weder vor Carter auf noch auf dem Weg noch auf der Wiese, die zum Ufer hin abfiel, und auch nicht zwischen den kleinen Büschen, die hin und wieder am Wegrand standen. Aber niemand konnte einfach so verschwinden. Und je weiter er ging, desto verbissener hielt Carter Ausschau.

Der Weg führte ihn ein paar hundert Meter weiter nach Süden, bis zum Parkplatz bei der nach Theodore Roosevelt benannten Insel. Er zählte drei Autos, und über eines beugte sich gerade der Mann im blauen Mantel. Offenbar versucht er die Tür aufzubrechen. Als er Carter sah, ging er weiter – nicht, als hätte ihn gerade jemand auf frischer Tat ertappt. Doch dann verfiel er in einen leichten Trab, und schließlich fing er an zu rennen, über die hölzerne Fußgängerbrücke, die einen schmalen Seitenarm überspannte und zur Insel führte.

Carter griff unter seinen Mantel und löste seine Magnum. Dann überquerte auch er die Brücke. Auf der Insel warf er einen Blick auf die Karte der Spazierwege. Sie waren eines der ersten Projekte des neuen Arbeitsbeschaffungsprogramms von Franklin Roosevelt, und auch ein Denkmal für seinen entfernten Verwandten Theodore Roosevelt war geplant, doch noch war die Insel kaum mehr als ein Labyrinth aus Waldwegen, die sich durch den Altwald und die neu angepflanzten Bäume schlängelten, gesäumt von einem Streifen Sumpfland.

Auf dem Weg zu seiner Rechten näherte sich ein junges Paar.

Carter fragte die beiden, ob sie einen Mann im blauen Mantel gesehen hätten. Hatten sie nicht.

Deshalb ging er nach Osten, durch den Wald in Richtung des Rundwegs auf der anderen Seite der Insel. Bald traf er auf einen Bohlenweg, der über sumpfiges Gelände führte. Bis zum Fluss waren es noch weitere fünfzig Meter. Ehe er sich für eine Richtung entschied, hielt er inne und horchte nach Schritten auf den Bohlen. Und dann hörte er sie – sie entfernten sich in südlicher Richtung.

Er lief los. Schon bald wurde das Gestrüpp dichter. Er griff nach seiner Waffe und bewegte sich vorsichtiger.

Aber niemand sprang aus dem Gebüsch. Und Schritte hörte er auch nicht mehr.

Es war ein eigenartiger Ort hier mitten in Washington – der Potomac floss ruhig dahin, und alles war in ein deprimierend gräuliches Licht getaucht. Einen Moment kam es Frank Carter so vor, als wäre er allein auf der Welt. Der Wind ließ die Sumpfrieser rascheln. Mit lautem Flügelschlag zog eine Schar Kanadagänse vorbei. In der Ferne summte der Verkehr. Dann raschelte etwas unter seinen Füßen. Durch die Spalten zwischen den Bohlen sah er, wie sich etwas bewegte. Er zog die Magnum und rief: »Bleiben Sie, wo Sie sind.«

Das Etwas bewegte sich weiter. Er behielt es im Auge. Wie konnte ein Mensch unter den Bohlen so schnell vorwärts kommen? Kein Mensch … eine Bisamratte. Schwarzes Fell schoss unter dem Holz hervor und huschte davon.

Carter ließ die Waffe sinken und kam sich dämlich vor. Fast hätte er ein Nagetier verhaftet. Die nervöse Anspannung fiel von ihm ab. Aber was hatte das Tier aufgescheucht?

Da hörte er hinter sich ein Geräusch. Er fuhr herum und erkannte die eulenhafte Brille, den blauen Mantel und eine Mauser C96, die auf ihn zielte. Der Mensch kniete im Sumpfgras, die Hand auf dem Bohlenweg abgestützt.

Nach zwei Wochen und fünftausend Kilometern hatte Frank Carter ihn aufgespürt.

Und der Kerl wollte ... *reden*. »Warum verfolgen Sie mich?«, fragte er.

Carter wusste, dass dieser Mensch unkonventionell handelte. Er hielt sich für klüger als alle anderen. Aber klüger als Frank Carter? Niemals. *Reden* statt *schießen*? Alles nur Ablenkung. Er spannte den Hahn seiner Magnum und sagte: »Ich hab gehört, Sie sind ein Nazi-Killer.«

»Wer behauptet das?« Der Mann mit der Mauser war ihm voraus, und deshalb ...

... beschloss Carter, selbst unkonventionell zu handeln und als Erster zu schießen. Er hob die Magnum, und sofort wusste er, dass er ein toter Mann war. Der Andere hatte Carters Zug vorausgeahnt und war nicht überrascht. Carter hörte den Schuss und spürte im selben Moment die Kugel in der Brust.

Und das war das Ende aller Gedanken, die Frank Carter noch blieben. Er spürte nicht den Boden, auf den seine Knie aufschlugen. Er hörte nicht den Knall, als sein Finger im Reflex abdrückte und der Schuss der Magnum in den Sumpf ging. Als Martin Browning ihn unter den Bohlenweg schob, war er medizinisch gesehen vielleicht noch am Leben, aber er spürte nichts, nicht die kalte Luft, nicht den durchnässten Boden, und dann war alles vorbei.

ZURÜCK IM HOTEL RIEF Martin Browning den Zimmerkellner. Er hatte eine Hose zu reinigen. Dann bestellte er sich etwas zu essen aufs Zimmer und duschte. Zehn Minuten stand er unter dem heißen Wasser, um den Sumpfgestank abzuwaschen und den Todesgestank auch.

Vor dem Weißen Haus hatte er zuerst nicht glauben wollen, dass ihn jemand beschattete. Aber nachdem er den Lafayette Square überquert hatte, war er sich sicher gewesen. Der FBI-Agent, der ihn in L. A. gejagt hatte, hatte ihn in Washington gefunden. Wäre es ihm doch nur geglückt, diese Autotür zu knacken, dann hätte er nicht auf die Insel fliehen müssen. Er wäre weggefahren wie ein gewöhnlicher Autodieb.

Jetzt lagen Frank Carters Dienstmarke, sein Ausweis und sein Revolver auf Martin Brownings Nachttisch. Diese Dinge würden zumindest hilfreich sein.

Er hob den Telefonhörer ab. Eigentlich sollte er Helen Stauer anrufen. Aber er wollte Vivians Stimme hören. Er war selbst verblüfft, dass er Zuspruch bei einer Frau suchte.

Und den bekam er von ihr. Sie plauderte über das Zusammentreffen mit seinen Freunden und darüber, wie nett sie doch seien. Dann sagte sie, sie werde versuchen, die Karten für das Entzünden des Christbaums zu bekommen.

Er hoffte, es würde ihr gelingen, denn das war der sicherste Weg, nahe genug heranzukommen und mit der Mauser C96 zu schießen. Zugleich hoffte er, dass es ihr nicht gelänge, denn falls er von dort aus schösse, würde er noch vor Ort sterben und sie ebenfalls, sofern sie bei ihm wäre.

Und ein neues Problem beschäftigte ihn. Wäre er in der Lage gewesen, länger mit Carter zu reden, hätte er womöglich herausfinden können, was der FBI-Mann wusste. Hatte Schwinn oder jemand anderes beim Deutschen Bund so viel preisgegeben, dass die Agenten seinem Plan auf die Schliche gekommen waren? War es eine Falle? Musste die Mission abgebrochen werden? Neue Bedenken plagten Martin Browning.

UM FÜNF UHR NACHMITTAGS näherte sich Kevin Cusack dem Willard Hotel. Er spähte durch die Fensterfront, um sich zu versichern, dass niemand von der Metropolitan Police zu sehen war. Dann betrat er die Empfangshalle. Er sollte sich hier mit Carter treffen. Kein Carter zu sehen. Deshalb ging er zum Haustelefon und rief auf seinem Zimmer an.

Stella nahm ab: »Ist Frank bei Ihnen?«

»Bei mir? Nein. Ich muss ihn dringend sehen.«

Sie erzählte, Carter sei nicht zurückgekommen. Zuletzt sei er im Weißen Haus gesehen worden. »Er hatte vor, Sie zum FBI zu begleiten, um alles wieder ins Lot zu bringen. Wo sind Sie denn?«

»Immer noch auf der Flucht! Ich stelle mich nicht, wenn Frank mir nicht seinen Schutz garantiert. Sagen Sie ihm, ich brauche seine Hilfe. Sagen Sie ihm, dass ich neue Informationen habe.« *Klick.*

Zehn Minuten später, als Kevin sich seinem eigenen Hotel näherte, sah er das Zivilfahrzeug, das am Morgen vor dem Willard vorgefahren war. Und an der Rezeption erkannte er die beiden Washingtoner Polizisten. Einer zeigte dem Mann am Empfang gerade ein Foto.

Ein Foto des »Hollywood-Nazis« vielleicht? Kevin wollte es nicht wissen. Er machte auf dem Absatz kehrt und verschwand in der Nacht.

DIENSTAG,
23. DEZEMBER

»MY GOD« war das Erste, das Martin Browning an diesem Morgen sagte, als er die Zeitung in die Hand nahm und das Foto auf der Titelseite sah. Er sagte es auf Englisch, aber dachte es auf Deutsch.

Neben dem Präsidenten der Vereinigten Staaten war der Premierminister Großbritanniens zu sehen und darüber die Schlagzeile: »Churchill zu Bündnisgesprächen im Weißen Haus.«

In einem erstaunlichen Akt der Geheimhaltung und des Wagemuts hatte Winston Churchill mit seinem Stab den Atlantik überquert – Details wurden nicht genannt –, um mit Franklin Roosevelt über die künftige Kriegsführung zu beraten.

Martin Browning glaubte nicht an Gott, aber er glaubte an das Schicksal. Und das Schicksal bot ihm nun einen noch großartigeren Auftritt auf der Bühne der Geschichte. Außerdem hatte es ihm neues Selbstvertrauen geschenkt. Er würde sie *beide* töten. So verlangte es das Schicksal, ganz gleich, was das FBI wissen mochte, ganz gleich, welche Auswirkungen der Tod von Agent Carter nach sich ziehen würde.

Er sah hinaus auf den Lafayette Square und stellte sich die beiden vor, wie sie gerade im Weißen Haus frühstückten, die zwei größten Feinde des deutschen Volkes, die beide ihre Heiligabendrede planten und sich so selbst zur Zielscheibe machten. Und er würde beide töten.

STELLA MADDEN HATTE IN ihren vierunddreißig Lebensjahren viel durchgemacht. Sie war in wohlhabenden Verhältnissen aufgewachsen, aber der Atem ihres Vaters hatte schon um acht Uhr morgens nach Alkohol gestunken. Als Immobilienhändler im San

Fernando Valley bewies er eine glückliche Hand, aber er gurgelte mit kanadischem Whiskey, und das machte ihn gemein und unberechenbar.

Andere Kinder wären daran zerbrochen, Stella hingegen entwickelte sich zu einem knallharten Mädchen. Als die kleinen Prinzessinnen ihrer Mädchenschule in Pasadena sie ausgrenzten, verpasste sie der Anführerin einen Kinnhaken und wurde der Schule verwiesen. Ihr Vater bestand darauf, dass sie einen ordentlichen Schulabschluss machte, doch sie besorgte sich stattdessen eine Detektivlizenz. Aber da saß sie nun am frühen Morgen und fragte sich, ob sie sich zur Nervenberuhigung ein Bier und einen Schnaps bestellen sollte wie ihr Dad …

… denn Frank war noch nicht zurück.

Hatte er etwa eine alte Freundin in Washington? War er selbst ein heimlicher Säufer, der auf Kneipentour gegangen war? War er in eine Prügelei geraten? Hatte er sich mit Kevin Cusack gestritten, und war am Ende Gott weiß was passiert?

Sie hatte beschlossen, nicht in Panik zu geraten und die Nacht abzuwarten.

Aber jetzt war die Nacht vorbei. Und sie hatte zwei Telefonnummern: die von Detective Mills von der Washington Metropolitan Police und die von Agent Dan Jones vom FBI. Sie rief Jones an.

Als Frühaufsteher saß er bereits am Schreibtisch. »Wer hat Frank als Letztes gesehen?«, fragte er.

»Er wollte sich gestern Abend um fünf mit Kevin Cusack treffen.«

»Unserem ›Hollywood-Nazi‹?«, fragte Jones. »Wissen wir, wo der abgestiegen ist?«

»Nein, sie waren im Willard verabredet.«

»Wir müssen mit ihm reden.« Jones sagte ihr, sie solle ein Treffen vereinbaren, falls Kevin anrufe.

»Soll ich ihn als vermisst melden?«

»Wir sind das verdammte FBI. Wir finden unsere eigenen Leute schon. Und wenn dieser Cusack der Letzte war, der Frank getroffen hat, dann hat er vielleicht …« Dan Jones verstummte.

»Was?«, sagte Stella. »Was hat er vielleicht?«

»Schwer zu glauben, dass irgendein Kerl aus Hollywood Frank Carter erledigt haben soll.«

»Dann reden Sie nicht so!«, rief Stella.

»Rufen Sie an, wenn Sie was Neues hören.«

»Sie auch.«

»Oder besser noch«, sagte Jones, »kommen Sie gleich rüber. Dann können wir uns persönlich unterhalten. Ich bin bis halb elf in einer Besprechung, danach gehöre ich ganz Ihnen.«

UM ACHT UHR DREISSIG blieb auf Roosevelt Island ein Spaziergänger mit seinem Hund stehen und ließ den Terrier an einem roten Fleck schnuppern. Gegen Viertel nach neun ging eine junge Mutter mit ihrem Kinderwagen auf dem Bohlenweg über das sumpfige Gelände, das an diesem Morgen besonders streng roch. Gegen zehn war das gemächliche Pochen zweier Gehstöcke zu hören – ein altes Ehepaar beim Spaziergang. Doch dann setzte das Pochen des einen Stocks aus.

»Was ist los?«, fragte der Mann.

Die Frau deutete mit dem Stock in den Sumpf. »Ist das da eine Bisamratte? Aber … O nein, hat sie da einen Ärmel? Und … ist das eine Hand?«

ALS STELLA MADDEN GERADE zum FBI aufbrechen wollte, klingelte das Telefon. Ihr Herz blieb stehen. War das Frank? Oder gab es schlechte Nachrichten?

Weder noch. Es war Cusack. »Ich muss mit Frank sprechen.«

Sie setzte sich auf die Bettkante. »Er ist noch nicht zurück.«

»Sie haben ihn seit gestern nicht gesehen?«

»Nicht, seit er sich mit Ihnen treffen wollte. Das FBI möchte, dass *ich* Sie vorbeibringe. Treffen wir uns vor dem Justizministerium an der Pennsylvania und ...«

»Ist das schon wieder so ein abgekartetes Spiel? Frank hält mich schon die ganze Woche hin.«

»Frank konnte Kellogg nicht selbst aufspüren«, sagte Stella. »Die haben ihn nicht gelassen. Deshalb hat er dafür gesorgt, dass Sie weiter da draußen auf der Flucht sind und dabei seine Arbeit erledigen.«

»Es ist nicht sehr lustig, auf der Flucht zu sein.« Kevin hatte auf Mary Bennings Couch übernachtet. Um sieben Uhr hatte sie ihn rausgeschmissen, und seitdem lief er wieder durch die Straßen. Dabei hatte er viel Zeit zum Nachdenken gehabt. »Aber alles eine Frage der Gewöhnung. Vielleicht finde ich ja noch Gefallen daran.«

»Stellen Sie sich«, sagte Stella. »Vertrauen Sie Frank und Agent Dan Jones. Sagen Sie ihnen, was Sie wissen. Den Rest überlassen Sie dem FBI.«

»Dann geben Sie mir die Nummer. Wenn ich mehr herausgefunden habe, rufe ich Jones an. Und Sie auch.«

»Was wollen Sie denn jetzt machen?«

»Franks Arbeit erledigen, wie Sie schon sagten, und auch den Verdacht gegen mich ausräumen. Ich bin gerade der Einzige, dem ich noch vertrauen kann.« *Klick.*

ZWEI ATTENTÄTER SASSEN AUF einer Bank am Straßenrand. Die Straße trug den Namen des Dokuments, das der Regierung, die sie führerlos machen wollten, ihre Macht gab. Hinter ihnen erhob sich das Washington Monument. Etwa sechshundert Meter vor ihnen war der Südportikus des Weißen Hauses zu sehen.

Die Frau im preußischblauen Mantel hatte zwei Brotdosen dabei.

Der Mann im marineblauen Mantel fragte: »Wo ist Ihr Mann?«

»Er ist diesem Johnny Beevers auf der Spur. Eine gute Idee, uns dieses Mädchen vorzustellen. Gut zu wissen, wie sie aussieht. Vielleicht können wir durch sie an ihren alten Freund herankommen.« Sie gab

Martin eine der Dosen. »Ihr Mittagessen. Mit Schinken. Und mit viel Senf, wie Sie es gern haben.«

»Wie kommen Sie darauf?«

»Wie das Mädel sich gestern ans Kinn gefasst hat, damit Sie sich den Senf abwischen ... ein herzerwärmendes Bild. Aber nicht so herzerwärmend wie die Titelseite mit Churchill und Roosevelt.«

»Ein unglaublicher Glücksfall«, sagte Martin.

»Wir können sie beide liquidieren.« Sie biss in ihr Sandwich.

»Aber wir dürfen keine Dummheiten machen«, sagte er.

Sie kaute und schluckte den Bissen herunter. »Zum Beispiel?«

Zwei berittene Nationalparkpolizisten überquerten von der Ellipse her die Constitution und ritten den Hang zum Obelisken hinauf.

Martin wartete, bis sie vorbei waren, dann sagte er: »Ich habe einen FBI-Agenten getötet.«

Sie sah starr zum Weißen Haus.

»Er hat mich schon in L. A. gejagt. Auf dem Lafayette Square hat er mich gefunden. Keine Ahnung, wie er das geschafft hat.«

»Steht es in der Zeitung?«

»Wahrscheinlich haben sie die Leiche noch nicht gefunden.« Martin biss von seinem Sandwich ab.

»Wenigstens weiß jetzt in Washington nur noch einer, wie Sie aussehen.«

»Den hätte ich auch umbringen sollen.«

»Besser wäre, herauszufinden, was er weiß, und ihn *dann* umzubringen.«

»Oder davon ausgehen, dass er gar nichts weiß, und aufhören, zu suchen.«

Helen Stauer drehte sich zu ihm um. »Was auch immer er weiß, Martin, nichts kann uns aufhalten. Wenn Churchill auch da ist, können wir an einem Abend den Krieg gewinnen.«

Es war das erste Mal, dass sie ihn beim Vornamen nannte. Es war, als wollte sie damit die Wichtigkeit ihrer Worte betonen. Und er wusste, dass sie recht hatte. Selbst wenn sie alle dabei starben, würde es ein Augenblick von weltgeschichtlicher Bedeutung sein. Alle, die er schon getötet hatte, waren Märtyrer. Und auch die drei Attentäter würden den Märtyrertod sterben.

»Wir müssen damit rechnen, dass wir nicht überleben«, sagte sie, als könnte sie seine Gedanken lesen.

Ja, dachte er, das war das Schwierigste: an so einem schönen Tag zum Sterben bereit zu sein.

Eine Weile saßen sie schweigend da. Der Verkehr strömte vorbei. Die Sonne wärmte ihnen den Rücken.

»Mein Mann und ich haben keine Kinder, die sich an uns erinnern werden«, sagte sie. »Aber das Vaterland wird sich an uns erinnern. Die Welt wird sich an uns erinnern.« Dann wurde sie wieder sachlich. »Wie war das mit diesem FBI-Agenten ... Haben Sie seinen Dienstausweis?«

Er holte die lederne Brieftasche hervor, klappte sie auf und zeigte ihr die FBI-Ausweiskarte mit Carters Passbild und Unterschrift.

»Gut«, sagte sie, »damit kann ich arbeiten.«

Dann gab er ihr auch die Dienstmarke.

Sie untersuchte sie wie eine Sachverständige ein Schmuckstück: das glänzende Messing, den Adler, den Schriftzug »Federal Bureau of Investigation, U. S. Department of Justice«, die Göttin mit den verbundenen Augen und der Waage in der Hand. »Auch die könnte von Nutzen sein«, sagte sie.

»Kommt Ihr Mann mit dem K 98k zurecht?«

»Mit der Pistole ist er besser«, sagte sie, »aber wenn wir ihn mit dem Karabiner hier postieren oder an dem Hang hinter uns ...«

»Am Hang werden Parkpolizisten stehen. Außerdem ist das zu weit weg. Die beste Schussposition ist aus diesem Baum heraus« – Martin zeigte auf den Baum, auf den er nachts geklettert war –, »wenn er gelenkig genug ist.«

»Er ist tollpatschig, aber tödlich. Damit« – sie hielt die Marke hoch – »kann er sich frei bewegen und sogar ein Gewehr unter dem Regenmantel tragen. Dann platzieren wir Sie auf dem Südrasen ...«

»Falls wir an die Karten kommen«, sagte er, »und falls wir dank der Karten nicht durch einen elektrischen Detektor müssen.«

»Zwei Detektoren, aber drei Zugänge«, sagte sie. »So steht es in der Zeitung. Und Sie haben es auch gesehen. Mein Mann erschießt also Churchill. Sie erschießen Roosevelt. Beide Schüsse genau dann, wenn der Baum aufleuchtet. Und beim zweiten Schuss umgekehrt.«

»Ein Kreuzfeuer.« Der Gedanke gefiel Martin. Aber er war Soldat, und ein echter Soldat wollte für sein Land leben ... nicht sterben.

VIVIAN BETRAT DEN G & J Grill in Annapolis. Es war, als hätte sich nichts verändert. Der Geruch von Hamburgerfett, der nur leicht den Duft nach Pommes frites und Kaffee überlagerte ... die leisen Gespräche, ehe es zum Mittag voll wurde ... die Schwaden Zigarettenrauch, die mit jedem Umblättern einer Zeitung neue Wellen schlugen.

Zunächst schenkte ihr niemand Beachtung, nur Johnny Beevers sah auf. Er hatte ihr einen Platz an der Theke frei gehalten, als wollte er sie stolz vorzeigen. Und er strahlte, als er sie erblickte.

Jetzt sahen auch die alten Stammgäste auf, erkannten die Frau unter der blondierten Frisur und riefen ihren Namen, winkten oder kamen herüber, um ihr hallo zu sagen. Nur ein einsamer Kaffeetrinker blieb sitzen, beobachtete und lauschte: Will Stauer.

Irgendwie würde Will diese Karten für den Südrasen bekommen. In Johnny Beevers' Wohnung war er bereits eingebrochen, hatte sie dort aber nicht gefunden. Deshalb hatte er im Statehouse nach Johnny gesucht und ihn bis hierher verfolgt. Und was er wissen musste, hatte er im Nu herausgefunden, denn er hörte Vivian sagen:

»Und du hast wirklich Eintrittskarten für das Christbaumentzünden?«

Johnny zog sie aus der Tasche und las: »Entzünden des Nationalen

Christbaums, 24. Dezember 1941. Einlass: vier Uhr. Zugang für Karteninhaber beim Besuchereingang des Weißen Hauses.« Dann setzte er dasselbe jungenhafte Grinsen auf, das sie noch aus der Schulzeit kannte.

Sie griff nach den Eintrittskarten.

Er zog sie zurück. »Du musst sagen: ›Ja, Johnny, ich komme mit.‹ Dann darfst du sie anfassen.«

Will Stauer hoffte auf ein Ja. Das würde die Sache vereinfachen.

Aber sie sagte: »Ich will dir nichts vormachen, Johnny.«

»Ach, komm schon«, sagte er, »wir beide fahren in meinem nagelneuen Buick Special nach Washington. Unsere Plätze sind ganz vorn. Wir müssen nicht einmal anstehen.«

Plätze ganz vorn … Will Stauer musste an diese Karten rankommen.

»Nimm lieber eine andere mit, für die dein Herz schlägt, Johnny. Ein aufstrebender junger Politiker wie du, in deinem schicken Anzug, die Haare schön geglättet und die Wangen glänzend und glatt rasiert … Da laufen die Frauen dir bestimmt hinterher.«

»Aber nur eine wohnt in meinem Herzen«, sagte Johnny.

Vivians Gesicht wurde heiß. Es war lange her, dass sie rot geworden war. Aber bei Johnny errötete sie, weil er schon immer zu ehrlich gewesen war. Und er hatte sich nicht verändert.

Will Stauer wollte diese kleine Szene gern noch weiter beobachten, aber er duckte sich hinter seine Zeitung, denn die Tür war aufgegangen und der Mann, den er am Sonntag verfolgt hatte, betrat das Restaurant.

KEVIN HATTE AN DER Main Street begonnen, sich von einem Lokal zum anderen durchzufragen, und sich nach der Kellnerin erkundigt, die nach Hollywood gegangen war. Beim dritten Versuch hatte er sie gefunden. Er ließ sich an einem Tisch nieder, nahm die Schiebermütze ab und sah zu, wie sie an der Theke mit einem jungen Mann redete. Dann stand sie auf, gab ihm einen Kuss auf die Wange wie eine Schwester oder eine alte Freundin und ging hinaus. Sie hatte nicht einmal in seine Richtung geschaut.

Aber gleich darauf war Kevin an der Tür, folgte ihr die Main Street hinunter bis zur Conduit, dann über die Duke of Gloucester und bis nach Spa Creek. Im Beschatten wurde er immer besser. Er hatte genug Romane von Raymond Chandler gelesen, in denen Philip Marlowe anderen auf den Fersen war, um zu wissen, wie weit er sich zurückfallen lassen musste und wie man unauffällig wirkte, falls einen jemand bemerkte.

Als sie das Viertel Eastport erreicht hatte, war er bereits zu dem Schluss gekommen, dass sie zu den Guten gehörte, denn sie hatte nie ihren Schritt beschleunigt oder sich verdächtig verhalten. In ihrem Gang war keine Sorge. Nur eine junge Frau, die durch ihre alte Heimatstadt spazierte. Als sie das Gartentor eines kleinen Eckgrundstücks öffnete, hatte Kevin das Gefühl, dass er genug über sie wusste. Am besten würde er sie hier draußen ansprechen.

»Mrs. Kellogg!«, rief er.

Sie fuhr herum. Wer in dieser Gegend konnte diesen Namen kennen?

Kevin trat einen Schritt auf sie zu. »Er ist gar nicht ihr Ehemann, oder?«

Ihre Miene wechselte von einer Emotion zur anderen, als würde eine Schauspielerin zeigen, was sie alles draufhatte: von Erschrecken zu Verwirrung zu Neugier und wieder zurück. »*Sie*. Was machen Sie denn hier?«

»Sie retten.«

Vivian sah ihn überrascht an. Sie schloss das Gartentor zwischen ihnen. »Sie haben diese Frau umgebracht, Sally Drake.«

»Das war Ihr Harold.«

»Mein Harold? Sie sprechen von meinem Mann?«

»Was soll das, Schwester. Ich bin nicht von gestern. Er ist nicht Ihr

Mann. Im Zug hat er Sie benutzt, genauso wie Sie ihn für Ihre Rückreise aus Kalifornien benutzt haben, genauso wie Sie Sinclair Cook benutzt haben, um dorthin zu gelangen.«

»Cook? Mr. Brillantine? Woher wissen Sie das mit ihm?«

»Ich weiß eine Menge. Aber wissen *Sie* eigentlich, wo Sie da hineingeraten sind?«

Die Haustür ging auf, und Les Schortmann schaute hinaus. »Wer ist das, Schatz?«

»Hol deine Flinte, Pa. Und Ma soll die Polizei rufen.«

Der alte Mann ging zurück ins Haus.

»Sie müssen Ihrem Harold ein paar ernste Fragen stellen, Vivian«, sagte Kevin. »Über ihn und auch über seine Freunde, die Sie gestern im Museumscafé kennengelernt haben. Was sind das für Leute?«

»Woher wissen Sie von denen?«

Darauf gab Kevin keine Antwort. Er zog ein Stück Papier aus der Tasche. »Hier ist meine Telefonnummer. Wenn Sie etwas darüber herausfinden, rufen Sie mich an. Immer um acht Uhr bin ich am Telefon. Heute Abend und morgen früh.«

Sie nahm den Zettel. »Sie können nicht ewig weglaufen, Mister.«

»Ich bin schon seit letztem Sonntag auf der Flucht. Dank Ihnen und Ihrem Freund.«

»Mit dem Mord an dieser Frau habe ich nichts zu tun.«

»Und das glaubt Ihnen keiner, wenn Sie jetzt nicht das Richtige tun.« Langsam wandte er sich ab, denn er spürte, dass sich im Haus etwas regte. »Fragen Sie sich, was Jean Arthur tun würde.«

Les Schortmann mit seiner Schrotflinte stürzte zur Tür heraus, stolperte auf der obersten Stufe, fiel und feuerte in die Wiese.

»Verdammt noch mal, Pa!«, rief Vivian. Sie half ihm auf und sah sich um, aber Kevin Cusack war fort. In welche Richtung? Keine Ahnung. Sie überlegte, ob sie ihm nachrennen sollte. Aber die Pumps. Die verdammten Pumps. In denen konnte sie nicht rennen. Sie hasste diese Schuhe.

Sie ging zurück und fragte ihren Vater, ob ihre Mutter die Polizei gerufen habe.

»Noch nicht«, sagte er. »Ich hab's ihr noch nicht gesagt. Lieber habe ich die Flinte geholt. Die Patronen musste ich auch noch finden.«

Vivian beschloss, auf eine Nachricht von Harold zu warten. Was auch immer hier vor sich ging, er schuldete ihr eine Erklärung.

KEVIN ERKANNTE DAS AUTO von Stanley Smith, das am Flussufer parkte und schwang sich auf den Rücksitz.

Stanley schaute über die Schulter. »Hey Mann, ich hab gesagt, ich fahre Sie einen Tag lang rum, aber ich bin doch nicht Ihr verdammter Chauffeur. Kommen Sie nach vorn.«

»Fahren Sie einfach.« Kevin ließ sich zurücksinken.

Stanley legte den Gang ein. »Irgendwie ahne ich, dass Sie was rausgefunden haben.«

»Da ahnen Sie richtig.«

»Bei mir gab's nur weiße Jungs von der Marine, die in ihren blauen Uniformen herumstolziert sind, als hätten Sie den verdammten Krieg schon gewonnen.« Stanley fuhr die Main Street entlang und bog auf dem Church Circle in die West Street ab. »Und was jetzt?«, fragte er.

»Ich brauche eine Telefonzelle.«

Nach anderthalb Kilometern fuhr Stanley bei einer Tankstelle rechts ran.

Kevin bat ihn, die Augen nach der Polizei offen zu halten, dann ging er in die Telefonzelle und wählte die Nummer von Dan Jones beim FBI. Er war überrascht, als er gleich zu ihm durchkam. Jones nahm ab, und Kevin sagte: »Stella Madden meint, Sie würden gern mit mir reden.«

»Wo sind Sie jetzt?«, fragte Jones.

»Ich habe die Frau gefunden, die mit Kellogg zusammen im Zug gereist ist. Sie wohnt in Annapolis, Ecke Chesapeake und Zweite Straße. Sagen Sie das Carter.«

»Carter ist tot«, sagte Jones.
Kevin dachte, er hätte sich verhört. Er steckte sich einen Finger ins Ohr, um den Verkehrslärm zu dämpfen. »Was haben Sie gesagt?«
»Tot«, antwortete Jones. »Also – was wissen Sie?«
Kevin sank gegen die Wand der Telefonzelle. »Tot? Herr im Himmel. Wie ist das möglich?«
»Warum kommen Sie nicht vorbei? Dann reden wir über alles.«
Kevin schnappte nach Luft. Diese Nachricht raubte ihm den Atem. Wenn Carter tot war, wer konnte jetzt noch den Verdacht gegen ihn ausräumen? Und Carter war sein Freund, auch wenn er ihn benutzt hatte wie einen billigen Makrelenköder. Kevin atmete zwei-, dreimal tief durch, dann sagte er: »Wenn ich zu Ihnen komme, brauche ich dann einen Anwalt?«
»Weiß nicht. *Brauchen* Sie einen?«
Kevin schnaubte verächtlich. »Wenn das hier eine Drehbuchszene wäre, würde ich den FBI-Mann genau das sagen lassen.«
»Jetzt seien Sie kein Klugscheißer«, sagte Jones. »Die Metropolitan Police mag keine Klugscheißer, aber die sind hier zuständig. Was Stella Madden angeht …«
»Weiß sie es schon?«
»Sie hat die Leiche identifiziert. Und sie hat ausgesagt, dass Sie als Letzter mit Carter verabredet waren.« Jones machte eine Pause und ließ Kevin Zeit, das sacken zu lassen. Dann sagte er: »Geben Sie auf, Mr. Hollywood. Ich kann Sie weder vor der Metropolitan Police beschützen noch vor meinen Kollegen, die Frank Carter gekannt haben.«
»Bevor ich mich stelle«, sagte Kevin, »will ich, dass Sie Leon Lewis anrufen« – Stanley hupte kurz, um ihn vor einem Polizeiauto zu warnen, das die Straße runterkam – »oder besser noch, rufen Sie den Chefagenten von der Außenstelle L. A. an. Er heißt Hood. Der soll Lewis anrufen, und Lewis soll Sie zurückrufen. Er wird für mich bürgen.«

»Und woher soll ich wissen, dass Sie nicht auch Lewis in der Hand haben? Vielleicht sind Sie ja ein Nazi, der Juden ausspioniert, nicht andersherum. Wir wissen Bescheid über Ihren Großvater, einen von diesen irischen Unruhestiftern von neunzehn sechzehn. Die haben die Deutschen benutzt und die Deutschen sie.«

»Ich habe zwei Großväter. Einer ist Ire. Der andere ist Jude. Vergessen Sie beide und finden Sie diesen Kellogg und seine Freunde. Fangen Sie bei seiner Freundin an.«

»Und wie heißt sie wirklich?«

In Kevins Kopf blinkte wieder das »Dämlich«-Lämpchen. »Das habe ich nicht rausgefunden«, musste er zugeben.

»Für jemanden, der angeblich alle möglichen Tricks kennt, ist das aber ...«

»Jetzt hören Sie mal. Immerhin habe ich rausgefunden, wo sie wohnt. Laden Sie sie vor.« *Klick*. Mit dem FBI war Kevin durch. Mit jemandem zu reden, der überhaupt nur in Betracht zog, dass er so etwas wie ein Doppelagent des Bunds sein könnte, war absurd.

MARTIN BROWNING RIEF VIVIAN bei ihren Eltern an.

Noch ehe er ein Wort herausbrachte, wollte sie wissen: »Harry, was, zum Teufel, ist eigentlich los? Dieser Kerl aus dem Zug ist bei mir aufgetaucht. Der Hollywood-Nazi.«

Martin konnte es kaum glauben. Der Kerl war überall. »Nimm den Zug um drei«, wies er Vivian an. »Bring Sachen zum Übernachten mit. Ich hole dich an der Union Station ab. Wir sind in Washington zum Dinner eingeladen.« Das war gelogen. Aber vielleicht konnte er es noch wahr machen.

»Dieser Cusack hat mir gesagt, *du* hättest Sally Drake getötet«, sagte Vivian. »Stimmt das?«

»Mein Gott, was für ein Lügner. Komm einfach nach Washington. Dann erkläre ich dir alles.«

Und Vivian war einverstanden. Eine Erklärung, eine Einladung zum Dinner, eine Nacht in einem schönen Hotel … Vielleicht war sie ja tatsächlich billig – billig zu haben und leicht rumzukriegen.

Als Nächstes rief Martin Helen Stauer an und sagte, sie benötigten eine weitere konspirative Wohnung. In Annapolis errege Vivian zu viel Aufmerksamkeit, deshalb werde er dafür sorgen, dass sie in die Stadt komme. Außerdem brauche er nach der Tötung des FBI-Agenten ein sichereres Versteck.

»Wenden Sie sich an Mrs. Colbert«, sagte Helen. »Sie wohnt im Distrikt Kalorama.«

»Spricht sich das nicht Col-bär?«, fragte Martin. »Das ist ein französischer Name, kein deutscher.«

»Sie ist Amerikanerin. Ihr verstorbener Mann war ein Schweizer Rohstoffmakler, der für die spanischen Faschisten gearbeitet hat. Mit dem Handel von spanischem Wolfram für die deutsche Rüstungsindustrie hat er ein Vermögen verdient. Nebenbei haben sich die Colberts eine Menge deutscher Ideologie zu eigen gemacht, und zugleich wurden sie führende Köpfe bei den America Firsters.«

»Kann man ihr vertrauen?«

»Beim Amt VI vertraut man ihr. Aber was ist mit diesem Johnny Beevers. Mein Mann ist ihm den ganzen Tag auf den Fersen geblieben, sogar als Cusack aufgetaucht ist. Er meint, Cusack sollten wir auch töten, aber vor allem muss er wissen, was er wegen Beevers unternehmen soll.«

»Sagen Sie ihm, er soll zurückkommen. Wir locken Beevers nach D. C. und kümmern uns hier um ihn. Und um Cusack auch.«

ZWEI FBI-AGENTEN KAMEN GEGEN drei Uhr in Annapolis an. Eine Adresse hatten sie nicht, nur einen Ort: Ecke Chesapeake und Zweite Straße. Und sie wussten nicht, worauf sie warteten. Deshalb sondierten sie eine Weile die Lage.

Als in dem kleinen Haus mit den Asbestschindeln die Lichter angingen, marschierten sie zur Haustür und klopften an. Mrs. Schortmann öffnete die Tür. Sie lutschte ein Pfefferminzbonbon, doch das süßliche Aroma des einen oder anderen Highballs war stärker.

Sie zeigten ihre Dienstmarken vor und fragten nach Vivian. Kellogg – einen anderen Namen hatten sie nicht.

Mrs. Schortmann sagte, wahrscheinlich suchten sie ihre Tochter. Doch die sei nach Washington gefahren und wohl erst an Heiligabend wieder zu Hause. »Hat sich in ihre neue schicke Montur geworfen und ist losgezogen, um einen sündigen Abend zu verbringen. Wenigstens sieht der Mann, mit dem sie sündigen gegangen ist, aus wie ein Filmstar.«

»Und wie welcher Filmstar genau, Ma'am?«

»Wie Leslie Howard, würde ich sagen.«

Sie ließen ihre Karte und eine Telefonnummer da und sagten, die Tochter möge sie bitte anrufen. Als sie wieder im Auto saßen, sagte der eine zum anderen: »Jesses. Der olle Leslie Howard. Hätte sie sich nicht so jemand wie Clark Gable aussuchen können?«

MARTIN HOLTE VIVIAN AN der Union Station ab und führte sie zu einem Taxi. »Hiermit erkläre ich feierlich, dass ich ohne dich verloren bin«, sagte er und achtete darauf, dabei zu lächeln. Er wusste, sie mochte es, wenn er lächelte. »Es muss ein ziemlicher Schreck für dich gewesen sein, unseren Freund aus Hollywood wiederzusehen.«

»Er hat mir Sachen gesagt, Harold … Das musst du mir erklären. Du hast es versprochen.«

Martin nannte dem Fahrer eine Adresse am Kalorama Circle, etwa drei Kilometer vom Weißen Haus entfernt. Dann tätschelte er Vivians Knie. »Mach dir keine Sorgen. Vertrau mir.«

Vivian sah aus dem Fenster. Seit zwei Wochen sagte er, sie solle ihm vertrauen. Auf der Zugfahrt nach Washington hatte sie beschlossen, dass dieses Vertrauen noch am ehesten zu einem Leben führte, wie sie es sich vorstellte, und weg von dem altbekannten der letzten paar

Tage. Er mochte unkonventioneller sein als Johnny Beevers, aber er machte ihr Leben aufregender.

Und er würde es ihr schon bald viel leichter machen, ihn mit Johnny zu vergleichen, denn er bat sie, ihn anzurufen und zum Abendessen einzuladen.

»Warum denn? Willst du ihn etwa zusammenschlagen, weil er deiner Freundin zu nahegekommen ist?«

Martin schenkte ihr sein freundliches Harold-Kellogg-Lachen. »Ich habe Sally Drake nicht umgebracht, und ich will niemanden zusammenschlagen. Aber ich möchte Johnny Beevers die Eintrittskarten abkaufen. Laufen sie auf seinen Namen?«

»Nein, kein Name. Da steht: ›Zutritt für eine Person. Eintritt beim Besuchereingang.‹«

Perfekt, dachte Martin Browning. Das war der Zugang ohne elektrischen Detektor. In Amerika unterwarfen sich Honoratioren solch entwürdigenden Prozeduren eben nicht.

Schon bald bog das Taxi in eine kreisförmige Einbahnstraße ein, gesäumt von prächtigen Häusern, wie sie Anwälte, Lobbyisten und Diplomaten bewohnten, geschützt von Hecken und immergrünen Bäumen und an regnerischen Abenden umweht vom Duft nach Buchsbaumholz. Das Haus der Colberts stand an einem Hang, der jenseits der Straße zum Rock Creek abfiel. Durch das kahle Geäst flackerten die Scheinwerfer der Autos, die unten den Parkway entlangbrausten.

»Etwas ganz anderes als der Hollywood Boulevard«, sagte Martin.

»Ganz zu schweigen von der San Fernando Road«, erwiderte Vivian. »Aber ... ich dachte, du würdest im Hotel übernachten.

»Mrs. Colbert ist eine alte Freundin.« Das war gelogen. »Sie ist gerade wieder zurück in der Stadt und hat uns eingeladen, bei ihr zu wohnen.« Noch eine Lüge.

Es summte nicht, wenn man den Klingelknopf drückte. Es läutete, wie im Film. Der Butler, hochgewachsen und mürrisch, geleitete sie durch die riesige Eingangshalle vorbei an einer Standuhr und einem dreieinhalb Meter hohen Weihnachtsbaum ins Wohnzimmer.

Vivian hatte von solchen Häusern gehört, wo es nach Möbelpolitur roch statt nach Zwiebeln und Knoblauch, wo die Vorhänge die Geräusche von draußen verschluckten und wo man die eigenen Schritte kaum spürte, so dick waren die Orientteppiche. Dann schwebte Mrs. Colbert aus dem Schatten hervor. »Ah, Harold, ist das deine reizende Gattin?«

»Liebe Elizabeth!« Martin umarmte sie wie eine alte Freundin, obwohl sie sich erst eine Stunde zuvor kennengelernt hatten.

Das Porträt über dem Kamin schmeichelte ihr, denn sie war eine kräftige Frau mit großem Busen und Doppelkinn und überaus zufrieden mit dem Leben, in dem sie es so weit gebracht hatte.

»Ich wollte euch einander vorstellen. Deshalb habe ich Vivian aus Annapolis hierher eingeladen, damit sie mir während der Konferenz Gesellschaft leistet.«

»Und beim Entzünden des Christbaums.« Mrs. Colbert strahlte bei der Vorstellung. »Es ist immer so ein festlicher Abend, selbst zwei Wochen nach dem, was diese grässlichen Japaner angerichtet haben.«

»Wir hoffen darauf, die Karten von dem jungen Mann zu bekommen, den du freundlicherweise auch zum Dinner einladen möchtest.«

Mrs. Colbert klatschte in die Hände. »Oh, ja. Ich lasse für einen weiteren Gast decken. Und Vivian, meine Liebe, sicher wollen Sie sich etwas erfrischen. Caesar wird Sie zu Ihrem Zimmer bringen.«

»Aber zuerst anrufen«, sagte Martin.

»In der Bibliothek«, sagte Mrs. Colbert.

»Bibliothek?«, fragte Vivian, überwältigt von der Opulenz des Hauses und der Warmherzigkeit ihrer Gastgeberin. »Brauche ich einen Ausweis?«

Mrs. Colbert gab ein leises Lachen von sich. »Nein, meine Liebe, keinen Bibliotheksausweis. Neben Ihrem Bett steht auch ein Telefon, wenn Ihnen das lieber ist.«

»Und sag Johnny auf jeden Fall, dass wir ihm im Tausch für die Karten etwas ganz Besonderes bieten!«, rief Martin ihr nach.

»Und erinnern Sie ihn daran, dass die Lampen am Eingang ausgeschaltet sind«, sagte Mrs. Colbert. »Wir halten uns an die Verdunklung, auch wenn die Nachbarn nicht mitmachen.«

Als Vivian dem Butler durch das riesige Haus folgte, hörte sie Mrs. Colbert sagen: »Hübsches Mädchen. Einfach wunderhübsch.« Und sie hörte Martin antworten: »Ich habe großes Glück gehabt.«

Doch sie hörte nicht, was Mrs. Colbert flüsterte. »Großes Glück für Sie, dass sie einen Verehrer aus der Jugendzeit hat ... und dass er so leichtgläubig ist. Wollen Sie die Karten mit Gestapo-Geld kaufen?«

»Ich will sie überhaupt nicht kaufen.«

ETWA ZUR SELBEN ZEIT fuhr Stanley Smith vor dem Willard Hotel vor. Er ließ den Motor laufen und sagte zu Kevin: »Wo es grade so heiß hergeht – sind Sie sicher, dass Sie da jetzt reinwollen?«

»Ich muss mit Carters Freundin sprechen. Sie ist meine einzige ...«

»Dieser schwarze Ford da drüben in der Parkdienstzone gehört der Polizei.«

»Ich weiß«, sagte Kevin. »Derselbe wie gestern Morgen.«

»Das heißt, die reden gerade mit ihr, wahrscheinlich über Sie und ... Oh, Mist.« Stanley schaltete, gab Gas und ordnete sich wieder in den Verkehr ein.

Gerade kamen die beiden Ermittler aus dem Hotel. Stanley fuhr die Fünfzehnte hinauf, machte bei dem Podest des Verkehrspolizisten kehrt, fuhr zurück und parkte auf der anderen Seite der Pennsylvania.

Kevin wartete, bis die Polizisten in Zivil weggefahren waren. Dann öffnete er die Tür.

»Was machen Sie da, zum Teufel?«, fragte Stanley.

»Ich gehe sie suchen. Ich muss mit ihr reden. Irgendwas *muss* ich doch tun.«

»Sie müssen sich auf den Arsch setzen und *nachdenken*. Die Polizei hat sicher jedem da drin ihr Bild in die Hand gedrückt, vom Geschäftsführer bis zum neuesten schwarzen Pagen.«

»Und was soll ich jetzt tun?«

Stanley öffnete die Fahrertür. »Ich weiß wirklich nicht, warum ich Ihnen helfe, Mann, aber … ich mach das schon.«

»Hey, Stanley, als Schwarzer können Sie nicht einfach so in die Lobby spazieren, es sei denn, Sie tragen eine Livree.«

»Geben Sie mir was, an dem sie Sie erkennt … und fünf Dollar.«

Ein paar Minuten später kam Stanley den Gehsteig entlang, blieb vor dem Hotel stehen und sagte zu dem Portier: »Na, wenn das nicht mein Vetter Jimmy ist.«

»Geh weiter, Stanley. Mit so 'ner Pflaume wie dir red ich nicht, wenn ich arbeite.«

Stanley ging noch einen Schritt auf ihn zu. »Du musst mir einen Gefallen tun, Jimmy.«

»Ich besorg dir keinen Job. Nicht nachdem du bei deiner gottverdammten Eisenbahn rausgeflogen bist.«

»Die Bullen, die gerade weg sind – die dir kein Trinkgeld gegeben haben …«

»Die geben sowieso nie welches.«

»… die haben einen Gast namens Stella Madden gesucht. Ein Freund von mir würde sich gern mal mit ihr unterhalten.« Stanley hielt ihm die Hand hin. »Sag ihr, draußen ist Sam Spade …«

»Sam Spade?« Jimmy betrachtete argwöhnisch die Hand. »Das ist doch ein Filmschauspieler.«

»Er ist ein Freund von mir. Und er ist ziemlich großzügig.«

Jimmy schüttelte die Hand und steckte den Fünfer ein, der ihn bedeutend sanftmütiger stimmte.

ZEHN MINUTEN SPÄTER PARKTE Stanley an der F-Straße gegenüber dem Ausgang der Peacock Alley, so wie Vetter Jimmy es ihm erklärt hatte.

Stella hastete heraus, sah sich um und stieg dann hinten ein. Ihre Wimperntusche war verwischt, ihr Lippenstift verblasst. »*Sam Spade*«, sagte sie zu Kevin, »sehr lustig. Wenn mir nach Witzen zumute wäre, würde ich lachen.«

»Ich kann nicht glauben, was passiert ist«, sagte Kevin. »Es tut mir schrecklich leid.«

»Ja, Ihnen und mir auch«, sagte sie bitter.

»Wie ...?«

»Jemand hat ihn auf Roosevelt Island erschossen.«

»Raubmord?«, fragte Kevin.

»Nie im Leben. Bestimmt ist er jemandem auf den Fersen gewesen. Die Polizei denkt, Sie waren es.« Stella klang schockiert und verärgert. »Aber Sie sehen nicht aus, als hätten Sie je einen Schuss abgefeuert.«

»Habe ich auch nicht.«

»Ich habe eine Beretta. Und ich hätte Lust, sie zu benutzen. Irgendwelche Dummheiten, und ich probiere sie an Ihnen aus.«

»Keine Witze mehr«, sagte Kevin. »Aber wir könnten uns zusammentun.«

»Ich bin kein Teamplayer«, sagte sie.

»Ich auch nicht.«

»Na, auf der Grundlage könnte es vielleicht klappen.« Sie putzte sich die Nase und blickte hinaus, während sie am Weißen Haus vorbeifuhren. »Weiß jemand von Ihnen, wo genau morgen Abend der Christbaum erleuchtet wird?«

»Auf der andern Seite«, sagte Stanley, »auf dem Südrasen.«

»Könnten wir uns das mal anschauen?«, fragte Stella.

Stanley sah Kevin an, und der zuckte die Schultern. *Warum nicht?* Also bog Stanley nach Süden auf die Siebzehnte ab und dann nach

Osten auf die E-Straße. An der Ecke stand ein Schild: »Achtung: Diese Straße ist am 24. Dezember ab 2 Uhr nachmittags für den Autoverkehr gesperrt.«

»Mama liebt das Entzünden des Christbaums«, sagte Stanley. »Wollen Sie hingehen?«

»Wenn ich dieses Nazi-Schwein finden will, dann ja«, sagte Stella.

»Beim Christbaumentzünden?«, fragte Kevin.

»Er will Roosevelt erschießen. Churchill wahrscheinlich auch. Beide werden am Südportikus stehen. Beide werden Reden halten.«

Schlagartig wurde Kevin das ganze Ausmaß des Vorhabens klar. Über eine Woche jagte er diesen Kerl jetzt schon auf eigene Faust, und nie hatte er sich Gedanken über das größere Ganze gemacht, nie über das Persönliche hinausgedacht, nie seine Rolle im Gesamtbild betrachtet.

Und jetzt? Was er in den nächsten vierundzwanzig Stunden tun würde, war vielleicht von entscheidender Bedeutung für die ganze Welt.

»Gleich nach der Razzia auf der Murphy Ranch hat Carter begonnen das Puzzle zusammenzusetzen. Dort hat dieser Nazi seine Schießübungen gemacht, und zwar mit einer Waffe, die sich leicht verstecken lässt, die einen Anschlagschaft zum Stabilisieren hat und noch auf hundert Meter eine grausame Durchschlagskraft besitzt. In L. A. hat er drei Leute umgebracht, dann ihre Freundin im Zug, und dann auch …

»… eine Leiche nach der anderen«, sagte Kevin. »Aber woher wollen Sie wissen, dass er hier ist, um Roosevelt zu ermorden?«

»Nur so ein Gefühl. Aber was, zum Teufel, soll er sonst hier wollen? Frank hat seinem Kumpel Dan Jones beim FBI Bescheid gesagt, und der hat Frank zum Secret Service geschickt.«

»Jetzt suchen die ihn also auch«, sagte Kevin.

»Wenn die ihre Zeit nicht damit verschwenden, auch nach Ihnen zu suchen.« Sie bat Stanley anzuhalten.

»Hier ist Halteverbot«, sagte Stanley.

»Jetzt fahren Sie schon rechts ran«, verlangte Stella. Dann stieg sie aus.

»Parken Sie an der Fünfzehnten«, bat Kevin Stanley. Er öffnete die Tür und hastete Stella hinterher. »Warum ich? Warum ist das FBI hinter mir her?«

»Weil einige von denen derselben Meinung sind wie die Metropolitan Police. Dass Sie der Nazi sind.«

Sie überquerten die E-Straße und gingen zum Zaun. Die Touristen waren bereits fort, und Stella und Kevin waren allein. Das Weiße Haus schimmerte in silbrigem Nebel. Kurz hinter dem Zaun standen zwei zehn Meter hohe Fichten und rahmten das Bild. Gerade beendeten die Leute, die den rechten der beiden Bäume mit Lichtern behängt und um ihn herum ein Holzgeländer aufgestellt hatten, ihre Arbeit.

Stella putzte sich erneut die Nase. Offenbar konzentrierte sie sich voll und ganz auf ihre Aufgabe und verbarg ihr Entsetzen und ihre Trauer hinter ihrer Professionalität. »Auf dieser Wiese stehen morgen zwanzigtausend Menschen. Und hier am Zaun stehen bestimmt noch mal zehn, zwanzig Reihen. Ich glaube nicht, dass man in einer solchen Menschenmenge unbemerkt eine Waffe ziehen könnte, vor allem keine Pistole mit Anschlagschaft.«

Kevin deutete auf eine Stuhlreihe, die etwa sechzig Meter vor dem Portikus aufgestellt worden war. »Glauben Sie, er könnte dorthin gelangen? Das scheinen mir die Sitzplätze für die Honoratioren zu sein.«

»Vielleicht mit einer Eintrittskarte. Aber die Sicherheitsvorkehrungen sind bestimmt streng. Metalldetektoren. Keine Taschen.« Sie wandte sich um und betrachtete die zwanzig Hektar der Ellipse, ein flaches, offenes Terrain. »Hier hinten ist es zu wenig geschützt. Und eine Pistole hätte ohnehin nicht genug Reichweite.«

»Und wenn er ein Gewehr hat?«

»Mit Gewehr und Zielfernrohr könnte er auch vom verdammten Washington Monument aus schießen.«

Just in dem Augenblick kamen zwei Polizisten vorbei. Einer sah Kevin und schien ihn genauer zu mustern. Erkannte er etwa den Hollywood-Nazi?

Kevin nahm Stellas Arm und sagte: »Also, Schatz, morgen kommen wir wieder, wenn die große Show losgeht. Schade, dass die ganzen Bauwerke verdunkelt sind.«

Sie begriff sofort. »Ja, wirklich schade. Komm, wir gehen was trinken.«

Und zusammen spazierten sie in Richtung Fünfzehnte.

Nach einigen Schritten flüsterte Kevin: »Beobachten sie uns?«

Sie schaute über die Schulter und strich den Rücken ihres Mantels glatt. »Die Luft ist rein.«

Dann hörten sie den dumpfen Knall des Abendsaluts von Fort Myer. Die Sonne war untergegangen.

»Wir müssen etwas unternehmen«, sagte Stella, »das schulden wir Frank.«

»Das schulden wir Amerika«, sagte Kevin. »Aber zuerst müssen wir runter von der Straße.«

UM HALB ACHT FUHR ein nagelneuer Buick Special den Kalorama Circle entlang. Der feuchte Asphalt glänzte. Im ganzen Viertel war es still. Die meisten Lampen über den Haustüren waren ausgeschaltet.

Johnny Beevers fuhr langsam. Er suchte ein großes Haus, heller Sandstein mit weißen Fensterläden, so hatte Kathy Schortmann es ihm beschrieben. Die ganze Fahrt über fragte er sich schon, was ihn erwarten mochte. Kathy hatte nur gesagt, es gebe da Leute, die sie ihm gern vorstellen wolle. Und Einladungen zum Dinner in D. C. schlug er nie aus. Als junger Mann mit politischen Ambitionen suchte er stets nach Gelegenheiten, die nächste Sprosse auf der Leiter nach oben zu erklimmen.

Dem Haus gegenüber, auf der anderen Straßenseite, war ein Parkplatz frei. Den dunklen Wald, der sich den Hang hinab bis zum Rock Creek erstreckte, würdigte er keines Blickes. Hätte er das getan, hätte er Will Stauer gesehen, der dort auf der Lauer lag, denn darin war er Experte. Doch als Johnny auf den Gehsteig trat, sah er eine Frau auf sich zukommen, ihre hohen Abätze hallten durch die Nacht. Er zog den Hut und ließ sie vorbei.

»Guten Abend, Mr. Beevers«, sagte sie.

»Guten ...«, begann er. *Aber woher kannte sie seinen Namen?*

Sie fuhr herum, und plötzlich war ihre Hand an seinem Hals.

Er spürte den Stich der Nadel. Der Schreck verdrängte alle anderen Gefühle. Was geschah da mit ihm? Er versuchte sich loszumachen. »Hey ...«

»Ruhig ... ruhig ...«

Und er spürte, wie seine Beine nachgaben. Er schüttelte den Kopf. Er griff nach ihrem Arm. Aber von hinten kamen kräftigere Arme und hielten ihn fest.

»Nur noch ein bisschen, Johnny«, flüsterte die Frau, »gleich ist es vorbei.« Sie lächelte, als teilten sie gerade einen innigen Augenblick am verdunkelten, regennassen Straßenrand, als würde sie ihn vielleicht gar küssen.

Ihr Lippenstift hatte rote Flecke auf den Zähnen hinterlassen ... Das war sein letzter Gedanke.

Ein Stück weiter ging Licht an, eine Tür öffnete sich, und ein älterer Mann mit zwei Terriern an der Leine kam die Eingangstreppe herunter.

Als Johnny Beevers Beine nachgaben, fing Will den schlaffen Körper auf und sagte laut: »Komm schon, Charlie, so dicht, wie du bist, kannst du nicht mehr fahren. Sei ein braver Junge und gib mir die Schlüssel.«

In der Zwischenzeit öffnete Helen die Hintertür von Johnnys Wagen.

Wer auch immer der Spaziergänger mit den Hunden war, er schenkte ihnen keine Aufmerksamkeit.

Will Stauer schob Johnnys Leiche auf den Rücksitz und setzte sich ans Steuer. Helen setzte sich neben Johnny, suchte in seiner Tasche nach den Schlüsseln und warf sie auf den Beifahrersitz.

»Ist er tot?« Will startete den Motor.

»Fünf Gramm Thiopental. Koma innerhalb weniger Sekunden. Tod nach ein paar Minuten.«

Will fuhr die Belmont Street entlang und nahm Kurs auf den Rock Creek Parkway. »Was ist mit den Karten? Hat er die Karten dabei?«

Helen zog sie aus Johnnys Brusttasche und hielt sie hoch. »Roosevelt ist ein toter Mann. Und Churchill auch.«

VIVIAN SASS VOR EINEM prasselnden Kaminfeuer und nippte am spanischen Schaumwein, einem Cava namens Llopart brut. Wenn sie in den vergangenen Wochen eines gelernt hatte, dann, dass sie empfänglich für die Verlockungen eines Lebens im Luxus war, was Harolds Beteuerungen nur noch stärker auf sie wirken ließ.

Und so verdrängte sie alle Bedenken über ihren »Ehemann«. Und auch die Kriegssorgen der Nation verdrängte sie. Sie wusste nicht, ob es der Cava war oder das Kaminfeuer oder das Leuchten in den Augen ihres »Mannes«, aber da saß sie nun, eine Dreiviertelstunde Zugfahrt entfernt von dem kleinen Wohnzimmer der Schortmanns, und kam sich in Harolds Gesellschaft wie eine reiche, verwöhnte Dame vor. Und dennoch hatte sie ein schlechtes Gewissen …

… denn sie wollte keineswegs Johnnys Gefühle verletzen. Allerdings war dieses Haus wie geschaffen dafür, ihn davon zu überzeugen, dass seine frühere Freundin nun in einer Welt lebte, die für ihn völlig unerreichbar war. Sie würde ihm sagen, dass sie und Harold heimlich in Los Angeles geheiratet hätten und sich die Verkündung der Neuigkeit für den Weihnachtstag aufsparten und …

Als die Türglocke läutete, erhob sich Mrs. Colbert und eilte hinaus. »Bleibt nur sitzen. Ich gehe unseren Gast begrüßen.«

Harold prostete Vivian zu. »Du siehst wunderschön aus im Feuerschein. Entspann dich. Du machst das schon. Wenn du dich unwohl fühlst, schau einfach mich an.«

Sie trank ihr Glas aus, setzte sich aufrechter hin. Sie tat es wirklich nicht gern, einen so netten Kerl wie Johnny vor den Kopf zu stoßen.

Doch Mrs. Colbert kam mit einem Umschlag zurück. »Es war gar nicht ihr Freund. Es war ein Bote. Das hier hat er gebracht.« Sie gab Vivian den Umschlag. »Das ist Ihr Mädchenname, habe ich recht, meine Liebe?«

Vivian nahm den Umschlag entgegen. Darauf stand »Kathy Schortmann«. Und darin lagen, zusammen mit einer Nachricht, zwei Eintrittskarten zum Christbaumentzünden, Sitzplätze auf dem Südrasen des Weißen Hauses.

»Darf ich?« Harold nahm den Brief und las: »›Liebe Kathy, mein einziger Wunsch ist, dass Du glücklich bist. Viel Vergnügen bei der Veranstaltung. Stets der Deine – Johnny‹. Was für ein Gentleman.«

Vivian wunderte sich darüber, dass er die Nachricht mit der Schreibmaschine geschrieben hatte, aber die Unterschrift kannte sie von seinen zahlreichen Liebesbriefen. Was sie nicht wissen konnte, war, dass Helen Stauer sie anhand von Johnnys Führerschein gefälscht hatte.

Martins und Mrs. Colberts Blicke trafen sich. »Das ist aber jammerschade«, sagte sie, »aber ich habe ein wunderbares Essen vorbereiten lassen. Ich freue mich, dass die Stauers auch kommen, selbst wenn Mr. Beevers leider nicht mit dabei ist.«

Harold schenkte allen nach, und Vivian verdrängte Johnny Beevers und seine verletzten Gefühle aus ihren Gedanken.

Aber inzwischen fühlte Johnny gar nichts mehr. Seine Leiche befand sich irgendwo in der Mitte des Potomac und trieb in Richtung Chesapeake River. Sein neuer Buick parkte in Mrs. Colberts Garage hinter dem Haus. Und die Stauers kamen gerade den Weg zum Eingang hinauf.

VIER MENSCHEN SASSEN NEBEN dem Telefon in einer kleinen Wohnung in Georgetown und warteten.

Kevin Cusack sah auf seine Uhr. »Um acht Uhr habe ich gesagt, morgens und abends.«

»Jetzt ist es halb neun«, sagte Stanley. »Bis morgen früh warte ich aber nicht.«

»Sie sind auch nicht zum Übernachten eingeladen.« Mary Benning saß in einer Ecke und strickte wie wild an einem Schal. Als Kevin mit einem Schwarzen und einer finster dreinblickenden Detektivin aus L. A. bei ihr aufgetaucht war, waren ihr ersten Worte: »Das hat mir gerade noch gefehlt. Noch mehr Ärger.«

»Ich weiß gar nicht, warum ihr alle denkt, es ist unser Job, den Präsidenten zu retten«, sagte Stanley. »Es kümmern sich schon genug Leute um ihn, ohne dass wir dazwischenfunken.«

»Wir müssen tun, was wir können«, sagte Stella. »Es kommt auf uns alle an.«

Kevin war derselben Ansicht.

»Ich würde gern zum Willard mitfahren, wenn Sie mich mitnehmen würden«, sagte Stella zu Stanley.

Und zu Kevin sagte sie: »Vom Hotel aus rufe ich das FBI an.«

»Sagen Sie denen, dass ich mich morgen stelle«, sagte er. »Aber heute Abend muss ich beim Telefon bleiben. Das schulde ich dieser Frau.«

»Ich glaube ja, die steckt mit drin«, sagte Stella.

»Das glaube ich nicht«, erwiderte Kevin. »Ich glaube, er benutzt sie. So wie er mich auch benutzt hat.«

»Nein«, sagte Stanley, »die hat er auf andere Art benutzt.«

Nachdem die beiden gegangen waren, entschuldigte sich Kevin bei Mary Benning dafür, dass er sie mit hineingezogen hatte.

Doch sie klapperte nur weiter mit ihren Stricknadeln.

DER TISCH VON MRS. COLBERT war von Kerzenlicht erleuchtet, das Silber blitzte, das Porzellan schimmerte, und alle Gespräche drehten sich um das Entzünden des Christbaums und die Reden berühmter Männer. Vivian würde hautnah dabei sein. Sie würde Roosevelt und Churchill am Südportikus leibhaftig vor sich sehen. Was für eine aufregende Vorstellung. Dafür ertrug sie sogar das mulmige Gefühl angesichts dieser finster dreinschauenden Stauers und das Geplapper der überheblichen Mrs. Colbert.

Ja, es gab reichlich Cava und eine köstliche Paella mit Fisch und Muscheln und einer spanischen Wurst namens Chorizo und ein zweites knisterndes Feuer – nur reiche Leute hatten auch im Esszimmer einen Kamin –, damit alle es schön warm hatten.

Aber Will Stauer trank doppelt so viel Cava wie die anderen und sagte sehr wenig.

Helen Stauer stocherte in ihrer Paella herum und blickte aus den Augenwinkeln immer wieder zu Vivian herüber.

Und Mrs. Colbert schwatzte los, wann immer es eine Gesprächspause gab.

Währenddessen tat Vivian, was Harold ihr gesagt hatte, und sah vor allem ihn an. Wenn sie ihm über die Kerzen hinweg in die Augen sah, kam sie sich immer noch vor wie im Traum.

Sein Lächeln gab ihr Zuversicht. Wenn seine Manschettenknöpfe im Kerzenlicht aufblitzten, erinnerten sie ihn daran, wie weit sie bereits gemeinsam gekommen waren und wie viel sie in den bevorstehenden Wochen und Monaten und vielleicht sogar Jahren noch vor sich hatten. Sie wusste nicht, dass er deshalb lächelte, weil er herausgefunden hatte, wie er die nächsten vierundzwanzig Stunden überleben würde.

Dann, zwischen dem Hauptgang und dem Nachtisch, entschuldigte sie sich, weil sie die Toilette aufsuchen wollte. Sie nahm nicht die Gästetoilette im Erdgeschoss, sondern eilte die prächtige Treppe hinauf. Wenn man sich einmal ein Badezimmer mit einem halben

Dutzend Hausgenossinnen geteilt hatte, freute man sich über ein bisschen zusätzliche Privatsphäre.

ALS SIE GEGANGEN WAR, wurde der Tonfall schlagartig ernster. Mrs. Colbert sah von einem zum anderen und sagte: »Nur Mut, liebe Freunde. Morgen ist ein Tag für die Geschichtsbücher. Am Weihnachtstag werden Sie irgendwo in Amerikas Weiten untergetaucht sein, aber Ihr Dienst für das Vaterland wird unvergessen bleiben.«

»Ob wir nun untertauchen oder sterben«, sagte Helen Stauer, »morgen ist der Tag der Entscheidung.«

»Wir müssen unseren Plan noch präzisieren«, sagte Martin.

Helen Stauer hob ihre Serviette an die Lippen. »Sie haben jetzt Karten für den Südrasen. Von dort werden Sie schießen. Wir schießen von der Ellipse aus. Weitere Präzisierungen müssen auf diesem Plan aufbauen.«

»Wenn Cusack mit dem FBI gesprochen hat, werden Agenten die Zugänge zum Gelände des Weißen Hauses bewachen. Vielleicht soll er sogar das Publikum nach mir absuchen. Er weiß, wie ich aussehe, deshalb ...«

»Schlagen Sie etwa vor, dass *wir* von den Sitzplätzen aus schießen sollen?«, fragte Helen.

»Nein. Ich schieße mit dem K 98k auf beide Ziele, und zwar von dem Baum an der Constitution Avenue aus«, antwortete Martin. »Sie parken an der Fünfzehnten. Wenn Sie den Abendsalut hören, starten Sie den Motor. Wenn der Präsident angesagt wird, fahren Sie los. Wenn Sie bei mir eintreffen, ist Roosevelt schon tot.«

»Und Churchill auch?«, fragte Helen.

»Das hoffe ich«, sagte Martin.

»Ich habe Ihnen doch gesagt, Hoffnung ist keine Strategie«, erwiderte Helen.

Martin beugte sich über den Tisch. »Die Mündungsgeschwindigkeit des K 98k beträgt siebenhundertdreißig Meter pro Sekunde.

Ich werde nicht mehr als fünfhundertfünfzig Meter entfernt sein. Roosevelt wird den Schuss nicht einmal hören, ehe er getroffen wird. Churchill und die anderen werden erstarren, wenn Roosevelts Kopf platzt, und dann ...«

Will Stauer schaute auf. »Sie wollen auf den Kopf zielen? Nicht den Körper?«

»Ich ziele so tief, wie ich kann. Aber das Rednerpult wird den Körper größtenteils verdecken. Und wahrscheinlich ist es gepanzert, deshalb ...«

»Der K 98k hat einen Zylinderverschluss«, sagte Will. »Wie schnell können Sie zweimal hintereinander feuern?«

»Im Training war ich einer der Besten«, erwiderte Martin. »Wenn ich muss, schaffe ich vier Schüsse.«

Will nahm einen Schluck Cava. »Also, ich bin nicht hierhergekommen, um den Fluchtwagen zu fahren.«

»Und ich bin nicht hergekommen, um zu sterben.«

»Ist sie der Grund?« Helen richtete die Augen zur Decke.

»Der Grund ist, dass ich nicht sterben will.« Martin stand auf.

»Wenn Sie zwischen Los Angeles und Washington keine Spur aus Leichen hinterlassen hätten, hätten wir es jetzt einfacher«, sagte Helen.

»Keine Vorwürfe, bitte«, sagte Mrs. Colbert.

Martin ging zur Tür. »Es ist ein schmutziges Geschäft. Opfer sind nicht zu vermeiden. Jetzt entschuldigen Sie mich einen Moment. Ich muss nach Vivian sehen.«

»Ja«, sagte Mrs. Colbert. »Ihre Freundin ist schon recht lange fort.«

Als Martin die Tür erreicht hatte, sagte Will Stauer: »Herr Bruning ...«

Martin wandte sich um.

»Ein Kreuzfeuer verdoppelt unsere Erfolgschancen. Da wir uns dank der Karten Zugang verschaffen können, ohne die elektrischen Detektoren passieren zu müssen, werde ich von den Sitzplätzen aus schießen. Neben mir sitzt meine Frau, damit niemand die Waffe sieht. Jemand anderes muss Sie fahren.«

Genau darauf hatte Martin gehofft. Doch er wollte, dass die Stauers diese Schlussfolgerung selbst zogen. Sein Blick ging zu Helen.

»Sie müssen sie gar nicht so anschauen«, sagte Will. »Meine Entscheidung ist gefallen. Wir haben die Karten. Also benutzen wir sie auch. Aber meine Walther hat nur etwa dreißig Meter Reichweite. Ich brauche Ihre Mauser.«

»Sie wissen, dass Sie wahrscheinlich sterben werden«, sagte Martin. »Sie beide.«

»Sie aber auch«, sagte Helen, »selbst wenn Sie von diesem Baum aus schießen.«

IN IHREM PRIVATEN BADEZIMMER nahm sich Vivian ein paar Minuten Zeit, um ihr Make-up aufzufrischen.

Sie beugte sich nah zum Spiegel hin und bemerkte aus dem Augenwinkel Harolds ledernes Reisenecessaire auf dem Spülkasten. Da kam ihr eine Idee. Manche schicke Läden verkauften ihre Schätze ja in einer schicken Schachtel. Und manchmal standen in diesen Schachteln Name und Adresse des Ladens.

Mit spitzen Fingern öffnete sie das Etui und durchsuchte den Inhalt. Sie fand Minzbonbons, Rasiermesser, eine Stange Rasierseife von Colgate, Zahnbürste und eine kleine Schachtel für Manschettenknöpfe: klein und würfelförmig und mit Samt überzogen.

Sie ließ den Deckel aufschnappen. In dem inneren Samtkissen waren zwei Vertiefungen für die Manschettenknöpfe, und – tatsächlich – da stand auch der Name des Geschäfts. Sie hatte eine Adresse in D. C. erwartet, wo sie ihm als Weihnachtsgeschenk die passende Krawattennadel kaufen konnte. Stattdessen las sie die Worte: »Mr. Fountains Herrenmode, Burbank, Kalifornien«. Sie las es einmal. Dann las sie es erneut.

Vor ihrem inneren Auge erschien der Verkäufer, der an dem Tag, als sie nach einer Stelle suchte, dort gearbeitet hatte. Sie hatte ihn kaum beachtet. Und er hatte sie kaum beachtet. Aber ... glatt zurückgekämmtes Haar, eulenhafte Brille und – nun erkannte Vivian es auch – eine gewisse Ähnlichkeit mit Leslie Howard. Dann hatte sie wieder das Gespräch im Zug an jenem Samstagabend im Ohr ... Sally Drake, die glaubte, sich an irgendeine Begegnung mit Harold zu erinnern, und zwar aufgrund der Manschettenknöpfe ... und sagte, wie sehr er Leslie Howard ähnele. Konnte Harold dieser Verkäufer gewesen sein? Konnte es sein, dass Sally wegen dem, was sie im Zug gesagt hatte, hatte sterben müssen?

Vivian legte die Schachtel zurück und ging wieder ins Schlafzimmer. Sie betrachtete die schweren Vorhänge, den dicken Teppich, das weiche Bett, auf dem sie an diesem Abend wohl Harold lieben würde – Harold oder wer auch immer er tatsächlich war. Es hatte sich alles so gut angefühlt, all der Luxus in diesem großen Haus, doch jetzt raubte es ihr fast den Atem. Sie versuchte die Wirkung des Cava und ihre plötzliche Angst abzuschütteln. Konnte es wahr sein? War Harold ein Mörder, wie es dieser Cusack behauptet hatte? Und waren diese Stauers gar keine Geschäftsfreunde, sondern seine Komplizen?

In ihrer Handtasche war die Telefonnummer von Kevin Cusack. Sie musste mit jemandem reden. Und da ... das Telefon. Sie setzte sich und wählte.

Kevin Cusack nahm beim ersten Klingeln ab.

Doch Vivian sagte nichts, denn auf einmal stand Harold in der Tür. Sie legte auf, erhob sich, und der Zettel mit der Telefonnummer flatterte zu Boden.

Lächelnd wie immer kam er auf sie zu. »Stimmt etwas nicht?«

»Die rote Tante«, sagte sie.

»Tante?«

»Du weißt schon ... diese Frauensache.«

»Und was bedeutet das?« Martin spürte, wie sie zitterte.

»Die gute Nachricht ist, ich bin nicht schwanger. Die schlechte ist ...«

»Warum hast du telefoniert?«

Sie schaute ihm in die Augen, aber da war nichts mehr. Sie hatten ihren Glanz verloren – wie bei einer Schlange. Sie stammelte, dass sie Johnny Beevers angerufen habe. »Um mich zu bedanken.«

»Und was hat er gesagt?«

Sie blickte zu Boden, doch da war kein Zettel. »Es ... es ist niemand drangegangen.«

Martin wusste, dass das stimmte. »Mrs. Colberts Koch hat zum Nachtisch einen herrlichen Flan gemacht. Also bitte ...« Seine Hand wies zur Tür.

»Ich komme gleich nach.«

»Nein, Schatz. Jetzt!«, befahl er. »Geh!«

Sie hatte keine Wahl. Sie ging aus dem Zimmer und zur Halle hinunter.

Da bemerkte Martin das Stück Papier unter dem Nachttisch. Er hob es auf.

IN DER KLEINEN WOHNUNG am Kanal in Georgetown rätselte Kevin Cusack gerade, warum jemand angerufen, aber sofort wieder aufgelegt hatte, als das Telefon erneut klingelte. Er nahm den Hörer ab, sagte aber nichts. Am anderen Ende konnte er jemanden atmen hören.

Dann sagte eine kultiviert klingende Stimme mit britischem Akzent. »Ist Richard zu sprechen?«

»Hier gibt es keinen Richard«, sagte Kevin. »Verwählt.«

Klick.

»Was ist?«, fragte Mary Benning. »Was war das?«

»Er ist in der Nähe«, sagte Kevin.

»Wer?«

»Der Mann, hinter dem ich her bin. Der Mann, der Sally umgebracht hat. Er ist in einem Hotelzimmer oder einem feinen Haus oder irgendeiner Absteige, und die junge Frau ist bei ihm, und er plant einen Doppelmord.«

Mary nahm eine Whiskeyflasche aus dem Unterschrank. »Ich brauche jetzt einen Drink. Wollen Sie auch einen?«

»Nein«, sagte Kevin. »Wenn ich im Zug nicht betrunken gewesen wäre, könnte Sally noch am Leben sein. Wenn wir am Weihnachtsmorgen noch leben, dann gibt es Champagner.«

MARTIN BROWNING LEGTE AUF und sah sich um. War irgendetwas nicht mehr an seinem Platz? Er untersuchte seine Schultertasche und öffnete das innere Fach, in dem er seine vielen Ausweise aufbewahrte. Offenbar waren sie unangetastet, aber er hätte sie nie mit diesen Papieren allein lassen dürfen.

Da plante er gerade, zusammen mit ihr zu fliehen, sobald er die Welt in Angst und Schrecken versetzt hatte, und sie hinterging ihn.

Sein Zorn flammte auf, aber er verdrängte ihn zugunsten der kühlen Ruhe, die ihm in den schlimmsten Lagen stets geholfen hatte. Noch immer hatte er vor, mit ihr zu schlafen. Darauf wollte er nicht verzichten. Falls dies tatsächlich seine letzte Nacht auf Erden war, sollte weder sein Zorn noch ihr biologischer Kalender ihn um sein Vergnügen bringen. Falls dies aber der Beginn seines neuen Lebens mit ihr war, würde er in sich die Fähigkeit entdecken müssen, ihr zu verzeihen … Oder er musste sie für seine Zwecke nutzen.

Da hörte er Stimmen in der Eingangshalle.

VIVIAN HATTE BESCHLOSSEN ZU gehen. Sie hatte ihren Mantel und ihren Hut aus der Garderobe geholt und all ihren Mut zusammengenommen. Sie wusste nicht, was in diesem Haus vor sich ging, aber sie musste hier weg. Sie würde ein Taxi nehmen, das sie zur Union Station bringen würde.

Als sie sich der Tür näherte, stellte sich ihr der kräftige spanische

Butler in den Weg. »Pardon, Madame, aber Sie werden zum Dessert erwartet.«

»Ich … Ich fühle mich nicht wohl«, erwiderte Vivian, »ich muss leider gehen.«

»Verzeihung, aber …« Der Butler sah sie nur streng an.

Mrs. Colbert kam aus dem Esszimmer und lächelte über das ganze Gesicht vor mütterlicher Warmherzigkeit. »Was ist los, meine Liebe? Haben wir etwas gesagt, was Sie verletzt hat?«

»Nein«, sagte Vivian. Kein Gerede mehr. Kein bemühtes Lächeln. Nur weg hier.

Und nun eilte ihr »Ehemann« die Treppe herunter.

»Vivian«, sagte er, »wo willst du denn hin?«

»Zurück nach Annapolis. Ich gehöre nicht hierher.«

»Legen Sie doch bitte den Mantel ab, Liebes«, sagte Mrs. Colbert.

»Es ist einfach so, dass … Es ist …« Vivian suchte nach einem Vorwand.

»Was denn, Liebes?«, sagte Mrs. Colbert.

»Es wäre unhöflich von uns, unter Ihrem Dach gemeinsam zu übernachten, weil wir, nun ja, weil wir nicht verheiratet sind.«

»Das wissen wir doch, Liebes.«

»Das wissen Sie?«

Und über Mrs. Colberts Schulter hinweg sah Vivian, wie Helen Stauer auf sie zukam, gefolgt von ihrem Mann.

Vivian wandte sich an Harold. »Ich glaube, ich kenne dich gar nicht … oder irgendjemanden hier.«

»Aber wir sind doch so nett«, sagte Helen Stauer. Und blitzartig war ihre Hand an Vivians Hals.

Martin Browning war gewöhnlich nicht so leicht aus der Fassung zu bringen, doch der Anblick der hilflosen Vivian schockierte ihn. Er hätte Helen gepackt, hätte Will ihn nicht zurückgehalten, gerade so lange, bis Vivian in den Knien einknickte und zu Boden sank.

»Was machen Sie da?«, verlangte Martin zu wissen.

»Die Dosis ist nicht tödlich«, sagte Will. »Helen weiß genau, wie viel sie nehmen muss.«

»Nur ein paar Milligramm anstelle einiger Gramm«, sagte Helen. »Jetzt schläft sie bis zum Morgen. Dann ist sie *Ihr* Problem. Aber heute Abend müssen wir weiter an unseren Waffen, unserer Kleidung und unseren falschen Ausweisen arbeiten. Wie Sie schon sagten, unser Plan muss präzisiert werden.«

MITTWOCH, 24. DEZEMBER

IM FENSTERLOSEN KONFERENZRAUM des Secret Service im Erdgeschoss des Weißen Hauses hing Zigarettenrauch und Anspannung in der Luft. Heute war der Tag. Die Zeitungen hatten den genauen Ablauf des Festakts bekannt gegeben. Die Radioleute hatten ihre Zutrittserlaubnis bekommen, um ihre Mikrofone aufzubauen. Die britischen Wochenschauproduzenten von Pathé News hatten einen Standort am Portikus beantragt, um das Ereignis filmen zu können. Und entlang der Fünfzehnten und der Siebzehnten Straße standen die Bewohner Washingtons bereits Schlange.

Mike Reilly hatte eine Besprechung mit den Leitern der verschiedenen Sicherheitsbehörden mit ihren überlappenden Zuständigkeiten einberufen. Vertreten waren die Polizei des Weißen Hauses, die Washington Metropolitan Police, die die umgebenden Straßen abzusichern hatte, die Kapitolspolizei, die zuständig für das Bundeseigentum in D. C. war, die Nationalparkpolizei und die US-Armee. Dan Jones vertrat das FBI. Und Reillys Chef, Frank J. Wilson, Leiter des Secret Service, war aus seinem Büro im Finanzministerium herübergekommen.

Reilly warf einen Blick auf Wilson, der eher wie ein Englischprofessor aussah und nicht wie derjenige, der Al Capone ausgetrickst hatte, indem er dessen Steuerberater austrickste. Zierlich, kahlköpfig, immer perfekt gekleidet, doch durch seine Adern flossen, laut Reilly, acht Liter Eiswasser. Er nickte und sagte: »Sie haben das Wort, Mike.«

»Tut mir leid, dass wir uns so früh treffen müssen«, sagte Reilly. »Wenn ich die Wahl hätte, würden sich der Präsident und der Premierminister auf ein ruhiges Heiligabenddinner treffen, ein paar

Weihnachtslieder singen und auf Santa Claus warten. Aber es soll nun mal nicht sein.« Mit einem Zeigestock lenkte er die Aufmerksamkeit der Anwesenden auf die Karte des Geländes rings um das Weiße Haus. »Als Erstes haben wir hier zweihundert Sitzplätze für die Honoratioren. Der Chor und die Kapelle stehen hier« – *tapp, tapp* machte der Zeigestock – »und hier, hinter dem Absperrseil.«

»Wie weit weg ist das?«, fragte Frank Wilson.

»Sechzig Meter, so ist es im ursprünglichen Plan der Nationalparkpolizei festgelegt. Das war vor Pearl Harbor, und demnach steht innerhalb des Seils alle siebeneinhalb Meter ein Soldat der US-Armee«, sagte Reilly. »Aber ich will einen Soldaten alle anderthalb Meter.«

»Geht in Ordnung«, sagte der Armeehauptmann. »Wir nehmen noch einen weiteren Sergeant und einen Lieutenant dazu.«

»Absperrseile stehen weiterhin entlang des South Drive, der den Treasury Place im Osten mit dem State Place im Westen verbindet.« *Tapp* und *tapp*, in der Mitte des Rasens und direkt über der Fontäne. »Die Öffentlichkeit hat Zugang zu dem Bereich zwischen diesen Absperrseilen und dem Zaun im Süden. Ich will zwei Dutzend weitere Soldaten entlang des Zauns, die die E-Straße im Blick behalten.«

»Kriegen Sie«, sagte der Hauptmann.

»Außerdem sind Agenten in Zivil auf dem Rasen und überall auf der E-Straße zwischen Zaun und Ellipse unterwegs«, fügte Reilly hinzu.

Jones, der abwechselnd auf die Uhr gesehen und an seiner Zigarette gezogen hatte, Uhr – Zigarette, Uhr – Zigarette, als käme er zu spät zu einem wichtigen Termin, fragte schließlich: »Weiß der Präsident, dass am Montag ein FBI-Agent ermordet wurde, der hinter einem möglichen Nazi-Attentäter her war?«

»Ja«, sagte Reilly. »Aber er besteht darauf, dass alles wie geplant stattfindet.«

»*Er* besteht darauf, dass wir die Sache nicht an die Presse geben, weil er will, dass die Menschen ungetrübt die Show genießen können«, ergänzte Frank Wilson. »*Wir* bestehen darauf, dass alle, die auf den Südrasen gelangen, durch eine Alnor-Tür gehen.«

»Auch die Honoratioren?«, fragte Jones.

»Sogar die Marinekapelle«, sagte Reilly. »Das gibt noch Stunk. Die Honoratioren glauben, sie können den Besuchereingang nehmen. Aber sie werden wie alle anderen zum Südostzugang umgeleitet. Da machen wir einen eigenen Zugang auf, damit sie an der Schlange vorbei zur Alnor-Tür gehen können.«

»Das wird die erregten Gemüter wieder ein bisschen beruhigen«, sagte Wilson.

»So kriegen wir den Schützen aber nicht«, sagte Jones. »Oder mögliche Komplizen.«

»Komplizen?«, fragte Reilly. »Wir wissen ja erst seit achtundvierzig Stunden von einem Attentäter. Das FBI jagt ihn aber schon seit *zwei Wochen*. In den Zeitungen hat er sogar einen Namen. ›Der Hollywood-Nazi.‹«

Jones steckte sich an der Zigarette in seinem Mund eine neue an. »Wir glauben, der Hollywood-Nazi soll nur von dem echten Attentäter ablenken. Aber ganz sicher sind wir nicht.«

»Eine Möglichkeit, das rauszukriegen, wäre, ihn zu finden«, sagte Reilly.

»Meine Männer sind schon dabei«, sagte der Polizeichef von D. C.

»Das FBI hoffentlich auch«, sagte Reilly.

Und für einen Augenblick sahen Reilly und Jones, die beiden hohen Tiere am Konferenztisch, sich tief in die Augen.

Dann meldete sich Frank Wilson, der alte Fuchs, zu Wort. »Egal wer er ist – wenn er mit seiner Waffe nicht auf den Südrasen kommt, sind der Präsident und der Premierminister hinter dem Rednerpult sicher.«

»Ist das Pult gepanzert?«, fragte Jones.

»Mit Stahl verstärkt«, sagte Reilly.

»Sperren Sie die E-Straße ab?«, fragte Jones.

»Nur für den Verkehr«, sagte der Hauptmann der Kapitolspolizei. »Wir würden sie auch für Fußgänger sperren, aber ...«

»Davon will der Präsident nichts wissen«, sagte Reilly.

Jones stand auf und trat an die Karte. »Was ist mit der Ellipse?«

»Für Fußgänger gesperrt. Den Gehsteig entlang steht alle fünfzehn Meter ein Polizist.«

»Und die Constitution Avenue?«

»Offen für den Verkehr«, sagte Reilly. »Aber sie ist sechshundertfünfzig Meter entfernt.«

Jones spreizte zwei Finger und streckte sie auf der Karte von der Constitution zum Südportikus. »Das wäre ein Meisterschuss von da hinten.«

»Und aus der Entfernung trifft keiner einfach so.« Reilly fuhr mit dem Zeigestock über die Karte. »Er muss die Waffe ausrichten, in Ruhe zielen, sich wahrscheinlich mit drei, vier Fehlschüssen rantasten ...«

»Keine Chance«, sagte der Polizeichef von D.C., »nicht wenn unsere Leute überall auf Patrouille sind.«

Jones betrachtete erneut die Karte. »Ich kenne Geheimdienstberichte über deutsche Scharfschützen in Russland. Sie benutzen den K 98k mit Zeiss-Zielfernrohr. Theoretische Reichweite: tausend Meter. Aber im Einsatz können sie angeblich bis auf maximal vierhundert Meter Entfernung einen tödlichen Schuss abgeben, bei einem stillstehenden Ziel sogar aus fünfhundert Metern. Wie weit ist es von hier bis zur Constitution in Metern?«

»Etwa sechshundert«, sagte Mike Reilly.

Jones nickte. »Ich sag ja, ein Meisterschuss.«

»Deutlich außerhalb der Reichweite deutscher Scharfschützen«, sagte Reilly. »Außerdem scheint unser Mann Pistolen zu bevorzugen.«

Dan Jones dachte darüber nach und setzte sich wieder, offenbar zufrieden.

»Gut. Wenn es keine weiteren Fragen gibt, ist hier der Ablaufplan.« Reilly reichte die hektographierten Kopien herum. »Einlass ab vier Uhr. Marinekapelle ab vier Uhr dreißig. Abendsalut um vier Uhr zweiundfünfzig. Das ist das Zeichen für die Kapelle ›Joy to the World‹ zu spielen, was wiederum das Stichwort für den Boss ist. Die CBS-Direktübertragung beginnt um fünf. Dann werden die Zugänge abgesperrt. Zu ›Hail to the Chief‹ treten der Präsident und der Premierminister auf, und zwar um fünf Uhr drei. Father Corrigan spricht ein Fürbittgebet. Die Vorsitzenden der Pfadfinder und der Pfadfinderinnen sprechen ein paar Worte. Dann kündigt der Bezirksbeauftragte von D.C. den Boss an, und der entzündet den Baum.«

»Und wo sind Sie?«, fragte Jones.

»Da wo ich immer bin, einen Meter neben dem Boss. Wenn ich merke, dass irgendwas schiefläuft, trete ich in Aktion.«

»Und vergessen sie nicht die Lampen«, sagte Frank Wilson. »Die letzte Verteidigungslinie.«

»Stimmt, die Lampen«, sagte Jones. »Passt ja gut zum Lichterfest.«

»Schön, dass Sie einverstanden sind. Gibt es weitere Fragen?« Reilly schaute in die Runde, blickte auf die Uhr und sagte: »Dann ist hoffentlich alles klar. Vorhang auf in sieben Stunden.«

Jones stand auf und schüttelte Reilly die Hand. Sie waren alle angespannt, aber dennoch Profis. »Das FBI wird alles tun, um den Secret Service zu unterstützen.«

»Finden Sie einfach diesen Hollywood-Nazi«, sagte Reilly. »Wenn er *nicht* unser Mann ist, hat er unseren Mann *gesehen*. Und jetzt, wo Ihr Agent tot ist, ist er auch der Einzige.«

IN DEM GROSSEN HAUS am Kalorama Circle lag Martin Browning wach im Bett. Das gleichmäßige Atmen der Frau an seiner Seite beruhigte ihn, obwohl eine Droge ihren Schlaf herbeigeführt hatte. Er schlief neben ihr, weil er ihre körperliche Nähe mochte, unabhängig von der Möglichkeit zum Sex. Außerdem wollte er sie beschützen – vor den Stauers und auch vor Mrs. Colbert.

Er wusste, dass er in den kommenden Stunden mit gesundem Menschenverstand und ungewöhnlicher List vorgehen musste, sonst würden Vivian und er beide tot sein, wenn es wieder Nacht wurde. Wahrscheinlich würde er ohnehin sterben. Selbst wenn er aus Washington entkommen konnte, würden die Amerikaner nie aufhören, ihn zu suchen. Wenn er leben wollte, wäre es das Beste, jetzt sofort mit Vivian zu fliehen, nicht zu einem U-Boot vor der Küste Marylands, sondern nach Mexiko und von dort nach Südamerika. Jetzt aufbrechen und die Stauers die Sache erledigen lassen.

Er trat ans Fenster und sah hinaus auf den Wald am Abhang. Darunter waren die Lichter der Autos zu erahnen, die den Rock Creek Parkway entlangrasten. Er sehnte sich danach, auf dieser glatten Asphaltbahn einfach davonzufahren, in sein privates Glück, in eine Welt ohne Krieg. Aber das unterschied ihn nicht von vielen anderen Menschen überall auf der Welt, in diesem schrecklichen Dezember 1941.

Und er war nicht irgendein Mensch. Die Geschichte hatte ihn aus einem bestimmten Grund hierhergeschickt. Er war schon zu weit gekommen, um sich nun vor seiner Aufgabe zu drücken.

Vivian regte sich. Er ging zum Bett, setzte sich auf den Rand, streckte die Hand aus und streichelte ihr Bein. Aber sie schlief weiter. Es war ein mächtiger Wirkstoff.

»Herr Bruning«, flüsterte eine Stimme im Flur.

Er zog den Gürtel des Bademantels fest und öffnete die Tür.

Helen Stauer trug einen seidenen Morgenmantel, aber weder Make-up noch Pumps. Ihre sonst so ernste Miene war weicher, ihre Ausstrahlung weniger autoritär. Sie reichte ihm einen Becher Kaffee und blickte über seine Schulter hinüber zu Vivian. »Sie schläft wie tot.«

»Würde ich glauben, Sie hätten Humor, dann würde ich jetzt sagen, dass ich das nicht komisch finde.«

»Sie schläft bestimmt noch eine Stunde.« Helen machte eine Kopfbewegung. *Folgen Sie mir.*

Martin zog die Schlafzimmertür zu und schloss ab, damit Vivian nicht heraus und niemand zu ihr hineinkonnte. Er ließ den Schlüssel in die Bademanteltasche gleiten.

Helen ging voraus zu ihrem Zimmer, dann drehte sie sich um und blickte unter dunklen Augenbrauen zu ihm auf. »Haben Sie sich schon entschieden, was Sie mit ihr machen werden?«

Martin nippte an seinem Kaffee. »Wo ist Ihr Mann?«

»Er geht Cusack töten. Wir kennen ja die Telefonnummer. Wir glauben zu wissen, in welcher Straße der Anschluss liegt. Und er darf uns nicht länger im Weg sein. Mein Mann will es wiedergutmachen, dass er ihm am Sonntag entwischt ist.«

»Ein echter Romantiker.« Martin betrachtete das zerwühlte Bett.

»Bitte keine Scherze mehr.« Helen stellte ihre Kaffeetasse ab und zündete sich eine Zigarette an. »Also ... zurück zu dem Mädel. Ich habe noch zwei Spritzen. Geben wir ihr die eine, schläft sie den ganzen Tag. Geben wir ihr die andere, schläft sie für immer.«

»Ich brauche sie noch«, sagte Martin.

»Für die Aufgabe oder zu Ihrem eigenen Vergnügen? Mrs. Colbert macht sich Sorgen, dass sie jemanden zu diesem Haus führen könnte. Sie sagt, eine Leiche könne rasch weggeschafft werden.« Helen machte einen Schritt auf ihn zu. »Oder sind Sie zu feige, derselbe Mann zu sein in Tat und Mut, der Sie in Wünschen sind?«

»Versuchen Sie gerade, wie Lady Macbeth zu denken?«

»Und zu handeln.« Helen Stauer zog an ihrer Zigarette und schaute ihm in die Augen, als wollte sie ihn anspornen, seinen Mut an ihr auszuprobieren.

Einen Augenblick lang herrschte Stille zwischen ihnen. Doch es war keine zärtliche Stille. Vielmehr passte sie zu den beiden – eine harte, kalte Erregung.

Sie drückte die Zigarette aus, legte ihm eine Hand in den Nacken und zog seinen Kopf zu sich. Und so küssten sich zwei Attentäter, als wollten sie ihren mörderischen Pakt besiegeln.

Der Kuss dauerte an. Und seine Hände wanderten. Er streichelte ihren Rücken, ihren Hintern, seine Fingerspitzen näherten sich dem dunkelbraunen Fleck, den er zwischen ihren Beinen vermutete.

Sie liebkoste seinen Nacken, sein Gesicht, seine Brust. Sie tastete leichter, weiter hinab und presste die rechte Handfläche an ihn, während die linke seinen Rücken umfing.

Durch die weiche Seide ihres Nachthemds hindurch liebkoste er ihre Brust.

Sie drängte sich an ihn, streichelte, umarmte ihn.

Und mit der Rechten packte er ihr linkes Handgelenk. Dann verdrehte er es und zog ihre Hand aus seiner Bademanteltasche. Zwischen den Fingern hielt sie den Zimmerschlüssel. Er nahm ihn ihr ab. »Denken Sie dran, am Ende ist Lady Macbeth tot. Und ihr Mann auch.«

»Aber sie bringt den König um.«

Er wandte sich ab und ging zurück. »Ich brauche noch Kaffee.«

»Überlegen Sie gut, was Sie tun, Herr Bruning!«, rief sie ihm nach. »Heute ist der Tag der Entscheidung.«

Als er an seinem Zimmer vorbeikam, prüfte er, ob die Tür noch abgeschlossen war.

STELLA MADDEN HATTE GUT geschlafen. Der Hotelarzt hatte ihr ein paar Seconal gegeben, und schließlich war sie weggedämmert, von ihrem Kummer völlig erschöpft.

Sie war aufgewacht und hatte einen Augenblick inneren Frieden empfunden, nichts ging ihr durch den Kopf, ihre Gedanken im Schatten. Dann hatte sie sich aufgesetzt, hatte die Decke zurückgeworfen und war mit dem Entschluss aus dem Bett gesprungen, dass sie dieses Nazi-Schwein kriegen würde, und wenn sie es ganz allein erledigen musste.

Sie telefonierte mit Cusack und erfuhr von den nächtlichen Anrufern, die wieder aufgelegt hatten.

»Dann ist er also in der Nähe«, sagte sie. »Er weiß, wer Sie sind. Und vielleicht weiß er sogar, *wo* Sie sind.«

»Bekommt er anhand der Telefonnummer die Adresse heraus?«

»Das kann nur die Polizei. Wie heißt denn die Vermittlungsstelle?«

»Canal. Canal 2323«, sagte Kevin.

»›Canal‹, weil das Ortsamt beim Kanal in Georgetown liegt. Diese Information hilft ihm, Sie aufzuspüren. Besser, Sie verschwinden. Und nehmen Sie Mary Benning mit.«

»Sie ist arbeiten gegangen.«

»Rufen Sie sie an, und sagen Sie ihr, sie soll in Deckung bleiben, bis das alles vorbei ist.«

Es klopfte. Stellas erster Gedanke war, dass dieses Nazi-Schwein sie irgendwie gefunden hatte. Sie griff nach ihrer Beretta. Aber durch den Türspion erkannte sie eine FBI-Marke. Dann hörte sie die vertraute Stimme von Dan Jones. Er müsse mit ihr reden.

»Geben Sie mir zehn Minuten«, sagte sie. »Ich komme runter in die Lobby.«

»Lieber fünf, und versuchen Sie nicht, sich rauszuschleichen. Der Hausdetektiv hat Sie im Auge.«

Sie wartete, bis seine Schritte verklungen waren. Dann ging sie zurück zum Telefon. »Zeit, dass Sie sich stellen, Sam Spade. Kommen Sie ins Willard. Ich sitze mit Jones in der Lobby.«

»Aber ich mache mir Sorgen um diese Vivian.«

»Sorgen Sie sich lieber um sich selbst«, sagte Stella. »Sorgen Sie sich um den Präsidenten.« Es entstand eine Pause. Offenbar dachte er nach. »Wenn ich Sie nicht in einer halben Stunde hier sehe«, sagte sie, »treffen wir uns um eins am Dupont Circle. Dann denken wir uns eine Lösung aus. Wir müssen!«

KEVIN CUSACK LEGTE AUF. Vielleicht hatte sie recht. Vielleicht war es an der Zeit. Was konnte er hier draußen noch ausrichten? Gerade als er ans Fenster trat, huschte ein Schatten vorbei. Viele nutzten den Treidelpfad als Abkürzung. Und neugierige Passanten konnten geradewegs in die kleinen Erdgeschosswohnungen hineinschauen. Deshalb hielt Mary Benning die Jalousien stets geschlossen.

Kevin zog sie hoch. Ein Lichtstrahl erhellte den Boden, das einzige Licht, das im Lauf eines Wintertages direkt in die Wohnung fiel. Er wandte den Kopf nach rechts. Ein Mann in schmutzigem Regenmantel und verschwitztem Fedora war gerade vorbeigegangen.

Herr im Himmel!

Hastig ließ Kevin die Jalousie wieder herunter und trat einen Schritt zurück.

Wen hatte er da gerade gesehen? Regenmantel und Hut. Der Dicke. Der Mann, der ihm am Sonntag nach Georgetown gefolgt war? Der Mann, den er am Montag im Museum gesehen hatte?

Die Wohnung hatte einen Hinterausgang, durch das Schlafzimmer im ersten Stock. Dort konnte Kevin hinaus und durch die Seitenstraßen die M-Straße erreichen. Aber er musste sich diesen Kerl noch einmal ansehen, um sicher zu sein. Er zog den Regenmantel an und setzte Dillys Schiebermütze mit den Ansteckern auf, schnappte sich seine Reisetasche und griff nach der Türklinke.

Da klingelte das Telefon. Abheben ... oder gehen? Es konnte Stella sein.

Er nahm den Hörer, hielt ihn ans Ohr, hörte jemanden atmen, hielt die Luft an und spürte, wie sein Magen sich wie eine Faust zusammenzog.

»Hey, Mann, sind Sie das?«, sagte eine Stimme.

Die Faust in Kevins Bauch lockerte sich. »Stanley?«, fragte Kevin.

»Eben war noch besetzt. Mit wem haben Sie telefoniert?«

»Mit Stella. Ich bin gerade auf dem Weg zum Willard. Ich stelle mich dem FBI.«

»Gut«, sagte Stanley. »Beeilen Sie sich.«

»Warum?«

»Diese Polizisten in Zivil waren gerade hier und haben mich nach Ihnen ausgefragt, ob ich im Zug mit Ihnen geredet hätte, ob ich glauben würde, dass Sie in Washington sind, und ...«

»Haben die auch nach Kellogg gefragt?«

»Hinter *Ihnen* sind die her, nicht hinter Kellogg. Sie haben gesagt, Sie seien vor der Polizei von L. A. abgehauen. Sie haben gesagt, es gehe dabei um die *nationale Sicherheit*.«

»Ich hoffe, Sie haben sie nicht angelogen«, sagte Kevin. »Die Polizei anzulügen ist ...«

»Ich lüge niemand an, Mann. Ich hab denen genau gesagt, wo Sie sind.«

»*So* ehrlich hätten Sie auch wieder nicht sein müssen, aber ...«

»Tut mir leid, Mann, aber Sie sollten jetzt verschwinden.«

Der Ansicht war Kevin auch. Er war lange genug weggelaufen. Durch seine Flucht konnte er nichts mehr erreichen, weder für sich selbst, noch für sein Land. Aber bei einem war er sich sicher: Wenn die örtliche Polizei mit Bobby O'Hara vom LAPD gemeinsame Sache machte, sollte er nicht zu ihr gehen. Er musste zum FBI.

Er verabschiedete sich von Stanley und legte auf. Gerade suchte er in seiner Tasche nach den Schlüsseln, um abschließen zu können, als das Telefon erneut klingelte – zweimal. Noch ehe er abheben konnte, verstummte es. Was sollte das denn? Dann klingelte es wieder, laut und durchdringend. Er schnappte sich den Hörer: »Hey, Stanley, wenn ...«

Nichts. Nur Atmen.

»Hallo?«

Nichts. Nichts. Nichts. *Klick*.

Höchste Zeit zu verschwinden. Die Treppe hoch oder durch die Haustür? Durch die Tür ging es schneller. Er betrat den Treidelpfad. Er blickte nach rechts, Richtung Einunddreißigste. Keine Spur von dem Mann im schmutzigen Regenmantel, und auch sonst war niemand zu sehen. Er wandte sich nach links, zur Jefferson Street, nur dreißig Meter entfernt. Aber auf halbem Weg blieb er stehen. Hatte er überhaupt abgeschlossen? Die Anrufe hatten ihn abgelenkt ...

Da schoss ein schwarzer Ford auf die kleine Brücke, auf der die Jefferson Street den Kanal überquerte. *Polizei.* Kevin erkannte sie immer besser, selbst in Zivilfahrzeugen. Der Wagen fuhr quer auf den Gehweg und hielt im Halteverbot. Das machten nur Polizisten. Einer hielt ein Mikrofon in der Hand und sprach hinein, dann sprangen beide aus dem Auto – die zwei aus dem Willard Hotel.

Und sie hatten ihn bereits gesehen, sie kamen ihm mit raschen Schritten auf dem Treidelpfad entgegen, der eine zog seine Marke, der andere seine Pistole.

»Hey! Hey, Sie!« Der Hagere war ein paar Schritte voraus. »Sind Sie Cusack?«

Noch ehe er antworten konnte, hörte Kevin knapp hinter sich ein *Plopp.*

Der Kopf des Polizisten wurde zurückgerissen, er taumelte, dann stürzte er in den Kanal. Der zweite blickte entsetzt zu seinem Partner, dann hob er die Pistole. Doch nach einem zweiten *Plopp* schoss Blut aus seinem Hals hervor. Der dritte Schuss traf ihn direkt über der Nase, und er brach auf der Stelle zusammen.

Kevin fuhr herum und sah, wie der Kerl in Regenmantel und Fedora rasch näherkam und die schallgedämpfte Pistole auf ihn richtete.

Aber Kevin schwang seine neue Ledertasche nach dem Mann und traf ihn in den Bauch. Die Pistole schlitterte über das Pflaster, doch der andere zückte ein Messer und ließ es aufwärts schnellen. Kevin sprang zur Seite, schwang erneut die Ledertasche durch die Luft, dann stolperte er rückwärts durch die unverschlossene Haustür, knallte sie zu, verriegelte sie und hakte die Kette ein.

Die Telefonnummer hatte der Dicke vermutlich von Vivian. Hatte sie sie ihm freiwillig gegeben oder unter Zwang? Darüber konnte Kevin sich nun keine Gedanken machen. Doch irgendjemand an einem sicheren Ort musste diese Nummer gewählt haben, während dieses Arschloch sich hinter den Büschen versteckt gehalten und auf das Klingeln gelauscht hatte.

Kevin wich zur Kochnische zurück und löschte die kleine Lampe über der Spüle.

Der Mann vor der Tür klopfte mit dem Schalldämpfer gegen die Scheibe wie ein höflicher Gast.

Dann, mit einem krachenden Klirren, zerschlug er das Glas und schob die Pistole durch das Loch in die kleine Wohnung hinein. *Plopp, Plopp, Plopp.* Drei Projektile schwirrten durch den Raum, aber keins traf. Dann griff eine Hand durch die zerbrochene Scheibe und entriegelte die Tür.

Kevin zögerte keine Sekunde länger. Er sprang auf die Treppe, die links von der Tür nach oben führte. Dabei schnappte er sich vom Tisch eine der Stricknadeln und stach auf den Unterarm ein, der sich durch das Loch in der Scheibe streckte. Er hörte einen Schmerzensschrei. *Gut so.* Er rannte die Treppe hoch und riss die Hintertür auf, die hinaus auf einen wackligen Absatz führte, von dem aus man eine Seitenstraße überblicken konnte.

Aus der Ferne hörte er Sirenen. Die beiden Polizisten mussten Verstärkung gerufen haben. Ihren Funkspruch hätte er vermutlich auch verfassen können: »In der Jefferson Street eingetroffen. Verhaften Kevin Cusack, den sogenannten Hollywood-Nazi.« Aber jetzt waren die Polizisten, die ihn verhaften wollten, tot, und schon wieder war er auf der Flucht. Diesmal durch das Labyrinth der Seitenstraßen an der M-Straße. Ziel: das Willard Hotel.

UM HALB ELF ERWACHTE VIVIAN … Sie war allein. Sie stand auf. Alles drehte sich. Sie setzte sich wieder und wartete, bis sie klar im Kopf war. Noch immer trug sie das blaue gepunktete Kleid. Sie hatte die ganze Nacht darin geschlafen. Zehn Stunden lang. Aber erholt fühlte sie sich nicht.

Während der Nebel im Kopf sich verzog, verspürte sie nichts als … Angst. Das Letzte, woran sie sich erinnerte, war, dass sie versucht hatte, das Haus zu verlassen. Sie hatte in der Eingangshalle gestanden und wurde von allen Seiten bedrängt.

Wieder stand sie auf, auf wackeligen Beinen, schwankte ins Badezimmer. Sie warf sich einen Schwall kaltes Wasser ins Gesicht. Dann stürzte sie ein ganzes Glas Wasser hinunter, es wirkte wie ein Zaubertrank, machte sie wieder wach und konzentriert. Sie schaute in den Spiegel, sah das verschmierte Make-up und wischte es sich aus dem Gesicht.

Sie betrachtete ihr Spiegelbild und versuchte zu verstehen, was passiert war, angefangen bei dem Herrenausstatter und den Manschettenknöpfen, die auf irgendeine Weise zum Mord an Sally Drake geführt hatten. Und was war mit den Diebolds? Diese beiden seltsamen kleinen Männer im Nirgendwo, die ihnen einfach so ein Auto geschenkt hatten? Und dann schloss sich ein Kreis von Mr. Fountains Laden über diesen Ford Deluxe bis hin zum Café im Naturkundemuseum, wo sie die Stauers kennengelernt und dieser Satz gefallen war, den sie schon zweimal zuvor gehört hatte. Zuerst hatte der Lockheed-Mitarbeiter bei Mr. Fountain ihn gesagt und dann Harold in diesem Ford.

Ihr »Ehemann« war kein Vertreter für Saatgut. Und auch kein Anzugverkäufer. Womit auch immer er handelte, sie würde nie mehr den Kopf für ihn hinhalten oder seine »Ehefrau« spielen. Nie mehr würde sie die Rolle spielen, die er für sie vorgesehen hatte. Aber sie war derselben Ansicht wie dieser Flugzeugmanager: Jeder hatte seinen Beitrag zu leisten.

Sie hielt das Ohr an die Tür: entfernte Stimmen. Sie drehte den Türknauf: abgeschlossen. Kein Schlüssel. Und auf dem Nachttisch: kein Telefon, nur die leere Buchse bei der Fußleiste.

Das Luxusschlafzimmer war jetzt ihre Gefängniszelle. Doch nicht mehr lange. Sie würde ausbrechen. Sie suchte ihre Schuhe. Aber nicht die Pumps. Zum Teufel damit. Her mit den flachen Tretern. Sie ging zum Fenster. Wenn sie es bis in den Wald auf der anderen Seite der Straße schaffte, konnte sie weiter unten den Parkway erreichen. Dann konnte sie ein Auto anhalten und fliehen.

Sie entriegelte das Fenster und schob es vorsichtig hoch. Es war ein sonniger Tag und mild für Dezember. Das war gut, denn ihr Mantel hing noch unten in der Garderobe. Sie schaute in beiden Richtungen die Ringstraße entlang. Weit und breit war an diesem Vormittag niemand zu sehen, deshalb würde schreien wohl nichts nützen, falls jemand im Haus sie bemerkte. Sie blickte nach unten. Das kleine Vordach der Eingangstür war in Reichweite, nur einen knappen Meter entfernt. Um seinen Rand verlief ein Ziergeländer. Daran konnte sie sich festhalten und sich dann auf die darunter wachsende breite und offenbar weiche Eibenhecke fallen lassen. Mit etwas Glück würde sie sich nicht verletzen.

Sie warf einen letzten Blick ins Zimmer, hörte Schritte im Flur und gab sich einen Ruck. Sie holte tief Luft, schwang ein Bein durchs Fenster und griff nach dem Vordach, machte die Arme lang, schob sich vorwärts, Arme lang ... daneben gegriffen.

Sie fiel, drehte sich in der Luft und landete auf dem Rücken, mitten auf den hohen Eiben, die sie abfederten. Die weichen Zweige der immergrünen Hecke bremsten ihren Fall, zerkratzten und stachen sie, doch zugleich fingen sie sie auf. Sie war unversehrt geblieben. Sie rollte sich zur Seite, ihr Kleid zerriss an einem Ast, dann plumpste sie auf den Rasen.

Sie erhob sich und lief los. Im Nu war sie über die Straße, vorbei am Ford Deluxe, stolperte hinunter in das Dickicht, und rannte, rannte, rannte.

Auf halbem Weg zum Rock Creek hörte sie ihn rufen: »Vivian! Vivian!«

Sie lief noch schneller, stürzte durch das Unterholz, stolperte Hals über Kopf in Richtung Parkway, wo die Autos vorbeirasten.

Und er stürmte hinter ihr her.

Sie stolperte und fiel. Die Kratzer und Beulen spürte sie nicht. Sie kam wieder auf die Beine und begann zu winken und zu rufen.

Doch sie spürte, wie er sich auf sie stürzte, wie ein Raubvogel oder ein Geist.

Fünf Meter bevor sie den Grasstreifen an der Straße erreicht hatte, holte er sie ein und drückte sie gegen einen Baum. »Vivian, was tust du?«

Sie stieß ihn weg. »Du bist nicht der, für den du dich ausgibst. Ihr alle nicht.«

»Bitte, Vivian.« Martin warf einen Blick auf den Parkway und die vorbeifahrenden Autos. Keines hielt an oder wurde langsamer. Gut. Dann sah er sich um und bemerkte Helen Stauer, die von weiter oben auf sie herabschaute. Schlecht. »Bitte, Vivian.«

»Nichts *bitte*!« Vivian wand sich. Sie wusste, dass er stark war. Sie hatte seine Kraft schon gespürt. Sie hatte ihr Geborgenheit geschenkt. Im Bett hatte es ihr gefallen, wie stark er war.

Jetzt aber drückte er sie an einen Baum und sagte: »Hör auf.«

»*Wer* bist du?«, wollte sie wissen.

»Nicht der, als der ich mich ausgegeben habe.« Er hielt sie mit einer Hand fest, griff mit der anderen in die Tasche und zog die FBI-Marke heraus. »Der hier. Der bin ich.«

»FBI? Du?«, sagte sie.

Er deutete mit dem Kopf auf die geisterhafte Gestalt, die den Hang herunterkam. »Sie darf das nicht sehen. Ich arbeite verdeckt, jage Attentäter.«

Sie hörte auf zu kämpfen. »Attentäter?«

Rasch schob er die Marke wieder in die Brusttasche. »Ich habe sie quer durchs Land verfolgt. Du warst meine Tarnung.«

Vivian blickte den Hang hinauf. »Die da? Die hast du verfolgt?«

»Die beiden. In Illinois hätte ich sie fast gehabt. Bei den Diebolds sind sie aufgetaucht, kurz bevor wir ankamen. Ich hatte gerade angefangen, Max unter Druck zu setzen, als Eric ...«

»Sind die Diebolds wirklich tot?«

»Max war kurz davor, uns auffliegen zu lassen. Ich musste ihn umbringen, und du musst mir vertrauen, Vivian. Es geht um die nationale Sicherheit.«

»Aber die Manschettenknöpfe? Was ist mit Mr. Fountains Laden?«

»Was glaubst du denn, wo das alles anfing? Genau da haben wir uns in eine Nazi-Zelle eingeschleust. Will Stauer hat bestimmt auch Manschettenknöpfe von Mr. Fountain. Sie sind ein Erkennungszeichen.« Martin dachte flink und log, so gut er konnte. Saubere Lügen mit perfektem Satzbau.

Helen Stauer war inzwischen fast bei ihnen. Eine Hand hatte sie in der Tasche. »Denken Sie daran, was ich gesagt habe, Herr Bruning. Sagen Sie ihr, sie soll keine Schwierigkeiten machen und mitkommen, oder sie stirbt hier in diesem Wald.«

Vivian sah Martin an. Konnte sie all das glauben? Sie würde mitkommen, was blieb ihr sonst übrig? Aber konnte sie ihm glauben?

Er schenkte ihr die Art Lächeln, dem sie zu vertrauen gelernt hatte. Und mit lauter Stimme, ganz als würde er Helen Stauer etwas vorspielen, sagte er: »Komm schon, Vivian. Wir brauchen deine Hilfe.«

KEVIN CUSACK BEKAM AUF der M-Straße kein Taxi. Deshalb ging er weiter – rasch, aber nicht zu rasch, den Kopf gesenkt, aber nicht zu tief –, bis er zu der Kreuzung kam, an der die Straße auf die Pennsylvania traf. Auf der Überführung über den Rock Creek würde er sich nirgendwo verstecken können. Und bevor er nicht den Schutz des FBI genoss, war es, als hätte er auf dem Rücken ein Fadenkreuz, besonders seit er vor dem Polizistenmörder floh, der jetzt *ihn* töten wollte. Aber welche Streife würde ihm das schon glauben?

Also blieb er auf der M-Straße, bis er die Abzweigung zum Fußweg entlang des Rock Creek erreichte, er eilte hinunter und kam neben dem vierspurigen Parkway heraus. Dort wartete er einen günstigen Moment ab, sprintete über die Schnellstraße und sprang auf der anderen Seite zwischen die Büsche.

Wenn irgendein braver Bürger in seinem Auto die Nachrichten gehört und ihn jetzt gesehen hatte, würde er bestimmt bei der nächsten Telefonzelle anhalten. Aber dieses Risiko musste er eingehen, wenn er sich selbst oder diese Vivian retten wollte oder den Präsidenten der Vereinigten Staaten.

Das nächste Hindernis war der schmale Fluss. Mit nassen Füßen herumzulaufen, war nicht nach Kevins Geschmack. Er suchte sich lieber eine Stelle, an der große Steine eine Art Brücke bildeten, und sprang von Stein zu Stein, dann zwischen Bäumen und Sträuchern die Böschung hoch bis zur Dreiundzwanzigsten Straße.

Um das Willard aufzusuchen, war es zu spät. Vielleicht sogar gefährlich. Deshalb wandte er sich in Richtung Dupont Circle.

VON DER SCHIESSEREI IN Georgetown erfuhr Mike Reilly gegen halb zwölf. Er befahl einem Agenten, den Washingtoner Polizeifunk abzuhören.

Schon bald bekam er die Funksprüche:

»Zwei Ermittler tot. Verdächtiger identifiziert als Kevin Cusack aus Hollywood, Kalifornien, bekannt als der ›Hollywood-Nazi‹. Kollegen Mills und Conway waren unterwegs, um Verhaftung vorzunehmen, als sie niedergeschossen wurden. Bleiben Sie wachsam …«

Weitere Funksprüche knisterten durch den Äther:

»Männliche Person, auf die die Beschreibung Kevin Cusacks passt, am Ende der Key Bridge gesichtet, geht in Richtung Arlington. Einheiten sind unterwegs«

»Achtung an alle Einheiten. Mögliche Sichtung nahe dem Mayflower Hotel auf der Pennsylvania …«

»Mordverdächtiger in Touristenwarteschlange am Washington Monument gesichtet ...«

»Möglicher Verdächtiger ... vermutlich gesehen ... mutmaßlich Kevin Cusack ...«

Dann erregte eine andere Nachricht Reillys Aufmerksamkeit:

»Fahrer auf dem Rock Creek Parkway berichten von tätlicher Auseinandersetzung im Wald nahe Waterside Drive. Mutmaßliche Entführung. Männliche Person zirka ein Meter achtzig groß, weibliche Person trägt blaues gepunktetes Kleid.«

Wer in Washington gerade entführt wurde, interessierte Mike Reilly nicht. Aber da kam ganz schön was zusammen, und das wenige Stunden vor der großen Show? Er rief Dan Jones beim FBI an.

»Was wissen Sie über diesen Kevin Cusack und die Schießerei mit der Polizei?«

»Ich weiß, dass er ein toter Mann ist, wenn die Metropolitan Police ihn kriegt, bevor wir ihn haben. Die sind nicht gerade freundlich zu Polizistenmördern«, sagte Jones. »FBI-Agenten übrigens auch nicht.«

»Wissen wir sicher, dass er es war?«, fragte Reilly.

»Natürlich nicht«, sagte Jones. »Aber eigentlich sollte er sich heute früh im Willard stellen, ist aber nicht aufgetaucht.«

»Hören Sie den Funkverkehr der Metropolitan Police ab?«

»Wie sind das verdammte FBI. Wir hören keinen Polizeifunk ab.«

»Gut – haben Sie einen Stadtplan zur Hand?«

Jones hob die Augen. »Hängt hier an der Wand.«

»Da kam gerade was durch über eine versuchte Entführung am Rock Creek, Nähe Waterside. Da hat jemand eine Frau im gepunkteten Kleid festgehalten. Was wissen Sie über das Viertel oberhalb des Parkway? Wohnt da jemand, der für Ihre Spionageabteilung interessant ist?«

»Das ist das Kalorama-Viertel. Anwälte, Diplomaten, Geschäftsleute ...« Jones dachte nach. »Der Einzige, den wir uns da je genauer angeschaut haben, war ein Schweizer, ein Rohstoffmakler. Hat eine Menge Geschäfte mit Franco gemacht.«

»Der hat also gern mal Geld von Faschisten genommen?«

»Für solche Leute spielt es keine Rolle, wo das Geld herkommt«, erwiderte Jones. »Als er starb, hat seine Witwe eine große Summe ans America First Committee gespendet, aber ...« Jones' Blick fiel auf ein Blatt Papier, das auf seinem Schreibtisch lag, der Bericht der beiden Agenten, die er am Tag zuvor nach Annapolis geschickt hatte. »Sagten Sie gerade *gepunktetes Kleid*?«

»So hieß es im Polizeifunk. Warum?«

»Setzen Sie jemanden neben Ihr Telefon.«

»Rufen Sie jetzt bei der Metropolitan Police an?«, fragte Reilly.

»Nein. Entführungen sind Bundesangelegenheit.« Jones legte auf und wählte Stellas Nummer.

GEGEN EIN UHR WÄRMTE die Sonne den Dupont Circle. Arbeiter aus den Büros der Umgebung genossen ihr Mittagessen bei Temperaturen um die zehn Grad.

Kevin Cusack, verdeckt von seiner Zeitung, saß auf der Bank, die die Fontäne umschloss, und fragte sich, warum, zum Teufel, er hier eigentlich hockte und Todesängste ausstand. Er könnte in Boston bei seiner Familie sein oder zurück in L. A. und einen doppelten Martini bei Musso and Frank schlürfen, während er die neuesten Drehbuchvorlagen las, zum nächsten *Gentleman Jim* vielleicht oder das nächste *Everybody Comes to Rick's*, alles war besserer Lesestoff als die neuesten schlechten Nachrichten ... Kämpfe auf den Philippinen, düstere Aussichten ... Frachter vor Long Island durch Torpedo versenkt, keine Überlebenden ... Churchill verlangt »Opfer« von den USA ...

Und »Opfer« war das Stichwort ...

... denn für alle, denen er während der letzten zwei Wochen hier in der Hauptstadt der Freiheit und überall in dem weiten Land begegnet war, als wäre es das erste Mal, für sie alle mit ihren Stärken und Schwächen, ihren Wunsch- und Albträumen, galt dasselbe. Um die Mächte des Faschismus und des Bösen zu besiegen, mussten alle ihre eigenen Stärken nutzen, die Erfüllung ihrer Träume verschieben, ihre Schwächen überwinden und ihre Albträume verdrängen. Und sie mussten heute damit beginnen.

Er hatte bereits Mary Benning angerufen und sie gewarnt. Doch das FBI wollte er nicht anrufen, ehe er mit Stella gesprochen hatte. Er kannte sie zwar erst einen Tag, hatte aber den Eindruck, dass sie, wenn sie etwas sagte, auch wusste, wovon sie sprach. Das gefiel ihm. Sie gefiel ihm.

Und wie aus dem Nichts stand sie plötzlich da, setzte sich neben ihn, legte den Finger an die Lippen und sagte: »Jetzt müssen wir über Ihre Sicherheit verhandeln.«

»Was gibt es da zu verhandeln?«

»Es geht um Ihr Leben. Gewisse Vertreter der Strafverfolgungsbehörden würden Sie am liebsten auf der Stelle erschießen, egal was Leon Lewis heute früh Jones am Telefon erzählt hat.«

»Ich wusste, dass Lewis für mich bürgen würde.«

»Wäre er hier, dann würde er Sie vor die Wahl stellen, die ich Ihnen jetzt ermögliche. Hier sitzen bleiben und auf die Jungs von der Metropolitan Police warten, die Sie in ihre Zentrale schleifen und grün und blau schlagen werden, ehe sie zu dem Schluss kommen, dass Sie unschuldig sind ... oder ehe sie Sie für schuldig befinden und auf der Flucht erschießen.«

»Oder?«

»Oder Sie stehen jetzt auf und heben die Hände, sodass die FBI-Agenten auf der anderen Seite des Brunnens rüberkommen können, um Sie zu filzen.«

Kevin sprang auf und zeigte seine Hände.

»Kluger Junge«, sagte Stella.

»Schön, Sie zu sehen«, sagte Kevin, als die Agenten ihre Marken vorzeigten.

ZWEI UHR AM KALORAMA CIRCLE: vier Wagen, acht FBI-Agenten. Zwei Wagen sperrten die Zufahrten ab, eine am oberen Ende der Ringstraße, der andere an der Belmont Street. Ein dritter fuhr langsam die Gasse hinunter, die den Ring in der Mitte teilte, und hielt hinter dem Haus von Mrs. Colbert.

Sie hatten Kevin dabei, um Kellogg zu identifizieren. Stanley Smith, der Einzige in Washington, der außer ihm noch wusste, wie Kellogg aussah, saß in dem Wagen, der in der Gasse parkte.

Jones war überzeugt, dass Cusack die Wahrheit sagte: Er war Agent Nummer neunundzwanzig des LAJCC, dem man den Mord im Super Chief angehängt hatte. Frank Carter hatte ihn zum Schein fliehen lassen, und an der Schießerei am Kanal in Georgetown war er unschuldig. Davon hatte Jones alle beteiligten Einheiten informiert. Aber solange er die eigentlichen Verdächtigen nicht in Gewahrsam genommen hatte, hielt er seine schützende Hand über Kevin.

Deshalb blieb Kevin gern noch in der zweiten Reihe und saß auch im Auto hinten.

»Seien Sie vorsichtig«, sagte Stella zu Jones. »Dieses Nazi-Schwein ist ein Killer.«

»Manchmal geht man einfach an die Tür und klingelt«, sagte Jones. »Dann sind die Killer verwirrt.«

»Vor allem, wenn man noch jemanden in Reserve hat.« Womit Stella den Agenten meinte, der an der Belmont Street mit seiner Maschinenpistole ausgestiegen war – ein höchst ungewöhnlicher Anblick in einer der reichsten und ruhigsten Gegenden Washingtons.

»Diese Mrs. Colbert ist vermutlich harmlos«, sagte Jones zu dem anderen Agenten. »Trotzdem Vorsicht!« Und zum Rücksitz gewandt meinte er: »Wenn Sie Schüsse hören – runter!«

Stella griff in ihre Rocktasche und nahm die Beretta heraus.

Kevin ließ sich tiefer in die Polster sinken.

Sie beobachteten Jones, wie er mit dem Agenten hinauf zur Haustür ging. Jones trat zur Seite, die 357er in der Hand, und der andere läutete.

Nichts.

Jones nickte, und der Agent läutete noch einmal.

»Kommt Ihnen an dem Haus nicht irgendwas merkwürdig vor?«, flüsterte Kevin.

»Was denn?«, fragte Stella.

»Das Fenster im zweiten Stock. Steht weit offen, als wäre jemand in diesen Busch gesprungen.«

»Genau. Und wäre mit dem Kleid daran hängen geblieben. Sehen Sie das Stück gepunkteten Stoff im Gebüsch?«

Der Agent neben der Haustür spähte durch das Seitenfenster. »Hey Boss, ich glaube, wir haben hier einen hinreichenden Tatverdacht.«

»Dann schlagen Sie das Fenster ein«, sagte Jones.

Klirr! Der Agent griff durch die geborstene Scheibe und öffnete die Tür. Die FBI-Agenten betraten das Gebäude.

Stella konnte sich nicht bremsen. Sie sprang aus dem Wagen und winkte Kevin, er solle ihr folgen. Als sie die Treppe hinaufgingen, ermahnte sie ihn, nichts anzufassen. »Sieht nach einem Tatort aus.«

Kevin schickte ein Stoßgebet zum Himmel, dass sie nicht die junge Frau im gepunkteten Kleid finden würden.

Als Erstes fanden sie den Butler. Er lag auf dem Teppich mitten im Foyer, gleich neben dem Weihnachtsbaum, in einer Blutlache.

»Hoffentlich haben die hier was gegen Flecken«, sagte Stella.

Kevin lachte nicht. Er hatte heute schon genug Tote gesehen. Doch bei ihr waren im Lauf der Jahre vermutlich so viele zusammengekommen, dass Witze ein gutes Gegenmittel waren.

Jones drehte sich zu ihnen um. »Sie beide bleiben, wo Sie sind.«

Stella und Kevin verharrten in der Eingangshalle und sahen, wie Jones mit gezogener Waffe ins Esszimmer ging.

Sonnenlicht fiel durch die Verandatür und auf eine kräftige Frau, die am Esstisch saß, vor sich das halb verzehrte Frühstück, ein einzelnes rotes Loch in der Mitte ihrer Stirn, Blut und Hirnmasse an den Vorhängen hinter ihr. Die verstorbene Mrs. Colbert.

Dann schwang die Küchentür auf. »Hier liegt noch jemand«, sagte der Agent. »Weibliche Person. Wahrscheinlich die Köchin.«

Jones gab Stella und Kevin ein Zeichen, ihm nach draußen zu folgen, wo er per Funk die Spurensicherung anforderte. Kevin sog die frische Luft ein. Stella pflückte das Stück Stoff aus dem Busch.

Da kam ein Nachbar mit seinen beiden Terriern aus dem Haus. Er war alt, trug einen makellosen dreiteiligen Tweedanzug, und obwohl er sprach, als wäre er es gewohnt, dass man ihm zuhörte, war er schlicht neugierig. »Was geht hier vor sich?«, fragte er mit einem Akzent, der an Roosevelt erinnerte. »Einen solchen Aufruhr hatten wir in diesem Viertel ja noch nie. Erst letzte Nacht kam hier aus dem Haus ein Betrunkener und …«

»Ist Ihnen heute früh etwas Außergewöhnliches aufgefallen?«, fragte Jones.

Die Polizei sei zweimal vorbeigekommen, sagte der alte Mann. Dann, kurz nachdem sie wieder fortgewesen sei, habe ein Auto die Garage der Colberts verlassen und sei durch die Gasse davongerast.

»Welches Fabrikat?«, frage Jones.

»Ein Buick, glaube ich. Aber dann habe ich gehört, wie Mrs. Colberts Haustür zuschlug. Ein Mann und eine Frau haben die Straße überquert und sind in ein Auto eingestiegen, das genau dort geparkt hat, wo Sie gerade stehen. Ein schwarzer Ford mit Nummernschild aus Ohio. Die hatten es eilig, als wären sie auf der Flucht.«

Jones nickte Stella zu, und sie zeigte ihm den Stoff. »Erkennen Sie den wieder?«

»Wenn ich so drüber nachdenke … Ja, ihr Mantel war offen und darunter trug sie … genau … einen blauen gepunkteten Stoff.«

»Sie ist also bei ihm«, sagte Jones zu Kevin. »Sie wissen doch, wie sie aussieht, oder?«

»Wir haben im Zug dreimal zusammen gegessen«, erwiderte Kevin.

Der Nachbar redete weiter. »Der Mann war recht gepflegt gekleidet. Schöner blauer Anzug, das Haar zurückgekämmt, große Brille. Sah ein bisschen aus wie ... Leslie Howard.«

Kevin und Stella drehten sich gleichzeitig zu Dan Jones um: »Das ist er.«

MARTIN BROWNING FUHR AUF dem Rock Creek Parkway nach Norden. Wie leicht wäre es jetzt, einfach weiterzufahren, bis nach Pennsylvania oder sogar nach Vermont oder bis in die Wildnis von Maine. Aber wie viele Lügen konnte er sich für Vivian noch einfallen lassen? Und wie lange konnte er tatsächlich entkommen? Es würde das Beste sein, das zu tun, weswegen er hier war, und dann zu fliehen. Das schuldete er all jenen, die er schon getötet hatte, und denen, die sterben würden, falls er versagte.

Zwar hatte er den ganzen Morgen gelogen, doch was er jetzt sagte, war die Wahrheit: »Mrs. Colbert wollte dich umbringen. Sie hatte Angst, du würdest sie entlarven. Sie alle waren darin verwickelt.«

»Aber wie konntest du sie einfach so erschießen – Mrs. Colbert, den Butler, die Köchin –, so kaltblütig?« Es waren Vivians erste Worte, seit sie das Haus verlassen hatten.

»Ich habe dich gerettet, obwohl das FBI sie alle lebendig haben wollte«, sagte er. »Übrigens – die dicken Fische sind die Stauers. Die wollen wir in flagranti erwischen.«

»Bei ihrem Attentat?«, sagte sie. »Ihr benutzt den Präsidenten als Köder?«

»Wir wollen alle Komplizen aus dem Versteck locken.« Er fand seine Lügengeschichte leicht nachvollziehbar. »Eine ganze Armee von Agenten ist daran beteiligt. Ich habe von den Colberts aus im Büro angerufen. Der Präsident ist zu jeder Zeit in Sicherheit.«

Sie sah ihn mit ausdrucksloser Miene an, als könnte sie gar nicht alles aufnehmen, als funktionierte ihr Verstand nicht mehr richtig ... oder als würde er es nicht akzeptieren.

Martin wusste, dass sie versuchte, den Schock zu verarbeiten. Deshalb tat er sein Bestes, um sie zu trösten. Er wollte, dass sie in den kommenden Stunden hellwach und bereit war. Sie wusste es noch nicht, aber sie sollte den Wagen fahren.

Ein bisschen Ruhe und Frieden war vielleicht hilfreich. Er fuhr mit ihr in den Rock Creek Park, das achthundert Hektar große Naturschutzgebiet ganz im Norden des District of Columbia, acht Kilometer vom Weißen Haus entfernt. Er nahm die Ridge Road, eine Landstraße, die sich durch den Wald schlängelte, bis er zu einem versteckten, verlassenen Parkplatz kam. Als er den Motor abstellte, umfing sie Stille.

Er nahm zwei Zigaretten aus einer Packung Camel auf dem Armaturenbrett und zündete beide an. Dann hielt er ihr eine hin. »Wenn Mrs. Kellogg jetzt gern möchte, sollte sie eine rauchen.«

Sie betrachtete die Zigarette, dann ihn. Sie konnte wirklich eine gebrauchen. Sie nahm die Zigarette entgegen und inhalierte tief.

»Na also«, sagte er. »Fühlst du dich jetzt besser?«

Vivian wusste nicht, was sie fühlte, aber dank der Zigarette hörten ihre Hände auf zu zittern. Sie nahm noch einen Zug und schaute hinaus in den grauen Winterwald, der sich in alle Richtungen erstreckte.

»Fast wäre ich deinetwegen aufgeflogen, Vivian«, flüsterte er. »Ich habe riskiert aufzufliegen, weil ...«

Sie drehte sich zu ihm um. »Jetzt bin ich aber gespannt.«

»Weil ich dich liebe.« Und in diesem Augenblick glaubte er es selbst.

Sie war zu verwirrt, um zu wissen, was sie denken sollte. Sie nahm einen weiteren Zug. Etwas anderes fiel ihr nicht ein. Sie atmete den Rauch aus ...

... und er küsste sie. Er spürte, wie sich um sie herum die Erde drehte. Er spürte die weltgeschichtliche Bedeutung der Tat, die er bald ausführen würde. Und er spürte, dass sie beide dort, in der Einsamkeit des Waldes, den Fixpunkt bildeten, um den alles kreiste, den einzigen Ort, an dem es still war.

Sie hingegen fühlte nichts dergleichen. Und sie erwiderte seinen Kuss kaum. Sie ließ ihn einfach geschehen. Dann nahm sie einen weiteren Zug.

Fürs Erste war es genug, dachte er. Sollte sie erst einmal ihre Gefühle sortieren.

Er stieg aus, öffnete den Kofferraum und nahm die Indiana-Kennzeichen aus dem Versteck unter dem Ersatzreifen. Er tauschte die Nummernschilder aus. Dann nahm er den K 98k, den er in den blauen Mantel gewickelt hatte, und klopfte an ihre Fensterscheibe. »Komm, ich muss üben.«

Sie kurbelte das Fenster herunter. »Üben? Mit dem Ding da? Warum?«

»Meine Aufgabe ist es, auf der Ellipse die Stauers zu überwachen und sie damit aufzuhalten, wenn nötig.« Dann fiel ihm noch etwas ein. »Und nach diesem Cusack halte ich auch Ausschau.«

»Cusack auch? Der ist auch dabei?«

»Du hast ja gehört, wie er lügt. Und seine Manschettenknöpfe hast du auch gesehen. An denen erkennen sie sich.« Er fand, das sei eine schöne Ausschmückung seiner Lüge.

»Gut. Aber ich bleibe lieber im Auto«, sagte sie.

Er öffnete die Beifahrertür und sagte kühl: »Du kommst mit.«

»Bitte. Lass mich doch einfach hier sitzen, Harold … oder Herr Bruning … oder wie auch immer du heißt.«

»Spezialagent Frank Carter. Das ist mein richtiger Name. Und jetzt komm.«

Sie hatte gelernt, seine Miene zu lesen. Sie wusste, wann sie widersprechen konnte und wann sie tun musste, was er sagte. Sie ließ die Zigarette zu Boden fallen und trat sie beim Aussteigen aus. »Und was jetzt? Willst du mich zur Hilfspolizistin ernennen?« Das Nikotin schärfte ihre Sinne.

Er zeigte sein Harold-Kellogg-Grinsen. »Heben Sie die rechte Hand und sprechen Sie mir nach.«

»Ha. Ha.« Sie betrat den Wald. Er sagte, sie solle weitergehen, bis man sie beide nicht mehr von der Straße aus sehen könne. Ihr kam nicht in den Sinn, dass dies erneut ein idealer Moment war, sie loszuwerden, und zwar für immer.

Ihn beschäftigte dieser Gedanke nur kurz. Als er eine Lichtung gefunden hatte, auf der er entfernte Ziele anvisieren konnte, ohne dass Häuser oder Wege in der Nähe waren, blieb er stehen und schaute hinauf in die Baumkronen.

Sie spürte, dass er etwas fühlte, wovon er ihr nichts erzählte. Auch sie blickte nach oben, durch die kahlen Zweige der Ahornbäume, Eichen und Platanen in den Himmel, der sein Mittagsblau verloren hatte und langsam den silbrigen Schimmer des Heiligabends annahm.

Er gestand es sich selbst nicht ein, aber er schaute in Richtung Ewigkeit.

Außerdem achtete er auf Bewegungen im Geäst. Aber an diesem Nachmittag wehte kein Lüftchen. Er musste also keine Winddrift einkalkulieren. Das Zeiss-Fernrohr war ohnehin nicht dafür ausgelegt. Was die Erhöhung anging, würde er so vorgehen, wie es deutsche Scharfschützen im Feld lernten: Das Zielfernrohr auf dreihundert Meter einstellen und den weiteren Geschossabfall nach Gefühl ausgleichen. Aber er würde keine Zeit haben, sich an seine Ziele »heranzutasten«. Er musste sie beim ersten Versuch treffen.

Hier im Wald nahm er sich deshalb Zeit, ein Gefühl für das Zielfernrohr, für Verschluss, Abzug und Rückstoß zu bekommen. In der Dämmerung war nur schwer zu erkennen, ob er alle Ziele getroffen hatte. Er wusste, dass das Weiße Haus gut ausgeleuchtet sein würde, wenn er dort in einer guten Stunde durch das Zielfernrohr blickte.

HELEN STAUER HÖRTE DEN Hall der Schüsse. »Bruning übt«, sagte sie.

Sie saßen etwa vierhundert Meter entfernt in Johnny Beevers' Buick und verbrachten womöglich ihre letzten gemeinsamen ruhigen Minuten. Eilig hatten sie das Haus der Colberts verlassen, nachdem die Polizeistreife das zweite Mal vorbeigekommen war. Zurückgelassen hatten sie ihr Gepäck, ihre Fingerabdrücke und drei tote deutsche Agenten.

»Wie dumm von Mrs. Colbert, von Bruning zu verlangen, das Mädel auszuliefern« sagte Helen. »Sie hat nicht verstanden, dass er verliebt ist.«

»Dumm von ihr, dem Butler zu befehlen, seine Waffe zu ziehen. Sie hat nicht verstanden, wie schnell er ist. Einen Moment lang dachte ich, er erschießt uns auch.«

»Verliebte machen verrückte Sachen«, sagte sie.

»Ja«, sagte er. »Denk nur an uns.« Und er küsste sie.

Plötzlich überkam es die beiden, sie küssten und berührten und streichelten sich, bis Will innehielt und ihr in die Augen blickte. »Müssen wir wirklich zuerst Roosevelt töten?«

Sie schüttelte den Kopf und öffnete seine Hose. Sie griff unter ihren Rock und schob den Schlüpfer zur Seite. Im Sitzen war sein Bauch ein Hindernis. Doch sie machten beharrlich weiter, vielleicht weil letzte Freuden die süßesten sind.

Danach brachten sie rasch die Kleider wieder in Ordnung und kamen zurück zum Thema. »Ich fürchte, Wilhelm«, sagte sie, »die beiden toten Polizisten am Kanal haben unser Schicksal besiegelt.«

»Sie hätten Cusack verhaftet. Sie hätten ihn beschützt und uns mit seiner Hilfe identifiziert. Ich wollte Cusack töten. Aber zuerst musste ich die beiden aus dem Weg räumen. Und Cusack hätte ich fast gekriegt, aber er war schnell.« Er bewegte seinen Arm. »Vor allem mit seinen Stricknadeln.«

»Roosevelt ist ganz bestimmt nicht schnell. Und Churchill wahrscheinlich betrunken.«

»Glaubst du wirklich, wir können sie beide töten?«, fragte er.

»Ich glaube es nicht nur, ich weiß es.« Sie küsste ihn wieder. »Und wir werden ewig leben.«

Dann nahm er das Holster vom Rücksitz und zog die Mauser C96 hervor. Er hatte sie von Martin Browning im Tausch gegen seine Walther P38 bekommen. Er schob den Griff in das Verbindungsstück und hielt die zusammengefügte Waffe hoch. »Eine hochpräzise Pistole mit Anschlagschaft. Gute deutsche Wertarbeit.« Martin Browning war die halbe Nacht wach geblieben und hatte in Wills schmutzigen Regenmantel ein Futteral für die Waffe eingenäht. Gut, wenn man den Sohn eines Schneiders zum Komplizen hatte. Nun gingen sie in den Wald, damit Will üben konnte. Mantel öffnen, Waffe ziehen und zielen. Ziehen und zielen. Ziehen und zielen, während Helen zu seiner Rechten stand, damit niemand sehen konnte, was er tat, als Deckung gegen neugierige Blicke. Ziehen, zielen und feuern … sechs Trainingsschüsse. Sechs Treffer an sechs Bäumen in gut sechzig Metern Entfernung.

»Sehr gut, mein Lieber. Franklin Roosevelt ist ein toter Mann. Und Churchill auch.«

NOCH EINE STUNDE BIS zum Abendsalut. Mike Reilly stand hinter dem gepanzerten Rednerpult des Präsidenten und blickte über den Südrasen. Das Washington Monument und das Jefferson Memorial erhoben sich in der Ferne wie riesenhafte dunkle Wächter. Unmittelbar vor ihm waren Armeesoldaten, die echten Wächter, im Abstand von anderthalb Metern zueinander in Position gegangen, den Blick auf die Stuhlreihen der Honoratioren gerichtet. Die Bühne füllte sich mit Musikern der US-Marine in ihren frisch gestärkten Uniformen. Trompetentöne liefen die Tonleiter auf und ab, Trommler spielten sich warm.

Die allgemeine Aufregung wuchs von Minute zu Minute. Tausende Washingtoner säumten die Straßen rings um das Regierungsviertel. In wenigen Minuten würde Mike Reilly das Zeichen zum Beginn geben, dann würden sie an den Zugängen im Südosten und Südwesten durch die Alnor-Türen strömen.

Er beobachtete die Autos auf der Constitution Avenue. Diese Straße nicht zu sperren, schien ihm die richtige Entscheidung gewesen zu sein. Die Sperrung der E-Straße war ihm ebenfalls leicht gefallen. Die Barrieren waren aufgebaut worden. Der Verkehr war zum Erliegen gekommen. Schon drängten sich Fußgänger entlang des Zauns. Sie standen sogar näher am Christbaum als die Besucher auf dem Rasen. Doch dort draußen patrouillierten Agenten, und den Zaun säumten Soldaten. Sobald sich die Lücken zwischen den Menschen auf dem Rasen geschlossen hatten, würde es außerhalb des Zauns niemandem mehr möglich sein, vom Boden aus auf das Weiße Haus zu zielen.

Reilly betrat den East Room, der mit Tannenzweigen, Weihnachtssternen, Bändern und Schleifen festlich geschmückt war. Zweihundert Hausangestellte belagerten das Büfett, tranken Punsch und knabberten Weihnachtskekse und verbreiteten Hochstimmung im ganzen Saal. In einer Ecke stapelten sich unter einem Christbaum ihre symbolischen Weihnachtspäckchen. Und ein Pianist spielte ein Weihnachtslied nach dem anderen.

Gerne hätte Reilly die Festtagsstimmung geteilt, doch das war nicht seine Aufgabe. Er steckte die Hand in die Tasche und strich mit dem Daumen über die kopflose Hummel-Figur. Er würde wachsam sein, damit keine weiteren Engel ihren Kopf verloren.

Ein Hausdiener trat auf ihn zu und sagte: »Agent Jones steht mit drei Begleitern am Besuchereingang. Er sagt, Sie sollen mit ihnen sprechen.«

»Warum?«

»Einer von ihnen ist der Hollywood-Nazi.«

In diesem Augenblick spielte der Pianist einen Tusch, und alle applaudierten, denn gerade schob ein Butler den Präsidenten in seinem Rollstuhl herein.

Der Heilige Abend im Weißen Haus hatte offiziell begonnen.

UM VIER UHR ZEHN bog der Ford Deluxe mit Kennzeichen aus Indiana vom Rock Creek Parkway auf die Virginia Avenue ab. Martin hatte Vivian das Lenkrad überlassen. Er wollte sie in die »Mission« einbinden und herausfinden, wie gut sie fuhr. Sie bahnte sich den Weg durch den stockenden Verkehr auf der diagonal verlaufenden Straße und bog schließlich links auf die Constitution ein, gerade als vor ihnen ein Parkplatz frei wurde.

»Halt hier an«, sagte er. Und rechnete. Etwa fünfzehn Meter weiter stand das steinerne Schleusenwärterhaus mit der öffentlichen Toilette. Und auf der anderen Seite der Siebzehnten stieg das Terrain zum Washington Monument hin an. Von hier, wo er jetzt saß, konnte er durch die Bäume am Rand der Ellipse bis zur Ecke des Südrasens blicken, wo ein Nadelbaum darauf wartete, dass Roosevelt den Schalter umlegte …

Vivian stellte den Motor ab. »Und was jetzt?«

»Es hat keinen Sinn, dass wir uns schon zeigen.«

»Zeigen? Aber du hast gesagt, es wären noch andere Agenten hier.«

»Überall sind Agenten und Polizisten.« Er deutete auf das Monument, wo vier Kapitolspolizisten auf ihren Pferden saßen, dann auf einen Polizeiwagen an der Südwestecke der Ellipse und auf einen weiteren ein Stück die Siebzehnte hinauf, wo Polizisten den Verkehr in Richtung Norden auf die D-Straße umleiteten. Außerdem patrouillierten überall Polizisten zu Fuß. »Aber wir sind die einzigen Strafverfolger von Washington, die wissen, wie Cusack aussieht.«

Sie hatte heute vieles gehört, von dem sie nicht wusste, ob sie es glauben konnte. Aber das schien wahr zu sein. »Schwer, sich vorzustellen, dass er auch dazugehört.«

»Was glaubst du, warum wir in dem Zug waren? Was glaubst du, warum wir ihn eingeladen haben? Wir glauben, er wird von hier hinten arbeiten, und die Stauers agieren vom Südrasen aus.«

»Arbeiten? Du meinst schießen?«

Er nickte. Er hatte seine Lügen noch verfeinert. Sie taten ihre Wirkung.

»Warum warst du dann so erpicht auf die Platzkarten? Hier hinten nützen sie uns doch nichts.«

»Ich hatte den Stauers versprochen, ich würde Karten *für sie* besorgen. Das Versprechen musste ich halten.«

»Aber das sind *echte* Eintrittskarten. Was, wenn die Stauers zu nahe herankommen?«

»Am Besuchereingang werden sie aufgehalten«, log er. »Es ist alles arrangiert.«

Sie dachte darüber nach, dann nahm sie die Zigaretten vom Armaturenbrett und zündete sich noch eine an.

UM VIER UHR DREISSIG stimmte die Kapelle »Deck the Halls« an. Kevin Cusack hörte die Musik, weil er – obwohl er es kaum glauben konnte – tatsächlich das Weiße Haus betrat.

»Ich habe das Gefühl, jetzt befinden Sie sich nicht mehr in Kansas«, flüsterte Stella.

»Nicht mal in Kansas *City*«, sagte Kevin. »Ganz zu schweigen von Hollywood.«

»Wenn Mama das sehen könnte«, sagte Stanley, »sie würde glatt ...«

Sie folgten Agent Dan Jones und zwei Uniformierten vom Secret Service den langen zentralen Erdgeschossflur entlang und passierten einen legendären Raum nach dem anderen: die Bibliothek, den Vermeil Room, den Diplomatic Reception Room ... und da hing sogar ein handgeschriebenes Schild: »President's Map Room«. Dann kamen sie zum Büro des Secret Service.

Mike Reilly stand am Konferenztisch, die Hände in die Hüften gestemmt, während aus einer winzigen Sprechanlage die Musik der Kapelle schepperte. Er betrachtete die drei Fremden, dann Jones. »Die Show hat begonnen. Das Publikum ist da. Was wissen Sie Neues?«

Stanley sah Kevin an. Kevin sah Stella an. Stella betrachtete den Teppich. Ihnen allen hatte dieser Ort die Sprache verschlagen.

»Diese Leute glauben, dass der Attentäter und seine Kollegen sich unter die Menge gemischt haben«, sagte Jones.

»Genau.« Kevin überwand seine Ehrfurcht als Erster. Er fand, dass er es nach allem, was er durchgemacht hatte, verdient hatte zu sprechen. »Es ist derselbe, hinter dem ich seit Kansas City her bin.«

»Ein Ehepaar ist bei ihm«, sagte Stella.

»Komplizen?«, sagte Reilly. »Das überrascht mich nicht.«

»Bis heute früh war ich mir nicht sicher«, sagte Kevin, »aber dann hat mir der Ehemann aufgelauert. Er war es, der die beiden Polizisten erschossen hat.«

»Wissen Sie, wie diese Leute aussehen?«, fragte Reilly.

»Kellogg kenne ich gut«, sagte Kevin. »Die anderen würde ich in einer Menschenmenge wohl wiedererkennen. Der Mann trägt einen schmutzigen Regenmantel, seine Frau einen schicken blauen Mantel, nicht marine- oder himmelblau – irgendwas dazwischen.«

»Wahrscheinlich preußischblau«, sagte Stanley Smith.

Und vier weiße Augenpaare schauten überrascht.

»Was ist?«, sagte Stanley. »Glauben Sie etwa, ein Schaffner ist ein Dummkopf? Ich bin für den besten Wagen im Super Chief verantwortlich, und alle wollen ständig wissen, wie die Farben der Ausstattung heißen. Ich könnte Ihnen ganze Vorträge halten über Türkis und Umbra. Und ich weiß ganz genau, was Preußischblau ist.«

»Gut«, sagte Kevin. »Preußischblau. Gute Wahl für eine Deutsche.«

»Und die meinen es wirklich ernst«, sagte Stella.

»Ich auch«, sagte Mike Reilly.

»Also – wo wollen Sie sie jetzt hinschicken?«, fragte Jones. »An die Zugänge, Gesichter überprüfen?«

»An den Zugängen stehen genug Sicherheitsleute, um eine SS-Division aufzuhalten«, sagte Reilly. »Wir haben nicht umsonst ein Vermögen für diese Alnor-Türen ausgegeben. Nicht mal Frauen mit Hutnadeln kommen da durch.«

»Wohin dann?«, sagte Jones. »Entscheiden Sie.«

»Gehen Sie außen entlang«, sagte Reilly. »Gehen Sie durch die Menge auf der Straße. Halten Sie nach bekannten Gesichtern Ausschau – und nach Preußischblau –, besonders auf der E-Straße, am Zaun ...«

»Was ist mit der Ellipse?«, fragte Stella.

»Die Rasenfläche ist abgesperrt. Und die angrenzenden Straßen sind entweder zu weit entfernt, oder man hat keine Sicht auf den Portikus.«

Stella deutete auf die Karte an der Wand. »Mit einem Gewehr könnte jemand von da hinten, von der Constitution aus schießen.«

»Das sind sechshundertfünfzig Meter«, sagte Reilly. »Und alle fünfzehn Meter steht ein Polizist und passt auf. Konzentrieren Sie sich auf die E-Straße.«

»Und wenn wir etwas bemerken?«

»Rufen Sie laut«, sagte Reilly. »Unsere Männer sind überall.«

»Ich auch?«, fragte Stanley Smith. »Wenn ich laut rufe, erschießt wahrscheinlich jemand *mich*.«

»Bleiben Sie beim FBI«, sagte Jones. »Und rufen Sie, wenn Sie jemanden in Preußischblau sehen.«

»Gehen Sie auch raus?«, fragte Reilly Jones.

»Wie heute früh bereits gesagt: Das FBI tut alles, was möglich ist.«

Ein anderer Agent steckte den Kopf durch die Tür und sagte: »Der Boss ist an Deck.«

Reilly befahl allen zu bleiben, wo sie waren, bis der Präsident vorbei war.

Aber Kevin konnte nicht widerstehen. Das musste er sehen. Er huschte zur Tür und spähte den Flur hinunter. In einiger Entfernung, im Halbschatten beim Aufzug, sah er, wie etwas sich regte, dann den wackelnden Kopf des Präsidenten und den Butler, der den Rollstuhl schob. Jetzt trat ein kleiner Mann mit schütterem Haar aus einem anderen Büro auf der anderen Seite des Flurs. Und Kevin erkannte, dass er Winston Churchill vor sich hatte, der ihm einen kurzen Blick zuwarf und sich dann dem näher kommenden Rollstuhl zuwandte.

»Ah, Mr. President.« Churchill paffte an seiner Zigarre. »Ich muss schon sagen, Sir, Ihre Leute haben Ihnen einen schönen Kartenraum eingerichtet.«

»Nun, Winston, wenn Sie oben einen haben, brauche ich natürlich auch einen. Ich kann schließlich nicht zulassen, dass Sie mich in meinem eigenen Haus übertrumpfen, oder?«

»Aber nur, wenn ich Ihnen heute Abend die Schau stehlen darf«, sagte Churchill.

»Ich überlasse Ihnen das Ende des Spektakels. Da bekommen Sie Ihre Chance.« Roosevelt warf den Kopf zurück und lachte laut. »Mein Arzt misst jeden Abend um diese Zeit meinen Blutdruck, Winston. Entschuldigen Sie mich bitte für ein paar Minuten.«

Während Churchill und seine Begleiter in Richtung der Aufzüge davongingen, rollte Roosevelt weiter auf die Tür zu, die dem Secret-Service-Büro gegenüberlag.

Und für einen kurzen Augenblick warf der Präsident der Vereinigten Staaten einen Blick auf die Leute, die sich um Reillys Konferenztisch versammelt hatten. Kevin Cusack spürte, wie ihm ein Schauer über den Rücken lief. Er war in Hollywood gewesen. Er war Filmstars über den Weg gelaufen. Aber er hatte nie jemanden mit einer derartigen Ausstrahlung gesehen, und all das konzentriert auf seinen Oberkörper. Es kam ihm vor, als wäre Franklin Roosevelt eine überlebensgroße Karikatur seiner selbst, das breite Kinn, das ebenso breite Grinsen, die Zigarettenspitze und eine Energie, die von ihm ausging wie Licht.

Roosevelt betrachtete die Gesichter, die zu ihm herausschauten, und sagte: »Frohe Weihnachten, Leute. Am besten, Sie gehen nach draußen, um gute Plätze für die Übertragung zu bekommen.«

Kevin Cusack fiel keine bessere Erwiderung ein, und er sagte: »Auch Ihnen frohe Weihnachten, Mr. President.«

»Gott segne uns alle«, sagte Stella.

»In der Tat«, sagte der Präsident und verschwand in der Praxis seines Arztes.

HELEN UND WILL STAUER stellten den Buick Special an der K-Straße ab und gingen zu Fuß weiter. Es war vier Uhr fünfunddreißig, sie waren spät dran. Sie hatten gehofft, gleich beim Öffnen der Zugänge auf das Gelände zu gelangen, um die besten Plätze mit der besten Schusslinie zu bekommen. Aber sie hatten im Stau gestanden. Nun hofften sie nur noch, den Besuchereingang zu passieren.

Sie mischten sich unter die Menschen, die die Sechzehnte entlangschlenderten, junge Paare, Familien, würdige Herren, stolze Matronen, mit einem Gefolge von Kindern und Enkeln – alle wurden sie von der Weihnachtsmusik auf der anderen Seite des Weißen Hauses angelockt. Und niemand unter ihnen konnte sich vorstellen, welchen Schrecken die Stauers als Geschenk mitbrachten.

Helen betrachtete die beleuchtete Nordseite des Gebäudes. »Heute Abend halten sie sich aber nicht an die Verdunklungsvorschriften«, sagte sie.

»Sie glauben, an Heiligabend greift der Feind nicht an«, sagte Will.

»Hast du die Eintrittskarten?«, fragte sie.

Er klopfte sich auf die Brusttasche. »Und die Fahrkarten auch. Für den Expresszug um sieben bis Penn Station. Hoffentlich werden wir sie auch benutzen.«

»Hoffnung ist keine Strategie.« Sie packte ihren Mann am Arm. »Heute Nacht schlafen wir in unserem eigenen Bett in Brooklyn. Das ist unser Ziel, nicht unsere Hoffnung.«

Sie näherten sich dem Besuchereingang an der Nordostecke des

Geländes an der Pennsylvania, dem streng bewachten Zugang zur Ringstraße um das Weiße Haus. Aber hier waren überraschend wenige Menschen unterwegs. Wo waren die ganzen Honoratioren? Die hohen Tiere? Die Inhaber der Platzkarten? Zwei Armeesoldaten und ein Sergeant standen bei dem Wachhäuschen und wiesen Leute ab.

»Ich kann Cusack nirgends sehen«, flüsterte Helen. »Dass er den Besuchereingang beobachten würde, hatte ich ohnehin nicht gedacht. Aber zieh trotzdem den Kopf ein. Lass mich reden.«

Sie gingen zum Tor und zeigten ihre Karten vor.

»Tut mir leid«, sagte der Soldat. »Sie müssen außenherum, zum Südostzugang.«

»Aber wir haben doch Eintrittskarten«, sagte Helen. »Und hier steht: ›Eintritt beim Besuchereingang‹. Ist das nicht …«

»Es hat eine Änderung gegeben, Ma'am. Bestimmt sehen sie gleich am Zaun die Schlange, neben dem Standbild von General Sherman. Aber Sie müssen sich nicht hinten anstellen. Zeigen Sie einfach vorn diese Eintrittskarten vor, dann kommen sie gleich rein.«

»Warum wurde das geändert?«, fragte Will.

»Uns einfachen Soldaten sagen sie so etwas nicht, Sir. Also dann … frohe Weihnachten.«

Helen lenkte ihren Mann hinüber zur Fünfzehnten.

»Die sind uns auf der Spur«, sagte Will. Wenn ich irgendwo diesen Cusack sehe – am Eingang, im Wachhaus, irgendwo –, dann gehen wir direkt zur Union Station.«

»Nein, das machen wir nicht. Du musst jetzt die Ruhe bewahren«, sagte Helen. »Wir sind hier, um die beiden größten Feinde Deutschlands zu töten. Und das tun wir auch.«

Sie sagten kein Wort mehr, bis sie den Südostzugang an der Fünfzehnten erreicht hatten. Hunderte Menschen kamen dort an, zu Fuß, im Auto, per Taxi. Zu ihrer Linken mündete vom Kapitol her die Pennsylvania ein. Am Eingang zum Treasury Place riefen Soldaten Anweisungen und dirigierten die Leute, die sich anstellen wollten.

Will warf einen Blick am hölzernen Wachhäuschen vorbei. »Da steht er.« Der große metallene Torbogen war mit Tannenzweigen und roten Bändern geschmückt, und Weihnachtsmusik hallte zwischen den Gebäuden wider: der elektrische Detektor.

Helen drückte die Hand ihres Mannes. »Keine Sorge, Schatz … Nur Mut. Heute ist der Tag.«

»Ich kann Cusack nirgends sehen.« Er wischte sich den Schweiß von der Stirn. »Gut.«

Rechts neben dem Eingang hatte sich eine eigene Schlange gebildet, und dort hing ein Schild: »Platzkarteninhaber«. Die Stauers stellten sich an. Zwei Uniformierte des Secret Service gaben Anweisungen und glichen auf einem Klemmbrett die Namen ab.

»Namentliche Überprüfung?«, flüsterte Will. »Damit hatte ich nicht gerechnet. Sagen wir ›Beevers‹?«

Sie sahen zu, wie ein Paar unbehelligt durch den Torbogen ging.

Das nächste Paar hatte die Arme voller Päckchen. *Alle Taschen bitte in dieses Zelt. Keine Ausnahmen. Nein, Ma'am, wir können nicht garantieren, dass sie noch da sind, wenn Sie zurückkommen.* Die beiden traten zur Seite.

Dann kam ein sehr gut gekleidetes junges Paar. Sie nannten ihre Namen und wurden gebeten, einzeln durch den dekorierten Torbogen zu gehen.

Zuerst die Frau: keine Probleme.

Der junge Mann: ein schrilles elektrisches Geräusch und ein blinkendes Licht.

»Großer Gott«, flüsterte Will, als würde seine ganze Beherrschung gerade sein Hosenbein hinuntertröpfeln.

Helen drückte seine Hand und schmiegte sich an die Waffe unter seinem Mantel.

Der Polizist bat den Mann, zur Seite zu treten, und fragte, was er an Metallgegenständen dabei habe.

Der Mann zeigte ihm einen Flachmann.

»Whiskey oder Weihnachten: entweder ... oder«, sagte die junge Frau. »Lass halt die blöde Flasche da, Charlie.«

Charlie tat wie geheißen und trat durch den Torbogen.

»Ihr Name, Sir?«, fragte der Polizist mit dem Klemmbrett Will Stauer.

Will begann in seinen Taschen zu kramen und klopfte seine Kleider ab. »Ich ... Ich hab die Karten vergessen. Wir laufen schnell zurück zum Wagen.« Er packte Helen, und sie hasteten die Fünfzehnte entlang.

KEVIN CUSACK VERPASSTE SIE knapp. Stella und er gingen bereits auf der Fünfzehnten nach Süden. Sie schauten sich die Gesichter der Leute an, die entlang des Zauns anstanden. Aber da oft bis zu vier nebeneinanderstanden und sich die Schlange vorbei am Standbild von General Sherman bis über die E-Straße erstreckte, konnte man kaum etwas erkennen, besonders da das Licht der Dämmerung immer schwächer wurde.

»Die Hälfte dieser Leute kommt nicht einmal mehr hinein«, sagte Kevin. »Denen wird das Tor vor der Nase zugemacht.«

Als sie um die Ecke der E-Straße bogen, wurden die Bläser der Kapelle lauter und ließen die frohe, vertraute, traditionsreiche Musik über das Gelände des Weißen Hauses erschallen. Es war die Melodie von »O Come, All Ye Faithful«.

Kevin und Stella suchten weiter ... schauten in Hunderte, vielleicht Tausende Gesichter, frohe und ernste, von Vätern und Söhnen, Müttern und Kindern, Liebenden und Freunden, die alle gekommen waren, um dieses zauberhafte Ereignis zu erleben, das der Gemeinschaft Hoffnung spenden würde. Außerdem sahen sie viele Polizeikräfte in allen möglichen Uniformen und Soldaten der US-Armee, die mit geschultertem Gewehr und versteinertem Gesicht über den Zaun blickten.

Kevin und Stella drängten sich durch die Menge und wichen den

Entgegenkommenden aus. Als sie so weit nach Westen gekommen waren, dass die dichter stehenden Bäume erneut die Sicht auf das Weiße Haus verdeckten, sagte Kevin: »Ich sehe hier keinen von denen. Sollen wir wieder am Zaun zurückgehen?«

»Nein, verdammt«, sagte Stella. »Diese Genies vom Secret Service wollen ja nicht auf mich hören, aber Sie hören mir jetzt bitte mal zu. Dieser Kerl hat ein Gewehr. Anders kann es gar nicht sein. Er hält einen sicheren Abstand. Aber er bleibt innerhalb der Reichweite. Ich wette, er ist da hinten.« Sie deutete quer über die Ellipse auf die Bäume entlang der Constitution Avenue. »Ich schlage vor, wir schauen da hinten nach.«

Kevin zögerte. Eigentlich sollten sie sich mit Stanley und Dan Jones treffen, die die Menschen am Südwestzugang entlang der Siebzehnten in Augenschein nahmen.

Dann war die Musik vorbei. Der Kapellmeister hielt inne und sah auf die Uhr. Gerade war die Sonne untergegangen. Einen Augenblick später erschallte der Abendsalut von der anderen Seite des Potomac.

»Haben Sie gehört?«, sagte Stella zu Kevin. »Wir dürfen keine Zeit mehr verlieren.«

Die Kapelle spielte »Joy to the World«.

Stella packte Kevin am Ellenbogen und zog ihn in Richtung Ellipse. Sie versuchten den Weg über die Wiese abzukürzen, aber ein Polizist der Metropolitan Police sagte ihnen, sie sollten die Straße benutzen, die Fünfzehnte oder die Siebzehnte. »Die Ellipse ist gesperrt, Leute, Befehl vom Secret Service.«

»Diese Idioten«, sagte Stella zu Kevin.

»Abmarsch, Schwester«, sagte der Polizist. »Sie wollen mir doch nicht die Weihnachtslaune verderben.«

Kevin zerrte sie die E-Straße entlang. »Bloß keinen Ärger. Die sollen Sie doch nicht durchsuchen und die Beretta finden, oder?«

Also gingen sie nach Westen, und die Polizei, die entlang des niedrigen Zauns alle fünf Meter einen Mann postiert hatte, behielt sie genau im Auge. An der Siebzehnten wandten sie sich nach Süden, in Richtung Constitution, zu ihrer Linken die weite baumgesäumte Ellipse und auf der anderen Straßenseite die wunderschönen weißen Gebäude des Roten Kreuzes, der Daughters of the American Revolution und all der anderen Organisationen, die so schlau gewesen waren, sich die besten Washingtoner Immobilien unter den Nagel zu reißen.

Kevin blickte über die Schulter, ob er das Weiße Haus noch sehen konnte, aber die Bäume standen so dicht, dass es ganz verdeckt war.

ALS ER DEN ABENDSALUT hörte, wusste Martin Browning, dass es Zeit war. Wenn das Kreuzfeuer funktionieren sollte – zwei Schüsse, sobald der Christbaum entzündet wurde, zwei weitere gleich darauf –, dann musste er jetzt auf Position gehen. Da er auf der nördlichen Seite der Constitution mit einem größeren Polizeiaufgebot rechnete, würde er die andere Straßenseite nehmen und dann vor dem Washington Monument den Zebrastreifen überqueren, dort wo die Polizei am meisten zu tun hatte, und sie so lange beschwatzen, bis er auf die Ellipse durfte.

Aber wann immer er sich diesen Augenblick vorgestellt hatte, beim Hemdenverkaufen in Mr. Fountains Laden, beim Schießtraining auf der Murphy Ranch und beim Betrachten der Wüste vom Super Chief aus, dann hatte er dabei nie eine Frau an seiner Seite gesehen, die alles verkomplizierte.

Er legte ihr die Hand aufs Knie und dankte ihr. Er hätte sich dafür entschuldigen sollen, dass er sie benutzt hatte, aber das würde er später tun ... sofern es ein Später gab.

Sie betrachtete seine Hand und lächelte etwas verkrampft.

»Wenn ich in den nächsten zehn Minuten nicht zurück bin, fahr bis zur Mitte des nächsten Blocks. Aber wenn du Schüsse hörst, fährst du sofort los.«

»Schüsse?«

»Schüsse bedeuten, dass ich deine Hilfe brauche. Dann also sofort losfahren, verstehst du?«

»Verstehe«, sagte sie tonlos.

Er streckte die Hand nach dem Türgriff aus und drehte sich noch einmal um. »Du bist eine wunderbare Schauspielerin. Aber gerade jetzt merkt man, dass du spielst.«

»Ich glaube, du belügst mich, Harry … oder Bruning … oder Frank … wie auch immer du heißt. Ich glaube, du belügst mich schon seit fünftausend Kilometern. Ich weiß einfach nicht, welche Lüge ich glauben soll.«

Konnte jetzt noch alles schiefgehen, wo er so weit gekommen war? Nach all der Vorarbeit und Planung und all den Planänderungen um ihretwillen? Er griff in die Tasche und zog die lederne Brieftasche mit dem FBI-Ausweis heraus. Sein Bild war perfekt anstelle von Carters Foto eingepasst. Helen Stauer war eine hervorragende Fälscherin.

Er gab Vivian Zeit, ihn sich anzusehen, aber nicht genug, um ihn genau zu studieren oder Zweifel aufkommen zu lassen. Dann klappte er ihn zu. »Glaubst du mir jetzt?«

Sie blickte die Constitution Avenue entlang. »Geh und tu, was du tun musst. Ich sitze hier und mache mir meine Gedanken.«

Er zog den Zündschlüssel ab, stieg aus, schloss den Kofferraum auf, nahm seinen marineblauen Kaschmirmantel heraus, in dem nun der K 98k steckte, und zog ihn über. Dann ging er auf die Fahrerseite, um ihr den Schlüssel zu geben.

Sie drehte das Fenster hinunter und hielt die Hand auf.

Doch er zögerte. Er wusste, dies war seine letzte Gelegenheit, sich vom Krieg abzuwenden. Er stellte sich kurz vor, welche gemeinsame Zukunft vor ihnen liegen könnte, wenn er ihr nur sagen würde, sie solle zur Seite rücken und ihn ans Lenkrad lassen.

»Was ist?«, fragte sie. »Mach schon.«

Er wusste, dass es kein Entkommen gab. Vor der Verantwortung gegenüber der Geschichte konnte er sich nicht drücken. Dieser Krieg musste hier und jetzt entschieden werden. Deshalb gab er ihr den Schlüssel, richtete sich auf und sagte: »Halt dich bereit.« Dann ging er auf der Constitution in Richtung Osten.

Vivian beobachtete ihn und fragte sich: Warum musste sie überhaupt fahren? Wohin würden sie fahren? Und ... warum lief er eigentlich so seltsam? Für jemanden, der sich gewöhnlich wie eine Katze bewegte, schien ihm das Gehen heute schwerzufallen, als würde ihn etwas behindern. Dann blieb er vor dem Schleusenwärterhaus stehen, zuckte, als wäre ihm etwas unbehaglich, und betrat die öffentliche Toilette. Musste er wirklich so dringend?

WILL STAUER UND HELEN gingen die E-Straße entlang, versuchten nahe an den Zaun zu gelangen, um einen geeigneten Schusswinkel zu finden. Da fiel Will etwa sechzig Meter entfernt ein Schwarzer auf. Viele Schwarze sah er in der Menge nicht, und als dieser auf ihn zeigte, wurde er auf ihn aufmerksam.

Schlimmer noch: Der Schwarze redete mit einem Weißen, der nun zu ihnen hersah.

Will ergriff Helens Arm und wandte sich ab. »Die haben uns gesehen. Hier können wir nicht bleiben.«

Sie riss sich los. »Wir sind hier, um einen Auftrag zu erfüllen.«

»Auftrag gestrichen.« Er zog sie mit sich, panisch, und das aus gutem Grund. Aber nicht nur als Mörder hatte Will Stauer Talent, sondern auch dafür, in Menschenmengen zu verschwinden. Ein Taxi, das gerade an der Kreuzung der Pennsylvania und der Fünfzehnten ein paar Feiernde absetzte, nahm er in Beschlag, schob seine Frau auf den Rücksitz und sagte dem Fahrer, er solle sie zur Union Station fahren.

Helen beschimpfte ihren Mann, nannte ihn einen Feigling, aber er schien ungerührt.

»Wir bleiben am Leben, um an einem anderen Tag zu kämpfen«, flüsterte er. »Und das Vaterland wird es uns danken.«

»Dann ist Martin Browning jetzt auf sich allein gestellt?«, fragt sie.

»Das ist doch ganz nach seinem Geschmack. Soll das Mädel ihm helfen. Dann werden wir ja sehen, ob sie ihn wirklich liebt.«

IM OVALEN BLUE ROOM warf Mike Reilly einen Blick auf die Uhr. *Gleich ist es so weit.* Father Corrigan von der Katholischen Universität überflog noch einmal sein Fürbittgebet. Mr. Mason, der Bezirksbeauftragte von D.C., der durch die Veranstaltung führen würde, atmete zur Beruhigung tief durch. Mrs. Roosevelt plauderte mit der Kronprinzessin von Norwegen, ihrer Familie und ein paar anderen Gästen.

Winston Churchill stand an der Tür und spähte nach draußen.

Pressesprecher Joseph Early sagte zu Roosevelt: »Sie spielen gerade ›Joy to the World‹. Das ist unser Stichwort.«

»Ich nehme meinen Stock«, sagte Roosevelt zu seinem Marineadjutanten, Kapitän zur See John Beardall.

Mike Reilly zog die Bremsen des Rollstuhls und die Beinschienen des Präsidenten fest, dann half er ihm beim Aufstehen. Roosevelt stand etwas wackelig da und stützte sich auf seinen Stock, hörte jedoch zu keiner Zeit auf zu lächeln.

»Nach der Radioansage der CBS gebe ich dem Kapellmeister ein Zeichen«, sagte Early. »Zu ›Ruffles and Flourishes‹ gehen dann die Türen auf.«

Roosevelt sah Churchill an. »Denken Sie daran, Winston, für den Präsidenten wird der Tusch immer viermal gespielt. Und raus gehen wir dann, wenn sie mit ›Hail to the Chief‹ anfangen – oder ›Heil dem Klassenverräter‹, wie das Stück in manchen Republikanerkreisen auch heißt.«

»Ich möchte wetten, dass die fröhliche Versammlung da draußen anderer Ansicht ist, Sir.«

Joseph Early schaute auf die Uhr. »Zwei Minuten, Mr. President.«

MARTIN BROWNING STAND IN einer Kabine der kalten, engen Herrentoilette im Schleusenwärterhaus. Er versuchte den Karabiner so zurechtzurücken, dass er normal gehen konnte, ohne die Waffe zu verlieren. Irgendwie hatte das Futter einen Riss bekommen. Das Gewehr war mit seinen dreieinhalb Kilo viel schwerer als die C96, und die Naht war aufgegangen. Gestern Abend hatte er noch daran gearbeitet. Er hatte geübt, sich mit dem Mantel zu bewegen. Er hatte geglaubt, den Bogen raus zu haben. Vielleicht genügten ein paar Handgriffe, und er konnte sich ganz natürlich bewegen. Doch während er herumhantierte, kam das Gewehr ins Rutschen, und mit einem lauten Knall prallte der Schaft auf den Steinboden.

Im selben Augenblick kam jemand in die Toilette und trat ans Urinal.

Martin regte sich nicht.

Ein Grunzen, Pinkeln, Spülen. Dann erschienen unter der Tür von Martins Kabine ein Paar glänzender schwarzer Schuhe und ein blauer Hosensaum und über der Tür eine Polizeimütze. »Haben Sie ein Problem da drinnen?«

»Bin gleich fertig, Sir, und ...« Hatte der Polizist das Gewehr gesehen? Jetzt war nicht die Zeit zum Pokern. Er beugte sich hinunter zu seinem Schuh.

»Los, los«, sagte der Polizist. »Aufmachen. Keine abartigen Sachen auf den Toiletten der National Mall. Nicht an Heiligabend.«

»Aber, Sir ...«, sagte Martin wie ein verwirrter alter Mann und öffnete die Tür.

Da stand ein rotgesichtiger Polizist. »Also, was zum ...«

Und Martin schnellte aufwärts, das Faustmesser in der Hand, und stieß es in die Kehle des Polizisten, gleich über dem Adamsapfel. Er war ein großer, schwerer Mann. Doch der Stoß versetzte ihm einen Schock. Er zuckte zusammen, dann schüttelte er sich mit aller Kraft, wie ein harpunierter Fisch. Spürte er, wie seine Zunge im Mund abgetrennt wurde? Möglicherweise. Und er spürte wohl auch, wie das Leben ihn verließ, denn er warf sich in die Kabine und rammte Martins Beine gegen die Toilette und seinen Kopf gegen die Wand. Dann entwich ihm ein Schwall Luft, und der Polizist starb auf seinem Mörder.

Plötzlich schallte eine andere Stimme durch den Raum. »Fred? Wie lange dauert das denn? Und wir wollen doch nicht verpassen, wenn der Baum angeht ... Fred?« Dann *klopf, klopf* an einer Kabinentür. »Bist du da drin, Fred?« *Klopf, klopf* an einer anderen. Dann, bei der dritten, Tür auf.

Das Erste, was der Polizist sah, war sein Partner, der über einem anderen Mann lag, als hätte er ihn bei einer unsittlichen Handlung erwischt. Das Nächste, was er sah, war auch das Letzte: eine Hand mit Pistole und Schalldämpfer. Der Schuss traf ihn mitten in die Brust. Er fiel hintenüber.

Martin Browning schob die Leiche des ersten Polizisten zur Seite und kroch darunter hervor.

Der zweite Polizist lag in seinem Blut, eine große Sauerei. Der erste war ein sauberer Mord. Martin Browning und sein blauer Mantel hatten kaum etwas abbekommen. Aber das Messer steckte noch im Hals des Mannes fest. Und es bleib keine Zeit, sich darum zu kümmern. Wenn Martin noch jemanden aus der Nähe töten musste, konnte er nur die Pistole verwenden. Er steckte sie in die Außentasche, wo sie leicht zu erreichen war.

Dann trat er hinaus, warf einen Blick auf Vivian im Auto und ging weiter. Aber irgendetwas stimmte nicht. Der schwere Polizist hatte ihn so fest gegen die Toilette gestoßen, dass er sein rechtes Knie verdreht hatte. Es fühlte sich an, als müsste es jeden Augenblick ganz versagen. Die Schmerzen waren so stark, dass er es kaum bewegen konnte. Doch er konnte keine Schmerzen zulassen. Er musste weiter.

ÜBERALL, WO DIE MENSCHEN sechzehn Tage zuvor den Verlautbarungen des Präsidenten gelauscht hatten, saßen sie nun wieder am Radio. Wenn sie rechtzeitig um fünf *Mary Marlin* eingeschaltet hatten, mit freundlicher Unterstützung von »Ivory Snow«, oder wollten sie um Viertel nach fünf *Die Goldbergs* hören, präsentiert von »Duz«-Waschpulver, waren sie sicher enttäuscht. Stattdessen hörten sie nämlich den Ansager von CBS: »Columbia begrüßt Sie zu der folgenden Sondersendung.«

Dann sagte der Korrespondent vor Ort: »Hier ist das Weiße Haus, Washington, D. C., am 24. Dezember 1941. Heute begehen die Vereinigten Staaten eines der ernstesten Weihnachtsfeste ihrer Geschichte ...«

Joseph Early gab der Kapelle ein Zeichen: »Ruffles and Flourishes«.

VIVIAN HATTE BESCHLOSSEN, IHN Harold zu nennen. Unter diesem Namen hatte sie ihn kennengelernt: Harold. Und gerade hatte sie ihn in die Toilette gehen sehen, gefolgt von zwei Polizisten. Er war als Erster wieder herausgekommen und ging nun die Constitution entlang. Die Polizisten hingegen waren immer noch drinnen ...

Hörte sie da gerade »Hail to the Chief?« Der Widerhall der Bläser überschlug sich, als die per Lautsprecher verstärkte Musik über die Weite der Ellipse schallte.

Der Präsident der Vereinigten Staaten und der Premierminister Großbritanniens, zwei der berühmtesten Männer der Welt, traten vor die Menge, aber sie konnte die beiden nicht sehen, weil sie in diesem verdammten Auto hockte! Eigentlich hätte sie jetzt da drüben auf dem Südrasen sein sollen, stattdessen saß sie hier – und alles nur wegen dieser verrückten Geschichten, die dieser Kerl ihr seit sechzehn Tagen in immer neuen Varianten auftischte.

Also wirklich! Einen Blick auf den Christbaum hatte sie sich doch wohl verdient, selbst wenn es etwas länger dauern sollte, ihn später mit dem Auto zu erreichen. Diesen Blick hatte sie sich verdient, und sie wollte ihn sich auch gönnen. Sie stieg aus, schloss den Wagen ab und ging los.

Sie sah seinen blauen Mantel einen halben Block voraus. Er ging schnell, aber ... hinkte er nun sogar? Er hatte noch nie gehinkt. Da stimmte etwas nicht. Sie beschleunigte ihre Schritte und eilte auf die Kreuzung Constitution und Siebzehnte zu. Vielleicht konnte sie ihn einholen.

KEVIN CUSACK UND STELLA Madden näherten sich derselben Kreuzung von Norden her. Die Ellipse lag zu ihrer Linken, und rechts von ihnen floss der Verkehr. Kevin ließ den Blick über die Kreuzung schweifen. Den Mann im blauen Mantel sahen sie nicht. Aber sie sahen eine Menge Polizei.

»Schauen Sie mal«, sagte Stella. »Die Frau, die gerade die Siebzehnte überquert. Die flitzt ja, als wäre der Teufel hinter ihr her. Ihr Mantel ist offen – gepunktetes Kleid?«

»Das ist sie. Aber ... wo zum Geier will sie hin?«

Im selben Augenblick stolperten ein Vater und sein kleiner Sohn aus dem Schleusenwärterhaus auf der gegenüberliegenden Seite der Kreuzung. »Hilfe! Polizei! Mörder!«, rief der Vater.

»Oje«, sagte Stella, »ein Ablenkungsmanöver.«

Von überallher kamen Polizisten gelaufen.

»Laufen Sie auf die andere Seite und versuchen Sie, sie zu kriegen. Mal hören, was sie weiß. Ich suche auf dieser Seite nach Leslie Howard. Vielleicht ist er bei den Bäumen.«

»Seien Sie vorsichtig!«, rief Kevin Stella nach, als sie die Nordseite der Constitution entlanglief. Dann rief er hinüber zur anderen Straßenseite: »Vivian! Hey, Vivian!«

MARTIN BROWNING SAH DEN Menschenauflauf einen halben Block entfernt. Das bedeutete, dass man die beiden toten Polizisten gefunden hatte. Von überallher kamen weitere gerannt. Blinkende

Blaulichter rasten vorbei. Und vom Washington Monument kamen zwei berittene Polizisten im Galopp. Es entstand Chaos, und das war gut so.

Gleichzeitig hörte er »Hail to the Chief«. Franklin Roosevelt kam gerade heraus. Es blieben ihm also nur Minuten, bis er auf Position sein musste. Er ignorierte die Schmerzen im Knie, beschleunigte seinen Schritt, hinkte aber stark, denn er hatte Angst, das Knie zu beugen. Er ging bei Grün über die Constitution und hielt auf die beiden Polizisten an der Ecke zur Sechzehnten zu, die hier nur aus einem kurzen Stück Fahrweg bestand und von Süden her auf das Gelände der Ellipse führte. Er rückte das Gewehr unter seinem Mantel zurecht und tastete nach der Walther P38 in seiner Tasche.

»Tut mir leid, Sir.« Einer der Polizisten versperrte ihm den Weg.

Rasch zeigte ihm Martin die Marke an seinem Kragen und zog den FBI-Ausweis aus der Tasche. »Ich sollte eigentlich an der E-Straße sein, aber ich hab mir das Bein verknackst. Wenn ich über die Ellipse gehe, spare ich bestimmt Zeit.« Er hoffte, dass sie nicht angewiesen worden waren, nach gefälschten FBI-Ausweisen Ausschau zu halten, denn sonst müsste er sie töten.

Doch die Rufe und der Aufruhr an der Ecke zur Siebzehnten lenkten sie ab. Einer schaute sich kurz den Ausweis an, dann ließ er Martin mit einer Kopfbewegung ziehen.

Perfekt, dachte Martin. Nur noch fünfzehn Meter bis zum inneren Baumkreis, doch da schallte eine Stimme über die Wiese: »Im Namen des Vaters und des Sohnes und des Heiligen Geistes, amen ... amen ... amen.«

Das Bittgebet eines katholischen Priesters hatte begonnen. Martin war katholisch erzogen worden. Für das, was er gleich tun würde, rechnete er entweder mit Verdammnis oder mit Seligpreisung. Er hinkte zu dem Baum, auf den er drei Nächte zuvor geklettert war, und stellte sich dahinter, sodass er von der Straße aus nicht gesehen werden konnte. Dann drehte er sich um, um nachzusehen, ob die Polizisten ihn beobachteten und … War das etwa Vivian, die die Constitution entlangrannte? *Gottverdammt!*

Sie missachtete seine Anweisungen. Sie war ausgestiegen. Sie durchkreuzte seinen Plan innerhalb des Plans.

Aber um sie konnte er sich nun keine Gedanken machen. Jetzt war der Moment. Er musste sich zusammenreißen, trotz seiner Verärgerung über sie und trotz der Schmerzen in seinem Bein.

Er stand im Schatten. Niemand beobachtete ihn. Alle Augen waren auf die Ecke der Siebzehnten oder auf das Weiße Haus gerichtet, das weit hinten in der Ferne leuchtete. Und seine nächste Aufgabe war, auf diesen Baum zu klettern.

»Allmächtiger Gott, unser Vater, lass Dein Angesicht über uns leuchten, während uns zur Weihnachtszeit Krieg heimsucht, hier in unserem Vaterland, dem Land eines geeinten Volkes …kes …kes …«, hallte die Stimme.

Martin zog ein Stück Seil aus der Tasche und warf es über einen der tieferen Äste. Dann packte er es und zog sich hoch, doch als er das Bein gegen den Stamm stemmte, um hinaufzuklettern, gab es nach, und unter seiner Kniescheibe explodierte der Schmerz. Er wusste, irgendetwas war gerissen. Er konnte sich auf sein Knie nicht mehr verlassen. Mit nur einem funktionierenden Bein konnte er nie auf diesen Baum gelangen. Niemals. Zeit für einen neuen Plan.

AM RAND DER STRASSE blieb Vivian abrupt stehen. Wo war er hin? Ihr »Ehemann«, der Mann, der ihr sagte, dass er sie liebte und sie anlog und ihr Wahrheiten sagte, die sie nicht glauben konnte, der Mann, den sie geliebt hatte oder versucht hatte zu lieben, ihr Mann, der Vorzeige-FBI-Agent … hatte sich in Luft aufgelöst. Sie hatte ihn gesehen, wie er an der Sechzehnten die Straße überquerte, und dann … war er einfach verschwunden.

Es war schier zum Verzweifeln. Beim Schleusenwärterhaus herrschte immer noch ein Durcheinander, Polizisten liefen hin und her. Andere standen da und wirkten verwirrt. Und auf der Constitution Avenue fuhren Menschen zu ihren Lieben und scherten sich nicht darum, was da draußen vor sich ging.

Aus der Ferne hörte Vivian die verstärkte Stimme einer Frau, die etwas über Mrs. Roosevelt und die Pfadfinderinnen sagte. Dann hörte sie ihren eigenen Namen. Sie fuhr herum und sah vor sich Kevin Cusack. »Sie! Sie sind hier, um den Präsidenten umzubringen …«

»*Er* will den Präsidenten umbringen«, erwiderte Kevin. »Ihr Ehemann. Und das wissen Sie genau.«

»Das ist doch Unsinn.« Vivian wusste nicht, was sie denken sollte. Sie drehte sich um und rannte auf die Constitution Avenue. Autos hupten. Reifen quietschten, aber sie wich aus, sprang zur Seite und gelangte hinüber.

»Halt, Lady!«, rief ein Polizist auf der anderen Seite.

Sie aber rannte weiter.

Der Polizist, der sich gerade Martins Ausweis hatte zeigen lassen, hielt sie fest. Sie zeigte auf Kevin. »Dieser Mann verfolgt mich. Er will den Präsidenten töten. Er ist der Hollywood-Nazi.«

Von fern hallte eine Stimme. »Die Pfadfinder grüßen den Präsidenten …denten …denten …«

Der Polizist drehte sich zu Kevin Cusack um, der sich gerade auf der sechsspurigen Straße durch den Verkehr schlängelte, um hinüberzukommen. Er zog seine Waffe und sagte: »Kommen Sie einfach zu mir herüber, Mr. Hollywood-Nazi.«

»Herrgott«, sagte Kevin, »nicht schon wieder. Den Nazi haben Sie gerade zur Ellipse durchgelassen … und seine Freundin auch.«

Mit einem dicken Funkgerät rief der Partner des Polizisten seine Kommandozentrale. »Hey, Sarge, suchen wir immer noch diesen Hollywood-Nazi?«

Kevin stemmte die Arme in die Seiten. »Verdammt!« Dann blickte er die Constitution entlang, aber in der einsetzenden Dunkelheit war Stella nirgends zu sehen.

VIVIAN RANNTE INS DUNKEL unter den Ulmen und Nadelbäumen.

Eine weitere Stimme schallte über die Ellipse, eine Männerstimme: »Mr. President, ich spreche für die Pfadfinder und die Jugend der ganzen Nation ... Nation ... Nation ...«

Vivian sah, wie sich zu ihrer Linken etwas bewegte: Eine Gestalt in einem langen Mantel hinkte von einer Ulme zu einem Nadelbaum, einem vielleicht drei, vier Meter hohen Baum mit ausladenden, tief hängenden Ästen. Als er ihn erreicht hatte, lehnte er sich dagegen, fast als wollte er dahinter verschwinden. Und ... jetzt öffnete er den Mantel und zog ein Gewehr hervor.

Sie sah, wie er es hob und anlegte, und sie folgte mit den Augen der möglichen Schusslinie über die Weite der Ellipse bis zum leuchtenden Weißen Haus in der Ferne. Und hier im Dunkeln wurde ihr alles klar. Er beschützte niemanden. Er beobachtete niemanden. Kevin Cusack hatte recht. Ihr »Ehemann« war es, der gekommen war, um den Präsidenten zu töten.

»Nein, Harold!«, schrie sie. »Nein!«

MARTIN BROWNING WAR SO konzentriert, dass er sie nicht einmal hörte. Er hatte sie. Er hatte sie beide. Er war sich sicher. Er betätigte den Verschluss und spürte, wie sich eine Patrone an ihren Platz schob. Von hier unten war der Schusswinkel nicht so gut. Doch er legte den K 98k auf einem Ast auf und berechnete, dass die Entfernung etwa fünfhundertvierzig Meter betragen musste. Es war ein weiter Schuss, aber er konnte es schaffen.

Und er dankte der Dunkelheit, die in diesen kürzesten Tagen des Jahres so rasch einsetzte. Und für die Vereinigten Staaten und auch für Großbritannien würde die Sonne nicht so bald wieder aufgehen – solange nur die Stauers jetzt auf Position waren.

Dann hörte er Vivian rufen. »Harold! Was machst du da? Halt!«

Er beachtete sie nicht und hob das Zielfernrohr ans Auge. Das Weiße Haus kam in Sicht, ganz klar und nahe. Er sah den Redner, einen zu groß geratenen Pfadfinder. Außerdem sah er Roosevelt im Profil und, weiter hinten, Winston Churchills Kopf mit dem schütteren Haar.

Tief durchatmen. Konzentrieren. Tief durchatmen. Das Zielfernrohr auf weitere zweihundertfünfzig Meter einstellen. Fünf Klicks an der Mechanik. Tief durchatmen. Dem eigenen Gefühl vertrauen. Tief durchatmen. Beide waren so gut wie tot.

Der Pfadfinder kam zum Ende. Wieder trat der Bezirksbeauftragte ans Mikrofon. »Und jetzt wird der Nationale Christbaum entzündet ...«

»HAROLD! HAROLD, NEIN!«, schrie Vivian. Sie rannte auf ihn zu, rannte und war bei ihm. »Halt, Harold! Tu's nicht.«

Ohne die Waffe abzusetzen, sagte er ruhig: »Geh und hol das Auto, Vivian.«

»Du verdammter Lügner. Warum habe ich das nicht kapiert? Du willst den Präsidenten ermorden.«

Am liebsten hätte Martin ihr gesagt, es sei alles ganz anders, als es schien. Er sah Vivian mit ausdrucksloser Miene an und sagte ruhig: »Vivian, geh das Auto holen ... Bitte, Schatz.«

»... durch den Präsidenten der Vereinigten Staaten ...aaten ...aaten ...«

Martin sah wieder durch das Zielfernrohr. Roosevelt hatte sich erhoben und stand hinter dem Pult. Er schwankte leicht. Durch die Zieloptik wirkte der Präsident der Vereinigten Staaten wie eine Puppe im Kasperletheater.

Martin wartete, bis Roosevelt sein Gleichgewicht gefunden hatte. Er brauchte ein feststehendes Ziel, denn auf diese Entfernung genügte die kleinste Bewegung, und er würde ihn verfehlen. Jetzt oder nie.

Doch Vivian beschloss, dass sie es nicht geschehen lassen konnte. All die Lügen, die er ihr erzählt hatte, all die Zufälle, all die Erklärungen, die sich nun als erfunden erwiesen – darauf war es also hinausgelaufen. Nein, sie konnte es nicht geschehen lassen. Sie stürzte sich auf ihn.

Er stieß sie weg, stieß sie so fest, dass sie benommen zu Boden schlug. Doch sie rappelte sich auf, drehte sich zur Constitution Avenue um und schrie, so laut sie nur konnte, um Hilfe.

AN DER ECKE CONSTITUTION und Sechzehnte redete der Polizist über Funk mit seinem Partner. »Der Sergeant sagt, die Sache mit dem Hollywood-Nazi habe sich geklärt. Aber es gibt eine Bekanntmachung vom FBI: Wir sollen auf gefälschte FBI-Ausweise achten, ausgestellt auf den Namen Carter.«

Bei sich überlappenden Zuständigkeiten werden manchmal Dinge übersehen.

Plötzlich hörten sie aus der Dunkelheit eine Frauenstimme. »Hilfe! Hilfe!«

Die beiden Polizisten sahen zuerst sich und dann Kevin an.

»Was habe ich Ihnen gesagt?«

Sie zogen ihre Waffen und rannten in Richtung der schreienden Frau.

MARTIN BROWNING MUSSTE SIE zum Schweigen bringen. Sonst konnte er seine Aufgabe nicht erledigen. Und die Aufgabe war alles. Deswegen war er hier. Deswegen hatte er schon so viele Menschen getötet.

Vivian stand noch immer der Straße zugewandt und schrie hinaus ins Dunkel. *Schlag sie nieder. Bring sie zum Schweigen. Erledige den Job.* Das musste er tun. Und so versetzte er ihr einen einzelnen kräftigen Schlag mit dem Gewehrkolben an den Kopf. Sie sackte zu Boden. Am liebsten hätte er das Gewehr fallen gelassen und ihr geholfen. Aber nicht jetzt. Zwei Polizisten kamen angerannt wie zwei Schatten und dahinter ein dritter Mann. Alles ging schief.

Er zog die schallgedämpfte Walther P38 heraus und feuerte zweimal. *Plopp, plopp.* Beide Polizisten gingen zu Boden.

Der dritte Schatten sprang hinter einen Baum. Keine Zeit, sich um ihn zu kümmern. Irgendein Möchtegernheld, der zu viel Schiss hatte, seine Rolle zu Ende zu spielen.

Martin warf einen Blick auf Vivian. Sie rührte sich nicht und schien nicht zu atmen. Er hatte sie umgebracht. So, wie sie dalag, wusste er, dass er ihr das Genick gebrochen hatte. Und damit hatte er sich selbst zerbrochen. Einen Augenblick lang glaubte er, er könne nicht weitermachen. Aber nun blieb ihm nichts, worauf er noch hoffen durfte, außer dem Schuss, der ihm in der Geschichte immerwährenden Ruhm einbringen würde, dem Schuss, der auch sein Leben beenden würde.

Roosevelts Stimme erschallte: »Und nun, zum neunten Mal … Mal … Mal …«

Martin Browning, in den Vereinigten Staaten als Sohn deutscher Eltern aufgewachsen, Freund des Neuen Deutschlands, der sich durch seine Erziehung die Geschichte, die Kultur und zuletzt auch die Perversionen eines großen Volks zu eigen gemacht hatte, richtete erneut das Gewehr auf dem Ast aus.

Roosevelts Stimme schallte herüber: »… entzünde ich den lebendigen Nationalen Christbaum …baum …baum …baum …«

»Er ist ein toter Mann«, wiederholte Martin Browning zu sich selbst. Dann legte er die Waffe an die Wange und spähte erneut durch das Zielfernrohr.

Aber …

Wo, zum Teufel, war Roosevelt?

Der Präsident der Vereinigten Staaten war verschwunden.

Martin konnte ihn nicht sehen. Und dasselbe galt für die zwanzigtausend Menschen im Publikum. Niemand von ihnen konnte die Männer sehen, die zu sehen sie gekommen waren …

… denn die Scheinwerfer vor dem Rednerpult waren nicht auf das

Weiße Haus gerichtet. Sie erhellten die Menschenmenge. Im entscheidenden Augenblick hatte der Secret Service sie anschalten lassen und eine Mauer aus Licht errichtet, als letzte Verteidigungslinie zum Schutz Franklin Roosevelts und Winston Churchills!

Verflucht sollen sie sein! Martin Browning richtete sich auf.

Im selben Moment kam Leben in den Christbaum auf dem Südrasen und rote, weiße und blaue Lichter erstrahlten in der Washingtoner Nacht wie ein Leuchtfeuer patriotischer Hoffnung. Und von irgendwoher begann feierlich eine Glocke zu läuten.

Zum Teufel mit dem Geläut, dachte Martin Browning, und zum Teufel mit den Scheinwerfern. Er wusste nicht, worauf er zielen sollte. Aber er war noch nicht fertig. Er hob das Gewehr höher und zielte auf den Südportikus, dann senkte er es langsam. Es würde ein Schuss ins Blaue sein, aber eine Gewehrkugel könnte bei dieser Geschwindigkeit dennoch einen Menschen töten, selbst wenn sie ihn nur streifte.

Er holte tief Luft und legte den Finger an den Abzug.

UND DA WUSSTE KEVIN CUSACK, dass er sich nicht länger hinter dem Baum verstecken durfte. Dafür war er schon zu weit gekommen. Es war nun seine Aufgabe, Roosevelt zu retten, und allein seine. Er sprang auf und stürmte auf die Gestalt im Schatten des Baumes zu.

Er knallte gegen den am Stamm lehnenden Martin Browning. Der Karabiner fiel zu Boden, doch es löste sich kein Schuss.

Martin fuhr herum, zog die Pistole und sah in das Gesicht seines Gegners. »Sie!«

Kevin zögerte nicht, sondern stürzte sich auf ihn. Er rammte seine Schulter in den Bauch des Killers.

Die Walther ging los und die Kugel zischte an Kevins Ohr vorbei. Dann gingen sie aufeinander los, und Kevin traf Martin mit seinen Geraden und linken Haken.

Doch Martin Browning bekam ihn zu fassen und knallte Kevin

auf den Boden. Auf dem schmerzenden Bein konnte er nicht mehr stehen. Und im Bodenkampf war er besser.

Kevin Cusack wiederum war ein Boxer Bostoner Schule und zielte auf die Nieren, doch bei dem schweren Kaschmirmantel seines Gegners gab es kein Durchkommen. Martin Browning war ein vom deutschen Reich ausgebildeter Killer, aber ihm fehlte seine Lieblingswaffe, das Faustmesser. Ihm blieben seine Hände und die stählernen Arme, wenn er sie nur … um Cusacks … Hals bekam.

Ja.

Er hatte ihn. Jetzt nur noch ein kurzer Ruck, und dieser lästige Schreiberling, dieser irisch-amerikanische Judenfreund wäre so mausetot wie die spanische Witwe oder die Frau im Zugabteil …

Kevin Cusack rang nach Luft, strampelte mit den Beinen, versuchte sich aus der tödlichen Zange, die ihm die Kehle zuschnürte, zu befreien.

»Genau wie Sally«, sagte Martin. »Noch ein Märtyrer.«

Kevin keuchte. »Fick dich«, stieß er hervor. Er spürte, wie ihm die Sinne schwanden. Er wollte nicht, dass das Gesicht dieses Deutschen das Letzte war, was er zu sehen bekam, doch seine Kräfte ließen nach, lange würde er nicht mehr durchhalten können …

Da hörte er einen Schuss.

Die Hand um seinen Hals löste sich.

Noch ein Schuss. Blut spritzte Kevin ins Gesicht, und Martin Browning kippte zur Seite.

Und wieder ertönte Franklin Roosevelts Stimme: »Sie alle, die Sie mit uns für die Freiheit einstehen! Viele Männer und Frauen in Amerika – aufrichtige und treue Männer und Frauen – fragen sich zu diesem Weihnachtsfest: Wie können wir unseren Christbaum entzünden … zünden … zünden … «

Dann stand Stella neben Kevin, die Beretta in der Hand. Hinter ihr kamen zwei Polizisten angerannt. Zwei weitere liefen zu ihren beiden am Boden liegenden Kollegen.

Kevin schob den Toten zur Seite, setzte sich auf und rang nach Luft.
»Wo waren Sie denn?«

Auch Stella keuchte, offenbar war sie weit gerannt. »Wissen Sie, wie viele Scheißbäume an dieser Scheißstraße stehen?«

Kevin betrachtete Martin Browning. »Gut gezielt ... für eine Frau.«

Auch sie warf einen Blick auf den Toten. »Wow!«

»Wieso wow?«

»Das Arschloch sieht tatsächlich aus wie Leslie Howard.«

WAS AUCH IMMER AM Rand der Ellipse geschah, es änderte nichts an den Ereignissen am Südportikus. Dieser Heiligabend sollte als einer der ungewöhnlichsten und bewegendsten in die Geschichte Amerikas eingehen.

Roosevelt hielt eine feierliche Rede, dann wandte er sich an »meinen Gefährten, meinen guten alten Freund, der heute sein Wort an das amerikanische Volk richten wird – Winston Churchill, Premierminister von Großbritannien.«

Churchill, der große Redner und Stilist, hielt eine Rede, deren Schluss letztlich einem Weihnachtsgebet für die gesamte Menschheit gleichkam. »Hier inmitten des Krieges, der über alle Länder und Meere rast und unseren Herzen und Heimen immer näher kommt, hier inmitten des ganzen Aufruhrs herrscht heute in jedem Haus und in jedem mutigen Herzen der Friede des Geistes. Darum müssen wir zumindest für diesen Abend alle Sorgen und Gefahren, die uns umgeben, beiseitelassen und den Kindern einen Abend der Glückseligkeit inmitten einer Welt des Sturmes bereiten. Für einen Abend nur sollte jedes Heim in der ganzen englisch sprechenden Welt eine hell erleuchtete Insel der Glückseligkeit und des Friedens sein.«

DONNERSTAG, 25. DEZEMBER

AM FRÜHEN MORGEN STIEG Kevin Cusack am Bostoner Südbahnhof aus dem Zug. Er nannte dem Taxifahrer eine Adresse in Savin Hill, dann fuhren sie durch die alten, vertrauten Straßen in ihrer weihnachtlichen Stille. Der Fahrer plauderte die ganze Zeit mit ihm über den Krieg, über das Wetter und über die Ereignisse unten in Washington rund um das Entzünden des Christbaums. Er ahnte ja nicht …

Die Cusacks wohnten in einem dreistöckigen Haus – Kevins Eltern im Erdgeschoss, die Familie seines Bruders im ersten Stock und seine Schwester mit Ehemann im zweiten –, und an diesem milden Weihnachtsmorgen brannte in jedem Fenster eine Kerze.

Kevin hatte noch einen Schlüssel und öffnete die Tür. Von oben konnte er die Kinder umherspringen und lärmen hören. Der Weihnachtsmorgen war wie immer ein großes Ereignis. Er hoffte, dass ihnen der Technikbaukasten gefiel, den er geschickt hatte. Und er hatte gehört, dass sie auch eine Modelleisenbahn bekommen sollten.

Ihnen würde er später einen Besuch abstatten. Er wollte seine Mutter sehen und betrat die Erdgeschosswohnung. Er machte sich Sorgen, was er dort antreffen würde. Zuletzt hatte er nichts Gutes gehört. Doch sofort, als er eintrat, roch er den Truthahn im Ofen und folgte seiner Nase bis in die Küche.

Seine Mutter stand im Bademantel und mit Lockenwicklern im Haar an der Spüle und schälte Kartoffeln. »Klingt, als wären die Kinder heute schrecklich früh wach gewesen, Tommy«, sagte sie. »Nächstes Jahr nimmst du sie mit zur Christmette. Dann schlafen sie morgens länger.«

»Hier ist nicht Tommy, Ma. Ich bin's, Kevin.«

Langsam drehte sie sich um. Der Blick seiner Mutter ließ Kevin alles, was er durchgemacht hatte, schlagartig vergessen. Doch im nächsten Moment verfinsterte sich ihre Miene. »Kevvy, bist du immer noch auf der Flucht? Das FBI …«

»Alles geklärt, Mom. Alles aus der Welt geschafft. Ich bin ein freier Mann.«

ETWA ZUR SELBEN ZEIT gingen Agenten der New Yorker FBI-Außenstelle einem Tipp nach, den sie bekommen hatten. Eine alte Dame namens Ina Schwarz hatte in der *Daily News* etwas über ein Attentäterehepaar gelesen, das am Abend zuvor in der Nähe des Weißen Hauses gesehen worden war, der Mann im schmutzigen Regenmantel, seine Frau in Preußischblau. Die Beschreibung hatte auf ihre Nachbarn gepasst, sie hatten einen deutschen Namen, und sie waren am vorherigen Sonntag mit Gepäck abgereist, aber am späten Heiligabend ohne Koffer zurückgekommen.

Die Agenten hielten das Ganze zunächst für Zeitverschwendung, aber dann fanden sie Helen Stauer im weißen Unterrock in ihrem Sessel am Fenster, im Arm eine Injektionsnadel. Sie war tot. Will Stauer lag nackt im Bett, über seinen dicken Bauch war ein Laken gebreitet, und sein Hals zeigte eine Einstichstelle.

Die Leichen waren noch warm. Offenbar hatte Helen die Agenten aus dem Auto steigen sehen und erkannt, dass das Spiel aus war. Deshalb hatte sie ein Ende gewählt, das sie offenbar als ehrenvoll empfand und zugleich als die beste Möglichkeit, einem Verhör zu entgehen.

FRANKLIN ROOSEVELT UND SEINE Frau Eleanor sowie Winston Churchill samt Entourage gingen am Weihnachtsmorgen zum Gottesdienst in der Foundry Methodist Church. Ihre Autokolonne fuhr etwa anderthalb Kilometer die Sechzehnte Straße entlang, umgeben von Secret-Service-Leuten, die bis an die Zähne mit Maschinenpistolen und Revolvern bewaffnet waren. Bislang waren die Ereignisse des vorherigen Abends nur lückenhaft bekannt. Doch eines erschien Mike Reilly klar: Sie durften niemals unachtsam sein, nicht einmal in Washington.

Roosevelt machte sich einen Spaß daraus, den Premierminister zu necken, denn dieser war nicht für regelmäßige Kirchgänge bekannt. »Es wird Winston sicher guttun, mit den Brüdern und Schwestern Methodisten ein paar Kirchenlieder zu singen.«

Ein Weihnachtslied hörte Churchill bei diesem Gottesdienst zum ersten Mal: »O Little Town of Bethlehem«. Es wurde eines seiner Lieblingslieder.

Der Nachmittag stand für die beiden mächtigen Männer und ihren Stab wieder ganz im Zeichen der Weltpolitik. Im Pazifik stand es schlecht um die Amerikaner und um die Briten noch schlechter.

Doch um acht Uhr versammelten sich sechzig Amerikaner und ihre britischen Vettern im Weißen Haus zu einem üppigen Weihnachtsdinner mit Austern, Truthahn und Hackfleischauflauf, und zum Nachtisch gab es einen köstlichen Plumpudding wie aus einem Roman von Charles Dickens. Beim Auftragen war er gekrönt von einer bläulichen Flamme, die Weihnachtszauber und zugleich das Versprechen des Sieges ausstrahlte – selbst in den dunkelsten Stunden des Zweiten Weltkriegs.

BEI DEN CUSACKS SORGTEN Kevins Rückkehr und die Genesung seiner Mom für einen Tag voller Weihnachtsfreude.

Doch nach dem dritten Glas Weihnachtssekt verkündete Kevin, er müsse bald wieder zurück.

Seine Mutter war enttäuscht. Sie fühle sich wieder viel gesünder, sagte sie, und die Ankunft ihres jüngsten Sohnes sei ein wahres Tonikum für sie gewesen, besser noch als der Sekt.

»Und ein noch viel besseres Tonikum ist es doch zu wissen, dass ich etwas tun werde, was dem Land hilft«, sagte er.

»Und was soll das sein?«, fragte sein Bruder, der Sohn, der zu Hause geblieben war und Jura studiert hatte.

»Ich habe gerade ein Stück über Casablanca zu Kriegszeiten gelesen«, antwortete Kevin. »Die Figuren stehen vor der Frage, wie sie die richtigen Entscheidungen treffen. Sie verlieben sich, verlieren ihre Liebe, verlieben sich wieder. Es geht darum, das Richtige zu tun, obwohl es nicht das ist, was man eigentlich tun möchte. Solche Geschichten helfen einem Land, den Krieg zu gewinnen. Wahrscheinlich werde ich eingezogen, aber vielleicht kann ich auch etwas schreiben, was dem Land nützt. Deshalb muss ich wieder zurück. Ich muss es noch mal versuchen.«

Und sein Vater, der Maurer, erwiderte: »Wenn du glaubst, du bist auf der Welt, um etwas zu bewirken, Kev, dann mach das oder versuch es so lange, bis es dir gelingt.«

Und so kam es, dass Kevin Cusack vierzehn Stunden nach seiner Ankunft wieder auf dem Bahnsteig am Südbahnhof stand. Der Zug war voll, sogar an Weihnachten.

Amerika war in Bewegung.

IN SEINEM HAUPTQUARTIER IN Ostpreußen blieb Adolf Hitler wie üblich lange wach. Er stocherte in einem faden vegetarischen Gericht herum, das weder seine bleiche Haut noch seine chronische Flatulenz lindern würde. Er murrte über seine Generäle, die der »Winterkrise« an der Ostfront nicht gewachsen waren, erfreute sich aber an einem Bericht, den ihm Joseph Goebbels über das Treffen von Roosevelt und Churchill in Washington, D. C., vorgelegt hatte.

Hitler nannte die beiden »den Krüppel« und »den Trunkenbold«. Er sagte, sie glaubten wohl, sie könnten die Pazifikflotte in Pearl Harbor durch Zauberei wieder ans Tageslicht holen, und wiederholte Goebbels' Überzeugung, dass ihr Treffen in Washington nichts als Propagandarummel gewesen sei. Er nannte sie zwei dressierte Affen, die eine Darbietung für die Mikrofone ablieferten. »Und genau das blüht uns, wenn Juden die Presse beherrschen.«

Dem stimmten alle zu. An Hitlers Tisch stimmten stets alle zu.

Hitler fuhr fort, er könne nicht begreifen, wie Roosevelt und Churchill so viele Amerikaner so leicht hätten täuschen können: Sie seien tatsächlich »das dümmste Volk, das man sich denken kann«.

Von dem Mordkomplott, das in Amt VI des Reichssicherheitshauptamts ausgeheckt worden war, wusste er nichts. Dasselbe galt übrigens für die »Abwehr«, den deutschen Militärgeheimdienst. In einer Bürokratie wie der deutschen im Nationalsozialismus standen die verschiedenen Behörden miteinander in Konkurrenz, und wenn eine versagte, freute dies die anderen. Deshalb gelangten keine Informationen über diese Verschwörung ans Ende der Befehlskette.

Es hätte Hitler wahrlich enttäuscht, hätte er von diesem Fehlschlag erfahren. Womöglich wäre er darüber erzürnt gewesen.

Weit mehr Sorgen hätte Hitler jedoch die dahinterliegende Wahrheit bereitet, nämlich, dass Amerikanerinnen und Amerikaner aus vielen verschiedenen Gesellschaftsschichten und mit unterschiedlicher Hautfarbe, Religion und Herkunft ihren kleinen Teil dazu beigetragen hatten, einen ausgebildeten Nazikiller zu stellen, und Hitlers Überzeugung damit Lügen straften. Die Amerikaner waren gewiss kein dummes Volk. Wie er noch erfahren sollte, war es ein Fehler, sie zu unterschätzen.

FREITAG,
26. DEZEMBER

AN DIESEM MORGEN um neun traf Kevin mit dem Zug in der Union Station ein. Er hatte gerade noch genug Zeit, um pünktlich zum Begräbnis am Nationalfriedhof in Arlington zu sein.

Da Frank Carter in der Armee gedient hatte, hatte er ein Anrecht darauf, dort bestattet zu werden. Die Umstände seines Todes machten ihn zu einem Helden. Ohne seine Beharrlichkeit hätte der Attentäter an Heiligabend womöglich drei oder vier Schüsse auf den Südportikus abgeben können.

Eine kleine Gruppe verabschiedete sich von ihm, hörte die Salutschüsse und neigte den Kopf zum Vaterunser: Kevin Cusack, Stella Madden, Agent Dan Jones und Carters Schwester, die aus New York angereist war.

Schließlich sagte Stella, sie müsse zur Union Station. »Bummelzug bis Chicago, dann im Super Chief nach Hause.«

Kevin kam mit und leistete ihr bis zur Abfahrt Gesellschaft. Sie unterhielten sich lange, lachten ein wenig, und als die Lautsprecherdurchsage ihren Zug ankündigte, nahm sie ihre Puderdose heraus und frischte ihr Make-up auf.

Kevin sah ihr zu und konnte nicht anders, als sie zu bewundern.

Sie senkte die Dose. »Was ist?«

»Sie wissen, dass Sie mir das Leben gerettet haben? Dieser Kerl hätte mich umgebracht.«

»Irgendjemand musste ihn töten. Ich wundere mich nur, dass sie ihn in der Zeitung nicht erwähnt haben.«

»Die Zeitung hat das Ganze als ›Zwischenfall beim Schleusenwärterhaus‹ bezeichnet. Die Sache sollte nicht aufgebauscht werden«, sagte Kevin. »Er wurde bereits in einem anonymen Grab beerdigt.«

»Jetzt müssen wir nur noch den Rest von ihnen erledigen.« Sie nahm den Lippenstift heraus.

»Das wird nicht leicht sein. Ich habe dem Mann in die Augen geschaut. Er war ein Überzeugungstäter, der an eine gerechte Sache glaubte.« Der darüber hinaus ein gefährlicher, unnachgiebiger Gegner gewesen war, der alles getan hätte, um sein Ziel zu erreichen. »Das hat mir eine Heidenangst gemacht.«

»Nur gut, dass er dieser Vivian keine Angst gemacht hat«, sagte Stella. »Er hätte es vielleicht geschafft, wenn er sich nicht in sie verliebt hätte.«

»Glauben Sie, er war imstande, sich zu verlieben?«, fragte Kevin.

»In vielen Büchern und Filmen besiegt die Schöne das Biest. Aber auch wir anderen mussten alles geben.« Dann trug sie den Lippenstift auf.

»Eine schöne Farbe, dieses Rot«, sagte Kevin.

»Die trage ich, um von meiner gebrochenen Nase abzulenken«, sagte sie.

»Ich finde, Ihre Nase steht Ihnen gut.«

Sie klappte die Puderdose zu. »Wissen Sie, ich könnte einen neuen Partner gebrauchen. Wenn das nichts wird in Hollywood, kommen Sie doch mal vorbei. Sie finden mich an der Ecke Wilshire und Alvarado.«

Als er ihr nachsah, während sie zum Bahnsteig ging, überlegte er, mit ihr zu fahren. Doch in Kriegszeiten bekam man Zugfahrkarten nicht mehr so leicht. Und Träume auf später zu verschieben gehörte nun zum Alltag. Außerdem hatte er noch ein paar andere Stationen vor sich. Man musste schließlich zu seiner Verantwortung stehen … sich selbst und anderen gegenüber.

AN DIESEM NACHMITTAG BRACHTE er auf einer Bank vor dem Washington Monument Mary Benning mit Sally Drakes Vater zusammen. So viel war dort passiert, dass ihm dieser Ort als geeignet erschien, um über die Person zu reden, die sie beide geliebt hatten und die auch er geliebt hatte.

Dann ließ er die beiden allein.

Er musste ein Postamt finden, um eine mit Ansteckern gespickte Schiebermütze zurück nach Kansas City zu Dilly Kramer zu schicken.

UND ABENDS FUHR ER mit Stanley Smith rüber nach Annapolis, zum Bestattungsunternehmen, wo die Eltern von Kathy Schortmann um ihr einziges Kind trauerten.

Sie hatten ihr einen Rock und eine Bluse angezogen, die sie in der Highschool getragen hatte, etwas Schlichtes, Mädchenhaftes, nicht die Mode, die sie in der Gesellschaft von Martin Browning zu mögen begonnen hatte. Nichts erinnerte an eine Hollywoodschauspielerin, sie war bloß die Tochter einfacher Leute, umgeben von duftenden Blumen und einigen alten Freunden.

Die Eltern begegneten Kevin mit Misstrauen, bis er erklärte, dass er versucht habe, ihre Tochter zu retten.

»Sie hatte zu große Träume«, sagte ihre Mutter.

»Träume können einen umbringen«, sagte ihr Vater.

»Oder anspornen«, sagte Kevin Cusack.

Er wusste, dass die beiden nicht verstanden, was ihre Tochter durchgemacht hatte, was sie in der letzten halben Stunde ihres Lebens geleistet hatte, dass sie den Alarm ausgelöst hatte, durch den schließlich ein Attentat verhindert wurde, das völlig unabsehbare Folgen für den Lauf der Geschichte gehabt hätte.

Bei all ihren Träumen vom Ruhm auf der Leinwand hatte Kathy Schortmann alias Vivian Hopewell nicht ahnen können, welche große Rolle sie am Ende spielen würde.

Er machte sich nicht die Mühe, es ihnen zu erklären. Sie würden es wohl noch nicht zu schätzen wissen. Später vielleicht, wenn Marlene Dietrich in der Verfilmung Kathy spielen würde ... oder vielleicht Jean Arthur.

Auf der Rückfahrt zum Mayflower Hotel unterhielt Kevin sich noch einmal mit Stanley.

Man hatte Stanley seine alte Stelle angeboten, aber er wollte nicht wieder zurück zur Eisenbahn. Er wollte zur Armee. »Wir müssen alle für die Freiheit kämpfen, in Europa und auf der ganzen Welt. Wo ein Mensch unfrei ist, ist niemand von uns frei, oder?«

»Stanley, ich glaube, Sie sind ein Philosoph.«

»Weiß nicht, aber ich kenne den Unterschied zwischen Marineblau und Preußischblau.«

Vor dem Hotel schüttelte Kevin Stanley die Hand.

»Wenn Sie eingezogen werden, halten Sie bei den Panzern nach mir Ausschau«, sagte Stanley. »Da will ich hin. Kampf für die Freiheit in einem dicken, fetten gottverdammten Stahlmonster, die Hände am Maschinengewehr, dann nennt mich keiner mehr Nigger – oder George, nie wieder.«

»Und wenn«, sagte Kevin, »dann kriegen die es mit mir zu tun.«

Als Stanley davonfuhr, bemerkte Kevin, wie erschöpft er war. Nicht verwunderlich nach zwei Übernachtungen im Zug. Erschöpft, aber noch aufgewühlt.

Also ging er spazieren, die Connecticut hinunter, über den Lafayette Square und geradewegs zum Weißen Haus. Es war unbeleuchtet, und so sollte es noch lange bleiben. Er ging weiter und schlug, ohne es zu wissen, genau den Weg ein, den Martin Browning bei seinem mitternächtlichen Erkundungsgang genommen hatte.

Er ging die Fünfzehnte entlang, über die Ellipse, vorbei an der Stelle, an der Stella Browning erschossen hatte. Er überquerte die Constitution und bestieg den Hügel des Washington Monument.

Der Wind wehte von Nordwesten her und brachte Schnee mit, brachte den richtigen Winter. Achtundvierzig Fahnenmasten, die die achtundvierzig Staaten symbolisierten, umgaben das Monument. Die Seile der Masten schepperten im Wind wie eine eigenartige metallische Symphonie.

Kevin blickte hinauf zu dem Obelisken, einem riesenhaften Schatten mit einem roten Blinklicht auf der Spitze, einem Licht, das vor Gefahr warnte, das zur Wachsamkeit mahnte.

Dann schaute er nach Osten zum Kapitol. Er konnte die Kuppel gerade noch erkennen, eine dunkle Silhouette vor dem Himmel. Und er betrachtete sie lange. Ihm gefiel dieser Anblick. Auf gewisse Art schenkte er ihm Trost.

FAST FÜNFZEHNHUNDERTMAL SOLLTE SICH die Erde um ihre Achse drehen, ehe auf dem Südrasen erneut ein Christbaum entzündet wurde. Nach 1941 entschied der Secret Service, dass die Gefahr zu groß sei. Ja, es gab nachmittags Feierlichkeiten mit Weihnachtsliedern, zu denen auch Besucher kamen. Aber keine Lichter mehr. Keine Menschenmassen. Nichts mehr, was zu einem Attentat einlud.

Im Dezember 1945, als sich die Amerikaner wieder versammelten, um den Nationalen Christbaum zu entzünden, war Franklin Roosevelt bereits tot. Manche nannten ihn ein Kriegsopfer. Winston Churchill war wieder Privatmann, abgewählt, nachdem er Nazi-Deutschland unerschütterlich die Stirn geboten hatte, als England allein dastand.

Berlin und Tokio waren nur noch Ruinen. Ein Drittel der Sowjetunion und ein Großteil Europas lagen in Schutt und Asche. Und Millionen waren dahingemetzelt worden ... auf den Schlachtfeldern, in Konzentrationslagern oder durch die Bomben, die immer zerstörerischer wurden, bis schließlich eine einzige Explosion ausreichte, um eine ganze Stadt verdampfen zu lassen.

An keinem Punkt der Geschichte hatte es je so sicher festgestanden, dass Krieg der Vater aller Dinge war. Aber hinter jedem Tod steckte eine Geschichte. Für jeden Menschen war ein bestimmter Tag der Tag der Entscheidung, womöglich der Entscheidung zwischen Leben und Tod, gewiss jedoch der Tag der Standhaftigkeit und vielleicht auch der Hoffnung.

NACHWORT

Dieses Buch ist ein fiktionales Werk. Alle Figuren, abgesehen von den offenkundig historischen Personen, entstammen meiner Phantasie und sind in Ihrer hoffentlich lebendig geworden.

Angeregt wurde meine Phantasie ursprünglich durch den Bericht über Churchills Besuch in Washington im Dezember '41. Dann stolperte ich über die obskuren Memoiren eines gewissen *Reilly vom Weißen Haus*, verfasst von dem Agenten, der während des Krieges Roosevelts Secret-Service-Abteilung leitete. Wie Mike Reilly uns berichtet, plagten in den Tagen nach Pearl Harbor viele Menschen die Sorge, es könnten bewaffnete paramilitärische Kämpfer einen Angriff durchführen, während er sich eher Gedanken über einen einzelnen Attentäter oder eine kleine Gruppe machte, der oder die den Auftrag bekommen haben könnten, den Präsidenten zu ermorden. Diese Besorgnis bildete den Ursprung meiner Geschichte.

Hier außerdem ein paar Antworten zu Fragen des historischen Hintergrunds:

Ja, es gab zwischen den beiden Weltkriegen in Südkalifornien eine mächtige Gemeinschaft von Deutschen und auch eine starke Gemeinschaft einheimischer Faschisten. Vom Deutschen Haus findet man heute allerdings keine Spur mehr. Aber wenn man weiß, wo man suchen muss, findet man womöglich noch Überreste alter Nazi-Enklaven in der trockenen Hügellandschaft rund um Los Angeles.

Das Los Angeles Jewish Community Committee (LAJCC) unter der Leitung von Leon Lewis beobachtete in den dreißiger und frühen vierziger Jahren sehr genau die Machenschaften der Nazi-Sympathisanten, während das FBI und das LAPD die Hände in den Schoß legten. Lewis bat Menschen aus unterschiedlichen Gesellschaftsschichten und mit unterschiedlichem religiösem Hintergrund um

Unterstützung. Sie warnten vor der Verbreitung von NS-Gedankengut in den USA. Sie waren unbesungene Helden.

Das Theaterstück *Everybody Comes to Rick's* von Murray Burnett und Joan Alison traf tatsächlich am Tag vor Pearl Harbor bei Warner Bros. ein. Ein junger Skriptleser namens Stephen Karnot schrieb die Beurteilung, ehe er kündigte, um bei einem Waffenhersteller zu arbeiten. Doch der Produzent Hal Wallis kaufte das Stück in der Woche nach Weihnachten. Ein Jahr später kam der Film in die Kinos, aus historischer Sicht und aus Sicht der Kinokassen genau zum richtigen Zeitpunkt, denn die Alliierten marschierten gerade in Nordafrika ein und befreiten Casablanca. An mehreren Fronten wendete sich im zerstörerischsten Krieg der Weltgeschichte schließlich das Blatt.

Leslie Howard, der Doppelgänger unseres Hauptschurken, war nicht nur ein Filmstar, sondern auch ein entschlossener und engagierter Gegner des Nationalsozialismus. Nach *Vom Winde verweht* ging er zurück nach England und drehte dort Filme, an denen sich seine Landsleute erfreuten. Er starb 1943, als deutsche Kampfflugzeuge die Zivilmaschine abschossen, in der er saß.

Und ja, am 7. Dezember 1941 erreichte »Chattanooga Choo Choo« tatsächlich Platz eins der *Billboard*-Hitparade.

All diese Tatsachen sind in die Geschichte dieses Buchs eingeflossen und prägen seine Atmosphäre. Und viele Menschen haben mich dazu angeregt und mir geholfen, es zu schreiben. Ihnen allen gilt mein Dank. Herausstellen möchte ich wie immer meinen langjährigen Lektor Bob Gleason und meinen noch langjährigeren Agenten Robert Gottlieb. Sie haben mir geholfen, über Jahrzehnte das Geschäft des Geschichtenerzählens zu betreiben, und mir damit ermöglicht, mein Leben mit dem Ersinnen von Plots und Figuren zu verbringen, was mir eine sehr zufriedenstellende Karriere ermöglicht hat. Sie sind meine guten, loyalen Freunde.

Doch vor allem danke ich meiner Frau Chris. Sie ist es, die tatsächlich alles möglich macht. Während ich diese Zeilen schreibe, liest sie ein Stockwerk tiefer meine erste Fassung des Manuskripts. Ich hoffe, sie gefällt ihr.